# El hereje

# El hereje

Carlo A. Martigli

Traducción de Jorge Rizzo

Rocaeditorial

Título original: *L'eretico*


Primera edición: marzo de 2013


Av. Marquès de l'Argentera, 17, pral.
08003 Barcelona
info@rocaeditorial.com
www.rocaeditorial.com

Impreso por Rodesa
Villatuerta (Navarra)

ISBN: 978-84-9918-578-1
Depósito legal: B. 2.459-2013
Código IBIC: FF; FH

A Walter, mi padre,
que le rogó a Juan Pablo II
que modificara la última frase del padrenuestro,
porque no es Dios quien hace caer en la tentación,
sino el mal.
Y él le mandó su bendición.

# 1

*Florencia, 7 de febrero de 1497*

La voz de Girolamo Savonarola resonó en la nave de San Marcos como un latigazo.

—¡Ven aquí, Iglesia degenerada! «Yo te he dado finos ropajes», dijo el Señor, y tú lo has convertido en ídolo. Te enorgulleces de sus cálices y conviertes sus sacramentos en simonía, mientras la lujuria te ha convertido en una ramera desvergonzada. ¡Eres peor que una bestia! ¡Eres un monstruo abominable! Hubo una época en la que te avergonzabas por tus pecados, pero ya no. Hubo una época en la que los sacerdotes llamaban sobrinos a sus protegidos; ahora ya no son sobrinos, sino ahijados, ahijados para todo. ¡Te has convertido en un lugar público, y has edificado en él un prostíbulo!

Fuera de la iglesia, el gélido soplo de la tramontana seguía arrastrando las nubes, como había hecho durante toda la mañana. En el cielo de Florencia solo quedaba algún rastro blanco, pinceladas de hielo sobre un lienzo azul. Un sol casi pálido había alcanzado su cénit, y las sombras se habían retirado, pero su fría huella se mantenía, junto a algún cristal de hielo, en todas las paredes orientadas a occidente.

Para calentarse, la gente caminaba rápidamente y, quien se lo podía permitir, iba bien envuelto en su capote de lana. Todos con la cabeza gacha, para protegerse de la brisa helada de febrero, pero también porque observar el cielo surcado por el negro de las columnas de humo era de mal agüero. Aquel día habían decidido llevar la vanidad a la hoguera, y las piras ardían por todas partes. Las llamas que se elevaban a gran altura acababan en finas columnas de humo oscuro y denso, que se elevaban por encima del marrón de los tejados de arcilla y se enroscaban alrededor de los níveos mármoles de las torres. Algunas volvían a caer al suelo en forma de una neblina de polvo que se posaba sobre las manchas blanquecinas de las últimas nieves. En el cielo trazaban círculos bandadas de palomas, atraídas por aquel aire cálido que favorecería el acoplamiento.

Hogueras, hogueras por todas partes. El lujo ardía en las plazas de muchas iglesias. Desde la de Sant'Ambrogio, muy estrecha, donde las monjas echaban agua por debajo del portalón bajo el ojo atento e inquieto de la abadesa, a la marmórea de Santa Croce, donde los franciscanos se habían encerrado en el claustro a rezar, temiendo más la envidia de los *piagnoni* (los «beatos», tal como se llamaba a los secuaces de Savonarola, principales ejecutores de las «hogueras de las vanidades») por sus tesoros que la ira divina. Ellos también, frente a la capilla más pequeña, recurrían al fuego purificador. Quemaban cosméticos de África, perlas de la India, plumas de colores de aves exóticas, muebles de la China lacados en rojo, divanes franceses acolchados con plumas de gansos flamencos, tejidos adamascados y arabescados, y muchos, muchísimos libros preciosos.

Los pobres de la ciudad, que iban recogiendo las abundantes ramas y troncos que se encontraban en todos los jardines, se detenían a mirar, estupefactos, aquellas hogueras en las que las llamas devoraban en un santiamén lo que ellos no habrían podido comprarse ni siquiera con el sudor de toda una vida. Algunos pensaban que sería una broma: a fin de cuentas, era martes de carnaval, el primero de los tres días de fiesta en los que se daba por lícita cualquier locura, a la espera de los cuarenta días de arrepentimiento que vendrían después con el inicio de la cuaresma. Alguno, haciendo gala de la tradicional paciencia de los humildes, incluso se quedó esperando la llegada de los saltimbanquis o de alguna compañía de enanos.

Pero tras las piras asomaban únicamente las severas figuras de los monjes, bien erguidos y con los brazos cruzados, como cariátides de gigantescas chimeneas. Y tras ellos iba pasando un triste desfile de damas y señores que lanzaban a las llamas joyas y ornamentos. Así, en breve, la gente se convenció de que no había ninguna alegría ni calor en aquel fuego que crepitaba y chisporroteaba, que despedía chispas y pavesas. En sus rostros, el miedo ocupó el sitio del estupor inicial, y no dejó lugar siquiera para esa satisfacción cruel o aquella sutil sensación de venganza al ver a nobles y ricos privados de sus vanidades. Los que se habían detenido, embrujados por aquella imagen infernal, se fueron corriendo, con la mirada gacha, persignándose con la mano derecha en un gesto bien aprendido.

La hoguera más grande se encontraba en una plaza cuadrada, frente a una iglesia restaurada recientemente y dedicada a san Marcos Evangelista. En su interior, desde el púlpito de piedra, Girolamo Savonarola arengaba al numeroso público congregado para escucharlo.

El pregón ya había llegado a su fin: Savonarola había encendido los ánimos y había excitado las mentes con una descripción minuciosa de los más violentos pecados, causantes de las plagas de Cristo. Y el meticuloso listado de los correspondientes castigos de Dios, su padre, provocó escalofríos de miedo y algunos desvanecimientos. Sus acusaciones contra la decadencia y la corrupción de la corte romana le habían costado más de una amenaza de excomunión, pero eso no había hecho más que multiplicar sus imprecaciones. Su voz, que pasaba del grave al agudo, y viceversa, penetró como una espada en el corazón de los presentes, induciendo pensamientos de desprecio y horror en sus conciencias, ante la serie de maldades y vergüenzas que había ido acumulando la Iglesia. Pero el fraile encapuchado se había reservado la última estocada contra su más acérrimo enemigo, el papa Alejandro VI, que llevaba cinco años sentado en el trono de Pedro.

—Maldito sobre la Tierra seas tú, que solo sabes ir detrás de mujeres y muchachos. ¡Disfrutas acumulando bienes y excomulgando a quien te parece, pero eres tú el excomulgado, a los ojos de Dios! —gritó. Y en cuanto acabó la frase, un silencio expectante se extendió por toda la nave. Después su voz se volvió más serena, pero no por ello menos crítica—. Ahora id, hijos míos, pero apresuraos, que la gracia no espera. ¡Y recordad que quien no abandona en la Tierra el lujo y el pecado, en el Cielo será maldito por siempre!

En el exterior, frente a la fachada de ladrillo, criados y pajes ya habían amontonado muebles, espejos, cuadros, vestidos bordados, instrumentos musicales, barajas y joyas, pero siguiendo un orden preciso, dictado por el fraile. Siete capas, formando una pirámide, cada una en representación de uno de los siete pecados capitales. En vano, un mercader de Venecia había ofrecido un óbolo de mil florines de oro para obras de caridad a cambio de encargarse él de aquella mercancía impura a los ojos de Dios. Por aquel acto impío había estado a punto de ser azotado por un grupo de *piagnoni*, los más fervientes seguidores de Savonarola, tras lo cual se había apresurado a desaparecer entre la multitud. Frente a la iglesia, los criados esperaban la salida de los señores para añadir libros licenciosos y filosóficos a la pira, que ya superaba en altura la luneta del portalón. Hasta el año anterior, nobles y ricos comerciantes aprovechaban la santa misa para lucir capas de nutria, estolas de marta cibelina y jubones decorados con piedras, mientras que las damas lucían amplios escotes cubiertos con perlas y largos vestidos adamascados y bordados de oro y plata. A la salida solían reírse y charlar alegremente, aprovechando la algarabía, para tejer intrigas y promesas, entre miradas y tocamientos sutiles. La multitud que descendió los escalones de la iglesia en lenta procesión en aquella ocasión, en cambio, vestía modestamente; las mujeres iban cubiertas de velos negros, sin ninguna concesión a la rica moda de la época. La gente se fue situando en torno a la gran hoguera, que emitía un calor difuso que atemperaba el aire gélido, aunque no así los ánimos.



Savonarola salió el último, con la capucha negra calada sobre el rostro. Ya de lejos se distinguía su prominente nariz aguileña. Alzó los delgados brazos al cielo, dejándolos al descubierto y, en aquel momento, los criados empezaron a descargar con gran diligencia los símbolos de la riqueza de sus señores en el fuego redentor.

Desde lejos, un hombre y una mujer observaban la escena, abrazados. El hombre, alto y bien proporcionado, llevaba el cabello corto, a diferencia de lo que era común en la época. Vestía, como era habitual en él, un jubón negro con un fino bordado plateado, y calzas del mismo color enfundadas en un par de altos borceguíes de cuero grueso. Iba cubierto con una capa corta atada al hombro derecho, bajo la que asomaba una espada ligera.

—¿Quieres que nos vayamos? —preguntó.

La mujer sacudió su larga melena castaña, apenas cubierta por un bordado velo plisado, y recogida en una trenza que llevaba enroscada en la cabeza como una corona. Sus facciones regulares, casi infantiles, daban mayor protagonismo aún a la luz de sus ojos verdes. Llevaba un sencillo vestido azul con un suave drapeado, ajustado a la cintura con una pequeña hebilla de oro atravesada por una flecha a modo de cierre.

—No, Ferruccio, quiero verlo. —respondió.

Cuando su mujer, Leonora, lo llamaba por su nombre, sabía perfectamente que se acercaba una tormenta. En esos casos, a menudo optaba por hacerse a un lado, con la esperanza de que le pillara lejos, pero en aquel momento sabía que no podía hacerlo, y en el fondo tampoco lo deseaba. Imaginaba qué estaría pensando, y quizá fuera exactamente lo mismo que pensaba él.

—¿Cómo puede ser que un hombre de Dios acabe convirtiéndose en un loco fanático y en un asesino? Cuando nos casó, nos hablaba de amor, aunque fuera a su modo, ¿te acuerdas?

Ferruccio suspiró.

—Las personas cambian. Y ahora que no está Lorenzo para plantarle cara, la ciudad es suya.

—Me dan ganas de vestirme como una cortesana, pintarme los labios de rojo, ponerme cadenas de oro y ristras de perlas en el cabello y presentarme ante él. Querría ver si tiene el valor de tirar mis joyas al fuego. ¡Le miraría a los ojos y le obligaría a bajar la mirada!

—Serías capaz —dijo él, sonriendo—, y me gustaría verle la cara, pero creo que no dudaría en meterte en un calabozo, y entonces, ¿cómo haría yo para liberarte?

—No sé cómo, pero lo harías —respondió ella, sonriendo a su vez—. Para ti no hay nada imposible.

Ferruccio se sintió complacido con aquellas palabras, y con el modo en que, medio en serio, medio en broma, Leonora decía aquellas cosas, haciéndole sentir omnipotente. No sabía quién disfrutaba más: si ella, al sentirse protegida, o él, al protegerla.

Mientras la tenía allí abrazada, contra su cuerpo, una violenta explosión les hizo dar un respingo; de la pira en llamas salieron disparadas unas astillas encendidas, al tiempo que se elevaban al cielo fragmentos de hojas carbonizadas. Alguien salió corriendo, y un criado se puso a gritar, girando sobre sí mismo, como enloquecido, intentando apagar el fuego que le había prendido el cabello.

Leonora le clavó las uñas en el brazo.

—¿Qué ha sido eso?

—No lo sé —respondió Ferruccio—. No creo que se trate de sal de la China; se necesita mucha para las armas y es un bien demasiado precioso, incluso para nuestro fraile. A lo mejor no es más que un barril de licor de aguardiente de guindas. Antes de la prohibición era precisamente una de las especialidades de los dominicos. Pero míralo; todos salen huyendo y él se ha quedado inmóvil. Como si se sintiera protegido por un dios terrible y vengativo.

Savonarola gritó algo, pero estaba demasiado lejos y, con el crepitar de las llamas, no llegaron a entenderlo. Pero una vez más le vieron alzar los brazos al cielo, y ante aquel gesto la gente volvió a su sitio a regañadientes, como el asno arrastrado por su dueño. El fraile no podía permitir que los pecadores apartaran la mirada de la hoguera de sus vanidades y de sus culpas.

El cuerpo de Savonarola vibraba de excitación, mientras aspiraba el olor del fuego y del miedo. Florencia era suya: ya se lo había predicho a Lorenzo de Medici, del mismo modo que, cuando aún era su magnífico señor, había pronosticado su muerte, aunque Lorenzo se había burlado de él. Pero de quien no había podido burlarse era del Omnipotente, que había elegido su mísero cuerpo mortal para manifestarse en él y proclamar su voluntad. Las vibraciones que sentía en todo el cuerpo eran tan violentas que casi le daba la impresión de que podía alzarse por encima del suelo. Se miró los pies para ver si realmente el Señor le había concedido la gracia de levitar, como a santa Catalina de Siena. Pero tenía los pies bien plantados y firmes sobre la escalinata, frente al oscuro nártex de pórfido. Savonarola se arrepintió de su resto de orgullo, pero aunque Dios, justamente, no le hubiera considerado digno de tanto honor, su triunfo en la Tierra ya estaba a punto. Si Roma, la mala pécora, prohibía a los fieles flagelarse, la prohibición del papa se convertía en una invitación a la boda con el Señor. Como el pecado al que se sienten arrastradas las almas es más y más fuerte cuanto mayor es la prohibición, la procesión que seguiría a la hoguera extendería la fe no solo por Florencia, sino por toda la cristiandad.

Casi como en respuesta a sus pensamientos, poco después

llegó a los oídos de los presentes, absortos en la contemplación del fuego destructor, una letanía quejumbrosa que iba en aumento. Todos se giraron y, por los jardines que flanqueaban la iglesia, aparecieron los primeros penitentes encapuchados, a la cabeza de una procesión que discurría lenta, como una serpiente ahíta. A medida que se acercaban, aumentaba la lúgubre y profunda intensidad de sus oraciones.

De sus bastones colgaban tres cuerdas con gruesos nudos, a su vez atravesados por espinas de hierro cruzadas. Eran todos hombres, con el pecho descubierto. Se golpeaban la espalda y el pecho, que tenían hinchados y teñidos de azul y de rojo, mientras la túnica blanca se manchaba con la sangre que manaba de sus heridas. Leonora volvió la cara y la apoyó contra el pecho de su marido.

—Ahora sí, vámonos, te lo ruego —le dijo.

—Solo un momento, amor mío, permíteme. Tú quédate aquí, por favor. Vuelvo enseguida —respondió Ferruccio, que acababa de distinguir a un hombre que no podía ni debía estar allí.

Se separó de ella y atravesó los jardines por los que iba llegando la procesión. El corazón le latía con energía, bombeando sangre a los músculos; ya se le había pasado el frío. Con largas zancadas llegó hasta el grupo de los flagelantes, cuya sangre había formado grandes charcos entre el polvo. Entre aquellos brazos que se movían rítmicamente y los arabescos que trazaban las cuerdas con clavos en el aire, reconoció, encadenado y con la cabeza atrapada en un cepo, a Amos Gemignani, un modesto banquero judío, en otro tiempo protegido del Magnífico.

Ferruccio había visitado mucho su despacho, escondido en un patio del Borgo dei Banchi, para canjear las órdenes de pago con que le compensaba la familia Medici por sus servicios. Estaba asombrado de verlo allí. Sabía que se había trasladado a Volterra después de que Savonarola consiguiera que en la República de Florencia se prohibiera el préstamo con interés. Aquella prohibición había provocado grandes problemas a la banca de los Medici, que se enriquecía precisamente con este tipo de operaciones. ¿Qué hacía Amos en Florencia? Conocía su carácter sumiso y acomodadizo, así pues: ¿qué ley habría infringido para acabar en el cepo, a la vista de todos? La barba de Amos estaba roja de su propia sangre, y sus largos cabellos rizados, más que cortados, parecían haber sido arrancados a mechones, por puro desprecio.

Abriéndose paso entre aquellos cuerpos atormentados, Ferruccio se acercó al prisionero, con la mano derecha apoyada en la empuñadura de la espada. Un penitente hizo ademán de golpearle con el flagelo, pero ninguno de sus compañeros le siguió, y el hombre enseguida retiró la mano. La corpulencia de Ferruccio y su expresión decidida le hicieron perder el ritmo de la letanía. Alguno dejó de cantar, y poco a poco en la plaza se hizo el silencio. Ferruccio se situó a un paso del judío encadenado y se arrodilló a su lado.

El viejo lo observó, sorprendido, e instintivamente se cubrió la cabeza con los brazos, que le costó levantar a causa del peso de los cepos de hierro.

—Amos, soy yo, Ferruccio de Mola. ¿No te acuerdas de mí? No quiero hacerte daño.

—Tú... —Parecía que lo reconocía, pero su voz no era más que un susurro.

Ferruccio se acercó aún más y le pasó un brazo alrededor de los hombros. De lejos, Leonora vio que dos de los soldados que montaban guardia junto a la pira se acercaban a su marido.

—¿Por qué estás aquí, Amos? —le preguntó Ferruccio, ajeno a lo que ocurría a su alrededor.

—Tenía que... ingresar los créditos... No sabía que tenía prohibido volver a Florencia.

—Hablaré con el fraile, lo conozco bien. Le explicaré...

—¡No! No quiero nada de vosotros, cristianos... Vete, no te entrometas. He sido yo quien ha elegido esto. Si no armo alboroto, cuando se consuma la hoguera, me dejarán libre.

Los dos guardias estaban ya tras él, pero Ferruccio no se dio cuenta hasta que no oyó el grito de su mujer a sus espaldas.

—¡Es un amigo suyo —gritó Leonora, dirigiéndose al fraile—, y tal como dice el Evangelio está reconfortando a un enfermo! ¡Aunque sea un pecador! ¿O es que eso también está prohibido?

Los presentes se giraron, atónitos ante aquella osadía, sobre todo en boca de una mujer, que, como repetía a menudo el fraile, era una criatura sujeta a las tentaciones del demonio, mucho más que el hombre. Porque, como era bien sabido, tenía más orificios por los que pudiera entrar el demonio para apoderarse de su cuerpo. Los soldados se giraron hacia Savonarola, dispuestos a intervenir. Todo el mundo posó los ojos en él, incluida Leonora, que lo miraba con la cabeza bien alta, mientras Ferruccio, atónito, la miraba a ella. El predicador abrió los brazos, como si quisiera abrir las aguas del mar Rojo; luego se llevó la mano izquierda al corazón, lentamente, dejando la derecha en alto, con los dedos abiertos, ordenando a los soldados que se detuvieran. Plegó el anular y el meñique, y mostró a la multitud el signo de la bendición, señal de paz. Ferruccio se puso en pie, no antes de estrechar por última vez la débil mano de Amos. Su figura, imponente, se abrió paso lentamente por entre el grupo de penitentes, que iba dejándole espacio a cada paso. Cuando llegó a la altura de Leonora, le pasó un brazo por los hombros y se alejó de la plaza sin mirar atrás.

Los ojos del fraile los siguieron hasta que uno de los penitentes le llamó la atención gritando frases incomprensibles, presa de una exaltación exagerada. Y aquello no le gustó: «Dios ama a los humildes», se dijo. El hombre se dirigió hacia él, agitando el flagelo. ¿Qué estaba diciendo aquel patán? Savonarola entrecerró los ojos y lo señaló con el dedo. Por fin lo vio sonreír, pero con la sonrisa de un loco. El fraile intuyó lo que estaba a punto de suceder y su mano acusadora se abrió como un abanico para detenerlo. El penitente se desnudó totalmente y corrió hacia el fuego.

—¡No! —gritó Savonarola.

Demasiado tarde. De un salto, el hombre se sumergió en la pira, en una explosión de chispas; cayó casi en su interior, donde nacían las llamas, y desapareció. Unos cuantos guardias de la República de Cristo corrieron hacia el fuego, pero se detuvieron a cierta distancia, la justa para no quemarse, pero con el rostro ya teñido de rojo. Mientras la gente de la plaza se acercaba, intrigada y hechizada por aquel inusual sacrificio, un olor a carne quemada se extendió por el aire, mezclándose con el de la resina, el de los barnices y el de los minerales quemados.

Un presagio de muerte sacudió a Savonarola. Un escalofrío casi agradable.

# 2

*Valle de Ladakh, Tíbet, 1476*

—La niña está viva, pero su madre se está muriendo, Ada Ta.

—Una vida a cambio de una vida, el ciclo se cumple, pero este es un día muy triste.

—El padre no volverá nunca, ¿verdad?

—Como las abejas, él ha cumplido su karma, y su espíritu ya está lejos.

Ada Ta sintió por un momento el peso de sus muchos años y dirigió la mirada al otro lado de la ventana.

Empujada por el viento, una nube blanca se abrió en dos sobre la cima del Chogori, la Gran Montaña, y las dos partes se alejaron en direcciones opuestas a lo largo de la trayectoria del sol. A lo lejos, Ada Ta oyó el agudo graznido de una urraca que cortaba el aire. Quizás el pequeño roedor de orejas redondas estaba de guardia, y a la llegada del ave se había sacrificado para permitir que sus compañeros se refugiaran en las madrigueras. Además, su carne permitiría a los polluelos de la rapaz sobrevivir al próximo otoño. Mientras Ada Ta sacudía la cabeza, el joven monje sintió los deditos de la niña apretándole el índice, y se tranquilizó. Después de lavarla y perfumarla, la colocó sobre el pecho de su madre. Al contacto de su hija, la serenidad se impuso al sufrimiento y la mujer se abandonó a la paz.

—¿Cómo la llamamos? —El joven intentaba contener las lágrimas—. Es muy guapa y se merece un nombre hermoso.

—El mérito no es suyo aún, pero Gua Li me parece un nombre apropiado, el nombre del amor y de la sabiduría, los valores en los que la educará este pobre viejo. La sangre que corre por sus venas hará el resto. Y deja de llorar.

—La madre ya no respira…

—Pues dame a la niña; es demasiado pequeña para inhalar el olor de la muerte. Aún queda lejos el momento de conocerlo, y el ciclo de la vida se repetirá en ella. ¿Oyes su silencio? Ya no llora, aunque tiene hambre: es un buen inicio. Tráeme la cabra; tiene las ubres llenas de buena leche. Y cuando hayas envuelto a la madre en el velo blanco, llevaremos su cuerpo a donde ni siquiera los buitres puedan llegar. El cielo recibirá su espíritu con una sonrisa.

## *Valle de Ladakh, Tíbet, veinte años después, año 1496*

Al atardecer, el anciano Anás ben Seth, con las manos juntas en señal de oración y la cabeza gacha, llegó, a paso lento. La multitud, muda, observó con ansia y curiosidad cómo se acercaba el que había sido sumo sacerdote. Se maravillaron de que hubiera subido a pie, solo, la cuesta de la colina donde se ejecutaba a los malhechores: el Gólgota, el lugar de la calavera, así lo llamaban. Frente a la cruz, Anás levantó la mirada en dirección a Issa. Por un momento volvió a ver en aquel rostro adulto los rasgos del muchacho que tiempo atrás se había dirigido a él con tanta arrogancia, cuando Anás estaba aún al frente del Sanedrín. Un escriba le ayudó a quitarse el abrigo y el precioso miznefet, la mitra decorada con piedras blancas y negras. Otro le pasó la maza, que el viejo levantó con esfuerzo, apretando los dientes. Miró bien a su alrededor, para constatar que lo estaban observando y, en el momento en que una ráfaga de viento le refrescaba el rostro, levantó la maza sobre los hombros y golpeó con todas sus fuerzas las tablas de la ley apoyadas al pie de la cruz. La piedra se rompió en pedazos y el golpe hizo temblar la madera: Issa abrió los ojos y una punzada de dolor le atravesó la espalda.

Sabía que abandonar el cuerpo era la única vía para soportar los sufrimientos físicos y evitar enloquecer, pero la vibración había interrumpido su distanciamiento de los sentidos. Tuvo un espasmo aún más fuerte cuando sus ojos se encontraron, y lo reconoció, a pesar de que hubieran pasado veinte años. En su estado, cada movimiento le agotaba, y tenía que mantener a raya incluso la respiración, pero ante aquella visión se le aceleró el corazón. Ladeó la cara y en la acuosa niebla del dolor vio abajo la figura de su madre, compuesta y orgullosa, rodeada de sus hermanos, de María y de otros amigos, y aquello le tranquilizó. Volvió a cerrar los ojos para alejarse con la mente de aquel lugar y sumergirse en el blanco de las montañas y en sus cúmulos de suave nieve. Escuchó la llamada del águila, el lamento del peludo yak, y entró en sintonía con el mantra más grave que había oído nunca. Sonrió al oír la voz de Gaya y de sus hijos, y ante las eternas preguntas de su amigo Sayed. Entró así en aquel estado de muerte aparente del cuerpo, en la que los sentidos se duermen pero la razón se mantiene alerta. Los pensamientos se vuelven más agudos y consiguen de este modo atravesar los muros que protegen la conciencia, revelando lo que la propia mente rechaza a veces, o es incapaz de aprehender. Fue en este abandono cuando comprendió físicamente, por primera vez, el significado de los flujos de energía de los que tanto le habían hablado los monjes bön. Cuando se dio cuenta de que ya podía ver con los ojos cerrados lo que ellos llamaban el sexto chakra o el tercer ojo, sintió que se elevaba del suelo y su espíritu voló lejos. Volvió a ver a sus compañeros de meditación sentados en círculo y se unió a su alegría. La voz del viejo Anás le llegaba lejana, como un murmullo contenido de la Tierra.

—¡Este hombre ha pecado contra nuestros padres! —Ante aquellas palabras, que los golpeaban como piedras, la multitud se echó atrás—. Contra la tradición de Abraham, contra su tierra. Ha provocado tumultos y escándalos. Y esto ha hecho con nuestras leyes: se ha reído de ellas, las ha corrompido y destruido, y el estado en que han quedado ha de ser justo ejemplo de su condena.

Con ayuda de sus asistentes, Anás volvió a ponerse la mitra y la túnica de lana negra, pero quiso dejar la estola que le cubría los hombros sobre las tablas. Todos debían recordar lo que había hecho en el nombre y por cuenta de Dios. En cuanto se fue, ante la mirada indiferente de dos soldados de Roma, Judas cogió la túnica y la escondió en uno de sus bolsillos. Entre aquella tarde y la mañana del día siguiente, se fue también la mayor parte de los reunidos, seguidos de los vendedores de algarrobas y de cerveza de cebada, con sus carros ya vacíos. El sol estaba alto cuando un manípulo de soldados del templo se detuvo frente a Cayo Casio, recién llegado para el cambio de guardia.

—¿Qué queréis? —les espetó el centurión romano.

—Tenemos orden del Sanedrín de supervisar la muerte de los tres condenados —dijo el hombre que blandía la lanza de Herodes Antipas.

—Aún no están muertos.

—Es nuestra misión encargarnos de ello, entonces.

La lanza del rey les concedía aquella autoridad: el centurión se vio obligado a dejarlos pasar. La silenciosa agonía de Gestas y Dimas, crucificados a los lados de Issa, fue acelerada a bastonazos. Les partieron las piernas. Y después de convertirlas en una masa informe de carne y sangre, los ejecutores de la justicia les partieron el cráneo a los condenados, con lo que el funcionario del Sanedrín quedó convencido de su muerte. Lo mismo ocurría en las lapidaciones de las mujeres adúlteras: hasta que no se comprobaba que la cabeza de las condenadas estaba destrozada, no podía certificarse su muerte.

Cayo Casio prefirió no mirar, pero el ruido de los huesos partidos le asqueó. En su vida de soldado había presenciado y había participado en carnicerías de todo tipo. También había honor en la ferocidad, incluso en cortarle la cabeza al enemigo muerto, pero no en masacrar a hombres desarmados y moribundos, y mucho menos con aquel método bárbaro que no era lícito usar siquiera con los animales.

Más que los golpes, fue el crujido de los huesos lo que despertó a Issa de su sopor. Comprendió que enseguida le llegaría su turno, y que esta vez no había nada que pudiera salvarlo. Expulsó todo el aire que pudo para aturdir los sentidos y se preparó para morir.



Cayo Casio miró a sus soldados, que, tranquilos, jugaban a los dados, y reflexionó brevemente sobre su propia circunstancia. Dentro de unos meses, si mostraba una conducta intachable, le darían un pedazo de tierra en Bitinia o, con un poco de suerte, en Cantabria. Quizá tendría suficiente dinero para comprarse una mujer, aunque no sabría qué hacer con ella, salvo alguna noche fría. No había nada que la última loba de un prostíbulo no pudiera satisfacer por unos cuantos ases.

—Esta es mi jurisdicción, no la vuestra —dijo, con una mueca, y le arrancó fácilmente la lanza de la mano al judío.

Miró entonces al hombre en la cruz, que parecía que entendía lo que estaba a punto de suceder y cerró los ojos. El oficial romano clavó la lanza en el pecho de Issa, y le partió una costilla. Sabía dónde y cómo golpear.

—Está muerto —gritó—. La sangre no fluye.

Ordenó a dos de los suyos que montaran guardia frente a la cruz y con violencia volvió a poner la lanza sobre la mano del funcionario del Sanedrín. Este se sorprendió, pero no objetó nada. Cayo le indicó con un gesto que se alejara. Estaba seguro de que le denunciaría. Al no poder usar la fuerza, los judíos nunca dejaban pasar una buena ocasión para vengarse de los soldados romanos. El oficial gritó a los suyos que le hicieran un hueco y que no se atrevieran a hacer trampas, o les cortaría la garganta. Mientras lanzaba los dados se sintió satisfecho: recibiría su pensión y le caerían otros cinco años de guerra en alguna provincia, pero mucho mejor morir de fiebre o bajo el hierro que de aburrimiento.

Gua Li juntó las manos con los dedos orientados hacia arriba e interrumpió su relato, a la espera de que el rostro de Ada Ta revelara alguna expresión, de aprobación o de disentimiento. El viejo monje, en cambio, parecía concentrado murmurando un mantra, apoyando rítmicamente la mano derecha sobre el brillante cráneo. La mujer se puso en pie, levantó la planta del pie derecho a la altura de la rodilla izquierda y abrió los brazos, arqueándolos un poco, con los dedos hacia el suelo.

Ada Ta, por su parte, siguió repitiendo rítmicamente aquel gesto suyo hasta que el sol cubrió toda su trayectoria celeste, hasta que los glaciares se tiñeron de rojo y de azul, y hasta que asomaron las cuatro estrellas que habían aparecido por primera vez el día de la muerte del Buda.



—¿No te cansas de hacer la grulla? —le preguntó entonces Ada Ta.

—La grulla vencerá a la serpiente con sus alas —rebatió enérgica la mujer.

—¿Y si la serpiente no quiere luchar?

Gua Li empezaba a sentir la fatiga en los miembros, pero no quería ceder.

—¿Por qué no me respondes? —insistió Gua Li.

Con una rápida flexión de las rodillas, Ada Ta abandonó la posición del loto y se puso en pie de un salto.

—¿Cuál era la pregunta?

La mujer dobló ligeramente los codos, ya al límite de su resistencia.

—Me has interrogado sin cesar durante un mes para ver si me había aprendido de memoria la historia de Issa y me has preguntado los episodios más dispares en orden aleatorio. Creo no haber olvidado nada y haberte explicado sus vicisitudes como mejor podía. Y tú, al final, no me has dicho nada.

—Tendrías que estar contenta. ¿O no recuerdas que el silencio del maestro es la más alta señal de aprobación, puesto que significa que no tiene nada que corregir a su alumna?

Gua Li bajó los brazos y puso en el suelo el pie derecho. Ada Ta, con los ojos cerrados, esbozó una leve sonrisa. Gua Li le tendió los brazos para abrazarlo, pero el monje fue más rápido y se escurrió bajo el sari de la muchacha, apareciendo a sus espaldas sin que ella se diera cuenta.

—¿Cómo has hecho eso? Tú mismo me has enseñado que las alas de la grulla tienen poder sobre la serpiente. Me has engañado, viejo padre.

—¿De verdad te he dicho eso? Puede ser, pero depende mucho del tipo de grulla y del tipo de serpiente. ¿Eso no te lo he dicho?

—No —gruñó Gua Li, nada convencida—. Eres un liante.

—Es la propia naturaleza de la serpiente, que sabe adaptarse a todas las circunstancias, incluso fingiéndose muerta. Habría podido darme la vuelta sobre la barriga, con la boca abierta, y emanar un olor nauseabundo. Y aprovecharme así del estupor del predador para morderle en el momento en que expusiera el morro para olisquearme. Pero tú eres mi hija grulla, y no puedo hacerlo. Para empezar, si me vieras muerto, te preocuparías, y además no podría dejar la huella de mis dientes sobre ti.



Ada Ta la besó suavemente sobre la frente y suspiró.

—¿En cuántas lenguas puedes hacer hablar a tu alma? —le preguntó.

—En las que me has enseñado, padre, y las sé escribir con la velocidad de la araña que corre sobre la tela.

—¿Estás lista para partir?

Gua Li abrió los ojos como platos, vaciló un momento, luego lo abrazó y apoyó la cabeza sobre su pecho un instante, suficiente para que el monje diera gracias a Maha, la Gran Madre Naturaleza, por haberle concedido aquella alegría.

—Tu respuesta silenciosa es más que elocuente. Ahora ve a preparar lo esencial; lamentablemente la serpiente no sabe volar como la grulla y nos esperan al menos ocho meses de camino. Querrá decir que podrás repetirme la historia al menos seis veces.

La mujer se separó y lo miró con sus ojos negros como la obsidiana.

—Será, pues, un largo viaje, padre.

Ada Ta se tendió sobre la piedra y, apoyando las dos palmas de las manos en el suelo, levantó el cuerpo, permaneciendo en equilibrio. La mujer ya estaba a unos pasos.

—El espacio se valora en relación con el tiempo necesario para unir la salida con la meta. Pero el tiempo es como el dinero; si tienes cien monedas, utilizar una es como renunciar a una pluma de la almohada. La cabeza ni se dará cuenta.

Gua Li, curiosa, observó cómo desplazaba el peso del cuerpo, levantando la mano izquierda y manteniendo el equilibrio únicamente con la mano derecha, como una grulla de patas cortas.

—Por el contrario —prosiguió el monje—, si solo tienes dos monedas, antes de desprenderte de una de ellas lo pensarás muy atentamente. Pero nosotros —añadió, sonriendo— somos ricos en tiempo.

Gua Li, que tuvo que agacharse hasta el nivel del suelo para poder mirarlo a los ojos, se puso seria.

—Ada Ta, ¿por qué tenemos que hacer este viaje?



—Los deberes forman parte de la vida. Del mismo modo que has tenido que estudiar de memoria muchos libros, del mismo modo que la lluvia no ha podido hacer otra cosa que caer del cielo. El agua no tiene un motivo para fluir, ni el sol para calentar la tierra. Es su destino.

—Quizá todo forme parte de un designio del que solo vemos los efectos, y no las causas.

—Muy bien pensado, hija mía. Ni siquiera yo conozco el designio; para descubrirlo, debería volar como el águila que conoce los senderos de las liebres, y eso aún no puedo hacerlo. De momento solo puedo seguir los caminos desde el suelo. Pero sí sé que del hombre a quien iba destinado el libro que relata la vida de Issa ha partido una línea. En aquel momento nació el designio.

—Y ahora nosotros tenemos que interpretarla, ¿no es eso?

—Es nuestra obligación: complacer al otro. Si todos lo hicieran, el mundo sería más feliz. El noble Giovanni Pico della Mirandola, antes de morir, nos quiso transmitir su secreto deber. Eso nos convierte en un instrumento de felicidad.

—¿Estás seguro? Quizá no aprecien lo que les llevamos.

—Es cierto, es un riesgo, pero en la lengua de nuestros ancestros, el ideograma «insidia» se escribe igual que «ocasión». Cuando el kan Tamerlán me preguntó si debía dirigir sus conquistas a Occidente o a Oriente, yo...

—¿El kan Tamerlán? Pero si lleva muerto más de un ciclo... Ada Ta, nunca te lo he preguntado: ¿cuántos años tienes realmente?

El monje había cambiado la mano de apoyo y solo tocaba el suelo con la izquierda, mientras mantenía la derecha tras la espalda y el cuerpo perfectamente horizontal, solo unos centímetros por encima del suelo. Giró la cabeza hacia ella sin ningún esfuerzo.

—Empecé a contarlos cuando los bandidos mongoles les cortaron el cuello a mis padres, pero al llegar a cien paré de contar.

Gua Li se alejó en silencio: por lo que ella recordaba, Ada Ta no le había mentido nunca.

# 3

*Roma, marzo de 1497*

—¡Padre!

—Hija mía, ¿qué es lo que te turba? —respondió Rodrigo Borgia, alzándose del reclinatorio en el que estaba posando al ver entrar a Lucrecia.

El pintor de la corte, Bernardo di Betto, tuvo una reacción de hastío que, no obstante, se guardó mucho de manifestar ante su irascible cliente. Bastante le molestaba ya aquel retoque a una pintura que consideraba perfecta, pero no había podido negarse a hacerlo.

En el retrato original, la niña que presentaba al papa Giulia Farnese, su amante oficial, no tenía defectos. Pero después de haberse peleado con la mujer, Alejandro VI la había apartado y había exigido al pintor que transformara a la Farnese en una virgen y a su hija en el niño Jesús, y que convirtiera la casaca militar del Borgia en la larga capa pluvial papal de ceremonia.

Las dos aureolas y el manto, aún, pensaba el pintor; pero volver a pintar el brazo derecho de la niña en gesto de bendición y transformar incluso un sonajero en un orbe de oro era demasiado. Además, estaba estropeando la pintura sin saber siquiera si le pagarían. En precario equilibrio sobre una escalera, en el cubículo frente al dormitorio, se dispuso a esperar pacientemente. Sin embargo, cuando el papa se quitó la capa, Bernardo comprendió que, por ese día, la jornada de trabajo había acabado.

—¡Pinturicchio!

Odiaba aquel sobrenombre que le habían colocado desde chico. Era pequeño, sí, pero que le llamaran «pintorcillo» ofendía más a su arte que a su estatura.

—¿Santidad?

—Puedes irte. *Madonna* Lucrecia nos reclama. Vendrás mañana, a la misma hora, y procura acabar rápido.

Bernardo di Betto recogió los colores, se metió los pinceles en el bolsillo de la tosca camisola de tela y bajó los escalones con cuidado. No sin esfuerzo, volvió a poner la escalera en su sitio y dio unos pasos atrás hasta desaparecer en la sala adyacente, donde los nobles romanos esperaban desde primera hora de la mañana con la esperanza de tener ocasión de presentar una súplica o de obtener una distinción. Por despecho al papa, esbozó una leve reverencia al cardenal Riario Sansoni della Rovere, condenado al ostracismo, a pesar de que su único delito era ser pariente de Giuliano della Rovere, conocido con el mote de «el Sodomita», aunque no fuera el único al que podía aplicarse tal apelativo. Su pecado más grave era, no obstante, haber osado ascender, cinco años antes, al trono de Pedro, precisamente con la oposición de los Borgia.

Lucrecia tenía el rostro surcado de lágrimas y algunos de sus largos mechones rubios pegados al rostro. Su padre la escrutó con severidad, y luego levantó la vista en dirección al pasillo para asegurarse de que no hubiera nadie a la vista ni que les pudiera oír. La olisqueó en busca de algún secreto de alcoba, pero su experta nariz no reveló rastro alguno de encuentros amorosos. Instintivamente, ella se cubrió el vistoso escote del blusón con un pañuelo de lino con flecos y agachó la cabeza.



—¿Qué tienes, hija mía?

Su padre le acarició levemente la nuca, pero su anillo de rubí se enredó en la redecilla de perlas que le recogía el cabello. Cuando Rodrigo intentó soltarlo, le tiró del pelo, y Lucrecia emitió un débil lamento, casi como un quejido.

En aquel momento vieron que César, hermano de Lucrecia, se acercaba. Ella se agazapó tras su padre.

—*¡Es una perra!*[1] —gritó César—. ¿No oyes sus gemidos?

Se quitó un guante, dejando al descubierto la carne devastada por las ampollas y las llagas del morbo gálico. Antes incluso de hacer ademán de golpearla, Lucrecia cerró los ojos y se refugió aún más tras la poderosa figura de su padre.

1. En español en el original. *(N. del T.)*

—¡César! ¿Qué forma de hablar es esa? ¿Por qué te diriges así a tu hermana en mi presencia?

—¡Esta vaca inmunda merecería estar en el más sucio lupanar de Roma, y podría enseñarles el arte del meretricio a todas!

—¡*Cállate, hijo!*[2] ¿Quieres explicarme por qué la has tomado con ella? ¿Qué te ha hecho?

—¿A mí? A mí nada... —Esbozó una sonrisa, acostumbrado como estaba a no abrir demasiado la boca por temor a que se le reventaran las pústulas que escondía bajo la barba—. Díselo, hermana —prosiguió—. Si no quieres que sea yo quien le cuente a nuestro padre cómo te las has arreglado para ensuciar nuestro nombre.

—¡Ya basta! —gritó el papa—. Acabad con este teatrillo o tendré que echaros de aquí a los dos.

—Padre —dijo Lucrecia, secándose los ojos—. Estoy embaraza...

Alejandro VI hizo una mueca, y dio un paso atrás, para dejarse caer después sobre su asiento. Envolvió con las manos las cabezas de león de los brazos del dorado trono y apretó los puños. Luego echó una mirada de fuego en dirección a su hijo, que negó con la cabeza y agitó las palmas de las manos a la defensiva, y exhaló con fuerza.



—¿Cuánto tiempo hace? —le preguntó a Lucrecia.

—Creo que tres o cuatro meses, padre.

Rodrigo Borgia hizo memoria, rebuscando entre los turbios detalles de algunos de sus encuentros con su propia hija, y se apresuró a hacer cuentas. Últimamente no se producían con la asiduidad de antaño, y Lucrecia había conocido a otros amantes más jóvenes. En cualquier caso, aquello era un problema. Giovanni Sforza, el marido de Lucrecia, que acababa de huir a Milán, había accedido recientemente a reconocer por escrito y bajo juramento su impotencia, debido en parte a la amenaza del veneno, y en parte a la promesa de que así podría conservar la dote de treinta mil ducados. Con aquel acto se hacía posible la anulación del matrimonio y la boda de Lucrecia con Alfonso de Aragón.

—Precisamente ahora que tu marido estaba a punto de

2. En español en el original. *(N. del T.)*

declarar su impotencia para generar y penetrar... ¡Mierda! —borbotó Alejandro, y se mordió la uña del dedo meñique—. Hemos tardado años, y si no hubiera sido por su tío, el cardenal Sforza...

—No creo que Ascanio Sforza lo haya hecho por simple buena fe —intervino César—. Ya vendrá a pedirnos la recompensa. ¡Y nosotros se la daremos, vaya si no!

—No adelantes acontecimientos —le reprochó el papa—; veremos cuáles son sus peticiones, y luego actuaremos en consecuencia.

—*Primum ferire, deinde qaerere*, padre. Primero golpear y luego preguntar; esa es mi filosofía. Os estáis volviendo blando, y desde que se fue la Farnese, se os está aflojando también el cerebro.

—¡No te permito que me hables de este modo!

—Y si lo hago, ¿qué ibais a hacerme, padre? ¿Quitarme la encomienda de Orvieto, con los pocos ducados que me da? ¡No soy más que un cardenal, y si no fuera por esta que llevo al lado, nadie me respetaría! —Dio unos golpecitos con la mano derecha sobre la empuñadura de la espada que llevaba colgada de un cinturón de cuero, cruzado sobre una chaquetilla de damasco verde—. Mi espada ropera es la única amiga que tengo aquí, en Roma —prosiguió—. Y también la única que tenéis vos, aunque no queráis daros cuenta. Arriesgáis mucho teniendo como capitán de la guardia a ese inepto de mi hermano Juan. Cualquiera podría acercarse a vos, cortaros el cuello y lanzaros al Tíber.

—Juan es el heredero de Pedro Luis, y como duque de Gandía le correspondía ese puesto —protestó su padre—. Y además..., los guardias le tienen un enorme aprecio.

—O sea, que llorarán mucho cuando encuentren su cadáver.

Aquella última frase agitó a Lucrecia, que hasta aquel momento parecía ajena a la indiferencia de su padre y su hermano.

—¿Qué quieres decir? —exclamó.

César alargó la mano enguantada para rozarle el rostro, pero su hermana se giró violentamente. Él hizo una mueca de desprecio y se acarició la barba.

—Solo que quien no es capaz de defenderse a sí mismo no es capaz de defender a ningún otro, especialmente si este otro es el padre de los príncipes y los reyes, el rector del mundo, el vicario de Cristo en la Tierra. En fin... —sonrió—, un hombre peligroso para sí mismo y para los demás.

—Como me entere de que le has hecho algo a Juan, yo... te seguiré hasta el Infierno —le amenazó Lucrecia.

—Vaya, vaya... ¡Fíjate! Ya sabemos de quién es el bastardo que lleva en el vientre.

Lucrecia se sacó un puñal de la manga izquierda y apuntó con él a su hermano.

—Nunca provoques si no eres capaz de llevar a cabo tus amenazas —le susurró él—. Ya he mandado a fornicar al Infierno a más de una *perra*.[3] No me obligues a llevar un luto que no deseo.

—¡Padre, defendedme! Vos sabéis por qué dice eso. Es celoso, y está marchito, como un higo al sol. Y sabéis que eso es cierto, padre, desde que éramos niños.

—¡Ya basta, por Dios! —exclamó Alejandro VI, apoyándose en los brazos del trono y poniéndose en pie—. No habéis cambiado nada desde cuando vuestra madre os perseguía por las escaleras de roca de Subiaco. Bueno, Lucrecia, ¿puedo saber quién es el padre?

—No, os dejaré con la duda a ambos. No os merecéis saberlo.

—Quizá no lo sepa ni él —observó César, con una sonrisa maligna.

Lucrecia se mordió el labio.

—César está celoso porque sabe que él no puede ser el padre, de modo que sospecha de todos, hasta de Pedro Calderón.

—¿Pedro? ¿Mi secretario?

—¡Padre santo, qué sagacidad la vuestra! —Lucrecia se tocó el vientre—. Claro, ¿por qué no? Él me ha sido más cercano en todo este tiempo que vosotros dos juntos. Fue él quien convenció a mi marido Giovanni para que firmara, no vuestro reverendísimo cardenal Ascanio Sforza. Él le dijo la verdad, es decir, que, si no aceptaba, muy pronto yo quedaría viuda. Y que no habría ni pariente ni fortaleza capaz de defenderlo.

—Eso puedes jurarlo sobre la cruz, hermana. De un modo u otro nos libraremos de él.

3. En español en el original. *(N. del T.)*

—Irás al convento de San Sixto —decidió Alejandro, haciendo un gesto con la mano para indicar que el coloquio había acabado—. Allí te han dado una educación, y así las compensarás.

—Mejor mandarla a Nepi, con las dominicas: es más seguro, al estar fuera de Roma.

—De eso nada. No quiero ir a Nepi. Antes…

Lucrecia no pudo acabar la frase, pues Alejandro alzó el brazo para golpearla, pero César le cogió la mano. Padre e hijo se miraron un buen rato fijamente, sin que ninguno de los dos bajara la mirada. Entonces César aflojó la presa y Alejandro rompió el silencio.

—Ve ahora, hija mía, y habla con tu tutora. Adriana Mila es noble y mujer, así que tiene todas las cualidades para darte el mejor consejo. Después ya hablaré yo con ella.

Lucrecia volvió a ponerse en pie, mostrando a los dos hombres las calzas bermellón y los zapatos azules de damasco, del mismo color azul que el blusón. Los miró a ambos de reojo y se dirigió a sus estancias, con la barbilla alta, dispuesta a afrontar el asedio de los nobles postulantes. Entre ellos, sería una reina.

El oro del cáliz brilló en las manos de César.



—No existe vino en Italia mejor que nuestro jerez, bañado con nuestra lluvia y madurado con nuestro sol. —Se limpió la barba con el guante y volvió a llenarse la copa—. Me gustaría mucho saber de quién es el bastardo.

—Ten cuidado con lo que dices; podríais ser parientes. En cualquier caso, dudo que haya sido Pedro —dijo Alejandro.

—¡Lucrecia es nuestra!

—Siempre lo ha sido y siempre lo será, pero ahora siéntate, César, y escucha las preocupaciones de tu padre, que deben ser también las tuyas. Me han contado que Giovanni de Medici ha vuelto de Alemania, y parece que ya está en Florencia.

—Ya se encargará fray Girolamo… Le haremos llegar la noticia.

—Giovanni es taimado, como una víbora que teme al tejón, dispuesta a morderlo en cuanto se distraiga. El fraile, en cambio, es el sapo que croa en el estanque.

—Hagamos que la víbora muerda al sapo, pues.

—No bromees, César; los truenos de Savonarola resuenan en las mentes más simples, pero también han puesto sobre aviso a nuestros enemigos. España, Francia y Alemania están dispuestas a echársenos encima. Y Nápoles, Venecia y Milán, pero también Mantua, Ferrara, Módena, e incluso la Vicaría de Massa de los Malaspina y los Appiano de Piombino, están al acecho. —Alejandro apretó los dientes—. Perros y chacales. Siempre dispuestos a degollarse unos a otros, pero también a repartirse el papado y sus posesiones. El problema es que en este momento nosotros no somos ni presas, ni perros, ni cazadores: estamos en un limbo. Recuerda que los franceses nos pasaron por entre las nalgas sin que pudiéramos levantar un dedo. Tenemos que actuar rápidamente, y decidir quiénes queremos ser.

—Me volvéis loco con esas escenas de caza. Decidme qué tenéis *in mente*, padre.

—César, César... Tú sabes bien lo que pretendo. Hasta que esa corona —dijo, señalando la tiara que descansaba sobre un cojín rojo— no permita que su rey tenga su propia línea de descendencia, no estaremos seguros. Es eso lo que nos hace débiles, lo que hace débil a la Iglesia; es eso lo que tenemos que cambiar. El reino de Dios pasará a los Borgia. Es uno de los motivos por los que eres cardenal: debes ser el lobo entre los lobos, al menos durante un tiempo.

A César le brillaban los ojos: en momentos como aquel se sentía orgulloso de ser hijo de su padre. Aunque diera la impresión de que Juan tenía más poder que él, con la providencial muerte de Pedro Luis, hermano de ambos, el mayorazgo no se le escaparía. Su padre tenía razón: paradójicamente, el reino eterno de Dios solo duraba hasta la muerte de su vicario. Si Jesucristo hubiera tenido hijos, ¿no habrían sido ellos mismos los que habrían ascendido al trono, en lugar de Pedro? La ocasión era única, y si su padre recurría a las armas de la política, él recurriría al hierro y al fuego. No era coincidencia que le hubiera tocado llamarse César, un nombre al que daría nuevo lustre. Sería César, no solo de nombre, sino también de facto. Y, si llegaba el caso, un día cruzaría el Rubicón. Y su hermano Juan..., ¿no tenía acaso el mismo nombre que el Bautista? Pues le tocaría hacerse a un lado y anunciar la llegada de alguien más importante que él.

Absorto en sus ensoñaciones, se había perdido las últimas frases de su padre, al que miraba sin verlo.

—... nosotros fundaremos este reino; ha llegado el momento. He servido a cinco papas antes de llegar aquí, consciente de que mi objetivo sería el de convertir la tiara en corona. Tráeme ese mapa.

César obedeció sin decir una palabra. Lo extendió sobre la mesa que había junto a la ventana, con cuatro candelabros de hierro en las esquinas para mantenerlo inmóvil, como si fueran cadenas fijadas a las muñecas y a los tobillos de una joven que se llamaba Italia.

—Al sur, tendremos que aliarnos con Nápoles y Calabria, y fijar al norte las fronteras con la Toscana. Milán actualmente está demasiado comprometida con los franceses; ya nos ocuparemos llegado el momento, o quizá dejaremos que la expolien del todo. El hecho de que tu hermano Jofré sea ya cuñado del rey de Nápoles allanará el camino para casar a Lucrecia con Alfonso, el hermano del rey. Fíjate: el sur, tan aislado y rico de tierras fértiles, no es más que el principio. Desde ahí empezaremos a expandirnos; de Roma partirá nuestra reconquista, igual que han hecho Isabel y Fernando en nuestra tierra. Los hombres del sur son fuertes, pero no tienen nervio; les falta alguien que los guíe con firmeza.

—¿Y las mujeres del sur? —dijo César, ladeando el extremo de la boca y esbozando una sonrisa.



—Si te refieres a la mujer de Jofré, olvídate de ella; no quiero líos.

—No he hecho más que seguir las huellas de mi padre. ¿O es que quizá no queréis tener rivales?

Ambos habían gozado de las gracias de la mujer, y ambos sabían de las correrías del otro.

—Sancha está enferma, enferma de verga. No vale un comino, no vale un rábano, no hay guardia que no presuma de haberla montado. Las mujeres de Nápoles, en cambio, son como ciruelas maduras, dispuestas a parir guerreros y marineros. Dios está con nosotros, César, aunque aún no lo sepa. Y ahora ve; tu hermano Juan ha regresado de Ostia, que por fin vuelve a ser nuestra.

La sonrisa de César se convirtió en una mueca feroz.

—Es bien sabido que no es mérito suyo. Lo sabe el Ejército y lo sabéis también vos. Si no fuera por Gonsalvo, también habría perdido esta batalla. ¿O habéis olvidado quizás al embajador que os enviaron los Orsini el mes pasado? ¡Un asesino con un cartel colgado del culo, dirigido al duque de Gandía! Ese es mi hermano…

—Los Orsini pagarán.

—¿Y yo? ¿A mí cuándo me pagarán, padre? ¿Y quién me pagará? La encomienda de Orvieto no me da más que unos pocos ducados.

—Veinte mil al año no son pocos.

—Vos los hacéis con un par de nombramientos cardenalicios.

—¡Nos somos el papa!

—¡Y yo soy el mayor de vuestros hijos!

—¡Y también eres cardenal!

—¡Porque vos lo habéis querido! A menos que llegue a ser papa también yo...

Alejandro VI sonrió y le tendió el anillo para que lo besara, pero con la mano cerrada en un puño.

—No te hace falta. Serás rey, César. Déjame ahora, y fíate de tu padre.

—Está bien, pero no intentéis tomarme por tonto, padre. No soy Juan, ni tampoco Jofré, y no soy estúpido.

Cuando se alejó, el papa Alejandro volvió a ser Rodrigo. Un tirón en la ingle le recordó a Giulia Farnese. Ni los turbios asuntos con Lucrecia ni la miríada de cortesanas dispuestas a servirlo en cualquier momento habían podido borrarle de la mente y de la carne el recuerdo de la que le había abierto la puerta del paraíso. Impresos en la memoria tenía sus ojos, y aquella mirada desencajada cuando penetraba en su interior. Cogió una hoja y le escribió una carta.

> Hace ya unos tres años de mi última carta, y en ella os amenazaba con la excomunión y la maldición eterna en el momento en que establecierais contacto carnal con vuestro marido Orsino. Os enmendasteis a tiempo, y cuál fue mi alegría cuando pude por fin acogeros de nuevo entre mis brazos paternos. Ningún gasto me pareció jamás más leve que el de los tres mil ducados de vuestro rescate, como si los hubiera ofrecido en donación a la Madre Celestial. Vuestras gracias y vuestra virtud siempre han ocupado un lugar especial en mi corazón, así como vuestra felicidad. Y si aún os importa la mía, me complacería que dejarais Carbognano, aunque solo fuera por unos días, y vinierais a recibir mi sempiterna benevolencia.
>
> ALEXANDER PAPA VI

Leyó y releyó la carta, y luego la guardó bajo llave en el cajón. Después de cerrar bien la puerta, abrió un pasadizo secreto que le condujo a la calle. En el castillo de Sant'Angelo le esperaba siempre una carroza conducida por uno de sus criados, y un cambio de vestuario lo convirtió en uno más de los tantos hidalgos españoles que acudían a Roma en busca de aventuras. Se puso una casaca de cuero ajustada, calzas marrones de lana y botas de caza, como si fuera un rico comerciante. Ocultó la tonsura bajo un sombrerucho de terciopelo que también le cubría gran parte del rostro.

Alejandro tenía entreabierta la cortina de la litera, cargada en andas y seguida por dos caballeros. La noche ya había caído horas antes, y con ella había aparecido el batallón de prostitutas, animadas por los primeros indicios de una primavera precoz. Pocos años antes, el papa Inocencio había decidido censarlas y, aparte de las alcahuetas y las mantenidas, habían salido seis mil ochocientas, una por cada cinco habitantes.

Acunado por el lento balanceo de la litera, se abandonó al pensamiento de que Roma realmente era un nido de vicio, tal como decía Savonarola. Peor para él; no sabía lo que se perdía, y tonto dos veces: si no cejaba en sus desvaríos, su último sermón lo daría colgando de una jaula y comido por los cuervos. La litera frenó aún más el paso cuando entró en el *rione* de' Banchi. Por la calle, los proxenetas jugaban a los dados o a la morra, pero dejaron de gritar al ver llegar la litera y agitaron los sombreros en una reverencia a la vista de su cliente. En los pisos superiores esperaban las mejores cortesanas. A cambio de un solo escudo, Alejandro disfrutaría de tres de las más bellas, y podría concederles un par a sus escoltas.

# 4

*Fortaleza de Yoros, península de Anatolia, marzo de 1497*

El hombre, vestido con una simple túnica roja, subió el último escalón de la torre occidental. La mujer que le seguía se vio obligada a recogerse el sari verde, que le impedía levantar la rodilla, para superar el obstáculo. Él le tendió la mano, pero ella sonrió y rechazó la ayuda. De la alforja que llevaba en bandolera, el hombre sacó un trozo de pan y otro de queso, los partió y le dio la mitad a la mujer, cuya mirada se perdía ya hacia oriente, en la curva del horizonte. El agua brillaba, cubierta de reflejos dorados.

—Dime, Ada Ta: eso de allí al fondo, ¿es Constantinopla?

—Si tú crees que está allí, estará allí. Es el pensamiento el que manda. ¿Lo has olvidado quizá, Gua Li?

—Siempre juegas conmigo, pero lo quiero saber de verdad, y si este acto de voluntad es mi pensamiento, y si es el que manda, debes responderme —dijo. Unió las palmas de las manos con los dedos orientados hacia arriba e hizo una leve reverencia.

El monje se rio.

—Bien, bien. Veo que nuestras conversaciones no se las ha llevado el viento como polvo, sino que se han difundido como el polen. Así pues, te diré que esa podría ser Constantinopla, pero quizá no lo sea.

Gua Li frunció el ceño y se pasó la mano por su larga melena negra, gesto que hacía desde que era niña y que la ayudaba a reflexionar antes de hablar.

—Pero tú me dijiste que desde la torre de Yoros podríamos ver a lo lejos la ciudad del sultán.

—Exactamente. Porque esa ciudad es Constantinopla, pero también Bizancio, la Nueva Roma o Estambul, como le gusta más que la llamen ahora. Y tú sabes que es mejor darles a las cosas el nombre que prefieren, porque ese es el camino de la armonía.

Gua Li sacudió la cabeza y dio un bocado al pan y al queso. Dejó que la suave brisa que soplaba desde el mar Negro la despeinara y le cubriera los ojos con algunos mechones. Conocía a Ada Ta desde siempre; había sido su padre y su madre, su compañero de juegos y su educador. El rostro sin edad del monje se había mantenido inmutable desde el primer recuerdo de la joven, así como su voz, que podía adoptar cualquier tonalidad, desde las más agudas a las más bajas, puesto que el monje la modulaba para dar el significado más apropiado a cada palabra. Y ella, desde el rincón más perdido del monasterio, reconocía siempre la voz de Ada Ta entre las de todos los demás monjes. No obstante, él siempre conseguía sorprenderla con sus frases y su forma de actuar.

Antes de beber, Gua Li le pasó una cantimplora de piel de cabra cubierta de seda brocada con imágenes de peonías, un regalo que le había hecho Ada Ta en su decimoctavo cumpleaños.

—Aún no me has dicho cómo has conseguido entrar en esta fortaleza. Esos jenízaros de la entrada no me parecían muy afables.



—El hombre es un gigante con un niño dentro; tú háblale al niño y el gigante le obedecerá.

—Un día tendrás que enseñarme cómo lo haces.

—Será el día en que no lo preguntes y sigas el camino de la tortuga, que llega con paciencia donde la liebre no llegará nunca.

Gua Li recogió la cantimplora con la velocidad del rayo y le dio un sorbito antes de volver a guardársela entre los pliegues de su sari.

—¿Y qué te parecería si usáramos el trote del asno para llegar a nuestra meta? —preguntó, y luego sacó una caña de bambú con una serie de muescas—. Llevamos once lunas y diez días de camino —añadió—. Hemos cambiado diez pares de asnos y me gustaría volver a soñar en una cama de verdad.

—Hija mía, ¿has olvidado quizá que dormir tendido en el suelo redirige las energías y regenera cuerpo y espíritu? Los sueños que vienen de la Tierra son verdaderos; la blandura de una cama, en cambio, promueve las pesadillas.

La mujer suspiró y dio media vuelta para volver atrás, tras

echar una última mirada al canal del Bósforo, que el sol del atardecer teñía de violeta e índigo, de modo que no pudo ver la mirada que le dirigió Ada Ta, pero oyó clara en su mente una voz que le dijo: «mírame», y la obligó a girarse hacia él. En los ojos de Ada Ta reconoció todo el amor que él mismo le había enseñado. Lo que sentía por él tenía tantos matices como los colores del cielo, salvo el rojo del ocaso, que da calor pero también hace temblar, y que parece luchar por mantenerse y perdurar; que también era el color de su ciclo, una sensación que, por la noche, a veces le atormentaba el vientre y que nunca le había confesado a nadie, ni siquiera a él. Se avergonzó de aquel pensamiento y escondió la emoción en el velo del sari, con el que se cubrió el rostro.

—Estoy cansado —susurró Ada Ta—. ¿Puedo apoyarme en ti?

—No tienes que pedírmelo. Yo me he apoyado en ti toda la vida.

Ada Ta posó suavemente una mano sobre su hombro y ella sintió todo el peso de su experiencia.



—Ada Ta, ¿estás seguro de que nos recibirá?

—Lo único que tenemos seguro son nuestros sentimientos, en el mismo instante en que aparecen.

—¿Qué quieres decir?

—Que solo el efímero presente da la seguridad… —añadió, y se interrumpió—. En eso no estoy de acuerdo con Lao-Tsé. ¿Sabes cuando dice que hay que remitirse a la vía de la antigüedad para guiar la existencia de hoy? Creo que solo un tonto puede mirar solo al pasado, igual que solo un loco mira únicamente al futuro. El sabio es el que vive en el presente.

—Ada Ta, te lo ruego, solo te he hecho una pregunta, no te he pedido una clase de filosofía.

—Lo sé, pero si saber que no se sabe es la sabiduría suprema, no saber que se sabe es un mal. Eso sí, solo considerando mal un mal se puede librar uno del mal.

Gua Li frunció el ceño.

—El sabio —prosiguió, impertérrito, Ada Ta— considera un mal este mal, por eso no tiene el mal. Así es: en esto, Lao-Tsé y yo estamos de acuerdo.

La mujer bajó la cabeza, se encogió de hombros y se cruzó de brazos.

—Eso también lo hacías cuando eras niña —el monje sonrió—, y a veces tenías razón en enfurruñarte. No soy más que un viejo que aún tiene ganas de jugar.

—Y yo también —protestó Gua Li—. Solo que a veces necesito que me des respuestas.

—Respuestas... Ya. Pero piensa en lo bellas que son las preguntas. Se abren al cielo y entreabren el ánimo, mientras que las respuestas les cortan la cabeza. ¿No es más bonito abrir una puerta que cerrarla?

—¡Ada Ta! ¡Te estás riendo de mí!

El monje levantó la cabeza y aspiró el aire fresco de la tarde. En las comisuras de sus ojos cerrados se formaron unas pequeñas arrugas.

—Yo creo —dijo después— que para pescar al voraz lucio hay que mostrarle un sabroso barbo. No, no quiero que te enfades, aunque sé que nunca te enfadarías conmigo. Enseguida llego a la respuesta. El barbo que le he ofrecido al sultán es demasiado apetitoso. Si ha recibido la carta, no solo nos concederá audiencia, sino que también nos ofrecerá su hospitalidad, refugio y asistencia. Es un hombre iluminado, aunque haya matado a su padre y haya intentado hacer lo mismo con su hermano.



—Y yo soy la que lleva el barbo. Ya hace tantos meses que viajamos que debe de estar podrido.

—Tú llevas la cabeza del barbo en tu mente, pero yo también llevo algún bocado, no tan sabroso como el tuyo, pero bien conservado en salmuera.

Gua Li meneó la cabeza.

—¿Qué bocado? He empleado meses en aprenderme de memoria la historia de Issa...

—Las palabras son como el viento; una vez que ha pasado, el junco recupera la posición que le ha dado su naturaleza. He traído conmigo un ejemplar del diario de Issa —dijo él, adoptando de pronto un tono serio—, el que debía recibir el conde italiano. Pero no había llegado el momento. Él mismo me dijo que esperara el tiempo que tarda un terreno quemado en volverse fértil. Lanzó sus libros a las llamas, y me indicó otro hombre al que entregar estas semillas del conocimiento. Nosotros vamos para ayudarle a extenderlas y quizá para recibir otras nuevas.

—¿Qué quieres decir, Ada Ta? Tú nunca hablas por hablar, aunque a veces preferiría que lo hicieras.

El monje cerró los ojos. Gua Li intuyó que su mente volaba en el espacio y en el tiempo. Nunca le había visto sonreír de un modo tan triste. Renunció a su pregunta y esperó a que el monje regresara y le prestara atención.

—Beyazid *el Justo* no es más que el instrumento; sin embargo, también la música precisa de cuerdas y madera para que pueda oírse.

—¿Y el sultán aceptará ser nuestro instrumento?

—Las preguntas de mi hija son como las pulgas para un perro: solo puede rascárselas para combatir el picor.

Ada Ta había vuelto, sí, y la mujer se permitió un resoplido. Entonces él levantó lentamente la palma de la mano y bastó una caricia suya para borrarle la mueca de enfado del rostro.

—Del mismo modo que él es nuestro instrumento, nosotros seremos el suyo. Su designio es diferente del que seguimos nosotros, pero a veces caminos diferentes conducen a la misma meta.



La oscuridad ya había envuelto las torres de la fortaleza, que se alzaban como gigantes de piedra. Un fuerte olor salobre se mezclaba con el de las flores del membrillo, que habían florecido prematuramente.

—Ada Ta, hace diez años yo aún era una niña. Pero, como si fuera una fábula, me lo contaste todo de aquel príncipe italiano, noble como Siddhartha. Me quedé boquiabierta, y durante días y noches soñé la esfera de fuego que apareció sobre su cabeza al nacer. Me dijiste que era bello y rico, y que quiso seguir la vía del conocimiento y de la libre elección, y no entendía que me dijeras que era más sabio que inteligente. Lo soñé muchas noches; soñé que venía a mi encuentro vestido de oro, sobre un caballo blanco, como el príncipe Siddhartha. Parecía una fábula, pero nunca me habría imaginado que me convertiría en parte de ella. Y ahora me dices que vamos a ver a un hombre que lo conoció de verdad. Ahora ya no es una fábula.

—Puede serlo o no. Se trata de elegir. Y elegir ya es una elección. Dependerá de ti, hija mía, si quieres transcribir tus sueños en el libro de la vida. Tu príncipe era un hereje, es decir, el que elige. Desgraciadamente no todas las elecciones conducen al bien, del mismo modo que el bien no coincide siempre con la verdad. Aquel hombre se dejó morir; llevaba dentro demasiado sufrimiento, y su cuerpo no lo soportó.

—Pero tú siempre me has dicho que el camino del sabio es el del bien.

—Eso es así en nuestro caso. Hacen falta veinte años de ejercicio cotidiano para aprender los principios del taichi chuan; piensa en cuántos siglos necesita un bárbaro, por iluminado que sea, para llegar a conocer el camino del bien.

Ada Ta describió con elegancia un amplio círculo con la mano derecha y luego extendió el brazo izquierdo hacia delante con la palma abierta. Después, en rápida sucesión, lanzó cinco golpes a norte, sur, levante y poniente, y el último al cielo, con los puños cruzados.

—Ahí tienes, acabas de ver el yang y el yin. Su unión aporta armonía y energía vital. Cuando murió su amada, él tuvo una insuficiencia de yin, y eso transformó el calor en frío, y la vida en muerte.

—¿Le faltó el amor? ¿Por eso murió él también?

—El amor lo guía todo. Y él tenía solo treinta y un años, no podía hacer otra cosa; la sabiduría es un largo camino. Mírame a mí: estoy cargado de años, y, sin embargo, no he recorrido más que mi primera milla. Además, a pesar de su sabiduría, no dejaba de ser un occidental, defecto del que no tenía culpa. Pero también tú, en cierto sentido, perteneces a su especie. Y también por eso estás aquí. Es necesario que veas, observes y sigas tu camino con la mente abierta y libre. Ahora, no obstante, es hora de descansar. ¿Quieres contarle a este viejo el inicio de la historia? Solo eso; luego dormiremos, y pasado mañana iniciaremos nuestra misión.

La mujer parecía sumida en otros pensamientos, hasta que el monje acercó su rostro al de ella; entonces sacudió la cabeza como si se le hubiera posado una mosca sobre los ojos.

—Pero si es la parte que más conoces —protestó débilmente ella—. ¿No te aburre ya?

—Te diré un secreto. Si un hombre es bello, la mujer siempre disfruta mirándolo, y le gusta recrearse con cada uno de sus rasgos, sin que ello le canse. Ah, y eso también es aplicable a las mujeres.

Gua Li se ruborizó. Hacía un tiempo que pasaba por su

mente un hombre que no conocía, pero que ella miraba con esa admiración que en ocasiones induce al amor.

Ada Ta se situó en la posición del loto, dispuesto a escucharla.

En el aula de piedra cuadrada, en el interior del templo, el sumo sacerdote Anán be Seth se dirigió a su hijo Eleazar. Solo estaban presentes otros tres escribas, los doctores de la ley.

—Ese niño de nombre Jesús, ¿cómo es posible que conozca tan bien la Torá? No me convence; su madre es de una familia excelente, pero su padre es un artesano ignorante.

—Quizá tenga poderes mágicos —sugirió Eleazar—. Eso explicaría por qué sus padres no han tenido ningún miedo de dejarlo solo en Jerusalén.

—Solo tiene doce años —rebatió Anán—, y ya sabe que no quiere casarse. Lo entendería si tuviera dieciocho. ¿Tú qué piensas, Salomón? ¿Qué deberíamos hacer?

Salomón ben Gamaliel se mesó la larga barba blanca y se echó un extremo de su impecable túnica sobre el hombro izquierdo, dejando bien a la vista las doce piedras preciosas que decoraban el fajín que rodeaba su cintura. El jefe de los escribas fingió reflexionar.



—Decir que se puede trabajar el día del sabbat, después de que el shofar haya sonado tres veces, aunque solo sea para dar de comer a un niño, es blasfemo. Implicar a Dios en los problemas humanos es blasfemo, impío y sacrílego.

—Doy gracias al señor por no haberme hecho nacer mujer —bromeó Eleazar.

Su padre le despidió con una mirada. Eleazar ben Anán salió del Sanedrín, acompañado de los otros dos escribas.

—Ahora estamos solos, Salomón. Dime qué piensas de verdad.

—La ley lo dice claramente: el castigo para un blasfemo es la lapidación.

—¿Quieres lapidar a un niño?

Salomón miró al viejo Anán ben Seth, para averiguar si aquel viejo quería endosarle a él en exclusiva la eventual responsabilidad o si, llegado el caso, aceptaría compartir una sentencia de muerte. En cualquier caso, la última palabra la tenía el Sanedrín, aunque era bien sabido que nunca habían negado la aprobación a una propuesta del sumo sacerdote.

—En el mismo momento en que osó tomar la palabra en el

templo —respondió—, renunció a los privilegios de la infancia y se hizo hombre. Esa es la ley. Más allá y por encima de las palabras que ha pronunciado.

—Está bien —acordó Anán—. Mejor, pues, que desaparezca sin hacer ruido. Tal como me has enseñado tú mismo, también el escándalo es pecado. Sé de una caravana de esclavos que partirá mañana hacia Ctesifonte. Hay una gran demanda de chicos de su edad. Es robusto y vivaracho, y con su inteligencia no le será difícil encontrar un amo que lo trate bien y valore sus cualidades. Con el tiempo sabrá conseguir la libertad.

—Tendrá que aprender a controlarse, o será él mismo quien se pierda.

—Dios proveerá, sea cual sea su voluntad.

Jesús fue drogado aquella misma noche con extracto de cannabis mezclado con polvo de amapola, mientras esperaba el regreso de sus padres, que estaban furiosos con él por haberse negado a contraer matrimonio, tal como imponía la costumbre. Se lo llevaron y en Cesarea lo metieron en un carro. Cuando se despertó se encontraba ya en pleno desierto, junto a otro centenar de esclavos, muchos de ellos poco más que niños, como él. De día, cuando la caravana se paraba, se defendían del calor sofocante con cubiertas de lana, las mismas con que, de noche, durante los traslados, intentaban protegerse del penetrante frío. Bajo el sol, las cadenas de hierro ardían y les quemaban la piel, provocándoles quemaduras y llagas que no se cerraban. Jesús pasó dos días en silencio, pero al tercero intentó dirigirles a los demás alguna palabra que les reconfortara. Bajo las mantas, dispuestas casi como si formaran una única tienda, se puso a hablar con ellos. Y pese a tener el corazón lleno de tristeza y a estar asustado como los demás, consiguió consolarlos e incluso distraerlos y divertirlos con relatos sobre animales fantásticos y acerca de los dioses que poblaban el cielo nocturno. Les hizo ver una franja lechosa que atravesaba el cielo. Los muchachos se rieron cuando les dijo que se trataba de leche caída del seno de Hera al amamantar al gigante Heracles. Las niñas, en cambio, se sonrojaron cuando Jesús les mostró al gigante Orión, que había cortejado a siete espléndidas hermanas convertidas por Júpiter en estrellas para su propia protección. Y todos se quedaron boquiabiertos cuando localizó, sobre la línea del horizonte, la figura del poderoso centauro, mitad hombre y mitad caballo, que murió por una flecha empapada en la sangre de la hidra, el monstruo con nueve cabezas de serpiente.

—Esta parte es muy bonita —dijo Ada Ta—. Es tan humana... —Tenía los ojos cerrados y la voz pastosa del sueño que parecía irse apoderando de él.

Gua Li prosiguió en voz más baja:

Un mercader árabe de piel oscura, de nombre Aban Ibn Jamil, viajaba en aquella misma caravana con cuatro criados y un carro cargado de frutos secos y ánforas de cerveza de cebada y de aceite, que pretendía cambiar en Ctesifonte por tejidos y alfombras que luego vendería a un precio muy ventajoso a los romanos ricos de Jerusalén. Aquel muchacho le llamó la atención, y más de una vez acercó su camello al lugar donde estaban los esclavos para oír sus historias. Cuando llegaron donde el río Jabur confluye con el Éufrates, la caravana embarcó en una ancha galera de fondo plano. Aban pidió hablar con el capitán de la nave. Tras una larga negociación acompañada de abundantes copas de licor de dátiles, el mercader aceptó pagar cuarenta siclos de plata por el rescate del muchacho.

—¿Por qué me quitas las cadenas? —preguntó Jesús—. ¿No tienes miedo de que huya?



—Soy un mercader, y sé que el comercio comporta riesgos. Si huyes, no haré que te sigan. Supondré que he perdido cuarenta siclos y que me he equivocado al juzgarte.

—Entonces te prometo que no huiré. Mi madre me decía que un hombre justo no se distingue por el bien que hace, sino por hacer lo correcto en el momento adecuado. Por tanto, lo honesto por mi parte es no huir.

—¿Es tu madre la que te ha enseñado lo que sabes?

—Sí, pero también me ha enseñado a leer y a escribir. No solo me ha dado el pez cuando he tenido hambre, sino que me ha enseñado a pescar. Y a responder a las preguntas.

Aban acercó la mano al rostro del muchacho para hacerle una caricia, pero este se echó atrás de golpe. El hombre separó las manos y le mostró las palmas.

—Lo siento, no quería pegarte ni asustarte. Yo también hacía eso cuando era pequeño. Mi padre me pegaba a menudo.

—Mi padre no lo ha hecho nunca. Ni tampoco mi madre.

El muchacho se mordió el labio y levantó la barbilla en un gesto de orgullo, pero eso no impidió que dos lágrimas surcaran su rostro. Aban habría querido consolarlo con un abrazo. Después pensó en todos los motivos que le habían impulsado a comprar al muchacho y se avergonzó.

—Solo tendrás que contarme historias, como las que contabas a los otros, y tendrás pan, carne, agua y ropa, y todo lo que quieras de mí. Y ahora ve a descansar; faltan aún dos días de navegación para llegar a Ctesifonte.

—Entonces vuelve a ponerme las cadenas. No puedo estar entre mis compañeros sin compartirlas con ellos.

En los ojos del muchacho, que lo miraban fijamente, Aban leyó un desafío. No solo contra él, sino contra el propio poder, contra el orden natural de las cosas, que establecía la distancia entre amo y esclavo. El capitán era una comadreja: si no se lo hubiera vendido, quizás habría acabado tirándolo al agua para evitar una revuelta. Simulando indiferencia, el mercader hizo lo que le había pedido; luego se puso en pie y dejó caer su capa a los pies de Jesús.

—Esto lo puedes compartir.

Aban miró alrededor, con la esperanza de que nadie hubiera visto aquel gesto, y luego se preparó para pasar la noche en alguna posada del puerto fluvial, y no a solas. En aquel gran río negro soplaba constantemente un viento frío, y la humedad ya había dejado empapado el entoldado como si hubiera llovido. El muchacho se envolvió en la capa, que aún conservaba su calor corporal.



—Pero un día volveré a casa —advirtió.

Aban se detuvo un momento y apretó los puños. Luego, sin responder, se dirigió rápidamente hacia la pasarela.

Ada Ta se agazapó sobre las frías piedras de pórfido de la torre, resguardado tras un muro para protegerse del viento, y un instante más tarde Gua Li le oyó respirar profundamente. Cuando se acurrucó a su lado, sintió que el delgado cuerpo del monje ya emanaba calor, y cerró los ojos, sabiendo que no podría dormir. Intentó repasar mentalmente otros episodios de la vida de Issa, como prefería llamarlo ella, empezando por una palabra al azar, la primera que le viniera a la cabeza, pero enseguida se cansó de aquel juego, que tampoco le sirvió para conciliar el sueño. Entonces se puso en pie y dirigió la mirada a los tres astros, el de la prosperidad, el de la buena suerte y el de la longevidad, que en Occidente sabía que eran conocidos como el cinturón del gigante Orión. Se preguntó, como otras veces, quién sería ella realmente.

En diversas ocasiones, Ada Ta le había dejado entrever que era diferente. Se miró las manos, con aquellos dedos largos y finos, diferentes de los de otras mujeres que había conocido en el monasterio. Y también su tono de piel era más oscuro que el color de junco maduro que lucían la mayoría de los monjes con los que había crecido.

Ada Ta le había prometido que después de aquel viaje se lo contaría todo, que le hablaría de su nacimiento y de sus padres, y ella había aceptado aquella espera, convencida de que todo lo que procedía de la sabiduría del monje era solo por su bien.

En aquel momento, entre la primera y la segunda estrella del Cinturón apareció una fina estela luminosa que surcó rápidamente el cielo y desapareció por oriente. Gua Li sintió un escalofrío: era una señal de que la energía cósmica iba en aumento, y aquello solía provocar un cambio en los hombres.

# 5

*Colinas de Careggi, Florencia, en el mismo momento*

Aquella flecha de hielo que atravesó el cielo la dejó rígida. El caballo advirtió su nerviosismo y se echó a un lado. Leonora pasó la mano por el cuello del robusto animal, que levantó la cabeza y sacudió la crin. La atravesó un temblor. Apretó ligeramente las rodillas y condujo su montura junto a la de Ferruccio, mucho más asustadiza, que ya percibía el olor del establo. Ferruccio se puso en pie sobre los estribos para desentumecer las piernas y, al ver a Leonora a su lado, le tendió la mano y se la apretó. Habían hecho un largo viaje desde la villa de los Medici, y las sombras del atardecer emborronaban los colores bajo las largas franjas de nubes, grises y rojas.



—¿Has visto esa estrella fugaz?

—No, estaba sumido en mis pensamientos. ¿Era bonita?

—Sí, pero fría; y además estaba sola. Las de San Lorenzo, que caen como un enjambre, son mucho más alegres y conceden los deseos —dijo ella, que se llevó una mano a la mejilla.

—¿Estás cansada?

—Un poco. Pero me he cansado mucho más oyendo los desvaríos de Ficino; es insoportablemente aburrido.

—Es viejo, y a estas alturas solo se escucha a sí mismo.

—Además, no he entendido nada de esas historias sobre el alma racional... Me parece que la ha llamado *copula mundi*.

—Ahora mismo es la única cópula que conoce... —bromeó Ferruccio con una sonrisa traviesa, pero Leonora ya tenía la mente en otra cosa.

—Esos encuentros en la Academia Neoplatónica ya no tienen sentido, sin el conde de Mirandola, sin Poliziano, sin...

—Savonarola la cerrará muy pronto —la interrumpió él—.

Ya ha quemado las riquezas materiales de los florentinos; no tardará en quemar también las espirituales.

Ferruccio dio un golpe de espuela y su ruano obedeció al instante. Leonora estaba cerca de él, pero en aquel momento no lo suficiente. En pocos años, un viento mortífero, impulsado en su mayor parte por manos humanas, se había llevado no solo a sus más queridos amigos, sino también la esperanza de una vida mejor, y el vivir en libertad, sin miedos. Girolamo Savonarola había nombrado a Florencia República de Cristo, y sus secuaces recorrían la ciudad puerta por puerta, registrando las casas en busca de cualquier lujo y espiando por las posadas para castigar con latigazos y cadenas cualquier atisbo de crítica a los edictos del fraile. Piagnoni y Frateschi se movían en grupos de cinco o seis, como las jaurías de lobos, y siempre armados de garrotes, espadas y puñales.

Leonora dejó a Ferruccio solo con sus pensamientos.

En los campos cercanos, donde resonaban los balidos y los mugidos, el sol aún no se había puesto, y de lejos se oían entremezcladas las voces de los pastores. Envueltos en sus tabardos de lana tosca, gritaban a los perros las últimas órdenes de la jornada. Tiempo atrás, aquellas fértiles llanuras estaban cultivadas de trigo y cebada, y las pendientes estaban cubiertas de las mejores y más robustas vides de toda la Toscana. No obstante, hacía tiempo que medieros y campesinos habían abandonado aquella tierra rica y aún llena de ambiciones para ir a buscar fortuna en las ciudades, la mayoría de las veces para encontrar únicamente miseria y humillaciones. Con los terrenos sin cultivar y deshabitados, lobos, zorros y osos se disputaban las casas que los propietarios habían dejado a la merced de Dios.

A poca distancia distinguieron unas luces: la criada, Zebeide, ya había encendido las lámparas en el balcón. La noche estaba a punto de llegar, igual que ellos dos. Leonora entró enseguida en casa y Ferruccio se llevó los caballos al establo. Habían elegido aquella pequeña casa de campo por sus sólidas paredes de piedra y ladrillo, así como por su aspecto sobrio, que no invitaba a los viajeros a pararse. Gracias al legado testamentario de su amigo Giovanni Pico, conde de Mirandola, habían podido comprarla y restaurarla a su gusto. En la planta baja, desde el salón se accedía a una gran cocina con una mesa de roble donde podían sentarse hasta veinte personas. Una escalera de piedra llevaba al primer piso, donde se encontraba su reino: tres habitaciones, una junto a la otra. La del centro era la que compartían por la noche. A un lado de esta, Leonora había decidido construir un cuartito, apenas con espacio para un asiento con una abertura que acababa en un pozo negro excavado expresamente. Aquel capricho había costado más de trescientos florines, una tercera parte de los cuales habían acabado en el bolsillo del arquitecto que había proyectado el desagüe para que no pusiera en peligro los cimientos. Ferruccio sabía que su mujer tenía obsesión por la limpieza, como si fuera el modo de quitarse de encima el rastro de la mala vida que había sufrido tras ser expulsada por las monjas, y había accedido a su petición haciéndola propia.

A la izquierda del dormitorio, una puerta llevaba al amplio estudio de Ferruccio. Mapas, algún libro, un cómodo sillón, la armería y un maniquí, de cuero y madera, con el que ejercitaba a diario el arte de la espada. A la derecha, la habitación de Leonora. En un armario, cerrado con un candado, tenía amontonados y bien protegidos de la humedad, de la ignorancia y de la carcoma sus preciosos libros. Muchos procedían del legado de Mirandola: ediciones raras de los clásicos y textos de filosofía y de historia, algunos caros como joyas. Otros eran regalos de su marido, más modestos.



Leonora no era una mujer como las demás: no cosía, no bordaba ni remendaba, aunque sabía hacerlo, y solo cocinaba cuando le apetecía. Adoraba leer y le gustaba modelar arcilla sobre un torno a pedal. Pero lo hacía con los ojos cerrados o, mejor aún, en la oscuridad: así, según decía, era como soñar. Y Ferruccio se quedaba allí sentado, mirando cómo acariciaban la arcilla sus manos como sombras ligeras, dándole formas sinuosas que tomaban vida poco a poco y que la convertían en jarrones, jarras, platos y escudillas. A menudo la ayudaba a llevar las piezas a cocer al horno, en la cocina, o a extender el engobe para darle a la arcilla un acabado vidrioso. Ella le reñía por su poca habilidad, y se reía de su torpeza cuando sin querer dejaba sobre la arcilla las huellas de los dedos, que, tras la cocción, parecían manchas. Pero cuando pintaba en los platos o jarrones flores y hojas, casas y campos, le mandaba salir, porque no quería que viera el resultado hasta que estuviera todo acabado. Y eso suponía hasta la tercera cocción, la más difícil, porque nunca se sabía el efecto que podía tener sobre los colores.

Ferruccio acarició a los caballos, y con una pequeña horca les preparó un mullido lecho con paja y virutas. Metió en el comedero avena, cebada y habas, y colocó cerca unos cubos de agua. De la cocina le llegó la inconfundible voz aguda de Zebeide y se detuvo a escucharla mientras le repetía a Leonora que había que cocer el pan con poca sal, como decía ella, y no salado. La señora —título que Leonora rechazaba— se equivocaba. A menudo las oía reír juntas, y también refunfuñar, pero aquella noche había algo raro, porque el tono de sus voces no era de los más alegres. De hecho, al poco rato la algarabía desapareció casi del todo y le pareció oír sollozos. Entró en la cocina justo a tiempo para oír cómo se desfogaba Zebeide, secándose los ojos con el delantal al tiempo que hablaba.

Su prima, que prestaba servicio en Figline, a poca distancia de allí, con los nobles Serristori, había caído enferma, y la habían echado de casa sin más; le habían prohibido regresar. Era cierto, se había puesto a toser y a vomitar en la misma cocina, antes de que le diera tiempo a salir al patio, pero todo había sucedido así, de pronto. Mientras volvía a casa acompañada de uno de los lavaplatos, se dio cuenta —que le perdonara la señora— de que le salía sangre del ano. Pero despedirla así, ¿no les parecía injusto?

—Mañana iré a ver a los Serristori —le dijo Ferruccio, intentando consolarla—. Hace años testifiqué a favor del viejo Averardo, y me debe un favor. Veré qué puedo hacer. Pero si no lo consigo, en cuanto tu prima se encuentre mejor intentaremos proporcionarle otra casa. Si es tan buena cocinera como tú, no me será difícil encontrarle otra familia que la acoja.

Zebeide se dispuso a besarle las manos, pero Ferruccio las apartó, disculpándose con una sonrisa. Aquellos gestos serviles le incomodaban, y aún menos le gustaba lo que le había dicho Zebeide.

# 6

*Alrededores de Figline, diez días antes*

Había llegado junto a una carga de preciosas alfombras y muy pronto había encontrado alojamiento en las bodegas de villa Serristori, donde había toda una familia de ratas.

Al abrir las cajas, que parecían perfectamente precintadas, algunas de ellas, las que habían sobrevivido al largo viaje desde Oriente, habían salido huyendo, perseguidas inútilmente por los criados entre los gritos de las sirvientas y de las jóvenes hijas del señor de la casa. Por lo que se veía, era evidente que habían sobrevivido mordisqueando con avidez la suave lana y destrozando más de una alfombra. Otras, menos afortunadas o más débiles, yacían encogidas, con las carnes despedazadas por sus propios congéneres. El ácido segregado por sus restos había completado la labor iniciada por su apetito, corroyendo la trama del tejido y destrozando irremediablemente el azul de los arabescos y el amarillo y el verde de las flores.

Averardo Serristori se había enfadado muchísimo y había escrito una carta airada a Venecia, dirigida a Marco Boscolo, su expedicionario de confianza, exigiéndole la devolución de la mitad de los cuatrocientos florines pagados a cuenta de las alfombras. Que viniera a verlas, y comprobaría el lamentable estado en que habían llegado: solo se había salvado una de seda. Las otras quedaban a su disposición, y podía acudir a retirarlas cuando deseara, ratas incluidas. El noble Serristori firmó la carta con una de sus rúbricas, y fijó el lacre con el sello familiar, fácilmente reconocible por las tres estrellas inferiores.

El expedicionario veneciano Marco Boscolo no llegaría a recibir aquella carta, ni le devolvería nunca los florines pagados a cuenta. Hacía tiempo que yacía en el fondo del Gran Canal, envuelto en una pesada cadena de hierro y con el cuello cortado. Con su cuerpo ya se habían dado un banquete las lisas y las anguilas que poblaban las aguas legamosas.

No obstante, en los días siguientes el viejo Averardo se olvidó de las alfombras, de los florines y del traicionero expedicionario. Su mujer enfermó y se murió entre sus brazos, gritando y gimiendo hasta el último momento. Su segunda hija casi se desnudó delante de él para mostrarle una llaga del tamaño de una nuez que se le había formado entre la axila y el pecho incipiente. Dos días más tarde ella también estaba muerta; por suerte ocurrió cuando estaba inconsciente, ya que un médico especialmente servicial, bien pagado, les había procurado una infusión de estramonio, la prohibida hierba del diablo, para mitigar los dolores. Después, la guadaña de la muerte se llevó a dos sirvientas que entregaron el alma a Dios entre atroces sufrimientos y, tras dos días de búsqueda, encontraron a un muchacho de apenas diez años, que ayudaba en la cocina, muerto en el establo: estaba mordisqueado por las ratas y tenía las órbitas vacías y cubiertas de sangre. Al cabo de unos días, la epidemia cesó, pero, entre los muertos y los que habían huido pensando que la casa había sido poseída por el demonio, no quedó nadie.



Averardo Serristori se atormentaba, vagando a solas por las estancias, y se preguntaba por qué no había enfermado, por qué no había corrido la misma suerte que sus amados familiares; no sabía explicarse por qué motivo no había tenido ni un mínimo rastro de fiebre, por qué estaba en perfecto estado de salud. Se preguntó qué pecados podían haber cometido su mujer y sus dos hijas para haber sido castigadas con tanta dureza por la mano del Señor. Después, en la locura que siguió al dolor, comprendió que, en realidad, Dios había decidido castigarle a él, privándole de lo que más quería en el mundo. Pese a haberlos lavado con la confesión, sus pecados de juventud contra la carne habían pesado demasiado a los ojos del Omnipotente. Demasiado había sufrido ya su hijo en la cruz.

Tenía razón el santo fraile Girolamo Savonarola: no bastaba con el arrepentimiento, había que entregarse completamente a Cristo. Ahora que se había quedado solo, donaría todas sus propiedades a la iglesia de San Marco, pidiendo poder poner fin a sus días en un convento. Al menos tendría el consuelo de saber que, gracias a Dios y a la Iglesia, cuando llegara el momento se encontraría con sus adoradas hijas y su mujer en el Paraíso. Las indulgencias plenarias, pagadas a un precio realmente caro, le darían en el Cielo aquel consuelo que le había sido negado en la Tierra.

Se paseó por las diferentes salas por última vez. Al día siguiente llamaría al notario para redactar el acta formal de cesión de la propiedad. Entonces se fue al establo, del que procedían unos incesantes maullidos; todos los gatos de la casa se habían refugiado allí, en busca de algún resto de comida. Los encontró confundidos, agitados, y la lámpara de aceite le tembló en la mano al ver que algunos de ellos daban vueltas alrededor de los cadáveres de dos de sus compañeros. Los olisqueaban, se apartaban, volvían y les lamían la sangre que les salía de las tripas, desparramadas sobre el suelo enfangado.

—¡Fuera, fuera! ¡Fuera de aquí, criaturas del Infierno! ¡Respetad la muerte!

Agitó la lámpara como una espada de fuego, pero un gato se coló entre sus pies, asustado. Averardo tropezó y fue a caer sobre un montón de paja que prendió enseguida. El hombre se puso en pie inmediatamente, pero sus ropas empapadas de aceite ya estaban en llamas. El fuego que lo envolvía le recordó por un instante el Infierno, y sintió que los demonios lo arrastraban por los pies. Perdió la esperanza de alcanzar el Paraíso y volvió a caer, esta vez para no volver a levantarse, mientras ardían ya las paredes del establo, al tiempo que el techo sobrecalentado filtraba los primeros vapores. Poco después, la pez de la capa exterior se inflamó, creando una violenta llamarada y una explosión. Las finas vigas del techo cedieron y cayeron, transformándose en un momento en tizones al rojo. Algunas chispas incandescentes salieron volando para aterrizar sobre la casa. Las tejas de arcilla del techo repelieron el ataque del fuego, y las paredes de piedra el calor.

Cuando el primero de los campesinos de la zona vio lo sucedido, se encontró la villa intacta, con el blanco encalado apenas tiznado. Aún salía humo de entre los tabiques del establo, y alrededor quedaban pequeñas hogueras que la fina lluvia de la mañana no había podido apagar. En un agujero, los miembros de una familia de ratas que habían encontrado refugio yacían amontonadas unas sobre otras, enlazadas en un último abrazo.

## 7

*De Careggi a Figline y vuelta*

—No has dicho una palabra en toda la cena —observó Leonora cuando se acostaron.

Era el mejor momento del día, en la cama, los dos juntos, con las velas apagadas y ella acurrucada al lado de Ferruccio. Le puso los pies fríos entre los muslos, bajo el camisón; aquello le produjo un escalofrío agradable, pero tenía la mente en otro lugar. En el exterior, una familia de mochuelos empezó a entonar un canto tembloroso a la espera de empezar la caza de las otras criaturas de la noche, como dictaba su naturaleza. Topos y ratones tendrían que estar bien atentos, aunque eso también lo llevaban perfectamente impreso en su código. De mochuelos, topos y ratones estaba lleno el mundo de los hombres, solo que estos a menudo no conocían su verdadera naturaleza. Ferruccio tenía la mirada fija en el techo.



—Pensaba en lo que ha dicho Zebeide de su prima. Lo de la tos y los vómitos puede deberse a muchas causas diferentes, pero lo de la sangre del ano es una señal pésima.

—Mañana la iré a ver —dijo Leonora, acariciándole la frente— y le llevaré huevos.

Ferruccio se quedó en silencio unos minutos, hasta el punto de que Leonora pensó que estaría a punto de dormirse. Pero luego le cogió la mano.

—No lo hagas —murmuró en voz baja.

—¿El qué? —respondió ella, que ya se había olvidado de lo que había dicho.

—No vayas a ver a la prima de Zebeide.

—¿Por qué no? Estoy segura de que le gustaría, y también a Zebeide.

—Lo sé, pero no me gustan los síntomas que ha descrito.

—¿Tienes miedo de que sea una enfermedad contagiosa?

Ferruccio no respondió, y Leonora no insistió.

—Está bien, amor mío, no lo haré, pero ahora durmamos —dijo.

Le apoyó la mano en el pecho y se puso a jugar con los pelos que sobresalían del camisón. Oyó que su respiración se hacía más profunda y deslizó la mano hacia abajo. Encontró su sexo ya túrgido y empezó a acariciarlo. Se giró hacia él y lo besó con pasión y dulzura al mismo tiempo. Sin dejar de disfrutar de sus besos, se quitó el camisón y se colocó encima de él, dejando que la penetrara. Sintió que la atravesaba una oleada de calor y se abandonó al placer hasta que, exhausta y satisfecha, se dejó caer a un lado y pasó del placer al sueño casi sin darse cuenta.

Ferruccio, en cambio, no consiguió dormirse como habría deseado, y se conformó con escuchar la respiración de Leonora, regular y serena como siempre. El sueño no le venció hasta después de que sonara la campana de los maitines en la ermita de los monjes eugubinos, a la que Leonora solía ir para aprender los secretos del arte de la mayólica.



Fue un sueño breve y ligero, y aún sentía el cansancio cuando se puso en marcha en dirección a la villa de los Serristori, a pocas leguas de distancia; no tardaría mucho y se quitaría un peso de encima, o quizá…, o quizá Leonora y él harían aquel viaje del que hablaban desde hacía tiempo.

El aire era húmedo y el rocío aún era visible sobre la hierba. Ferruccio se había puesto una pesada capa que le cubría la cabeza y el cabello, aún negro como la pez. Solo a los lados, sobre las sienes, se le había teñido de gris, pero eso, según Leonora, le daba un aire de mayor autoridad. Una leve brisa lo despertó por completo, mientras cabalgaba ligero y sin prisa. Aún no se habían calentado del todo los poderosos músculos de las patas del caballo cuando llegó a la finca de los Serristori; en cada edificio y granja se veían las tres estrellas doradas sobre fondo azul de su blasón.

Los campesinos ya estaban trabajando, porque aquellas tierras, administradas con sabiduría y sensatez, no habían sufrido la crisis agrícola. Con el aumento de los precios del grano, de la verdura y de la fruta que enviaban cada día a Florencia, los Serristori seguían aumentando su ya considerable patrimonio, mientras otras familias empezaban a ver cómo se reducía el suyo. Gracias a los continuos ingresos, se estaban construyendo en la ciudad un palacio, a la altura del de los Tornabuoni, en un terreno antes propiedad de los Medici y requisado por la República. Como tantos otros, también los Serristori se habían lanzado sobre el león herido de muerte, pese a haber compartido con ellos honores y riquezas, y le habían devorado las carnes. Aunque si los Medici volvían a gobernar Florencia, los Serristori no tardarían mucho en cambiar de nuevo de chaqueta: así era como funcionaba el mundo. Ferruccio detuvo el caballo y puso freno a sus pensamientos. Algo más allá se veía un insólito trasiego de personas, frente a la villa, y por el gabán negro que llevaban, le pareció distinguir a dos cirujanos. El caballo tenía la nuca alta y el cuello tenso, y mantenía el paso a duras penas, como si estuviera impaciente por llegar.

De pronto, del arcén de desagüe que discurría al lado del camino, le salió un hombre, semidesnudo y cubierto de barro de la cabeza a los pies. Se tambaleaba y se agitaba, mientras intentaba aferrarse a las riendas del caballo, que se encabritó, asustado. Ferruccio conocía bien a su animal y con unos hábiles golpes de espuela le ayudó a retroceder sobre las patas posteriores, para apartarlo precisamente de lo que tanto le había asustado, dejando las riendas flojas sobre el cuello. En cuanto el caballo se calmó, Ferruccio le gritó al hombre que se detuviera, intentando averiguar quién era y qué quería, pero el fango que le cubría el rostro lo convertía en una máscara sin expresión. El hombre no respondió, en lugar de eso intentó agarrarse a la bota y al estribo, y Ferruccio apartó el caballo y lo hizo retroceder unos pasos más. No tenía miedo, pero los años le habían enseñado a desconfiar mucho más del hombre guiado por la locura que de un hábil enemigo.



El hombre, que seguía agitando los brazos como si quisiera atrapar un fantasma, se giró y se apretó el estómago con las manos. Al instante regurgitó una sustancia amarillenta. Con un espasmo arqueó la espalda, como si le hubieran atravesado con un disparo de ballesta, y cayó pesadamente al suelo, donde quedó tendido, con los ojos desencajados, mirando al cielo, y las piernas abiertas en una postura obscena.

Ferruccio vaciló al ver el pecho del hombre, que se hinchaba y se deshinchaba en una respiración afanosa y veloz. El corazón le decía que lo socorriera, pero el instinto lo frenó. Desmontó y alejó el caballo unos pasos, tranquilizándolo con una vigorosa caricia en el cuello. Sacó la espada, pero solo para obligarse a mantener una distancia prudente de aquel cuerpo agonizante. A pesar de ello, el escaso aliento que salía de aquella boca emanaba un hedor nauseabundo, parecido al de los cadáveres podridos.

Conocía aquel olor, que le había quedado grabado en la nariz desde los tiempos de la batalla de Pietrasanta. Cuando al día siguiente a un enfrentamiento llovía, de los campos al exterior de las murallas donde se había combatido, llegaba un olor a muerte que la lluvia hacía aún más penetrante. Ferruccio se acercó al hombre, con el corazón latiéndole fuerte, y de forma mecánica le rogó, a un dios que hacía muchos años que no conocía, que no le mostrara lo que se temía. No fue escuchado, como se esperaba, y vio la señal de su ira entre las piernas de aquel hombre, cerca de la ingle: un bubón hinchado y morado. Ferruccio se echó atrás bruscamente: ya había visto aquella señal y la reconocía perfectamente. Salió de allí a la carrera, espoleando su caballo, y rogó con mayor empeño aún que Zebeide no hubiera ido aún a ver a su prima. Eso si es que la prima seguía viva, cosa que dudaba.

# 8

*Estambul, abril de 1497, el Gran Bazar*

A Gua Li le costaba conciliar el sueño, de modo que Ada Ta, cansado de oírla cambiar de posición continuamente, posó un dedo en su cuello, apenas rozándola, como la golondrina roza el agua. La respiración enseguida se volvió regular, y él la acercó a su cuerpo, como hacía cuando era niña, y la tapó con una parte de su túnica. Después cerró los párpados, pero dejó abierto el tercer ojo para que velase por los dos durante el sueño. Fue este el que le advirtió de unos pasos bien medidos, muy diferentes a los irregulares de los comerciantes y artesanos que habían empezado a abrir sus tiendas en el pórtico contiguo al nuevo Bedesten, el gran bazar próximo al palacio del Serrallo. En su sueño atento, Ada Ta dedujo que los pasos tenían la cadencia típica de los militares: eran cuatro, calculó, precedidos de otro que no seguía el ritmo, probablemente su capitán. Para no levantar sospechas, el monje se levantó moviéndose como un anciano y, una vez en pie, se apoyó con ambas manos en el largo bastón.

La formación se detuvo a un gesto del jenízaro. El largo tocado le daba una altura desproporcionada a la figura del militar, algo rechoncha. A juzgar por su rostro, imberbe y gordinflón, surcado por una telaraña de venitas rosadas, debía de formar parte de la guardia del harén y no de la milicia privada del sultán. Ada Ta le sonrió hasta que se le plantó delante, observándolo de arriba abajo. La mirada orgullosa y la postura, con sus anchas piernas y los brazos cruzados, debían de tener el objetivo de intimidarlo, y Ada Ta inclinó la cabeza. El oficial vociferó algo en un antiguo dialecto albanés: muchos de los guardias del sultán, reclutados por la fuerza, procedían de aquella región. Las pocas palabras que el monje consiguió comprender fueron «sultán» y «palacio», pero con eso le bastó. Con un ligero contacto del pie despertó a Gua Li, que, indiferente, como si estuviera acostumbrada a que la despertaran siempre de aquel modo, se estiró, se alisó el sari y se colgó en bandolera la bolsa que le había servido de cojín.

—El sultán nos espera —le susurró Ada Ta sin dejar de sonreír al jenízaro—. Hemos llamado la atención y sus espías han demostrado ser muy eficientes.

—¿Tendríamos que habernos disfrazado, quizá?

—Creer en lo que se espera es ya obtener la mitad de lo que se desea, hija mía —añadió, aún en voz más baja—. Era precisamente lo que quería. Ahora es él quien nos ha invitado, no nosotros los que pedimos audiencia.

Gua Li suspiró y contempló la escena que tenía enfrente. Dos soldados con las lanzas en ristre se abrían hueco entre la multitud, dejando paso al comandante, que, con la barbilla bien alta, agitaba un matamoscas. Tras él iban Gua Li y Ada Ta, siempre sonriente, y los soldados de retaguardia, que apenas podían contener a los curiosos. Se detuvieron poco después, frente a una puerta coronada por dos altos torreones, y el jenízaro desapareció en su interior. Pasaron unos momentos y luego apareció un hombre en el umbral y, con un amplio gesto de la mano, los invitó a entrar. Los guardias retiraron las largas hachas enastadas con hoja de medialuna y le hicieron pasar. El hombre, vestido con una túnica verde hasta los pies y con un tocado adornado con una pluma de faisán, insinuó una reverencia.

—El sultán —dijo, marcando las palabras— estará encantado de ofreceros su preciosa hospitalidad.

Gua Li no podía apartar los ojos de sus zapatos dorados con la punta curvada.

—Y para nosotros será un honor —respondió Ada Ta en perfecto farsi.

El hombre juntó las manos y sonrió al oír que le respondían en la lengua de la corte.

—Yo soy Ahmed —se presentó, con una voz algo más aguda que la de Gua Li—, y seré su guía.

—Gracias, Ahmed; guíanos, pues. Nosotros te seguiremos.

Pese a no conocer a la perfección las doce lenguas del mundo como Ada Ta, Gua Li entendía bien el farsi, pero en aquel momento prestaba una atención limitada al diálogo de los dos hombres. Estaba demasiado ocupada olisqueando los aromas procedentes del jardín. En todo aquel viaje, el descubrimiento más extraordinario habían sido precisamente los olores. El juego que suponía para ella reconocer con el olfato a las mujeres o a los hombres de Ladakh y de los monasterios vecinos había perdido su gracia antes incluso de llegar a la edad adulta, de modo que había ampliado lo que solo era un juego a todas las criaturas que encontraba, intentando reconocerlas, desde los yaks a las cabras. Afinó sus habilidades hasta el punto de que conseguía detectar la presencia de un extraño en el monasterio solo olfateando el aire, o percibir una amenaza, procediera de un lobo de manto oscuro o de las bandas armadas que de vez en cuando se acercaban a las laderas de los montes. Gua Li parecía distinguir realmente sus intenciones, como si la maldad o la agresividad tuvieran un olor especial, aunque los garrotazos de los monjes, que sabían convertirse en hábiles luchadores en caso necesario, siempre habían conseguido impedir que los enemigos se acercaran al monasterio. El monje, que había descubierto esta predisposición suya, la había educado para que usara el olfato con mayor atención y habilidad cada vez.



—Tendrás que ser como una pequeña anguila ciega —le había dicho—, la cual, gracias a su olfato, consigue remontar el río y reconocer el lugar de su nacimiento entre arroyos lejanos a miles de lis de distancia.

Con aquel viaje no solo se había sumergido en un caleidoscopio de olores, hedores y perfumes cien veces más intensos que los de su vida anterior, sino que había podido embriagarse con su variedad. Y se sentía precisamente como una anguila, como si ella también, de algún modo, estuviera remontando el curso del río de donde había partido al nacer. Tras oír sin escuchar, captó las últimas observaciones de Ahmed.

—... como cipreses, que según el Corán son símbolo de eternidad y de la belleza femenina. Estos cedros, en cambio, tienen un significado más profundo. Abu Musa narra que el Profeta, cuyo nombre sea siempre bendito, había dicho que el puro que recita el Corán es comparable al cedro, que tiene buen sabor y buen olor. El puro que no lo recita, en cambio, es como el dátil, sabroso pero sin olor. Pero el descarriado que recita el Corán parece la albahaca, perfumada pero amarga, mientras que el descarriado que no lo recita es como la coloquíntida, amarga e inodora.

—Cuando Gua Li vuelva entre nosotros —dijo Ada Ta con una leve reverencia—, estoy seguro de que sabrá apreciar a fondo las maravillas de este jardín. Y unir a la vista el olfato, para disfrutar del delicado perfume de aquella magnolia, o del olor acre de los naranjos silvestres, del aroma fresco de las matas de mirto o del amargo de los de bojs que se abren hacia la fuente de la juventud, de la que, desde luego, yo tendría gran necesidad.

Gua Li se ruborizó por haberse distraído. Ahmed, por su parte, abrió los ojos como platos.

—Es el primer visitante extranjero que reconoce las plantas y el significado de las fuentes de nuestros jardines. Eso es algo grande. El sultán disfrutará mucho de su compañía.

—Al bárbaro se le conoce por las palabras, no por sus ropas o por el color de la piel. ¿No está escrito en el sura de las mujeres —dijo Ada Ta, uniendo las manos en el signo de la paz— que los que han creído y hecho el bien entrarán en los jardines surcados por arroyos? Pues quizá nosotros estemos ahora en esos mismos jardines.



Ahmed se postró en una profunda reverencia. Ada Ta lanzó una mirada fugaz a Gua Li, que se aguantó la risa como pudo. Al llegar frente a una puerta de madera, su anfitrión se detuvo y, después de invitarlos a entrar, se retiró en silencio. Antes de que el monje pudiera detenerla, Gua Li ya había rebasado el umbral. Un olor a miel de naranjas amargas le hizo entrecerrar los ojos. Inspiró profundamente antes de volver a abrirlos, y se quedó sin aliento.

—Ada Ta, mira cuántos cojines, y estas alfombras. Mira qué mullidos que son.

Gua Li se quitó las sandalias y se puso a caminar por las alfombras y a hacer piruetas alegremente. Un haz de luz que entraba por una ventana, protegida por una fina reja, dibujaba un arabesco sobre las flores y los pájaros bordados. Ada Ta se quedó inmóvil observándola. Habían alcanzado su primer objetivo. El sultán los había acogido. Pero aunque hubieran cubierto ya la mayor parte de su camino físico, el de las ideas estaba apenas empezando. Gua Li levantó los brazos y miró, sonriente, el blanco techo.

—Esto es maravilloso…

—Es tu ánimo el que hace las cosas bellas. Si estuvieras enferma de estreñimiento, lo que te daría placer es sentir el estímulo del intestino. Si, en cambio, sufrieras de continuas evacuaciones, lo temerías.

—¡Ada Ta! ¿Te parece este el momento para hablar de ciertos temas? Aquí todo está limpio y perfumado; no me lo estropees siempre todo.

El monje no respondió; se quitó la alforja de encima, tomó un cojín y, luego, apoyó la cabeza sobre la primera y los pies sobre el segundo.

—De momento los pies han trabajado más que la cabeza, y merecen mayor atención, sobre todo a cierta edad. Mis oídos, en cambio, agradecerían que mi hija me contara la historia de cuando el joven Issa conoció a Sayed Nasir-ud-Din, el que comprendió las cualidades que tenía aquel muchacho…

—Sé perfectamente quién era Sayed, y puedes decirles a tus oídos que empiecen a escuchar y a tu boca que aprenda a callar de vez en cuando.



En la orilla izquierda del Tigris, donde el río forma un semicírculo, había surgido la ciudad de Ctesifonte, cruce de caminos y lugar de paso de todo el comercio a y desde Oriente. No había momento del año en que los idiomas más diversos no se confundieran en la plaza del mercado, rodeada de los talleres de los artesanos, desde los guarnicioneros a los herreros, de los torneros a los carreteros, que habían construido sus casas algo más allá.

El mercante Aban conocía el griego, el pali, el persa y algo de chino, lo suficiente para comerciar, pero lo que ayudaba más a entenderse era sin duda el oro. El joven Jesús había aprendido el oficio enseguida, y corría del carro al mostrador en el que se exponía la mercancía sin que se le cayera un dátil ni una almendra, ni tampoco una gota de aceite. Aban estaba muy satisfecho, pero más aún lo estaban los numerosos clientes que se detenían en aquel mostrador. De hecho, había corrido la voz de que un muchacho pesaba la mercancía correctamente, sin poner el dedo en el plato para estafar al cliente, y llenando las ánforas siempre hasta el borde. Al principio, a Aban le preocupaba quedar como un ingenuo a los ojos de los otros tenderos, pero enseguida se le pasó, al ver cómo se multiplicaba el número de clientes, circunstancia que aprovechó para aumentar los precios, aunque fuera un poco.

Un comerciante de telas que vendía rollos de preciosa seda se había detenido a observar el buen hacer de aquel muchacho, pero comprobó también que, a diferencia de los demás, nunca sonreía, ni siquiera cuando cobraba. No parecía un esclavo, ni tampoco el hijo o el sobrino de Aban, al que conocía bien. Cuando el muchacho se arremangó, el comerciante de telas vio sobre sus muñecas la señal inequívoca de las cadenas y sus miradas se cruzaron. Sintió una enorme compasión y decidió que había llegado el momento de hacer algo por los demás, dado que la vida había sido generosa con él. A los treinta años poseía una casa, diez caballos, una mujer y tres concubinas, aunque no había tenido ningún hijo. Esperó a que el sirio cerrara un trato y luego le dirigió la palabra con todo respeto.

—Bien hallado, Aban. Que la fortuna te asista siempre.

—¡Sayed! Es un placer volver a verte; estás cada vez mejor.

—Tú tampoco estás nada mal, y si puedes dejar el mostrador para tomarte una limonada conmigo, estaré encantado de invitarte.

Aban se tocó la barriga, agarrándosela con ambas manos y mostrando su gordura.

—Yo también tengo mis satisfacciones —dijo, guiñando un ojo—, aunque son muy diferentes de las tuyas.



Resguardados en una tienda hablaron poco de negocios y mucho de lo difíciles que eran los tiempos, con los ejércitos de bandidos que controlaban las vías de acceso a las ciudades y que saqueaban los poblados, mientras pueblos enteros migraban de un extremo al otro de la China y de la India a Mesopotamia a causa del hambre o de los enfrentamientos entre los señores de la guerra que, como langostas, dejaban únicamente tras de sí tierras devastadas. No obstante, Aban comprendió enseguida que Sayed le daba vueltas a algo que quizá fuera mucho más importante para él.

—¿Cuánto quieres por el muchacho? —preguntó por fin Sayed.

—¡Por fin salió lo que te interesa! No mi cebada, sino Jesús.

—¿Así se llama? Bueno, ¿cuánto quieres por Jesús?

—Amigo mío, yo he pagado... ochenta siclos de plata por él, nada menos, y no creo que tú quieras llegar a ese precio y darme además un margen de ganancia, como es justo que sea.

—Yo no creo que hayas pagado más de cuarenta, pero, en cualquier caso, está bien: te ofrezco cien siclos.

Aban se rascó la barba y se dio una bofetada para matar una mosca inexistente.

Luego se tragó la limonada que le quedaba de un solo trago.

—No está en venta.

—Venga, Aban; para ti todo está en venta.

—El muchacho no; tiene cualidades ocultas, además de las que son evidentes.

Sayed conocía sus costumbres, y sintió un escalofrío al pensar en ello.

—No me refiero a lo que has pensado. No lo he tocado nunca, aunque haya pensado en ello más de una vez. Sabe vender de todo a todo el mundo, pero no a sí mismo —aclaró Aban, dejando el vaso en la mesa con fuerza—. Me apetece un vino de azúcar. ¿Bebes conmigo?

El comerciante sacudió la cabeza. Durante un acuerdo comercial nunca se debía beber alcohol, y se asombró de que Aban quisiera hacerlo; no era propio de él.

—Ese muchacho es especial —prosiguió el sirio—. A veces me da miedo, pero es como si no pudiera pasar sin él. En ocasiones me da por pensar que quizá sea un *yinn* dispuesto a despedazarme en plena noche, y otras veces un *malac* venido del Cielo para protegerme. Es rápido como una mangosta y silencioso como una serpiente, y cuando te mira no puedes apartar los ojos de él. Lo mismo que hace la cobra antes de morderte.



—Pero no te ha mordido nunca.

—Sí, precisamente esa es la cuestión. Nunca me ha hecho ningún daño, al menos tal como nosotros lo entendemos, y estoy seguro de que nunca me lo hará. En realidad, sus miradas, sus pocas palabras y su modo de actuar me matan día a día, porque hacen que me avergüence de lo que soy.

Al tercer vaso de vino de azúcar, Aban ya tenía el rostro surcado de lágrimas.

—Yo siempre te he envidiado, Sayed. Eres joven, guapo y rico, y nadie te ha exigido nunca dinero a cambio de su silencio, nadie te ha hecho chantaje por lo que eres. Cógelo, llévatelo; no quiero ni un siclo por él. Espero que te seque el alma, que no te deje dormir por las noches y que haga que la comida no te sepa a nada, como me ha hecho a mí. Me conformaré con no verlo nunca más, e intentaré ser lo que siempre he sido sin tener que rendir cuentas a nadie, ni siquiera a mi conciencia. Y por lo que respecta a tu seda, no te daré más de cuatro piezas de oro.

Sayed se alejó de Ctesifonte con sus veinte criados. Subió a Jesús a un caballo y durante el viaje le habló en muchas lenguas. Llegaron a Hekatompylos, la ciudad de las cien rejas, en el reino de los partos, y allí Jesús le sonrió por primera vez. Siguiendo siempre la ruta de los comerciantes de seda, la vía más expuesta a las incursiones pero también la más segura por el continuo paso de caravanas, llegaron a Merv, y Jesús se durmió a su lado. Cuando por fin llegaron a la rica Samarcanda, Jesús, por primera vez, le habló.

—Tú eres un hombre bueno, Sayed, pero no estás satisfecho con tu vida, porque eres una madre sin hijos.

Entonces Sayed se quitó el collar que le habían regalado el día de su nacimiento, se lo puso al cuello y lo abrazó.

—Esa es una bonita frase sobre la que vale la pena meditar —dijo Ada Ta—. Una madre sin hijos. Cuando tengas un hijo te acordarás, y comprenderás su verdadero significado.

—Cuando lo tenga, ya no estaré sin hijos. ¿Por qué no puedo comprenderlo ahora?

—Porque solo cuando se posee una cosa se comprende verdaderamente lo que significaría vivir sin ella. Sayed no lo comprendió, pero el espíritu femenino que vivía en su interior intuyó lo que le quería decir Issa y se lo agradeció.

Un instante más tarde, Ada Ta dormía profundamente.

# 9

*Florencia, abril de 1497*

«La peste.»

El confaloniero de Justicia Bernardo del Nero pronunció aquella palabra con gran circunspección, en presencia únicamente de los priores de barrio. El Salón de los Quinientos estaba casi desierto y la voz solitaria de Bernardo rebotó contra el techo artesonado y cayó como un castigo de Dios sobre los oídos de los priores. Las puertas estaban cerradas por dentro: nadie podía ni debía oír nada más allá de aquel estrecho círculo.

—El dato es seguro; así me lo han referido algunos doctores de probada honestidad. Ahora se trata de detener el contagio.

Los priores se agitaron, abatidos, y los bancos de madera crujieron, mientras cada uno buscaba en el rostro del vecino un inesperado desmentido de lo que acababa de oír. El murmullo fue en aumento y con él el ansia de saber más. Pierantonio Carnesecchi, que en tiempos de Lorenzo había sido portador del confalón, fue el primero en hablar.

—¿Cuánto tiempo hace?

Ya en el Consejo de Sanidad, en la corte de los Sforza, había aprendido que en casos como aquel era esencial actuar no ya en cuestión de días, sino de horas. Y había que hacerlo todo sin alarmar al pueblo. Si el contagio se extendía podría ser la ruina para Florencia, pero también si era el miedo el que se propagaba. Los comercios cerrarían: banqueros, mercaderes y todo el que pudiera permitírselo huiría de la ciudad; las casas quedarían abandonadas y el pillaje se extendería como un río en plena crecida. Los relatos de los viejos sobre la peste que había devastado Florencia el siglo anterior, y había aniquilado la casi totalidad de la población, aún suscitaban terror.

—Por lo que me han contado, el primer caso es de hace varias semanas —respondió el confaloniero, malhumorado—. Afectó a un mozo de establos y a una hija del viejo Serristori, en Careggi. Pensaban que sería malaria, pero afortunadamente llamaron al médico para que atendiera a la hija. Este llamó a otro, y dieron su diagnóstico. Parece que ha habido otros contagios entre el servicio.

—¿Cuántos muertos?

—Tres, de momento. La joven Serristori, el mozo de cuadras y otro, al que han encontrado rígido en medio de un campo. Había huido por miedo a que lo reconocieran los médicos.

—Entonces aún no se puede hablar de epidemia, si es un caso aislado... —objetó el noble Albizi con un hilo de esperanza en la voz.

—La peste corre por el aire como el viento de siroco —le respondió Carnesecchi con gravedad—, y cuando la ves llegar, ya es demasiado tarde.

—¿Qué podemos hacer entonces? —dijo el viejo Albizi con voz temblorosa.

—Hablaremos con fray Girolamo —decidió el confaloniero—, para que se encargue de nombrar un oficial de Sanidad, como se hace en estas tristes ocasiones. De momento no debe salir de nuestras bocas ni una palabra de lo que se ha dicho aquí dentro.

—En realidad te tocaría a ti nombrarlo, Bernardo. ¿O has renunciado a los privilegios de tu grado para obtener otros celestiales? —intervino Carnesecchi.

Alguno de los presentes tosió para enmascarar la risa, y el confaloniero se puso rojo de rabia y de vergüenza. Carnesecchi se dio cuenta y consideró que no valía la pena ir más allá.

—Fray Girolamo y el buen Dios nos dirán lo que debe hacerse; no creo que nadie ose poner en duda sus santas decisiones —concluyó, con desprecio, Bernardo del Nero.

Carnesecchi sacudió la cabeza, pero no podía enfrentarse a él demasiado abiertamente, porque equivaldría a ponerse en contra del fraile. Y eso podía suponer una acusación de traición y una condena al exilio para él y para su familia, o quizás algo peor. El confaloniero era uno de los jefes ocultos de los Piagnoni, bandas de fanáticos que recorrían toda Florencia aprovechando cualquier ocasión para imponer con violencia la voluntad de Savonarola, y a veces se valían de su nombre para cometer cualquier tipo de infamia en su propio interés. En aquel tiempo no hacía falta gran cosa para encontrarse con una cuerda al cuello o para ser flagelado en público hasta la muerte, ni siquiera para alguien de su posición. Antes de ponerse en pie dio sendas palmadas con las manos sobre las rodillas.

—Bueno, pues ofreceremos nuestras pústulas a Dios para ganarnos el Cielo, Bernardo.

—¡Viva Jesús, el rey de Florencia, nuestro Señor y Salvador! —exclamó Albizi levantando los brazos, sin comprender la feroz ironía de Carnesecchi.

El confaloniero Bernardo del Nero, por su parte, prefirió no responder a la provocación, y se limitó a asentir.

—Amén —respondieron todos.

Carnesecchi escupió al suelo en cuanto rebasó el portal del palacio que para él seguía siendo el de la Signoria de los Medici. En sus orejas aún resonaba la invocación de aquel viejo patán de Albizi. Ahora se juzgaban hasta los delitos comunes aplicando la ley del nuevo rey de Florencia, Savonarola. Quien cometía sodomía era condenado a muerte, cuando hasta pocos años antes se imponía únicamente una multa. A quien prestaba dinero con interés, actividad con la que se había enriquecido Florencia, se le requisaban todos los bienes. A quien blasfemaba se le cortaba la lengua. Las nuevas normas ya no se basaban en la Constitución municipal, sino en la interpretación que hacía Girolamo Savonarola de la palabra de Cristo. Hasta el ejercicio de artes y oficios estaba sometido a ellas. Un abogado que mentía en un juicio a favor de su propio cliente, práctica consolidada desde siglos atrás y considerada legítima, era condenado a la misma pena que el acusado. Y muchos artistas, entre ellos los más brillantes pintores y escritores, se habían visto obligados a quemar sus obras en la hoguera para evitar acabar ellos mismos en ella.

El propio Carnesecchi, que había comprado tiempo atrás un retrato de Adán y Eva al pintor Sandro Botticelli, por el que había pagado nada menos que ciento cincuenta escudos, había tenido que echarlo públicamente al fuego. En aquel periodo bastaba con retratar un desnudo o escribir de amor profano para sufrir persecución, condena y verse obligado a compartir con la peor escoria las oscuras y angostas celdas de la Carcere delle Stinche, de la que nadie había conseguido escapar jamás. Solo se salía de allí encadenado, para cruzar la Via Ghibellina y acabar en la torre della Zecca, donde un verdugo y un fraile esperaban al prisionero, uno con el hacha y el otro con el Evangelio, ambos encapuchados, para darle al reo el último consuelo, físico y espiritual.

Inmerso como estaba en sus pensamientos, Carnesecchi casi chocó con la imponente Judit de bronce, obra del maestro Donatello, que cortaba la cabeza a Holofernes: la victoria del pueblo contra los tiranos. Savonarola la había colocado frente a la puerta principal en clara señal de advertencia a los florentinos y de desprecio hacia los Medici, a quienes se la había confiscado.

A pesar de la doble capa de fieltro forrada en lana, sintió un poco de frío, y aquello era buena señal, puesto que se decía que el aire fresco mataba la peste. Por si acaso, él ya había mandado a su familia a la villa de Cascia di Regello, donde no había llegado siquiera la Gran Peste del siglo anterior. Pensó después en su invitado, recién llegado con gran secreto a su casa de la ciudad: así también se sentiría más libre y más seguro. Ni siquiera su mujer sabía de quién se trataba. «Dios bendiga al viejo papa Inocencio, que le nombró cardenal, y maldiga al nuevo, el Borgia, que lo tiene por enemigo», pensó.



Desde la ventana del nuevo Salón de los Quinientos, decorada con modestas cortinas de tosca lona, Bernardo del Nero, el confaloniero, observó el rápido avance de Pierantonio Carnesecchi, que desde la plaza giró en dirección al viejo mercado. Bernardo estaba medio escondido tras una de las dos columnas de mármol situadas a los extremos de la ventana, como si quisieran reducir sus amplias dimensiones. Tras la otra columna había una figura encapuchada que acababa de entrar por una puerta secreta del salón.

—Carnesecchi es un hombre peligroso, fray Girolamo.

—No debemos temer a los hombres que se nos oponen abiertamente, sino a los que se arrastran por entre las sombras como la serpiente, símbolo del demonio. Volverá entre nosotros, como todos; la llamada del Cristo triunfador es demasiado fuerte. Pero, por si acaso, haz que le sigan discretamente.

—Lo haré, padre mío. ¿Y en lo que respecta a la peste? Podría nombrar oficial de Sanidad al propio Albizi: es un hombre dócil, y desde que se retiró del comercio está deseando tener un cargo.

—Santo Tomás de Aquino no habría incluido la paciencia entre las virtudes teologales, pero no se equivocaría. Está bien: Albizi, pero espera a que dé yo el anuncio, y desde San Marco. La peste, Bernardo, es un castigo de Dios, el mismo que cayó sobre Egipto tras el anuncio de Moisés. Somos nosotros, con nuestras oraciones y con la remisión de nuestros pecados, quienes podemos hacer que el castigo sea terrible y devastador, o que, por el contrario, solo sea una modesta amonestación.

—No comprendo, padre.

—¡Dios me ha hablado! —respondió con vehemencia—. ¡Solo renunciará a destruir la humanidad si nos arrepentimos de nuestros pecados e imploramos repetidamente su infinita misericordia!

Bernardo se postró de rodillas para besarle la huesuda mano, con los nudillos marcados por el frío, y su mirada se posó sin querer en los pies, que tenían un color violáceo. En Florencia se murmuraba que, bajo el sayo, el santo fraile Girolamo solo llevaba el cilicio y unas calzas negras, y que solo se lavaba los domingos, antes de la misa, con el fin de evitar inútiles tocamientos de las partes íntimas.

Al día siguiente llegó una imprevista oleada de frío y en Florencia nevó. Donato Albizi, loco de alegría por el cargo recién recibido, se presentó en el palacio de la Signoria vestido con un simple jubón de terciopelo negro que le cubría las calzas hasta las rodillas. La boina roja escondía las manchas marrones que le afeaban el cráneo y le protegía del frío penetrante. Aunque no quería contravenir las normas del fraile contra el lujo, había considerado oportuno ponerse al menos la cadena de oro con el colgante de la media esfera con anillos concéntricos. Era el símbolo de su familia, comprado dos siglos antes por un antepasado suyo que se había hecho rico con el comercio de la lana.

A pesar de su edad, Albizi se arrodilló, postrándose frente a Girolamo Savonarola, sentado en el trono antes propiedad de Lorenzo de Medici. Solo dos armígeros, con el uniforme de la República y la alabarda apoyada en el suelo, montaban guardia junto al fraile. Él no tenía soldados propios, se movía solo o, como mucho, acompañado de dos o tres monjes. No necesitaba protección. Dios estaba con él.

—Tu primera actuación como oficial de Sanidad, tras la

misa, será cerrar el pasaje de Careggi. Tendrás diez compañías de arqueros para rodear el barrio; nadie deberá entrar o salir, bajo pena de muerte. Te daremos también arcabuceros: aunque son de escasa utilidad, el ruido del arma asusta más al populacho que la amenaza de una ballesta. Cuarenta días a partir de ahora; luego veremos qué hacemos. El Señor, misericordioso, me dirá lo que sea mejor para nosotros, pecadores.

—¿Y si el contagio superara el cordón sanitario?

El fraile sonrió y el confaloniero lo imitó.

—Mira, Donato, Dios, omnipotente, usa el trueno, el rayo y cualquier otra calamidad, incluida la peste, para afligir a los que quiere redimir. ¿Tú quieres ser redimido?

—Yo solo quiero lo que queréis vos y el Dios, mi Señor —balbució Donato Albizi.

# 10

*La tarde siguiente*

Un hombre de apenas veinte años estaba sentado al fondo de la taberna del Sole, situada en uno de los callejones más oscuros y estrechos de Florencia, a unos pasos del mercado. Bebía a tragos largos, y las gotas que le caían del bocal de peltre le manchaban de rayas moradas el uniforme amarillo de guardia de la República. Vio entrar a otro joven, con una melena de cabello negro ondulado hasta los hombros, y sofocó un eructo. Al acercársele, lo aferró por la camisa y le besó en la boca. Nadie les hizo caso: la taberna, atestada de día y de noche, era considerada zona franca, y los Piagnoni tenían orden de mantenerse alejados. Una medida necesaria, había sentenciado fray Girolamo: hasta la pústula necesita un desahogo para evitar que todo el cuerpo se gangrene.

—¿Alguna novedad? —preguntó el que acababa de llegar.

—Está todo escrito aquí —le respondió el guardia, entregándole una hoja enrollada.

—Mi señor te da las gracias.

Dos florines de plata brillaron sobre la mesa y enseguida fueron a parar a la escarcela atada junto a la bragueta.

—¿Y tú no me das las gracias?

—Creía haberlo hecho ya.

—¿Con esa miseria? —insistió el militar, apoyándole una mano sobre la bragueta—. No, quiero mucho más.

—Mañana por la noche, pues. Sabes dónde encontrarme. Dejaré la puerta abierta.

—También la mía está siempre abierta para ti, amor mío.

Más tarde, el joven de cabellos negros salió de la taberna, escupió al suelo y se limpió los labios con el brazo. Cuando llamó a las puertas del Palazzo Carnesecchi, la torre della Pagliuzza ya anunciaba el cambio de día. Le abrió un viejo criado; la casa estaba medio vacía desde el día en que la mujer y los hijos del señor habían partido, llevándose consigo gran parte del servicio, y el ruido de sus pasos resonó por la gran escalera que llevaba al primer piso, donde Pierantonio Carnesecchi esperaba pacientemente. El joven le entregó un pliego y fue recompensado con cuatro florines, suficientes para olvidar que la noche siguiente tendría que ser él quien pagara de un modo muy diferente.

—Podéis salir, monseñor —dijo Carnesecchi en voz baja.

Una mano enfundada en un guante apartó una cortina de pesado brocado. Giovanni de Medici no tenía el aspecto viril y la corpulencia de su padre Lorenzo, *el Magnífico*, ni los delicados rasgos de su madre, la princesa Clarice Orsini. Su único orgullo eran sus manos, habituadas desde años atrás a tocar el laúd y un precioso clavicordio, legado del tuerto de Federico, señor de Montefeltro, en un tiempo aliado, aunque no amigo, de su padre. Unas manos que aún no estaban acostumbradas a bendecir, aunque a sus escasos veintidós años hacía ya nueve que era cardenal. Solo sus ojos, que observaban atentos a su anfitrión y que lo interrogaban en silencio, a la espera de una respuesta, traicionaban su noble ascendencia. Carnesecchi leyó el pliego y se lo entregó.

—Albizi ha sido nombrado oficial de Sanidad, pero nadie debe saber aún de la existencia de la peste. Lo anunciará el fraile, el próximo domingo, en San Marco. Temo por vuestra vida, monseñor, si el contagio se extendiera.

—Eres un buen amigo y un aliado fiel. Un Medici no olvida, ni en el bien ni en el mal. Pero si he vuelto aquí, hay un motivo. Tengo muchos créditos, Pierantonio, y si por una parte eso supone riqueza, cada acreedor es tu enemigo, del mismo modo que los usureros que te exprimen te desean siempre una vida larga y próspera.

—No comprendo, monseñor.

Giovanni cruzó los dedos y agachó la cabeza. Luego volvió a levantarla, respiró profundamente y miró a los ojos a su interlocutor, decidido a fiarse de él. Habría podido traicionarlo más de una vez, entregarlo al fraile y obtener las más altas distinciones a cambio, y no lo había hecho. Cuando llegara el momento, Pierantonio tendría su recompensa. A aquella familia de especieros, carniceros y banqueros les donaría una flor de lis para que luciera eternamente en su escudo, porque los florentinos olvidan pronto.

—La Corona de Francia debe a nuestro banco más de cien mil florines de oro. Y el rey Carlos de Valois tiene problemas, no solo económicos. La República de Venecia, España, el Papado, el Reino de Nápoles y hasta el Ducado de Milán están en su contra. Y en la mía. He estado en su corte, y luego en Flandes. En Alemania muchos príncipes sufren bajo el yugo del emperador Maximiliano. Soplan nuevos aires en Europa. Los Medici están listos para volver.

—Monseñor, yo...

—Deja que te explique; quiero que tú lo sepas, y que lo entiendas, de modo que puedas estar a mi lado cuando este viento borre el viejo mundo hecho de traiciones y de envidias, de batallas y de muerte. Años atrás hubo alguien que intentó unificar este mundo bajo un solo dios, y fue asesinado. Un filósofo y un hombre riquísimo, el conde Giovanni Pico della Mirandola.



—He oído hablar de él, pero no lo he conocido.

—En persona te habría fascinado. Habría sido un aliado precioso para mí, sobre todo en este momento. Él quería recoger en un solo credo las religiones cristiana, judía y musulmana. Yo quiero utilizar su misma idea en el plano político.

Carnesecchi apoyó las manos sobre la mesa y le acercó un cuenco con frutos secos a su invitado.

—¿Queréis unificar las religiones?

—También podría ser...

Giovanni de Medici cogió un higo impregnado de miel y se lo llevó a la boca, sin apartar la vista de un atónito Carnesecchi.

—Alguien me ha ofrecido su ayuda, un infiel. Aunque, si lo miramos desde su punto de vista, somos nosotros los infieles.

—¿Queréis burlaros de mí?

—En absoluto.

Carnesecchi esperaba ver un brillo irónico en la mirada de su protector, pero leyó únicamente una férrea determinación, que solo quien ha nacido con el poder en la mano expresa con una naturaleza próxima a la locura. Y que estaba presente también en alguien como Giovanni, que más de uno consideraba un apocado, al haber preferido un exilio dorado en las cortes europeas que combatir a sus enemigos. Pero no dejaba de ser un Medici, y el arte de la política siempre vencía sobre el de la espada.

—Hace tiempo que estoy en contacto con el Turco.

—¿Os referís al sultán de Constantinopla?

Giovanni asintió. Carnesecchi emitió un profundo suspiro y juntó las manos.

—Creía que era nuestro enemigo.

—Enemigo es quien nos roba, quien nos quita la libertad, quien intenta matarnos. Veo muchos enemigos a nuestro alrededor, pero entre ellos ninguno que tenga la barba larga y un turbante blanco en la cabeza.

—No me digáis más, monseñor. Ahora mismo quizá no lograría comprenderlo. Me doy cuenta de que en ciertos casos conviene escuchar a nuestro poeta cuando, en el Purgatorio, dice: «Os baste con el quía, humana prole, pues si hubierais podido verlo todo, ocioso fuese el parto de María». Pero no dudéis nunca de mi lealtad.

Carnesecchi se arrodilló ante él y le invitó a que le pusiera una mano sobre la cabeza. El cardenal sonrió al oír aquella cita y ante aquel acto de sumisión.



—Estoy convencido, del mismo modo que estoy seguro de que te preocupas de verdad por mi salud. A propósito, no tengas miedo del contagio. No son los miasmas de la Tierra los que dispersan la enfermedad, ni la mano de Dios, sino la mano del hombre, que es menos peligrosa. Aunque no por ello hay que infravalorarla. Todo forma parte de un designio, originado lejos de aquí, y en torno al cual se librará muy pronto una dura y sutil batalla. Te necesitaré, a ti y a otro hombre cuyo nombre me han dado. Conozco su brazo, su honor y sé de una promesa que querrá mantener, precisamente en honor al que has nombrado antes y que murió por sus ideas. El veneno puede matar a un hombre, Carnesecchi, pero las ideas viven incluso tras su muerte.

# 11

*Finales de abril de 1497, entre Careggi y Florencia*

Tras un amago de buen tiempo, seguido de abundantes lluvias y de un viento frío, la primavera se hacía esperar. Sobre las colinas de Careggi, los niños aún arrancaban a los almendros sus frutos cubiertos con una cáscara verde y áspera, que saboreaban entre risas al abrigo de un seto o en una acequia. A veces arrancaban ramas enteras, provocando la ira de los campesinos, que ya sufrían la dureza de la estación. Un retraso en la cosecha podía significar el hambre.



De la peste ya no se hablaba. Durante un par de semanas se había visto rondar a patrullas de milicianos de la República de Florencia que, previo pago de cinco sueldos, dejaban pasar a cualquiera por la colina. Donato Albizi, oficial de Sanidad, recibía regularmente despachos de sus capitanes, que le garantizaban haber tendido un eficaz cordón sanitario, y que no había pasado nadie desde o hacia Careggi, donde habían aparecido los primeros casos de la enfermedad. Los arcabuceros practicaban disparando a los faisanes y a las liebres, que en aquel periodo obedecían con el celo las leyes naturales de la reproducción. Justo cuando mataron una gallina y uno de los capitanes se vio obligado a resarcir de su propio bolsillo al propietario para evitar una bronca, empezaron a retirarse las tropas. Y Savonarola sentenció desde el púlpito de San Marco que las oraciones de los florentinos habían conmovido a Dios y que, por su gracia y obra, tras tres semanas de contagio, la peste se había doblegado ante su voluntad. Pero podría resurgir, como un Cristo infernal, si la suma de los pecados superaba de nuevo el umbral de la cólera de Dios.

Ferruccio de Mola, por su parte, había dado repetidamente las gracias a un dios en el que ya no creía. Leonora estaba bien, y también Zebeide, que no había ido a ver a su prima. Para mayor tranquilidad había dado un permiso de un par de semanas a los labriegos que trabajaban en sus tierras para que pudieran dedicarse a las pocas que tuvieran en propiedad. Por el temor a un posible contagio, más que por mantener las distancias, evitaba las obsesivas caricias de los sirvientes al caballo y a sus botas. Ahora que el clima era duro y frío, los campesinos podrían preparar con calma los semilleros y el terreno para la siembra. Cavarían los huertos y echarían un vistazo a las colmenas, limpiándolas de abejas muertas. Con todo aquello, los mantendría lejos de su propiedad.

Una vez se había acercado hasta la finca de los Serristori. El incendio había prendido por varios puntos y la propiedad, una vez devastada por las llamas, había sufrido también el saqueo, hasta el punto de que solo quedaban los muros de piedra desnudos, como si todo un regimiento de mercenarios suizos hubiera arrasado la casa con mazas y picas incendiarias. Las enormes vigas del techo aún humeaban, pero en cuanto empezara a dispersarse el calor empezarían a llegar perros y zorros, los barrenderos de la muerte.



La campana de la ermita acababa de dar la hora nona: Leonora llevaba en brazos un ramo de amapolas y margaritas, y en una escarcela había colocado un ramito de violetas. Combinadas en infusión con piel de naranja y miel, serían un excelente remedio para la tos, cuando llegara el próximo invierno. Al llegar junto a la valla de la casa, Ferruccio se detuvo a oler el fresco aroma del limonero, que tenía las ramas cargadas de frutos. Oyó la voz de Leonora, que lo llamaba desde el primer piso, y subió las escaleras de dos en dos.

—Entonces, marido mío, ¿ha acabado la cuarentena? —dijo ella, con una sonrisa.

—Parece que ya no hay nada que temer —respondió él—. El fuego lo ha destruido todo… Hasta los soldados se han marchado.

Leonora le cogió la cara entre las manos y le besó frunciendo los labios.

—¿Y entonces? ¿No estás contento?

—Claro que lo estoy, pero pienso en los muertos. Y no creo

que hayan sido precisamente las oraciones las que hayan detenido el contagio.

—Cuidado, Ferruccio, que si te oye el fraile…

—Ah, sí; para él todo depende de la voluntad de Dios, hasta si una vaca da a luz un ternero muerto.

Leonora fue a coger uno de los pesados volúmenes de su armario y le dio una palmada.

—Es uno de los que me dejó Giovanni Pico, la historia de la peste de Granada, escrita por un tal Ibn Al Khatib, un erudito árabe. Lo he leído estos últimos días, y explica en términos sencillos cómo nace y cómo se desarrolla el contagio. Es la falta de higiene la que hace que proliferen las ratas, que a su vez son las que extienden la enfermedad. No es la voluntad de Dios, y yo le creo.

—¿A Dios? —dijo Ferruccio, sonriendo de amor y de orgullo.

—Sabes perfectamente qué quiero decir. Además, si Giovanni me dejó el libro, es que quería que lo leyera.

—Ojalá siguiera con nosotros.



—Pero no en este momento.

Leonora volvió a dejar el libro en el armario con todo cuidado y se le acercó. Aún no tenía la cabeza clara, pero el cuerpo, indiferente a la turbación de la mente, ya mostraba sus intenciones, y ella se dio cuenta. El deseo es el fármaco más potente contra cualquier tipo de dolor, y hace olvidar cualquier disgusto, cualquier pensamiento. Empujó a Ferruccio con un dedo hasta su estudio, donde le hizo sentarse sobre la cómoda otomana y se le puso encima. Luego le cogió una mano y se la llevó al pecho. Ferruccio cerró los ojos y se inclinó para besarle el cuello. Pero apenas tuvo tiempo de disfrutar de aquel momento íntimo: un suave ruido le hizo levantar la cabeza, a su pesar. Y se encontró delante a Zebeide que, temblorosa, retorcía el delantal entre las manos, como si no consiguiera secárselas del todo. Resoplaba como un fuelle y estaba congestionada tras haber subido las escaleras a la carrera.

—Dime, Zebeide…

Con un suspiro, apartó la mano del seno de Leonora, que hundió el rostro sobre su pecho, entre divertida y avergonzada.

—Señor mío, acaba de llegar un hombre a caballo. Está en el patio, y lleva una espada al costado. No me gusta; parece un soldado o algo así. Enseguida he cerrado la puerta, pero no ha llamado. Creo que sigue ahí fuera.

Leonora se levantó a regañadientes de las rodillas de su marido para que este pudiera ir a ver. Desde la ventana del primer piso, Ferruccio observó una robusta figura que paseaba arriba y abajo. No mostraba una actitud hostil, a pesar de la espada que llevaba en el cinto, cuya óptima factura reconoció inmediatamente Ferruccio. Los asesinos solían llevar el puñal escondido, para golpear a traición; quien llevaba la espada a la vista lo hacía sobre todo para protegerse de eventuales ataques y advertir a los malintencionados. «Cuidado, sé defenderme», parecían querer decir.

—¿Señor? —llamó Ferruccio en voz alta desde la ventana.

El hombre levantó la mirada, se giró a derecha e izquierda, y de nuevo miró hacia donde estaba él. Era prudente y desconfiado.

—Debo hablar con el noble Ferruccio de Mola. Presumo que será usted —dijo, y se quitó la capucha de la capa para mostrar la cabeza, en un gesto típico de caballero.

—¿Y vos quién sois?



—Prefiero no decirlo en voz alta, señor. Lo haré inmediatamente, pero en vuestra presencia, si me concedéis la gracia de dejarme entrar.

—¿Estáis solo? —Ferruccio miró mas allá de la casa y de los campos, en busca de algún movimiento sospechoso.

—Como todos en la Tierra, buen señor.

—¿Por qué motivo queréis hablar conmigo? No creo conoceros.

El hombre juntó las manos tras la espalda y separó las piernas, plantando los pies en el suelo.

Parecía impaciente, pero sabía cómo contenerse. No respondió y miró a Ferruccio a los ojos, sin insolencia pero sin temor.

—Voy a abriros —le comunicó Ferruccio.

Su porte denotaba cierta nobleza; no era un soldado, y si su caballo había combatido, lo habría hecho quizás en algún torneo. De cualquier modo, era alguien que no había que infravalorar. Ferruccio se colocó rápidamente el cinturón con la vaina a la vista, y en ella metió un estoque ligero, a la izquierda; a la derecha se colgó un estilete. En las distancias cortas eran mucho más útiles que la espada, aunque la vida le había enseñado a usar la prudencia antes que las armas. Y lo cierto era que no le apetecían nada aquella visita y aquel duelo verbal, que le recordaban épocas de su vida que querría borrar.

Le abrió la puerta y se saludaron con un simple gesto de la cabeza. Ferruccio le señaló las escaleras y le hizo subir delante para no darle la espalda. Leonora, que esperaba tras el diván, recibió la reverencia del desconocido. Una vez que tuvo delante al señor de la casa, el hombre plegó la capa sobre el brazo.

—En cuanto os diga mi nombre comprenderéis que os podéis fiar de mí. No obstante, señor, querría que estuviéramos solos.

Su tono era amable, y apenas conseguía contener cierta emoción, pero Ferruccio no tenía ninguna intención de pedirle a Leonora que se fuera. Si ella se iba, sería por decisión propia.

—Mi esposa es mi mayor confidente; prefiero que escuche lo que tenéis que decir que tener que contarle después nuestro diálogo cuando os hayáis marchado.

Leonora entrecerró los ojos, se cruzó de brazos y permane-

ció inmóvil entre el desconocido y Ferruccio. De dulce y pacífica sabía pasar a mostrarse fiera y resuelta, como uno de sus personajes bíblicos preferidos, Jael, la sumisa esposa de Jéber, el quenita, que mató con una estaca y un martillo al general Sísara, que había solicitado hospitalidad en su casa.

—Está bien, pues. Mi nombre es Pierantonio Carnesecchi.

—Os conozco —dijo enseguida Ferruccio, sorprendido, señalándolo con un dedo—. Sois un prior de la República…

—Arriesgo mi posición y hasta mi vida viniendo hasta aquí. Y aún más al mostraros esto.

De un bolsillo de piel colgado del cuello, Carnesecchi sacó una pequeña joya y se la entregó. Ferruccio cogió aquel anillo de oro, vio la piedra de cornalina tallada y se quedó blanco. De inmediato, su mente lo llevó hasta años atrás. Se vio en Roma, en Bolonia, en Urbino y en otras ciudades y pueblos. Vio callejones, palacios, calles y hombres a los que se había enfrentado y algunos a los que había matado, y otros más a los que había protegido y defendido. Vio la torre Grimaldina de Génova, donde había sido hecho prisionero, y su naufragio a las puertas de Nápoles. Vio la basílica de San Pedro, donde se encontró por primera vez con el único hombre al que llamaría hermano en toda su vida, Giovanni Pico, conde de Mirandola. Y vio por fin a Lorenzo, *el Magnífico*, a quien, durante tantos años, casi hasta su muerte, había servido fielmente. Un señor generoso, del que alguien ahora reclamaba la herencia, recordándole una deuda de honor que había permanecido oculta durante tantos años en lo más profundo de su corazón.

—Me doy cuenta de que lo reconocéis; sabéis a quién pertenece.

—Pertenecía a una persona —susurró Ferruccio—, y solo pueden llevarlo sus dos herederos. No creo que se lo diera a Piero, así que... —Se sobresaltó—. ¿Le ha pasado algo?

—Monseñor está perfectamente —dijo Carnesecchi, subrayando el título con la voz—. Y os traigo un mensaje de su parte.

Ferruccio se acarició la corta barba y clavó la vista en Carnesecchi.

—Creía que estaba en Alemania.

—Monseñor de Medici me ha dicho que puedo fiarme de vos como de mí mismo. Se halla en Florencia, de incógnito, y solicita que vayáis a verlo.

—Lo haré.

Leonora se quedó blanca.

—Ferruccio...

—Se lo debo, amor mío.

# 12

## *Recuerdos y despertar*

Tenía veinte años recién cumplidos, pero los había vivido peligrosamente, huyendo de mares enfurecidos y batiéndose con truhanes y tramposos, entre peleas, apuestas y fugas. Para después volver siempre a la paz de Bibbona, donde le esperaba su abuelo, Paolo de Mola, conocido como médico y boticario; en una finca de la colina, en los límites del pueblo, había creado un eficiente hospital en el que encontraban refugio y curación cristianos, judíos, musulmanes, herejes y disidentes, todo el mundo, fuera el que fuera su credo. Era el único lugar en toda la Toscana en el que heridos y enfermos podían rezar a su dios particular y pedirle la salvación, lejos de curas y monjas, o ponerse en manos solamente de la fortuna y de la ciencia. Y donde a veces se quedaban, una vez curados, para prestar asistencia a su vez.

No obstante, para algunos compañeros elegidos, Paolo era también un valiente maestro de armas. Era él quien había enseñado a Ferruccio la difícil práctica de la pesada espada bastarda, empuñada a una o dos manos, y los movimientos elegantes pero no menos letales de la espada ropera. Y luego el uso del bastón, desde el bordón largo al envite siciliano, la técnica del puñal usado en solitario o en combinación con la espada, y también el uso de las patadas, los codazos y las llaves para bloquear al adversario. Como buen profesor, le había inculcado también el gusto por la lectura, alternando textos licenciosos con los libros sagrados cristianos, judíos e islámicos. El abuelo hablaba poco de los padres de Ferruccio, y este, que no los había conocido, había aprendido a respetar aquel silencio.

Cuando Paolo de Mola sintió que su camino en la Tierra estaba próximo al final, llevó a su nieto frente a una pequeña iglesia de planta cuadrangular, al abrigo de las murallas del pueblo. Ferruccio la observó distraído; por lo que él sabía la iglesia llevaba cerrada mucho tiempo y solo se decía misa en la otra, la de Sant'Ilario.

—Esta iglesia está consagrada al santo Jacopo d'Altopascio, que fundó la orden de los frailes hospitalarios. Lee las palabras grabadas en la luneta.

Ferruccio frunció los ojos; la inscripción parecía más antigua que el propio templo y estaba borrada en parte por el paso de los años.

—*Terribilis est locus iste*... Este lugar es terrible... Qué extraño... Y en una iglesia, nada menos.

—No es extraño; es una frase sacada de la Biblia, es el sueño de Jacob. Se cuenta que llegó a una ciudad y que allí descansó, pero, mientras dormía, en sueños se le apareció una escalera mágica que iba de la Tierra al Cielo, y oyó la voz de Dios. Jacob, al despertarse, erigió una estela y la consagró con las palabras «¡Este es un lugar terrible! Esta es la casa de Dios y la puerta de los Cielos».



—¿Qué quieres decirme, abuelo?

—Intento hacer que recuerdes que *terribilis* no significa *horribilis*; Dios puede ser terrible, como lo es su venganza, pero nunca horrible. Los escalones que estamos subiendo, como la escalera del sueño de Jacob, llevan a un lugar del que ya no se vuelve.

Ferruccio quedó asombrado cuando su abuelo sacó de debajo del blusón una gran llave y se acercó a abrir el portón, como si la iglesia fuera suya.

—¿Ves esta señal? —preguntó Paolo de Mola, señalándole a su sobrino tres espadas con la punta orientada hacia abajo, y sin empuñadura—. ¿Sabes qué significa?

Ferruccio negó con la cabeza.

—Es el símbolo de los frailes hospitalarios; es la triple tau, la última letra del alfabeto hebreo.

—Estoy igual que al principio, abuelo...

—Las tres T, o tres tau, indican el templo de Jerusalén, el tesoro oculto y el relicario que esconde un tesoro.

—Abuelo... —dijo Ferruccio, sonriendo—, ¿te estás burlando de mí?

Paolo de Mola empujó el portón, que se abrió con un crujido.

—Entra, hijo mío. No, no estoy bromeando. Ahora observa a tu alrededor.

La iglesia estaba desnuda de todo ornamento, y hasta las paredes eran blancas, sin ningún fresco. Pero todas las columnas estaban esculpidas con símbolos florales y conchas bivalvas, y muchas de las piedras mostraban tres letras misteriosas grabadas encima: una E, una T y una S.

—Esta es ahora la iglesia de los caballeros del templo, Ferruccio, y yo pertenezco a la orden. Por eso tengo la llave.

—¿Eres un... templario? —Ferruccio lo miró, perplejo—. ¡Pero... los templarios están extinguidos desde hace tiempo!

—No, Ferruccio, en su tiempo mataron a muchos de ellos, pero no a todos, y los que sobrevivieron mantuvieron viva la orden, en el silencio y la soledad. Los podrías distinguir solo entre los que aún siguen la vía de la justicia y de la rectitud, del honor y del perdón. Pero es difícil, porque esta concha cerrada representa la unión indisoluble que une a los caballeros con su secreto. Hoy en día, solo el tiempo y un profundo conocimiento permiten que dos templarios se reconozcan. Hasta la iniciación se celebra en presencia de un maestro y de dos caballeros que vienen de lejos y que vuelven a partir enseguida, dejando al nuevo adepto a solas con su conciencia. Ahora te desvelaré un secreto, con la esperanza de que también tú, un día, ocupes mi lugar.



—Yo... no lo sé, abuelo.

—No tiene importancia; si llega el momento, no dependerá de ti. Serán tus acciones, quizá, las que hagan que se den a conocer o no. Mira, esas tres letras, ETS, significan *ecce templari sumus*, es decir, «aquí somos caballeros del templo», en este lugar aún existimos. Ahora siéntate, Ferruccio. Antes de que me vaya al lugar de donde no podré volver, debes saberlo.

Aquel fue el día en que Ferruccio supo quién era, y el de su iniciación a una nueva vida: sus orígenes franceses; la descendencia directa del último gran maestro de la orden de los caballeros templarios, Jacques de Molay, quemado en la hoguera; la fuga a Italia, la italianización del apellido Mola; la conservación de las tradiciones templarias en aquel lugar perdido de la Toscana; y las persecuciones, que no acababan nunca, y que habían sido el motivo del asesinato de sus padres por parte de sicarios desconocidos, hombres que podían trabajar a sueldo para el rey de Francia, el papa o Mehmed II, todos ellos enemigos de los caballeros templarios y de su abuelo, maestro de la orden. Aquel fue el día en que perdió su juventud.

Paolo de Mola vivió dos años más, cada vez más enfermo. En aquel periodo, Ferruccio aprendió a vestirse de negro y a esconder sus emociones y su nombre, aunque la fama de su espada viajaba de pueblo en pueblo. Cuando llegó el momento del último adiós, su abuelo le entregó un anillo, y le rogó que se lo entregara al Magnífico, que era quien había permitido la construcción del hospital y lo había financiado, y que desde los tiempos de su padre, Piero, los había protegido desafiando reglas y leyes de papas y reyes. Ferruccio le obedeció y recorrió la última etapa: la llegada a la corte florentina, la entrega del anillo y la sumisión voluntaria al único hombre con el que se sentía en deuda y al que estaba agradecido.



Toda la vida se le había pasado por delante en un momento, y cuando sus ojos recuperaron la vista, la decisión ya estaba tomada. Al cruzar la mirada con la de Leonora, que levantó la barbilla, conteniendo las lágrimas, le dio la impresión de que las paredes de la casa se venían abajo como si fueran de arena y no de piedra.

—¿Dónde y cuándo? —preguntó Ferruccio a Carnesecchi.

—En un lugar seguro, y por ello os ruega que vayáis el domingo a la misa que el fraile celebrará en Santa Maria degli Angeli. Estará escondido entre los fieles, al fondo de la iglesia, a la derecha, cerca de la nueva estatua de san Marcos, vestido con el sayo dominico. La iglesia es pequeña y habrá una gran muchedumbre: nadie se fijará ni en él ni en vos. Y ahora, con vuestro permiso, volveré a Florencia e informaré a monseñor. Siempre que vuestra criada, que no me ha abierto la puerta para entrar, me la abra para salir.

Leonora dejó a Ferruccio solo en su estudio y al salir cerró la puerta. Había algo en aquel hombre que había venido a alterar la paz de su casa..., algo que la turbaba. Por una parte, se sintió transportada al pasado, a la época en la que cuerpo y alma vivían separados y se vendía día tras día para sobrevivir.

Por otra, se vio proyectada hacia el futuro, al borde de un abismo, empujada por un viento al que no se podría resistir.

«Locuras de mujer», habría dicho su viejo confesor. O quizá poseyera realmente un conocimiento que le permitía ver más allá de la realidad aparente, intuir y comprender cosas que el hombre no podía reconocer hasta que las tenía delante. «Es la madre creadora —le habría dicho en cambio Giovanni Pico—, el ser que ha dado origen a todo, del que, como mujer que eres, posees una chispa. Un toque de antigua sabiduría, una señal de su presencia, un don que te permite intuir más allá de tu naturaleza humana.» En aquel momento oyó la voz de Giovanni Pico, que la tranquilizaba y al mismo tiempo la advertía. Ya se lo contaría a Ferruccio, pero no en aquel momento; había un momento para cada cosa, y aquel era el momento de estar sola.

## 13

*Estambul, palacio del Serrallo, sala del Trono,*
*1 de mayo de 1497*

En el salón del trono, Beyazid II, hijo de Mehmed el Conquistador, había congregado a los embajadores de los diferentes países. Si su padre había sido el líder guerrero del islam, él sería recordado por haber traído paz y prosperidad a su pueblo. Del mismo modo que había un tiempo para morir y otro para vivir, también había un tiempo para las armas y otro para las artes, tal como él mismo solía decir, parafraseando el sagrado Pentateuco. Aquel día se dedicaría a la música religiosa y a la celebración de su cumpleaños, que aquel año caía precisamente en el mes del Ramadán que estaba a punto de empezar. La ceremonia aún no había empezado y una pequeña multitud heterogénea y variopinta llenaba ya la sala. Ada Ta y Gua Li entraron, recibidos por miradas curiosas, a causa de sus ropajes de corte sencillo pero de llamativos colores. Gua Li pasó un momento de angustia cuando se vio obligada a alejarse de Ada Ta, pero era preceptivo que hombres y mujeres estuvieran separados. Ella se encontró en un rincón de la sala, junto a una mujer alta, austera, con los ojos cubiertos por un velo negro y un *yihab* adamascado con medias lunas rojas que le envolvía la cabeza y le caía sobre los hombros. Ada Ta no tuvo tanta suerte; a él le tocó la primera fila, casi frente al trono, el mismo honor que habían corrido los más feroces rivales del sultán, los venecianos, cuyo parloteo no respetaba la etiqueta de la corte.

Antonio Grimani, enviado de la Serenísima República de Venecia, se dirigió por enésima vez a su vecino:

—¿Cuándo acaba la ceremonia?

—Excelencia —le susurró pacientemente Sebastiano Barbarigo—, acaba de empezar. El muecín del sultán acaba de recitar diez versículos del Corán.

—¿Y esos tambores? ¿No indican que están a punto de colgar a un condenado? No veo la horca.

El dux Agostino, tío de Sebastiano, le había pedido explícitamente que fuera amable con aquel hombre anciano y obtuso, uno de los pocos que se habían mostrado dispuestos a aceptar el arriesgado puesto de legado de la República en Estambul. Los últimos años, las relaciones con Venecia habían empeorado. El sultán Beyazid II se había ofendido por el comportamiento del anterior embajador veneciano, en cuyos despachos cifrados, que él robaba regularmente, había encontrado indicios de complots en su contra, y lo había expulsado. Aunque, en la medida de lo posible, le convenía mantener una buena relación, para favorecer el comercio y evitar una guerra de futuro incierto. Las nuevas fronteras con el mundo cristiano en Bulgaria, Tracia y Macedonia, obtenidas con las victorias de su padre, no estaban asentadas.

—No estamos en Venecia, excelencia —respondió Barbarigo—. En el palacio del Serrallo no cuelgan a la gente. Los tambores solo señalan la llegada de los bailarines. Mirad, están entrando.



Ada Ta dejó de escucharlos y siguió con la mirada la entrada de los bailarines. Un ney, una larga flauta de hueso, empezó a entonar una melodía dulcísima. Grimani resopló, y Barbarigo se vio obligado a reprenderlo una vez más.

—Disculpad, excelencia, pero se trata de una ceremonia sacra. ¿Lo veis? El sonido del ney representa el aliento divino que da la vida a todos los seres humanos.

—¿Y esos ahora van a bailar? ¿Con esas capas?

Sin apartar la mirada de los bailarines, Ada Ta se dirigió al noble veneciano:

—No, excelencia. La capa negra que llevan representa la ignorancia de la materia; debajo visten una túnica blanca, como un sudario, símbolo de la luz y de la muerte.

Grimani se lo quedó mirando, perplejo, y se tocó los testículos, algo que hacía incluso cuando asistía a misa, cada vez que oía pronunciar la palabra «muerte». Barbarigo miró tímidamente a aquel invitado desconocido de rasgos orientales. El músico que tocaba el ney interrumpió la melodía y el bailarín que estaba al frente del grupo, que se distinguía de los demás por su turbante verde, abrió los brazos como si quisiera abrazar a todos los presentes.

—Ven —dijo, levantando la mirada al cielo—. Quienquiera que seas ven. ¿Eres un ateo, un idólatra, un pagano? Ven, este no es un lugar de desesperación; aunque hayas faltado cien veces a una promesa, ¡ven!

—Ahora —prosiguió Ada Ta— les besará el gorro de fieltro marrón, que simboliza la lápida mortuoria.

Grimani se tocó de nuevo, palideció. Los bailarines se distribuyeron a lo largo de la sala, mientras su maestro se sentaba sobre una piel de carnero rojo y daba una palmada con las manos sobre el suelo de mármol verde. Entonces los derviches echaron las capas hacia atrás y también dieron con las manos en el suelo. Y empezó la danza.

Del mismo modo que los planetas trazan órbitas alrededor del Sol, los bailarines giraban vertiginosamente sobre la pierna izquierda, sin levantarla en ningún momento del suelo. Tendían los brazos hacia el exterior, con la palma de la mano derecha orientada hacia arriba, para que el poder del Cielo entrara en su cuerpo, los atravesara y se descargara en el suelo a través de la palma de la mano izquierda, orientada hacia abajo. Dios estaba en su interior y, a través de la danza giratoria, los derviches se disponían a alcanzar el éxtasis místico. El sonido rítmico y obsesivo de los davules, los tambores de piel de cabra, endulzado por la armoniosa melodía del ney, estaba llegando a su fin, cada vez más rápido y trepidante, y los derviches más jóvenes cayeron al suelo. Cuando cayó el último de los bailarines, Beyazid II se puso en pie y sonrió. Llevaba el color del islam, una rica túnica verde adamascada en oro que le llegaba a los pies, y una casaca negra rematada con precioso armiño. Del gran turbante blanco, prendido con un broche que llevaba un gigantesco rubí engarzado, salía un rico penacho de un negro intenso.

—*Bismillah ar rahmani ar rahim,* en el nombre de Dios, el Clemente y el Misericordioso —declamó Beyazid—. Sea la paz y la bendición sobre el profeta Mahoma, bendito sea su nombre, y sobre todos... mis nobles invitados. Es un placer para mí recordar, a quien no tiene la suerte de conocer la fe, que islam, además de obediencia y sumisión a Dios, significa también paz.

El enviado de Dios, Mahoma, bendito sea, nos ordenó honrar y recibir con un saludo de paz a nuestros invitados, y por ello dijo: hombres, defended la paz, ofreced alimento, visitad a vuestros familiares y rezad de noche, mientras la gente duerme. Y entraréis en paz en el Paraíso.

Beyazid se tocó en rápida sucesión el corazón y los labios con la mano derecha y agachó un poco la cabeza. La ceremonia había concluido oficialmente, y el sultán se preparó para recibir los preceptivos regalos de los presentes. Se formaron los primeros corrillos y los embajadores y comerciantes aprovecharon para hablar de negocios, sin necesidad de que ninguna de las partes hubiera pedido audiencia a la otra. Gua Li consiguió abrirse paso hasta Ada Ta, que seguía entre los hombres.

—No creo que hoy el sultán tenga tiempo de escucharme.

—Es el pez el que decide cuándo morder el anzuelo, y llegado el momento el pescador solo tiene que tirar de la caña. Observa, hija mía, lo débil que es el poder, que siempre necesita quien vaya a exprimirlo. La vaca muge y se lamenta si no va nadie a ordeñarla y vaciarla de leche.



La mujer del velo negro y las medias lunas rojas fue la primera en acercarse al sultán. Durante todo el rato que la había tenido cerca, Gua Li había percibido un olor desagradable, de setas podridas.

—Es Faiza Valide, la esposa de Beyazid —le susurró Ada Ta—. Es una princesa de Circasia.

Cuando se inclinó frente a su marido, la decena de anillos de oro que colgaban del *yihab* tintinearon. Era su deber religioso rendir tributo públicamente ante su esposo. Era considerada la más devota de las mujeres musulmanas del Serrallo, e incluso en aquella ocasión iba acompañada de un gigantesco eunuco que llevaba siempre consigo un ejemplar miniado del Corán. A un simple gesto de ella, le leía una de las ciento cuatro suras, escogida al azar, como manifestación de la voluntad del propio Alá en aquel día y a aquella hora.

El sultán hizo intención de acariciarle el rostro, pero, ante la mirada de todos, ella se echó atrás.

—¿Por qué hace eso? —se extrañó Gua Li.

Ada Ta se tapó la boca con la mano para que nadie más le oyera:

—Beyazid el Justo mató a su padre, y ella era su favorita. Así es como conquistó el trono.

—¿Y tú cómo sabes estas cosas?

—Hago preguntas, igual que tú.

Faiza sentía que todos la miraban, y se sintió aún más orgullosa de su gesto. Estaba en su derecho, lo había dicho el Profeta: podía negarse a que él la tocara. Con el asesinato de su padre, su esposo se había convertido en un descreído, un *kâfir*. Al echarse atrás permitió que el gran visir Abdel el-Hashim pudiera acercarse a su soberano. El visir cogió un extremo de la túnica del sultán y lo besó, arrodillado a sus pies. Luego les tocó a los hijos del sultán el turno de postrarse ante su padre, que reconoció solo a algunos de ellos. Cansado y aburrido con la interminable procesión, Beyazid se sentó en el imponente trono con baldaquino, cubierto de piedras preciosas y con incrustaciones de oro y madreperla. En la parte superior, colgada de un cordón de seda, había una enorme esmeralda verde que se movía a cada soplo de aire y que parecía emitir rayos divinos sobre la cabeza del monarca.

—Aquel es el símbolo del islam —dijo Ada Ta, señalando la esmeralda con un gesto de la cabeza—. Quien ose acercarse a esa piedra se juega la cabeza.



En aquel momento, Gua Li se giró hacia un jenízaro que asía nerviosamente la empuñadura de su cimitarra. La elegancia de sus ropas, desde los ricos pantalones anchos a la ancha faja de seda con que los llevaba sujetos a la cintura, reflejaban su grado de jefe de la *solaq*, la milicia personal del sultán durante los viajes y las ceremonias.

—Percibo olor a muerte.

Gua Li le apretó el brazo. Ada Ta cerró los ojos un momento. Ante ellos, Antonio Grimani avanzó tambaleante e insinuó una leve reverencia que imitó toda la delegación cristiana. Las calzas de terciopelo violetas estaban raídas por varios puntos, sobre todo por la zona de la bragueta, roja, lo que hacía destacar aún más los genitales. Sobre la sencilla capa corta, con las insignias de almirante, Beyazid vio el collar de oro de la orden de los caballeros de San Giovanni, símbolo de sus más acérrimos enemigos. Sin aquel collar en el cuello, el noble veneciano parecería un pedigüeño cualquiera al que dar la *zakat*, la limosna ritual, tercer pilar del islam. El sultán pidió que le trajeran un zumo de naranja, que fue bebiendo a sorbos, sin prisas. El criado quedó a la espera, a sus pies. A un gesto del sultán se llevaría el vaso con los restos del zumo a la cocina y a escondidas apuraría ávidamente las gotas restantes, por el mismo sitio por donde había apoyado los labios el gran padre.

La última en presentarse fue la delegación judía. Desde que Beyazid había concedido hospitalidad y trabajo en sus tierras a los sefardíes expulsados de España, habían llegado a Estambul más de cien mil, pero en ningún momento se habían mezclado con el resto de la población. Tenían sus barrios, su curioso modo de vestir y de peinarse, y parecían todos pordioseros, salvo alguna excepción. Quizás aún tuvieran miedo de mostrarse demasiado por ahí, como ocurría en otros lugares tras la diáspora. Privados de todos sus bienes por los catolicísimos Fernando e Isabel, los judíos habían llegado a Estambul, pobres y hambrientos, pero con mucho que aportar a la artesanía, las finanzas y el comercio. El estado de *dhimmi*, de sometidos, les permitía vivir en paz siempre que pagaran la *jizya*, el justo tributo, que no portaran armas ni testificaran contra un musulmán. Por lo demás, podían vivir de acuerdo con su propia religión y, tal como rezaba el viejo *hadith*, el creyente que infringiera este pacto «ni siquiera olería la fragancia del Paraíso».



Beyazid vio que se acercaba Jehudá Caro, el líder de la comunidad judía. Si no hubiera sido por su cabello y por aquel casquete blanco, el viejo rabino parecería un sabio ulema. Lo conocía también por su infatigable locuacidad, y en aquel momento lo único que esperaba era que no le hiciera perder demasiado tiempo con sus discursos sobre la paz y el agradecimiento, que se sabía de memoria, entre otras cosas porque no veía el momento de dirigirse a la parte más secreta del harén, donde le esperaba una nueva adquisición.

—Gran sultán... Baiazet, nuestro dios te manda todas sus bendiciones y sus deseos de felicidad para el día de tu cumpleaños.

Jehudá Caro, pese a hablar sin ningún acento la lengua sacra del Profeta, bendito sea su nombre, aún no había aprendido a pronunciar correctamente el nombre del soberano.

—También nuestra comunidad, a la que proporcionas asilo y protección, ha querido rendirte homenaje, y me ha encargado a mí, su humilde servidor, que te ruegue que aceptes este modesto regalo, elaborado por nuestros mejores orfebres.

Beyazid olvidó enseguida cómo le había destrozado el nombre y, pese a estar acostumbrado a las joyas más recargadas, se quedó asombrado. Lo que le presentaba el judío con humildad era una miniatura perfecta de la basílica cristiana de Santa Sofía. Era demasiado bonita para ser demolida, como todas las demás, por lo que ahora se llamaba Gran Mezquita, solo superada en tamaño por la de la Meca. Sobre una base de esmeraldas, cuatro altos minaretes de un alabastro con un fino grabado enmarcaban un mosaico de granates que imitaba los ladrillos rojos de la estructura original, con el techo recubierto de escamas de obsidiana. Hasta los vitrales de colores de la mezquita, con las vueltas de plomo, habían sido imitados con una filigrana de oro finísima. Era un trabajo que había llevado meses, y en el que los orfebres judíos habían querido demostrar toda su maestría y su agradecimiento al sultán turco que los había acogido.

Jehudá Caro estaba sudando del esfuerzo que le suponía sostener la preciosa escultura, y soltó un suspiro de alivio cuando Beyazid extendió los brazos para recoger su regalo. En aquel momento, Ibn Said, el jefe de los jenízaros de la corte, pasó por encima de los derviches tirados por el suelo y empujó violentamente al suelo al viejo Jehudá Caro. Al mismo tiempo se sacó de la manga un puñal con la punta curvada y se lanzó contra el sultán. Su grito resonó en toda la sala.

—¡Muerte al *kâfir*! *¡Allahu Akbar!* ¡Alá es grande!

Ada Ta se agachó, silencioso, apoyó una rodilla en el suelo e introdujo el bastón entre las piernas del jenízaro, que perdió el equilibrio y cayó sobre su propio cuchillo, clavándose la hoja en el vientre. Beyazid se quedó inmóvil, más molesto que asombrado por aquella ofensa a su realeza. Luego miró horrorizado la miniatura. Uno de los minaretes se había roto y algunas de las escamas de obsidiana habían acabado en el suelo, donde se confundían con el veteado del mármol. Ada Ta recuperó rápidamente su posición y dejó que fueran los soldados de la milicia los que se ocuparan del atacante herido. En determinadas situaciones, a veces pagan justos por pecadores. El corazón de Gua Li volvió a latir. Por un momento le había parecido ver a Ada Ta en la posición del traidor, herido de muerte.

Cuando el sultán se dio cuenta de que quien había atentado contra su vida era su fiel Ibn Said, se sintió dolido y sorprendido de que hubiera esperado aquel momento para asesinarlo, cuando había tenido muchas otras ocasiones. Era evidente que quería ser una demostración pública, y suicida, además. Y de no haber sido por la intervención de aquel monje venido de lejos, aquel mismo día habría ido al encuentro de su padre, al que imaginó aún sediento de venganza a pesar del Paraíso y de las setenta y dos vírgenes de las que habría gozado en los últimos años.

Beyazid se acercó a su asaltante hasta oír su respiración afanosa, mientras un guardia lo obligaba a levantar la cabeza cogiéndolo de atrás por el cabello. Vio su mirada cargada de odio, sin ninguna sombra de arrepentimiento ni petición de perdón. Beyazid le dio la espalda; Ibn Said ya era hombre muerto, y debía saber que sus propios excompañeros de armas le sonsacarían el nombre de los responsables de aquello con los más sofisticados métodos de tortura. Mientras tanto se había extendido por toda la sala un silencio sepulcral, que rompió la voz estentórea del gran visir:



—*¡Subhana Rabby al-'alaa!* —gritó—. ¡Sea glorificado el Señor, el Altísimo! ¡Nuestro sultán está sano y salvo!

—*¡Amin! ¡Allahu Akbar!* ¡Alá es grande! —gritaron todos, incluidos judíos e italianos.

El gran visir ordenó inmediatamente a los guardias que pusieran de rodillas al asaltante, con los brazos extendidos. Cogió la cimitarra de uno de ellos y se puso al lado del prisionero. La hoja se levantó, brilló por un momento a la luz y se abatió sobre su cuello: la cabeza rodó y se detuvo a los pies de Ada Ta. Fue el propio visir quien la recogió y, con el brazo en alto, la mostró a todos, mientras la sangre seguía cayendo al suelo. Beyazid le preguntó con la mirada por qué lo había hecho.

—Es la sharia, mi señor. —Abdel el-Hashim bajó la mirada y le entregó la cabeza a uno de los guardias—. Ha osado levantar la mano en tu contra, y por eso merecía la muerte. No podía seguir con vida ante los ojos de Alá y de todos los infieles aquí presentes. Perdóname si con mi gesto te he turbado, poderoso sultán.

El embajador Grimani se dirigió, satisfecho, a Barbarigo:

—Teníais razón: aquí no cuelgan de la horca, solo cortan la cabeza.

Mientras Barbarigo buscaba las palabras para quitarle de la boca a Grimani aquella sonrisa socarrona, Faiza Valide, la esposa del sultán, entonó el *zagharid*, el grito de alegría de las mujeres musulmanas, y todas sus sirvientas la imitaron. El sonido agudo y rítmico se extendió fuera de la sala y, muy pronto, otras mujeres, en los jardines, en las estancias, en las cocinas, en el gineceo, en todas partes, lo amplificaron, extendiéndolo enseguida por todo el palacio del Serrallo. Traspasó incluso las murallas, se coló por las calles y por las casas, y todas las mujeres, aun sin conocer el motivo, fueron repitiéndolo hasta el infinito, batiendo rápidamente la lengua sobre los labios, hasta que toda Estambul quedó invadida por la presencia obsesiva de aquel grito.

# 14

*Estambul, 5 de mayo de 1497, palacio del Serrallo, en el harén*

El jenízaro tocó con la punta de la lanza el vientre de su compañero de guardia, que se había amodorrado de pie. Este reaccionó poniéndose en posición de firmes y miró a derecha e izquierda antes de lanzarle una mirada furiosa al otro, que aún se reía. Después, a un gesto de su colega, comprendió por qué le había despertado. Entre la fina bruma del alba, el extranjero loco había vuelto a la acción.



—Mira, Kamil, acaba de comer flores y hierbas —dijo el primero.

—A lo mejor se cree una cabra.

—Para mí que es un demonio, un *dracul*.

Kamil escupió tres veces por encima del hombro izquierdo.

—*Audu billah mina schaitani ar rajim*. ¡Que la misericordia me proteja!

—Si el imán te oye recitar esas tonterías, hará que te corten los testículos. Recuerda que, cuando vuelva el profeta Jesús, liberará de las supersticiones a los cristianos y a los hebreos, y el mundo musulmán y cristiano se unirán en una única fe, y la Tierra disfrutará de un periodo de paz, seguridad, felicidad y bienestar. Pero si sigues con esos gestos te hundirás en la Geenna, como dice el profeta Jesús.

—Sí, sí, tú siempre tienes razón, Yasar, pero mi abuelo llevó la cabeza del gran *dracul* en su lanza en los tiempos del rey Basarab, y cuando volvió a casa se encontró todas las vacas muertas y...

—Y a tu abuela, que había huido con el único asno. Me lo has contado cien veces, Kamil.

—Fue el poder del *dracul*.

—A lo mejor fue tu abuela, que se prometió con el asno…

—¡Cuidado con lo que dices, Yasar; no me desafíes!

—Espera, mira qué hace… De *dracul* no tiene nada.

Ada Ta se había pasado varias veces las manos por encima de la cabeza, en círculo, y luego las había juntado en posición de oración, frente al pecho. Pero con la última rotación había bajado los brazos hasta el suelo y ahora se sostenía sobre tres dedos de cada mano. Impulsándose con un movimiento de la zona baja de la espalda, dio una voltereta hacia delante y luego otra, y otra más, sin tocar el suelo con los hombros y deteniéndose cabeza abajo, apoyado otra vez sobre tres dedos de cada mano. Los dos soldados se lo quedaron mirando con la boca abierta. Tras recuperar la posición vertical, con los brazos tras la espalda, Ada Ta inició una serie de saltos de al menos tres brazas de longitud, como si fuera una rana, elevándose mínimamente del suelo. Luego empezó a girar el bastón con tal velocidad, pasándoselo de una mano a la otra, que Kamil y Yasar solo veían un círculo mágico hecho de viento. Una vez terminados los ejercicios, se acercó a los dos soldados, que, contraviniendo el reglamento, le dejaron acercarse armado del bastón.

—Yasar es muy sabio —dijo Ada Ta, dirigiéndose a Kamil—. No obstante, yo creo que la paz solo podrá llegar cuando todos los hombres dejen de creer que su dios es el único. De otro modo, sería como si para obtener la paz definitiva en un lago, el lucio tuviera que comerse al resto de los peces. Mejor el equilibrio entre las especies que la victoria de una sola. El equilibrio es importante, ¿veis?

Con extrema lentitud, ante sus propios ojos, el monje hizo la vertical cabeza abajo, primero sobre dos manos, luego con una mano sola y por fin apoyándose únicamente en un pulgar. Kamil puso unos ojos como platos.

—Eso es magia, magia negra.

Ada Ta volvió a ponerse en pie.

—La magia es lo que no se cree posible hasta que no se practica. Entonces se comprende que no es magia. En las montañas de donde venimos hay mucha gente que hace esto.

—¿Cómo es posible? —preguntó Yasar.

—¿Tú has visto volar a un burro alguna vez?

—No, nunca. Los burros no vuelan.

—Dices bien, porque tú conoces a los burros, y a veces incluso les haces compañía. —Ada Ta sonrió—. Pero si no hubieras visto nunca un burro y te hubieran dicho que vuelan, no podrías saber que no es así.

El monje juntó las manos y se alejó en dirección a las dos estancias que les había asignado el sultán en el interior del palacio del Serrallo, aunque aún no se había dignado a recibirlos. Encontró a Gua Li asomada a una mesa llena de bandejas colmadas de dulces, y a un satisfecho Ahmed de pie a su lado. La mujer se llevó a la boca un pastelillo en forma de rosa, y una combinación de sabores de nuez, avellana, pistacho y limón le llenó el paladar. Satisfecha tras aquella primera prueba, se dejó tentar por otro pastelillo en forma de pirámide: un intenso aroma a sésamo penetró en su nariz e hizo una pequeña mueca.

—Tenéis razón, el *halva* es demasiado dulce —dijo él, quitándoselo delicadamente de la mano—. En cambio, el *baklava* es el preferido del sultán. Según dicen, tiene además grandes poderes afrodisiacos.

Ada Ta se acercó a ambos.



—Hasta el gusano de una manzana puede ser afrodisiaco si la mente así lo cree. Pero, sin duda, este dulce resulta mucho más apetitoso que el gusano.

—El Magnífico ha solicitado veros —anunció Ahmed, cruzando los brazos frente al pecho—. Y me ha pedido que os trajera estos dulces para disculparse por la larga espera.

—La espera es larga si es desagradable —respondió Ada Ta—, mientras que si es agradable siempre se hace corta.

—Tened la cortesía de seguirme.

Salieron por el jardín. Un halcón chilló en lo alto, por encima de sus cabezas. Gua Li observó el vuelo circular del animal, que iba en busca de alguna presa sobre la que lanzarse. Ahmed los llevó hasta una verja alta que había a la derecha, decorada con flores y púas de hierro negro. Dos eunucos montaban guardia.

—Yo no puedo entrar en el harén —dijo Ahmed. Señaló a Ada Ta, y Gua Li sintió un escalofrío—. No obstante, el sultán no les considera una amenaza y les espera a ambos en sus estancias privadas, lejos de ojos y de oídos indiscretos.

—Hace honor a la confianza puesta en él por el protector de la Meca y de Medina —repuso el monje, juntando las manos—.

Además, aún soy demasiado joven como para poder deleitarme con las delicias de los sentidos.

El secretario del sultán esbozó una sonrisa de circunstancias y con un gesto ordenó a los dos guardias que abrieran la verja. Una mujer, cubierta con un burka de un azul intenso, les mostró el camino a través de un laberinto de blancos pasillos. Se detuvo frente a una puerta de madera grabada con versículos del Corán y, tras hacerles una reverencia, la abrió. Vieron a algunos dignatarios de la corte, que también los saludaban y salían rozándolos, entre el murmullo del terciopelo y la seda. El sultán tenía a los lados a dos jóvenes mujeres, tumbadas sobre cojines y vestidas con anchos pantalones de seda ajustados a los tobillos. Un sutil velo les cubría la nariz y la boca, pero dejaba a la vista los ojos, maquillados de verde. Sobre los pies desnudos brillaban unas tobilleras doradas de las que colgaban pequeños cascabeles. Beyazid sonreía.

—Cuando un invitado sigue la *sunna* sin estar obligado a ello, aquel día la sonrisa de Alá se hace muy grande.

Gua Li se inclinó levemente.

—Y ese día —respondió Ada Ta—, cada uno será recompensado según se merezca: ese día no habrá injusticia. Alá es rápido haciendo cuentas.



El sultán abrió los brazos y los alzó al cielo. Las mangas del largo batín blanco bordado oscilaban como las alas del cisne.

—Nuestro invitado no solo conoce nuestra lengua, sino también la cuadragésima *sura, Al-Ghâfir,* la del Perdonador. Siento que la última vez que nos vimos no fuera posible ponerla en práctica —suspiró Beyazid—. Pero no es de esto de lo que quiero hablaros. Tengo una gran deuda con vos, y la honraré como siempre he hecho, del mismo modo que siempre he querido cobrar las deudas. Y tengo también una gran curiosidad que espero que queráis satisfacer inmediatamente. Existe un tiempo para hablar y otro para escuchar, el sagrado Corán nunca ha corregido al Libro de los Libros en ese punto. Dado que habéis evitado que mi cuerpo acabara envuelto en una cándida mortaja, es un día perfecto para escuchar la vida del segundo profeta. ¿Es cierto que llegó a la India cuando era apenas un muchacho?

—Eso dicen algunos testimonios. —Ada Ta lanzó una mirada a Gua Li para darle ánimos—. No obstante, el que tenemos nosotros está confirmado por el propio protagonista, que nos dejó una prueba viva.

—¡Pero si hace quince siglos que murió! —exclamó el sultán—. ¿Qué puede quedar aún con vida?

—Justa observación —respondió Ada Ta, que sin decir más se sentó en el suelo.

Gua Li meneó la cabeza y sonrió a Beyazid, que le devolvió la sonrisa. Luego unió las manos, cogió un gran cojín redondo y se sentó encima, cruzando las piernas. Inspiró profundamente con los ojos cerrados e inició su relato frente a la autoridad suprema del islam.

En Samarcanda el puesto de Sayed fue tomado al asalto por los fiduciarios de diversas tribus mongolas. Los precios aumentaron y se pagaron muchas monedas de oro, plata y piedras preciosas por el aceite, los frutos secos, la cebada y los sacos de semillas de todo tipo. En dos días, la mercancía se acabó y el mercader indio se vio obligado, a su pesar, a despachar a algunos de sus clientes más fieles que habían llegado demasiado tarde, sin poder atenderlos. Sus arcas ya estaban llenas a reventar y no tenía nada más que vender. Intercambió algunas piedras por magníficas *dzi*, talladas en un ágata oscura y decoradas con muchos ojos. La más preciosa tenía veintiuno.

—Ten —le dijo a Jesús—. Este es un talismán muy potente, y representa la unión del hombre con el espíritu. Te ayudará a poner en práctica los pensamientos que pasen por tu mente.

Sayed se dejó convencer por un monje bon para que comprara una trompa de cinco brazas de largo, porque había visto el asombro en los ojos de Jesús cuando el vendedor les había contado que soplando fuerte verían levantarse las piedras. Compró también muy cara una estatua del Buda de un marfil nunca visto, muy pesado. El mercader chino le dijo que procedía de unos elefantes gigantescos y peludos, muertos de sed en el desierto de Gobi. Sayed se rio ante aquellos embustes, y Jesús con él, pero la estatua presentaba una talla perfecta del Buda durmiente.

—Este hombre duerme, y sin embargo sonríe —observó Jesús.

—Quiere decir que hay paz en su alma. Tú, en cambio, pones muecas y te lamentas. ¿Por qué no me hablas de ello?

—Mi madre siempre me decía que, en el sueño, felicidad y tristeza viajan libres como jóvenes camellos sin bridas.

—¿Y si yo te hablo, esos camellos serán más felices?

—La palabra libera la mente y el corazón de los hombres. Es el aliento que les dio la Madre Eterna para que se distinguieran de los otros animales.

—Pero ¿tu madre no pertenece a las tribus judías, y tu dios no es terrible?

Jesús no respondió y, desde aquel momento, se encerró de nuevo en el silencio. Sayed no comprendió, pero tampoco insistió, pensando que lo habría ofendido de algún modo. El camino a Debal, frente al gran mar, duraría muchas semanas. A pesar de la llegada del verano, algunos puertos de montaña aún estaban nevados y un alud se llevó por delante hombres y caballos. Durante una pausa para pernoctar en Bagram, les asaltó un grupo de bandidos mongoles a caballo. Los años anteriores, Sayed había conseguido evitarlos, buscando protección en las tribus pastunas que durante el verano recogían el veneno negro de las amapolas en flor. Pero aquel año la estación llegaba tarde, y las hogueras encendidas para alejar a los animales atrajeron a los bandidos.

Un criado de guardia intentó gritar, al ver cómo se iluminaba de pronto la ladera de la montaña con decenas de llamas, pero el grito no llegó a salirle de la garganta, ya que una flecha de fuego se la atravesó limpiamente. La tierra tembló antes incluso de que pudieran oír las pisadas de los caballos al galope, y los miembros de la caravana apenas tuvieron tiempo de despertarse y recoger las armas antes de que la horda atravesara el campamento sembrando el terror. Algunos carros empezaron a arder y, al ver aquello, los jinetes detuvieron los caballos y volvieron atrás, esta vez espada en mano. Sayed conocía su técnica y ordenó a todo el mundo que se dispersara para evitar el impacto. Había que plantarles cara, obligándolos a rodear los carros. Los bandidos intentaron entonces lanzar los caballos en su dirección, pero estos se encabritaron, negándose a avanzar.

Entre los relinchos de las bestias y los gritos de rabia de los bandidos, una densa lluvia empezó a levantarse desde el suelo. Al agua le siguieron pequeños guijarros y, por fin, piedras, algunas de ellas grandes como huevos. Sayed y los suyos se vieron sumergidos hasta la cintura en un lago de piedras que fluctuaban a su alrededor, y bajaron las espadas, mirando sin entender nada. También los bandidos se dieron cuenta de aquel prodigio y se detuvieron, vacilantes. La barrera que formaban aquellas piedras fluctuantes no solo les asustaba a ellos: los caballos pateaban el suelo, dominados a duras penas por sus jinetes, y buscaban con sus ojos vítreos una vía de escape. El jefe de los bandidos soltó un grito y agitó la espada sobre la cabeza. Tan rápidamente como habían llegado, desaparecieron entre la oscuridad. Poco después las piedras volvieron a caer al suelo. En aquel momento, Sayed y los demás vieron a Jesús en medio de todos ellos, con la trompa en la mano. No dejaba de mirarlos a ellos y al instrumento, y sonreía. Sayed comprendió y se le acercó.

—¡Entonces funciona! Tu fe nos ha salvado.

—Mi madre siempre me ha dicho que no crea a quien dice que los burros vuelan, pero siempre añade que, si nunca has visto un burro, al menos puedes dudar.

Pasaron otra cadena montañosa y llegaron por fin al amplio valle del río Hindi. Se detuvieron en Mankera, en la orilla izquierda, donde Sayed compró carros y caballos más rápidos, aptos para correr por la llanura, y Jesús quedó fascinado por un oso encadenado que bailaba en el centro del pueblo. Ya tenían a la vista Debal, donde se encontraba la casa de Sayed, que escrutó la niebla protegiéndose los ojos con la mano, lleno de alegría y de temor. Había pasado mucho tiempo, y piratas y rajás podían haber causado mucho más daño que las misteriosas olas que de vez en cuando se abatían sobre la costa. Las había visto, y más de una vez. El mar se retiraba de pronto, aquella era la señal, para después lanzarse con una furia inmensa sobre la ciudad, llevándose por delante barcas, destruyendo casas y templos y ahogando a hombres y animales, y por fin volvía a replegarse en silencio, un silencio roto únicamente por el lamento de los supervivientes. Estaba inmerso en aquellos pensamientos cuando, de pronto, se sintió observado y vio a Jesús con los ojos clavados en él.



—No es cierto que el dios de los judíos sea terrible y amenazante. Cuando estás en peligro y te diriges a alguien que está por encima de ti para que te defienda y te proteja, ¿no es acaso el de tu madre el primer nombre que te viene a la boca?

Sayed se tocó el cabello y sonrió.

—Te pido disculpas; no quería ofenderte a ti ni a tu religión. En cualquier caso, lo que has dicho es cierto. Pero ¿eso qué tiene que ver?

—En nuestro idioma, la segunda palabra del nombre secreto de YHWE corresponde a Hei, es decir, Imma, madre, que también significa «el acto de darse». ¿Y acaso no es cierto que el amor es el regalo más grande que se puede dar? Si Dios es amor, es que es madre, y una madre nunca es terrible.

El hombre tiró de las riendas y detuvo el carro. Se quedó pensativo por un momento, luego se cruzó de brazos y frunció las cejas.

—Me estás tomando el pelo.

—Quizá —respondió Jesús sin mirarlo—. Pero hay algo de cierto en lo que te he dicho. Querría conocer a vuestro dios, y saber si es mucho mejor que el nuestro.

Se miraron por un instante, y por primera vez desde que lo habían apartado de sus padres, Jesús se echó a reír, y Sayed con él. Hasta se les saltaron las lágrimas, y aquel fue el inicio de su amistad. Sayed sacudió las riendas, que golpearon en el cuello de los dos caballos, y estos reemprendieron la marcha enseguida, como si sintieran el olor de una casa que nunca habían tenido.

—Lo creas o no, yo no tengo un dios, pero intento seguir las leyes de un príncipe al que llamamos «el que se ha despertado». Nació entre las montañas más altas, en la Morada de las Nieves Eternas. Las viste, de lejos, unos días después del ataque de los bandidos.

—Iré a ese lugar, antes de volver a casa, pero después de estudiar. Y tú me ayudarás, ¿verdad, Sayed?



Sayed sintió un escalofrío y comprendió que su vida nunca sería la misma. Quizás Aban tuviera razón; tal vez aquel muchacho le secaría el alma, o quizá le daría un nuevo significado a su existencia.

Gua Li se detuvo. Beyazid parecía dormir. Se puso en pie, ligera. Ada Ta abrió la puerta, pasaron y la cerraron, deslizándose en silencio por el largo pasillo.

# 15

*Florencia, 25 de mayo de 1497*

—¡Fuera de aquí!

Un hombre con una cicatriz en la mejilla que le atravesaba media cara, incluido el ojo derecho, acababa de desenvainar una daga de hoja cuadrada. Otro, con una vistosa joroba a la espalda, se sacó de la cintura un hacha y no respondió. Leonora y Ferruccio se detuvieron a cierta distancia. Ninguno de los dos caballeros tenía intención de cederle el paso al otro. Se encontraban ambos sobre una tosca mesa de madera bajo la cual se acumulaban charcos de líquidos indefinidos. Una rata, nerviosa, se lanzó a su interior, renunciando de momento al banquete que le ofrecía una paloma muerta. El calor de aquel mes de mayo aumentaba el olor nauseabundo de aquella cloaca al aire libre, y ambos contendientes llevaban un pañuelo mugriento sobre el rostro. A pesar de que era casi mediodía, como el callejón era tan estrecho y los alerones de los tejados se superponían unos a otros, no llegaba ni el más mínimo reflejo de un rayo de sol.

El tuerto inspiró los hediondos olores a grasa y col hervida que salían de los ventanucos semienterrados de las cocinas y que impregnaban el ambiente de humedad, y por un momento cerró el ojo sano. El jorobado sintió que le subía algo de los pulmones y escupió con tal violencia que a punto estuvo de perder el equilibrio. De una ventana por encima de ellos alguien gritó antes de lanzar el contenido de dos orinales, y aquello los salvó a ambos de pasar a los hechos. Dieron un salto atrás y aprovecharon para volver cada uno sobre sus propios pasos.

Ferruccio cogió del brazo a Leonora y, tras evitar al jorobado, atravesó rápidamente el callejón y giró a la derecha hacia la iglesia de Santa Maria degli Angeli. Una gaviota, surgida de la nada, se lanzó contra la paloma.

Parecían una pareja como tantas otras que entraban en la pequeña iglesia de los Caballeros de Santa María y, una vez cumplido el rito de la ablución en la pila bautismal, se santiguaron con el agua bendita. La pequeña nave de Santa Maria degli Angeli ya estaba llena de gente, que se empujaba y se apretujaba en la zona central, lo más cerca posible del púlpito: muy pronto asomaría a la barandilla de madera Girolamo Savonarola, el bendito por Dios. Los frailes, que en su mayor parte eran cadetes de nobles familias, como era costumbre, no lo tenían en gran estima. Sobre todo desde que, pocos meses antes, había alzado la voz contra su privilegio de exención del celibato. No obstante, temían las iras del dominico y habían consentido en que predicara en su iglesia, para evitar airarlo. La pareja evitó dejarse llevar por los empujones de la multitud y se dirigió hacia la derecha del vestíbulo, donde un imponente San Marcos de mármol gris parecía leer el Evangelio a un león alado a sus pies de un tamaño no mayor que el de un perro.



Leonora llevaba un velo blanco sobre el pelo y un rosario en la mano, cuyas cuentas iba pasando nerviosamente, como si estuviera rezando. Se fijó en un detalle de los frescos del Juicio Universal, a sus espaldas: las almas de los condenados eran una multitud, y ardían entre las llamas en el interior de profundas simas, mientras los elegidos eran solo una pequeña minoría que se elevaba hacia el cielo entre un coro de graciosos ángeles. Pero ¿qué dios podía tener la crueldad de castigar a la mayor parte de sus hijos y salvar solo a unos cuantos?

La gente se apretaba cada vez más, y los cuchillos de los ladrones ya habían cortado más de una escarcela. El aire era húmedo y enfermizo, a pesar de que la puerta de la iglesia había quedado abierta. Un rumor cada vez más intenso acompañó la ascensión al púlpito de un hombre con capucha negra mugrienta que le caía hasta las cejas. Cuando llegó a lo alto, el monje levantó la vista, escrutando la bóveda de la nave, quizás a la espera de oír del Omnipotente las palabras que tendría que dirigir a los fieles. Muchos de ellos se pusieron a mirar al techo, y alguno indicó un punto al vecino de al lado, convencido de que allí arriba, en algún punto entre las vigas, se manifestaría el Señor. El fraile señaló entonces con el índice acusador hacia delante, y movió el brazo derecho englobando con su gesto a toda la multitud, mientras se agarraba con el izquierdo a la barandilla de madera, como si quisiera desencajarla con la rabia divina que le recorría los miembros.

—¡Arrepentíos! —gritó—. ¡La mano de Dios está a punto de caer sobre vosotros! ¡Ungid vuestras casas con la sangre del cordero para que el ángel exterminador que está a punto de llegar no mate a vuestros primogénitos! ¡Eso le dijo Dios a Moisés! Y yo os digo que la sangre no bastará para redimir vuestros pecados. ¡Estáis todos condenados como los hijos de Egipto!

—No es Girolamo —susurró Ferruccio—. Esa no es su voz. Y mira los brazos: este los tiene torneados; los suyos son huesudos. No entiendo lo que pasa, y no me gusta. Sígueme: cuando alguien se dé cuenta, empezará a gritar y la multitud puede enloquecer como un animal encerrado.

Leonora siguió a su marido sin decir una palabra. Ferruccio se abría paso entre el gentío con atención y con firmeza. Nunca había perdido el instinto del guerrero, del hombre de armas silencioso y seguro, capaz de percibir la situación en cada instante y de hacer la elección correcta. Por el rabillo del ojo, Leonora percibió una sombra que se movía tras ella.



—Nos sigue alguien. Parece un monje, pero quizá sea el propio cardenal.

Con dos empujones decididos, un sayo color ceniza la adelantó y se coló, frotándose contra la casaca militar de Ferruccio.

—¿Cuánto tiempo hace que no os confesáis, hijo mío?

—¿Monseñor?

—No soy tan importante.

Ferruccio solo veía los labios que se movían bajo la capucha. El hombre prosiguió:

—Me da la impresión de que os iría muy bien una confesión.

No, no era él. Demasiado alto y corpulento. Por lo que él recordaba, Giovanni de Medici era un muchacho pálido y flemático, menudo y de rostro carnoso, como su madre Orsini.

—Me confesé hace exactamente tres días —mintió Ferruccio—, y no he tenido ocasión de pecar desde entonces, por mucho que me esfuerce por recordarlo.

—¿Y esa bella señora a vuestro lado?

—Es mi esposa, padre —respondió él—, y nuestra unión está bendecida por Dios.

—El matrimonio no evita el pecado; es más, a veces estimula aún más la concupiscencia. Creo, pues, que sería buena cosa que os confesarais de los pecados que aún no habéis cometido y a los que la carne no puede sustraerse. Hay un buen padre, mejor que yo, que os espera en el claustro del convento. Id, mientras yo invito a la oración a esta dulce señora, pura como un lirio, y ocuparé vuestro lugar, si lo permitís, protegiéndola de cualquier peligro, del cuerpo y del espíritu.

En cualquier otro sitio, Ferruccio ya habría sacado el estoque, o cuando menos aquel fraile morboso ya estaría en el suelo, mordiendo el polvo.

—Ve, Ferruccio. Ve a confesarte —dijo Leonora, apretándole el brazo.

—La confesión es una óptima sugerencia, Ferruccio —insistió el desconocido—. Pero solo encontraréis paz en el claustro.

Ferruccio reaccionó y respiró hondo. La alusión del fraile a Leonora le había hecho perder las luces de la razón, y se sentía como un tonto, no tanto ante ella como ante el fraile, en el que detectó una leve sonrisa, mientras se dirigía hacia la salida. En el momento en que Ferruccio se alejó, el hombre de Dios agachó ligeramente la cabeza y se echó la capucha atrás, dejando a la vista una espesa cabellera oscura, sin tonsura alguna. Una barba oscura le enmarcaba el rostro, dándole el aspecto de un hombre de armas, más que de la iglesia.

—Sé que sois una mujer honesta e inteligente —susurró—, y vuestra belleza habla por sí sola.

—¿De verdad? ¿Quién sois vos? Sin duda un fraile de verdad, en vista de que os permitís comentarios de ese tipo en un lugar como este.

Leonora se persignó, con la vista clavada en el púlpito, desde el cual el falso Girolamo predicaba con un tono cada vez más apocalíptico.

—Pobre de mí, puesto que no creo que sea por el hábito, bajo el cual podría ser cualquiera; supongo que ha sido mi voz o mi postura, más que mis palabras, la que os ha hecho pensar que soy un fraile, lo cual, por otra parte, es cierto. Eso demuestra lo poco acostumbrado que estoy a tratar con la sociedad y con las mujeres, y eso será un valor a los ojos de Dios, pero es un pesado lastre para un hombre.

—Y a lo mejor sois incluso predicador.

El fraile se giró hacia Leonora.

—Habéis dado en el blanco. Quizás hasta sepáis decir mi nombre.

Leonora no se giró ni respondió.

—No creo que podáis llegar a tanto —prosiguió el hombre—. Os lo diré yo, *madonna* Leonora, y me parece justo, dado que yo conozco el vuestro. Me llamo Marcello, y predico, sí, pero no como el loco dominico que conocéis. Yo soy un simple siervo de san Agustín, y buen amigo de ese monseñor, como me ha llamado en un imprudente arranque vuestro marido, que me honra con su estima y al que tengo el placer de servir. Como Ferruccio, por cierto: él y yo tenemos mucho en común.

El modo y el tono con que había pronunciado aquellas últimas palabras no le gustaron a Leonora, que siguió fingiendo estar concentrada escuchando las maldiciones procedentes del púlpito.



—Os pido disculpas si os he ofendido; la educación que recibí en Genazzano, donde nací y crecí, no es comparable a la vuestra, y a veces me expreso más como un carretero que como un hombre de Dios.

—¿Qué sabéis vos de mi educación, fray Marcello? Eso si es que ese es vuestro nombre y si es que de verdad sois fraile.

—No os burléis de mí, Leonora. Aunque la regla de san Agustín me impone la humildad, eso no quiere decir que sea un simple ni un atolondrado. Si estoy aquí es porque sirvo a Roma y a la persona con la que ha ido a confesarse vuestro marido. Por lo que respecta a vuestra educación, sabemos que las monjas de Santa Clara, en Roma, no han escatimado consejos y advertencias que, no obstante, un tiempo después y no por culpa vuestra, no habéis podido aplicar…

Leonora enrojeció de vergüenza y las piernas le temblaron. Le volvió a la mente aquella época horrible, en Roma, alejada en el tiempo pero tan próxima en la memoria. Después de que la echaran del convento, había luchado día a día para vencer al hambre, vendiendo su honor junto a otras compañeras de desventura, entre la mugre, el miedo y la vergüenza, sin otra esperanza que la de morir en la gracia de Dios, en quien aún creía. Así pues, su secreto, que creía que solo Ferruccio conocía, era de dominio público. Los fantasmas habían vuelto y ahora parecían pretender nuevamente de ella y de su marido obediencia y silencio. La voz del predicador iba ascendiendo de tono cada vez más, el fraile le sonreía, malicioso, y la multitud la apretaba por todos los lados y sudaba, respiraba y oscilaba como un único ser monstruoso. Temió no tener fuerzas suficientes, pero debía resistir, por Ferruccio, por los dos. Se clavó las uñas en la carne y lanzó una mirada de desprecio al fraile. Ya lloraría cuando llegara a casa, cuando estuviera sola.

Ya fuera de la iglesia, el aire penetró en los pulmones de Ferruccio como una anhelada bendición y con unas zancadas llegó a la entrada del claustro. La doble arcada tapaba la vista del cielo y proporcionaba una agradable frescura. Miró a su alrededor y, del otro lado, más allá del pozo central, vio a tres monjes encapuchados que caminaban en fila al ritmo de una oración murmurada. Giró a la izquierda para encontrárselos de frente y no sorprenderlos por la espalda. Avanzaba lentamente para que tuvieran ocasión de verle: si uno de los tres era el monseñor, le haría alguna señal.

Se preguntó si reconocería a Giovanni de Medici. Desde luego su voz le resultaría casi sin duda desconocida. Se recordó a sí mismo que debía estar atento, concentrado en lo que diría y las respuestas que daría. Se dijo también que la prudencia era una virtud teologal, junto a la justicia, la fortaleza y la templanza, que no recordaba muy bien qué significaba. Tuvo la impresión de que los tres reducían el paso, y lo mismo hizo él, deteniéndose de vez en cuando a acariciar las columnas, unas retorcidas y otras lisas, los ajimeces de mármol de capiteles atormentados: un diablo aquí, una cabeza humana al revés allá, o de grifo, o de dragón, de león, de gorgona, o de sirenas con el pecho desnudo. El primer fraile, alto y bien plantado, no se detuvo cuando pasó a su lado, pero la mano del segundo le agarró por el brazo.

—Ven, hijo mío; sentémonos.

Ferruccio acogió en silencio la invitación del fraile y se acomodaron sobre un banco de mármol en una esquina del claustro, mientras los otros dos se ponían a rezar a ambos lados.

—*In nomine Patris, Filii et Spiritus Sancti.*

La voz procedente de debajo de la capucha pertenecía a un hombre joven. ¿Cuántos años podía tener Giovanni? Poco más de veinte. Lo recordó de niño, cuando jugaba en la casa familiar de Careggi, perseguido por las institutrices por entre los frutales tras los que se escondía, riendo. Volvieron a su mente las airadas regañinas de Lorenzo, el padre de Giovanni, rodeado de los más famosos pintores, escritores y filósofos de la época, que le decía que no se adentrara nunca en el bosque porque podía encontrarse con el terrible Monócero. Giovanni siempre le pedía a su padre que le contara la historia de aquel monstruo de cuerpo de caballo, patas de elefante, cola de facóquero y cabeza de ciervo, pero con un único cuerno en la frente, de preciosísimo marfil. Y cuando los intelectuales que tenía cerca se reían de sus fantasías, Lorenzo les advertía de que debían basar sus convicciones sobre la fe en la filosofía y en la razón; luego, una vez en casa, les mostraba el verdadero cuerno en espiral, de más de tres brazas de largo, que custodiaba en una vitrina. Careggi estaba llena de recuerdos, y aquel era uno de los motivos por el que había elegido ese lugar como refugio para él y para Leonora.

—*Et cum spiritu tuo* —respondió Ferruccio.

—Me alegra verte después de tanto tiempo, Ferruccio de Mola, el amigo en el que más confiaba mi padre.

Nunca había considerado a Lorenzo, *el Magnífico* un amigo, ni el señor de Florencia le había dado nunca indicios de que lo considerara como tal. Hombre de confianza, quizás incluso consejero, pero la amistad era otra cosa.

—Monseñor —respondió—, estoy encantado de haberle sido útil y siento un gran agradecimiento por la persona que habéis recordado.

—Aún no te fías —dijo la voz— porque no me ves, y quizás aunque me veas no me reconocerás. Tenemos que hacer un acto de fe, y quizás este sea el lugar y el momento más adecuado.

—Os pido perdón, monseñor, pero, independientemente del lugar, estos son tiempos que inspiran prudencia.

—Yo sí que te reconozco, Ferruccio, en esas palabras. Ahora sé que eres realmente tú, y para que te puedas fiar te pregunto si has visto el anillo. ¿Lo has reconocido?

De aquello tenían constancia únicamente él, Leonora, Carnesecchi y quien le hubiera mandado. No podía ser más que Giovanni, a menos que alguien se lo hubiera robado a los Medici. Y si así fuera, lo sabría en breve.

—Sí, monseñor —dijo, esta vez con decisión en la voz—. Por eso estoy aquí.

—Siempre con ese «monseñor»... —respondió el otro, con cierto tono de impaciencia—. Me has tenido sobre las rodillas y me has enseñado los rudimentos de la espada, antes de que la vida me empujara hacia este hábito. ¿Ya no te acuerdas?

—Vuelvo a pediros perdón —respondió Ferruccio—, pero la vida cambia y nos cambia, monseñor; dejad que os hable con el respeto que debo al hábito. Eso no influirá ni en mi devoción ni en mi afecto por vos.

—Está bien, Ferruccio, como tú quieras. Entonces pasaré inmediatamente al motivo de nuestro encuentro. Al igual que mi padre en su tiempo, hoy soy yo quien precisa de tus servicios.



Ahí estaba: la cosa ya quedaba clara. Ferruccio de Mola, espadachín al servicio de los Medici, se veía obligado a escuchar, quisiera o no. Pasaron unos monjes rezando, y damas, con sus zapatillas de madera que resonaban en el claustro, del brazo de caballeros con brillantes jubones. Pasaron jóvenes con calzas de rayas de vivos colores, declamando poesías y riendo, y mercaderes acompañados de criados cargados de zapatillas, estolas, paños de hombros y otras prendas sagradas para su venta. Hasta que la sombra de una columna de la doble arcada se acercó silenciosa a sus borceguíes, Ferruccio no se dio cuenta de las horas que habían pasado. La persuasiva voz de Giovanni le había hecho retroceder en el tiempo y había despertado emociones insospechadas.

Y mientras la historia que le contaba le envolvía como un lazo, los secretos revelados le presionaban la garganta con un nudo cada vez más tenso. El más bajo de los dos monjes trajo un par de sorbetes y los probó con la punta de una cucharilla en su presencia, antes de ofrecérselos con respeto. Hasta que no vio que Giovanni hundía los labios en el vaso, Ferruccio no hizo lo mismo, disfrutando por unos momentos de aquella frescura que le atravesó la garganta reseca.

—Así que no sois vos quien solicita mis servicios, sino el mismo sultán —dijo Ferruccio, sacudiendo la cabeza—. La cabeza me da vueltas, monseñor, y no estoy seguro de haber comprendido qué queréis realmente de mí.

—Me explicaré mejor, aunque la paciencia no se cuenta entre mis pocas virtudes. Y lo haré hablando con tanta claridad que, si aun así no lo entiendes, me lo tomaré como una negativa por tu parte. Beyazid y yo pretendemos, de algún modo, instaurar la paz entre el mundo cristiano y el musulmán. Hay dos obstáculos: el dominio de la Iglesia, aquí, y el de la secta de los jariyíes, en Turquía, que intentan usurpar el trono de Mahoma y extender el terror por Italia y por Europa, difundiendo la enfermedad de la peste. El modo lo sabrás en breve, pero no es esa la cuestión. Para cambiar el mundo hacen falta ideas, no solo armas. Tú sabes lo que quiero: nuestro Giovanni Pico lo intentó, pero fue derrotado. Yo pretendo desvelar sus ideas, una vez elegido papa, y refundar la Iglesia. En el estado en que se encuentra ahora, Savonarola encuentra vía libre para sus invectivas. Pero no es más que un mezquino solitario, nadie recogerá el testigo cuando él no esté.



—El conde solo quería despertar la conciencia del mundo para que…

—¡Silencio, Ferruccio! Escúchame. Dentro de poco, alguien mucho más seguro y prudente que el fraile se alzará en Europa, y se rebelará. Se debatirá la propia naturaleza de Dios, agitada por los escándalos de sus vicarios en la Tierra. En Alemania, en Suiza, en Bohemia…, bulle un fermento, se prepara una rebelión contra Roma que no puedes ni imaginarte. No basta con llevar a la horca a husitas, lolardos, moravios o espiritualistas. El poder de la Inquisición también llegará a nosotros, y se impondrá. Y tras los judíos y las mujeres intentará acabar con cualquier disidencia en el interior de la Iglesia. Mi padre siempre me dijo que, si pones a un enemigo contra la pared, lo obligas a lanzarse a las acciones más desesperadas y terribles, porque cuando pierde toda esperanza ya ha perdido también la vida, y la de los demás no le importa lo más mínimo.

Los ojos de Giovanni de Medici relucían como piedras preciosas, emitiendo brillos azules a su alrededor. Su tono de voz había pasado de ser persuasivo a profético, y Ferruccio se llevó la mano a la empuñadura de la espada. Al cardenal no le pasó desapercibido el gesto.

—Bueno, veo que mis palabras han causado efecto en ti; al menos no te son indiferentes. Pero piensa en una Iglesia reformada, donde se practique la justicia, donde el amor de una madre sea objetivo y premisa fundamental. ¡Piensa en el ejemplo de un hijo, no ya divino, sino humano! ¿Cómo puede considerarse alguien similar a un dios? ¿Cómo no frustrarse por los actos de un dios? Pero si esos actos corresponden a un hombre, como nosotros, excepcional si se quiere, pero en todo caso un hombre, entonces sí que se vuelven eficaces *erga omnes*, a la vista de todos. Mahoma, a fin de cuentas, no era más que un hombre. Habrá que luchar, lo sé, pero al final la Iglesia triunfará, siempre ha triunfado.

Ferruccio soltó la empuñadura y se acarició la barba corta.

—Eso es política, monseñor. Las tesis del conde no eran más que hipótesis religiosas que pretendía discutir con filósofos como él.

—Sí, claro. —El cardenal levantó ligeramente el índice de la mano derecha—. Pero ¿y si existieran… pruebas?



—¿Qué pruebas?

—Veremos, conoceremos y valoraremos. Cada uno las llevará consigo. Y cuanto más veraces sean, más me habrá demostrado el Omnipotente, quienquiera que sea, su propia existencia y su benevolencia. Tú solo tendrás que ocuparte de la seguridad de quien custodia esas pruebas, al menos hasta mi llegada: dos orientales, inocuos como el agua de la fuente, según me han dicho.

—¿Por qué yo? Hace años que me retiré de todo servicio, monseñor, y creo que hay jóvenes mucho más válidos, tanto intelectualmente como con la espada. Conozco al menos un par de ellos, y si quisierais…

Giovanni de Medici lo interrumpió con un gesto de las manos, que luego se frotó durante unos cuantos segundos. Suspiraba, como buscando las palabras más adecuadas para responderle, solo lo justo para convencerlo, revelando lo mínimo.

—Querido Ferruccio, parece que hay alguien, al otro lado del mar, que te conoce y que te ha nombrado de forma explícita.

—Comprendo que no podáis o no queráis explicaros. Los motivos son vuestros y no míos, pero no me conoce nadie, monseñor, ni entre los cristianos ni entre los turcos.

—Sabrás cada cosa a su tiempo. Ahora vete, Ferruccio. Roma te espera. Te presentarás ante el príncipe Fabrizio Colonna; allí estarás a resguardo de los espías y de los sicarios de Alejandro VI.

—Hablaré del tema con mi esposa, monseñor.

Giovanni tosió sonoramente. Uno de los monjes se interpuso entre los dos, mientras el otro se plantaba detrás de Ferruccio.

—Tendrás la posibilidad de llevar a término el sueño de tu amigo más querido, y serás rico. ¿Qué más quieres, Mola? Si pudiera, iría yo, pero ahora mismo estoy vetado en Florencia y en Roma. Yo sabría si el regalo del sultán es tan apetitoso como parece, o si esconde dentro un veneno. Y no hay escuadrones que puedan proteger a los dos orientales. En esta circunstancia, un hombre solo, desconocido y silencioso, vale más que cien mercenarios. Hasta el propio Colonna es aliado mío únicamente porque tenemos un enemigo en común.



Un rastro de temor impregnaba la voz del cardenal, aunque lo enmascarara con palabras arrogantes. Ferruccio mantuvo un tono tranquilo y profundo, pero aquel cambio improvisado lo había puesto en guardia, al igual que la posición de los dos monjes, si es que eran monjes realmente.

—No os he pedido nada; no hemos hablado siquiera de una compensación económica, monseñor. Solo he dicho que hablaría de ello con mi mujer.

—Un día reinará la paz, el Mediterráneo será seguro y el comercio prosperará, y los que hoy son enemigos aprovecharán la situación. Se te pagará generosamente, Ferruccio, y podrás permitirte lujos que ahora solo puedes soñar. Tú protégeme a los mensajeros, y descubrirás por qué te han elegido precisamente a ti. Como ves, no te estoy engañando si te digo que indagues también sobre eso. Pero no tolero ninguna desobediencia.

Cuando Ferruccio volvió a desplazar la mano hacia la empuñadura de la espada, el monje más robusto se la agarró, frenándola con su tenaza de acero. Al mismo tiempo, Ferruccio sintió la punta de una dura hoja contra las costillas.

—Si mantenéis la calma, caballero —susurró la voz del otro a sus espaldas—, mi paternóster también lo hará. Si no, los granos de su rosario se teñirán con vuestra sangre y yo tendré dificultades para que monseñor me absuelva.

Aquel fraile, si es que lo era, tenía más soltura en el manejo de las armas que en el de las letanías o las jaculatorias. El tosco puñal le presionaba justo en el espacio entre dos costillas. Aplicando la presión necesaria, sin modificar el golpe, llegaría directo al corazón. Ya se había encontrado en aquella situación antes, pero aquel hombre no era más que un ejecutor. Ferruccio comprendió que debía buscar la orden de mando en los ojos de Giovanni de Medici, y fue a él a quien se dirigió con una pregunta muda.

—La devoción de mis hombres a veces supera los límites de la decencia, Ferruccio, pero conocen tu fama. Todo acabará bien: yo seré papa, el mundo encontrará la paz, y tú y la bella Leonora seréis ricos. No obstante, por precaución, ella será nuestra huésped hasta que todo se arregle. Nos veremos de nuevo en Roma. Me encargaré de que se me permita ir; actualmente es menos peligrosa la loba de Roma que la flor de lis de Florencia. Y ya verás, todo irá según los designios del Señor.



Mientras la mano del cardenal trazaba una bendición en el aire, la hoja del fraile se clavó más aún entre las costillas de Ferruccio y le obligó a arquear la espalda. La desesperación fue aún más violenta que la rabia y le faltó la respiración. Podía afrontar cualquier cosa, pero no la pérdida de Leonora. Ella era el punto débil de su coraza, el destino de su vida, su futuro. No, Leonora no. Calor, odio y afán se mezclaron entre sí, mientras la mente se debatía, angustiada, en busca de una solución.

—Sé que me matarías ahora mismo si tuvierais la posibilidad de hacerlo. Lo lamento, pero no puedo arriesgarme. Evidentemente, no deberás hablar de esto con nadie. Eso suponiendo que alguien pueda creerte y que tenga intención de ayudarte nada más oír la noticia, cosa aún más difícil. Leonora deberá desaparecer en la nada, por cautela y por precaución. Sé que me entiendes; has vivido muchas de estas situaciones en tiempos de mi padre, cuando le servías con tanta fidelidad. Pero te garantizo por mi honor que nadie le tocará un pelo.

—¿Honor? ¿Qué honor? El peor crimen…

Las palabras se le atascaron en la garganta; los escalofríos le hacían temblar de tal modo que no podía hablar. Dolor e incredulidad se confundían con el odio, la ira y la impotencia; emoción y razón luchaban entre sí y le sugerían multitud de soluciones opuestas.

El delirio en el que estaba sumida su mente se vio interrumpido por una serie de gritos y pasos agitados procedentes de la calle. Un instante más tarde, un hombre se asomó a la puerta del claustro.

—¡Han matado al fraile! —gritó—. ¡Toda Florencia se ha rebelado! ¡Estad atentos!

El gesto imperioso del cardenal convenció al mensajero para que se acercara. La satisfacción de llevar una noticia de esa dimensión a alguien que aún la ignorara superó los recelos de la prudencia. Cuando el hombre se acercó, el fraile más robusto lo cogió por el cuello y le obligó a agacharse. Y el miedo y la voz persuasiva y autoritaria del cardenal se impusieron al impulso de huir.

—No temas, hijo mío, y dime qué has visto y oído.

—El padre Girolamo —dijo el otro de inmediato— estaba pronunciando su sermón en San Marco, llena de gente, como siempre. De pronto, un grupo de *arrabbiati* o de *compagnacci*, capitaneados por ese tal Spini, vos lo conoceréis, un tipo miserable, han asaltado el púlpito. Blandían fémures de asno y bastones, y han subido hasta lo alto; Dios no los ha detenido con su rayo.

—Habrá tenido cosas más importantes en las que pensar —comentó Giovanni.

—Seguramente, excelencia. Soltaban mandobles tremendos, y más de uno de los frailes ha caído al suelo, como muerto, manando sangre como los cerdos cuando los degüellan.

—Nada menos…

—Entonces unos han empezado a huir por la puerta y otros intentaban entrar, como los compañeros del fraile. Al final, todos han salido de la iglesia, y allí, en grupos de cinco o de cincuenta, han empezado a matarse como perros.

—Y dime, hijo mío: ¿tú lo has visto muerto, al buen Savonarola?

El hombre vaciló por un momento, mientras la mano del fraile le apretaba aún más en la base del cuello.

—No, excelencia; no podría jurar sobre la Virgen que fuera

él en persona, pero desde luego ha habido muertos. Eso lo juro sobre la cruz.

A un gesto de Giovanni el fraile aflojó la presa. Al sentirse libre, el hombre dio unos pasos atrás y la boina se le cayó de la cabeza. Al recogerla tropezó, cayó, se puso de nuevo en pie y escapó corriendo del claustro, chocando con otros que entraban a la carrera.

—Más vale que nos vayamos, monseñor —dijo el fraile.

—¡No! —espetó Ferruccio a la cara del cardenal—. ¡Leonora! ¡Decidme dónde está! Os lo ruego.

La respuesta fue un dolor lacerante en la nuca. La vista se le nubló. Mientras caía, intentó agarrarse al sayo de Giovanni de Medici, que no tuvo más que sacudírselo para evitarlo. Luego todo se volvió negro.

Cuando se despertó, el claustro era un hervidero, lleno de hombres y monjes, y sus gritos resonaban en su cerebro como puñetazos. Se puso en pie y se fue tambaleándose hasta la salida, haciendo caso omiso de los empujones y los insultos. Golpeó repetidamente con la mano y con la espada la puerta de la iglesia, que estaba atrancada, y acabó asestándole patadas, hasta que se encontró rodeado de un grupo de jóvenes armados con bastones. No intentó siquiera defenderse; se limitó a huir, bajo una lluvia de bastonazos y de risas.

Mientras se alejaba de allí, corriendo, le sorprendieron sus propias lágrimas; la última vez que había llorado había sido frente al cuerpo de Giovanni Pico, mientras le observaba la lengua y las uñas ennegrecidas por el arsénico. Se detuvo en un callejón tras el Palazzo Tornabuoni, bajo el letrero de una posada. Dio un empujón a la puerta, casi sacándola de sus goznes, y se dirigió al fondo, cerca de la chimenea; dejó caer ruidosamente la espada sobre la mesa. Al cuarto bocal de vino levantó la mirada y le pareció reconocer a Leonora. Pronunció su nombre, pero luego se dio cuenta de que aquella máscara de maquillaje y aquellos labios de color carmín no podían pertenecer a ella, y despidió a la desconocida con una violencia impropia de él. Había retrocedido al pasado, al tiempo vivido antes de conocerla a ella y a Giovanni Pico, un tiempo en que no se negaba una jarra de vino y en que los domingos iba a misa a mirar a las mujeres sin reparos, un tiempo en que leía libros de rimas en la antecámara del Magnífico, a la espera de recibir sus órdenes.

Si quería salvar a su mujer, tenía que volver a vestirse de negro y convertirse de nuevo en el espadachín a sueldo que siempre había sido. Aplicar la táctica del águila y del león, del zorro y de la serpiente, a solas y contra cualquiera.

La mujer gritaba, en medio de la multitud, y el hombre tiraba de ella y la golpeaba, riéndose y haciendo gestos cómplices a la gente, que a su vez comentaba la escena y se reía. Él le gritaba, la trataba como a una meretriz y la acusaba de haber escapado, diciendo que cuando la devolviera al convento ya tendría tiempo de arrepentirse por su conducta. Y la multitud se reía, y aunque había quien se apresuraba a persignarse, la mayoría saludaba alegremente al fraile y le animaba, diciendo que le estaba bien, que las mujeres son así y que no se las podía dejar sueltas. Leonora gritaba, lloraba y pedía compasión, para luego imprecar a los presentes, lamentándose de que nadie la creyera y la ayudara, pero la mayoría se limitaba a menear la cabeza, más contrariados que indiferentes, dejándole claro que no aprobaban su conducta.



Cuando el fraile se la cargó sobre el hombro, aquella visión del mundo al revés (las piernas sin rostros, el suelo en lugar del cielo) hizo que la desesperación dejara paso a un dolor, más pesado que violento, más sofocante que agudo. En el fondo, aquel era el mundo del cual la habían arrancado el conde de Mirandola y Ferruccio diez años atrás, el mundo en el que volvía a hundirse de pronto. Como si todo hubiera sido una ilusión, un sueño dulce y absurdo; y en aquel momento, su único motivo de alivio era la ausencia de hijos, de esos hijos que ambos habían deseado tanto. Era una señal del destino: un hijo es una cosa muy concreta, y de haberlo tenido, su vida hubiera sido real. El amor es efímero, Mirandola estaba muerto y Ferruccio estaba lejos, cumpliendo con su deber y con su honor.

Leonora ya no protestaba; se veían pocos paseantes y aquel hombre, fray Marcello, si es que de verdad se llamaba así, la tenía agarrada con fuerza y caminaba veloz. Leonora solo veía fango, suciedad, charcos y polvo, piedras angulares de edificios, algún gato, ratones, y cerró los ojos, sin saber cuánto tiempo pasaría.

La despertó el olor del trigo maduro que se filtraba a través de una capucha áspera. No recordaba siquiera cuándo se la había puesto el fraile. La dejaron en el suelo, con las manos atadas, y tiraron de ella sin excesiva violencia. Herida en el ánimo, pero con los sentidos alerta, oyó el crujido de una puerta, un breve parloteo y, tras unos pasos sobre la piedra, oyó el quejido de una segunda puerta y una ráfaga de aire fresco le rozó el cuello. Hicieron que se sentara. Sintió el ruido y el olor era a paja. Le desataron las muñecas. Al crujido de la puerta le siguió el ruido metálico de un aldabón. Luego, el silencio. Tanteó una esquina de piedra áspera, se puso de cuclillas y, en lugar de quitarse la capucha, cerró los ojos de nuevo.

# 16

*Roma, 9 de junio, castillo de Sant'Angelo*

En el estudio privado del papa Alejandro VI, cuatro candelabros de siete brazos, regalo de la reina Isabel de Castilla, ardían sobre otras tantas columnas de mármol de capiteles jónicos. Los primeros habían sido sustraídos de las sinagogas de Granada; las segundas procedían del saqueo del vecino Palazzo Salviati. Junto a estatuas romanas, cofres alemanes, rechonchas cómodas genovesas y lámparas venecianas, contribuían a la ecléctica decoración del nuevo apartamento que el papa español se había construido en el interior de la fortaleza del castillo de Sant'Angelo. En la habitación contigua, un laúd acompañaba a un trío de cantores que interpretaban una tonada popular: «*Le picciole mamelle paron due fresche rose di maggio, gloriose in sul matino...*». (Sus pechos, menudos, son como dos frescas rosas de mayo, gloriosas en la mañana...)

Cantaban bajito, de fondo, y la mujer procuraba modular al mínimo los gorjeos y los trinos, tal como le había ordenado el maestro de ceremonias de su santidad. El tono del bajo, en cambio, se perdía en un suave lamento, y llegaba a los oídos del papa como un trueno lejano: «*Io son poi del cor privo, si la veggio ballare, che me fa consumare a parte a parte. Non ho ingegno ne arte ch'io possa laudarla...*». (Y me roba el corazón, si la veo bailar, que me consume por completo. No tengo ingenio ni arte con el que pueda cantar sus alabanzas...)

Al llegar unos pasajes rápidos y pesados, el laudista bloqueó el arpegio final y la mujer interrumpió su canto media palabra después. Solo el bajo prosiguió impertérrito, *in decrescendo*: «*... ma voglio sempre amarla in fine a morte*». (... Pero la amaré hasta la muerte.)

Al pronunciar la palabra «muerte», apareció el rostro picado de viruelas de César Borgia, que atravesó la estancia y desapareció en un santiamén, dejando tras de sí una estela de perfume. Lo seguía, agitado, el maestro de ceremonias, que les indicó a los tres que se fueran, con un gesto. Cerró la puerta del estudio, se sentó en la antecámara y sacó su diario. Anotaría solo lo que llegara a sus oídos, nada más, como hacía puntualmente desde hacía catorce años. Por todo lo que había visto y oído estaba seguro de que, si el mundo no acababa pronto, sus notas adquirirían un gran valor, y más de un monarca se había mostrado dispuesto a pagarlas como si fueran oro. Era ya el tercer papa al que servía; lo único que tenía que procurar era mantenerse lejos de sus venenosos comentarios y no salir de noche, y quizá conseguiría servir a un cuarto.

—Hueles a asado.

El papa Alejandro no levantó siquiera la cabeza, ocupado como estaba comprobando la cuenta que Pinturicchio, el pintor, le había presentado al término de la reforma de su retrato.

—Es el agua de Hungría, padre —respondió César, despreciativo—. El boticario la vende a diez ducados la garrafa.



—Es olor a cordero, y noto también el de romero, que cubre apenas el de mujer. Pero no es de Sancha, si mi memoria no me falla.

César no recogió la alusión a su cuñada y se olisqueó atentamente los puños de encaje y los dedos. El olfato de su padre había dado en el blanco en ambos casos.

—Le diré al boticario que se lleve su perfume y que me dé a cambio uno de almizcle.

—Al menos olerás a hombre.

Rodrigo Borgia apoyó la pluma de cisne sobre la mesa y secó cuidadosamente la punta del cálamo con un paño de lino.

—Hay que aprovechar mientras dure. Luego no sirve para nada.

—Veo que estáis intranquilo. ¿No hay siervos o nobles damas que os puedan dar servicio hoy?

—Después, César, después. Ayer hablé con tu hermano Juan —dijo Alejandro, plantando los codos sobre la mesa—. No sé qué le ha dado. Cuando le he insinuado que necesito contar con la total confianza de nuestras milicias para proclamar el reino, me ha dado a entender que no puede garantizármelo. ¿Entiendes?

César se sentó frente a él y se puso a retorcer las finas barbas de la pluma.

—Me ha dicho —prosiguió el papa con una rabia creciente— que antes de proceder sería mejor hablar con tu hermano Jofré y con su suegro, el rey, para firmar una alianza con el reino de Nápoles, al sur, y obtener así el plácet de Castilla.

—¡Es imposible! —La pluma se quebró entre los dedos de César ante la mirada furiosa de su padre—. Al cabo de unos días, toda Europa se movilizaría contra nosotros, Maximiliano el primero, y luego el de Valois, que vería la ocasión de volver. Podría incluso atreverse a convocar un concilio para un nuevo cónclave. ¡Juan está loco!

—Tenemos que reforzar las fronteras interiores, que Spoleto y Rímini nos teman. Con los ducados de Ferrara, Mantua y Módena y la República de Siena estrangularemos al Gran Ducado. ¡Los Medici están fuera de juego, y de Savonarola ya se ocuparán los florentinos, que nos aclamarán como liberadores! —El papa apretó los dientes y su voz adoptó un tono ronco—. Pero Juan vacila, tiene dudas. Es más, se me ha puesto en contra.



Ambos permanecieron en silencio unos minutos; luego el papa levantó la vista y la posó sobre su hijo. La mirada de César, antes interrogativa, viró cada vez más hacia la toma de conciencia, que a su vez se convirtió en certeza. Buscó en su padre un gesto que le indicara que podía marcharse y, una vez obtenido, se levantó de la silla.

—Espera —dijo Alejandro, sujetándolo por un brazo—. Es carne de mi carne, como lo eres tú. Los dos sois mis dos brazos.

César miró aquellos ojos hundidos, cubiertos por gruesos párpados, las mejillas redondas que se fundían con el cuello y, sobre todo, la mano que le había detenido, cubierta de manchas irregulares. No es que fuera muy viejo, pero el tiempo y sus dudosas costumbres iban dejando huella en aquel cuerpo, y algún día, más pronto que tarde, acabarían con él. Y César sería rey. *Aut Caesar aut nihil.* O César o nada.

—Cuando un brazo se gangrena hay que cortarlo, padre; de lo contrario, muere todo el cuerpo.

# 17

*Roma, 14 de junio de 1497,*
*Palazzo Borgia de San Pedro Encadenado*

Vannozza se despidió satisfecha del príncipe de Anhalt, embajador del emperador Maximiliano. Al recibirle como anfitriona, él le había susurrado al oído que su carne se estremecía por ella. A sus cincuenta y cinco años, aún era una mujer atractiva, y de no haber sido por el temor de enemistarse con Rodrigo, se habría entregado con gusto a aquel joven guerrero. Ahora que Giulia Farnese estaba con su marido en Carbognano, lejos del papa, Vannozza habría deseado tener alguna ocasión más para despertar la vieja pasión, que, por su parte, nunca se había apagado, y quizá tampoco por la de él. Nada más pensar en su hombría se le ponía la piel de gallina.



Por entre las hileras de los viñedos circulaban alegremente cardenales y embajadores. Los comentarios alegres de las mujeres daban pie a risas o, a veces, se apagaban para recibir algún cumplido, reapareciendo después con tonos más agudos. Se habían vaciado las jaulas de los conejos, y más de uno pillaba algún conejo por las orejas, lo que provocaba fingidos lamentos entre las mujeres, que conseguían así que volvieran a soltar a los animalillos. Vannozza esquivó a una joven codorniz que corría contoneándose y moviendo la cabeza. Un invitado le echó el sombrero para cazarla, pero este acabó en un charco, entre las carcajadas de los presentes. Frente a las cocinas, Vannozza descubrió una púrpura cardenalicia tras unos matojos, pero la respiración agitada que oyó le aconsejó que pasara de largo. Encontró a Burcardo y le ordenó que preparara cuanto antes los sorbetes y que los sirviera a la llegada del papa. El maestro de ceremonias le aseguró que estaba todo listo, y anotó veloz en su cuadernillo la orden recibida.

La mujer subió al primer piso, a la estancia en la que solo ella y César podían entrar. Lo encontró allí, con el torso desnudo, orinando en una escudilla de cobre puesta a calentar al fuego vivo de la chimenea. César prosiguió indiferente y, cuando acabó, mezcló el compuesto con un mazo de mortero de madera. Sacó la escudilla del fuego y, después de ponerla sobre la mesa, la enfrió con un fuelle. Con una pata de liebre apuró los residuos, una especie de moho verduzco, y los molió en un mortero de mármol hasta obtener un polvo finísimo.

—Pásame el *maná*.

Vannozza, pálida, cogió un frasquito azul y se lo pasó. El arsénico fluía lento y el polvo lo absorbía gota tras gota. Con una cucharilla de marfil, César lo recogió todo y llenó hasta el borde la cavidad de su anillo de rubí. El resto lo tiró al fuego.

—¡Si Dios dijo «se haga la luz», y se hizo la luz, los Borgia podemos decir que se haga la noche, y se hará!

Vannozza le cogió de los hombros y le obligó a mirarle a la cara.

—¿Para quién es, esta vez?



—Dímelo tú, madre. ¿Te gustaría que fuera para la bella Giulia? ¿O preferirías liberarte de tu querido Carlo? Tras once años de fidelidad conyugal —dijo, con una sonrisa torcida—, tienes todo el derecho a enviudar...

En aquel momento resonó en todo el palacio el *benedicite*, que anunciaba la cena. Burcardo hizo que lo cantaran tres veces, para que nadie se presentara después de la llegada de su santidad. Vannozza, sentada en el centro de la mesa junto a los embajadores de Francia y de España, paladeó su triunfo. Justo enfrente, en una butaca dorada, tenía sentado al papa, que había sido su amante durante cuatro lustros. Había sido la más longeva, y la que la había destronado, la Farnese, no estaba presente. De vez en cuando le lanzaba una mirada de preocupación a César, sentado entre su cuñada, Sancha, y el cardenal Orsini. Al cabo de unos días quizá las posesiones del rico prelado pasarían a la familia Borgia a cambio de su vida. Juan y Lucrecia, más distantes, en el otro extremo de la mesa, parecían indiferentes a las conversaciones que se desarrollaban a su alrededor e intercambiaban miradas cómplices como habían hecho desde la infancia. Como duque de Gandía e hijo mayor, a Juan le tendría que haber correspondido un puesto más destacado, pero mejor así. Más valía ser espectadores de una comedia que protagonistas de una tragedia, algo en que los Borgia eran maestros.

Aliviada por la lejanía de los dos hermanos, Vannozza echó un último vistazo a la mesa. Llamaban su atención un par de caballeros que no conocía, sentados lejos de su posición. Uno de ellos era alto y no muy elegante, lucía una perilla jaspeada de blanco y una sonrisa amable, pero tenía una mirada fiera y cortante, completamente fuera de lugar en una reunión de lacayos y protegidos. En cualquier caso, al no ser de su círculo, debía de ser o una cosa o la otra: una verdadera lástima. Ya se informaría más tarde sobre la identidad de aquel hombre; en aquel momento, el maestro de ceremonias estaba demasiado ocupado haciendo que todo fuera como ella deseaba.

Tras obtener el visto bueno de su anfitriona, Giovanni Burcardo dio una palmada y entraron quince personas vestidas con una corta túnica de lino, una venda dorada en la frente y densas pelucas de cabellos rubios y rizados. El tema de la velada eran los fastos de Roma, y el maestro de ceremonias había hecho todo lo posible para que los huéspedes revivieran las cenas de Trimalción. Cuatro rodearon la mesa, sosteniendo en un palanquín una cochina entera, con una serie de pinchos clavados encima, y ensartados en cada uno de ellos una codorniz, un pichón y un tordo. Vannozza se puso en pie y con una daga le abrió el vientre a la marrana. Dos palomas alzaron el vuelo desde el interior, entre los gritos de las mujeres y los aplausos de los hombres, pero una de ellas volvió a caer pesadamente sobre la mesa, agonizante. Mientras un criado se apresuraba a retirar de la mesa al animal, César alzó la copa.

—¡Quien haya matado al Espíritu Santo no verá la luz de la mañana! —exclamó.

La sonora carcajada que soltó a continuación no bastó para acabar con la sensación de incomodidad de todos los presentes, que duró hasta que el papa levantó la copa.

—Amén —dijo, sin mucha convicción, y todos los demás le siguieron, pero con poco entusiasmo.

Juan seguía conversando animadamente con su hermana Lucrecia, le besaba la mano y le acariciaba la muñeca: su indiferencia hacia el resto de los comensales, que de vez en cuando introducían alguna educada pregunta o algún comentario gracioso, se había transformado ya en arrogante desinterés.

Vannozza miraba a uno y otro de sus hijos. La distancia entre ambos haría más difícil que César pudiera acceder al vaso o al plato de su hermano, si es que esa era su intención, para echarle dentro el mortífero contenido de su anillo. No obstante, le inquietaba su comportamiento. César hablaba en voz alta, imponiéndose a la conversación de los demás, algo que no era habitual en él. Bromeaba torpemente incluso con Sancha, que parecía asombrada ante su conducta.

Se distrajo con la llegada de tres muchachas que se tendieron sobre la mesa, completamente desnudas y cubiertas de la misteriosa salsa española de Mahón, predilecta de Alejandro VI, que le había preparado Lucrecia. Se decía que solo ella sabía dosificar el aceite y el limón gota a gota mientras un fornido cocinero iba batiendo las yemas de huevo de oca, y por eso le habían concedido permiso para dejar por un día el convento de San Sixto, donde había sido relegada para poner fin a su embarazo. Con aquel color amarillo, las tres mujeres parecían cadáveres infectados con la fiebre de la guerra y el embajador de Francia, que había visto muchos, arrugó la nariz. Pero encima les habían colocado pastelillos de hojaldre con huevas de dentón y de mero, langostas, gambas y filetes de pescado, todo ello crudo y fresquísimo. Sobre el cuerpo de las jóvenes correteaban y resbalaban cangrejos vivos de varios tamaños, que los comensales cazaban, aplastaban y degustaban entre risas.



Las pobres muchachas, a las que habían ordenado mantenerse inmóviles, no podían evitar temblar constantemente, entre los cangrejos, los cuchillos que recogían la salsa rascándoles la piel, las manos que las agarraban y los dedos que se insinuaban por cada pliegue de su piel. Pensar en los dos escudos que ganarían no les servía de mucho; más les valdría desmayarse, pero ni siquiera eso podían. Al oír las dos palmadas se pusieron en pie, libres por fin, y gracias al aceite y a la grasa consiguieron quitarse de encima aquellas ávidas manos.

—¿Quién quiere probar las anguilas de Comacchio? —preguntó Vannozza en voz alta—. Son un regalo de la Serenísima República de Venecia, que en tanta estima nos tiene.

Algunos estaban avisados pero otros no, y estos últimos le echaron el diente a aquellas anguilas cubiertas de un espeso escabeche. Masticaron con todas sus fuerzas, pero estaban tan duras que no conseguían arrancarles ni un trozo de carne, y se esforzaban por conseguirlo, porque no podían quedar mal en la mesa del papa. Eso hasta que las risas de los que lo sabían se impusieron al resto de las voces.

—Señores míos —exclamó Vannozza—, dejadlas en el plato. ¿Pensabais que el dux iba a tener un detalle con nosotros? ¡No son anguilas, sino cuerda de cáñamo, con la que nos gustaría ver colgados a todos los enemigos de la Iglesia!

Poner al mal tiempo buena cara es la esencia de la diplomacia, y entre embajadores y monseñores no hubo ni uno que, pese a escupir algún hilo de cáñamo, no recibiera la pesada broma con una sonrisa. César, mientras tanto, se agitaba más y más, y bebía descontroladamente. No parecía él, y Vannozza empezó a temerse que aquella cena que había empezado con tanta alegría acabara tiñéndose de sangre. También porque Rodrigo, a diferencia de César, se mostraba taciturno y receloso. Entre los platos de carne y de pescado trajeron pequeñas orzas de arcilla en forma de cráneo; cada uno debía romper la suya con unos mazos de hierro que los comensales se iban pasando. Y al hacerlo, cada uno debía pronunciar en voz alta el nombre de un enemigo suyo.



En el interior, enroscado a modo de cerebro, parecía dormir un lirón, glaseado con miel y cubierto de semillas de amapola, para que diera fuerza, salud y fecundidad a los comensales.

A través de unas rejillas llegaba la suave melodía de unas flautas de Pan y unas arpas, mientras los platos iban pasando sin solución de continuidad. Degollaron un cerdo y sirvieron su sangre, embuchada y ligeramente cocida; un pescador provisto de dos afilados cuchillos atacó un atún recién pescado, lo destripó y se puso a cortar filetes, que se sirvieron aderezados con el antiguo *garum*, una pasta de pescado fermentado de sabor ácido pero con extraordinarias propiedades digestivas. Algunos de los comensales más ancianos ya se habían dejado llevar por el sueño en sus propias sillas cuando llegó a la mesa un autómata con los rasgos de Príapo, por cuyo enorme pene, accionado a través de una polea, iban apareciendo frutos secos y fruta escarchada.

Ya muchas braguetas de las calzas habían perdido sus cordones bajo las manos expertas de las mujeres, que no tenían reparos en hurgar bajo las túnicas de los criados, cuando Giovanni Burcardo se acercó al oído de Vannozza, que le dio una orden perentoria. Unos minutos más tarde trajeron a tres frailes a la sala, a empujones, y los tiraron al suelo frente al papa, que hasta aquel momento se había mantenido silencioso y taciturno, a diferencia de lo que era habitual en él. Parecía un regalo de Vannozza, a quien el papa interrogó con la mirada. A ella le bastó una mirada suya para saber que tenía libertad de acción. Se puso en pie y murmuró unas palabras al oído de César, en cuya boca apareció una sonrisa de triunfo.

—¡Qué vergüenza! —gritó él—. ¡Infestar con vuestra lujuria esta casa, y en presencia de nuestro santo padre!

Se oyó ruido de sillas y todo el mundo calló, mientras César Borgia, con la espada ropera desenvainada, se acercaba a aquellos desdichados.

—Para humillaros y obtener el perdón —gritó, evidentemente borracho—, ahora mismo repetiréis, ante todos nosotros, lo que hacíais en la viña.

Los frailes, temblando, se pusieron a besar las zapatillas del papa y a suplicar el perdón entre lágrimas. Alejandro se los quitó de encima a patadas y estiró las piernas bajo la mesa. La juventud y la delgadez de los brazos de aquellos frailes que suplicaban desesperados aumentaron aún más las ganas de César de ofrecer a los invitados un espectáculo fuera de programa. Ordenó al maestro de ceremonias que se llevara a los criados, que cerrara las puertas y que apagara todas las velas, pero que estuviera atento a las órdenes de Vannozza, la señora de la casa.

—Ahora estáis a oscuras, como en un confesionario. Solo Dios os puede ver, y solo si exponéis vuestro pecado ante él, su vicario en la Tierra, podrá absolveros.

La orgía silenciosa empezó, acompañada de roncos susurros y de risitas traviesas de los presentes. A medida que aumentaba el afán de los tres, el silencio de los invitados se hacía cada vez más palpable, hasta que algún gemido ronco indicó que todo había acabado. En aquel momento, Vannozza abrió una pesada cortina negra, tras la cual brillaba una Virgen de oro, iluminada por veinte velas en el interior de una urna de cristal. Los jóvenes monjes yacían en el suelo, destripados y bañados en sangre, con el rostro contraído en la máscara de una muerte inesperada, que les había alcanzado en el mismo momento en que creían llegar al placer. César tenía una bota apoyada sobre sus cuerpos, y la espada manchada de sangre.

—Han pecado y han sido castigados. Dios ha triunfado.

Toda la mesa estalló en una ovación, y la visión de aquel infierno liberó las pasiones más violentas, sin más reparos. Vannozza volvió a correr la cortina y la sala volvió a sumirse en la oscuridad.

Un hombre se levantó de la mesa, liberándose de la mano de una cortesana que insistía en desabrocharle la bragueta después de haber intentado besarlo en los labios. El mismo hombre abrió la puerta y un rayo de luz entró inesperadamente entre un coro de improperios. Enseguida volvió a cerrarla a sus espaldas. Giovanni Burcardo fue a su encuentro de inmediato.

—¿Por qué habéis abandonado la sala? ¡Todo el mundo lo ha visto, y mañana se preguntarán quién sois!

—Decidles que un obispo me esperaba en sus aposentos.

—¡No blasfeméis! No sé qué podría decir si me preguntaran.

—Me habéis presentado como un favorito de Paolo Fregoso y me habéis bautizado como Ferruccio de'Fieschi. Eso lo habéis jurado sobre cinco ducados, y si olvidáis el oro, el hierro se acordará de vos.



—¿Y por qué no os habéis quedado? —insistió Burcardo—. Era una ocasión única para intimar con el papa.

—He hecho un juramento, una vez y por Dios, y tengo intención de mantenerlo, aunque me cueste la vida. Ya habrá otra ocasión, que no implique fornicar con él. Con lo que os he dado encontraréis otra solución; me habéis costado más de una indulgencia plenaria por los pecados que he cometido y los que aún he de cometer. Y tengo uno reservado para vos, si no me ayudáis.

El maestro de ceremonias tenía la coronilla cubierta de gotas de sudor que brillaban a la luz de las velas. Paseaba la mirada rápidamente de los ojos del caballero que tenía delante a la puerta cerrada del comedor, donde en breve se iniciaría el juego preferido de su santidad, «Descubre y toma», o algo así: se empezaba a oscuras, todos en silencio, y había que reconocerse solo palpándose unos a otros, dando, a continuación, rienda suelta a los sentidos. Las mujeres no podían tocar el rostro de los hombres, que supuestamente era la parte más fácil de reconocer. Y en muchos casos las damas no se conformaban con uno solo y aprovechaban las oportunidades que les concedía la orgía hasta la salida de los primeros rayos de sol.

Burcardo tenía que apagar las luces y dejar que el caballero se fuera. Debía prometerle lo que le pedía, o no se lo quitaría de encima.

—Pasado mañana, Ferruccio… de'Fieschi. Le serviréis la mesa y espero que sepáis lo que hacéis, aunque yo no quiero saberlo. Habéis dicho que traéis noticias del cardenal de Medici, y eso puede ser de interés para su santidad. Con eso me basta; el resto no es cosa mía. Ahora marchaos, marchaos o no habrá ni mañana ni pasado mañana para ninguno de los dos.

# 18

*15 de junio de 1497, palacio del Serrallo, Estambul*

No había día en que Beyazid II renunciara a escuchar los relatos de Gua Li sobre la vida de Issa. Tenían una cita fija, después del *al-maghrib*, la oración del ocaso, en el apartamento del sultán en el interior del harén. Gua Li se acomodaba sobre un cojín de seda tejido con hilos de plata, lo suficientemente grande como para adoptar la posición del loto. Enseguida aparecía una criada ataviada con un velo que le traía una jarra de zumo de naranja y un vaso sobre una bandeja de latón, y se retiraba silenciosa, sin darle nunca la espalda. Pese a que tenía permiso para quedarse con ellos, la mayoría de las veces, Ada Ta prefería salir a pasear libremente por los jardines de palacio, acompañado de un joven eunuco.

El eunuco observaba, asombrado, cómo encantaba las mariposas, atrayéndolas con un silbido modulado, y cómo hablaba con ellas sosteniéndolas sobre la punta de un dedo. Aprendió con él a capturar lagartijas, poniéndoles una mano delante y dejando que la olisquearan con la lengua, hasta sentir cómo iba latiendo cada vez más despacio su corazón, para divertirse luego poniéndoselas sobre la afeitada cabeza y sentir cómo correteaban. Y no conseguía entender cómo Ada Ta, inmóvil como un espantapájaros, atraía a carboneros, pinzones, currucas y cardenales, que se posaban en sus brazos sin pensárselo dos veces. Un jilguero llegó el último, cuando los demás ya se iban, y trepó hasta el hombro del monje, trinándole al oído como si quisiera confiarle algún secreto.

El único lugar al que tenía el acceso prohibido Ada Ta eran los aposentos privados de las numerosas concubinas, que según el eunuco eran más de cuatrocientas. No obstante, Ada Ta nunca estaba fuera más de una hora, el tiempo necesario para que Gua Li pudiera contar sus relatos, pero no suficiente como para que el sultán pudiera pensar en ella como mujer. Gua Li había sentido más de una vez el olor del deseo procedente de la piel del soberano, una de las fragancias más fáciles de percibir, dulce y salada, penetrante como el sudor de caballo. Y Ada Ta sabía que el cutis oliváceo de la chica, el óvalo perfecto de su rostro, los ojos oscuros como gemas de obsidiana y su cuerpo flexible la convertirían en una perla rara, incluso entre las más bellas y jóvenes mujeres del soberano turco. Pero sobre todo eran su inteligencia y su vivacidad las que habían suscitado miradas de admiración y un brillo de deseo en los ojos del sultán. No era casualidad que Ada Ta hubiera adoptado la técnica de presentarse y ausentarse a intervalos del todo irregulares, para impedir que Beyazid pudiera programar eventuales avances amorosos. Haciendo uso de la violencia, el sultán habría podido obtener lo que quisiera, pero Ada Ta confiaba en su curiosidad por conocer la verdadera historia del penúltimo profeta hasta el final.



Nadie, en quince siglos, se había detenido a reflexionar sobre lo que le había ocurrido realmente a Jesús en los años comprendidos entre la adolescencia y la edad adulta. Todo aquello estaba envuelto en misterio. Ni el mundo cristiano, ni el judío ni el musulmán parecían haberse planteado la cuestión, excepto aquel conde italiano que había pagado con la vida su afán de conocimiento. Ada Ta se había limitado a recoger, a su manera, aquel retazo de verdad, que, por otra parte, no tenía nada de desagradable; aunque, tal como pensaba a menudo antes de dormirse por las noches, podía ser devastador como un *taifong*, el gran viento o tifón, como lo llamaban allí. Y sabía también que Beyazid tenía algo *in mente*; la suya no era una simple curiosidad religiosa. Unos días más de espera y la piel de los higos se abriría, hasta dejar al descubierto las jugosas y dulces semillas de su interior. Siguiendo las sugerencias del jilguero, los cogería y se los comería con tal de adquirir la fuerza necesaria para llevar su proyecto a buen término.

Aquella tarde de primavera caía una lluvia cálida y densa, y la tierra emitía unos olores que abotargaban los sentidos. Ada Ta volvió antes de lo previsto, justo a tiempo para oír cómo

Gua Li contaba uno de los raros episodios en los que Jesús, ya de regreso en Palestina, sentía una terrible nostalgia. Se sentó en un rincón y se quedó escuchando.

> ... se fue sin decir una palabra. Permitió a su hermano Judas que le acompañara. Tras una jornada de camino llegaron a la costa oriental del lago Asfaltites...

—Nunca he oído hablar de ese lago —la interrumpió Beyazid.

La atención que prestaba a todos los detalles del relato rozaba lo obsesivo. Pero aunque por una parte temiera la posibilidad de que le engañaran, por otra parte esperaba lo contrario. En su posición, y con lo que intuía que estaba en juego, no podía permitirse que lo engañaran. Todos los hechos debían coincidir, no debía haber fallos de ningún tipo en aquel relato, ni históricos ni religiosos. Solo así funcionaría aquel alocado plan que se había hecho mentalmente, de paz y de revolución al mismo tiempo. Había llegado ya demasiado lejos con su aliado cristiano, y el golpe que iban a asestarle juntos al mundo contemporáneo no concedía margen de error.



La amenaza interna no le preocupaba; sus espías lo tenían constantemente informado sobre los jariyíes, tanto sobre sus planes para extender el terror por Occidente como acerca de sus maniobras para apartarlo del trono. Solo faltaba una pieza, pequeña pero fundamental: descubrir quién era la mujer llamada «la Vigía de la Montaña», la siniestra líder de aquella secta. Una mujer que amenazaba su mundo, casi una vergüenza. Y al mismo tiempo, por lo que decía Gua Li, parecía que otra mujer era la señora de la creación. Todo aquello era para mudarse a la cima de un meteoro junto a los sabios ermitaños y reflexionar sobre el significado de la vida hasta el final de sus días. Pero primero tendría que saber quién era la que le amenazaba, y luego actuar sin piedad, cortando unas cuantas cabezas. Si fracasaba, sus enemigos se aprovecharían de aquella alianza, que a los ojos de todos sería considerada blasfema. Y entonces la que rodaría sería su cabeza, y ya no tendría ocasión de retirarse a la cima de un meteoro.

—Actualmente lo llaman mar Muerto, excelencia —respondió Gua Li—. Pero en tiempos de Jesús lo llamaban lago Asfaltites, por lo rico en asfalto que era.

Beyazid sonrió satisfecho y asintió mirando a Ada Ta, que inclinó ligeramente la cabeza. Gua Li prosiguió su narración.

Y a la mañana siguiente llegaron a las laderas del monte Nebo. Comieron pan y queso de cabra y por la tarde iniciaron la ascensión. Para Jesús, acostumbrado a las montañas del norte de la India, mucho más escarpadas e impracticables, las mil trescientas brazas del monte fueron poco más que un paseo. Judas, en cambio, acostumbrado a llevar las ovejas a pastar, llegó a la cima mucho después que su hermano, resoplando y jadeando.

—¿Quieres explicarme por qué has huido?

—Tengo miedo de fracasar, Judas. La gente no parece entender lo que digo. Me escuchan y luego se van, más confusos aún que antes. Lo veo. Yo querría que comprendieran que sé lo que significa estar oprimido, esconderse, no poderse rebelar. Incluso el Sanedrín es a la vez víctima y cómplice. Sigue las directrices de Roma, pero también quiere la aprobación de la gente. Lo que me han enseñado a mí, en cambio, es que o se está con el pueblo, o se está con el rey; no existe una vía intermedia. Pero sé también que todo esto debe poder hacerse no con las armas, sino con la revolución de las conciencias; si no, se crearía venganza, no justicia. Es uno de los principios más importantes del Buda.

—O sea, de ese Dios.

—No, Judas. Es precisamente lo que intento decir, pero no me entienden. La esencia del espíritu no se encuentra en un dios, como si fuera una persona física que vive en el Cielo. El espíritu está presente en todos los hombres, es algo que lo trasciende, es energía, es naturaleza. Las acciones del hombre, su comportamiento y su ejemplo son su parte divina.

—¿Quieres decir que llevamos a Dios en nuestro interior?

Jesús suspiró, se sentó sobre una roca y empezó a golpearla con una piedra. Una serpiente de cabeza triangular, con dos excrecencias córneas sobre los ojos, salió de debajo de la roca y se alejó reptando.

—¡Una víbora!

Jesús sonrió.

—Eres un gran observador.

—¿Ya la habías visto?

—No, pero aunque no veas una cosa, puedes conocerla, y saber incluso dónde está.

—¿Qué quieres decir con eso? Siempre tienes un modo extraño de hablar.

—Hablo con ejemplos para que la gente me entienda, pero se ve que no basta. Quiero decir que dentro de nosotros existe algo que va más allá de nuestro cuerpo, aunque nadie lo haya visto con los ojos. El error que cometemos siempre es buscar eso mismo fuera de nosotros. Por eso nuestro pueblo, y tantos otros, han creado un dios, o muchos dioses, a imagen y semejanza de ellos mismos.

Judas frunció el ceño y se cruzó de brazos.

—La Torá dice lo contrario...

—Precisamente. Eso es lo que querría que entendiera la gente. Hay que cambiar de modo de pensar. Solo así los hombres podrán reconocerse entre sí como iguales. Si no, cada uno buscará en su propio dios la verdad y pensará que los demás están equivocados.

Jesús tiró una piedra por delante de la víbora, y esta volvió atrás. Al acercarse, la cogió rápidamente con la mano y, ante la mirada atónita de Judas, la transformó en un bastón, en el que se apoyó para ponerse en pie.

—Pero... tú... ¿cómo lo has hecho?

—Es un simple artificio. —Jesús sonrió—. Conozco centenares de ellos. Me los enseñaron los monjes de las montañas. Ellos consiguen incluso levantar las piedras del suelo con el sonido de los cuernos, y muchas otras maravillas.

—¿Saben hacer milagros?

—No, Judas, no son milagros. Todo forma parte de la Tierra, el hombre solo tiene que aprender a conocerse, y cuando lo consiga encontrará en sí mismo muchas explicaciones. No tiene nada de milagroso. Es solo que la gente no lo sabe. ¿Te acuerdas, en la Torá, cuando los sacerdotes del faraón hacen lo que tú llamas milagro y transforman sus bastones en serpientes? ¿Y luego cuando Arón, el hermano de Moisés, hace lo mismo, y su bastón, convertido en serpiente, se come a los demás?

—Sí..., sí —balbució Judas.

—Bueno, pues no hicieron más que lo contrario de lo que tú has visto con tus propios ojos. Pero no son milagros. ¿No crees? Reflexiona. En este caso, solo podríamos pensar dos cosas: que existía un dios que tomaba el pelo a dos adversarios, un dios cruel, que se ponía alternativamente de parte de uno o del otro, según su capricho. O que había dos dioses que combatían entre ellos, uno a favor de los egipcios, y el otro a favor de nuestro pueblo. Y fíjate que eso lo dice la Torá, no yo. No eran milagros, sino el poder del conocimiento de las dos castas de sacerdotes, una egipcia y la otra judía, hombres que simplemente tenían conocimiento de su propio ser.

Judas se puso a caminar adelante y atrás. Se retorcía las manos, y se mordió un dedo del puño apretado, hasta que por fin se detuvo y con aquel mismo dedo señaló a su hermano.

—Esa es la clave —dijo, con los músculos del cuello tan tensos que los tendones casi parecían ramas secas—. ¡Eso es lo que te falta para que te entienda la gente! ¡Tú..., tú debes hablar, sí, pero también mostrar lo que sabes hacer! —Volvió a apretar la mano en un puño—. Eso que tú defines como artificios y que el pueblo llama milagros. ¡Entonces todos comprenderán y te seguirán!

—Pero sería como engañarlos...

—¡No! Tú no los engañas, no dices que se trate de prodigios ni de magia. Simplemente les mostrarás quién eres, y ellos te creerán. Al final tu regreso no habrá sido en vano, ni tampoco el viaje que has hecho, aunque no he entendido muy bien de dónde vienes exactamente. Tus sacrificios no habrán sido inútiles, lo juro por mis hijos.

—Tú no tienes hijos.



Jesús bajó la cabeza y la sacudió, pero su hermano le vio sonreír a escondidas.

—¿Qué tiene que ver? ¡Aún no los tengo, pero los tendré, por toda la arena del desierto! Y ahora nos quedaremos aquí hasta que me hayas enseñado todo lo que sepas hacer, y yo te seguiré a todas partes y te aconsejaré. Conozco a esta gente mejor que tú, hermano mío, porque todos los días, desde que nací, he compartido su miedo, sus sentimientos y, como buen pastor que soy, ¡también su hedor!

Así, se quedaron en el monte Nebo cuarenta días y cuarenta noches. De día se resguardaban del sol bajo un toldo; por la tarde iban en busca de raíces comestibles, y Judas aprendió a saciar el hambre y la sed con hierbas y con tubérculos, sin tener ninguna necesidad de comer carne. De noche, sentados alrededor del fuego para mitigar el viento frío que ascendía desde el desierto, Jesús le mostraba a Judas los poderes de la mente y del cuerpo que había aprendido de los monjes de las montañas. El cielo estrellado los contemplaba y sonreía, mientras...

Beyazid levantó ambas manos con las palmas orientadas hacia Gua Li, que, por primera vez, percibió que de la piel del sultán emanaba un olor diferente, y sintió un miedo instintivo, aunque no era un olor desagradable. Olía a mar y a aire, a fuga y a tierras lejanas.

—Hace ya semanas que te escucho y te escucharía durante meses o incluso años. Acabas de hablar de las estrellas de la noche. Me gusta: nuestros poetas dicen que no son más que agujeros de la bóveda celeste a través de los cuales Alá nos muestra la luz del Paraíso. No obstante, ha llegado el momento en que se cumplan nuestros destinos.

Gua Li olisqueó el aire; ahora el sultán olía a amapola azul, dulce como la caricia de una niña.

—Tus palabras son flechas bañadas en miel —dijo el sultán— y no abren nuevas heridas; al contrario, son el ungüento que cicatriza las viejas. Pero yo no soy únicamente el soberano de este imperio, soy también el brazo de Alá, el jefe supremo del islam, heredero de Mahoma, bendito sea. Y si él es el último de la serie de profetas, Jesús es el segundo en importancia. Ya he entendido adónde nos llevarán sus palabras, y no puedo permitirme tener dudas sobre la naturaleza de Dios. Si les concediera la posibilidad de insinuarse tan dulcemente en mi corazón, antes o después aflorarían, se harían visibles y mis enemigos se aprovecharían de ello. Por tal motivo, pues, con dolor y alivio a la vez, he decidido que tus relatos terminen hoy.



Beyazid se quedó sentado; aún quería decir algo. Los ojos de Ada Ta se habían convertido en dos ranuras e intentaban leer en los del sultán cuál sería su siguiente movimiento. Era un hombre inteligente y agudo; había introducido paz y estabilidad en un reino que su padre, llamado el Conquistador, había conquistado tras una guerra. A él lo llamaban el Justo, pero la justicia, a veces, podía ser terrible.

—Partiréis dentro de una semana —ordenó— y llegaréis a Roma, donde os encontraréis con un hombre que se ocupará de vosotros. Llevaréis con vosotros ese diario que escondéis tan celosamente. Hasta el cabello de Gua Li que habéis introducido con tanto cuidado entre las páginas ha sido colocado de nuevo en su sitio. No os pensaríais de verdad que no iba a encontrarlo, ¿no? Pero no os preocupéis; lo he tratado como si fuera una reliquia del Profeta. «Sus propias palabras», se titula; como veis, estoy al corriente. Mi lector de confianza, de los pocos que entre nosotros saben leer esa extraña escritura hecha de signos y de figuras, me ha leído algunos pasajes y la historia que me ha narrado coincide con el dulce relato de esta mujer.

Elevó mínimamente la voz y bajó la cabeza; luego tomó aliento: lo que iba a decir procedía de lo más profundo de su alma.

—Yo habría hecho de Gua Li una reina, si hubiera pensado que me podía aceptar. Ella habría sido mi Sherezade; y yo su Shahriyar. Habríamos recreado *Las mil y una noches.*

Al decir aquellas últimas palabras, el tono de su voz bajó hasta volverse casi imperceptible. Hizo un gesto y sus sirvientas se alejaron. Cuando desapareció hasta el leve tintineo de sus tobilleras, el sultán prosiguió:

—Es muy extraño. Es como si ella ya fuera una reina y fuera yo quien no se siente digno de ella. Quizás Alá haya querido mandarme una señal para recordarme lo efímero que soy y cuál es mi misión. Es hora de separarnos, pues. Os acompañará una persona de mi confianza, que será vuestra intermediaria en las tierras gobernadas por el hombre vestido de blanco.



Ada Ta se quedó inmóvil y no respondió ni siquiera a la mirada interrogativa de Gua Li. El higo se había abierto, pero aún no había mostrado el fruto que escondía. En cuanto a Beyazid, al monje solo le quedaba un arma: sabía esperar, virtud de la que a menudo carecían los poderosos, así que esperó. El sultán comprendió y sonrió.

—Vosotros sois las abejas, que de lejos habéis traído el polen al tulipán de mi reino. Pero de sus estambres habéis recogido nuevo polen, que esparciréis por las flores de la cristiandad. Seréis los mensajeros de una nueva alianza. A mí me dará paz y poder, y a vosotros la posibilidad de llevar a término vuestra misión. Os encontraréis con el papa blanco, y tendréis la posibilidad de transformar su negra alma.

El bastón de Ada Ta picó en el suelo. Gua Li se levantó, obediente, y se le acercó a pasos cortos, enfundada en su sari verde. Agachaba la cabeza y dirigía la mirada alternativamente a los dos hombres, uno frente al otro. Fue Ada Ta quien rompió el silencio.

—Una mujer virgen dio a luz tres gemelos. Uno blanco con ojos azules, uno moreno con ojos oscuros y un tercero color azafrán, con los ojos como dos almendras. Los tres hermanos crecieron felices con ella, pero cuando la mujer sintió próxima la muerte, los llamó por separado y les entregó a cada uno un trozo de piel de león. Les dijo: «Un solo trozo no sirve para nada, pero unidos formarán un mapa que os guiará hasta un tesoro». Después de hacer los honores al alma de la madre, los tres empezaron a desconfiar el uno del otro y, pese a vivir en la misma casa, escondieron cada uno su fragmento. Cuando murió el último de los hermanos, el jefe del poblado fue con los ancianos a su casa y encontró los tres mapas, idénticos entre sí. Intrigados, cogieron uno al azar y, tras seguirlo, encontraron un cofre lleno de piedras preciosas, escondido bajo un peñasco. Con tal tesoro, el pueblo prosperó durante mucho tiempo. ¿Qué nos enseña esto, Gua Li?

Ella conocía la historia, y por lo que sabía, la moraleja era la inevitabilidad del destino, pero también la necesidad de abrir el corazón y la mente para no perderse las ocasiones que nos da la vida para cambiarlo.

—Que quien es tonto, aunque caiga de espaldas, corre el riesgo de romperse la nariz.



Era lo primero que se le había ocurrido tras una breve reflexión. Miró a Beyazid, que dio una palmada y le sonrió de nuevo.

—Bendita seas, mujer —dijo el sultán—. Alá te ha creado porque él no podía estar en todas partes.

—Muy bien —exclamó Ada Ta—. Ahora sé qué sabe nuestro magnífico anfitrión. Y digo «sé», y no «creo». Porque creer significa no saber. De hecho, si me preguntas si ahora mismo está lloviendo, desde esta estancia sin ventanas solo puedo decir que creo que sí, esto es, que no tengo ninguna seguridad al respecto.

—Nunca os habría acogido en palacio —respondió el sultán— sin haberme informado antes sobre vuestras intenciones. El hombre que os acompañará a Roma me fue muy útil para conocer quién era el maestro Giovanni Pico della Mirandola. Todo se cumplirá.

Gua Li abrió los ojos y levantó la cabeza, pero enseguida volvió a bajarla y fijó la mirada en el suelo. Ada Ta volvió a golpear con el bastón en el suelo, luego levantó la barbilla de Gua Li con un ligero contacto de la mano.

—El conocimiento —le dijo— es un pájaro que vuela sin parar y que solo se posa en las puntas más altas de los árboles, y en las de los minaretes, como en el caso de nuestro gracioso anfitrión. Él sabe y ha querido mostrarnos que sabe. Así que ahora nosotros sabemos que él sabe, y el conocimiento ha retomado su vuelo, y nosotros lo seguiremos.

Un rayo de sol penetró en la sala a través de la celosía y diseñó un arabesco sobre el suelo de mármol blanco. El sultán juntó las manos.

—Alá, quienquiera que sea, ha querido iluminarnos con una chispa de su sabiduría. O quizás —añadió, despidiéndose con una sonrisa— ha sido su madre, que es la que nos une a todos. Ahora id. Creo..., es más, sé que el hombre que os espera en vuestros aposentos os gustará. Por su sangre corren ambos pueblos, el que estáis a punto de dejar y el que encontraréis. Quizá precisamente por ello la Madre se mostró tan generosa con él.

Cuando la reja del harén se cerró tras ellos, Gua Li comprendió que no volvería nunca más. Estaba agradecida al sultán, que la había escuchado con atención y con una admiración que solo muestran los enamorados. Se agarró al brazo de Ada Ta, que le abría las puertas del mundo. Tenía casi la impresión de que todo aquel viaje era, en realidad, algo que formaba parte de su destino, un viaje en busca de sus orígenes, no algo que pretendiera revelar a la humanidad los misterios de aquel hombre extraordinario que en Occidente consideraban hijo de Dios.

Al pasar junto al umbral de una pequeña estancia, en una esquina del palacio, vieron al hombre del sultán, sentado en una silla de espaldas. Tenía un cuaderno en la mano derecha y estaba dibujando con la izquierda unos cuantos trazos veloces, con una barrita de color rojizo, el mismo color de los pelos de su barba a contraluz. Ada Ta y Gua Li lo observaron mientras él miraba su reflejo en la ventana y, con trazos alternativamente violentos y ligeros, elaboraba su propio retrato. Les hizo una señal con la mano que sostenía el color pastel; era un gesto decidido, pero no ofensivo, con el que les pedía que esperaran. Dio unos trazos rápidos más, enrolló el papel, lo metió en un contenedor cilíndrico y se giró.

—Leonardo di ser Piero, originario de Vinci (un pequeño pueblecito de la República de Florencia), hombre sin letras y, a veces, sin educación. Os ruego que me excuséis.

# 19

*Estambul, 20 de junio de 1497*

El sol se estaba poniendo sobre las aguas revueltas del mar de Mármara. Una estela roja de reflejos dorados se extendía hasta lamer las rocas al pie del palacio del Serrallo. Más arriba, desde el jardín colgante junto a la torre de mediodía, un hombre alto, con una capa del color de la noche, escrutaba el horizonte. Percibió una presencia, pero no se volvió siquiera. La reconoció por sus pasos, silenciosos y suaves, pero con un ritmo desigual: era alguien que cojeaba y que se dirigió a él de modo confidencial, aunque con la deferencia que imponía su rango.



—Larga vida al gran visir. Hace semanas que intento verte.

—Hay que ser prudentes. El sultán no es tonto. Ha reforzado las medidas de seguridad desde aquel día, y ha multiplicado el número de espías.

—De no haber sido por aquel extranjero del bastón, quizás hoy podríamos escupir sobre su tumba. No entiendo cómo Alá ha permitido que se salvara.

—Los caminos de Alá son inescrutables, y no nos corresponde a nosotros juzgar sus acciones. Ya hablaremos de eso. Ahora arrodillémonos: el *adhan* está a punto de empezar.

Poco después, un rayo verde iluminó brevemente el cielo, indicando el inicio del anochecer. Enseguida se oyeron desde los minaretes las voces de los muecines, que se superponían unas a otras, llamando a los fieles a la oración de la tarde. Ambos se arrodillaron sobre dos esterillas con la cabeza orientada hacia La Meca, y respondieron susurrando a las invocaciones. Cuando la voz de los minaretes se apagó, el hombre de la capa dijo:

—Desde este momento nos podemos dirigir a Dios, Osmán, y pedirle su ayuda y su intervención.

—¿Qué le pedimos a Dios? —dijo el cojo, con una sonrisa en los labios.

—Que todo Occidente tiemble al oír su nombre y que su castigo caiga pronto sobre el *kâfir*, el gran infiel. La hora de la destrucción está próxima. Alá ya había indicado el camino el siglo pasado, llevando la muerte y la devastación entre los infieles, que apestaban toda Europa, pero su pueblo aún no estaba listo para dar la estocada final.

—Alá guiará nuestros pasos, si sabemos interpretar su voluntad.

—Así pues, que se haga su voluntad.

—Amén —respondió el cojo.

—Beyazid ha tenido suerte, pero el diablo que le protege tendrá una vida breve, al igual que todos los infieles, a menos que se conviertan a la verdadera fe. Sobre la gran basílica de los cristianos ondeará el estandarte verde con el nombre de Alá escrito veintiocho mil novecientas veces en caracteres de oro, y el hombre de la túnica blanca reconocerá en Alá al único dios verdadero.

—Eso si sobrevive..., visir. Cuando Roma sea bendecida con el castigo de Dios, quizás él también muera.



—Con el contagio morirán millones, y todo quedará en ruinas, pero él seguirá ahí, como testigo de nuestra victoria. Roma será la última en caer, como la madre que, antes de ceder a la muerte, se ve obligada a ver perecer a sus hijos uno por uno. Así lo ha dispuesto quien habla por boca del Profeta, bendito sea su nombre.

—Mi único temor es que la ira de Dios acabe llegando hasta nosotros. Las ratas se mueven con rapidez, visir.

—Las ratas son mensajeras de su venganza, pero él nos ha dado el fuego como escudo. ¿O es que no te fías?

—Dos de los míos se han contagiado...

—¡Idiota! —dijo Abdel el-Hashim, cogiendo al cojo por la garganta—. ¿Y qué has hecho con ellos, hijo de una camella pútrida?

Osmán cayó de rodillas, al tiempo que intentaba zafarse de la tenaza del visir.

—He dispuesto que los quemaran, y he doblado la guardia en torno a las casas infectadas. Me haces daño, visir...

—Si una sola de esas bestias infectas sale de allí, ya sabes lo que significa, ¿no es así?

—Las murallas tienen ocho brazadas de alto y son lisas como la piel de una niña, y en lo alto arden las llamas, por todo el perímetro. Me estás aho… gando, visir. Nadie, ni un esclavo ni una rata, puede salir…

El visir aflojó la presión. Osmán se frotó el cuello, tosiendo.

—Eso espero, por tu bien. Espera, ¿qué ha sido eso?

—Mi garganta, visir; me has hecho mucho daño.

—No es tu garganta, hijo de una marrana.

Sacó la corta *yagatan* de empuñadura de marfil de su cinturón de tela y se quedó a la escucha.

Dos ojos maquillados de negro se entrecerraron, como si quisieran volverse aún más invisibles. El visir se dirigió hacia el grupo de chimeneas altas, donde era fácil esconderse. Unos pequeños pies desnudos se movieron mínimamente, y un brazo ligero lanzó una piedrecita al extremo opuesto. El hombre se giró de golpe y se dirigió hacia las escaleras que llevaban a la azotea. Un trapo decorativo agujereado por varios puntos ondeaba al viento, moviendo levemente unos restos de yeso. El visir enfundó de nuevo el puñal.

—No me fío…



—Podría ser una pareja en busca de un lugar apartado y silencioso —dijo Osmán, que ya había llegado a su lado—, o un guardia haciendo la ronda.

—O un *yinn* de patas de cabra que hubiera venido buscando a su hermano —gruñó el visir por toda respuesta—. ¿Qué hay de la última caja?

—He ordenado que la cargaran a bordo del barco del extranjero: la muerte viajará con ellos. El capitán no ha hecho preguntas cuando le he dicho que era voluntad de la Vigía de la Montaña, y sobre todo cuando le he llenado la bolsa con un buen puñado de akchehs de plata.

—Bien hecho.

—Soy un buen musulmán, visir.

—Eres una verdadera carroña, Osmán. No creo que le hayas dado más de dos o tres akchehs.

—Me ofendes, visir. Cuando llegue el momento, quiero estar seguro de que Alá me concederá las setenta y dos vírgenes.

—Tú reza para que las ratas cumplan la voluntad de Alá y logren su obra de destrucción. Por lo demás, conténtate con los descartes del sultán, que no serán vírgenes, pero sin duda se contarán entre las mujeres más bellas del reino. ¿Quién viaja con la caja de alfombras?

—Yo mismo. Un mercader cojo no llama la atención, y aunque sea de piel oscura no induce al temor.

—Si la caja se abriera durante la navegación, quémalo todo, barco incluido, y tendrás a tus vírgenes.

Que fueran vírgenes o cortesanas poco importaba. La mujer estaba hecha únicamente para dos cosas: dar placer al hombre y darle hijos. Su madre no había hecho otra cosa en toda su vida. Eso era lo que le habían dicho sus muchos padres, además de enseñarle el arte de la pillería y de la humildad, y sobre todo cómo sacar provecho de ello. Al abrigo de sombras cada vez más intensas, el cojo del que todos se burlaban y que trataban a patadas había llegado a ser el confidente de la Vigía, aunque nunca le hubiera llegado a ver el rostro.

Llegado el momento se convertiría en el único visir; ocuparía el lugar de aquel inepto de Abdel el-Hashim. Y quizá, quién sabe, si ella quisiera, se la llevaría a su cama, y entonces vería por fin su rostro escondido. Mil veces se lo había imaginado como el de una reina, no joven ya, pero con los ojos de fuego, la nariz fina y la boca carnosa.



Osmán hizo una reverencia poco convencida y se alejó con su paso incierto.

Un cuervo con un ala rota observó al gran visir. Este, con un amplio gesto del brazo, se colocó bien la capa, miró alrededor y luego subió al torreón para echar un último vistazo a los guardias.

El mar ya era casi invisible bajo el cielo de color índigo, y en el Bósforo soplaba una brisa ligera procedente de oriente. La mujer sintió un breve escalofrío, pero esperó hasta que estuvo segura de que los dos hombres se habían alejado. Con pasos decididos pero ligeros y silenciosos como los de una gata, bajó por la larga escalera de caracol que la llevó hasta el serrallo, directamente a los aposentos de Beyazid el Justo. Los jenízaros de la entrada tenían orden de dejarla pasar siempre, a menos que el sultán estuviera en compañía de alguna otra concubina. Se arrodilló ante su señor, que le sonrió y le indicó con un gesto que se pusiera en pie.

—Padre —le dijo—, el visir y el cojo han hablado del atentado contra tu persona y de un lugar infestado. Pero no he podido seguir toda la conversación; me arriesgaba a que me descubrieran.

Contó su historia con todo detalle. Beyazid escuchó atentamente. A aquella muchacha, que aún no había cumplido los dieciséis años, le tenía más cariño que a ninguna otra: era guapa e inteligente, además de mostrar una profunda devoción por él. Por eso le había cambiado el nombre y le había puesto el de Amina, que significaba «fiel». Pero no le gustaba que le llamara padre, aunque fuera un apelativo obligado. Esperaba que muy pronto le llamara por otro nombre, quizás el de esposo, y por ese motivo no la había tocado aún.

—Has sido valiente, Amina; eres la luz de mis ojos. No te han visto, ¿verdad?

Nadie debía imaginarse siquiera que él estaba al corriente, pero le preocupaba sinceramente que ella se arriesgara demasiado. Amina le sonrió mostrando los dientes, aún más blancos que las perlas, entre unos labios bordeados de negro, y se tocó los anchos pantalones negros y la camisa ligera de ese mismo color.



—El negro me ha protegido de sus miradas, y tengo la respiración ligera. No, padre, ni me han visto ni me han oído. Pero, por lo que he oído, temo cada vez más por vuestra vida, y por eso rezo a Dios todos los días.

—Yo tendré una larga vida mientras te tenga a mi lado. Ahora ve, mi niña, y descansa, en el nombre de Alá.

Sí, su vida sería larga, pero para lo que estaban tramando sus enemigos no bastaban las oraciones; quizá no sería suficiente siquiera el poder de Dios, que le había presentado la prueba más dura de su vida, más dura aún que cuando había tenido que mancharse las manos con la sangre de su padre. Alá era extraño incluso en su inescrutabilidad: le había concedido un aliado entre los enemigos, pero había ocultado a un enemigo en su propia casa. Era una partida de ajedrez que había que jugar en muchas mesas y cuyo final era incierto, con un árbitro, Dios mismo, que él ya no estaba seguro de reconocer.

# 20

*Roma, 16 de junio de 1497*

En el segundo piso de la Locanda della Vacca, cerca de Campo de'Fiori, Ferruccio de Mola dormía un sueño agitado. El alboroto lo despertó. Se levantó del jergón con la espalda dolorida. Cuatro escudos por una habitación sucia compartida con otros dos era un robo, pero se pagaba el privilegio de dormir en una de las propiedades de *madonna* Vannozza. Quizás algún afortunado tendría la oportunidad de pedirle a la *madonna* un trato especial, y seguro que algún otro iría contando después que se había acostado en la misma cama donde la dueña de la casa había fornicado con el papa. Él se conformaba con estar allí cerca y, sobre todo, no quería arriesgarse a que lo reconocieran: las milicias de Alejandro VI no entrarían en la Loncanda della Vacca. Abrió los postigos, pero las únicas luces que vio eran antorchas y faroles que pasaban a toda prisa por el callejón, chocaban, caían y volvían a levantarse, movidas por sombras que gritaban en una algarabía de voces superpuestas que le impedía entender lo que se decía. Turbar el sueño de los romanos sin motivo o sin protección estaba penado con el arresto y la fustigación, y quien gritaba ahí afuera no eran nobles hidalgos, sino gente del pueblo. Ferruccio echó el contenido del orinal sobre una antorcha que crepitó, sin apagarse del todo.

—¡Perro malnacido! —gritó una sombra.

—¡Que te dé la sarna! —respondió Ferruccio—. Has despertado a los invitados de Vannozza de'Candia de'Cattanei. ¿Qué sucede? ¡Habla, villano!

Al oír aquel nombre, pronunciado con el acento de los señores, la sombra se abstuvo de replicar y se limpió la orina del rostro con la camisa, como si quisiera mostrarse más presentable.

—¡El duque de Gandía, el hijo del papa! Lo han encontrado en el Tíber, degollado como un cerdo. Yo iba a ir a casa de los Savelli o de los Colonna, que contratan a todo el que se presenta, y no pagan mal. Pero con esta peste a meado, señor, me habéis arruinado el plan.

Ferruccio se pasó las manos por el cabello.

—¿Estás seguro de lo que dices?

—Segura solo es la muerte, pero podéis ir vos mismo a verlo, al puerto de Ripetta. Pero id con cuidado, que están los capitanes del duque con fustas y lanzas, y a cualquier sospechoso que vean enseguida le echan el cepo.

—Espérame, villano. Medio escudo si me acompañas a ver.

El hombre hizo una grotesca reverencia.

—Por uno seré también vuestro siervo; mi espadón no ha servido solo para ensartar pollos.

—Está bien, uno, y un baño en el Tíber si me la juegas.

—Yo no juego nunca con el dinero, señor mío. Os espero aquí.



Ferruccio se colgó en el flanco izquierdo el estoque, menos vistoso que su bastarda, pero más manejable en los callejones y en el cuerpo a cuerpo. Comprobó el estado de los lazos que le fijaban la daga rompeespadas al antebrazo, donde quedaba oculta por la amplia camisa. Si se le cayera al suelo un arma como aquella, aún poco usada, todo el mundo comprendería que no era un noble en busca de ocupación, sino un espadachín a sueldo o, peor aún, un sicario, oficio bastante común en la Roma de aquella época, aunque muchos acababan colgados de las jaulas del castillo de Sant'Angelo, comidos por los cuervos. Pasó por encima de dos prostitutas que dormían en el suelo, frente a la puerta, y bajó sin hacer ruido.

No podía ni debía cometer ningún error; sabía bien que la vida de Leonora estaba en sus manos. Los astros, el cielo y el hado, que habían hecho que se encontraran, ahora se habían vuelto en su contra, por obra de aquel bastardo sin gloria que se jactaba de ser príncipe de la Iglesia; aquel tipo que solo había heredado de su padre, Lorenzo de Medici, el nombre. Y doblemente falso era si quería hacerle creer que aquella misión daría alguna esperanza al proyecto de Giovanni Pico y que él podía contribuir a esa misión. Doble vergüenza debería darle usar el nombre del más querido de los amigos de su padre. Si alguno de sus secuaces o él mismo intentaban tocar a Leonora, aunque fuera mínimamente, les reventaría el corazón, le costara lo que le costara.

—¿Cómo decís, excelencia? ¿A quién queréis reventarle el corazón?

—No hagas caso, pensaba en voz alta. Dime, ¿cómo te llamas?

—Gabriele. Cuando nací tenía el cabello rubio y ensortijado como un querubín, de modo que los curas me bautizaron con el nombre del ángel... Me alegro de haberos hecho sonreír, excelencia.

—Así que no conoces a tus padres.

—No, señor. Sobre el brazalete de tela me escribieron «*filius ignotae*», con una M en medio que indicaba «madre» y nada más. Pero no me llaméis hijo de fulana, que quizá fuera una monja. Y del padre mejor no hablar; quizá fuera un señor como vos. Pero vos no, sois demasiado joven para ser mi padre.



Desde la posada emprendieron el camino por los callejones menos concurridos, que los llevaron primero al Panteón, y de allí a Piazza dell'Agone.

—Damos un rodeo, señor mío, pero así evitamos las casas de los Aldobrandini y de los Caetani, donde se forman aglomeraciones... Y ya se sabe que donde hay aglomeraciones enseguida se presentan los guardias, que ambos queremos evitar.

Llegaron al Albergo del Leone, también propiedad de Vannozza Cattanei, donde Ferruccio no había encontrado habitación. Pasaron junto a la torre della Nona y se encontraron junto al Tíber. No fue necesario que Gabriele indicara el lugar donde habían dado con el cadáver del duque; solo había que ver la plétora de hogueras, como si se tratara de un asentamiento militar.

—Venid, los barqueros me conocen bien... Pero abríos la camisa; así tenéis aspecto de noble, cosa que no gusta mucho por aquí.

El cuerpo de un hombre yacía en el suelo, iluminado por cuatro faroles colgados a los lados. Estaba hinchado de un modo innatural, con el rostro mordisqueado por los peces y picoteado por los cangrejos. La ropa, empapada y brillante, apenas conseguía ocultar el tono oscuro de la sangre que le cubría el cuello, gris como el rostro y atravesado por un corte profundo.

—Es el duque de Gandía —dijo susurrando un barquero—, que ha muerto apuñalado. Lo acaban de sacar del río, junto al cadáver de un desconocido. —Señaló a un hombre a poca distancia—. Aquel pobre hombre, que parece que ha visto al asesino, ya está encadenado, mirad.

—Nunca hay que darse a conocer —observó Gabriele—. Pero ¿se sabe quién ha sido?

—El duque llevaba encima una bolsa con treinta ducados de oro. ¿Quién es el ladrón que se puede permitir despreciar una fortuna así?

—Quieres decir que ha sido…

—Seguro, y lo han hecho personalmente. Me jugaría un jamón de jabalí. Ni siquiera su fiel Micheletto se habría dejado el dinero, aunque solo fuera para hacer que culparan a uno como tú.

—Un hijo muerto y el otro asesino. Pero ¿quién se cree que es el papa Alejandro? ¿El padre Adán?



Los dos soltaron unas risas y se dieron un codazo cómplice. Ferruccio, que no se unió a la diversión, se mordía el labio. La reunión con el papa quedaba suspendida, eso seguro. Tanto si era cierto lo que decían aquellos dos hombres como si se trataba de una venganza de alguna familia rival, en torno al papa tenderían un cordón de seguridad que ni siquiera la espada de Miguel arcángel podría cortar. ¿Y ahora qué? Sacó dos ducados de la escarcela que llevaba colgada a un lado y le indicó con un gesto a Gabriele que se acercara.

—Esto para ti, que me has servido bien. Y cada día recibirás uno más si vienes a la posada y me traes noticias. Cada mañana, poco antes de los maitines.

Se llevó entonces la mano al pecho, casi como si hubiera recibido un disparo en pleno corazón. A continuación, como no sabía adónde ir, se dirigió hacia la basílica; tal vez algún ángel pudiera sugerirle alguna solución.

—¡No sé quién era, noble caballero; os lo juro por la imagen de la Virgen Santa!

En una celda de la torre della Nona, el barquero imploraba de rodillas a su carcelero. En el fondo de su corazón maldecía ese impulso natural que empuja a hablar a los pobres desgraciados cuando la autoridad lo ordena, y que le había aflojado la lengua, cuando más le valía habérsela claveteado al paladar con los clavos de Cristo.

Carlo Canale le soltó otro revés en el rostro y el codal le reventó el pómulo izquierdo. La sangre fue resbalando hasta su boca, donde ya le faltaban dos incisivos por efecto del primer codazo recibido. Giorgio, *el Eslavo*, escupió, pero la saliva, mezclada con sangre, cayó por su barbilla.

—Soy viejo y sordo —dijo su carcelero, con voz tranquila—, así que repíteme lo que has hecho, dónde, cómo y cuándo. Y deja en paz a la Virgen, que bastantes problemas tiene ya. Aquí la Virgen soy yo, y todos estos caballeros, que no esperan más que un gesto por mi parte para perder su inocencia contigo.

Alguno de ellos se palpó la bragueta y otros le enseñaron la lengua de un modo obsceno. Carlo Canale les echó una jarra de agua a la cara y se dirigió al otro hombre, que ya se había orinado encima del miedo.



—Yo no he hecho más que obedecer, señor; he lanzado las redes, las mejores y más resistentes, las de pescar esturiones, que aún no he acabado de pagar. He puesto el corcho y los plomos para que la embocadura fuera más grande y arrastrara mejor.

—¿A qué hora?

—A la de completas, señor. Había oído el bando de que se estaba buscando a un hombre.

—¿Y cuándo lo has sacado?

—Lo he encontrado justo cuando acababan de sonar los maitines en el hospital de San Girolamo, pero pesaba, y no he conseguido sacarlo hasta poco antes de la hora sexta.

—¿Y cómo sabías que el cuerpo estaría allí precisamente?

—No lo sabía, capitán. Me lo ha dicho ese hombre, que había visto que habían tirado a un caballero al agua. Así que después de oír el bando he sumado dos y dos…

—Ya basta. Entonces sabes contar, Battistino di Taglia.

—Sí, señor. Y también sé escribir mi nombre.

—Cuenta pues estos diez ducados, y cuéntales a todos que nuestro santo padre es generoso con su pueblo.

Canale le tiró una bolsita de tela, que el hombre no consiguió coger al vuelo porque las manos y las piernas aún le temblaban incontroladamente. Las monedas cayeron por el suelo. Battistino se arrodilló a recogerlas ante las miradas de envidia de los guardias.

—¡Date prisa!

—Sí, señor. Ya está, señor. ¿Puedo irme ya, capitán?

—¿Tienes prisa por gastarte el dinero con alguna puta? Ve, sí, y disfruta de la vida. Ya has visto lo breve que es incluso para quien goza de los favores de nuestro Señor. ¡Lárgate!

Battistino salió reculando y el capitán se dirigió al hombre encadenado.

—¡Eslavo! ¡Entonces lo has echado al río tú, hijo de perra rabiosa!

—¡No, señor! —El Eslavo imploraba y lloraba, y moco y sangre se mezclaban en su rostro—. ¡Lo juro por todos los santos!

Con la punta de la bota, Carlo Canale le dio una patada en la boca del estómago. El prisionero cayó desplomado. Un esbirro le tiró por encima el contenido de un orinal, pero el otro no se movió. Por un momento, Carlo temió haberlo matado, pero luego vio que aún respiraba, aunque con dificultad. Él también jadeaba: en la celda hacía un calor sofocante, y se sirvió de un barrilete varios bocales de cerveza. Mientras apestaba el aire con sus potentes eructos, con la mente ya confusa se preguntó qué haría su mujer, Vannozza, en una situación como aquella, o al menos qué le habría aconsejado que hiciera. Y la vio, o se la imaginó delante de él, con un vaso de Falerno en la mano, sentada en la silla de las brujas, con un cojín encima para no clavarse los clavos.

—¿Por qué me miras así?

—Eres el mismo idiota de siempre; tienes la oportunidad de quedar bien delante de Alessandro y prefieres divertirte torturando a ese pobre hombre.

—¡Soy el capitán de la guardia!

—Eres uno de los capitanes, y lo eres únicamente gracias a mí y al poder que tengo entre las piernas, y que he dejado que pruebes por pura buena fe.

—Eres una vaca, como la que da nombre a tu posada.

—Y yo rogaría a Dios que te hiciera un poco más carnero,

pero no estoy aquí por tal motivo. Coge a este hombre, y antes de que se te muera entre las manos, llévalo a que hable en presencia de Alejandro. Diga lo que diga, que confiese que ha sido él, o que ha sido César, como todos saben; tú muéstrate indiferente y espera órdenes, pero solo del padre o del hijo.

—¡O del Espíritu Santo!

—Me alegro de haberme casado contigo, Carlo Canale, porque a veces me haces reír.

Carlo la señaló con el dedo y cerró los párpados, dispuesto a replicar, pero cuando volvió a abrir los ojos no vio más que a su segundo, que lo miraba de reojo con una mueca divertida en la boca. Dio un puñetazo sobre la mesa, lo cual provocó que el bocal, aún cubierto de espuma de cerveza, volcara. Antes de que una nueva reflexión le disuadiera de seguir los consejos de su mujer, el capitán ya montaba erguido sobre su caballo en dirección a la basílica, rodeado de diez soldados a pie, con el prisionero en medio, atado como una vaca de camino al matadero. La gente se arracimaba en torno al hombre y los comentarios se extendían cada vez más rápidos y más confusos, hasta el punto de que alguien quiso ver en aquella máscara de sangre los rasgos del asesino, cuyo nombre estaba en boca de todos, César Borgia. La aglomeración hacía cada vez más lenta la marcha, y se volvía más y más peligrosa con la concentración de pordioseros, curiosos y carteristas. Canale detuvo el caballo y se acercó al prisionero. Apoyándose en un estribo, le asestó un golpe con la parte plana de la hoja de la espada y le rompió ambos tobillos. Luego les arrancó las cadenas de las manos a sus guardias, se lo cargó al caballo, de través, y, abriéndose paso por entre la multitud, se dirigió al galope hacia la basílica.



Ferruccio lo vio alejarse con la víctima y comprendió lo maleables que eran las promesas de quien consideraba la vida un mercadeo y que pretendía fundar un reino, presuntamente bajo la protección de un hombre que ya había sido traicionado y crucificado por sus seguidores. En cualquier caso, fuera con los Medici, con los Borgia, con el sultán o con el diablo en persona, Ferruccio no tendría paz hasta que volviera a encontrarse con Leonora.

Los cardenales Sforza y Orsini, así como el obispo de Monreale, estaban sentados sobre sus escaños de madera pegados a la pared. César y Giovanni Burcardo permanecían en sus sillas en el lado opuesto de la sala. Alejandro estaba en el centro, sobre una copia, algo más pequeña, de la silla gestatoria. A su lado estaba el cardenal de Aubusson, gran maestro de los frailes hospitalarios, vestido con la armadura de gala, con grebas y guantes de acero. De la coraza con decoraciones en oro salían dos brazos poderosos como troncos de roble: en la mano llevaba el yelmo.

Giorgio, *el Eslavo*, arrodillado, con los tobillos destrozados, miraba aterrado a aquel ángel vengador, en pie junto al juez supremo. Carlo Canale lo había liberado de las cadenas, pero tenía la pesada bastarda a punto para asestarle un mandoble a la mínima señal de su patrón.

—¡Venga, barquero! —La voz meliflua del papa le llegó como un ungüento sobre las heridas—. Cuéntanos lo que sabes y nadie te hará daño. Pero que sea la verdad, que se presenta desnuda como nuestro Señor en la cruz. Recuerda que él lo ve todo y lo sabe todo, y que quien lo traicionó murió ahorcándose con sus propias manos.

El Eslavo tragó saliva y cogió aire varias veces, pero cuando vio a aquel ángel barbudo con armadura que separaba las piernas y apretaba los puños, sintió que la lengua se le encogía como por arte de magia.



—Fue antes de ayer, a primera hora. Estaba descansando en mi barcaza cuando vi llegar a dos caballeros, justo frente al hospital del Santo Girolamo. Uno de los dos llevaba un cuerpo atravesado sobre la silla, con las piernas y los brazos colgando a los lados. Se detuvieron donde se tira la basura, padre mío, bajaron y cogieron el cuerpo, le ataron una piedra enorme alrededor y lo tiraron al agua. Me agaché para que no me vieran, y tras el chapuzón oí que ambas monturas se alejaban, pero en diferentes direcciones.

—¿Por qué no avisaste enseguida a los guardias? —La voz del ángel era profunda y no auguraba nada bueno—. La torre della Nona está a un paso.

—Bendito señor, he visto escenas como esa a cientos, y nunca ha habido nadie que se interesara por esos cuerpos. Así que me limité a rezar por esa pobre alma y me eché de nuevo a dormir.

—¿Oíste hablar a los caballeros?

—Sí, señor. Uno dijo: «Micheletto, ¿estás seguro?». Y el otro respondió: «Por Dios, si no bastan nueve cuchilladas...».

Alejandro se llevó una mano a los ojos. D'Aubusson se quedó paralizado. El viejo obispo de Monreale fingió no haber oído, y Sforza y Orsini se miraron el uno al otro. Burcardo estaba a punto de sacar su cuadernito, pero se contuvo. El único que se mantuvo impasible fue César. En la pausa que siguió a la revelación que los relacionaba a él y a su criado con el asesinato del duque, su hermano se levantó de golpe, cogió al Eslavo por el cabello, le metió una moneda de oro en el bolsillo, le obligó a sacar la lengua y, con la misericordia que llevaba en el antebrazo, se la cortó de un tajo. La atravesó con la punta del puñal y la clavó sobre la mesa.

—No conocía la virtud del silencio —susurró Sforza a Orsini—. Ahora se verá obligado a apreciarla.

Alejandro le hizo un gesto a Carlo Canale para que se llevara al barquero, quitándoselo así también a él de encima. Bajó la cabeza y cruzó los brazos bajo la capa pluvial.

—La mano de nuestro hijo César —sentenció— ha sido más rápida que la de la Iglesia. Las calumnias de un barquero pagado nos duelen, pero no nos sustraen de nuestro deber. Ordenamos, pues, que se nombre una comisión que indague este horrible crimen, un golpe no solo al honor de nuestra familia, sino también a la santidad de la Iglesia de Roma. Desde este momento proclamamos tres días de luto. Llamad de nuevo a Canale, que quiero hablar a solas con él. Tú también, César; sí, ve tú también.

Los ojos vítreos de Carlo Canale se movían sin parar recorriendo la sala con la mirada, a la espera de cualquier movimiento de una cortina, o de una puerta que se abriera y de la que salieran dos o tres sicarios. No iba a levantar un dedo; se dejaría llevar como un corderito. Un zorro en la madriguera de los lobos no tiene escapatoria; ofrecería enseguida la garganta para evitar sufrimientos. Ahora sabía lo que no debía saber. Maldita Vannozza y malditos sus consejos.

El papa se tocó la prominencia de la nariz. Era un gesto que Canale conocía bien: Alejandro VI lo hacía a menudo cuando necesitaba reflexionar. Quizás aún hubiera alguna esperanza.

—No hace falta que te digamos —empezó Alejandro, sopesando bien cada palabra— que lo que has visto y oído no ha ocurrido nunca. Nos fiamos de ti, Carlo.

El capitán abrió los ojos como platos. Se le puso la piel de gallina. Así que se fiaba, no dudaba de que el secreto estaba a buen recaudo. ¡Había salvado la vida! No solo eso, sino que ahora tenían un vínculo más que los unía. Carlo sonrió y se lanzó a los pies del papa, riendo entre lágrimas y besándole las zapatillas rojas.

—¿Qué te pasa, Canale? ¡Alto, por Dios! ¡Para!

—¡Gracias, gracias, buen padre! Sí, excusadme, os lo ruego, padre mío, pero es que estoy muy contento.

Alejandro consiguió liberar las piernas del abrazo de su capitán y se arrepintió de haberse quedado a solas con él.

—¿Y por qué motivo?

—Tenía miedo, padre mío. Temía que no os fiarais lo suficiente de mí, que a pesar de toda la benevolencia que me habéis mostrado siempre, y de la relación… que…, en fin, que os une con *madonna* Vannozza, quisierais eliminarme para siempre de vuestra vista. Pero vuestra invitación a la discreción y al silencio me han hecho entender que no estáis enfadado conmigo y que contáis, como es justo, con mi eterna devoción, que no os negaré jamás.

—Ve, Carlo, y transmítele nuestra bendición a Vannozza, y junto a nuestro dolor llévale el consuelo que precisa cualquier mujer cuando se le muere un hijo.

El capitán se puso en pie, se enjugó las lágrimas y cruzó los dedos en señal de oración sobre la frente, como si invocara a Dios con fuerza para que le concediera una gracia improbable. Alzó los ojos al cielo y los cerró en señal de agradecimiento, resopló y salió sin dar la espalda en ningún momento a su patrón.

Alejandro siguió tocándose la nariz. Canale había pensado, y eso ya era un problema. Un idiota que piensa es peligroso, porque nunca se sabe qué dirección pueden tomar sus pensamientos. Además, había creído que lo matarían, así que admitía que, de algún modo, sería lógico hacerlo. ¿No era san Agustín quien decía que quien duda de los demás duda de sí mismo? ¿O era el de Aquino? En cualquier caso, eso ahora importaba poco. El problema estaba ahí y había que resolverlo lo antes posible. La mayor complicación sería Vannozza, porque no aceptaría fácilmente quedarse viuda por tercera vez. Y tampoco sería fácil convencerla de que se había producido un trágico accidente; para eso, más valía recurrir a la dormidera o al arsénico, del que conocía todos los secretos.

La mejor solución sería, pues, que Canale sufriera la venganza de un familiar o, mejor aún, de un marido traicionado; de ese modo, Vannozza se vería obligada a callar. Mucho le había dado ya a aquella mujer, pero era la única a la que había amado realmente, cuando aún la púrpura y la tiara eran un sueño. Y era la única que le había animado a no renunciar a aquellos sueños cuando todo parecía perdido, que le había animado a realizarlos, contra todos y contra todo. Quizás, una vez proclamado el Reino de Italia y la dinastía de los Borgia, podría darle la satisfacción de casarse con ella.

Un motivo más para que enviudara lo antes posible.

# 21

*Península de Anatolia, finales de junio de 1497*

Por el tramo inferior del río Sangario convergía desde hacía días una multitud de personas procedentes del Ponto, de Galacia y de las dos Frigias. Hombres, sobre todo, pero con ellos viajaban mujeres, cubiertas con el *nicab*, el amplio velo negro que solo dejaba al descubierto los ojos. Nadie osaba molestarlas, aunque caminaran solas y sin ninguna protección, porque no era el sexo lo que diferenciaba a un buen musulmán de un apóstata, aquel que con su conducta blasfema se había apartado de la *umma*, la comunidad islámica. ¿Acaso no había sido precisamente Jadiya, la mujer del Profeta, la primera creyente? Y las mujeres habían sido las primeras en responder a la llamada de la Vigía de la Montaña, cuyo nombre susurrado era el Arma Suprema de Alá, de la que únicamente se sabía que era una mujer.

Aquella multitud ordenada que caminaba en silencio era el pueblo predilecto de Dios, los jariyíes, «los que se salen», los que se habían negado a obedecer a los Cuatro Califas y a seguir a Alí, primo y yerno del Profeta, bendito sea su nombre. Chiíes y suníes se habían alejado de la verdadera fe. Al menos los infieles tenían la eximente de no conocer al verdadero Dios, y siempre podían convertirse, con la fuerza de la fe o con la de las armas y el terror. Pero los que lo habían conocido y se habían alejado eran *fâsiq, kâfir, munâfiq* y *murtadd*: impíos, descreídos, hipócritas y apóstatas, y merecían todos una muerte sumaria.

A la altura del pueblo de Ukbali, la riada humana se hizo más densa y, usando el minarete como referencia, se dirigió, compacta, hacia la pequeña mezquita de cúpula negra. Los guardias de la entrada, de torso desnudo y vientre prominente, dejaban entrar a los peregrinos de uno en uno, escrutándoles el rostro. De vez en cuando, cuando encontraban a alguien que no les pareciera lo suficientemente devoto en su expresión o en su actitud, lo detenían y lo sacaban de allí a empujones; entre ellos hubo quien tuvo la suerte de ser apartado a latigazos. Pero a otros, considerados *munâfiq*, les cortaban la cabeza con dos golpes de cimitarra, para exponerla después como advertencia en lo alto de una pica, a la entrada de la mezquita.

En el interior, una escalinata descendía a las profundidades del suelo, para abrirse en una ciudad subterránea. En los siglos anteriores, sus innumerables cavidades naturales habían servido a la población local para huir de las persecuciones y de los saqueos de invasores y conquistadores. Y aún sería posible vivir en aquellas cavernas, dotadas de pozos de ventilación, silos para el grano, depósitos de agua, establos, cocinas y dormitorios.

Los fieles, provistos de una pequeña antorcha impregnada en polvo de hierro, bajaban en silencio hasta llegar a la gran gruta, entre las paredes de piedra calcárea iluminadas con tenues lámparas de aceite. Fuera obra de la mano del hombre o hubiera sido forjada directamente por Dios, la gruta era, en todo caso, el símbolo de la perfección natural, con un sexto de milla de longitud y un sexagésimo de altura. Los verdaderos fieles sabían que el número seis representaba el sexto pilar del islam, la yihad, la guerra santa que a todos une, y allí estaba representada por una gigantesca estalactita que iba del techo al suelo, la empuñadura de la espada de Alá, cuya hoja descendía hasta el centro de la Tierra. El Día del Juicio Universal él extraería la espada, provocando terremotos y cataclismos inmensos hasta la completa destrucción de la Tierra. Cuando llegara aquel día, solo los jaritíes entrarían en el Yannat al'Adn (el Jardín del Edén), mientras que todos los demás se precipitarían en la Yahannam (la Gehena infernal).

Al atardecer, la hora del *al-maghrib*, la cuarta oración, se cerraron las puertas. En la gruta brillaban miles de antorchas. En el fondo, sobre una roca elevada, unos hombres ataviados con el *sayyid*, el turbante negro que les cubría también el rostro, se pusieron a entonar un mantra, y poco después las paredes resonaron con una única voz, el credo de los hijos predilectos de Alá, repetido una y otra vez.

—¡*Lâ hikma illâ li-llâh! ¡Lâ hikma illâ li-llâh!* ¡Dios es el único juez!

Al son de aquella letanía implacable, cada vez más fuerte, los muros de la gruta y el suelo empezaron a temblar, y cuando ya caía del techo un fino polvo blanco y parecía que toda la bóveda fuera a hundirse, un hombre vestido con una túnica blanca extendió los brazos hacia delante. La multitud enmudeció de golpe, y todos estiraron el cuello para intentar ver el Arma Suprema de Alá, que aparecía como por arte de magia tras los hombres del turbante negro. Su *niqab* era rojo como el fuego de las antorchas, y un fino velo negro le cubría el rostro. Su voz cálida y potente resonó en la gruta como las trompetas del Juicio Universal.

—¡*Bismillah ar rahmani ar rahim!* ¡En el nombre de Dios, el Clemente, el Misericordioso!

Con la fórmula de la Basmala, el primer versículo del primer sura del Sagrado Corán, todo lo que dijera a partir de aquel momento sería como si lo dijera el propio Dios.

—¡El Día del Juicio Universal se acerca! ¡El Sol y la Luna se apagarán, las montañas se disgregarán y caerán, los mares se secarán, y la tierra y el cielo cambiarán de aspecto; entonces los muertos resucitarán y tendrán que rendir cuentas por los actos realizados durante su vida terrena! Los descreídos y los que han cometido pecados imperdonables serán enviados al Infierno, y los buenos creyentes irán al Paraíso. ¡Pero solo hay una vía para merecerse el Paraíso: cumplir la voluntad de Dios!



El Arma Suprema de Alá levantó el brazo derecho, apuntando con el dedo índice hacia arriba, y la multitud que la escuchaba, arrebatada, estalló en un único grito que sacudió peligrosamente la bóveda de la gruta y sus paredes.

—¡*Allâhu Akbar!* ¡Alá es grande!

Gritaron la invocación repetidamente, hasta que el brazo de la mujer bajó y cesaron los gritos. Entonces puso una voz más grave y más tenue, hasta el punto de que resultaba difícil oírla, a pesar del eco natural de la caverna.

—¡Estad preparados, elegidos míos, porque en breve se os llamará para que marchéis sobre la Gran Infiel! Su señor, el hombre vestido de blanco, antes de morir conocerá la verdadera fe, pero será demasiado tarde, y a su alrededor la ciudad del pecado desaparecerá como un castillo de arena bajo una ola del mar. Alargaremos entonces la mano bajo la higuera, el árbol del conocimiento del bien y del mal, y esperaremos a que caiga el fruto podrido de sus falsas creencias. ¡Alá es grande! —gritó—. ¡Alá es misericordioso! ¡Alá es justo!

La respuesta de la multitud fue un grito heterogéneo y mil antorchas se agitaron como lenguas de una única llama. Una vez más, el Arma Suprema de Alá extendió los brazos para que se hiciera el silencio.

—La muerte caerá sobre todos los que no se conviertan a la fe verdadera, el primero de ellos el hombre vestido de blanco, el que se hace llamar papa, padre, pero que no genera más que hijos bastardos. Otra condena, aún más grave, caerá sobre quien, conociendo el anuncio del Profeta, bendito sea su nombre, lo desprecia y lo pisotea. Hablo del impío de nuestro sultán, del *fâsiq*, al que solo Dios puede perdonar. Pero nosotros no; nosotros debemos respetar la sharía, su ley. ¡Y ese es el fin que sufrirán los culpables!

Dos hombres se abrieron paso entre los sacerdotes que rodeaban el Arma Suprema de Alá, arrastrando por los brazos a un joven, desnudo hasta la cintura. Tenía el cuerpo cubierto de llagas, de latigazos y de heridas de arma blanca; el rostro, tumefacto, hinchado y amoratado. Le rodeaba el cuello una cuerda, cuyo extremo sostenía firmemente un tercer hombre, un gigante encapuchado. Los dos hombres llevaron al prisionero al borde de la roca, por encima de la multitud, a la espera de la señal. Alguien empezó a patear el suelo rítmicamente, y el gesto fue imitado enseguida por todos los presentes, hasta que la bóveda de la gruta resonó, como un corazón gigantesco, con un latido único cada vez más rápido, cada vez más penetrante, a la espera del sacrificio.

—Este hombre ha blasfemado —dijo el Arma Suprema de Alá, alargando los brazos hacia delante—, este hombre ha pecado, este hombre ha traicionado la palabra de Alá. ¿Qué merece este hombre?

—*¡Al-Maut! ¡Al-Maut!* —Miles y miles de voces pronunciaron la sentencia a coro—. ¡La muerte!

Ella levantó la cabeza y los brazos. Empujaron al prisionero, que cayó desde la roca, mientras el gigante encapuchado, con las piernas bien firmes, sostenía la cuerda con fuerza. Las piernas del ahorcado se agitaron frenéticamente, con los pies a pocos centímetros del suelo, mientras con las manos intentaba desesperadamente arrancarse la cuerda del cuello. Al cabo de un momento, tras un último temblor, el cuerpo quedó colgando, inerte, como un monigote de tela. El gigante dio un último tirón para asegurarse de que el ahorcado estaba muerto, y luego lo dejó caer soltando la cuerda.

—¡*Allâhu Akbar!* —gritó la multitud, mientras unos cuantos guardias empezaban ya a empujar a la gente hacia la salida, golpeándolos en la espalda y en las costillas con finos bastones.

Alguno cayó y acabó pisoteado por los demás, pero nadie hizo caso. Mientras arrastraban y lanzaban el cuerpo del condenado hasta un pozo profundo, el Arma Suprema de Alá se retiró, junto a los sacerdotes y un grupo de imanes y de ulemas.

Se sentó en un corro junto a ellos, con el gigante y dos hombres armados con sendas cimitarras a sus espaldas. El gigante, sin su capucha de verdugo, parecía una persona pacífica, y sus rasgos suaves y agraciados, así como su cutis lampiño, dejaban claro que se trataba de un eunuco. La mujer esperó a que todos se sentaran, con las piernas cruzadas. Nadie se atrevía a levantar la vista a su altura y mirar su rostro cubierto con un velo. Hablaba con voz firme, cortante, y con una autoridad indiscutible.



—El que ha errado ya ha pagado, pero el gran *kâfir*, el descreído, aún está vivo, y eso es grave. No tendremos otras ocasiones en mucho tiempo. Osmán, ¿en qué punto están las expediciones?

—Gran Madre, de acuerdo con el visir, hemos mandado otras cajas de alfombras a Venecia, a través de otro mercader. El anterior ya está dando cuenta de sus pecados en el Infierno. También hemos metido más comida y agua para nuestras pequeñas aliadas, para que sobrevivan más tiempo.

—¿Y la caja que llevará la fe al papa?

—Partirá conmigo en el barco de los extranjeros. Ellos también se dirigen a Roma. Haremos el viaje juntos. —Osmán se inclinó llevándose las manos abiertas al rostro, como si estuviera rezando—. Cuando la caja con las preciosas alfombras regalo del sultán se abra en su presencia, nuestras amigas se dispersarán por el palacio como la niebla de la mañana.

—Estoy orgullosa de ti, Osmán. El islam está orgulloso de ti. Y hasta el momento en que entregues la caja mantente cerca de los extranjeros, descubre su misión. No es costumbre del maldito *kâfir* dejar intacta a una muchacha —dijo, despreciativa—, así que debe de haber algún otro motivo. Descúbrelo.

—Así se hará. Con ellos partirá también el arquitecto italiano…

—¡Ese lascivo y visionario que quiere unir las dos orillas del Cuerno de Oro con un puente de seiscientas brazas! Si Alá hubiera querido que las dos orillas se tocaran, lo habría hecho en una sola noche. ¿Acaso no dice en la sura de los Poetas: «Levantaréis edificios en cada colina, solo para divertiros»? Esos son los descreídos. ¿Tú también has dormido con aquel *shaz*, el contra natura, Osmán?

—Nunca, Gran Madre.

Los ulemas sonrieron y asintieron; la sabiduría y el espíritu de Alá estaban en ella.

—Has sido señalado por Alá, Osmán —añadió la Vigía—. Él te ha dado la señal de su benevolencia. Osmán, el cojo —dijo, dirigiéndose a los otros hombres que la rodeaban—, se sentará a mi lado cuando triunfe la justicia.



—Amén —respondieron todos en coro.

Osmán sintió que se le abrían las puertas del Paraíso. La Vigía lo había dicho públicamente, y nadie se había opuesto. Ante los ulemas, los líderes religiosos, había sido investido con la más alta dignidad. Él, Osmán, el del pie deforme, hijo de una meretriz y de un padre desconocido, se convertiría en visir. Alá era realmente justo.

—Ahora ve, hijo predilecto; lleva contigo la venganza de Dios y regresa pronto a nuestros brazos.

Osmán se repitió mentalmente aquella última frase mientras se dirigía hacia la salida. Pensando en los posibles significados que pudiera esconder, se ruborizó.

—No sobrevivirá —dijo el ulema sentado junto a Faiza—. Cuando se presente en la corte del hombre vestido de blanco y todos lo vean, lo torturarán, lo colgarán y lo quemarán.

—No está previsto que regrese —respondió la Vigía—. El sacrificio de uno será el tormento de muchos. El Paraíso no es tan grande como la Gehena: mientras uno sube, al menos cien tendrán que caer. El visir pagará por el fracaso de su sicario, pero quiero que Beyazid se reúna con su padre antes de que llegue el invierno.

La luna mostraba una fina joroba en dirección a Oriente y las estrellas daban claridad a la arena. La noche devolvía a la tierra sus perfumes. A Osmán le pareció detectar el raro aroma del tulipán, junto al olor dulce de los dátiles secados al sol. En el palmar próximo a la mezquita le esperaba su caballo, un *muniqi*, pequeño y ligero como él, de ojos oscuros y brillantes como dos gemas de obsidiana. Con las riendas en una mano y la otra sobre el morro del animal, pasó frente a la puerta de hierro de una construcción rodeada de altos muros, elaborada a partir de un antiguo fuerte persa, y se estremeció. La entrada de la Gehena, el Infierno en la Tierra. Allí dentro se criaban las ratas para el Juicio Final, de allí partía la guerra a Occidente, allí se metía a los impíos para que se contagiaran. Y quien sobrevivía, siguiendo la voluntad de Alá, podía convertirse en guardián o morir, según eligiera. Quien entraba allí no podía salir nunca más.

—Venga, *Qalam* —dijo, subiéndose a su montura—, vuela ligero.



«Qalam» significaba pluma. El negro caballo árabe cabalgó rápido, casi rozando el terreno. El aire fresco y seco ayudaba a Osmán a borrar la visión infernal, la humedad de la gruta, así como el miedo y el deseo que, al mismo tiempo, le producía el Arma Suprema de Alá. Muchas veces se había preguntado quién sería realmente aquella mujer tan poderosa. Algunos decían que había nacido del desierto, sola, y que era la reencarnación de Fátima, la cuarta hija del Profeta, bendito fuera su nombre. Para otros era un ángel enviado directamente por Dios, con rasgos femeninos, para unificar todo el *Dar al-Islam*, la nación islámica, y conducirla a la victoria contra el *Dar al-Harb*, los territorios de la guerra, donde era justo y santo llevar la palabra de Dios con la espada. Lo contrario de lo que pensaba el sultán, siempre empeñado en negociar la paz con los infieles, judíos y cristianos, pasando por alto la sharía, la ley del Profeta, alabado fuera su nombre.

—Venga, *Qalam*; vuela ligero.

La límpida atmósfera del alba dejaba ya ver la silueta de los minaretes de Estambul. Osmán, derrotado por el cansancio, se preguntó de pronto si Dios estaría de parte de Beyazid II o del

Arma Suprema de Alá, o si quizá pudiera haber más de un dios, en vista de la gran diferencia entre la voluntad de ambos. Pero aquellos pensamientos blasfemos desaparecieron rápido de su mente, como los cuernos de un caracol. Espoleó su montura, que aceleró sin dar indicios de fatiga, porque ya sentía el olor de su casa, el gran establo del palacio del Serrallo. También la casa de Osmán, el cojo, el deforme, estaba en el interior del palacio, una mísera habitación con un ventanuco en lo alto, muy cerca de los establos. Si todo iba bien, *alhamdulillah,* gracias a Alá, conseguiría grandes aposentos y esclavos, y una terraza desde la que observar las estrellas, los orificios de la bóveda divina por los que se colaba la luz del Paraíso. Y quizás incluso lograría el amor de la Vigía.

# 22

*Mar Adriático, 4 de julio de 1497*

La proa de la galeota surcaba el mar, ligeramente agitado, y su fondo plano dejaba tras de sí una estela casi invisible. De noche, con las velas recogidas y sin ninguna luz a bordo, su silueta oscura podría confundirse con la de una ballena perezosa, de no ser por los remos que se sumergían silenciosamente en el agua. La luz del faro de Corfú podía parecer la estrella más baja de la bóveda nocturna, pero Jair al-Din no se dejó engañar. Dio órdenes de bajar aún más el ritmo, para que se redujera el ruido al mínimo. Si se cruzaban con una sola galera veneciana, sobre todo si se trataba de las veloces trirremo que patrullaban frente a la isla, sin duda los hundirían o, peor aún, capturarían el barco. Y si alguien le reconocía a él o a sus dos hermanos, serían azotados, descuartizados y colgados tras su muerte. Todo buen pirata conocía el código marinero y estaba dispuesto a pagar las consecuencias, aunque a ser posible prefería hacerlo tras una larga vida. No obstante, si conseguían rodear aquella maldita fortaleza sin que los vieran, por la mañana entrarían en el Sanjacado, territorio seguro desde hacía más de treinta años. Y él rezaría por fin en la Mezquita Roja, aliviado no tanto por haberse librado del peligro, sino por haberse quitado de encima a aquella mujer que llevaba a bordo.

Y no es que trajera mala suerte; nunca había creído en la leyenda que decía que llevar a una mujer a bordo traía la desgracia. El problema, en todo caso, era el deseo que suscitaba, que distraía a los marineros, y que provocaba que se pelearan; además, en ocasiones, aquellas disputas acababan a cuchilladas.

Aunque no era ese el caso. Aquella mujer constituía un peligro, era una bruja. Quizás una terrible *dogu cadi*, de las que trastornan la mente: había oído hablar de ellas a algunos viajeros orientales. Osmán le había hablado únicamente de tres extranjeros, y él había aceptado sin preguntar quiénes eran. Aquel maldito cojo estaba muy metido en la corte, y él necesitaba el apoyo del sultán, puertos seguros donde amarrar si le seguían, y que la flota otomana no se entrometiera en sus correrías. Pero si hubiera sabido de aquella mujer y de sus poderes, no habría aceptado ni por un cofre de akchehs, ni que fueran de oro. Su voz, sus movimientos elegantes, su belleza exótica y aquellos ojos que no tenían miedo de nada... Una sirena que te hechizaba con sus palabras, simples como el agua, pesadas como el hierro y relucientes como el oro. Y estaba claro que el otro tipo era un demonio disfrazado de ángel. ¿Quién, si no, sería capaz de dormir cabeza abajo o de saltar seis brazas brincando como una rana? ¿O de desviar con su bastón las cuchilladas de los marineros, manteniendo inmóvil el resto del cuerpo?

—Coge el timón, Elías —dijo Jair al-Din—. Yo voy a hacer una ronda de vigilancia.



—Tú a lo que vas es a oír a esa mujer otra vez, hermano, pero ten cuidado. Toma, llévate mi mano de Fátima; ya me la darás cuando estés más tranquilo.

Jair al-Din cogió el antiguo amuleto de las manos de su hermano y lo apretó con el puño. Se dirigió decidido hacia la mujer, que se acababa de sentar junto a los dos extranjeros y el cojo. El único que le podría entender en aquel momento sería el cerdo de su padre. Sabía que el raki era veneno para él, sabía que le bastaba beber un sorbo para sumirse en una niebla, y que en aquel estado pegaría a su mujer y a sus hijos. Pero cuando percibía aunque solo fuera un vago olor a anís, no lo resistía: solía decir con una sonrisa en los labios que el abismo atraía más que el Paraíso, siempre un instante antes de beber y de liberar a la bestia que llevaba dentro. Las palabras de aquella mujer eran su raki, y aquella noche también bebería de ellas con avidez.

No había amanecido aún, y en los aposentos de la lujosa morada de Al Sayed ya resonaban las órdenes y comentarios. Había llovido toda la noche, el calor de los meses anteriores anunciaba la próxima llegada del monzón y todo el mundo olisqueaba el aire, observando las nubes cargadas de lluvia que se amontonaban y se dispersaban continuamente. Pero mientras durara el viento no volvería la lluvia, aunque habría que fijar las tiendas al suelo con robustos ganchos para evitar que salieran volando. Sayed se despertó, y se quitó del pecho el brazo de la joven sudra con la que compartía cama hacía unos meses. Se puso en pie en silencio y se sentó a su escritorio, frente a la ventana que daba al parque, y apartó las cortinas para contemplar los preparativos de la fiesta de Parshuram. En el tercer día del mes de luna creciente, el Eterno Tercero, los méritos obtenidos mediante las buenas acciones tendrían un efecto permanente sobre el karma de los fieles.

Sayed sintió un escalofrío y se acarició los brazos. Lo cierto era que no le importaba lo más mínimo aquella ceremonia ni la celebración de la sexta manifestación de Visnú, la presencia de los brahmanes y sus rituales. El desfile, las flores frescas en el camino que recorrerían, el mismo de siempre, inmutable desde hacía siglos, el incienso, las fórmulas verbales repetidas, también las mismas de siempre. Como si el espíritu necesitara reglas formales para poder elevarse por encima de la carne o sumergirse en el corazón de los hombres. Aquello era lo que Issa le iba repitiendo desde hacía tiempo, casi como una fijación. Ahora ya no podía responderle a las preguntas que le planteaba, ambos lo sabían, y a veces se reían de ello, y aún con más frecuencia era él quien le hacía preguntas y lo escuchaba. No obstante, ese día no sería él quien le preguntara. Sayed sonrió. Se imaginó las caras de los brahmanes ante las observaciones de Issa, las mismas que le habían hecho reflexionar a él sobre el significado de su vida. La sudra se quejó, entre el sueño y la vigilia.

—Sayed, vuelve a la cama, es pronto. ¿Qué te preocupa?

Sin esperar respuesta, la mujer se puso un cojín sobre la cabeza para protegerse los ojos de la luz. Ese era justo el problema: no haber tenido nunca nada de lo que preocuparse. Siempre había sido rico (y a medida que se hacía mayor lo era aún más), nunca había estado enfermo y, además, se había negado a casarse.

Pero desde hacía dos años algo había cambiado. No se había movido de Debal, era cierto, pero solo para estar cerca de aquel muchacho, para ayudarle. Aunque aún no tenía claro ayudarle a qué. Solo sabía que sentía que aquello era un agradable deber, y que cada día de aquella nueva vida era como si algo o alguien lo lavara y lo purificara. Como un melón al que le fueran arrancando lentamente la tierra y el fango, hasta descubrir la cáscara amarilla, brillante como el oro. Mes tras mes se sentía más fuerte y más libre, más feliz.

Aquel sería un día importante para ambos. Jesús, o Yeusha, o Issa, como le llamaban ya todos en casa, había estudiado día y noche, y cuando no estaba concentrado con sus libros, estaba meditando o iba al templo a escuchar a los sacerdotes sin hacerse notar. En la fiesta de Parshuram no podría ayudarle, pero se apostaría cien tetradracmas de plata con el rey Hereo a que Issa pondría en apuros a los brahmanes. Y como anfitrión no tendría un momento de reposo, quizá le señalarían con el dedo, tal vez perdería hasta su casta, si no ya su dinero. Pero todo aquello le divertía como nada le había divertido en la vida.

El sol estaba casi en su cénit; los tres fuegos sacrificiales ardían en grandes braseros, mientras el viento empujaba las llamas hacia Oriente y levantaba de vez en cuando los pétalos de flores con que habían cubierto el parque.

—Es buena señal —dijo el primer brahmán Kaladdah, extendiendo los brazos—. El cosmos nació en Oriente y de allí proviene la sabiduría del mundo.



Todos asintieron y sonrieron. El brahmán tiró varias veces polvo de hierro sobre el fuego, y del brasero central saltó, crepitando, una cascada de chispas. El segundo de los cuatro brahmanes se puso entonces a leer unos pasajes del Rig Veda: «De la nada nació el ser, que es uno, aunque adopte el nombre el numerosos dioses. Como Aditi es padre, madre, hijo y cielo, y todos los dioses. Aditi es también lo que ha nacido y lo que debe nacer aún…».

El sol acababa de llegar al último cuarto de su camino sobre el horizonte, y tras los himnos del Rig Veda, los brahmanes recitaron los ritos del Yajur Veda, las melodías del Sama Veda y las fórmulas del Atharva Veda. Los invitados caminaban aburridos entre el patio y el jardín, y más de uno de los criados, obligados a mantenerse absolutamente inmóviles, se había desmayado. No obstante, aquella escena formaba parte de la tradición, al igual que las apuestas entre los invitados sobre quién caería antes. Junto a los braseros yacían los restos de unas cabras y unos cochinillos cuya sangre había empapado los pétalos de alrededor, que ya no volaban con el viento. En el fuego ardían preciosas estatuillas que los invitados habían traído como sacrificio, junto a animales, espejos de plata ennegrecidos y acartonados, y puñales de asta y de marfil ya inservibles. Los brahmanes, ellos también agotados, se sentaron ante los braseros y se dispusieron a escuchar las preguntas de los presentes. El primero que vieron fue un muchacho con una barba incipiente sobre un rostro sonriente. Llevaba de la mano a una muchacha, que tenía la vista clavada en el suelo y una expresión de miedo en el rostro. Iba enfundada en un sari, y avanzaba a pasos cortos. Sayed se cruzó de brazos y respiró profundamente.

—Me llamo Issa y estoy muy interesado en vuestras costumbres —dijo el muchacho, dirigiéndose a Kaladdah, que nada más oír la palabra «costumbres» levantó una ceja—, pero tengo algunas dudas.

—Habla, muchacho, sin temor.

—¿Por qué motivo habéis sacrificado animales y cosas?

Kaladdah miró a los otros brahmanes e intercambió con ellos una mirada complacida.

—El sacrificio de lo que nos es preciado permite obtener gracias y beneficios a los que se han privado de ello.

—¿Por qué no se sacrifican entonces los hijos primogénitos? No hay nada más preciado, y supongo que los dioses quedarían satisfechos.



Los tres brahmanes le mostraron una sonrisa conciliadora a Kaladdah, que, por su parte, se quedó mirando fijamente al muchacho. De pronto se hizo el silencio.

—Porque está prohibido —respondió Kaladdah tras una larga pausa—. No se puede matar, ¿no lo sabes?

—En todos los textos sagrados —prosiguió Issa—, en los himnos, en las fórmulas, en los ritos y en las melodías de los Vedas no hay ni una sola palabra que lo prohíba. Yo estoy de acuerdo en que no se debe matar. Quizá la regla nazca de un principio interno del hombre, tan fuerte que los dioses no han considerado oportuno siquiera codificarlo.

—Sí, así es —atajó Kaladdah, que dirigió la mirada hacia los otros presentes—. ¿Alguna otra pregunta?

—Si no matar es algo intrínseco al hombre —insistió Issa—, ¿por qué lo hace, pues, por la calle, en las guerras y entre las paredes de las casas? ¿Y por qué habéis matado hoy cabras y cerdos? ¿Cuál es la diferencia? Algunos animales matan para comer, pero no todos. ¿A cuál nos queremos parecer? ¿Al feroz tigre o al noble caballo? ¿A la taimada araña o al manso ciervo? En las mesas veo buñuelos de queso, panes con aceites perfumados, tortas de garbanzos a las hierbas, delicadas patatas a la alholva, leche ácida al jengibre y todo tipo de pasteles de almendras. Una gran riqueza y variedad de alimento para la que no se ha vertido ni una sola gota de sangre.

—Eres un arrogante al dirigirte así al primer brahmán —respondió el que estaba sentado a su derecha—. ¡Estudia veinte años más y encontrarás las respuestas a tus preguntas!

—¡No! —lo interrumpió Kaladdah—. El muchacho tiene razón. Lo que no sabe es que nuestros ritos sirven para mantener unida a la sociedad. Sin ellos, todo se sumiría en el caos. El género humano se dispersaría, solo los más fuertes sobrevivirían y regresaríamos a la oscuridad del inicio del mundo.

—Gracias, brahmán —respondió Issa—. Ahora comprendo la importancia del rito. Como tú has dicho, sirve para mantener a las personas unidas, para que adquieran conciencia de que son la especie privilegiada de los dioses. Todos deben unirse en el rito, el marco que de por sí no tiene valor, pero que protege el precioso cuadro. Y ahora te pido que acojas a esta muchacha, que para mí es más excepcional que un zafiro de corazón convexo, entre nosotros, en el seno de nuestros usos y costumbres, para que la protejan y la custodien.



Kaladdah frunció los ojos, intentando ver qué intenciones escondía el joven. Aquella renuncia a replicar sus observaciones le dejó perplejo y tuvo la impresión de que tras aquella petición se escondía una trampa. Miró a la muchacha, apenas una niña, que llevaba un sari verde y rojo de preciosa factura. Llevaba el cabello negro recogido en una trenza brillante, untada de ungüento. Tenía los ojos delicadamente maquillados de negro y de ocre, y sus sandalias dejaban entrever unos pies pequeños, delicados y limpios. El brahmán echó una mirada a sus compañeros, pero en sus rostros no detectó ninguna señal, ni de preocupación ni de conformidad; solo un vacío indiferente e inconsciente. Quizá, si hubiera tomado a su cargo a aquel muchacho, por fin tendría un alumno digno de ocupar su puesto en un futuro lejano. Extendió los brazos.

—Sé bienvenida, hija mía.

La muchacha temblaba, pero Issa le dio un ligero empujón y ella dejó que el hombre le pusiera las manos sobre la cabeza. Kaladdah se quitó entonces uno de los medallones, echó una mirada a Issa y se lo puso al cuello a la muchacha.

—El oro, nacido del fuego, fue concedido a los mortales como algo inmortal; quien lo lleva morirá a una edad avanzada. Yo te lo pongo para que tengas una vida larga, de esplendor, de fuerza y de vigor. ¿Cómo te llamas, muchacha?

Ella dio un paso atrás, sin responder, mientras Issa daba un paso adelante. Era el momento que esperaba Sayed, el que marcaría un antes y un después en su vida.

—Tendrá el nombre que tú quieras darle, Kaladdah. Tú eres el más noble de los brahmanes, y el más sabio. Dale la dignidad a esta flor, que, como ves, es bella, pero sin nombre. Todo el mundo es artífice de su propia vida; no hagas que deba pagar por culpas que no son suyas.

El brahmán se levantó de golpe y una ráfaga de viento le alborotó la túnica roja. El muchacho le había engañado, delante de todos. Aquella era una paria sin nombre, y él mismo, voluntariamente, la había tocado y bendecido.

—La apariencia no engaña —prosiguió Issa—. Tú has visto su pureza, como la han visto todos. Llámala Gaya, de alegría, como Gayatri, la Diosa Madre. Ella te sonreirá, Kaladdah, porque todos somos hijos suyos, somos todos iguales, en su amor, en su conocimiento. Yo te ruego, Kaladdah: rompe sus cadenas con amor, el mismo que nos ha generado a todos. Porque no existe nada, más allá del amor, y ni siquiera toda la sabiduría de los Vedas lo puede contener.



Al ver a su superior apretar el puño y morderse el labio, los otros dos brahmanes se pusieron en pie e hicieron lo propio. El cuarto, en cambio, seguía mirando a Issa, con la boca entreabierta, y sin darse cuenta bajó la cabeza, como hacen los animales en señal de docilidad. Kaladdah se alejó a grandes pasos seguido por los otros, pero al pasar frente a Sayed se detuvo.

—Has deshonrado tu casa, has desobedecido a tu *dharma,* y no te bastarán veintiuna vidas para recuperarlo. Has permitido que un demonio te trastornara la mente y diese un escándalo público. Todo esto —abrió los brazos y giró sobre sus pies— es impuro, e impuros serán todos los que se acerquen a este lugar.

Sayed juntó las manos bajo la barbilla, unió las palmas con los dedos y le saludó con la fórmula ritual.

—*Sawasdee,* Kaladdah.

Al brahmán, al girarse, le pareció ver un gesto de mofa, casi una sonrisa, en los labios de Sayed, pero prefirió pensar que era una mueca de dolor.

—¿Y después?

Todos se giraron hacia Osmán.

—El resto lo conocen el Tajo, el Ganges y quizá también las Antípodas —dijo Ada Ta—. Al menos eso me dijo una vez un sabio que no pensaba que lo fuera, y que por ello lo era aún más.

Gua Li abrió los ojos como solía hacer cuando quería decir algo pero no estaba segura de que fuera oportuno. Ada Ta le sonrió y meneó la cabeza. Conocía aquella frase y su origen, procedente casi como una broma de la pluma del noble italiano con el que había empezado todo. Bajó la cabeza para esconder la emoción de aquel secreto entre ella y Ada Ta.

—Querido Osmán, mañana proseguiré con el relato. He visto las miradas de nuestro capitán. Quizá le molesten estas historias mías, pero te puedo anticipar —susurró— que Sayed vendió todo lo que tenía y partió con Issa en un carro, dirigiéndose hacia el norte, por entre los montes cubiertos de nieves eternas.

El cojo se giró y vio la sombra del capitán tras el mástil, a sus espaldas.



—¡Jair al-Din! Siempre estás espiando en lugar de gobernar el barco. ¿Cómo te puede molestar una mujer que habla tan flojo que su voz casi queda disimulada por el rumor del viento? ¡Griego renegado! Sí, vete, vete, aléjate como una serpiente.

Tras pivotar sobre su pierna buena, haciendo una especie de pirueta, le brindó una larga sonrisa a Gua Li. Nunca lo hacía. De hecho, él mismo se sorprendió.

—Los dientes de la mangosta han mordido a la cobra —le indicó Ada Ta a Osmán, que, al carecer de incisivos superiores, recordaba a un roedor.

Osmán se llevó un dedo a los caninos y, por un momento, se puso rojo de rabia y de vergüenza, pero le bastó la mirada sonriente de Gua Li para transformar poco a poco el gesto de rencor en una sonora carcajada, a la que se unieron el italiano y el viejo monje.

—¡Silencio! —exclamó el pirata desde el puente de mando—. ¿Quieres morir, Osmán?

Osmán no hizo caso y se encogió de hombros, abriendo después la boca y fingiendo que lanzaba una dentellada al capitán con rápidos movimientos del cuello. Gua Li se llevó ambas manos a la boca para reprimir una nueva carcajada.

—Yo me considero un conocedor de la ciencia, sobre todo de la de las armas y las construcciones, y he leído un buen número de textos antiguos, de los que he aprendido mucho. Pero nunca había oído hablar de esa historia.

—Como hombre de ciencia sois muy curioso, Leonardo. ¿Habéis visto alguna vez una vaca con gruesos pelos largos hasta el suelo?

—¡No, nunca, a fe mía! —repuso con una sonrisa—. Aunque en Vinci hay vacas de todas las razas, y también en Francia y en Milán.

—Donde vivo yo, en cambio, los niños se sorprenden con las vacas sin pelo, como si fueran un prodigio de la naturaleza.

—Entiendo qué queréis decir —dijo Leonardo, acariciándose la barba—, y tenéis razón. Por otra parte, me habéis hecho reflexionar sobre un hecho que quizás haya tenido ante los ojos toda la vida y del que nuestra Iglesia no ha dicho ni una sola palabra. Es inconcebible y algo extraño. Lo sabemos todo de Alejandro, de los césares y de los emperadores. Conocemos sus vidas, casi día por día, pero, sin embargo, no sabemos nada de nuestro Salvador. Ignoramos dónde estuvo y qué hizo precisamente en los años más importantes de su vida. Conozco el Antiguo y el Nuevo Testamento; sin embargo, en ellos no se hace ni una sola mención a su vida entre los trece y los treinta años. Es como si se hubiera tendido un velo negro sobre la memoria de los hombres, como si nadie se hubiera dado cuenta nunca. Amigos míos, no creo ser un hombre especialmente dotado, aunque veo que en torno a mí la estupidez prolifera, y quizá sea por eso por lo que parezco más capaz que muchos otros. Sin embargo, debe de haber un motivo si así es como van las cosas del mundo, y romper ese equilibrio puede ser muy peligroso. Es como juntar carbón de sauce, salitre, aguardiente y azufre a la pez, e insuflarla con incienso, alcanfor y lana de Etiopía. El fuego que nace de esa mezcla quema hasta dentro del agua, y no hay modo de apagarlo.

Mientras los demás lo miraban, él, perplejo, sacudió la cabeza y sacó de un bolsillo interior de su capa un cuaderno lleno de apuntes y de dibujos. Lo abrió y le mostró al monje el dibujo de un cráneo humano, partido por la mitad, con los pliegues del cerebro bien a la vista. Y otro en el que el cerebro se veía dividido en dos hemisferios. Al lado había el dibujo de una cebolla.

—El cerebro es como un bulbo; a medida que se le van quitando capas, se van descubriendo sus secretos. Yo busco los misterios del interior del cuerpo humano y de la mente, que considero su alma, a menudo desafiando las leyes terrenas y las divinas. No obstante, me he dado cuenta de que en todos estos años he estado sordo y ciego, y que he descuidado uno de los mayores misterios que, no obstante, estaba a la vista de todos. Pero también es cierto que ninguno de los filósofos ha hablado nunca de ello. El miedo a veces es absoluta ignorancia, y en ocasiones suma prudencia.

—El miedo es una enfermedad muy contagiosa —dijo Ada Ta—, más que la peste.

Osmán intentó decir algo, pero la voz se le quebró en la garganta y solo pudo emitir un sonido ronco y se puso a toser.

—«... quien por el largo silencio parecía mudo...», decía el poeta Alighieri —apuntó Leonardo—. Quizá nuestro amigo  quería decir algo que llevaba dentro un buen rato.

El turco se puso en pie, visiblemente turbado, y se tocó a toda prisa el corazón, los labios y la frente:

—*Salam aleikum.*

—*Aleikum salam* —respondió Leonardo.

A los pocos pasos, Osmán se detuvo.

—¿Cómo acaba la historia de Issa?

—Cuando lleguemos a tierra, la seguiré contando. Si estás, estaré encantada de repetirla las veces que gustes.

La voz de Gua Li penetró como un cuchillo en su barriga, pero sin dolor. Osmán se vio obligado a tomar aliento antes de responder:

—Estaré y, aunque cojos, mis pasos serán guiados por Alá.

Se aseguró de que no le siguiera nadie y se metió bajo la cubierta, se abrió paso entre amarras y sacos de yute, y se detuvo frente a la caja que contenía las alfombras. Acercó la oreja con la esperanza de no oír más que el crujido de la madera. Pero enseguida oyó claramente un suave roer. La muerte estaba viva, y él, que era su mensajero, lloró.

# 23

*Roma, 15 de julio de 1497, basílica de San Pedro*

A veces sucede que se está tan cansado que el sueño no llega, y el ansia de quien no consigue descansar hace que la espera resulte más agitada. Así era como se sentía Pierantonio Carnesecchi, que, después de tanto esperar el momento, no sintió ningún alivio al ver ante sí la basílica de San Pedro. Desmontó del caballo, que dejó en manos del escudero con el que había hecho el viaje de Florencia a Roma, aunque en todo el trayecto no habían intercambiado más que unas palabras. Solo sabía su nombre, Ulrich, que venía de Suiza y que de palafrenero tenía bien poco, a juzgar por la espesa barba que no conseguía esconder dos profundas cicatrices en el rostro oscurecido por el sol. Probablemente era un sicario que el cardenal de Medici había querido que llevara a su lado para protegerlo, o tal vez para darle un escarmiento, si mostraba el mínimo indicio de echarse atrás. Había temido más por su vida durante las cuatro noches transcurridas junto a él que en los meses que había pasado protegiéndose las espaldas de los Piagnoni o del hermano que se había puesto al servicio de Savonarola.

—Espérame aquí —le ordenó.

Ulrich soltó un gruñido de asentimiento. No era fácil sacarle mucho más. Carnesecchi subió los escalones de la basílica, atravesó la puerta central y entró en el gran cuadripórtico atestado de peregrinos. Aquella mañana, los frailes de Anguillara le habían dado una camisa limpia, pero entre el sudor y el polvo que había acumulado por la Via Clodia no debía de tener un aspecto muy diferente al de la masa de harapientos que buscaba alivio del calor entre los mármoles. Se refrescó con el agua que brotaba de la enorme piña de bronce en el centro del pórtico y se dirigió hacia la puerta de Guidonia, por donde pasaban los forasteros, sin suscitar apenas una mirada de complacencia de los dos acalorados soldados que montaban guardia.

En el interior de la basílica el aire era más fresco, y al ver a tantos frailes paseando descalzos, sintió la tentación de quitarse las sandalias para disfrutar del frío del pórfido y de la serpentina bajo los pies. Se detuvo frente al edículo de mármol del que colgaba una lámpara de oro en forma de corona, se apoyó en una de las cuatro columnas y sacó un pañuelo azul, tal como le había dicho el cardenal. Suspiró: llegado a aquel punto, que el papa lo recibiera o no ya no dependía de él. Oyó una voz baja, lejana, y al poco tiempo le siguió un coro de voces blancas. Se giró hacia la entrada: una alta galería ocultaba a los cantores de la vista del público. Las voces resonaban contra la pared. Allí se extendían por toda la nave, en un canon tan pronto creciente como decreciente. Carnesecchi se distrajo con aquel canto y no observó que se le habían acercado dos alabarderos seguidos de un joven de aspecto incierto.

—Lleváis un pañuelo azul.



—Lo uso en honor de la santa Virgen.

La respuesta era la convenida.

—Seguidme, pues —dijo el joven—. Su santidad os espera, pero primero entregadme vuestra espada.

Carnesecchi obedeció.

—¿Lleváis otras armas?

—No, señor.

El joven se puso en marcha, y él lo siguió por una puerta lateral de la basílica. Subieron unas amplias escaleras y fueron pasando por otras estancias, hasta que, por una puertecita, salieron a un pasillo oscuro, casi un pasaje. Por las estrechas troneras penetraban rayos de luz del sol y llegaban los ruidos y los gritos de la calle. Tras descender por unos escalones de piedra húmeda que brillaban por efecto de las llamas de las antorchas, se abrió una puerta. Carnesecchi cerró los ojos por el estruendo. Primero oyó los golpes secos y luego vio a los guerreros que se entrenaban golpeando con espadas y bastones a monigotes llenos de paja. Bajaron al patio, situado en el interior de una fortaleza tan alta como el campanario de la catedral. En caso de que lo necesitara, ni siquiera Ulrich habría podido ayudarle.

—Bienvenido al castillo de Sant'Angelo.

El joven hizo una reverencia, apenas insinuada pero elegante, como solo puede hacerlas quien está acostumbrado.

—Soy Jofré Borgia. Mi padre os espera en el estudio.

Si hubieran tenido intención de matarlo, no se hubieran andado con tantos miramientos. Carnesecchi también se inclinó.

Alejandro VI cogió el pergamino y rompió el lacre con el sello del cardenal de Medici. El mensajero parecía incómodo, iba cambiando continuamente el pie de apoyo, revelando una fuerte aprensión. Eso de que los embajadores eran, de algún modo, ajenos a las culpas de sus mandatarios era una leyenda que ya no se creía nadie. El papa observó al mensajero de reojo: parecía una mosca que acabara de darse cuenta de que nunca conseguiría liberarse del pringue de la telaraña, como si una especie de memoria ancestral le hubiera avisado de que algo estaba a punto de arrancarle la vida. Una vez llegado a aquel punto, cualquier movimiento que hiciera solo serviría para inmovilizarla más aún, hasta acabar en el interior de una boca viscosa y mortal. Y tras leer la misiva, tuvo claro que la mosca no conocía su contenido.



—Marchaos —ordenó—. Ya os llamaré.

La mosca huyó volando.

*En la Locanda della Vacca, Roma*

Cada mañana se despertaba empapado en sudor. Aquel peso sofocante en el pecho y la imposibilidad de gritar o de huir no eran solo retazos de las pesadillas de la noche. Despertarse era aún más doloroso. La ausencia de Leonora era un tormento sin fin. Los compañeros de habitación iban cambiando continuamente. Ferruccio no les hacía ni caso, y ellos se mantenían a distancia. No tanto por su aspecto amenazante, sino porque parecía estar angustiado y atormentado. Desprendía cierto olor a muerte y a luto, agudizado por su costumbre de vestir siempre de negro. Hasta las prostitutas habían renunciado a rebajar cada vez más el precio, hasta llegar a cinco *baiocchi* por una noche entera. Ahora apartaban los vestidos al pasar a su lado, temiéndose algún tipo de contagio o que sobreviniera sobre ellas alguna calamidad.

Una vez apaciguado cualquier deseo de venganza y dominado el orgullo, con el único objetivo de volver a tener a Leonora a su lado, Ferruccio había enviado una súplica al cardenal de Medici. Este se había mostrado expeditivo: debía presentarse sin demora en el Palazzo Colonna, so pena de alejarse para siempre de la gracia de la Virgen. No podía haber buscado una amenaza más explícita a la vida de Leonora. Cuando la campana del hospicio de los Slavoni sonó doce veces, fue al encuentro de Gabriele, que ya le esperaba en la calle, con una bolsa llena de melocotones amarillos y de avellanas.

—Los pequeños son los más ricos. Coge uno, Ferruccio, y endulza esa cara.

Durante las últimas semanas, la presencia de aquel hombre se había convertido en una costumbre agradable, la única que aliviaba su melancolía. Había aprendido a apreciar su humor desenfadado y sus momentos de introspección, que le indicaban cuándo hablar y cuándo guardar silencio. Probó un melocotón y disfrutó con su jugosa pulpa. Estaba a punto de tirar el hueso cuando Gabriele se lo quitó de la mano.

—Espera, esto es algo que no sabes.



Metió el cuchillo entre las dos mitades del hueso y con un giro seco de la hoja lo abrió en dos. Extrajo la almendra, la peló y se la ofreció.

—Pruébala. Es venenosa, pero precisamente por eso es un antídoto para el veneno. Aquí, en Roma, todos lo saben, y los chicos las recogen y las venden a un *quattrino* la unidad. Yo ya me he comido tres, pero es mejor que tú empieces por una.

Ferruccio la rompió con los incisivos y masticó un trocito: sabía a almendra, aunque más amarga.

—No compraré tu veneno, pero si es *gratis et amore dei*, ya me lo puedes dar todos los días —dijo después.

—Ya engulles bastante todo el día; no te daré nada más. Antes se las regalo a nuestro santo padre.

—He hecho el equipaje —le respondió, brusco—, pero, si quieres, puedes seguir trabajando a mi servicio.

—Fuera de Roma no, excelencia; podría morir.

—¿No querías ir a donde los Colonna cuando nos encontramos, el día del asesinato del duque?

—Yo lo que recuerdo es que me bañaste con tus orines.

Gabriele observó que la expresión seria de Ferruccio iba transformándose poco a poco en una sonrisa.

—Es un modo como cualquier otro de conocer a gente; he empleado otros peores.

—No lo dudo, en vista del negro con que te vistes. Prefiero no saber. Pero ¿de verdad quieres ir a casa del príncipe Colonna? Piensa que no está bien visto; en cuanto hayas puesto el pie allí, quedarás marcado como enemigo del papa. Eso si no sales de allí de una patada, con una misericordia clavada en la espalda.

—La paga es la misma, Gabriele.

—Entonces, señor mío, acepto, y hablo también por mi espada.

Se detuvieron ambos frente a la alta galería del palacio de los príncipes Colonna. Detrás, como gigantes, se recortaban contra el cielo las antiguas ruinas del Serapeo, construido para proteger la casa más antigua de los enemigos más acérrimos de los Borgia. Unas patrullas, que a primera vista más parecían compuestas de bandidos que de soldados, montaban guardia relajadamente frente a la puerta de hierro, de más de seis brazas de altura, que estaba entreabierta, lo que en caso de alarma habría permitido un rápido repliegue de la guardia en el interior del palacio. Algunos de aquellos hombres llevaban el espadón sobre el hombro; otros iban armados de pesadas hachas de doble hoja; otros blandían bastardas y picas... Eso sí, todos llevaban el alfanje al costado, siguiendo la moda turca, y una badana roja en la cabeza.



—Es el modo que tienen para reconocerse entre ellos, en caso de enfrentamiento.

Al acercarse, un hombre con una bandolera de cuero grueso en la que brillaba una columna de plata se les plantó delante, con otros dos tipos a los lados, ligeramente por detrás. Mostraba una actitud decidida, aunque no hostil.

—El príncipe Fabrizio me espera. —La palma de la mano derecha se separó de la empuñadura—. Me llamo De Mola.

El hombre lo escrutó de la cabeza a los pies.

—Hace días que el príncipe os espera. Mañana habríamos ido nosotros a buscaros. ¿Y este quién es?

—Gabriele, mi escudero. Es de confianza.

—Vos respondéis de él. —Les indicó con un gesto que podían pasar—. Dejaréis las armas en el puesto de guardia, en el interior, y luego alguien os llevará ante el príncipe. E id con cuidado, caballero, que el príncipe no tolera que le falten el respeto, y con vuestro retraso ya lo habéis hecho.

*Bosque de Cintoia, ese mismo día*

Cigarras. Un ruido continuo, obsesivo, ensordecedor. A veces un relincho, el repiqueteo de unas pezuñas sobre la piedra o un grito repentino interrumpía por un instante aquel concierto de mil instrumentos iguales, que luego proseguía, hasta la noche, cuando el monótono canto del grillo concedía una pausa. Leonora esperó que la luz que brillaba sobre la piedra, reducida ya a una fina línea, fuera menguando hasta desaparecer. Marcó entonces en la piedra el paso de un nueva jornada. Ya casi habían pasado siete semanas desde su secuestro. El catre, la mesa con un tintero y una pluma de oca, la butaca con brazos, y hasta el reclinatorio ante el crucifijo colgado de la pared indicaban no solo que todo había sido preparado con cuidado y para ella, sino que su estancia forzada no sería breve.

Los primeros días había alternado gritos, rabia y llanto en igual medida; luego, al obstinarse en rechazar la comida, le había sobrevenido un cansancio infinito. Después había llegado el deseo de fugarse, y la agresión a fray Marcello. Él le respondió con un bofetón que la había tirado por el suelo. La humillación le había hecho más daño que el golpe, aunque los días siguientes el fraile —si es que de verdad lo era— le había pedido perdón repetidamente. La segunda semana había llegado por fin la desesperanza, y con ella un lento pero irrefrenable deseo de poner fin a su sufrimiento. Como si todo fuera inútil, como si Ferruccio nunca hubiera existido.

Leonora sonrió; las últimas dos semanas solía hacerlo. Todo había cambiado una noche en la que había sentido una repentina fatiga. El estómago hinchado y las náuseas le habían inducido a pensar que la habían envenenado. Aunque el fraile no le había dicho una palabra al respecto, estaba claro que su reclusión tenía que ver con aquel maldito encuentro con el cardenal, y que la tenían como rehén para obligar a Ferruccio a llevar a cabo quién sabe qué misión. Pero debía de haber muerto, así que más valía que desapareciera ella también. Vomitó en el cubo, y casi lamentó haber desperdiciado el veneno de ese modo. Y en aquel momento, la Gran Madre fue a su encuentro y le habló. Leonora comprendió.

Con la transformación de su cuerpo, apenas perceptible, todo cambió, incluso su estado de ánimo. Volvió a comer y a dormir, e incluso a cuidar su aspecto físico, dedicando parte de la mañana y de la tarde a peinarse los largos cabellos. Resolvió no decir nada a su carcelero, de momento. Ya lo haría a su debido tiempo, cuando no pudiera escondérselo más.

Fray Marcello se sorprendió de aquella repentina metamorfosis y la atribuyó al típico humor femenino, cambiante y extraño. Cuando Leonora le pidió que la dejara salir de vez en cuando para estirar las piernas, sospechó. Pero cuando su prisionera aceptó sin protestar llevar una cadena al cuello y una campanilla, todas sus dudas desaparecieron y se quedó satisfecho.

La primera vez que salió de su habitación, no pudo evitar admirar la belleza de aquella ermita y la sagacidad de quien la había escogido como prisión. Tres casas de piedra, en una ladera, rodeadas de un bosque de monte bajo, que podía estar en cualquier parte, y en lo alto únicamente el cielo. No veía ningún monte ni torre lejana que pudiera servir de referencia, pero debía de encontrarse cerca de Florencia: no había habido tiempo de llevarla más lejos. Solo en alguna ocasión, cuando el viento soplaba de occidente, oía el tañido de una campana resquebrajada. Un pueblo pobre, pues, nada más, una pista demasiado vaga, pero era la única que tenía de momento.

Su habitación se encontraba en el edificio más grande, con cinco ventanas en la planta superior. Las otras dos construcciones, más pequeñas, albergaban los establos, y, por otro lado, el corral de los conejos y los pollos. La cadena de hierro, de una longitud poco superior a la de una pértiga, le permitía observar las bestias, acercarse al huerto y pasear adelante y atrás. Fray Marcello había forrado la gola de hierro con una piel de conejo, que le hacía cosquillas en el cuello, pero que la protegía de la dureza del metal. La cadena estaba hecha para un perro, no para una señora, se había disculpado él con una sonrisa. La repentina amabilidad de aquel hombre era lo que más la preocupaba, aún más que la vida que llevaba en el vientre y que debía defender a toda costa. En aquel lugar estaban ellos dos solos. De vez en cuando, oía llegar a un caballo, que parecía marcharse enseguida, a toda prisa. No obstante, jamás había visto ni había escuchado la voz de aquel visitante. No esperaba nada de aquel fraile, si es que realmente era un fraile, ni siquiera que sintiera aquel temor natural de Dios que induce a la gente más sencilla a observar los mandamientos para no hacer llorar a la Virgen ni infligir nuevas heridas a Cristo o evitar el eterno castigo.

Solo confiaba en que obedeciera a su jefe y no la tocara, como solía pasar con los presos de los poderosos. Incluso al hermano del sultán, el buen Cem, lo habían tratado con un gran respeto durante muchos años; todo el mundo sabía que había acabado casándose con una noble italiana. Aunque fuera como artículo de cambio, había desfilado por todas las cortes europeas y había sido recibido como un príncipe cristiano hasta su muerte, o al menos eso se decía. O quizás hasta que había dejado de serles útil, como le había dicho Ferruccio, lo cual era lo mismo.

Por otro lado, sabía que allá donde estuviera, aunque fuera en el mismísimo Infierno, él cumpliría con la misión. Cuando se lo proponía, lograba todo lo que quería. Entonces, cuando todo eso acabase, lo recibiría con su hijo entre los brazos y le convencería de que no matara a fray Marcello..., si... todo iba como esperaba. Si no, ella misma sería la que clavaría un puñal en la garganta del fraile.

# 24

*Roma, tarde del 29 de julio de 1497*

El príncipe Colonna estaba de espaldas, observando un mapa extendido sobre la mesa. El sudor acumulado formaba unas manchas oscuras en su jubón de cuero sin mangas.

—Me he comprometido con el rey de Nápoles a mantener cuarenta soldados al año, pero me temo que me acabarán costando más de los seis mil escudos que darán las nuevas tierras.

Gabriele le hizo una mueca a Ferruccio, dejando claro que no lo había entendido. El príncipe se giró hacia ellos.

—Así que vos sois Ferruccio de Mola. Os hacía mayor, en vista de vuestras empresas.

Ferruccio le sostuvo la mirada en silencio. Los mechones castaños que le caían hasta los hombros daban un aire gentil al rostro del noble romano. Sobre la piel oscurecida por el sol, la barba le confería la autoridad que le habían reconocido sus soldados en tantas batallas, ganadas y perdidas.

—Bueno, sois un hombre de pocas palabras, o más bien de ninguna, ya que no hay necesidad. Lo único que espero es que me liberéis cuanto antes de vuestra presencia y de la de los otros invitados, llegados ayer, a los que no sabía qué decir. Pero mientras estéis aquí, en el palacio, seréis tratado con el respeto que merece vuestro patrón. Si salís, no garantizo ni vuestra seguridad ni la de los demás. Son tiempos difíciles, De Mola, y la vida cuelga de un hilo cuya longitud solo conoce el Señor.

—Gracias, monseñor, pero yo prefiero encomendar la mía al filo de mi espada.

Mientras Gabriele cerraba los ojos, encomendándose a todos los santos que conocía, Fabrizio Colonna achinó los suyos.

Apuntó con el índice en dirección a su invitado. Gabriele bajó la cabeza.

—Sois un hombre temerario, De Mola. Me gustáis. Cuando el cardenal ya no requiera vuestros servicios, venid a verme. La palabra es como una estocada: no sirve de nada enzarzarse en un duelo; basta con una, bien asestada, en el momento oportuno. Pero no os pongáis nunca en mi contra: mi espada es más implacable de lo que puede dar a entender mi aspecto. Y ahora marchaos y quitadme de encima a ese monje, que a diferencia de vos sí habla de más.

El príncipe le indicó una puerta. Las oraciones de Gabriele recibieron respuesta: Ferruccio se abstuvo de replicar y se despidió con una breve reverencia de aire militar.

Gua Li estaba sentada al borde de un largo escritorio de piedra, observando con atención un esbozo que le acababa de entregar el arquitecto Leonardo. La mujer reía en voz baja, con una mano frente a la boca, ante la mirada divertida del autor.



—Creedme, no existe truco ninguno, ni tampoco magia. ¿Lo veis? Una serie de mecanismos hacen que se muevan los brazos y la cabeza, como si estuviera vivo.

—Sería un juguete para niños, entonces.

—En realidad, yo lo he pensado para uso militar. Pensad en lo que sería poner a cientos de estos autómatas sobre las almenas de una fortaleza que, en realidad, estuviera defendida por pocas decenas de hombres. Los asaltantes, al verlos, se llevarían una impresión equivocada, y podrían renunciar al asalto.

—Entonces no me interesa. —Gua Li apartó la hoja—. Considero que la guerra representa el colmo de la idiotez humana.

—Tenéis razón. —Leonardo suspiró—. Debería renunciar al estudio de obras que pudieran tener un resultado nocivo para el hombre. Pero mi ingenio, por sí solo, no me da de comer, y la mano de quien me paga suele estar manchada de sangre.

Ada Ta, colgado de una sola mano a la vara de hierro que sostenía las cortinas de las ventanas, levantó el cuerpo por enésima vez, sin esfuerzo aparente.

—Todo depende del hombre, que mide todas las cosas que son por lo que son. El estiércol de la vaca ensucia el camino, pero hace que la col crezca lozana. No obstante, yo diría que si tenemos dos orejas y una sola boca, quizá sea el momento de escuchar, más que de hablar.

—Ada Ta, ¿qué quieres decir?

Dos golpes de tos le hicieron girarse hacia la puerta. A contraluz solo vio dos hombres, con calzas oscuras y camisa blanca. El más alto de los dos se les acercó. Gua Li percibió un extraño olor, dulce y amargo al mismo tiempo, que la puso sobre aviso. Sintió el olor dulce de la sangre y el amargo del espino, a los que atribuía significados opuestos: cruel el primero; amable el segundo. Levantó la mirada hacia Ada Ta, pero no encontró sus ojos.

—Ferruccio de Mola, a su servicio. Y este es mi...

—Escudero —le interrumpió Gabriele—, asistente, guardia personal, guía y herrero, armero y confesor, según convenga. Tengo tantas facetas como hagan falta. A su servicio.

En aquel hombre orgulloso y algo menudo, Gua Li reconoció enseguida el olor de la tierra tras la tormenta, que, como un cesto desfondado, devuelve todos los olores de los que está impregnada, casi como liberándose de un peso excesivo. Leonardo fue al encuentro de De Mola y le tendió la mano.



—Leonardo di ser Piero, originario de Vinci, caballero. Espero poder pagarle la deuda que contraje con el conde de Mirandola. Él era capitán y yo soldado, nos separaba la misma distancia que separa la ciencia de la práctica. Él era la vía griega del pensamiento, y yo la romana de la acción.

—Sois muy amable, Leonardo, pero no me debéis nada. He venido aquí cumpliendo órdenes, y aunque mi rostro diga lo contrario, creedme que estoy encantado y sorprendido de estrecharos la mano.

—Las palabras de los caballeros son cerezas sabrosas, y una llama a otra. Las sorpresas de este largo viaje no acaban —Ada Ta se acercó a Ferruccio, apoyándose con dificultad en su bastón—, y otras llegarán, pero son como el misterioso vuelo de las abejas, que parece una locura a primera vista, pero que es fruto de la lógica. Solo que hace falta ser abeja para entenderlo.

—Imagino que será con vos con quien tendré que conversar largamente —respondió Ferruccio—. Tengo el encargo de protegeros.

—Me temo que conversar conmigo largamente podría resultar hasta molesto. A menos que os apetezca escuchar los desvaríos de un pobre viejo, que, no obstante, os estará muy agradecido si, como habéis dicho, le ofrecéis vuestra protección. Seréis entonces nuestra sombrilla, el objeto más sagrado para Hongzhi, el más sabio de todos los emperadores, porque en toda su vida tuvo una sola mujer. Pese a que el Libro de los Reyes diga que Salomón tuvo setecientas mujeres, eso no es un indicador real de la sabiduría de un hombre. ¿Qué pensáis al respecto?

—Me temo que no comprendo, señor, mi protección...

—Si nos protegéis de la ignorancia humana, de la maldad y de la prepotencia, os estaremos tan agradecidos como el campesino que encuentra donde proteger sus semillas de la intensa lluvia.

—Sigo sin entender —replicó Ferruccio, con los tendones del cuello tensos—, y os estaría muy agradecido si usarais conmigo un lenguaje más claro.

—Veo que os estáis irritando. Pero yo ya os había avisado que conversar con este viejo monje sería molesto. Os sugiero, entonces, que dirijáis vuestras atenciones a esta espléndida flor de la montaña. Vuestra mente, vuestros oídos y vuestros ojos os lo agradecerán, y no tendréis necesidad de mayores explicaciones.



—Lo haré con mucho gusto, aunque no se me había advertido de que ibais acompañado de una mujer.

—Eso no es exacto. Soy yo quien la acompaña a ella.

La irritación frenó las palabras de Ferruccio. Apretó los puños y se los llevó a la boca. Debía mantener la calma, tenía una misión que cumplir; una misión de la que dependía la vida de Leonora. Cogió aliento para responder con calma a la ironía de aquel viejo, que parecía divertirse tomándole el pelo, pero la mujer se le anticipó.

—¿Os molesta que yo sea mujer? —El tono de Gua Li era tan amable como firme—. ¿Consideráis quizá despreciable ofrecer vuestro brazo a una persona de mi género, o nos consideráis seres inferiores y sin alma? Eso si no es que tenéis algún motivo particular para odiarnos.

—Señora, si hay algo noble sobre la Tierra, es la mujer. Si conocierais a la mía, os maravillaríais.

—El noble caballero —intervino Ada Ta— hace alusión a la gran madre de las teorías de Mirandola, Gua Li.

Los ojos de Ferruccio se clavaron como flechas en los del

monje, mientras un escalofrío recorría su espalda. Instintivamente se llevó la mano a la vaina de la espada, que, no obstante, había dejado en el puesto de guardia. El monje conocía las tesis arcanas de Giovanni Pico, aunque nunca se hubieran divulgado. Eran pocos los que habían llegado a tener conocimiento de su contenido, y muchos de los que lo habían hecho habían muerto por causas naturales o envenenados, como el Magnífico e Inocencio VIII, y como su propio autor. Quizás el cardenal de Medici tuviera una copia, quizá la tuviera Alejandro VI: se preguntó quién habría revelado a los dos orientales el contenido de aquel libro, del que él guardaba el último original. La pregunta le salió de la garganta como una erupción.

—¿Qué sabéis vos de la Gran Madre?

—Ahí está la primera de las sorpresas que se ha posado sobre vuestra mente —constató Ada Ta—. Nuestra madre común tiene tantos nombres como numerosos son sus hijos: Anna Purna (diosa de la abundancia) o Maha Kalí, o Gayatri, o Mammitum, o Nut, donde viven los hombres de piel oscura, mientras que donde el mar se convierte en hielo se le llama Nidhoggr, aunque no estoy seguro de pronunciar bien su nombre. Espero que no se ofenda.



—Estoy seguro de que no lo hará —respondió, seco, Ferruccio—. Veo que me conocéis bien, al contrario que yo, que no sé nada de vos. No obstante, aún no me habéis respondido.

Un grito ahogado atravesó los cristales de las ventanas. Gabriele se asomó de inmediato para ver qué era lo que había sucedido. Oyeron un choque de espadas y otros gritos e imprecaciones en español, alemán e italiano.

—Han atacado el palacio —dijo Gabriele sin alterarse—. Nada raro; gente de los Orsini, por los pañuelos que llevan.

Miraba disimuladamente desde el estípite del gran ventanal del primer piso, al resguardo de una pesada cortina de terciopelo verde. Aunque el cristal estaba protegido por una pesada reja, sabía bien que, a aquella distancia, un disparo de ballesta podía atravesarlo como un tallo de apio se hunde en el requesón.

—Y han cerrado la puerta principal —prosiguió—. Estará contento el príncipe; a partir de ahora nadie podrá entrar ni salir. Podríamos jugar al ajedrez o a los dados, pero advierto de que con estos últimos me he pagado más de un trago.

Nadie demostró ningún interés por sus palabras, ni siquiera cuando sacó tres dados de la escarcela y los hizo rebotar hábilmente sobre la palma de la mano.

—Yo lo decía por pasar el rato, para engañar a tiempo...

—Al tiempo no se le puede engañar —intervino Ada Ta—. Más bien es él quien nos engaña a nosotros. Cuando un día pasa sin nada que hacer, nos parece muy largo; en cambio, si lo ocupamos con actividades que nos hacen felices, se pasa de la mañana a la noche de un salto, como la ranita salta de la flor de loto a la orilla del estanque. Sin embargo, el tiempo también puede dar sus frutos, como un campo sembrado, que poco a poco nos recompensará, dándonos frutos jugosos e impredecibles. Creo que mi hija, en espíritu, puede llegar a ser la persona ideal para esa siembra.

Ferruccio sabía que debía calmarse: se sentó y respiró despacio, y eso le ayudó a encontrar la luz entre sus pensamientos. Aquellos dos orientales eran la clave para recuperar a Leonora; sería estúpido enemistarse con ellos. Si ella estaba por medio, incluso las *Tesis* pasaban a un segundo plano. Así que si el juego del viejo consistía en hacerle escuchar a aquella mujer, él no se opondría.



—Sea como decís, pues. Ayudadme a comprender y no os enojéis conmigo. Siempre he sido un hombre de armas, y sigo siéndolo, así que no soy muy ducho en disputas verbales. Perdonadme. Y vos, Gua Li, si no he entendido mal, proceded, os lo ruego.

Quizá la mujer le ayudaría a entender por qué habían querido que, precisamente él, fuera su interlocutor. A lo mejor aquello le acercaba un paso más a Leonora. En dos ocasiones perdió la concentración. Oyó a la mujer hablando de un muchacho cuya humanidad e inteligencia eran superiores a las de cualquier otro y que se había encontrado varias veces discutiendo de igual a igual con poderosos sacerdotes. Y la mente se le fue a las palabras del cardenal, a la visión de un nuevo mundo de paz, de un nuevo mesías, que quizás ambicionaba ser el propio Giovanni de Medici.

Se concentró de nuevo en las frases armoniosas de la mujer, que hablaban de las dificultades que había encontrado aquel muchacho frente a la hipocresía, y de cómo sus simples razonamientos solían sacudir las tradiciones que se habían mantenido durante siglos para perpetrar injusticias y mantener privilegios. Entonces volvieron a su mente los vehementes sermones de Savonarola, que señalaba a la Iglesia como la peor exponente del vicio, la falsedad y la hipocresía. Antes o después, como el juglar que ya ha cansado a su patrón con las chanzas de siempre, eliminarían a aquel loco fanático. Aunque como tal, como loco, a veces también pudiera tener algo de razón.

La Iglesia no cambiaría nunca. Sus dirigentes podían ser distintos, pero ella sería siempre la misma. De hecho, ahí radicaba su fuerza. Sin embargo, según el cardenal, aquel monje y su alumna representaban la piedra angular para un cambio radical. Pero ¿cómo podía pensar que él era tan tonto como para creerles?

Podría haber sido más sincero y haberles diche que su misión era protegerlos, que aquello era cosa suya, que le pagaría o... que, si no, mataría a Leonora. Sí, por Leonora, solo por ella, se pondría la máscara, aunque todos los actores de aquella obra ya estaban muertos, aunque ya hubieran subido a escena músicos, malabaristas y saltimbanquis. Como aquellos dos, y aunque descubriera su juego, haría lo más oportuno, no en nombre de la verdad, desde luego, sino de la conveniencia. Perjuraría, calumniaría, traicionaría y mataría. Lo que fuera para volver a tener a Leonora a su lado.

Levantó los ojos y vio que Gua Li lo estaba mirando. La joven había interrumpido el relato y él ni siquiera se había dado cuenta. La muchacha volvió a percibir el olor a sangre, pero con un tono más amargo y malsano. Sin embargo, si el caballero De Mola había sido alguien tan próximo a Giovanni Pico della Mirandola, aquel príncipe que la había hecho soñar despierta desde el año en que había empezado a cambiar los dientes, si había compartido con él tiempo y conocimientos, el veneno que le corroía por dentro debía de proceder no de su ánimo, sino de un sufrimiento infinito. Le tocó levemente el dorso de la mano. Ferruccio la retiró como si le hubiera picado un escorpión. Gua Li no se alteró y retomó su relato.

Habían pasado dos años desde que Sayed había abandonado la casa de Debal. Había transformado sus bienes en piastras de oro y de plata, y en piedras preciosas, que escondía bien en el doble fondo del carro. Él conducía; Issa leía y meditaba; y Gaya se ocupaba de todas las labores cotidianas, que los dos hombres solían pasar por alto.

—El hombre es superior por naturaleza, todo el mundo lo sabe —la interrumpió Gabriele—. La mujer debe obedecer —concluyó sonriente.

Sin embargo, no encontró más que miradas severas, así que se puso de nuevo a remover los dados en el interior del puño.

La muchacha se detenía a menudo a escuchar a Issa, sobre todo cuando le planteaba a Sayed largas preguntas que no necesitaban respuesta, y a las que el mercader se limitaba a asentir en la mayoría de los casos. Con el paso del tiempo, la joven se volvió más audaz, hasta que se atrevió a hacerle una pregunta de verdad:

—¿Realmente crees que no existen diferencias entre los hombres y que su destino no está determinado desde el nacimiento, sino que es fruto de su experiencia y de sus elecciones?

—Tú misma te has respondido, Gaya. Te han hecho creer que la oscuridad en la que naciste era tu vida, la del intocable. Ahora hablas como un sacerdote —dijo él, sonriendo— y no te avergonzarías ante aquel brahmán. Además, tú haces posible que nosotros vivamos, porque sin tu sabiduría práctica quizá Sayed y yo ya habríamos muerto en este viaje.

—Pero sois vosotros los que habéis querido llevarme con vosotros. Si me hubiera quedado en Debal, no me habrían concedido siquiera la posibilidad de limpiar las calles del estiércol de las vacas, y habría tenido suerte de poder comer lo que tiran los pobres.

—Mi madre me dijo una vez que tratara a los demás como querría que ellos me trataran. Sin este hombre —le dio con el codo a Sayed—, quizás estaría muerto, o sería la concubina de algún gordo mercader.

—Sin embargo, vosotros no me habéis tocado siquiera. A lo mejor es que soy fea.

Issa respiró hondo. Muchas noches había soñado con ella y se había estremecido al acercársele y aspirar su aliento. Nunca se lo había confesado, ni siquiera a Sayed, que, cuando la muchacha no estaba presente, se reía de él y de cómo la miraba. Y es que era algo natural, y la muchacha era muy bella y, si él había renunciado por voluntad propia a las alegrías y a las fatigas del matrimonio, no tenía por qué imitarlo en aquella vida. Issa pensó en cuando había huido, precisamente para escapar de un matrimonio impuesto por sus padres. Notó que los espacios y los tiempos de su infancia se iban esfumando y se perdían, confundiéndose con los actuales.

—Tú eres muy guapa —le respondió sin mirarla—. Un día, si tú quieres, te llevaré conmigo a la orilla del Jordán y nos bañaremos juntos, para lavarnos y purificarnos. Nos pondremos una túnica blanca de lino y te pondré un anillo de oro en el dedo. Luego, después de que nos hayan bendecido siete veces, romperé el vaso de vidrio bajo los pies. Conocerás a mi madre, a mi padre y a mis hermanos, y te conocerán todos como la mujer de Jesús…

—Un momento. Pero ¿de quién estáis hablando?

Ferruccio se levantó de golpe y señaló con el índice a la mujer, congestionado y con la respiración agitada. Había oído el nombre de la persona a quien admiraba por encima de cualquier otra, a la que situaba por encima de la Iglesia, de cualquier tradición, por encima incluso de la Gran Madre, en boca de quien no podía ser más que una maga. Circe, la de los relatos de Leonora, que engañó a Ulises y transformó en cerdos a sus compañeros. Gua Li era como Circe, y por sus gestos, sus sonidos y su belleza parecía la viva imagen de la mujer. Osaba hablar de Jesús, confundiendo mentes y corazones.



Leonardo le tocó un brazo.

—De Mola, yo también tuve una reacción similar, la primera vez que escuché sus palabras. Pero si tenéis la paciencia de escuchar, la historia os sorprenderá. Veréis como todo cuadra, como en la órbita de los planetas en torno al Sol, y no viceversa.

—No sé de qué estáis hablando. Me sorprende de vos, que os jactáis de ser un hombre de ciencia. ¿Qué es lo que queréis hacerme creer? ¿Qué los cerdos vuelan por el aire?

—Cierta vez, un hombre a quien le gustaba ver volar —dijo Ada Ta, picando con el bastón en el suelo para atraer la atención— vio a un cerdo que caía de un despeñadero y pensó que era un pájaro muy gordo. Pero se equivocaba, porque el cerdo no tiene alas; sin embargo, la pobre bestia voló, aunque solo fuera una vez. Al hombre aquello le afectó mucho; cuando vio una oruga, la aplastó de un pisotón pensando que nunca volaría, pero si hubiera tenido la paciencia de esperar, habría visto cómo le salían las alas.

—¿Creéis que me impresionáis con esos juegos de palabras?

Los ojos negros de Gua Li se posaron sobre las manos nerviosas de Ferruccio, en las venas azules que recorrían el dorso y en el vello de punta, como el de los mastines de sus montañas. Fue subiendo la mirada. El color oscuro de la barba y de aquellos cabellos que empezaban a teñirse de blanco era igual que el del manto del perro, unido a la familia, inflexible con cualquiera que le atacara, fuerte como un oso, guardián terrible y amigo fiel.

—Dejad que acabe al menos parte del relato; pensad que solo es un cuento de esos que se cuentan ante la hoguera, de noche, rodeados de montañas y a la luz de las estrellas. Luego hablaremos de vos, de nosotros, de lo que nos separa y de lo que nos une.

Ferruccio maldijo la voz de las mujeres, parecida a la materna cuando aún se está en el vientre y que apacigua la mente. Y se sentó de nuevo.



Gaya estaba muy orgullosa de Issa. Cuando se detenían en algún mercado para comprar comida y vasijas, ella no perdía ocasión de pararse a hablar con los comerciantes de la sabiduría de su amigo. Por la noche, muchos de ellos se acercaban al carro y se sorprendían de su juventud. Los que se quedaban intentaban bromear con él y se divertían con sus argucias. No obstante, cuando se acercaba la noche y los temas de conversación se volvían más serios, cuando la soledad de aquellos mercaderes que tan lejos estaban de su casa les llenaba el ánimo de nostalgia y de tristeza, Issa siempre encontraba palabras de alivio. Les animaba a ver el lado bueno y positivo de su vida, a comprender que un comportamiento honesto con los demás proporcionaba más felicidad que una ganancia fácil, y a que disfrutaran de cada manifestación de la naturaleza, fuera una flor, una cascada o una nube. Hasta los animales más temidos, como el escorpión, el tigre o la cobra de anteojos, eran expresiones terribles y extraordinarias de la capacidad de la naturaleza para asombrar a los hombres. Y cuando le preguntaban a Issa cuál era su dios, él sonreía y abría los brazos:

—Está por todas partes, en cada criatura, en cada uno de nuestros gestos y en nuestro interior.

Mientras seguían el curso del Ganges, su fama empezó a precederle de pueblo en pueblo. En cuanto lo reconocían, la multitud rodeaba su carro, hasta el punto de que Sayed se vio obligado a renunciar a una parte de sus diálogos con él. Un día se encontraron con que les esperaba un pelotón de soldados de piel clara, con los ojos de almendra y cabello largo. Issa nunca había visto algo así. El capitán se dirigió a él con respeto y autoridad.

—El rey Hereo os quiere conocer. Su campamento está a poco más de veinte lis. Seguidnos.

La yurta real superaba en altura cualquier construcción que pudiera recordar Issa; su cúpula se alzaba entre miles de otras tiendas. La lona blanca brillaba como el sol, y el soberano se había puesto precisamente el apelativo de Hereo en referencia al nombre del astro. Se decía que su ejército contaba con más de diez mil hombres a caballo y treinta mil arqueros, y con más del doble de soldados armados de espadas y lanzas; se contaba que su reino era más extenso incluso que el del emperador de la China. El viento les azotaba el rostro cubriéndolos con un polvo gris, y el ruido que hacía al golpear las tiendas parecía el de un millar de grullas en vuelo. Sin embargo, en el interior de la gran yurta, el ruido y el viento cesaron completamente; en su lugar se oía un sonido grave y continuo, y un suave redoble de tambores. Al entrar, se levantó una figura vestida con una túnica dorada con arabescos. Con un gesto los invitó a que se acercaran. Issa avanzó hacia el poderoso emperador kushán, seguido de Gaya y de Sayed.



—Me han contado que eres tan joven como sabio, y yo admiro ambas cosas. Y dado que no puedo tener la primera virtud, intento disfrutar de la segunda.

Issa no hablaba, porque no podía dejar de mirar la frente del soberano, rodeada de un anillo de hierro que le había deformado el cráneo, hasta el punto de que recordaba el torreón de un castillo.

Sayed miró aterrorizado el largo arco que Hereo tenía al lado y, cuando el emperador alargó la mano para cogerlo, pensó que la sabiduría de Issa constituía para él una ofensa, y que en breve estarían enterrados en la arena, asomando solo la cabeza cubierta de miel y a la merced de hormigas, avispas y escorpiones. Muertos, con un poco de suerte, o más probablemente vivos, con lo que su agonía y la venganza del rey durarían más.

Sin embargo, Hereo colocó el arco en manos de Issa.

—Es mi regalo más preciado. Solo quien tiene el corazón lleno de sabiduría mira con curiosidad y sin ningún temor lo que no conoce.

Issa cogió el arco y admiró su tamaño y su tensión antes de entregárselo a Sayed, que hizo una profunda reverencia, hasta tocar el suelo con la frente.

—Te lo agradezco, Hereo, y no importa cuál sea el motivo de la deformidad de tu cabeza; lo que cuentan son las ideas que se nutren en su interior. La leche de la nuez de coco es dulce y fresca —dijo el muchacho.

Hereo se echó a reír.

—De lo que no me habían hablado es de tu ironía. Temía encontrarme delante a un joven con espíritu de viejo que fuera escupiendo sentencias sobre la vida y sobre cómo hay que comportarse con los dioses. Siéntate a mi lado y hazme compañía, si es que mi cráneo no te asusta demasiado.

El joven y el rey hablaron largo y tendido durante la tarde, la noche y al día siguiente. La luna llena se redujo a la mitad antes de que el soberano se decidiera a despedirlos, cargados de regalos. Pero antes quiso hablar con Issa a solas.

—Tú conoces el vedismo y el brahmanismo, el Buda y el Mahavira y, sobre todo, el Samsara que los une, el ciclo vital del mundo. Y no tomas partido ni por uno ni por el otro, porque sabes que todo forma parte de un único diseño. Si no entendiera que estás destinado a cosas mucho más importantes, te pediría que te convirtieras en mi hijo. Pero, al igual que un padre que desea el bien del hijo y no poseerlo para sí, no te pediré que te quedes conmigo. Ve a donde nació el mundo, donde las cimas de las montañas tocan el cielo. Allí encontrarás a hombres dignos de tu corazón y de tu mente. El círculo de hierro me impidió proseguir los estudios entre los que conservan los primeros recuerdos del hombre, cuando no había nadie que dijera a los demás a quién dirigirse en sus oraciones o qué ritos observar. Cuando no había necesidad de sacerdotes para llegar al soplo divino de Tara, o Maha, u otro de los numerosos nombres que tiene nuestra Madre. Yo habría querido un destino diferente a este; tú lo tendrás en mi lugar. Y, a diferencia de mí, que me alejo de la vida y llevo conmigo la guerra, tú encontrarás allí la paz, la que hoy das a los demás renunciando a la tuya.

En aquellas palabras, Issa descubrió el dolor que a veces abre en los hombres el camino a la sinceridad, y le rogó a Sayed que le condujera a aquellas montañas. Así pues, partieron en aquel viaje que sería el definitivo para ellos, el que cambiaría para siempre el curso de su vida. Y de la nuestra.

—Todo eso no tiene sentido —la interrumpió de nuevo Ferruccio—. La India, la China, el Ganges... ¿Qué tiene que ver todo eso con Jesús, que no sé por qué llamáis Issa? ¿Y por qué motivo me contáis estas cosas precisamente a mí?

—Está cayendo la noche —le respondió Ada Ta— y con ella el sueño, que hace posible que la mente respire y que el alma se libere de la inmundicia del día. Mi sutil perspicacia y los olores que flotan en el aire me hacen pensar que el barbudo guerrero que tiene el honor de darnos alojamiento ha hecho que prepararan una cena a base de verduras, carne asada, quesos y fruta en gran cantidad.

—Qué olfato más fino —se admiró Gabriele, frotándose las manos—. Pero ¿cómo habéis podido reconocer todos esos olores?

—No es una técnica sencilla. Es necesario que la nariz esté en perfecta sintonía con el espíritu, y que este se abandone como en una danza mística, dejando que los olores penetren en el cuerpo. Y, sobre todo, se debe a que durante el relato de Gua Li he hecho una visita rápida a las cocinas.

## 25

*Roma, 5 de agosto de 1497*

De la vagina le manaba un hilillo de sangre oscura. Pálida y sudada, Lucrecia Borgia escuchaba lo que a sus oídos parecían imprecaciones. Una continua invocación a Jesús, a la Virgen, a un dios misericordioso que ella nunca había conocido, y sobre todo a santo Domingo, fundador de la orden que la acogía desde hacía más de un mes, correrías nocturnas aparte. Quizás había tragado sin darse cuenta algún mejunje hecho con perejil, cornezuelo, hoja de salce, semillas de trébol o alguna otra cosa. Conocía todos los métodos para abortar, pero esta vez no había sido ella. Tal vez hubiera sido el destino o, más probablemente, alguna mano guiada por los mismos intereses que habían provocado la muerte de Juan.



Deseaba tener aquel hijo porque, fuera de quien fuera, se convertiría en rey tras su padre y su hermano. Le había dicho a César que era suyo, y también a su padre, pero también podía ser de Pedro. En cualquier caso, antes o después, ella sería la reina madre.

Pero ahora aquello no tenía ninguna importancia. Su futuro estaba allí, en algún lugar, perdido, inútil. Ahora solo tenía que sobrevivir, y lo conseguiría, a pesar de aquellas plañideras que ya elevaban sus lamentos al Cielo, y a pesar del propio Cielo.

La madre abadesa entró como una erinia griega y cerró la puerta tras de sí con un portazo.

—¿Qué está pasando?

La hermana boticaria señaló un montón de telas manchadas de sangre y sacudió la cabeza.

—¿Qué le habéis dado?

—Una infusión de vid caliente, madre. Así está prescrito…

—Sois unas inútiles —le espetó—. Así no haréis más que aumentar el flujo de sangre. Coged paños empapados en agua fresca y seguid cambiándoselos. Y dadle una infusión de hinojo.

—Pero aún es pronto, madre.

—¿Pronto para qué? ¿Para verla morir?

—Me refería a la temporada…

—No digáis tonterías. Mandad a alguien al mercado: allí se encuentra de todo; solo hay que pagar.

La hermana boticaria hizo una reverencia, pero la abadesa ya se había arremangado y se dirigía hacia Lucrecia. Apartó la sábana y un borbotón de sangre cayó sobre el colchón de crin. Apoyó tres dedos de la mano derecha sobre el pubis y apretó con decisión, mientras las otras monjas se tapaban la boca con las manos, y alguna incluso giraba la cabeza hacia la pared. La abadesa se quedó inmóvil un buen rato, con la mirada fija entre los muslos de Lucrecia, incluso después de que le aplicaran los paños húmedos. Redujo ligeramente la presión, hasta que vio que Lucrecia se pasaba la lengua por los labios secos y un leve rubor coloreaba sus mejillas.



—Aguanta, hija mía —le susurró—, y aprieta los puños.

—Madre Candida… no he sido yo…

—Ya lo sé, pero descubriré quién ha sido.

—Ha sido Dios, madre, o alguien muy próximo a él.

La abadesa le limpió la boca con un trapo limpio, luego sacó un frasquito y vertió unas gotas entre sus labios. Lucrecia, instintivamente, los cerró.

—Fíate y bebe, te dará fuerzas. Es bálsamo de vinagre, me lo ha enviado mi prima Beatrice de Mantua, y yo misma tomo tres gotas cada día. Ya verás qué bueno es el agridulce, que te dará sangre. Y tendrás otros hijos, me lo ha dicho la Virgen, la que pintó san Lucas. Ten fe, hija mía.

Lucrecia saboreó aquel néctar que penetró en su garganta; desde dentro, su efluvio le llegó a la nariz. Cuando la abadesa apoyó su mano en la frente, cerró los ojos. Aún estaba ardiendo. Sor Candida se mordió el labio. Estaba segura de que el icono de san Lucas le había hablado, pero temió no haber comprendido bien sus palabras. Cuando vio que su ahijada se había dormido, ordenó con un susurro que siguieran poniéndole paños mojados sobre el vientre y la frente. Cogió entonces su capa blanca y se dirigió a la basílica vecina. Era su obligación avisar de lo sucedido, aunque quizá se supiera ya todo. De hecho, esperaba que así fuera.

Alejandro VI estaba sudando por el calor sofocante, pero más aún por los dos despachos que tenía desplegados sobre el escritorio.

—No quiere decir nada, será el último coletazo del diablo; bastará con mantenerse alejado de esos castillos.

—La peste es un enemigo traicionero que no se puede tener bajo control, César. Son los miasmas de la tierra que trae el viento. Cuando sientes su aliento en la espalda, ya es demasiado tarde: eres carne podrida.

—Nosotros estamos protegidos. Que haga su camino entre el pueblo. Nosotros les daremos pan y oraciones, y a buen precio. Nos amarán y nos temerán, padre, y será aún más fácil recoger nuestra corona.

—No lo entiendes. Tú no conoces la historia, solo sabes combatir, y *deo gratias* eso lo haces bien. No sabes que, en el siglo pasado en Estambul, solo sobrevivió una persona de cada diez. Y Roma y Florencia no se quedaron atrás. En las cortes de toda Europa, en las ciudades y en los campos, la peste dejó caer la guadaña sobre los hombres como el campesino sobre el grano maduro. Es peor que la más sangrienta de las guerras: este flagelo de Dios interrumpe toda actividad humana, rompe en pedazos las cadenas de la bestia que lleva dentro toda persona y abre las puertas del Infierno, extendiendo sus horrores y sus crueles leyes sobre la Tierra.

—Hablas casi como un hombre de Dios, padre —bromeó César—. Podrías debatir con Savonarola, pero no es a mí a quien debes asustar.

—Soy yo el que me asusto. Cuando la peste se extiende, al principio los hombres se dividen entre lobos y corderos. Los segundos piden piedad a Dios o huyen enloquecidos hacia nuevos precipicios, como ovejas asustadas. Los primeros, en cambio, olfatean y buscan el modo de aprovecharse de la situación.

—Nosotros tenemos un toro en nuestro escudo de armas. Sus cuernos son más afilados que los dientes de los lobos.

Cuando Alejandro se puso en pie, con el brazo levantado y

la mano cerrada en un puño, la butaca crujió con un ruido de huesos. César dio un paso atrás, sorprendido del arranque de su padre, que, por los nervios, hablaba precipitadamente.

—Es una cadena, César. Cuando mueren los campesinos, ya no hay quien trabaje la tierra, la mano de obra escasea y se vuelve carísima. Los rebaños abandonados son víctimas de los perros vagabundos, cada vez más numerosos y hambrientos. Falta la comida, el dinero pierde valor día a día; si alguien tiene algo que vender, la mayoría ya no tiene dinero para comprar. La autoridad vacila y faltan guardias; en las prisiones, sin vigilancia, los prisioneros se comen unos a otros para sobrevivir. Se forman grupos de bandidos que se dedican a saquear y a violar, conscientes de que nadie los castigará y que cada día de sus miserables vidas podría ser el último. La gente se despierta cada mañana sorprendida de seguir con vida. Es el reino del caos y del terror.

César dio cuatro palmadas rítmicas con las manos y luego se pasó el índice por la garganta.

—¡Amén! ¿Eso les dirás a los cardenales, padre?

—A veces me arrepiento profundamente de que Juan no ocupe tu lugar.



—También podríamos estar aquí él y yo, y yo podría ocupar tu sitio.

Se miraron fijamente y se sostuvieron la mirada. Fue César quien la apartó primero, luciendo una de sus sonrisas.

—Venga, dejémonos de estas tonterías y dime qué quieres que se haga. No hace falta ser cirujano ni conocer la historia para entender que unos cuantos focos de enfermedad no significan una epidemia.

—César, no lo entiendes. La peste se extiende como una ola que va en aumento, lenta e inexorable, que nadie puede detener, ni siquiera Dios una vez que la ha lanzado. No cae como una lluvia, aquí y allá. —Alejandro señaló con el dedo hacia arriba, como si pidiera explicaciones al Omnipotente—. Me llegan de pronto noticias de dos muertos en un sitio, tres en otro, una familia entera en un tercer lugar, todos ellos distantes entre sí. No es normal, ¿entiendes? El primer deber de un rey es entender qué sucede en sus tierras y en las limítrofes. Comprender primero; luego, actuar. Nunca lo has entendido. Y tú vete con cuidado. Ahora solo me quedas tú.

—Y Jofré...

—Solo cuando esté seguro de que realmente es hijo mío.

—*Mater semper certa est, pater numquam, etiam si pater sanctum est.*

—*Sanctus*, ignorante. En cualquier caso, es cierto, aunque santo no siempre quiere decir padre, como en el caso de san José.

Giovanni Burcardo llamó a la puerta. No había conseguido sacarle ni una palabra a la abadesa de San Sisto.

—*Madonna* Virginia d'Este, santidad, pide...

—Sor Candida, Burcardo, sor Candida. —La abadesa lo apartó de un empujón.

—Perdonadme, santidad. Me inclino también ante vos, cardenal.

Pese a mantener la oreja pegada a la puerta, el atento maestro de ceremonias no pudo oír más que algunos fragmentos de la conversación; volvió a sacar su cuadernito un momento antes de que la abadesa se alejara, sin saludarlo siquiera. César se había quedado de piedra, con los pliegues del rostro enrojecidos. Miró por la ventana, con la mente dividida entre el futuro reino de los Borgia, ahora en peligro, y su hermano Juan, cuya voz oía todas las noches. Pensó también en los focos de peste que habían señalado los capitanes de Rímini, Norcia y Ferentillo, y volvió a verse entre los malditos de las pinturas infernales de la iglesia de Santa Francesca. Desde el momento en que su madre lo había llevado allí a comulgar y había visto los diablos que pegaban a la santa con haces de serpientes muertas mientras uno de ellos la agarraba del vientre, cada vez que tenía miedo, el deseo se encendía con fuerza en su interior.

—¡César!

La voz de su padre lo devolvió al mundo de los vivos.

—Lo superará, es de raza Borgia. Pero ahora hay otra peste. Quiero que leas la carta del Medici.

—Le cortaré la garganta.

—¿Al Medici? No seas idiota.

—No, a él no, a quien ha matado al hijo de Lucrecia.

Alejandro se tocó el puente de la nariz y luego bajó la mano por la barbilla hasta el cuello, donde se acarició las carnes flácidas y blandas.

—Llegado el momento, todo se hará llegado el momento. Ahora sígueme, o vete.

César se volvió hacia él, y entre sus manos apareció un agudo estilete con el que se puso a limpiarse las uñas.

—No entiendo qué puede tener *in mente* ese bastardo —continuó el papa—. Por una parte, nos pide perdón; por otra, profiere oscuras amenazas, se declara a nuestro servicio, nos halaga y concluye...

—Dame la carta, padre.

Del lacre de cera sobresalía un lazo amarillo con bolitas rojas. Era un mensaje oficial, pero sin remitente. Una señal ambigua, de arrogancia pero también de respeto.

> Este humildísimo siervo vuestro y del Altísimo invoca vuestra bendición y, si en el pasado incurrió en palabras o actos indebidos, apela a vuestra bondad y generosidad para pediros perdón y, en demostración de su arrepentimiento, solicita que le escuchéis y que le deis permiso para venir a presentaros el reconocimiento debido a vuestra corte, siempre que accedáis a dar a nuestro embajador un salvoconducto firmado de vuestro puño y letra para entrar y salir de vuestro reino, con la cláusula expresa de que, si no vuelve a alguna corte de Europa, se conocerá vuestro acto indigno, aunque estamos seguros de que las noticias que custodiamos en cosas y personas que os enviaremos serán de vuestro máximo interés y de una importancia insospechada por vos. *Cum dei favore responsum expectamus.*
>
> JOANNES CARDINALIS MEDICI FAMILIAE

—Parece un loco y un analfabeto.

—Es hijo de su padre, y cardenal desde los trece años. Tras nueve años de aprendizaje ha aprendido bien el arte. Tendrá lo que pide, levantaré el jaque sobre su caballo y permitiré que el rey se enroque.

—En la torre della Nona —César sonrió— o aquí, en el castillo de Sant'Angelo, lo tendremos en jaque.

—No hay necesidad. Recuerda que yo soy la reina.

—Y yo tu alfil.

César completó la reverencia de despedida agitando la capitanesca con un amplio gesto del brazo. Cuando salió al patio del castillo, los soldados interrumpieron sus combates y se pusieron firmes. A un gesto suyo, los capitanes le siguieron hasta la sala de armas, donde se celebraría el consejo que hasta el mes anterior era prerrogativa de su hermano. El nombramiento como jefe de la guardia ya llegaría, como siempre decía su padre. Pero era importante poseer el poder *de facto*, no por investidura, igual que lo había sido para el otro César, aunque no llegara nunca a emperador. Les ordenó que enviaran un pelotón con un cirujano de confianza a cada una de las comarcas donde se había manifestado la infección de la peste. Debían informar al cabo de dos meses, antes del 13 de septiembre, y solo a él, so pena de acabar colgados en una jaula de las murallas del propio castillo.

Soplaba un aire fresco. Un paseo por el Tíber le aclararía la mente.

Montó con agilidad sobre su caballo andaluz y le acarició el cuello. Bastó un gesto para que Micheletto saltara sobre la grupa de su pequeño caballo maremmano y le acompañara. Los días aún eran largos. Antes de que se pusiera el sol podría besar a Lucrecia en la frente y sacarle el nombre del padre de aquel bastardo muerto. Jugaría bien sus bazas. Su padre nunca sospecharía y a Lucrecia no le servirían de nada sus melindres, sus llantos ni sus zalamerías.



A Micheletto le tocaba completar la obra: en breve le daría la justa compensación a otra hermana, de Cristo en este caso, primero con el «trabuco» que guardaba en el braguero y luego con el cuchillo afilado que escondía detrás.

# 26

*Roma, 20 de agosto de 1497*

El príncipe Colonna los había visitado una vez, la semana anterior, para anunciar su partida. En vista de la pasión con que discutían sobre cualquier cosa los protegidos del cardenal de Medici, se fue sin avisarlos de que el Medici acababa de llegar a Roma y de que se alojaba en casa de los Sforza. Se asombró sobremanera al enterarse de eso por sus espías y ver que no se alojaba en su palacio. Mejor así: ya indagaría a su vuelta. Ahora tenía otras cosas en qué pensar.



La coronación de Federico de Aragón estaba cerca. Él y su primo Próspero tendrían que acompañarlo a la catedral sosteniendo el escudo de honor y la bandera, símbolos de perpetua alianza. Perpetua hasta que dilucidaran quién era más fuerte y generoso, si los milaneses, los franceses o los venecianos. No obstante, antes de alejarse había dado orden a los suyos de que sus invitados fueran tratados con educación, al menos mientras respetaran la prohibición de salir del palacio, tal como habían acordado con el cardenal. Aquella orden era válida para todos, salvo para el arquitecto Leonardo y para el escudero del caballero De Mola, ese tal Gabriele. Era pequeño de estatura pero rápido de mente; habría podido ser un excelente portaestandarte a su servicio. Por sus hombres se había enterado de que Gabriele solía moverse por los alrededores de la basílica de San Pedro, prodigándose en estúpidas galanterías ante las criadas que entraban y salían de las cocinas. Aquello le gustaba y le permitía enterarse de las novedades del palacio, de sus fiestas, sus cenas y sus invitados. Además, en ocasiones lograba profundizar en las virtudes más escondidas de algunas jóvenes de senos turgentes y manos con olor a cebolla. Tenía claro que espiar a los espías siempre daba sus frutos.

La sombra del palacio ya había caído sobre la plaza. Para Ferruccio indicaba otro día pasado intentando comprender cuánto de engaño y cuánto de verdad se escondía en los relatos de Gua Li. Hacía más de dos semanas que los escuchaba, pero era como intentar atrapar una liebre blanca en la nieve. Ves sus huellas y, cuando crees que son las más frescas, desaparecen bajo el frío manto de nieve, o el cielo envía una tormenta para confundirte y hacerte desistir. Había momentos que le recordaban los tiempos en que escuchaba a Giovanni Pico, incrédulo pero lleno de confianza. Era un tiempo en que florecía el amor, en que la esperanza alimentaba la fertilidad y en que el temor y la alegría se disputaban el corazón. Una época en la que la imagen de la Gran Madre creadora se confundía con el rostro de Leonora.

La felicidad hace que todo sea creíble. Si hubiera sido infeliz, ¿habría tenido la misma fe en él? ¿Le habrían parecido lógicas sus tesis y consecuentes sus razonamientos? ¿O habría albergado las mismas dudas que lo atormentaban ahora, la sospecha de que Gua Li lo manipulaba, como la arcilla húmeda entre las manos expertas de un alfarero? El abandono de la mente le inducía a creer; el cansancio del cuerpo, a dudar. Y mientras tanto, cada día que pasaba perdía un poco la esperanza de volver a ver a Leonora. Era como un cáncer oscuro, que creía ver extendiéndose por sus venas, cada vez más negro. Se había perdido las últimas palabras del relato de Gua Li, pero sacudió la cabeza igualmente.

—Has dicho que, cuando Issa llegó a las montañas de hielo, lo acogieron con gran alegría los monjes bon, pero también has dicho que lo atormentaban día y noche. Y que lo castigaban, que lo dejaban sin comer y a la intemperie durante días, únicamente con una sábana para taparse. Yo creo que, si se presentara un peregrino en mi casa, o bien haría que se marchara o bien, si decidía darle cobijo, no lo atormentaría, desde luego: no sería justo. Además, ¿por qué no se iba? ¿No era libre, acaso?

—Era su karma —le respondió Gua Li—. No podía evitarlo.

—Ya volvemos con eso del karma —insistió Ferruccio—. No lo entiendo.

Apoyándose en el bastón y sin tocar el suelo con el cuerpo, Ada Ta hizo tres cabriolas y puso fin a sus ejercicios cotidianos. Ferruccio no se inmutó cuando aterrizó a un paso de él.

—Aunque el estómago tenga hambre, es difícil hacer entrar una almendra en una boca cerrada. Los dientes son como la persiana del alma.

—Y las palabras vacías son como el viento, que levanta las hojas y no hace más que crear confusión —replicó Ferruccio, harto.

—Nuestro joven amigo esconde la semilla del filósofo bajo la máscara del guerrero. Cada vez entiendo más su proximidad con el buen conde de Mirandola, cuyo espíritu está aquí, presente entre nosotros. Si estuviera aquí en carne y hueso, te diría que el karma no es más que el necesario cumplimiento de una reacción como consecuencia de una acción. Como en este mismo caso.

Y sin más, golpeó a Ferruccio en la cabeza con la punta del bastón.

—Basta ya, Ada Ta. No tengo ganas de jugar.

El monje le golpeó por segunda vez. A Gua Li le temblaron los labios.



—¡He dicho que basta, viejo loco!

El bastón volvió a golpearle en la cabeza: Ferruccio vio llegar el golpe, pero no consiguió evitarlo. Señaló con el dedo a Ada Ta, pero este aprovechó para golpearlo en la nuca. El dolor agudo le rompió algo dentro, y como si fuera una antorcha sumergida en aceite, sintió que le envolvía una violenta llamarada. Perdió el control, y con un grito ahogado aferró la espada, que tenía sobre la mesa, y echó la silla hacia atrás de un empujón. Al tiempo que hablaba, con las palabras escupía saliva.

—¡Vosotros! ¡Por vuestra culpa han raptado a mi mujer! ¡Por vuestra culpa no sé si volveré a verla nunca más!

El brazo sostenía la espada con que apuntaba al monje, pero la mano le temblaba. Sabía que no debía hablar, que era una de las condiciones impuestas por el cardenal, pero la cuerda de la prudencia ya se había quebrado.

—¡Sois una maldición, tú y ella! ¡Habláis de Mirandola como si hubierais sido sus confidentes, pero era mi amigo, no el vuestro! ¿Qué sabéis vosotros de él? Nada de nada. Y habláis de Cristo como si lo hubierais conocido realmente, y me contáis unas fábulas maravillosas para hacerme creer que los planes de los Medici pueden hacerse realidad. Sois unos siervos venidos del otro mundo para engañar a todos los demás, pero también unos diablos, que os divertís atormentándome. ¡Pues se acabó! ¡Ya basta!

Ada Ta no movió un músculo hasta oír las últimas palabras de Ferruccio, luego agitó el bastón y lo hizo girar ante su cara. Ferruccio, con los ojos inyectados en sangre, lanzó una estocada. Girando sobre el pie izquierdo, el monje evitó la hoja, le golpeó sobre la escápula derecha y se situó a sus espaldas. Sin girarse, Ferruccio lanzó la espada con un reverso, que más de una vez había usado para atravesar el bazo a algún rival. Pero no encontró más que aire. Cuando levantó la cabeza, sintió un golpe en la nuca: Ada Ta seguía estando a sus espaldas. El instinto le hizo lanzar otro golpe hacia atrás para golpearle en el cráneo, movimiento peligroso pero habitualmente definitivo. Ada Ta trabó su bastón entre el cuello y los brazos, y le dio un empujón poniéndole la rodilla en la espalda, con lo que lo obligó a doblegarse y a echarse al suelo. Luego, con una ligera presión sobre los dedos, le hizo soltar el arma.



Ferruccio, tendido en el suelo, respiraba con dificultad. Cuando Gua Li apoyó la mano sobre su frente sudada, las lágrimas empezaron a surcarle el rostro. La mujer levantó la vista hacia el monje, que cerró los ojos y agachó la cabeza. Entonces ella se agachó y cogió la cabeza de Ferruccio entre los brazos. Él se abrazó a ella y se abandonó a un llanto sin esperanza. Ada Ta dejó que las lágrimas manaran libremente y que el hombre se desahogara.

—El sabio Lao Tsé dijo una vez que aquello que para la oruga es el fin, para el resto del mundo es la mariposa.

Cuando Gua Li comprendió que Ferruccio ya se había secado los ojos por última vez, le dio un cojín y le ofreció de beber, ayudándole a levantar la cabeza.

—Lo siento, disculpadme —se justificó Ferruccio—. Hacía años que no me sucedía. Habitualmente no me comporto así.

—Al que vence a los otros se le llama forzudo, pero solo quien se impone a sí mismo es realmente fuerte —dijo Ada Ta, que le dio la mano para ayudarle a levantarse—. Este viejo te pide perdón, con humildad, pero tenía que derribar el muro de tu dolor, que impedía que tu corazón escuchara con la mente abierta y serena. Puede que esta hija mía sea muy aburrida con sus relatos.

—¡Ada Ta! ¿Primero quieres que me lo aprenda todo de memoria y luego me dices que soy aburrida?

—Quizá porque las palabras sinceras no son bellas, pero las palabras bellas no son sinceras.

—No —intervino Ferruccio—. Gua Li no me ha aburrido en ningún momento, y tú tienes razón en cuanto a mi dolor. Con tu bastón me has abierto los ojos. Pero tengo muchas preguntas que haceros. Creo que ya comprendo por qué me habéis elegido precisamente a mí. Lo que se me escapa es la razón que ha movido a quien ha decidido que debíamos encontrarnos.

Se dirigió hacia la ventana y la abrió: un viento suave y la fina lluvia que había caído habían levantado y pegado al suelo las primeras hojas caídas de los plátanos y los castaños. Cerca del desagüe central, una se movió, amarilla y verde como las otras, mezclada con el resto. Avanzaba lenta pero decidida, única entre las demás, como si soplara una brisa solo para ella. Es curioso cómo algo sin importancia a veces consigue distraer de los pensamientos más firmes.



Ferruccio estaba a punto de darse la vuelta cuando vio que la hoja daba un saltito; se dio cuenta de que era una rana. «Nada es lo que parece: desconfía de la apariencia y escruta el movimiento de los ojos de tu adversario, nunca su mano, si quieres saber cuándo se moverá para atacar», le repetía a menudo el abuelo Paolo.

—Estoy cansado de estar aquí encerrado —dijo, apretando los puños—. La hospitalidad del príncipe Colonna más bien parece una reclusión. Pero debo esperar la llegada del cardenal de Medici. Vosotros no lo podéis saber; es más, más vale que no lo sepáis, pero cuando llegue tendré que dejaros.

—A veces no hace falta saber para comprender.

Ada Ta le miró fijamente. Ferruccio respondió con un gesto interrogativo.

—Una vez —prosiguió el monje—, dos viajeros se encontraron frente a una bifurcación. El primero quería ir a la izquierda, para comprar un carro y un caballo en el mercado de Samarcanda; el segundo, a la derecha, para vender unas piezas preciosas de ámbar en el mercado de Bujará. Estaban a punto de separarse, tristes los dos, cuando el segundo tuvo una idea: primero acompañaría a su amigo a Samarcanda; luego, cómodamente sentados en el carro, irían hasta Bujará, donde llegarían antes que si hubiera ido él solo a pie.

—Creo que lo entiendo —respondió Ferruccio—, pero vosotros tenéis una misión que cumplir, y yo la mía.

—Cuando tengamos el caballo, iremos todos juntos a Bujará. —Ada Ta golpeó dos veces el bastón en el suelo y olisqueó el aire—. ¿Lo notáis? El olor que llega por la ventana anuncia un cambio anticipado de estación. ¿Tú qué dices, Gua Li? ¿Tendrá razón nuestro amigo al pensar que este lugar tan hospitalario no está habitado por dulces alondras, sino por serpientes venenosas? Un nido de víboras es el lugar más seguro que existe, pero solo para las víboras.

—Ya no siento el olor de la muerte. Ha desaparecido —dijo la mujer—. Y ahora me fío de él.

—La mujer se fía de un hombre solo cuando este piensa lo que ella ya ha decidido. Me viene a la mente aquella vez en que dos corderos votaron con un lobo sobre lo que se debía comer para cenar. Pero no recuerdo cómo acababa la historia.



—Tú no eres un lobo. —Gua Li sonrió—. Eres un niño viejo. Eres todo un Lao Tsé.

—Y tú eres la joven mona parlante que ahuyenta los demonios. Y en vista de que tienes el don de la palabra y la riqueza incomparable del tiempo, ¿por qué no alegras a nuestro caballero y le hablas de cuando Issa aprendió a jugar con las piedras? Luego pensaremos en el resto. Yo, pese a ser hombre, también me fío de él.

Ada Ta se sentó en el suelo, cerró los ojos y dio gracias a la energía de la Tierra que le había permitido llevar a término la primera parte de su misión. Volvió a abrirlos, aún más satisfecho, en cuanto oyó la voz de Gua Li, que enseguida había adoptado la tonalidad de la dulce flauta *gling*, que se empleaba para la meditación y la reflexión.

Durante la noche, los vientos boreales se habían llevado todas las nubes. El aire se había vuelto tan limpio y terso que, con el transcurso del día, el azul del cielo se convirtió en un índigo oscuro que podría haber dado a entender que la luz del universo es oscura. Habían dejado el monasterio de Leh cuando la cumbre de la gran montaña había reflejado el primer rayo del sol en el interior de la habitación de Tenzin Ong Pa, que en aquella época dirigía la comunidad de monjes bon. Al atravesar los riachuelos de agua fresca, yendo con mucho cuidado para no chafar los penachos de los blancos rododendros, que se confundían con las piedras, los monjes reían y bromeaban. Se contaban sus sueños y sus batallas con los demonios de la noche, y unos se reían de los miedos del otro, satisfechos al mismo tiempo de poder compartir los suyos. Muchos de ellos llevaban tambores y trompetas. De vez en cuando, alguno se entretenía en coger una piedra; después de depositar en ella sus energías negativas, la lanzaba donde el agua estaba más agitada.

Era la primera vez que Issa iba con ellos. Aunque no lo entendiera todo, disfrutaba de su felicidad y se reía con sus bromas. Se sentía radiante y lleno de vida, y no había olor, visión, sonido o sensación que no le hiciera vibrar con una gran alegría interior. Se detuvieron a orillas del Samtzo: era poco más que una balsa de agua, pero tenía fama de ser el lugar donde un peligroso diablo se había convertido, y precisamente el lago se había formado con sus lágrimas de arrepentimiento.



—Todo leyendas —dijo Ong Pa, guiñándole el ojo a Issa—. Sin aquel glaciar, el llanto del más desesperado de los demonios no conseguiría ni humedecer la tierra. Pero forman parte de ese aspecto lúdico de la vida, sin el cual nos parecería larga y aburrida, en lugar de breve y alegre.

—Entonces yo soy muy feliz —dijo Issa, juntando las manos—. Gracias, maestro Tenzin Ong Pa. Me habéis hecho entender muchas cosas.

—Entonces somos todos felices.

A un gesto suyo, todos se sentaron sobre una piedra. Issa les imitó.

—Llámame solo Ong Pa, como hacen los demás. A partir de hoy, formas parte de nuestra comunidad, y queremos celebrarlo contigo. Pero primero querría hacerte unas preguntas. ¿Me lo permites?

—Será un placer.

—¡Bueno, la que ya te he hecho era la primera!

Ong Pa se echó a reír con todos los demás monjes. Issa primero se rio con ellos, luego entendió que era una broma y se rio otra vez.

—Has leído y meditado durante dos años, Issa. ¿Qué has aprendido?

—Que para alcanzar un estado de conciencia hay que observar cómo surgen los pensamientos y dejar que fluyan sin limitaciones.

—Muy bien —observó el maestro—. ¿Y qué dificultades te has encontrado?

—En algunas ocasiones se ha apoderado de mí la somnolencia; en otras, los nervios.

—Eso es muy interesante. ¿No estáis de acuerdo, amigos míos? Es lo mismo que ocurre cuando estamos a punto de dormirnos. A veces nos sumergimos en el sueño sin darnos cuenta; otras, en cambio, lo perdemos sin razón aparente. ¿Y qué hay que hacer en esas ocasiones?

—Fundir todo en un único pensamiento, del mismo modo que el pastor hace pasar un rebaño de búfalos por un estrecho desfiladero empujando a los animales uno a uno.

—Me das una gran satisfacción, Issa. Estoy realmente contento. La energía que se concentra en la punta de un pensamiento único haría posible que un pelo de tu joven barba atravesara el hielo y moviera las piedras. Si mis amigos están de acuerdo, creo que ha llegado el momento de que Issa pase al segundo de los nueve niveles del conocimiento.



Los monjes se miraron entre ellos, asintieron en dirección al maestro y se colocaron sentados, de espaldas al lago y de cara a un talud muy escarpado. Algunos empezaron a tocar los tambores con unos bastones forrados de cuero, mientras otros hacían sonar sus trompetas. Luego hicieron converger todo el sonido en dirección a una roca situada sobre el talud. Issa notó una vibración, como si una fuerza desconocida le atravesara el cuerpo, invisible pero real. Y la roca empezó a elevarse. Se balanceó un instante y luego empezó a subir, impulsada por aquel sonido grave y continuo, y por el rítmico golpear de los tambores. Las trompetas tocaban ahora dos notas diferentes, y la roca se desplazó hacia ellas, trazando un arco en el cielo. Cuando estuvo sobre la vertical del lago, a un gesto de Ong Pa, todos dejaron de tocar. La piedra se quedó inmóvil por un instante y luego cayó al agua. Una cascada cayó sobre Issa, que se quedó de pronto sin aliento y empapado de la cabeza a los pies, con una expresión de asombro absoluto grabada en el rostro. Los monjes se rieron hasta que se les saltaron las lágrimas, e Issa con ellos. Ong Pa se le acercó con una túnica seca.

—El fresco agudiza la mente, pero el hielo puede provocar la muerte. Cámbiate. Luego, cuando hayas acabado de reírte con tus compañeros, reúnete conmigo en lo alto de ese caballón. Debo hablar contigo.

Issa no se apresuró a obedecer. Primero quiso tocar los tambores y las trompetas, y no paró hasta conseguir que levitara una piedrecilla. Ya lo había conseguido una vez, de niño, por casualidad y por fe. Ahora había aprendido que el prodigio era ciencia. Pero su entusiasmo y el de sus compañeros no bastaba para recuperar la temperatura tras la ducha helada. Los monjes lo secaron y lo frotaron con pieles de oveja tratadas con sal rosa y perfumadas con almizcle de ciervo, que le dio a su piel un fuerte olor al que no estaba acostumbrado. Y cuanto más protestaba, más reían ellos, hasta que, con la túnica subida hasta las rodillas, Issa consiguió huir de sus cuidados. Llegó junto al maestro y se sentó a su lado. Ong Pa, como era habitual en él, olfateó el aire varias veces antes de dirigirle la palabra.

—Tienes dos caminos por delante, hijo mío, el del hielo y el del fuego. ¿Cuál quieres seguir?

—El tercer camino, Ong Pa, el del hielo que funde el fuego, el camino del agua, maestro.

—Es el más difícil, porque cada día te enfrentarás a los problemas mundanos teniendo bien presentes los del espíritu. Unir cielo y tierra es muy peligroso. Por ese camino encontrarás demonios, en forma de pensamientos y de hombres, y tendrás que enfrentarte a ellos.

—Ya los he conocido, cuando vivía entre los cedros y jugaba con mis hermanos con el bastón y el aro, y escuchaba a mi madre mientras al otro lado de la calle veía senos vacíos de leche, y niños asesinados por los soldados por puro escarnio, y sacerdotes fuertes con los débiles, y débiles con los fuertes, que aterrorizaban las mentes. Quiero meter mi mano en la tierra y aprender a no mancharme; quiero sentir el dolor de quien sufre y ser feliz con él; quiero temer que me arrebaten todo lo que amo y poseo sin odiar; quiero conocer la oscuridad de la ignorancia para llevar la luz de la razón y combatir la prepotencia con la justicia. Y...

—¿Y qué, Issa?

—Y quiero casarme, Ong Pa.

A Issa le temblaron los labios cuando el monje lo miró con gesto severo y meneó la cabeza.

—¿No te parece bien —dijo, con un hilo de voz—, o piensas que aún soy demasiado joven?

—Solo pienso que hacía tiempo que esperaba que me lo dijeras. Lo saben todos, que deseas con todas tus fuerzas sumergirte en el abismo con la dulce Gaya. También tus hermanos y compañeros, y por eso te han aplicado el almizcle de las gónadas del ciervo, precisamente con la esperanza de que eso exaltara tu virilidad y te ayudara a tomar la decisión que todos esperan.

—¡Entonces no te parece mal!

—Lo sabe Sayed, lo sabe Gaya, lo saben las estrellas, la Luna, el Sol, y en las montañas y los valles resuenan tus lamentos de grifo solitario. Has escogido el camino del agua, pero una barca no puede gobernarla un solo hombre. Si puedes esperar hasta mañana, yo estaré encantado de unir vuestras manos. Y ahora ve, ve con Gaya y dile que se prepare.

Issa estaba a punto de ponerse en pie y bajar corriendo al pueblo, pero se lo pensó mejor: se lanzó sobre Ong Pa y lo abrazó. Este hizo lo que pudo para quitárselo de encima, pero después dejó que, por una vez, se impusiera el camino del fuego y se fundiera el hielo. Issa ya corría montaña abajo por el camino cuando Ong Pa le gritó desde atrás:

—¡Y no hagas como el grifo, que pone un solo huevo!

Pero Issa ya estaba lejos y no lo oyó.

Las últimas palabras de Gua Li causaron una profunda herida en el cuerpo de Ferruccio de Mola, pese a que durante el relato se había reído con ellas. Se llevó una mano al vientre, convencido de que lo que sentía probablemente se debía a que se desangraba lentamente, sin dolor, pero consciente de que la vida le estaba abandonando, dándole por fin la paz.

# 27

*Roma, 30 de agosto de 1497*

Durante la noche había caído un violento temporal, azotando el suelo, inundando las calles, quebrando árboles centenarios y haciendo temblar las paredes de las casas de Roma. César Borgia no había podido dormir: tenía pánico a los relámpagos desde que era niño; aquellos destellos de luz le hacían ver fantasmas por todas partes. Y ya de adulto, temía que cualquier rayo se desviara, enloquecido, y le diera en la cara. La noche pasada en vela le había dado ocasión de pensar. La creación de un reino dinástico fundado sobre las cenizas del papado estaba cada vez más cerca, tras la desaparición de su hermano Juan. Habérselo quitado del medio con el beneplácito de su padre los había unido en un doble nudo corredizo en el que cualquiera de los dos podía apretarle el cuello al otro. Su padre tenía a su favor un poder consolidado, pero él tenía la juventud. La desaparición del hijo de Lucrecia había sido el segundo movimiento ganador. El obstinado silencio de su hermana le hacía sospechar aún más que el hijo esperado era de su padre, y si así fuera, sabía que Alejandro no le daría la espalda. El viejo había hecho mal las cuentas: no quedaría en el mundo un Borgia hijo de madre Borgia que pudiera reclamar el trono. En cualquier caso, el niño ya no sería un obstáculo. Y, desde luego, su padre no podría acusarlo de haber matado a un bastardo, hijo del más deleznable incesto.

Hermano y sobrino se le aparecieron varias veces. Cerró los ojos. La corona de Roma estaba cada vez más cerca. Una vez cumplido el proyecto, acompañaría a su padre hacia el eterno reposo. Entonces, él sería césar, mil quinientos años después. Anularía el matrimonio de Jofré y se casaría con aquella zorra de Sancha, y con ella uniría el reino de Roma con el de Nápoles. En cuanto a

Florencia, su padre tenía razón: el pueblo se cansaría enseguida de la intolerante República de Cristo y echaría a Savonarola. Entonces los reyes Borgia no tendrían más que alargar la mano y posicionarse contra los franceses para hacerse con el estandarte de la ciudad y con el gobierno de la Signoria. Y si su padre le hacía caso, en cuanto el Medici les dijera qué le había llevado a meter la cabeza en las fauces de los Borgia, bastaría con cerrarle la boca y arrancársela de un bocado. Nadie movería un dedo; eran muchos los que le debían dinero.

A pesar de la rabia que sentía por haber quedado excluido de la reunión entre su padre y el cardenal, por fin consiguió conciliar el sueño, pero ya a las primeras luces del alba, cuando la lluvia aún repiqueteaba sobre los tejados y el viento silbaba por entre las ventanas y la chimenea.

La gran campana de la nueva torre había dado hacía poco la hora nona, anticipándose ligeramente a las de la cercana basílica de San Pedro. Así lo había querido el Borgia. Giovanni de Medici estaba sentado en un pesado banco de roble con tallas de personajes mitológicos, apoyado sobre aquellos anchos pies con largas uñas, como los de un sátiro. Frente a él, con una expresión impasible, paseaba adelante y atrás el maestro de ceremonias, Giovanni Burcardo, que después de los primeros saludos obligados no le había vuelto a dirigir la palabra. Caminaba silencioso; de vez en cuando, hacía anotaciones con un carboncillo puntiagudo insertado en una cañita. El Medici cambió la pierna de apoyo; le dolía el trasero, el banco era más duro que la grupa del asno con el que había llegado desde Castel di Guido, donde se había alojado, acogido —o más bien, hecho prisionero— por los frailes hospitalarios del cardenal D'Aubusson. La seda de la túnica cardenalicia le había protegido solo del polvo y quizá de algún devoto bandido, que a buen seguro se habría fijado en los dos frailes a caballo, armados con pesadas hachas, que ahora le esperaban en el exterior del palacio. Si no volvía a aparecer en toda la mañana, tenían orden de irse de allí y refugiarse en el palacio de los Colonna.

Hacía más de dos horas que esperaba a que Alejandro VI le concediera la audiencia prometida; su impaciencia aumentaba minuto a minuto, pero sabía que en ningún caso debía demostrarlo. Conocía bien el arte de la paciencia, de la espera y de la calma. Su padre les había acostumbrado a él y a Piero a permanecer quietos e impasibles durante horas y horas frente a los feroces mastines usados para la caza del jabalí. Sentados en un banco, conteniendo las lágrimas y luchando contra el miedo, los dos hermanos debían esperar a que los criados se llevaran a los animales; si no, además de pasarse un día a pan y agua, a oscuras, se arriesgaban a sufrir la vergüenza de la reprimenda paterna. Solo una vez superada la prueba, mientras Piero se desahogaba dando patadas a muebles y criados, él se refugiaba entre los brazos de su madre, que le susurraba las palabras más dulces y conseguía así aplacar sus temores y su llanto.

Se mordió el labio pensando en lo que había sufrido su madre, en todas las veces que su padre dormía con Lucrecia Donati en la habitación de al lado y ella se refugiaba en la oración. Lucrecia, precisamente, un nombre que propiciaba la lujuria y la traición. Tras aquellos preciosos tapices y aquellos muros había otra Lucrecia y un mastín mucho más feroz. Pero, como decía su madre, lo que no se puede combatir con el valor se debe afrontar con astucia y con paciencia. Eso le había hecho subir los cuarenta y dos escalones de aquella nueva torre, que era casi como una tronera adosada a los muros; la gente ya la llamaba torre del Borgia. Como si la basílica fuera ya una posesión de la familia, un palacio real, en lugar de la sede temporal del vicario de Cristo en la Tierra. Cuarenta y dos estrechos escalones que había que subir sin ayuda de una barandilla, con el cuerpo echado adelante y atento a no caerse, a la manera de las Horcas Caudinas, para llegar a los nuevos aposentos del papa, que según se decía habían costado más de cien mil ducados.

Giovanni alzó por enésima vez la mirada al techo, iluminado por una serie de lámparas de aceite de las que emanaba un fino olor a lavanda. Entre las luces y las sombras observó los detalles de las escenas pintadas, que no tenían nada de sacras. Entre grotescas representaciones satánicas, jeroglíficos egipcios y símbolos astrológicos y alquímicos, aparecían personajes históricos y mitológicos. Entre un Apolo desnudo y un Baco risueño había un sátrapa vestido a la moda de Oriente: Giovanni aguzó la vista y sonrió al reconocer en él los rasgos de un Rodrigo Borgia al menos veinte años más joven. En el centro del techo aparecía un toro rojo, con los cuernos en forma de lira y los genitales bien visibles, emblema de la familia.

—Buenos días, monseñor. ¿Habéis tenido buen viaje?

Giovanni se giró de golpe. Por una puerta escondida tras una cortina había aparecido una joven que lo miraba con unos ojos negros que parecían esculpidos en la obsidiana más pura. El contraste con el cabello, del color de las espigas maduras, unido al óvalo perfecto de su rostro, la hacían atractiva atractiva. A todo ello se sumaba la elegancia de su voz y de sus gestos. No sabía quién era, pero no podía ser más que ella, la esposa de Cristo, como llamaban a Giulia Farnese, favorita de Alejandro y mujer de Orsino Orsini.

—Excelente, *madonna*, como espero que vos hayáis pasado una noche agradable, a pesar de la tormenta.

—De rodillas y rezando, monseñor. Es el mejor modo de aplacar tormentas de otra índole.

Giovanni advirtió en aquel tono y en aquella sonrisa enigmática una ironía licenciosa.

—Entonces ha sido una noche mejor que la mía, a la grupa de un asno, señora. Me alegro por vos.

Giulia Farnese esbozó una reverencia y salió por otra puerta, mostrándole los lazos de su túnica aún desatados. Burcardo la siguió con la mirada en el techo. Otra voz, que reconoció perfectamente, lo llamó desde la misma puerta por la que había aparecido la mujer. Giovanni entró. De pie ante la ventana vio una figura grande y robusta, vestida con una bata de brocado amarillo que caía hasta ocultar las zapatillas. A su llegada se volvió y le tendió la mano para que la besara. Giovanni disimuló el gesto de asco al notar entre aquellos dedos el olor a hembra.



—Sentaos, Giovanni, y bebed con nos. Hoy es día de fiesta.

—Hace justo un lustro que España se liberó de los judíos, santidad. ¿Es a eso a lo que os referís?

—Le comunicaremos vuestro interés a la dulce Isabel de Castilla y a su esposo Fernando. Tenéis un espíritu excelente; es una lástima que seáis enemigo. Por nuestra parte, lo que celebramos es la reunión con nuestra dulce protegida, pero son cosas que no pretendemos que comprendáis. Conocemos vuestras inclinaciones, por las que Savonarola querría veros arder en el fuego, tanto eterno como terreno, que quizás incluso alimentaría con aceites esenciales en honor al nombre que lleváis. ¿No es acaso cierto que el jugo de las hierbas recogidas el día de vuestra onomástica es excelente para la vista?

—Yo ya veo las cosas que pasan a mi alrededor con suficiente claridad, sin necesidad de aceites milagrosos, santidad. Y en cuanto a las calumnias, no me afectan. No obstante, si se pesaran como ciertas en la balanza de san Miguel, me temo que vuestro platillo caería mucho más que el mío.

—Tenéis la misma arrogancia que vuestro padre; sin embargo, habéis venido aquí con el asno del penitente. No querría que se os hubiera contagiado la locura del martirio. Si es por eso, lo único que tenéis que hacer es escoger entre la torre della Nona o el castillo de Sant'Angelo.

—Nunca se sabe: yo ya he evitado un contagio, y mi alma aún no está preparada para afrontar otro más.

—¿De qué habláis?

—¿No os habéis enterado? Hace meses, Florencia, la República de Cristo, tuvo que hacer frente a un foco de peste...

—*¡¡No me jodas!! ¡¡La peste!!*[4]

—A fe mía que creía que estabais al corriente, santidad.

Alejandro VI se levantó de golpe de la silla y se puso a rascarse nerviosamente el puente de la nariz.

—Imagino, pues —prosiguió Giovanni—, que no será un caso aislado.



—Si pudiera fiarme de vos, podría deciros que el de Florencia no lo es; si fuerais mi aliado, podría confiaros que recientemente han aparecido otros focos, repartidos por nuestras tierras como manchas de aceite en el agua.

—La peste es como la palabra de Dios, que mana de un púlpito y salpica a la gente aleatoriamente.

—No en los casos que conocemos nosotros.

—Ni tampoco en Florencia. Ha llegado, ha matado y ha desaparecido, como si fuera un silencioso sicario.

—Dios no manda sicarios. Además, sus ángeles usan la espada, no el soplo mortífero.

—La mano del diablo, pues, que tiene el don de la ubicuidad, y muchos secuaces, sobre todo entre las mujeres, que tienen tres orificios, a diferencia de nosotros, por lo que es más fácil que pueda penetrar en ellas.

—Lleváis razón, pero no olvidéis que hemos sido nos quie-

4. En español en el original. *(N. del T.)*

nes quisimos que se imprimiera el *Malleus Maleficarum*. ¿Magia negra? *Quoddam semper, ubique ab omnibus creditum est?* No, creemos más en la maldad de los hombres. Por eso hemos mandado a nuestro hijo César a indagar.

—*Perfectus ad perfecta, si licet, sacte pater.*

Alejandro VI sacudió la cabeza, pero al cardenal le pareció que escondía una sonrisa vacua. Sacó de un armarito cerrado con llave una botella de vidrio y dos copas de precioso cristal veneciano.

—Aún no sabemos por qué habéis decidido arriesgaros a venir a vernos, pero os lo agradecemos. Antes de conocerlo querríamos que bebierais con nos, Medici. Este licor elimina los malos pensamientos, si quien lo bebe los tiene. Además, exalta las buenas intenciones, siempre que se posean.

—Beberé con vos, santidad, y elegiré la copa después de que lo hayáis servido.

—Nunca estropearíamos este licor con gotas de manantial, y mucho menos con agua de Nápoles o de Perusa. Probad, no temáis.



Giovanni vaciló por un momento. Su anfitrión había decidido que el duelo verbal que acababa de tener había concluido, sin que hubiera un vencedor. Aunque no por ello podía sentirse tranquilo. De hecho, mucho menos lo estaría cuando le revelara al papa sus proyectos. Así que lo mismo daba fiarse. Se mojó apenas los labios en aquel elixir rojizo y al instante sintió que le picaba la lengua. Después, al respirar, un efluvio de aromas ascendió por su nariz y le abrió los sentidos en un irresistible abrazo.

—Nunca he probado nada parecido —admitió—. ¿De qué está hecho este vino?

—Es un vino maduro con aromas de mirto y ajenjo, combinado con cardamomo, canela, clavo, tomillo y ruibarbo. —El papa sostenía la copa entre las manos y aspiraba su perfume con los ojos cerrados—. Pero hemos traído de Oriente el jengibre, la cúrcuma y la galanga, y el mosto licoroso se ha convertido en néctar. Es una ambrosía que inflama el espíritu y la carne; una sola gota sobre la lengua, no más, y es perfecta como la luz del sol, del que basta un rayo para calentarse y para trazar una línea de luz en la oscuridad. Es una prostituta sagrada, mediadora entre lo humano y lo divino. Pero no bebáis demasiado, o su calor os fundirá la cera de las alas, como le ocurrió a Ícaro. Su fulgor ciega, quema y mata.

El cardenal apoyó la copa en la mesa, no porque temiera ya por su vida, sino por los efectos que veía reflejados en el rostro de su antagonista, preso de una locura para él desconocida, transfigurado en una especie de éxtasis místico. Pero si quien hablaba era Alejandro, no importaba que nunca antes lo hubiera visto ni oído así. Aquel era el momento ideal para revelarle sus secretos. Cuanto más lúcida mantuviera la mente, más posibilidades tenía de ponerlo de su parte. A menos que se liberara la bestia, un riesgo calculado desde el primer momento. A fin de cuentas, Medicis y Borgias pertenecían a la misma raza: dos leones entre un rebaño de ciervos. Sería una soberana tontería intentar herirse y descuartizarse el uno al otro: a su alrededor había carne de ciervo para otras cien generaciones futuras.

—Santidad, ¿os puedo hablar?

El papa apuró las últimas gotas del vino y se sirvió más, sin ofrecerle a su invitado, pero empujando la botella hacia él.

—¿Os encontráis mal en Castel di Guido? ¿D'Arbusson no os trata con la debida consideración? Si es así, decidlo; no queremos que vuestra permanencia en Roma sea desagradable. Hay clérigos y novicios que pueden haceros la estancia agradable y discreta, como debe ser.



Pronunció aquellas últimas palabras acercando el rostro al del cardenal, que sintió cómo le envolvía su pestífero aliento, algo que le oprimió el estómago. Fue incapaz de disimularlo. Alejandro hizo una mueca.

—Giulia también se queja, a pesar de que nos untemos la boca con grasa de gallina y que nos enjuaguemos con agua de cebada, pero parece que no hay nada que hacer. ¿Qué me decís, cardenal? ¿Serán nuestros pecados, que emergen de las vísceras, o los residuos de esos mismos venenos que tanto teméis y que, de vez en cuando, ingerimos, a nuestro pesar?

Se le cerraban los párpados y la boca se le quedaba abierta después de decir algo. Giovanni comprendió que el momento de hablar ya había pasado, que aquel día no resolvería nada. Pero se preguntó si aquella voz pastosa, mezclada con el uso obsesivo del plural mayestático, y el hecho de que le confiara asuntos tan íntimos, no sería señal de alguna enfermedad. En ese caso, el tiempo del que disponía podía esfumarse en un santiamén, como los últimos granos del reloj de arena. Puede que el siguiente papa sí fuera un hombre de Dios.

—Haremos que os llamen, cardenal de Medici —dijo el papa, despidiéndole con un leve gesto de la mano—. Mientras tanto, disfrutad de los últimos rayos del sol del verano. Pronto llegará el otoño y caerán muchas hojas.

Giovanni se puso en pie, mudo, mientras el papa apoyaba los brazos en la mesa y dejaba caer la cabeza sobre ellos, abandonándose al sueño.

# 28

*Cintoia, República de Florencia, 10 de septiembre de 1497*

Llovía a cántaros y daba la impresión de que sobre las losas de pizarra del tejado corría un arroyo. Fray Marcello, con el sayo y el cabello empapados, tenía la oreja pegada a la puerta.

Llega junio y madura la mies;
ella sonríe, feliz todo el mes,
cuando en julio reposa el henar.
Ay, amor, tú déjame estar;
ese puñal has de guardar,
para en agosto la fiesta empezar,
y en mayo del año siguiente,
verás una carita sonriente.
Un, dos, tres. Un, dos, tres. Un, dos, tres.
¡Baila del derecho, baila del revés!
Un, dos, tres. Un, dos, tres. Un, dos, tres.
Qué felices seremos los tres.
Un, dos, tres. Un, dos…

Leonora calló de pronto al oír el ruido del pestillo que se abría violentamente.

—¡Otra vez con esas canciones! —exclamó Fray Marcello, jadeando—. ¿Es que habéis decidido volverme loco?

Ella se llevó instintivamente las manos a la túnica de lino, a la altura del vientre.

—¿Por qué cantáis todo el día? ¿No tenéis bastante con lo que os he dado? Tenéis papel, pluma y tinta. Solo Dios sabe para qué os servirán. Podéis dormir cuanto queráis, coméis como una oca cebada y os limpio el cubo. Os he concedido incluso salir dos veces al día.

—Con una cadena, como un perro.

—Más bien como una perra —replicó él, babeando por la comisura de la boca.

—Sí, para evitar que el olor atraiga a los lobos y quedéis encinta. Y dejad de echaros las manos al vientre cada vez que entro. ¿O es que queréis enseñarme el camino a la perdición?

—No me ofendéis. Yo no os he hecho nada malo. Sois vos quien me lo habéis hecho a mí.

—Vos..., vos no sabéis nada de mí. Yo estoy prisionero igual que vos, obligado como estoy a hacer guardia, y no tengo ni siquiera una oveja que me haga compañía. ¡Y sacaos las manos de ahí! A no ser que escondáis algo... ¡Dejadme ver!

La voz del fraile, cada vez más ronca, hizo retroceder a Leonora, que se agarró el vientre aún con más fuerza. La bloqueó contra la pared con el peso de su cuerpo. Ella apartó la cabeza y cerró los ojos. El olor a vino le provocaba náuseas. Él era fuerte, le agarró ambas manos con la izquierda y se las sujetó por encima de la cabeza, mientras le levantaba el vestido con la derecha.



—Os lo ruego —balbució Leonora con un hilo de voz—. Mirad mi barriga con ojo de confesor y decidme si no tengo razón.

—¿Qué es lo que tenéis, la tiña, la rabia, la lepra o el mal de Venus? Yo tampoco estoy libre de culpas, pero ¿os parece que...? ¡Virgen Santa! ¡Vuestra barriga! ¡Estáis encinta!

La soltó y se retiró dando un traspiés, mirando el punto donde había puesto las manos, casi como si hubiera cometido un sacrilegio.

—Y es que hemos nacido entre las heces y la orina —dijo, como en una oración—, y es en pecado que mi madre me concibió...

—Estoy casada, lo sabéis bien, y sí, llevo un hijo dentro, el hijo de mi marido, el caballero De Mola.

—Pero ¿por qué no me lo habéis dicho? Yo... no soy lo que pensáis.

—Yo no pienso nada de vos. Ahora solo pienso en él. El resto me lo habéis robado vos y quien os da órdenes. Y canto porque es la única alegría que puedo darle a este hijo que está creciendo en mi interior, para que pueda conocer la armonía, al menos hasta que nazca. Y si no llegara a ser, si no llegara a nacer, al menos habrá estado en paz el poco tiempo que habrá vivido.

—Escribídselo, pues. Había venido a deciros que debéis mandarle una nota, para que sepa que seguís con vida. Pero no tentéis a la suerte que ya os ha sido benigna... Un hijo...

Mientras fray Marcello cerraba la puerta tras de sí, Leonora sintió una gran necesidad de orinar y se puso a horcajadas sobre el cubo, pero no hizo más que unas gotas y con dificultad. Y entre ellas había algunas de sangre. Se acostó en la cama y se palpó la barriga. Las monjas de Santa Chiara, que, por otra parte, la habían echado a la calle en el momento en que su benefactor había dejado de pagar por ella, le habían enseñado a reconocer su propio cuerpo en la intimidad. Aquel no era un síntoma desdeñable; lo conocía, y conocía también el remedio, pero no sería fácil mandar al fraile a buscarle flores de madroño: era precisamente la temporada, justo antes de que aparecieran los dulces frutos. Si quería tener fruto también ella, debía encontrar el modo de convencer a su carcelero. Y por dar a luz a su hijo, sería capaz de dar la vida.

# 29

*Roma, 12 de septiembre de 1497, palacio del príncipe Colonna*

Cada día Issa ascendía desde el pueblo de Serdung hasta el pequeño monasterio. Para llegar tenía que atravesar más de un riachuelo helado, caminar sobre pedregales y glaciares, y pasar por una estrecha galería entre dos rocas, casi invisible, con el temor de ser agredido a la salida por el oso azul. A aquel poderoso animal que superaba una vez y media la altura del hombre, se le atribuía la desa-

parición de algunos monjes a lo largo de los años y de los siglos pasados. No obstante, lo único que se conocía de él con seguridad era un trozo de piel cubierta de pelo, conservado celosamente en el gompa de Himis.

Issa era prudente, pero estaba demasiado contento como para tener miedo. Tanto esfuerzo no solo no le cansaba, sino que le hacía sentirse cada día más fuerte y más sano, de cuerpo y de mente, y la angustia que le producían los recuerdos de su juventud se había aplacado. Quizá por eso le había costado tan poco a Gaya desarrollar el vientre, o al menos eso repetía siempre Sayed, que se ocupaba de ir al mercado, de gobernar la casa con la ayuda de alguna mujer del lugar y de evitar que los peregrinos que conseguían llegar al pueblo impidieran la salida de Issa para ir junto a Ong Pa.

Por la tarde, cuando volvía, Issa les contaba a los que le esperaban todo lo sucedido durante el día, y les asombraba más con su contagioso entusiasmo que con las maravillas que contaba. Era feliz porque había encontrado el camino del agua: amaba a una mujer y con ella cumplía lo que llamaba el ciclo eterno de la vida; sentía que no había nacido en vano. Y disfrutaba también estudiando y adquiriendo aquella serena sabiduría que, tal como le había dicho Ong Pa, puede crecer solo desde la paz. Cada vez que llegaba al pequeño gompa encajado entre las rocas a los pies de la montaña, Issa se detenía a rezar ante una estatua de Tara, la diosa que lo había creado todo, empezando precisamente por aquellos montes que tocaban el cielo.

—¿Quién es Tara? —la interrumpió Ferruccio.

—Es el principio femenino, la perfección que se encuentra en el seno de la sabiduría. Todo nace de ella. Representa el poder materno que genera y cría, protege y transforma, y tiene en sí la sabiduría creadora.

—Es como la Gran Madre de la que hablaba Giovanni Pico…

—Empiezas a entender por qué te hemos buscado, ¿no?

—Tengo la impresión de haber quedado atrapado en un remolino —dijo Ferruccio, apretándose la cabeza entre las manos—. Tú que vienes de tan lejos, me hablas de cosas muy próximas. Él nunca me había hablado de vosotros.

—Pero él de ti sí. Le dio tu nombre a Ada Ta y le dijo que eras su guardián; te tenía cariño y se fiaba de ti. Dijo también que si un día volviera de forma prematura del seno de la Madre, Ada Ta debía venir a verte y explicarte el segundo secreto que el mundo aún no está preparado para recibir, plasmado en mis palabras y escondido en un libro.



—Yo custodio uno.

—Hay otro, quizás esté enterrado entre los muchos que se dice que tenía.

—Es cierto, poseía miles de libros, pero antes de morir dio orden de que se quemara su mayor parte. Quizás el ejemplar del que hablas estaba entre ellos. Pero ¿cómo sabes tú esas cosas? ¿Te las contó él?

—Yo entonces era una niña, pero Ada Ta sí sabe. Él sabe muchas cosas, ya te las contará, ten fe.

—El que Giovanni Pico me entregó hablaba de la esencia de Dios, de su naturaleza, y explicaba que el hombre, al inicio de su historia, cuando nadie le decía en qué modo o a quién debía rezar, se dirigía a un ser de naturaleza femenina. Eso lo sabe también la Iglesia. De hecho, esa fue la verdadera razón de la muerte de mi amigo.

—¿Lo ves? Todo vuelve, como en un círculo. En él estaba la verdad, simple como el agua. Y tú has estado más cerca de él que nadie, por eso el amor que le profesabas y la fe que tuviste en él te hacen merecedor de llegar a las conclusiones que no tuvo ocasión de comunicar. Y ese es el motivo por el que estamos aquí. El círculo está a punto de cerrarse. Igual que es imprencindible para la propia vida el cordón que mantiene unido el hijo a su madre, existe una línea que une a la Gran Madre con un hijo que haya comprendido su sabiduría.

—¿En qué sentido? No, espera, Gua Li —la interrumpió Ferruccio—. Issa era un judío, ¿y aun así se detenía a rezar ante la diosa creadora? ¿Hasta ese punto había renegado de su dios?

—No es renegar, Ferruccio; es solo, como has dicho tú, reconocer su esencia.

Gabriele se levantó de la silla. Le gustaban los relatos de Gua Li, pues le recordaban los que contaba una anciana por las tardes en Campo de'Fiori, donde se congregaba un corro de niños alrededor de un fuego improvisado, para escucharla. Hablaba de ángeles y de diablos, de nobles caballeros y de putas. Aquella plaza era su casa. Le había apasionado oír las narraciones de aquella joven sobre el periodo de aprendizaje de Jesús con aquellos monjes misteriosos. No creyó la historia de cuando Issa aprendió el arte de frenar el latido del corazón hasta casi detenerlo, sin por ello morir. Pero poco después Ada Ta repitió el experimento sobre sí mismo, y Gabriele se quedó boquiabierto al apoyar los dedos sobre la yugular y no notar el latido de la vida. Había considerado una fábula absurda la idea de que Issa también hubiera aprendido a no respirar, pero el arquitecto Leonardo le había explicado que el cuerpo del hombre está lleno de recodos, como el delta de un río, y que la sangre corre por esos canales mezclada con el aire, de modo que el hombre, que tiene en los pulmones su depósito de aire, podía pasar mucho tiempo sin respirar. Se echó a reír, pero, una vez más, Ada Ta le demostró que todo aquello era cierto. Eso sí, cuando el viejo se negó a levitar, como Gua Li contaba que hacían Issa y sus compañeros, Gabriele se enfurruñó y le asaltaron muchas dudas. Consultó a Leonardo, que le explicó amablemente que sí, que era posible.

—Gravedad y levedad son poderes equivalentes. Grave es el cuerpo que dirige su movimiento hacia el centro del mundo siguiendo el camino más corto. Leve es el cuerpo que, al ser libre, huye del centro del mundo. Ambos son hijos del movimiento, a su vez hijo de la onda. Si se quiere volar, solo hay que superar la primera onda, porque cada una sostiene a las que tiene por encima.

Gabriele reflexionó prolongadamente sobre la explicación, que no comprendió. Sin embargo, ante la seguridad de Leonardo y su aire de satisfacción, no osó insistir.

Sintió la tentación de seguir hablando con él, porque veía que los otros dos iban a ponerse a hablar de Dios, de su madre, del espíritu del alma o del alma del espíritu, de la libertad y de la justicia, que desde luego no eran cosas de este mundo. Todo ello le aburría mortalmente. Ferruccio seguía pagándole tal como habían acordado, por no hacer casi nada: solo debía informarle de lo que le contaban criadas y putas. Pese a ser libre de entrar y salir del palacio como le apeteciera, empezaba a pasarlo mal con aquella inactividad forzosa. Hacía semanas que no se pegaba con nadie y que no cruzaba su espadón con sus compadres, pero se sentía obligado a respetar las órdenes: pasar inadvertido y evitar bravatas.

Los dejó a los dos absortos en sus discursos, pasó frente a Ada Ta, que meditaba cabeza abajo apoyado contra una pared y se dirigió a la planta superior. Llamó a la habitación de Leonardo, pero no obtuvo respuesta, así que entró y se sintió envuelto por una mezcla de olores a cola, madera y papel. El florentino estaba sentado sobre un arcón frente a una mesa cubierta de hojas que reflejaban la luz del sol. En pocas semanas el estudioso había conseguido crearse un espacio propio, donde pasaba noche y día; solo de vez en cuando se acercaba a sus compañeros de viaje. Entonces solía hablar con Ferruccio, a quien pedía información sobre el uso de las armas blancas, sobre las batallas en las que había participado y acerca de las estrategias militares que había tenido ocasión de observar. Pero sobre todo se mostraba ávido de absorber cualquier conocimiento sobre el cuerpo humano, de sus límites, un tema en el que Ada Ta era todo un experto.



—Cierra la puerta.

Gabriele obedeció. En silencio se acercó a Leonardo, que estaba dibujando un busto femenino sobre un lienzo. Ya estaban completos, o casi, el rostro, dotado de una sonrisa inefable, y las manos, cruzadas sobre el vientre. El paisaje que había en segundo plano apenas tenía detalle: mostraba un río o un lago y unas montañas de fondo. Miró atentamente y reconoció el rostro.

—¡Pero si es Gua Li!

—¿Tú crees? —respondió el maestro sin girarse, con el pincel cogido entre el tercer y cuarto dedos de la mano izquierda—. De hecho, sí, es ella, pero aún tengo que acabarlo.

—Es precioso, Leonardo. Y esos ojos…, parece que te sigan allá donde vayas y que penetren en el alma. Es lo que ella hace con sus historias. A veces, por las noches, las recuerdo y me quitan el sueño.

—Ya, las mujeres a veces tienen ese poder.

—Si os molesto me voy; he venido porque me aburría con sus discusiones.

—Has hecho bien. Esos siempre están hablando del alma. ¿Tú la has visto alguna vez, el alma?

—Juro por la mía que no, a menos que sea ese soplo que me sale a veces del trasero.

Leonardo metió los pinceles en un cacito con vinagre que tenía sobre el brasero, cogió la pluma que tenía sobre la mesa y limpió la punta con un trapo ya sucio de tinta negra azulada.



—Tú siempre estás de broma, pero en este caso podría ser que estuvieras próximo a la razón. Yo creo que el alma es algo orgánico, y que deseará estar con su cuerpo, porque sin él no puede ni actuar ni sentir. ¿Tú qué dices?

Al rascarse la cabeza, Gabriele se encontró entre las uñas una garrapata muerta.

—De eso no sé nada, buen Leonardo; lo más profundo que conozco son las mollejas de la ternera y el cordero, y solo las veo cuando tengo el bolsillo lleno.

—Dices bien. Más vale que dejemos la definición de alma a las mentes de los frailes, padres de los pueblos, que por inspiración divina lo saben siempre todo.

—Os burláis de mí, ¿verdad?

—Jamás, tan cierto como que los textos sagrados son irrefutables.

—¿Qué textos?

—La palabra de Dios, Gabriele, los textos sagrados. Conocerás al menos la Biblia, espero.

—Ya he visto que me queréis tomar el pelo; os dejo con vuestros papeles.

Leonardo lo aferró por un brazo y tiró de él. La indecisión de Gabriele le costó cara: cuando sus ropajes se tocaron, sintió que la mano libre del florentino le palpaba el escroto al tiempo que le atravesaba con la mirada, llegándole hasta aquella alma que no sabía que poseía. Se quedó inmóvil hasta que la mano le alcanzó el miembro, que a su pesar respondió a aquel contacto suave e imperioso a la vez. Respondió con un empujón, pero el otro no soltó su presa.

—¡Leonardo, vos sois sodomita!

—Mi madre era una esclava árabe que se unió a su amo. —Lo soltó—. Y yo, que no pedí que me trajeran al mundo, me prometí a mí mismo que no repetiría esa infamia con mi prole.

Gabriele dio un paso atrás, seguido de la mirada fija e inquisitiva del florentino, orgulloso y lujurioso, y se temió caer subyugado. Ruborizado y nervioso, se dirigió corriendo a la planta de abajo, donde Ferruccio y Gua Li seguían enfrascados en su discusión, de modo que no lo vieron.

Los señores, todos eran iguales; tenía razón aquella vieja cuando explicaba que en los palacios donde se bebía en copas de plata y se comía en platos de oro, los perros y los pobres eran tratados del mismo modo, y si al conde o a la marquesa les apetecía probar su carne, fuera asada o cruda, no había defensa posible. No era pecado robar a los ricos, decía la vieja, y no había que hacer caso a los curas, porque estaban de acuerdo con ellos. Lanzaban arengas desde sus púlpitos, afirmando que el pobre solo se ganaría el Reino de los Cielos agachando la cabeza, sufriendo y viviendo en la humildad y la obediencia. Un engaño, solo un engaño para evitar las rebeliones. También el Paraíso, si existe, se puede comprar como yugadas de tierra, basta con tener dinero. Era el mismísimo papa el que lo vendía. Y quien hubiera cometido los pecados más reprochables podía comprarse el perdón, de esos y de los que cometería en un futuro. No, quien nacía pobre tenía todo el derecho a robar, traicionar y matar, y a disfrutar la vida antes de acabar en la nada o, peor aún, de convertirse en siervo de los ricos para toda la eternidad. Hasta Gua Li parecía formar parte ya de aquella camarilla de predicadores. Por otro lado, aquel monje guerrero nunca le había inspirado confianza.

Por costumbre, y a regañadientes, prestó atención una vez más a las palabras de la mujer.

Cierto día, un juez del pueblo se presentó ante Ong Pa para pedirle ayuda con respecto a un contencioso, que no sabía dirimir, entre un campesino y un terrateniente. Llamaron a Issa para que asistiera. La cosecha había sido muy escasa debido a una gran sequía. El campesino no quería darle al dueño de las tierras más de una cuarta parte, en lugar de la mitad, como era habitual. Sostenía que aquel año, con la mitad, morirían de hambre, él y toda su familia. El propietario, un hombre bueno, en lugar de resolver la cuestión por la fuerza, como habría podido hacer, se había dirigido al campesino, ofreciéndole una solución. Se quedaría al hijo mayor del campesino como criado en su casa hasta que este le pagara toda su deuda. Pero el campesino se oponía: sin la ayuda de su hijo solo podría cultivar la mitad del terreno, y al año siguiente, de todos modos, se moriría de hambre. No bastaba la ley en un caso tan complejo. Por ello el juez apelaba a la sabiduría de los monjes, que era la única que podía hacer justicia a quien tuviera razón. Los monjes empezaron a discutir entre ellos; había quien le daba la razón al campesino, pero la mayoría consideraba que el propietario había sido incluso demasiado generoso.



—¿A ti qué te parece, Issa? —le preguntó Ong Pa—. Has conocido a muchos dioses y te has nutrido de las enseñanzas de muchos maestros. Si tuvieras que decidir, ¿cómo te pronunciarías?

Issa pidió que le dejaran responder cuando el primer rayo de sol incidiera sobre la cima del Qomolangma. Tras obtener el permiso, se retiró a meditar a solas. Aquella noche no volvió a casa. Gaya temió que el oso azul hubiera matado a su marido. Sayed mandó una paloma a Ong Pa, que respondió enseguida con otra, de la que colgó un trozo de tela con una pequeña esvástica. Gaya y Sayed supieron que estaba bien. Issa fue puntual, como el juez, Ong Pa y todos los monjes bon.

—El propietario de las tierras tiene la razón de la ley, que está hecha por los hombres a imagen y semejanza de la justicia que a su vez es hija de la razón y de la libertad, las premisas de la vida. Sobre esto, todos los maestros están de acuerdo, cualquiera que sea la fuente espiritual de la que hayan extraído sus convicciones. Pero si para seguir la ley vamos hacia atrás y no se respeta la vida, caen todos sus fundamentos. Si es cierto, pues, que el campesino podría perder la vida si pagara al propietario o si le entregara a su hijo, la ley debe respetar la justicia, y es justo que le pague lo debido solo cuando pueda hacerlo sin arriesgarse a morir de hambre. Quien es rico ya tiene más de lo que le corresponde, si mientras tanto hay alguien que tiene menos de lo que necesita para vivir.

Gabriele salió sin despedirse. Necesitaba beber algo y quizás encontrar a alguna criada de alma generosa. Gua Li tenía razón, pero no eran más que palabras. Si el terrateniente le hubiera ofrecido a escondidas cuatro escudos a Issa, este le habría dado la razón, y el campesino habría muerto. Más claro que el agua. Así era la vida.

# 30

*Roma, 20 de septiembre de 1497*

En el transcurso de un mes, el grupo de caballeros a las órdenes del cardenal César Borgia fue presentándose sin preaviso por diversas regiones de lo que él ya consideraba su próximo reino. En Ferentillo se encontró con la oposición del confaloniero, fiel al duque Franceschetto Cybo, que, desde la muerte de su padre, Inocencio VIII, no había osado presentarse en Roma. César lo atravesó con la espada sin darle siquiera tiempo de sacar la suya. La guarnición le abrió las puertas del palacio. Vació la caja fuerte, pensando con satisfacción en el momento en que algún emisario del duque se habría presentado con la pretensión de recuperar los réditos. Eran coetáneos y ambos hijos de un papa, pero una encendida rivalidad en asuntos de mujeres, poder y riquezas los había separado siempre. Lástima, porque habría podido ser un excelente ministro.

Por otro lado, nadie parecía saber nada de la peste. Muchos se persignaron pensando en sus pecados. Solo el obispo había oído hablar algo al respecto. Un oficial le había hecho una referencia, tras lo cual se había ido corriendo a rezar a la iglesia de Santo Stefano. Cuando dejaron la Rocca del Precetto y atravesaron el río Nera, César oyó cómo caía la pesada reja de hierro de la fortaleza. Una flecha cayó en el suelo a pocas brazas de su posición. Se giró, pero a contraluz no pudo ver más que la sombra oscura del torreón. Cuando la corona fuera suya, pondría en fila a toda la guarnición. Entonces, con la ballesta, atravesaría el corazón a cada uno de los arqueros, hasta que alguno confesara quién había osado disparar por la espalda al único señor verdadero de aquel lugar. Como decía el gran César, el romano: «amar la traición, odiar al traidor, castigar para dar ejemplo». La caja del dinero compensó el fracaso de la visita. Así que decidió gastarse su contenido en agradables compañías antes de presentarse en la vecina Norcia.

El prefecto pontificio los acogió prodigándose en agradecimientos, como si hubieran ido hasta allí a llevarles una bendición. La peste, sí, no había duda. Él mismo, avisado por el cirujano, había visitado la casa de los nobles Brancaleoni y había visto con sus propios ojos los bubones morados y la carne hinchada y nauseabunda. Y, más que ninguna otra cosa, lo que le había impresionado era la expresión de los cadáveres: los ojos abiertos y la expresión de sorpresa, como si la enfermedad se hubiera enfundado las ropas de la muerte y los hubiera golpeado con la guadaña de pronto, en vez de con los fétidos miasmas que el buen Dios había enviado por algún motivo que solo él conocía. No había observado nada más. Gracias a la oración, la peste no se había extendido por el pueblo. Daba la impresión de que se la hubiera tragado la tierra. Pero no por ello había faltado a su obligación de avisar a los oficiales de su santidad. El retraso no se debía a la negligencia, sino al hecho de que, al vivir los Brancaleoni aislados del pueblo, habían transcurrido varios días hasta que el frutero, que casualmente pasaba por allí, observó la obra de la mano del demonio. O de Dios, como prefirieran sus excelencias.



César tomó nota, pero sin comprender. Durante los tres días que pasaron en la sacristía donde había nacido san Benedicto, les agasajaron con cenas compuestas por platos de cabrito, ardilla y marta, que al perfecto le gustaban particularmente. Comer la bestia del demonio, que, tras haber capturado a su presa, le corta la carótida para beberse la sangre que mana, le produjo un agradable estremecimiento, no del todo casto. Prosiguieron hacia oriente, silenciosos, por los hayedos, lanzando de vez en cuando fugaces miradas a los montes donde se decía que vivía escondida en una gruta la inmortal Sibila. Encontraron lobos y huellas de osos, y por fin llegaron al convento de San Lorenzo de Doliolo.

Los benedictinos los acogieron como mandaba su santa regla. Obedeciendo al abad, compartieron con ellos la comida, respetando con gusto el voto de silencio frente a las ruidosas muestras de intemperancia de sus invitados. El abad respondió con monosílabos, confirmándoles que había tenido noticias de focos de peste, y escribió en su nombre una carta dirigida a Julio César Varano, duque de Camerino. Borgia se juró a sí mismo que en la primera ocasión que tuviera mataría con sus manos a aquel hombre y a su descendencia. No solo hacía ostentación de la riqueza de su familia, evitaba pagar tributos recurriendo a discutibles exenciones de las que gozaba y se mofaba de las advertencias del papa, su padre, sino que además llevaba aquel nombre que le correspondía solo a él, César, y además con ese «Julio» antepuesto, como si quisiera reivindicar su descendencia de la mismísima *gens Julia*.

El encuentro en el imponente palacio del duque fue breve y frío. A Julio César aquella visita le sorprendió sobremanera, y no hizo otra cosa que repetir lo que le había escrito al santo padre. La peste había atacado a la familia de un notario, un tal Smeduccio, primo suyo, y habían muerto todos, menos la hija más joven, que ahora se alojaba con ellos, una muchacha a la que no era conveniente hacer recordar con inútiles interrogatorios aquella tragedia. El contagio se había detenido, tal como confirmaban los cirujanos, y habían quemado la casa para eliminar los miasmas. Un caso aislado, como aislada e inexpugnable —precisó— era su fortaleza, incluso para la mano izquierda de Dios. Por desgracia, no podía ofrecerles alojamiento, ya que aquella noche se iba a celebrar una fiesta, y la presencia del hijo mayor del papa, tras el fin terrible que había sufrido su hermano, no sería de buen augurio e intranquilizaría a sus invitados.

Una vez atravesado el puente levadizo bajo la atenta mirada de los ballesteros de la fortaleza, Micheletto se colgó del caballo y, sin poner el pie en el suelo, recogió unos excrementos de vaca y los tiró contra la pared.

—Antes de que se sequen —auguró, dirigiéndose a su amo—, invocarán tu perdón, César.

A los pies del monte Titano, en San Marino, la rabia se desbocó. Se detuvieron a admirar la fortaleza en lo alto. La fina torre parecía un brazo elevado hacia Dios.

—El santo Marino los ha eximido de pagar tributos durante siglos, pero el rey César no será tan magnánimo. El propio Jesús dijo: «Dad a Dios lo que es de Dios y al césar lo que es del césar». ¿O me equivoco, Micheletto?

—Si cuando seas rey me haces ministro —le respondió entre risas el otro—, tendrás hasta una estatua en el Campidoglio, señor mío, y todas las muchachas casaderas irán a tocar su miembro erecto para casarse y tener hijos.

—Pues entonces el cargo es tuyo. Además, también nombraré ministras a las mejores de las que pasen por mi cama.

César espoleó a su caballo. Micheletto y los demás le siguieron.

—¡Hágase tu voluntad! —gritó Micheletto—. ¡Y muerte a los traidores!

En las cercanías de Rímini, en el momento de pasar el puente sobre el Ausa, que estaba casi seco, salieron a su encuentro un capitán y dos caballeros con las insignias de Pandolfo Malatesta.

—Mi señor os ruega que vayáis a verlo al templo. El castillo Sismondo está en cuarentena.

El capitán partió al trote y todo el grupo le siguió. César dejó que los otros se adelantaran. Esta vez la peste le había esperado. Entró el último en el templo, muy atento a mantenerse alejado de las paredes. No había un Cristo ni una Virgen a quien elevar una oración; solo figuras de animales y de nobles difuntos, sepulcros sin una cruz, signos del zodiaco, símbolos paganos y monstruos esculpidos por todas partes. Pandolfo llegó enseguida, acompañado de un joven. Sus lentos pasos resonaron en la nave vacía.



—Caminan como si estuvieran enfermos —susurró Micheletto—. Ten cuidado.

Al negarse César a darle la mano, Pandolfo sonrió.

—Sois prudente, monseñor, pero yo también lo soy. Es cierto, la enfermedad ha llegado al castillo, pero no se ha extendido. Tres muertos, dos criados y una sirvienta, con claros síntomas. Dos en proceso de curación. Cuando he escrito a vuestro padre temía el contagio, pero ahora ya no.

—¿Qué plaga es esta —preguntó César— que llega, mata y no se extiende?

—Si lo supiera no sería un hombre de armas, como vos. Eso sí, puede deciros, por consejo de un cirujano veneciano, que ni los caldos de carne de víbora, ni el aceite de escorpión, ni las oraciones de la iglesia sirven para protegerse. Este es un discípulo suyo. Preguntadle a él lo que queráis saber. No os llevéis a engaño por su joven edad.

—¿Quién sois? —preguntó César con brusquedad al joven que tenía a su lado.

—Girolamo Fracastoro, monseñor.

—Decidme lo que sabéis, pues.

—Sé que no sé, monseñor, como enseña la *Apología* de Platón, pero he tenido ocasión de observar algunas enfermedades contagiosas. Creo que no derivan de combinaciones malignas de los astros ni de miasmas infernales, y que tampoco se propagan por voluntad de Dios ni de su enemigo.

—¿Sabéis quién soy yo?

—Sí, monseñor. El noble Malatesta me lo ha dicho.

—Sabed, pues, que mi padre os excomulgaría al instante si os oyera blasfemar de este modo.

—Os pido perdón, yo solo respondo a lo que me habéis preguntado. Me permito haceros notar, sin embargo, que la ciencia no es enemiga de Dios, sino solo de la ignorancia.

—Seguid, pues. Pero no penséis que me encantaréis con vuestras máximas: en Roma tenemos charlatanes a decenas. Conozco todos sus trucos.



—Pensamos, mi maestro y yo, que las enfermedades de carácter epidémico se transmiten a través de minúsculas entidades, como las pequeñas semillas arrastradas por el viento.

—Los miasmas, pues.

—No, monseñor. Se trata de materia orgánica que, una vez dentro del cuerpo humano, se extiende y se multiplica, y que, como hacen las termitas en un tronco, acaba provocando su muerte. En nuestro caso, estas entidades seminales tienen la capacidad de transmitirse por contacto directo, por vía aérea o por algún vehículo.

—¿Qué es eso del vehículo?

—Un agente, monseñor, algo que haga de transporte, como un animal: una rata o un pájaro, por indicar los más probables.

—Y qué casualidad —intervino Pandolfo— que hace una semana llegó al castillo una caja con unas alfombras mordisqueadas en su interior. Dentro había ratas. Unas muertas y otras vivas. Las capturaron y las exterminaron los que luego enfermaron y murieron.

César Borgia miró al suelo. Micheletto desenfundó la espada. De los calabozos del castillo de Sant'Angelo, cuando subía el Tíber, salían ratas a miles. Y la guardia se entretenía y se divertía persiguiéndolas, disparándoles con la ballesta o con el arco, atrapándolas, tirándolas al agua o cortándoles la cabeza. Más de una vez las había oído bajo su cama, royendo la madera. Por la mañana, había encontrado los restos de su comida.

—Fracastoro, ¿estáis seguro de lo que decís?

—No, monseñor, pero es la hipótesis más probable.

—Pandolfo, ¿de dónde procedía la caja?

—Pensaba que sería un regalo de algún comerciante, pero las alfombras vienen de Oriente, y quizá también la caja.

—Hay otro dato que conviene que sepáis —añadió Fracastoro—. La Muerte Negra del siglo pasado no tuvo casi efecto sobre las ciudades de Bruselas, Brujas y Milán. Quizá fueran las oraciones las que les salvaran, pero muchos de los médicos del lugar siguieron las indicaciones del famoso cirujano Guy de Chauliac: mandaron encender hogueras por todas partes, con la idea de que el calor purificaría el aire infecto. Pero desde luego también mantuvo alejados a ratas y pájaros. Para vuestro conocimiento, monseñor.

César sabía dónde quería llegar. Conocía sus miedos y sus límites, del mismo modo que un buen comandante debe estar al corriente de los puntos fuertes y débiles de sus milicias si quiere alcanzar la victoria. Había dado por hecho que la idea de la peste sería una superstición de su padre, algo que pertenecía al pasado, uno de los muchos miedos de los viejos, que esgrimían para hacerse los importantes con los más jóvenes, evocando y magnificando sucesos antiguos, y, por tanto, desconocidos, para atemorizar e infundir respeto. Había llegado a pensar que era algo que se había buscado su padre para poder ir a consolar a su modo a Lucrecia por la pérdida del bastardo. Había emprendido el viaje como si fuera una más de sus excursiones de juventud, en las que se divertía con sus secuaces volcando los carros del mercado y huyendo después al galope, entre las risas de sus compañeros y las imprecaciones de los mercaderes. Pero lo que debían ser unas vacaciones de los asuntos de la curia y de sus propias ambiciones se había transformado igual que cambia de piel una serpiente. Ya no había ni rastro de diversión. El terror se iba instalando en su mente, negro y amenazador. El muchacho volvió a desaparecer. En su lugar, apareció un hombre.

Miró de nuevo al joven Fracastoro, que le aguantó la mirada, sin altivez, pero sin miedo. Se despidió apresuradamente de Pandolfo, sin tocarlo, y dio orden a los suyos de partir. El fuego. Encendería fuego a su alrededor día y noche, verano e invierno. Si era necesario, quemaría toda Roma.

Los caballos, cubiertos de sudor, con las narices y los ojos dilatados, corrían el último trecho impulsados más por los olores de casa que por las heridas que les causaban las espuelas. El corazón les latía cada vez más rápido y los pulmones, exhaustos, buscaban el aire desesperadamente a través de sus bocas abiertas. Solo el poderoso frisón negro de César Borgia, el que usaba en el campo de batalla, parecía resistir sin agotarse y marcaba el ritmo a los demás. Al avistar el castillo de Sant'Angelo, el maremmano de Micheletto hizo un quiebro y, como saeteado por un enjambre de abejas, se precipitó por el puente que cruzaba el Tíber. No sirvió de nada el esfuerzo del hombre que tiraba de las riendas, y, aunque el hierro del bocado se le clavara en la boca, el caballo no quiso detenerse. Al ver aquella carrera solitaria, los alabarderos de guardia en el portón cruzaron las lanzas. El caballo los derribó, mientras Micheletto imprecaba al cielo y a la montura. En el patio los cercaron, el caballo se encabritó y tiró al suelo a su jinete. Alguien consiguió hacerse con las riendas, y evitar así las coces que daba con las patas de delante. Una vez aplacado, mientras Micheletto, cubierto de polvo, se le acercaba, amenazante, el maremmano hincó las rodillas en el suelo, dirigió la mirada a su amo y luego cayó fulminado, con el corazón reventado.



Desde lo alto de una torre de Via Leccosa, oculto tras la baranda, Osmán, el cojo, había observado la nube de polvo que llegaba de occidente y había oído el ruido impetuoso de los cascos. Finalmente, había visto el destacamento de caballeros lanzados al galope hacia el castillo de Sant'Angelo. Allí arriba se respiraba un aire limpio, mientras que en los pisos inferiores flotaba el hedor de los pequeños cadáveres descompuestos, aún prisioneros en la caja. Pan seco, queso y agua de lluvia habían sido su único sustento durante semanas.

Una mañana se había despertado con un fuerte dolor en el estómago, se había levantado la camisa y, sobre los pelos del pubis, había visto un bubón del tamaño de una almendra, de color morado. Lo había comprendido inmediatamente, pese a que la caja permanecía cerrada.

Dos días más tarde, la fiebre alta y los vómitos lo habían dejado ya hecho un esqueleto. El bubón había adquirido el tamaño de un huevo. Había cerrado la puerta con cerrojo y se había tumbado a esperar la muerte, rogándole a Alá que fuera rápida. El quinto día le había despertado una lluvia violenta y había bebido unas gotas de agua caídas del techo. Dos días más tarde estaba en pie, débil y asombrado de seguir con vida, pero aún más por los pensamientos que recordaba haber tenido durante el delirio, o quizá se tratara de sueños. No estaba en ellos la Vigía, ni las reuniones secretas con el visir, ni las vírgenes que le esperaban en el Paraíso, ni siquiera sus ambiciones perdidas. Solo recordaba a aquella mujer y sus relatos sobre un Jesús que no era ya el penúltimo profeta ni tampoco el dios que pensaban los cristianos.

Aún con fiebre, había repasado el último relato que había oído de los labios de Gua Li, de aquel Jesús que de niño había sido secuestrado y humillado, y que, sin ceder nunca ni renunciar a la esperanza, había conseguido liberarse y crearse una vida mejor. En la inconsciencia y con la mente ya casi liberada de los sufrimientos del cuerpo, le había vuelto, nítido, 
el recuerdo del acto de rebeldía de Jesús contra el poderoso brahmán, así como la decisión de Sayed de dejarlo todo para seguirle. Abandonado a un dolor que ya casi no sentía, volvieron a hacerse presentes y vivos los momentos en los que Issa se había enfrentado a los nómadas que le habían rodeado para robarles. Después de informarse sobre su circunstancia y de escuchar sus desgracias, había admitido que las posesiones que tenían Sayed y él mismo eran demasiadas en comparación con las que tenían ellos. Así pues, era justo que se las repartieran, de modo que todos pudieran vivir en paz. Al principio, Sayed no lo había entendido: había renunciado a todo por él y quería proporcionarle seguridad para el futuro con todo lo que había obtenido de la venta de sus propiedades. Issa le había dicho: «Me has dado la libertad, que es vida, como un segundo padre. Me has permitido profundizar en mis estudios y mejorar mi espíritu, y eso es mi futuro. Ahora puedo comprender mejor qué significan la justicia y el bien, el equilibrio y la pasión, el abandono y la generosidad. El amor, Sayed, y la posibilidad de darlo y recibirlo, como con esta gente. Y el amor es lo único que puede hacer feliz al

hombre, incluso a quien no sepa, a quien no lea, a quien no conozca y no comprenda».

Al final Sayed había levantado los brazos y había llamado a los nómadas para que se acercaran al carro, donde les dio a cada uno según sus necesidades.

Los recuerdos se agolparon en la mente de Osmán, confundiéndose unos con otros. Instintivamente supo que había conocido a Jesús. Era aquella madre, que durante una ronda había visto en una esquina del Gran Bazar, sentada junto a su hombre, que vendía fruta, y con dos gemelos que le chupaban la leche. Había hecho parar a los jenízaros con una excusa y se había quedado, encantado, admirando su orgullo, la luminosidad de su sonrisa. Al mismo tiempo, había reparado en la mirada orgullosa del marido, que, con lo poco que vendía, le daba la posibilidad de disfrutar de la vida. Y él había deseado poseer a aquella mujer. De hecho, de haberlo querido, lo habría logrado; solo tenía que dar la orden a sus guardias. Quería robarle un poco de aquella felicidad. Se había sentido tentado hasta el último instante. Pero entonces ella le había mirado a los ojos y le había sonreído. Le había ofrecido su sonrisa sin pedir nada a cambio, ni siquiera *lazakât*, la limosna sagrada, el tercer pilar del islam al que nadie podía hacer oídos sordos, y menos aún si se le pedía.



Había huido de allí, entre lágrimas y maldiciones contra quien le había negado la posibilidad de conocer el amor. Oh, el Jesús de Gua Li, que les indicaba a los demás el camino de la vida, sin ninguna exigencia, sin presunciones, con humildad y coherencia. ¿Aquel era el dios de los cristianos? No era eso lo que él sabía. Parecía inspirarse, en cambio, en los mismos principios con los que, según el Profeta, bendito fuera su nombre, Alá colma a todas sus criaturas. Pero no eran los mismos principios que difundían el visir y el Arma Suprema de Alá: esos eran principios de muerte, aunque fuera justa —si es que existe una muerte justa—, pero solo de muerte. Jesús no tenía necesidad de armas ni de soldados para convencer. Hasta un cojo como él podría estar a su lado, de igual a igual. O quizá fuera solo un engaño de aquella mujer, Gua Li, que combinaba belleza y corazón, sabiduría y dulzura. Tal vez todo lo que había en sus relatos fuera falso.

No, no era posible, porque quien conoce las intrigas y la

mentira sabe reconocer la sinceridad en las palabras y en las miradas. Y Osmán se sonrió, pensando en la muerte que nunca llegarían a entregarle al hombre vestido de blanco, en sus ricas vestimentas y en las cartas falsas que lo acreditaban como diplomático. Pensó en la peste, que le había perdonado la vida. Y, por último, sonrió pensando en su vida, que ya no sería la misma, porque no tenía dinero más que para unos días, porque ya no volvería, ni ante la Vigía ni ante el sultán, porque su deformidad le había abierto los caminos secretos del corazón, cuando en otro tiempo pensaba que le habría cerrado los de la vida. Ahora solo tenía un objetivo: encontrar a Gua Li, decirle la verdad y pasar el resto de sus días escuchándola. En el barco le había hecho una promesa, y la cumpliría.

# 31

*Roma, 29 de septiembre de 1497*

La larga púrpura cardenalicia no impresionó a la guardia del palacio. Aquellos hombres estaban acostumbrados a ver embajadores y cardenales, mendigos, sicarios y delincuentes que llamaban a la puerta del príncipe Colonna, y sabían tratarlos a todos con idéntica indiferencia, aunque con distinto respeto. Con los pies bien separados, cruzaron las alabardas, mientras unos rostros sin uniforme, anónimos, rodearon al

que parecía ser un cardenal y a sus dos acompañantes, dispuestos a golpear y salir huyendo en caso necesario. Era el modo más eficaz para evitar que cualquier agresión que se produjera frente al palacio del príncipe pudiera atribuírsele a él. Siempre habría testigos que confirmaran que había sido un robo perpetrado por delincuentes callejeros, ladronzuelos de poca monta, pero, en cualquier caso, el nombre de los Colonna quedaría limpio de toda sospecha. Seis meses, o quizás un año en algún castillo lejano, y aquellos hombres regresarían, esta vez quizás integrados en su milicia personal. Y el príncipe pagaba bien.

Giovanni era débil, jamás en la vida se le había pasado por la cabeza enfrentarse a un adversario con su fuerza física o con su destreza en el uso de las armas. Sus manos delicadas y sus brazos infantiles no aguantarían siquiera el peso de una espada bastarda. Carnesecchi, que iba tras él, tampoco estaba en la flor de la vida, aunque su postura sobre el caballo y el estoque colgado que llevaba bajo el cinto (para poder sacarlo fácilmente) dejaban claro que era ducho en el uso de las armas. El tercer hombre era quizás el más peligroso: los rasgos delicados del rostro y sus largos cabellos rubios contrastaban claramente con su constitución musculosa y con la pesada hacha de doble filo que llevaba en una funda a la espalda. Nadie podría imaginar que bajo aquella mirada orgullosa y ceñuda se ocultara un novicio franciscano, y menos aún que de noche se trasformara en un dulce y apasionado amante, dispuesto a satisfacer cualquier deseo de su protector.

Si aquella chusma lo hubiera sospechado siquiera, las cosas se habrían puesto mal hasta para el propio cardenal de Medici. Eran tiempos difíciles, en los que el vicio estaba muy extendido en privado y se cultivaba en cualquier lugar, desde los bajos fondos a las casas de la burguesía, los palacios de la nobleza y las cortes reales. Pero públicamente no se toleraba la sodomía, que era objeto de críticas y represión. Y cuando no bastaba con las burlas y los bastonazos, llegaba la autoridad con la cárcel, la tortura y la picota.

A un gesto del cardenal, el joven con el hacha gritó a los guardias. Su voz de muchacho se impuso al ruido de fondo.

—Soy Silvio Passerini, y este es el excelentísimo príncipe cardenal de Medici. Que salga el capitán —ordenó—, enseguida.



Un hombre anciano de largos cabellos blancos recogidos con una cinta de cuero avanzó con paso lento pero decidido y se les plantó delante. Los miró a los tres a los ojos, uno tras otro, y luego hizo un gesto con la mano a los suyos para que les dejaran pasar. Un giro brusco de la montura de Carnesecchi, un culetazo del caballo bien guiado, hizo caer entre el polvo a uno de los hombres sin uniforme, que enseguida fue objeto de las burlas de los demás. No obstante, bastó una sola mirada del viejo para que las risas cesaran de inmediato.

Unos minutos más tarde, los tres subían por la escalera secundaria que conducía a los aposentos de los invitados del príncipe Colonna. Antes de oír siquiera sus pasos, Gua Li advirtió un olor acre y penetrante. Cerró los ojos y vio hojas verdes de bordes recortados y un fruto lleno de espinas, y reconoció el estramonio, la hierba de la muerte, que solo las brujas y los chamanes sabían utilizar para lanzar hechizos o escrutar el futuro. Giovanni de Medici dejó que Passerini abriera la puerta. Ferruccio se puso tenso. Gua Li vio que las venas del cuello se le hinchaban, mientras apretaba los labios y las manos.

—*Ego benedico vos in nomine Patris, Filii et Spiritus Sancti.*

El cardenal acompañó estas palabras con el índice y el medio unidos, y con el pulgar abierto en el gesto de la bendición. Casi daba la impresión de no haberse dado cuenta de la presencia de Ferruccio, mientras brindaba una cálida sonrisa a los presentes. Leonardo se le acercó, se arrodilló y le besó el anillo.

—Monseñor, hace mucho que quería hablar con vos. Tengo proyectos que deseo presentaros: una ballesta gigante capaz de derribar las puertas más reforzadas y hacer brecha en los muros más gruesos; un carro cubierto, monseñor, que se mueve solo, sin caballos y con poderosas armas de artillería en su interior.

—La fama de vuestras diabluras ha llegado hasta mí por todas partes, pero este proyecto de un carro armado que se mueve solo es, cuando menos, curioso.

—No es solo ese, monseñor, aunque os juro por Dios todopoderoso que funciona a la perfección. También he concebido bombas de metal que cuando explotan en el suelo lanzan proyectiles en todas direcciones, con lo que son capaces de desbaratar a las líneas enemigas.



—¡Qué vehemencia! —dijo el cardenal, dándole una palmadita en la mejilla—. Reservárosla para otra ocasión. Quizá tengamos oportunidad de hablar de todo ello en privado. ¿Y qué dice Sforza de vuestras propuestas militares?

Leonardo meneó la cabeza. Ferruccio se levantó de la silla, pero Ada Ta lo detuvo con el bastón. Gua Li dio dos pasos en dirección al cardenal y juntó las manos en la señal de la paz.

—Sea bendito el hombre que trae la paz —dijo—, porque solo donde hay paz puede haber amor.

Giovanni se la quedó mirando, mientras Silvio, que se había dado cuenta del movimiento de Ferruccio, se situó junto al cardenal. Este observó a la mujer con curiosidad, pero aún más le sorprendió el viejo enjuto que tenía detrás y que le sonreía. El arquitecto florentino, decepcionado, ya se había alejado y apoyaba los puños sobre la repisa de la gran chimenea de mármol. Con la cabeza gacha observó las dos cariátides con sendas pirámides encima que soportaban la gran repisa de la chimenea. Tal como solía hacer, mentalmente invirtió las figuras e imaginó que eran las pirámides las que servirían de soporte al hombre, si existiera una fuerza que empujara desde abajo, en lugar de hacerlo desde arriba. Mientras contemplaba aquello con la mirada perdida, por el rabillo del ojo vio uno de sus papeles, que revoloteaba lentamente, impulsado por una corriente de aire que procedía de la ventana, para acabar cayendo al suelo con un movimiento oscilatorio y circular.

—Tanta fuerza hace la cosa contra el aire como el aire contra la cosa. Es la resistencia, señores míos, la resistencia.

No se dirigía a nadie, aunque todos, perplejos, oyeron sus palabras.

—Arquímedes lo había pensado para el agua, y yo lo haré para el aire. ¿Comprenden? —Leonardo se rascó la barba—. Una pirámide de tela insufla el aire, y cuanto mayor sea, más peso podrá sostener, incluso el de un hombre que se lance desde una gran altura, sin que por ello sufra daño alguno.

El arquitecto florentino empezó a farfullar para sí, pasó entre el cardenal y Ada Ta gesticulando y se dirigió hacia su habitación, decidido. El monje dio dos golpes en el suelo con el bastón.



—El poderoso habla con todos; el inteligente, con quien está en disposición de entenderlo; y el sabio, con su corazón.

—Bueno, pues entonces intentaré ser los tres a la vez —dijo Giovanni de Medici, frotándose las manos—. En primer lugar, querría hablar con nuestro viejo amigo Ferruccio de Mola, al que dispenso el mismo cariño que a un hermano, ya que mi padre lo quería como a un hijo.

Ferruccio se le acercó con pasos mesurados, seguido como una sombra por Silvio. Pasó junto a Carnesecchi, que esbozó un saludo, pero no obtuvo respuesta alguna. Al llegar junto a la ventana, Ferruccio acercó la boca a la oreja del cardenal y sintió la tentación de morderle el lóbulo. Una vez, en combate, había usado esa artimaña para desorientar a su adversario, que lo había tirado al suelo en el cuerpo a cuerpo, y ya liberado de su abrazo, mientras el otro gritaba, le había clavado el puñal.

—Dadme noticias de Leonora —dijo, muy despacio—, o juro por Dios que os mato a vos y a los dos bastardos que os acompañan.

—Ella está bien, y muy pronto la verás; solo tienes que cumplir tu palabra.

—He hecho lo que me habéis pedido: están aquí, sanos y salvos, y ahora os los entrego; son vuestros. Decidme dónde está Leonora.

Hablaba con decisión, aunque no consiguió evitar algún temblor ligero en la voz.

—Ten fe, Ferruccio; confía en Dios. Muy pronto habrá acabado todo. —La mirada del cardenal llamó la atención de Silvio—. Y a la espera de que llegue ese día, te he traído la prueba de que está bien y de que goza de excelente salud.

Una nota doblada en dos pasó rápidamente de la mano del cardenal a las de Ferruccio. La abrió y reconoció la caligrafía de su mujer.

> Amor mío, estate tranquilo y lee bien. Y recuerda y medita cada frase íntima, religiosa, y no acalles ni olvides mi amor; perdóname también, no te alejes. Mientras exista esperanza, la salud abunda. Tuya, para siempre,
>
> LEONORA



Reconoció también la firma, sin garabatos, con el lacito en la ele que tanto recordaba la alfa griega. Las frases, en cambio, eran extrañas, no parecían suyas; quizá se las hubieran dictado. En cualquier caso, estaba viva: aquello era lo que importaba. Ahora le tocaba a él hacerle saber que estaba bien. Se quitó el anillo.

—Dadle esto, os lo ruego. Es el único favor que os pido, en el nombre de la cruz que lleváis al cuello.

—Muy bien, Ferruccio. Así la volveréis a ver.

Aquella misma tarde, al salir, Giovanni miró el anillo, lo sopesó y le pareció poca cosa. Se lo entregó por fin a Silvio, que se puso en pie sobre los estribos y, lanzándolo con fuerza, lo echó al Tíber, mientras Giovanni expresaba su admiración con unas palmadas tan corteses como sutiles.

Tres semanas más repitió sus visitas el cardenal, siempre escoltado por su fiel Silvio, con quien confabulaba a menudo, fingiendo desinterés. Después, de pronto, le planteaba preguntas a Gua Li, con la intención de descubrir posibles contradicciones o aporías en su relato. Las respuestas de la mujer siempre eran educadas y cuidadas hasta el último detalle. Él asentía en silencio. A menudo se mostraba nervioso y demostraba su ansiedad mordiéndose las uñas y pidiendo continuamente agua para beber, que Silvio probaba antes que él, de su misma copa, un precioso cáliz de amatista procedente de la colección de su padre.

Ninguna gracia de mujer alguna le había atraído nunca, pero el tono pacato y suave de la voz de Gua Li solía transportarlo a las tranquilas tardes de su infancia, cuando, acabadas las clases, corría junto a su madre, Clarice. E incluso en la blasfemia de la historia que contaba aquella mujer, que de haber rebasado los límites del Palazzo Colonna habría sido castigada con una muerte atroz, reencontraba los relatos sobre el amor puro que le contaba su madre. Entonces se imaginó a sí mismo abrazado a las rodillas del inquisidor, pidiéndole piedad por aquella mujer que le recordaba a su madre. Igual que había hecho con su padre, Lorenzo, que había llamado a su mujer bruja romana, aunque sus súplicas de niño no le hubieran reportado más que una bofetada, que aún le quemaba. Y cuanto más escuchaba las palabras que salían de la boca de Gua Li, menos le parecía que fueran inventadas y más se angustiaba, esperando ansiosamente la ocasión de poder liberarse, pero temiéndola al mismo tiempo.



Gua Li percibió una variación en el olor del cardenal, pero no era muy marcada. Era casi como si el ácido de la pulpa de la almendra no tuviera claro si debía madurar o dejar que la fruta se pudriera en la planta. El rencor que sentía Ferruccio hacia Giovanni de Medici, cuyo origen ignoraba, la indujo a intentar tender un puente entre los dos, como aquel tan armonioso del proyecto que Leonardo le había mostrado en la corte del sultán y debía erigirse sobre las aguas doradas del Cuerno de Oro. Pero si aquel estaba pensado para unir el Imperio romano de Oriente y el de Occidente, con el suyo intentaría comunicar dos orillas mucho más alejadas entre sí, separadas por una profunda sima.

Era septiembre. Unas gruesas nubes blancas se habían pasado el día persiguiéndose por el cielo, adoptando la forma del oso, del mono y del caballo, jugando a esconderse y a sorprenderse entre sí tras las altas cimas de las montañas. Otras, más arriba, como majestuosas grullas de alas ligeras, las observaban, para después desvanecerse, como los pelos del diente de león impulsados por el viento. Aquella tarde soplaba una brisa fresca y ligera, y eran muchos los que se habían congregado frente a la casa de Issa y habían encendido un fuego.

—Te esperan —dijo Gaya—. Me pregunto qué les contarás esta noche.

—Nada que tú no sepas —respondió Issa con una sonrisa.

—Entonces te esperaré bajo las mantas. Mientras no vuelvas me calentaré con Yuehan y Gua Pa.

—Hablaré de algo que no te haya dicho aún y dejaré que sea tu curiosidad la que decida.

Gaya lo miró con amor y se tocó el vientre, en el que ya pensaba que dormiría su tercer hijo, dado que el ciclo se le retrasaba.

—Eso es chantaje —dijo ella, acercándosele—, al que me obligas a ceder.

Issa cogió a su mujer por la cintura y apoyó sus manos sobre las caderas, rozándole con la nariz el cabello, que aún olía a azaleas. Cerró los ojos.



—Me ganaré el perdón haciendo que tu sonrisa salga a la superficie, como hace la serpiente de fuego con las marmotas. Primero moveré la cola; entonces, cuando te asomes, curiosa, te agarraré entre mis anillos.

—Me gustan tus anillos, pero ahora no es el momento —dijo ella, liberándose del abrazo de su marido—. Vamos, o no nos dejarán en paz en toda la noche.

Cuando los vieron salir de la casa con Yuehan de la mano se oyó un murmullo de satisfacción y muchos lo llamaron por su nombre. Issa buscó con la mirada para ver si entre la gente estaba también su maestro Ong Pa, para pedirle que sugiriera un tema del que hablar. Se resignó a su ausencia y saludó a todo el mundo levantando los brazos.

—Antes o después te harán jefe del poblado —le susurró Gaya, que llevaba en brazos a la pequeña Gua Pa—. Aunque no quieras. Ya eres su maestro y te verás obligado. Llevas encima la señal de los dioses y ellos lo han entendido, aunque hayan tardado más que tu mujer, que lo sabe desde hace tiempo.

Issa aceleró el paso. Sabía que su mujer tenía razón, pero ¿cómo iba a asumir aquel cargo y dejar los juegos con sus hijos?

Sí, de eso les hablaría. Cuando Yuehan y Gua Pa crecieran, ellos harían lo mismo con su familia, y solo entonces, cuando su barba se volviera blanca como la nieve, aceptaría el bastón de mando, si es que aún querían entregárselo. Se sentó en una piedra y se los quedó mirando a todos, saludando a cada uno con un gesto de la cabeza.

—Cómo se divierten vuestros hijos cuando hacen saltar las piedras con una vara, ¿no es cierto? —Todos asintieron—. Y vosotros olvidáis vuestros problemas cuando movéis los discos blancos y negros sobre el tablero y fingís que conquistáis hombres y territorios.

—Tienes razón —le interrumpió un viejo—. El *weiki* es un gran invento. Yo juego todas las tardes con mi mujer, aunque solo sea una mujer y le falten varios dientes.

Muchos de los presentes se echaron a reír, y más aún cuando la mujer se puso en pie y, con una baqueta de madera, le golpeó en las manos, que se había echado a la cabeza para protegérsela.

—Sí, claro, reíros. Está bien, así es la vida. —Issa sonrió—. Porque el juego no es otra cosa que el crisol del que se destila el aceite de la felicidad. Es como desalar el agua marina para purificarla y combatir la sed. Lo dijo un maestro de mi tierra, que se llamaba Aristóteles.



—¿Un maestro como tú y como Ong Pa? —preguntó un joven que hacía poco que se había afeitado la cabeza para iniciar el aprendizaje entre los monjes.

—Mucho más.

Al oír aquellas palabras, todos se pusieron serios.

—La mente que poseemos y que nos distingue de los animales —prosiguió Issa— no debe hacernos olvidar que hemos nacido para sonreír, cosa que ellos saben mejor que nosotros. Cuando movéis un hilo de lana frente a vuestro gato, ¿quién se divierte más, vosotros o él? Ríe el macaco y también el asno. En el libro de mis antepasados está escrito que al principio del mundo un dios había creado en la Tierra un jardín de las delicias, y era el patio en el que él mismo jugaba con el hombre y con los animales.

—¿Y por qué ya no existe? —preguntó una mujer—. Ese dios fue cruel, si acabó con él.

—Aún existe, y nuestros niños lo saben; somos nosotros, que al crecer lo perdemos de vista.

—Yo conozco ese jardín —dijo uno que comerciaba con pieles de yak—. Es el del emperador Han. Él tiene todo lo que quiere para reírse: mujeres, caballos, comida en abundancia y muchos amigos.

Se levantó un murmullo de aprobación, muchos comentaron con sus vecinos que solo la abundancia promueve la risa y la felicidad.

—En los últimos cien ciclos del Sol, más de mil personas se han matado en la corte de nuestros emperadores, entre padres, hijos, esposos y parientes —replicó Issa—. Ninguno de ellos ha reído, más que en breves ocasiones. Tú tienes muchos amigos, y sabes que puedes fiarte de ellos. Pero si estuvieras cargado de oro, ¿cómo sabrías si están a tu lado solo porque les conviene o si es para robártelo, escondiendo el puñal tras su sonrisa?

El hombre se quedó callado. Un joven cogió entonces un cuenco y echó en él el té con sal, la harina de cebada y la mantequilla de yak que cocía en una cazuela de cobre colgada sobre el fuego, y se lo llevó a Issa. Él sopló un poco y le dio un sorbo, que sintió descender y extenderse por sus miembros, aplacando el fuego kundalini que había hablado a través de su boca.

—Ofrécele ambas manos a tu enemigo, en el signo de la paz —prosiguió Issa—. Quizá se convierta en tu amigo y rías con él. Si no, no cambiará nada. Dice Ong Pa, nuestro maestro, que prefiere mil veces hacer de juez entre dos enemigos que entre dos amigos. Una vez pronunciada la sentencia —añadió, riendo—, uno de los dos seguramente se volverá amigo suyo.



Gua Li pasó lentamente la mirada de Ferruccio al cardenal. Abrió la boca, mostrando aquella sonrisa leve que tanto había impresionado al maestro Leonardo, hasta el punto de llevarle a plasmarlo en un retrato de mujer. Pero Giovanni giró la cabeza y preguntó con un gesto a Silvio Passerini si de verdad le amaba o si era solo una cuestión de interés. El fraile comprendió, se arrodilló y le besó el anillo con pasión.

El quinto domingo de octubre, la inquietud del Medici llegó a su límite. Su siesta de la tarde se vio interrumpida por el fragor de un trueno. Sacó de la cama a Silvio a empellones. Este volvió poco después anunciándole que el ángel del Señor, el que coronaba el castillo, había emprendido el vuelo: se había precipitado al suelo y lo había destruido todo a su paso, o al menos eso era lo que gritaba la gente. Al ver la mirada incrédula de su protector, respondió con arrogancia que fuera él mismo a comprobarlo. Le contó que ya eran muchos los devotos que habían salido corriendo a recoger un trozo del ángel caído: algunos para guardarlo con otras reliquias que conservaban en casa; otros para comerciar con él.

El día no había acabado aún. Antes de la hora nona, un mensajero del papa lo convocó, *deo gratias*, para el día siguiente. Basta, ya había oído suficiente a Gua Li, la había analizado, la había sopesado y le había dado su aprobación. Era el momento de tomar decisiones.

# 32

*Roma, Palazzo Colonna, 29 de octubre de 1497*

—Necesito el libro, querido amigo. Entregádmelo.

—¿Qué libro?

—Ve con cuidado, De Mola. No te conviene jugar. El libro de Issa. Lo quiero.

El cardenal de Medici le había indicado con un gesto a Gua Li que aquel día no había ido hasta allí para escucharla. Hizo que Ferruccio se acercara. Adulándolo lo habría obtenido más fácilmente, pero las prisas hacían necesaria la amenaza. Silvio y Carnesecchi estaban con él.

—Id con cuidado vos, o no respondo de mí. En ningún momento me habíais hablado de un libro. Y no sé de qué estáis hablando. Solo me habéis pedido mi ejemplar de las *Tesis arcanas*, del conde de Mirandola. Os lo entregaré, si recupero a Leonora, pero no os burléis de mí. Es posible que esté un poco loco, pero recordad que la locura es más peligrosa que la maldad.

Ambos se miraron fijamente, cada uno para encontrar la mentira en los ojos del otro. De un modo instintivo, Ferruccio se llevó la mano al mango del puñal que llevaba sujeto entre las calzas y el jubón. En un momento, de debajo del sayo, Silvio sacó el alfanje y golpeó bajo la escápula a Ferruccio, que cayó doblado. Pero el fraile no tuvo tiempo de hundir la hoja: antes se le quebró la muñeca por el golpe de bastón de Ada Ta. No se dio cuenta siquiera de que había perdido la conciencia cuando el oriental le golpeó en la nuca y en los riñones, y lo sujetó para evitar que cayera al suelo con demasiada violencia.

—Las manos son como mariposas gemelas que se separan, tocan el árbol y salen volando. —Ada Ta agachó la cabeza—.

Pidan disculpas al joven que aún no me oye, pero ha sido necesario, como tirar al suelo a la ciega que no ve el precipicio. Y ruego al otro caballero —prosiguió sin girarse hacia Carnesecchi— que respire como el noble yak cuando rumia la yarsagumba, la yerba de la felicidad, que da paz y potencia sexual.

—¿Y cómo respira el noble yak? —respondió Carnesecchi, que no tenía ninguna intención de mover ni un músculo.

—Oh, igual que vos, de un modo lento y pacífico. Seríais un yak perfecto, si tuvierais más pelo.

Gua Li se acercó a Ferruccio mientras el cardenal, con los ojos abiertos como platos del estupor y del miedo, se pegaba a la ventana. Carnesecchi no respondió a su mirada de socorro.

—Estoy bien —le dijo Ferruccio a Gua Li, con un hilo de voz—. No creo ni que me haya herido.

El alfanje le había producido un rasguño y la camisa se le había teñido de rojo.

—Sangras —dijo Gua Li, sacando un frasquito de su bolsa—. Pero es un corte superficial.

Mientras Ada Ta seguía sonriéndole al cardenal, Gua Li cortó la tela que cubría la herida y le aplicó un ungüento rosa que sacó de una cajita que llevaba en su alforja. Ferruccio frunció los ojos y se mordió el labio.



—¡Quema! Parece hierro incandescente.

—Estate quieto, no te muevas. Pero casi lo has adivinado. Es óxido mezclado con polvo de plata y el sebo hace de excipiente. Desinfecta la herida y te la cierra, no es profunda y sanará enseguida.

—Lo siento..., yo no quería...

—Ahora deja a Ada Ta, él sabe lo que hace.

—Gua Li...

—Dime.

—El cardenal ha hablado de un libro. Quiere que se lo dé. Pero yo no sé nada de eso. Querría averiguar si dice la verdad o si es otra de sus mentiras.

—Pronto lo sabrás todo, Ferruccio. Pero ahora debes descansar.

Mientras tanto, el monje seguía hablando con el cardenal. Carnesecchi observaba estupefacto: parecían haberse cambiado los papeles. El segundo asentía con respeto, mientras que el primero parecía amonestarlo con benevolencia. Si no hubiera sido por su aspecto pobre y por los rasgos de su rostro, el oriental habría podido parecer el papa charlando con su secretario. Carnesecchi tuvo una visión y vio a aquel hombre sentado sobre el trono de Pedro, vestido como correspondería al vicario de Cristo. Una simple túnica, sin ningún ornamento ni símbolo de grandeza, al igual que los cardenales a su alrededor, parecidos a como debían de ser los primeros apóstoles. Hombres de fe, modestos en aspecto, aunque eruditos. Y vio también una iglesia llena de gente sencilla, contenta de escuchar el mensaje de paz y de amor con el que empiezan todos los predicadores, para acabar después con las peores visiones del Infierno o con sus peticiones de dinero.

La visión se difuminó, pero en las manos de Ada Ta apareció una especie de libro, unas hojas encuadernadas con dos tablillas de madera, sobre las que se posaron los ávidos ojos del cardenal. Ferruccio miró asombrado a Gua Li, que asintió. Entonces sí, había un libro. Y cuando se giró hacia Giovanni de Medici lo vio alejarse con la cabeza baja hacia la puerta, precedido de Carnesecchi y del fraile, desprovisto ya del alfanje, que yacía en el suelo. Caminaba con dificultad: los brazos, ocultos bajo las anchas mangas del sayo, escondían las ataduras de cáñamo, apretadas y mojadas, obra de un experto y rápido Gabriele. Una vez secas se aflojarían. Passerini podría quitárselas incluso por sí mismo.



Aquella noche, Ferruccio fue el único que durmió profundamente, con la ayuda de una brebaje de hojas de sauce y amapola. Al día siguiente, la tramontana ya se había llevado las nubes de la noche, invitando a emigrar a las primeras golondrinas, que llenaron el cielo con sus chillidos.

—El aire fresco de la mañana es como la lombriz que la madre pájaro lleva a su pequeño. Él es el que va hasta tu boca, no eres tú el que lo buscas.

Ada Ta entró en la estancia donde Gua Li aún dormía, sin llamar, como era habitual en él. Instintivamente, la mujer se cubrió con la colcha de lana hasta el cuello. Ada Ta abrió las cortinas. Una luz radiante fue a dar en los ojos entrecerrados de Gua Li.

—¿Qué has dicho? ¿Por qué me despiertas de este modo? ¿Qué ha pasado?

—Al sabio le bastaría la tercera pregunta para tener todas

las respuestas, y si la naturaleza nos ha dado dos orejas y una sola boca...

—Lo sé bien, quiere decir que tenemos que escuchar más y hablar menos. Te escucho.

—De este modo, tú serás más sabia que yo, ya que seré yo el que hable. Eso me recuerda lo que decía Lao Tsé...

La almohada estaba bien llena de suaves plumas. Gua Li consiguió esconder dentro la cara y taparse las orejas como hacía de niña, cuando los rayos del sol, en verano, iluminaban justo el cabezal de su cama. Siempre había tenido la convicción de que Ada Ta se había encargado de que eso sucediera.

—Ahora ya puedes explicarme lo del gusano de la mañana. Da igual, no te oigo.

—Solo el pájaro madrugador se lleva la lombriz más gorda.

—Bueno, Ada Ta —dijo Gua Li, sentándose en la cama—. ¿Cuántas historias de lombrices y de pájaros tendré que escuchar antes de que me digas lo que me quieres decir?

—Quizá la de que el pescador más pobre puede comer un pescado gracias a la lombriz que a su vez se ha comido el cadáver de un rey.



—¿Y eso qué tiene que ver?

—Nada, pero hace pensar en el sentido circular de la vida, con tantas subidas como bajadas. —El monje asintió, siguiendo el transcurso de sus propios pensamientos—. Pero tienes razón tú, pequeña mía. Esta mañana, el alba me ha llamado y me ha invitado a disfrutar del aire fresco, y eso es el primer gusano. De pronto me he encontrado en esa plaza que estos bárbaros usan para colgar y descuartizar a hombres y animales. Un grupo de hombres armados de hoces y espadas rodeaba una antigua estatua. Yo me he ocultado para evitar que, al verme, me tomaran por un enemigo y se hicieran daño.

—Eres muy bueno, Ada Ta.

—Gracias, flor de los hielos.

—En el hielo no nacen flores.

—Por eso eres aún más preciosa para mí. Esos hombres se han alejado entre risas, pasando a mi lado sin verme. Entonces me he dado cuenta de que habían dejado una nota a los pies de la estatua.

—¿Una oración?

—Si es una oración, tienen un extraño modo de rezar a sus

dioses; muy ocurrente, debería decir. En el papel habían escrito: «El toscano sodomita al Abusón le besa el culo, la mano y el espolón, y espera el gran pepino desde las fiestas de Augusto, ya que solo el español puede dejarle a gusto».

—No he entendido nada, pero no me gusta.

—Ni a mí tampoco, por eso me he dejado ver y he salido al paso del grupo de jóvenes que suponía que habían escrito aquellas palabras chistosas. Al principio se temían que fuera un espía del hombre vestido de blanco que se sienta en el trono de Roma, y que al haberlos descubierto pudiera denunciarlos. Mucho miedo genera una gran rabia. —Ada Ta meneó la cabeza—. Lamento haber tenido que usar el bastón contra sus espadas. El elefante tiene que emplear su fuerza para levantar troncos, no para asustar a los caballos.

—Ya me imagino quién era el elefante…

—Pero luego, ya desprovistos de espadas, se han mostrado locuaces como loros. Ha sido muy instructivo saber que el sodomita (palabra que no conocía y que me ha hecho mucha gracia) es el hombre a quien se nos ha mandado a ver, el príncipe



de la Iglesia Giovanni de Medici, y que el español es el actual rey de la Iglesia, Rodrigo Borgia, que procede precisamente de la tierra de los pacíficos moros.

—¿Y entonces? ¿Cuál es el problema, Ada Ta?

—Conocer el problema no es encontrar la solución. Recuerda que las hojas hablan cuando se leen, y esa hablaba de las fiestas de Augusto, o del mes de agosto. Si hace más de dos ciclos lunares enteros que está aquí el Medici, ¿por qué hace menos de uno que viene a vernos? Ayer, además, vino a vernos con ese aire de lobo que olfatea al cordero. El pueblo, cuya voz es clara y transparente como el agua de la fuente, dice, además, que hace tiempo que espera que le reciba el papa blanco, que debería ser su enemigo. Cuando el campesino dialoga con el zorro, mal asunto para la gallina. Y yo ya siento asomar las primeras plumas.

Gua Li no lo había visto tan pensativo casi nunca. Por primera vez desde que estaban allí tuvo la misma sensación de miedo que cuando una banda de matones con las insignias de la noble consorte Gong Su, que estaba reñida con el nuevo emperador, había asaltado el monasterio con flechas explosivas. Entonces los monjes eran muchos, y con sonidos provocaron un desprendimiento de piedras sobre los soldados. Murieron todos. Sus cuerpos fueron bendecidos durante mucho tiempo por los buitres, que los pelaron hasta los huesos, lo que hizo posible que sus almas se reencarnaran en individuos más nobles. Pero ahora Ada Ta estaba solo y la preocupación le había cerrado la boca del estómago, como si un escorpión le hubiera pinchado con su aguijón en aquel mismo punto vital.

—¿Qué le dijiste ayer?

—Nada que él no supiera.

El monje no añadió más. Gua Li le vio girar el cuello y, ayudándose de los brazos, frenó el ritmo de la respiración. Nunca había visto moverse a nadie con aquella lentitud y armonía. Sabía que aquellos movimientos le ayudaban a abstraerse de los problemas. No para rehuirlos, sino para encontrar la manera de afrontarlos.

—Dejaré que los pensamientos corran salvajes por las estepas de las posibilidades —le dijo Ada Ta—. Intentaré abrir el tercer ojo como enseña el gurú Rimpoche, el gran maestro. Tú habla con Ferruccio, pero no le digas nada a Gabriele ni al maestro Leonardo. Del primero me temo reacciones como las del nervioso hurón; del segundo, las del asno en el abrevadero, tan inmerso en su actividad que no se da cuenta de la llegada del tigre hasta que este ya se está dando un banquete sobre su grupa.



Mientras Gua Li se ponía el sari, vio expandirse el aura de su maestro, que cambió del índigo al violeta, de la concentración de la energía a la unión con su espíritu. Cuando se pusiera azul, Ada Ta habría alcanzado esa paz que da la iluminación. Entonces tal vez se le abriría el tercer ojo y comprendería y habría encontrado, como él decía, la solución.

Una vez en la habitación de Ferruccio, Gua Li inició su relato, sin preocuparse de si él la escuchaba o no.

—¿Padre?

—¿Sí, hijo?

—Mamá aún me trata como si fuera un niño.

El hombre se mesó la barba, corta y oscura, apenas tiznada de blanco, y sonrió.

Levantó la vista al cielo. Las estrellas emitían una luz azulada sobre las cumbres heladas y sobre el manto de nieve que cubría las laderas de los montes. La oscuridad es igual en todas las latitudes, pero el aire terso hacía que los astros brillaran mucho más que cuando él los observaba, muchos años atrás, desde las orillas del río Jordán. Volvió a mirar al chico que le había llamado padre.

—¿Y tú? ¿Cómo te sientes?

—Yo me siento mayor, padre. He aprendido a secar las pieles de los búfalos y a conservar sus ojos azules en alcohol. Sé dar órdenes a los asnos y cazar liebres con el arco, me lo has enseñado tú. Mato las cabras sin hacerlas sufrir, y las mejores trampas para urracas son las mías; me lo ha dicho incluso el maestro Bon.

—¿Y qué has aprendido de él últimamente?

—Que la luz blanca y la luz negra provienen ambas del primer dios del mundo, solo que la negra generó al hombre de las desgracias y de las enfermedades, mientras que la blanca hizo al hombre del bien y de la verdad.

El muchacho dejó que su padre le acariciara suavemente la nuca, pero no se despistó.

—Pero hay una cosa que no entiendo, padre. ¿Por qué el primer dios generó también el mal? No está bien, ¿no te parece?



—Tienes toda la razón, hijo mío; estoy de acuerdo contigo. ¿Has hablado ya de ello con el maestro Bon?

—No, padre, tenía miedo de que fuera una pregunta blasfema o estúpida.

—Nada que surja de tu sed de conocimientos puede ofender a los dioses, y nada que tenga que ver con ellos puede ser estúpido.

Los ojos del chico se plantaron en los de él. Al hacerlo inclinó ligeramente la cabeza. El iris negro parecía brillar con luz propia.

—Aún no has respondido a mi pregunta, padre.

—No me has hecho la pregunta, hijo.

—Tiene razón mamá —dijo, riéndose al mismo tiempo— cuando dice que contigo es casi imposible discutir. Parece que siempre tienes razón. Pero precisamente de ti he aprendido que no hay que abandonar nunca la lucha si se quiere vencer.

—Entonces creo que te he enseñado una cosa buena.

—Bueno, te decía que…

—¡Espera! ¿Has visto?

—No. ¿El qué?

El chico giró la cabeza hacia el otro lado. El padre le colocó rápidamente un dedo bajo la barbilla.

—No, mira arriba, entre aquellas dos cumbres.

—¿Entre las jorobas del camello de Dios?

—Observa.

Poco después tres luces, una tras otra, atravesaron aquel trozo de cielo.

—¡Padre!

Ya había visto otras veces estrellas que caían del cielo, pero nunca le había ocurrido que su padre le avisara antes. Y nunca habían sido tan brillantes, con el cuerpo blanco, cegador, y la cola de un rojo encendido.

—¡Padre! —Tenía los ojos desorbitados de asombro, pero sus labios sonreían—. ¿Cómo has podido saberlo? ¡Entonces tiene razón mamá cuando dice que eres un mago!

—Tu madre siempre tiene razón —respondió su padre, levantando el índice de la mano derecha—, pero en este caso me permitiré contradecirla. Los magos intentan modificar el curso de las cosas, quizás incluso doblegarlas a su voluntad. Yo, en cambio, me limito a observar las fuerzas de la naturaleza. Con un poco de práctica, se aprenden muchas cosas.

—Entre ellas —bromeó el hijo— a prever cuándo caerá una estrella. ¿Podré hacerlo yo también, padre, cuando sea mayor?



—Dependerá de ti, Yuehan, pero me parece que hemos vuelto a la pregunta que aún no me has hecho. Has dicho cuando seas mayor, lo que quiere decir que aún te consideras pequeño, y parece que, una vez más, tu madre tiene razón.

Yuehan se cruzó de brazos y frunció el ceño. Aún no había conseguido formular la pregunta y su padre ya había eliminado toda posibilidad de conseguir una respuesta. Pero enfurruñarse no le serviría de nada; aquella actitud se volvería en su contra. La única oportunidad que le quedaba era la de contraatacar con calma la afirmación de su padre. Aunque aún no sabía cómo. Desde la roca donde estaban sentados vio que trepaba hacia ellos Sayed, apoyándose en el bastón de teca. A cada paso, la punta de hierro golpeaba contra las piedras con un ruido seco; era su modo de anunciarse y hacerse reconocer.

No eran muchos los peligros, pero de vez en cuando llegaban hasta aquellas alturas noticias de las correrías de bandas armadas del difunto emperador Wang Mang, primer y último emperador de la dinastía Xin, el sabio, el justo, el que había acogido en parte las enseñanzas de Issa. Había distribuido las tierras entre los campesinos, quitándoselas a las grandes familias, y había establecido que las no cultivadas pasaran al Estado; había impuesto el control de precios sobre los bienes de primera necesidad, de modo que el pueblo no sufriera más el hambre, y había decretado que los préstamos a los pobres se efectuaran sin cobrarles intereses. No era de esos hombres de quien tenía miedo Issa. Si lo reconocían como uno de los asesores de más confianza de su señor, no le tocarían ni un pelo.

Sin embargo, los tiempos habían cambiado. Desde que la cabeza de Wang Mang había pasado varios días expuesta en lo alto de una pica frente al palacio real en la capital, Luoyang, los soldados de Guangwu, el nuevo emperador, tenían vía libre para cometer los más atroces delitos contra la población que había apoyado al odiado predecesor, el loco revolucionario. Y hacía un tiempo que eran cada vez más frecuentes las noticias que llegaban a los valles bajos de pueblos enteros saqueados, de hombres asesinados y de mujeres violadas repetidamente para fecundarlas, mientras que a los niños y las niñas se los llevaban para convertirlos en esclavos.

—¡Rabino! ¡Rabino!

La voz jadeante de Sayed rompió la monotonía de los golpes rítmicos de su bastón.



—Sayed —dijo el hombre de la barba—. Te lo ruego. Te he dicho muchas veces que no me llames rabino. No soy un maestro.

—Sí, rabino. Bueno, no quieres que te llame rabino, pero ahora llamarte Issa o Jesús se ha vuelto peligroso. ¿Cómo debo llamarte para que me respondas? ¿Con el grito del peludo yak?

—Llámame «amigo». No tengo ningún otro, así que sabré que eres tú.

Sayed se sentó, recibió el abrazo de Yuehan, le despeinó los cabellos y le sonrió.

—¿Me dejas hablar un poco a solas con tu padre?

—Está bien. Si consigues entenderlo, será que tú también eres un gran sabio.

Sayed esperó a que el muchacho se alejara. Cuando lo vio entrar en casa, se dirigió a Issa. Unas profundas arrugas surcaban su frente.

—Malas noticias. Abajo, en los pueblos, se ven caras nuevas, espías de Guangwu, me temo. Y hacen preguntas sobre el extranjero: quién es, dónde lo pueden encontrar para rendir tributo a su sabiduría. El nuevo emperador no te perdona tu amistad con ese loco de Wang Mang. La gente es tonta y, aunque quiera lo mejor para ti, con un plato de verduras y algún trago de más de cerveza o de mahua, hablará. Llegarán los soldados, Issa, y tanto ellos como la banda de cejas rojas estarán encantados de llevarle tu cabeza a Guangwu. Y no solo la tuya. Tengo miedo.

Issa se puso en pie y miró la luz azul de la luna reflejada en los glaciares.

—¿Has ido a ver a Ong Pa?

—Antes de venir aquí. Se están preparando para su llegada. Cerrarán el acceso al compa con piedras. No podrán pasar más que de uno en uno; será aún más difícil llegar hasta ellos. Llamarán también a los osos azules para que los defiendan; ya sabes cómo son, no son malvados por naturaleza, pero si alguien los ataca o tienen hambre, pueden acabar con un ejército. Una última cosa: Ong Pa quiere que vayas con ellos y te lleves a Gaya, Yuehan y Gua Pa. Yo, por mi parte, me mezclaré entre la gente. Mi cara pasará desapercibida. Elogiaré a Guangwu y daré de beber a los militares. Así sabré cuándo se van y qué intenciones tienen.

—Yo preferiría que vinieras con nosotros.

—Alguien tiene que quedarse a observar, y solo puedo ser yo. Sayed sabe cuándo es el momento de pagar y cuándo el de cobrar. Y sabe aparecer y desaparecer como la marmota en su guarida.



La mirada de Issa se posó en los valles, por donde pasaba el camino de mulas, que estaba cubierto de polvo. Por entre la nube de polvo asomaba un estandarte amarillo con el dragón rojo de los Han. Entrecerró los ojos, que se convirtieron en apenas dos ranuras, y sacudió la cabeza. La kundalini que llevaba dentro se despertó, haciendo que tomara conciencia del presente y del futuro. La conciencia se expandió y tembló.

—Me temo que es demasiado tarde, dulce marmota, amigo mío. —Issa le señaló a Sayed los caballos que ascendían—. Quizá te hayan seguido, o quizás es así como estaba escrito.

Los labios de Gua Li detuvieron su murmullo e interrumpieron el relato, del que Ferruccio no había escuchado más que alguna frase suelta, arrullado por el sonido de su voz. La mujer no se atrevería a repetirse siquiera a sí misma lo que sucedió después, pero la mente la transportó a una visión repentina de las casas en llamas, de la carrera desesperada de Jesús, de la visión de los muertos y heridos, y de la pesadilla real de aquella lanza que de un solo golpe atravesó a madre e hija. Un solo golpe para las dos, mientras Gaya abrazaba a la pequeña Gua Pa en el último abrazo, intentando protegerla. Y después el grito, y luego el silencio y el llanto, y más tarde la alegría absurda de sentir los brazos de Yuehan abrazándolo, y sus lágrimas que bañaban su joven pecho. Cuando Ferruccio se despertó, los ojos hinchados y cubiertos de lágrimas de Gua Li le turbaron, pero percibió como un bálsamo la palma de su mano sobre la frente. Penetró en el negro de las pupilas de la mujer, se perdió en su interior y se precipitó en un tiempo sin tiempo. Gua Li inspiró profundamente, y como en los ciclos de la tierra y del cielo, en el recuerdo de los hechos pasados y de los presentes, reconoció en el aire la llegada de un nuevo peligro de muerte.

# 33

*Roma, castillo de Sant'Angelo, 31 de octubre de 1497*

—¿Qué queréis de nos, Medici? ¿Necesitáis confesar una culpa tan grande que solo vuestro papa puede absolveros? ¿O habéis venido para entregarnos las llaves de Florencia, que habéis arrancado de las garras de Savonarola?

—Agradecería que estuviéramos solos, santidad.

Alejandro VI miró a su alrededor con aire de sorpresa y abrió los brazos, como diciendo que no veía a nadie en la sala. Giovanni de Medici, con los codos apoyados sobre los brazos de la butaca, escondió la cabeza entre las manos para ocultar una sonrisa incipiente que no conseguía disimular. Se imaginó en la piel del secretario, que, de pie, en una esquina, recordaba una cariátide. Quizá la propia Atenea, protectora del arte liberal de la escritura, dado que en la mano izquierda llevaba su inseparable cuaderno negro. Giovanni Burcardo movió un pie, pero enseguida se detuvo. Un día, lo que iba escribiendo le serviría para salvar la vida o para perderla. No era nadie, quizá por eso había sobrevivido a tantos vicarios de Cristo. Quedó a la espera, respirando incluso más silenciosamente que antes. Con el paso de los años había aprendido que, ante quien manda, es mejor no hacer, en lugar de pensar o hacer por cuenta propia.

—Burcardo, ¿eres sordo, además de invisible? ¿No has oído a un príncipe de la Iglesia manifestar que no desea tu presencia? Y el siervo de los siervos de Dios no puede hacer nada contra su voluntad. Vete —ordenó Alejandro VI—. Rápido..., y no te quedes escuchando tras las puertas, como sueles hacer.

La túnica de Burcardo se deslizó hacia la puerta, llevándose consigo su cuerpo. En el momento en que salió, el papa cambió de expresión.

—El salvoconducto que os hemos concedido ha caducado hace una semana; sin embargo, seguís aquí, desafiando nuestra autoridad.

—Implorando vuestra benevolencia —le corrigió el cardenal—. Confiando en vuestra bondad y en vuestro interés, y en el de la Santa Iglesia Romana.

—Id al grano.

Giovanni se puso en pie y se cruzó de brazos, metiendo las manos en las amplias mangas de la túnica púrpura. Se alejó unos pasos del pontífice y se detuvo de espaldas a la ventana, de forma que el papa solo pudiera ver su silueta y no la expresión de su rostro, mientras él sí que podía observar la del papa.

—Hace diez años, la Iglesia, a través de vuestro predecesor, desbarató un ataque que podía resultar devastador, tras la publicación de las *Novecientas tesis*, del ilustre señor de Mirandola. El concilio que el noble quería celebrar en Roma…

—Conocemos la historia mejor que vos; entonces no erais más que un niño.



—Tenéis razón, pero las oscuras fuerzas de las tinieblas siempre están al acecho y el arcángel San Miguel debe tener siempre desenvainada su espada llameante.

—*¡La perra de su madre!*[5] —Alejandro dio un puñetazo sobre la mesa—. Ya os lo he dicho, Medici; no abuséis de nuestra paciencia. ¿Veis ese reloj? Es precioso, obra de los maestros de Ginebra. Es un regalo de Felipe de Saboya. Mide el tiempo, inexorable como la muerte. Dentro de una hora exacta, os habréis ido u os habréis convertido en residente del castillo, y os quedaréis en él hasta que Florencia ni se acuerde de vuestra estirpe.

—Voy al grano. En varias imprentas francesas está a punto de imprimirse y publicarse el *De falso credita et ementita Constantini donatione*, del doctor Valla, en el que se demuestra que las posesiones de la santa Iglesia romana…

—El tiempo corre, Medici —le interrumpió el papa, con voz gélida—. Eso también lo sabemos. Tememos que se avecine la hora de vuestra muerte. Y os recordamos que Lorenzo Valla

5. En español en el original. *(N. del T.)*

ya agachó la cabeza ante el Santo Inquisidor. Fue perdonado, aunque con eso no basta. La Iglesia tiene buena memoria.

—Era solo el preámbulo, santidad; *ora introibo ad altarem dei,* me acercaré al altar de Dios.

La voz de Giovanni de Medici no tembló ni una sola vez mientras le contaba al jefe supremo de la cristiandad y de la casa de los Borgia su acuerdo con el sultán de los turcos, la presencia de las dos personas que había acogido en su corte, el mensaje que llevaban y que conducía de nuevo al peligro que había corrido la Iglesia solo diez años antes. Aquel maldito concilio que Giovanni Pico della Mirandola quería organizar para unificar las tres religiones monoteístas bajo un solo dios y revelar su esencia femenina. Pero había un segundo secreto, más terrible, que tenía que ver con la naturaleza del hijo. Quizás el pueblo no lo comprendería enseguida, quizá serían necesarios años para que se diera cuenta de que no era posible ignorar casi veinte años de la vida de Jesús, como si nunca hubieran existido. Alguien aprovecharía la ocasión, alguien predicaría un nuevo evangelio basado en una simple verdad.



A la gente sencilla, insistió el cardenal, la humanidad de Jesús le parecería aún mayor si no hubiera sido hijo de Dios, sino de un hombre como cualquier otro, de modo que el pueblo lo aclamaría como uno de ellos, tal como lo había hecho mil quinientos años antes. No sería ya un personaje inquietante, arrogante y autoritario, hijo de un dios cruel que los quería tener humillados y sometidos. No el propio Dios descendido a la Tierra, sino un hermano, un amigo, un libertador. Y el papa, como él, sabía que del otro lado de los Alpes, entre las altas catedrales de Núremberg, Colonia, Friburgo, Tréveris y muchas otras, alguien se estaba moviendo, alguien que, sin saber, intuía; alguien que, sin conocer, reflexionaba; alguien que esperaba solo una señal, la que fuera, para predicar otra buena nueva, mejor y más honesta, amorosa y espiritual. Un nuevo evangelio basado en la justicia en la Tierra. Conceptos así habían sido sofocados y perseguidos en los siglos anteriores, pero las intuiciones de hombres como Néstor y Pedro Valdo, de los canónigos de Orleans, de la comunidad de Arrás o de los propios cátaros, eran las brasas que brillaban bajo las cenizas extendidas por la Iglesia de Roma. Habría bastado un soplo más fuerte que otro y habría vuelto a emerger un fuego capaz de arrasar cualquier dogma.

—¿Os lo imagináis, santidad? —prosiguió Giovanni, con palabras que salían de su boca como un flujo de lava—. Un Cristo que desciende de nuevo sobre la Tierra y que habla a los pueblos en un idioma nuevo: el suyo. Y fijaos, santidad: tendréis delante un pueblo que por fin entendería y saldría a la calle, y que pediría que se le dé todo lo que les corresponde. Campesinos, artesanos, comerciantes, gente que ya no reza con la cabeza gacha y tiende la mano a la espera de la caridad celestial, sino que exige todo lo que la vida les ha negado siempre, sin tener que esperar a que, en un improbable y lejano reino de los cielos, se les devuelva la dignidad, el amor y la libertad perdidos.

—Acabáis de firmar vuestra condena a muerte, Medici, por traición, herejía, perjurio y negación de Dios —respondió, gélido, el papa—. Y embalsamaremos vuestra lengua para recordar las palabras de un loco.

El cardenal se tiró a sus pies y le rodeó las piernas con los brazos, apoyando la cabeza sobre el regazo de Alejandro, que, en un primer momento, no supo cómo reaccionar ante tal manifestación de humildad. Luego sintió el tacto de sus manos que le acariciaban las pantorrillas a través de la preciosa alba de lino. Sintió asco. La voz de Giovanni de Medici no tenía el tono de la súplica, sino de la complicidad, cuando agarró su cíngulo y lo apoyó en su casquete rojo.



—No, padre mío —prosiguió—. Aún no me habéis entendido. No solo tenemos el testimonio de quien ha conservado durante siglos la memoria de aquellos hechos, sino un libro, escrito de puño y letra de quien se mantuvo próximo a Jesús durante años y años tras su muerte fingida. Un libro que explica lo que sucedió realmente, que desvela el misterio que todos queremos ignorar y del que nuestro Evangelio no hace mención. Los años de su adolescencia, de su recorrido espiritual y de su juventud, antes de su regreso a Palestina. Y de lo que sucedió después, cuando huyó, perseguido por todos y engañado por muchos, hasta su regreso a aquellas tierras lejanas, donde aún hoy miles de hombres acuden a rezar sobre su tumba.

Giovanni se puso en pie, abrió los brazos y le miró a los ojos.

—Este libro, padre mío, está aquí, en Roma. Y yo querría entregároslo.

Cerró los ojos y juntó las manos sobre la frente, respirando profundamente. El papa se quedó en silencio. Sin querer, respiró hondo, al mismo tiempo que Giovanni, como dos mantis jadeantes. Como si las palabras que le habían entrado en los oídos se debatieran aún por encontrar un orden lógico al que poder dar un significado, cualquiera que fuera, Alejandro se vio de pronto como cuando era niño, ante su preceptor. Un hombre dulce y comprensivo, absolutamente incapaz de domar la naturaleza rebelde de su alumno, pero sí de aplacarlo con el sonido lento y cadencioso de su voz. En aquel entonces pensaba que no había comprendido ni una de sus lecciones, pero luego se había ido dando cuenta de que una parte se le había quedado dentro. Y durante las clases de armas, mientras el maestro, que estaba hecho de otra pasta, le iba dando estocadas que le llenaban los brazos de dolorosos cardenales, le volvían a la mente las palabras del preceptor. Entonces las comprendía. Del mismo modo empezó a entender las palabras del Medici y empezó a tomar forma una pesadilla.



—¿Un libro sobre Jesús?

—Más que eso, padre mío, un libro de Jesús. Es él quien habla. Una reliquia cien veces más importante que los cincuenta meñiques de san Pedro o que los más de mil clavos de la santa cruz, el último de los cuales me lo han intentado vender precisamente hace dos días en el mercado de Campo de'Fiori. Más importante que los tres sudarios y que todos los que se inventarán en los siglos futuros.

—¿Y qué dice ese libro?

—La verdad, padre mío. Su vida. No la que cuentan los hombres que no lo conocieron más que a través de las palabras que les dijeron otros, que a su vez las habían escuchado de quien decía haberlas aprendido de quienes habían estado cerca de él. Hay en la Tierra más evangelios que estrellas en el Zodíaco, todos diferentes entre sí. Sin embargo, ninguno cuenta la verdad absoluta. Hasta Mateo, Lucas, Marcos y Juan difieren entre sí.

—Decía san Irineo que los Evangelios tienen que ser cuatro porque cuatro son los vientos y las esquinas de la Tierra.

—¡Y cuatro los jinetes del Apocalipsis, las estaciones, las

fases lunares y las letras de Adán, el primer hombre! Pero si es por eso, para el pueblo es también el número del cerdo...

—Id al grano, cardenal.

—Si aquí y ahora se instruyera un proceso contra un hereje, ¿en quién creeríais, padre mío? ¿En el relato de un viajero de tierras lejanas o en un santo hombre que hubiera sido testigo directo y que le hubiera oído arengar directamente en el anfiteatro? Me entendéis, padre mío, ¿no es cierto? Aquí es el propio hereje el que habla y confiesa sus pecados. Y hay una mujer que conoce de memoria cada pequeño detalle de su vida, conservada y transmitida de generación en generación, entre las montañas más altas del mundo, de las que nos habló Marco Polo. Ese lugar adonde él fue, de donde se marchó, a donde volvió y donde murió.

—Libros, siempre libros... Maldito sea el día en que inventaron la escritura —imprecó el papa para sus adentros—. ¿Vos habéis leído ese libro?

—Solo le he echado un vistazo, padre mío, pero ha bastado para provocarme escalofríos. Está custodiado en un lugar seguro, en manos tan seguras como las de Dios, nuestro Señor.



—Y tenemos que creérnoslo, ¿no es así? ¿Y si fuera falso o, mejor aún..., y si no existiera?

Mientras lo amenazaba con el índice, con la cabeza seguía los amplios gestos y los pasos pequeños y rápidos del cardenal.

—Fe, padre mío, tened fe. Solo con la fe no se cometen errores mortales.

—Eso son los pecados —borbotó Alejandro VI.

—No hay ninguna diferencia, santidad. Dice santo Tomás de Aquino que, en el caso de cometer un error de juicio de la conciencia debido a una ignorancia culpable, el pecado es necesariamente causa de la voluntariedad.

—Ahora no me deis lecciones de teología.

—No podría ni querría. Solo quería haceros ver la enormidad de esta noticia, así como la extraordinaria oportunidad que supone tenerla aquí cerca, a mi disposición y a la vuestra.

—Vos sois un Medici. Aunque sois joven, lleváis dentro el estigma de vuestra familia. Ahora queremos saber, aquí y de inmediato —dijo, con un tono de voz más bajo—, dónde, suponiendo que exista realmente, se encuentra ese libro que, según decís, es tan importante, para que podamos enviar a que lo recojan, para examinarlo y evaluarlo como obra divina o demoniaca y herética.

Subrayó aquellas últimas palabras y enfatizó voluntariamente su acento español, la lengua de la Santa Inquisición, como advertencia y recordatorio. Luego le mostró el anillo para que lo besara, indicando que la reunión había concluido. Sin embargo, Giovanni giró la cabeza y se sentó, delante de él, con los dedos en la frente, adoptando de nuevo la posición de oración. Sabía perfectamente que el duelo se había vuelto aún más mortal. No marcharse cuando se lo había ordenado suponía toda una afrenta. Y las últimas palabras parecían provenir directamente de la boca mortal del propio inquisidor Tomás de Torquemada, cuyo nombre se había convertido ya en sinónimo de odio y de miedo. Un hombre que se movía escoltado por cincuenta jinetes y doscientos cincuenta guardias. Más protegido que el propio papa.

Pero ni con un ejército podría enfrentarse a su santidad: tal como había escrito una vez su protegido, Niccolò Machiavelli, para ganar la guerra hay que recurrir al talento del león y al del zorro. Aquel hombre que tenía delante era un gigantesco escorpión, y con bestias así solo se puede tratar una vez se les ha arrancado el aguijón envenenado. Porque, hasta cuando se los asustaba, su reacción era la de picar y morir. Además, aquella bestia horrenda era un semidiós, con un poder absoluto. La diferencia entre la vida y la muerte podía consistir en localizar su punto débil del abdomen, no para demostrar la voluntad de atacarlo, sino de conservarlo. Uno no da vueltas en torno a un escorpión; lo mira a los ojos. Ahora le tocaba a él establecer sus condiciones, sin rodeos. Y al otro le tocaba aceptar la alianza o el desafío.

—Quiero abrirme ante vos como ante un confesor. Es más, os pido que todo lo que os diré quede protegido por la santidad del sacramento. Esperad, os lo ruego. Os considero un hombre inteligente y astuto, más allá de lo que requiere la sagrada capa pluvial, por lo que no quiero fingir en absoluto. Y por vuestra parte querría que no me considerarais ni un ingenuo ni un cebo envenenado, ni el cordero sacrificial. ¿Sonreís, santidad? Me alegro, así nos entenderemos perfectamente. Y ahora dadme vuestra bendición antes de que empiece a confesarme.

En un gesto automático, Alejandro VI impartió la bendición, mientras, distraído por un ruido, se giraba hacia la ventana. La rama de un árbol, arrastrada por el viento, había dado contra la reja de hierro y se había quedado encajada. Las hojas, prisioneras, golpeaban con fuerza contra el precioso cristal de calcedonia amarilla, pero la trama emplomada resistía sus embates. Una ráfaga más violenta hizo que la parte más gruesa de la rama diera contra uno de los discos de vidrio, que salió volando con fuerza. El viento se insinuó en la estancia y algunos pergaminos se agitaron sobre la mesa. Giovanni se apresuró a inmovilizarlos con unos bustos de ámbar que representaban a emperadores romanos.

—*Sic transit gloria mundi* —observó—. Hombres que hacían temblar el mundo moviendo un solo dedo y que han quedado reducidos a pisapapeles, aunque sean preciosos. ¿No os parece, mi señor?

—Ibais a confesaros, Medici.

—Confieso —el cardenal se golpeó el pecho sin ninguna humildad— ante Dios todopoderoso y ante vos, santísimo padre, que, si el pecado está en el pensamiento más aún que en las acciones, tengo mucho por lo que pedir perdón. Pero seréis vos quien me juzguéis, como representante de nuestro Señor. Me postro ante vos, antes incluso que ante Dios.



Ni siquiera cuando su predecesor le había regañado, haciéndole notar que sus sugerencias y sus consejos estaban contaminados por sus intereses personales, se había sentido tan desnudo Alejandro VI. Y sin embargo, había sufrido como nunca con aquel genovés, Inocencio, que, pese a ser más viejo que él, no se decidía a morir. Hasta el punto de que le había invitado a que se fuera en busca del Omnipotente antes de tiempo, una vez concluida su alianza por la sucesión. El arsénico siempre había sido un instrumento de Dios. Pero aquel no era más que un Cybo, de la pequeña nobleza genovesa. Ahora tenía ante sí a un Medici. Eso suponía una gran diferencia. Aquel, un viejo cabrón; este, un toro joven, aunque sus tendencias fueran más las de una vaca.

Además, el toro era él. *¡Virgen María!*[6] Los Medici tenían seis *cojones*[7] en su escudo, pero en el suyo, aunque el toro

6. En español en el original. *(N. del T.)*
7. En español en el original. *(N. del T.)*

mostrara solo dos, el *coño*[8] estaba bien a la vista. Eso era lo que contaba. Por desgracia, en aquel momento los blandos dedos del cardenal tenían bien cogidos sus dos *cojones*[9], por grandes que pudieran ser. Tenía que liberarse de aquella presa. Si se tratara de una partida de ajedrez, diría que Giovanni le había dado jaque al rey, que lo había arrinconado en un movimiento de ataque. Pero había sido tan listo que no le había dejado entre la espada y la pared, para que no reaccionara a la desesperada. Matándolo, por ejemplo. Una doble derrota.

Cuando el cardenal acabó su exposición, Alejandro comprendió que todo era cierto y lógico. El libro existía. Aquel Medici no estaba loco ni era un idiota. Hasta que no se hiciera con el libro la partida estaría equilibrada. Por otra parte, así se comportaban familias como los Borgia y los Medici; lo decía la historia: solo con las alianzas se conserva el poder. Ahora le tocaba a él mover ficha, liberar el rey y sacrificar el caballo al destino, a la Ananke. Ya había hecho algo así hacía unos meses, cuando había sacrificado a un semental de pura raza: Juan, su hijo. En este caso sacrificaría su propia ambición, pero no sería para siempre. Solo la muerte era para siempre.



—Así que queréis…

—Que sigáis siendo papa, que no os convirtáis en rey, que yo pueda sentarme a vuestro lado y que, en un día lejano, ocupe vuestro trono.

Claro, un intercambio, un *divide et impera sempiter*. Eso solían hacer los soberanos. Eso había hecho él con Inocencio. Incluso cuando se libra una guerra se piensa en el futuro, en conservar los propios privilegios, quienquiera que sea el vencedor. Hay que ponerse de acuerdo antes, de modo que, incluso con cambios, no cambie la sustancia de las cosas.

Alejandro volvió a mirar el anillo pescatorio que llevaba en el dedo anular de la mano derecha. Como papa, era tradición que a su muerte se destruyera. Sin embargo, si se convertía en rey, pasaría a su hijo. Volvió a contemplar el símbolo de su poder y reflexionó brevemente sobre su dinastía y acerca de los riesgos de acabar siendo recordado como el

8. En español en el original. *(N. del T.)*
9. En español en el original. *(N. del T.)*

primer papa que quiso ser rey y que, en cambio, fue barrido de la historia.

Habló sin coger aliento.

—¿Tendríamos que imponerle a César la renuncia a la dinastía de los Borgia?

—¿En serio preferiríais haceros llamar majestad que santidad? Un igual entre los poderosos de la Tierra, en lugar de estar a la cabeza de toda la humanidad. No es propio de vos. Recuerdo lo que me decía mi padre: «Míralo, hijo mío: es un príncipe que nunca será rey, pero que será más poderoso que todos los reyes juntos».

—Vuestro padre era un hombre influyente, inteligente y sabio. Y por eso tenía muchos enemigos —respondió Alejandro—. Su error fue casar a vuestra hermana Maddalena con aquel imbécil de Franceschetto.

—Era hijo de un papa, un buen partido, adecuado al rango.

—En cualquier caso, no es eso lo que nos interesa ahora, ni a vos ni a nos —lo interrumpió—. Si fuerais mujer, os desposaríamos con César. Así todo se resolvería, incluido el problema de nuestra dinastía.



—Creedme, santidad, nada me haría más feliz. Pero el buen Dios no lo ha querido así.

A cada movimiento suyo, el Medici respondía dando un paso atrás y otro adelante. Su preceptor le había enseñado que en aquellos casos era mejor ofrecer las tablas que dar jaque mate arriesgándose a perder la partida. Alejandro intentó un último movimiento para sacarle el dato que le faltaba, aunque llegados a aquel punto tenía ya poca importancia.

—No me atrevo a preguntaros —dijo, esbozando una sonrisa— cómo han llegado a vuestros oídos estas noticias, que no niego. Estamos seguros de que os habrá apenado sobremanera, ya que solo nuestra familia estaba incluida en el plan.

—Se dice, santidad, que hasta las paredes tienen orejas, y que las puertas son la boca.

Se hizo el silencio, que ambos degustaron.

—Paz, pues —dijo el papa Alejandro VI finalmente.

—Soy vuestro siervo.

—Servidnos, pues, y decidme cómo tenéis intención de actuar.

Giovanni de Medici siguió hablando durante un buen rato.

Al final, acordaron lo que debían hacer. Para evitar cualquier vinculación con el secuestro, el papa sugirió al cardenal que se deshiciera de Leonora de Mola muy discretamente. En caso necesario podía confiarle el encargo a un hombre de su confianza, pero debía hacer desaparecer también a su guardián, como solía hacerse en estos casos, para mayor seguridad.

El cardenal asintió y aceptó. Por su parte, le propuso al papa que el viejo oriental y De Mola fueran invitados a una reunión reservada en el castillo de Sant'Angelo, del que no saldrían. Por otro lado, entregaría a la joven y locuaz Gua Li al embajador turco, como regalo personal al sultán.

Una pequeña garantía más, tanto para él como para el propio papa, puesto que el libro y ella misma representaban dos testimonios que siempre quedarían a la sombra, pero que si —Dios no lo quisiera— se combinaban, podían desplegar sus perniciosos efectos. Un poco como el azufre y el salitre, que por sí solos son de poca utilidad, pero que, combinados, formaban la temible pólvora negra. Una vez en el trono de Pedro ya se encargaría de destruirlos a ambos: el primero, con sus propias manos; la segunda, contratando a algún jenízaro.



Sin embargo, había que hacerlo todo con mucha discreción, porque De Mola no era tonto, y el viejo era muy rápido con el bastón. Debían usar el arte de la diplomacia y no el de la fuerza para atraerlos voluntariamente al castillo. El papa se ofreció a ayudarlo. Si le decía dónde se encontraban, podía mandar una escolta. El cardenal le dio las gracias al papa y le recordó que una cuña de madera mojada e introducida en el lugar correcto es el mejor recurso para partir las piedras en dos. Le rogaba, pues, que evitara intentar colocarle cuñas en lugares poco adecuados. El papa le felicitó por sus conocimientos de marmolista. El Medici le recordó que su familia poseía muchas canteras. También era necesario —y en esto los dos coincidieron sin reservas— que el cardenal enviara repetidos mensajes en código al sultán Beyazid II, para que estuviera tranquilo, pensando que el proyecto de su alianza seguía adelante, aunque siempre al ritmo que permitieran las circunstancias.

—Haremos cada cosa a su debido tiempo: *bene citoque dissentiunt* —observó Alejandro VI, consciente de que la prisa es mala consejera.

—*Sero venientes, male sedentes* —añadió el cardenal

Medici, porque quien tarde llega mal se aloja. No podían perder el tiempo.

—*Omnia fert aetas* —respondió Alejandro VI, dejando claro que el tiempo lo arregla todo.

—*Veniam sicut fur* —apostilló el Medici, porque si llega la muerte, ya no hay nada que hacer.

—*Omnia munda mundis* —concluyó el pontífice, y se tocó.

Si el sultán desconfiaba, ese era su problema. Además, nadie, aparte de ellos dos, tenía interés por hacerse con el libro.

Con la debida cautela, le comunicarían a Beyazid que el monje había caído en una emboscada tendida por algún enemigo oculto. El Medici planteó incluso la hipótesis de dejar caer la responsabilidad sobre el cardenal vicecanciller Ascanio Sforza. El papa le dio las gracias y dijo que pensaría en ello. Efectivamente, era una sugerencia excelente, puesto que hacía tiempo que el tal Sforza, una vez agotado el dinero que había ganado favoreciendo su elección, tejía una trama a sus espaldas con el señor de Milán, su hermano, favorable a los franceses, y que iba contra los intereses y la política romana. Pero antes de que eso ocurriera les sería útil una última vez. Y él ya sabía cómo. Además, aún le dolía la humillación a la que se había visto obligado a someterse antes de su elección, cuando Sforza le había recibido sentado en la taza, mientras satisfacía sus necesidades corporales. Él, don Rodrigo de Borja y Doms, había tenido que inclinarse a besarle los pies, como si no bastaran los cien mil escudos prometidos.

Una vez aplacado el dolor de su hermano con algún regalo, como la fortaleza de Sabbioneta, que en aquel momento no tenía dueño, el señor de Milán también daría su beneplácito a que el Medici asumiera la vicecancillería. Sellarían así una alianza válida, al menos hasta la muerte de uno de los dos.

El problema central seguía siendo César. Tenía que permanecer ignorante de aquel acuerdo, puesto que su carácter rebelde le llevaría a desobedecer a su padre. Y él sabía cómo tener controlado a aquel hijo ambicioso, que por sus repentinos arranques de ira a veces parecía afectado por el morbo francés. Lo había demostrado pocos días antes, cuando se había pasado horas echando pestes, mezclando italiano y español, como si cada provincia y condado estuvieran apestadas por una epidemia mortífera. Tras la insistencia de las preguntas, César había recuperado poco a poco la razón y la calma, y por fin había llegado a la conclusión de que algunos episodios aislados, por extraños que fueran, no justificaban su alarmismo, y mucho menos el envío de tropas para aislar castillos y fortificaciones. Curiosamente, después de que le preguntaran si aquel interés suyo no ocultaba por casualidad algún deseo de venganza contra esos nobles que le habían recibido mal, César había ido dominando una cólera incontenible y profiriendo vagas amenazas contra su propio padre.

El Medici, que admitía que la peste siempre era un temible enemigo y que había que permanecer atentos, se mostró preocupado y disgustado por la incontinencia verbal de César. Por desgracia, él también había oído hablar en algunas cortes europeas de ciertos episodios que arrojaban dudas y sombras sobre el hijo mayor de su santidad como mensajero de la voluntad papal. En cambio, en Europa, todo el mundo tenía en gran estima al noble Juan. De hecho, se rezaba para que el desconocido que le había quitado la vida a un hombre tan noble pagara con la muerte la redención de sus culpas, para que la justicia del Cielo cayera sobre la Tierra. El papa insistió en que tampoco era para tanto.



En cuanto el cardenal desapareció por las estrechas escaleras del castillo, Alejandro ordenó a Burcardo que mandara llamar al Sforza. Al joven Medici se le había escapado una frase, quizás una sola palabra de más. Si tenía razón, esa sería la cuña que partiría el mármol, tras el cual veía las torres de Florencia en su poder. Su cuña personal dio señales de vida bajo la túnica: cuando Sforza se fuera, daría rienda suelta a su bravura y la usaría para atravesar otro muro, consistente como el mármol pero suave y húmedo al tacto.

# 34

*Bosques de Cintoia, 6 de noviembre de 1497*

El paisaje a su alrededor estaba cubierto de tonos ocres, marrones y verdes a los que la fina lluvia daba un brillo especial. Desde el ventanuco de su prisión, Leonora observaba el modo en que la naturaleza acogía en su seno los cambios de la estación sin traumas, aceptando simplemente el sol y el viento, la sequedad y la lluvia, el calor y el frío, a veces, incluso, el fuego, originado por un rayo o por el descuido de quien quemaba rastrojos durante la temporada seca, de alguien que limpiaba la tierra y la preparaba para que renaciera después, más rica y lozana que antes. De ese mismo modo, los cambios de su cuerpo parecían seguir un camino tan antiguo como la propia vida. Estaba acumulando grasa en las caderas. Su cuerpo iba adquiriendo unas curvas cada vez más evidentes.

«Me estoy poniendo como un huevo, para que el pollito se encuentre más a gusto dentro», se decía a sí misma.

Tenía los senos más grandes. El simple roce de la tela sobre los pezones hacía que se le pusieran turgentes y duros, una sensación a veces agradable, pero otras no. De noche, cuando no dormía, a menudo por el miedo a volver a encontrarse al fraile, mientras dejaba vagar la mente pensando en unos labios chiquititos que le chupaban la leche, la imagen se transformaba en la de Ferruccio, con unos labios muy diferentes, rodeados por aquella barba corta que la pinchaba y que le dejaba la barbilla y las mejillas rojos con sus besos. Entonces sentía un deseo que la maternidad no había borrado en absoluto, como hubiera querido. Y cuando el deseo y el recuerdo se hacían más intensos, la mano descendía por entre el suave vello y los dedos índice y corazón se abrían paso entre sus muslos apretados.

Fijaba la vista en la puerta y aguzaba el oído, mientras se acariciaba lentamente, deslizando los dedos por entre su propio humor. La mano y la boca eran las de Ferruccio. Al final llegaba el momento del grito reprimido, mordiéndose los labios para evitar que el mínimo gemido, de placer o de dolor, se filtrara a través de las piedras y llegara a oídos de quien no debía entrar allí, y menos aún en aquellos momentos. Luego, satisfecha, se dejaba llevar por el sueño y se giraba sobre el costado izquierdo, como aconsejaban las monjas a las mujeres casadas bendecidas con la promesa de un hijo.

Con aguja e hilo, y las plumas del cuello de unas gallinas mezcladas con trozos de tela, se había cosido un cojín que se ponía detrás de la espalda cuando se sentaba, para aliviar los únicos dolores que le daba el niño. Para conseguirlo, había tenido que implorar a fray Marcello, explicándole que los retales eran solo para eso y no para colgarse, que no tenía ninguna intención de hacerlo. Y que sería difícil usar la aguja como arma en su contra, a no ser que pensara que era una bruja y que podía transformarla en una espada o un puñal. En ese caso, podía preguntarse por qué no había transformado ya en serpientes venenosas las hebras de paja de su jergón.



Marcello la complacía en lo que podía. Con aquella convivencia forzosa, daba la impresión de que se hubiera casado con la más caprichosa de las mujeres. Más de una vez, en sus salidas con la correa al cuello, Leonora le había casi ordenado que le diera una camisa, o el sayo, o unos calzones para que se los lavara, porque prefería hacerle de criada que soportar la peste que hacían. Y él le obedecía refunfuñando, tirándole de mala manera la ropa, que ella cogía con una sola mano, porque casi siempre tenía la otra apoyada en su espalda, dolorida.

Sin embargo, por la noche, con las velas apagadas, Marcello volvía a convertirse en carcelero. En la soledad de su catre se desahogaba como podía, maldiciendo el respeto que sentía, la educación recibida, a los poderosos y el momento que le había tocado vivir, y bendiciendo las circunstancias que le habían hecho conocer a aquella mujer. Una mujer que ni siquiera en las noches más frías se le presentaba en sus ensoñaciones, como aquellas fulanas que se fingían famélicas para acelerar la consumación, sino como un ángel, que hasta el último momento no descubría su sexo, para entregarse púdicamente y mostrarle el vientre ya preñado de un hijo suyo.

Eran muchos los frailes y ermitaños que disfrutaban de una sola mujer, criada y concubina, y a veces esposa. Él también reclamaría aquel derecho al cardenal, cuando todo hubiera acabado. Pero no quería una cualquiera: la quería a ella.

Leonora dio un respingo al oír gritar su nombre. Cuando oyó que se abría el cerrojo, se llevó las manos al vientre. Marcello abrió la puerta con violencia y se dirigió hacia ella con una manta en la mano. La echó a un lado y recogió del suelo sus harapos, aún húmedos por la lluvia. Ella sintió un escalofrío y se apoyó en la pared, con los labios temblorosos.

—¡Vete! —le ordenó—. Vete, pero escóndete en el bosque, no tomes el sendero. —La voz ronca y el desespero del fraile la asustaron, aún más que sus palabras—. ¡Tienes que irte! —le repitió Marcello—. ¡Ahora, rápido! Tres hombres a caballo; los he visto. O vienen a por mí, o a por ti, que es lo mismo.

Ella no se movió. El fraile la cogió por los hombros. El aliento le olía a vino, pero la desesperación en sus ojos era sincera.



—¿No lo entiendes? —La sacudió por los hombros—. ¡No sé quiénes son! ¡Vienen hacia aquí! No puedes quedarte para descubrir qué quieren o quién les manda. ¡Vete, vete ya! Y si son peregrinos en busca de refugio, iré a buscarte. Y te encontraré, aunque tenga que encomendarme a Satanás.

La puerta estaba abierta, con la llave de hierro aún metida en la cerradura. Fray Marcello extendió el brazo, indicándole el camino hacia la libertad. Leonora pasó por debajo, cogió la manta y salió al exterior, poniéndosela por encima para protegerse de la lluvia, que había empezado a caer con más intensidad. Atravesó el patio corriendo y se metió en el bosque, sin mirar atrás. Las zapatillas, ya llenas de agua, aplastaban las hojas empapadas. En su rostro, las gotas de lluvia se mezclaban con las lágrimas. La manta se enganchó en una rama y tuvo que detenerse a soltarla. Fue entonces cuando vio entre las ramas tres caballos que se detenían frente a la puerta de su prisión, montados por tres hombres encapuchados y con pesadas capas oscuras. Vio también a fray Marcello, que salía de la prisión, se detenía ante ellos y los bendecía con un amplio gesto del brazo.

Se agazapó, inmóvil, sentada sobre las rodillas. Se llevó la mano al corazón, como pidiéndole que latiera más despacio. La lluvia que caía sobre las ramas y las hojas le impedía oír sus palabras, pero los jinetes empezaron a rodear al fraile, montados en sus caballos. Discutían animadamente con él, que sacudió la cabeza e imploró, echándose por fin al suelo de rodillas. Leonora vio que uno de los jinetes desmontaba de un salto y se llevaba a rastras al fraile, que se puso las manos a la garganta como si se la hubieran rodeado con una cuerda o una fusta. Volvieron a montar, el caballero espoleó al caballo y este partió al galope, arrastrando el cuerpo del hombre entre salpicaduras de fango y tierra.

Leonora cerró los ojos y se llevó las manos a la boca para no gritar. Los otros se pusieron en pie sobre los estribos, para ver adónde su compañero llevaba al fraile. Cuando regresó, los caballos pasaron varias veces sobre aquella masa de fango y sangre. Cuando quedaron satisfechos, los tres, a un gesto de su jefe, partieron al galope, en dirección contraria al camino por el que habían llegado.

Leonora esperó en silencio un buen rato, escuchando atentamente. Ya casi había dejado de llover y solo caían unas gotas que el viento arrancaba de las hojas del laurel tras el que se había escondido. Marcello seguía allí, tendido en el suelo, inmóvil. Era o había sido su carcelero, su guardián, la persona que la había separado de Ferruccio y se la había llevado a la fuerza a aquel páramo, lejos de todo. Incluso había intentado usar con ella la peor de las violencias. Sin embargo, en aquel momento, sintió a la vez piedad y horror.



—Llévale siempre el ungüento al herido, aunque sea tu enemigo —solía decir su abuela después de cada fábula, cuando, sentada junto al fuego, la llamaba para que fuera a su lado antes de enviarla a dormir—. Sucederá un milagro, porque la verdadera oración se esconde en las buenas acciones.

Leonora, con sumo cuidado, atravesó la extensión de bosque que la separaba del patio que se abría frente a su prisión. Del rostro del fraile, convertido en una máscara de sangre, colgaba un ojo, aún unido a la órbita por un filamento blanquecino. Por una mejilla, tras la carne arrancada se le veía el interior de la boca y los dientes rotos. Ella hizo un esfuerzo por no desmayarse, mientras los ojos se le llenaban de lágrimas. El sayo, levantado casi hasta las ingles, dejaba al descubierto las piernas destrozadas, que junto al rostro eran la parte que había resultado más dañada. Vio que aún respiraba. Dio las gracias, al Cielo o a la naturaleza, no importaba. Fue a buscar agua a su celda y volvió junto al fraile. Intentó levantarle la cabeza y darle de beber, pero él apretó los labios y la voz le salió, junto a la respiración, por la mejilla abierta.

—Gracias —dijo—. Pero ahora vete. Pueden volver.

—Marcello…

Era la primera vez que lo llamaba por su nombre, y supo que también sería la última. Cuando el dolor abandona el cuerpo, es señal de que este deja de reaccionar. Como fraile, había llorado frente a un enfermo grave, al ver su repentina recuperación, porque sabía que en breve entregaría su alma a Dios. O a quien fuera.

—Escúchame, no hay tiempo, podrían volver. Te buscan a ti. Creo que quieren matarte, aunque no sé si por orden de mi señor o de otros. Eso poco importa.

Para escuchar sus susurros, Leonora tuvo que agacharse hasta casi tocar aquel amasijo de carne que hasta unas horas antes le había inspirado temor y odio, y por el que ahora solo sentía aprensión y compasión.



—Toma el camino por el que han venido ellos; una milla más allá, encontrarás una bifurcación. Gira a la izquierda. Antes de que anochezca, deberías llegar a la parroquia de Cintoia, cerca de un castillo con una torre alta. Allí está mi hermano, Mariano. Pregunta por él y dale este anillo de hierro; lo reconocerás, él tiene uno igual. Dile que te lleve a Florencia, con Savonarola; él es el único que puede protegerte de quien te quiere hacer daño.

—No puedo, tengo el niño… y tú estás mal.

—¡Vete! —dijo, con un soplo de aire que le llegó al rostro—. Dentro de poco yo estaré bien, y tu hijo caminará contigo.

—Puedo cuidarte, conozco hierbas que…

—Mujer, tus hierbas no resucitan a los muertos, a menos que seas bruja, pero en ese caso ya me habrías matado hace tiempo. Lo habría preferido.

Leonora retiró la mano que tenía apoyada sobre el fraile y se dio cuenta de que estaba empapada en sangre. A través de un jirón en el sayo vio una amplia herida de la que salía un trozo de intestino. Se quedó con la mano en el aire. Se levantó, cogió una piedra y la colocó a modo de almohada bajo la cabeza del fraile; luego cruzó dos ramitas sobre su pecho, a modo de cruz. Por primera vez sintió en el vientre lo que le habían explicado tantas veces: su hijo le había dado una patadita.

—Sí —le dijo—, vámonos.

Fray Marcello la siguió con el ojo sano. Apenas podía ver la imagen descompuesta de la mujer en el horizonte. Le pareció que se alejaba demasiado despacio. Intentó levantar la cabeza, pero al volver a mirar Leonora ya había desaparecido. Más sereno, cerró los párpados y, finalmente, después de tantos años, se encomendó a Dios.

# 35

*Roma, 15 de noviembre de 1497*

Los dedos recorrieron el cono de madera rojiza, de no más de un palmo de longitud, con pudor y respeto. Ferruccio observaba el objeto, simple y ligero, que había alterado toda su vida.

—Está hecho de acacia y es impermeable al agua, como el nido del tordo —dijo Ada Ta—. No obstante, sin el rollito dentro, no sería más que un trozo de madera inútil. Mira dentro, no muerde.



Ferruccio le quitó el tapón y extrajo un rollo de seda, pero vaciló antes de desenrollarlo. Gua Li le animó con la cabeza. En la sala donde dormían Ada Ta y Gua Li, la luz de dos lamparillas de aceite situadas sobre la mesa ponía en evidencia la transparencia del manuscrito. La campana ya había anunciado la hora de completas hacía rato. Todo el palacio estaba en silencio. Estaban solos. Gabriele había adquirido la costumbre de irse con los guardias del príncipe en sus correrías nocturnas, y el arquitecto florentino había salido podo después del almuerzo, mascullando alguna frase sin sentido, como era habitual en él. Las manos de Ferruccio extendieron la seda sobre la mesa. Sus ojos intentaron descifrar aquellas señales redondeadas que llenaban la hoja.

—No sé leer estos signos.

—Es pali. —Gua Li pasó un dedo por encima, siguiendo la escritura de izquierda a derecha—. Una antigua lengua de nuestra tierra.

—Una lengua muy fuerte —añadió Ada Ta—, porque hace siglos que está moribunda, pero aún resiste. Un poco como este pobre viejo.

—Tú no estás moribundo, padre. Solo lo finges, de vez en

cuando, como el tejón, que aprovecha luego para lanzarse sobre la serpiente.

—¿Es su diario? —preguntó Ferruccio, que buscaba entre los signos una pista, algo que le convenciera de que el rollo que tenía entre las manos era realmente lo que Ada Ta y Gua Li decían—. ¿Lo escribió el Jesús que yo conozco con sus propias manos?

—Esta es una copia —respondió la mujer—. Fue transcrita pocos años después de su muerte, bajo el reinado de la dinastía Kuninda. Después de enterrar el original en su tumba, protegido por una urna de vidrio de cuatro dedos de grosor. Y allí sigue. Lleva la firma de Al Sayed, que jura haber reproducido solo las palabras que Jesús, o Issa, como lo llamaban ellos, le dictó a su regreso de Palestina. Lo llama *rabí,* maestro, aunque él no quería.

—Una de las pocas cosas que sé es que *rabí,* en hebreo, significa precisamente «maestro». —Ferruccio no apartaba los ojos del escrito—. Quién sabe cómo se escribirá en esta lengua.

—Mira. —Gua Li le indicó una palabra—. Está escrito aquí. Esta palabra se lee *aacariyassa,* y quiere decir precisamente *rabí.*



Ferruccio sacudió la cabeza y se giró hacia Ada Ta, que pasó una mano por su mejilla. Era la primera vez que lo tocaba.

—Él no quería que le llamaran maestro —dijo, sonriendo—, porque los maestros dicen que saben y por eso enseñan. Él decía que era un hombre que no sabía y que siempre iba en busca del saber. Lo importante es seguir por el buen camino, no llegar a la meta.

—A ver si lo entiendo; yo quiero entenderlo. Vosotros decís que en este libro él no se considera hijo de Dios. Es absurdo, ¿lo entendéis?

—Todos somos hijos de una única esencia —Ada Ta juntó las manos—, que puedes llamar de muchas maneras. Energía vital, si quieres, o *kundalini,* como la definen los antiguos estudiosos de los Vedas. Pero la semilla que ha generado a mi hija no es la misma que la que ha generado a aquel ratón que acaba de salir corriendo de la habitación.

Gua Li hizo un gesto de aprensión.

—Este hombre de alma sensible y mente rápida nunca se hizo llamar Dios —prosiguió Ada Ta—. Y más que absurdo, es grotesco que en esos libros que llamáis Evangelios eso se repita de forma constante. Parece que casi nadie ha reflexionado sobre ello. Casi cien veces Jesús se llama a sí mismo «hijo del hombre», si la memoria no me engaña, no «de Dios». Y lo mismo dicen otros evangelios escritos antes y después de esos cuatro. Sacudes la cabeza —su tono se hizo más dulce—, pero no para negarlo; eso lo entiendo. Y comprendo que estés confundido: eres como el hombre que, después de pasar un año en un barco, cuando pone el pie en tierra tiene la impresión de que el suelo se mueve como las olas. —Ada Ta pareció detenerse a reflexionar—. He dicho casi nadie, pero hubo alguien que sí se dio cuenta. Fue tu amigo: Giovanni Pico della Mirandola. Él lo había entendido. Tenía la mente libre, porque leía mucho y pasaba poco tiempo con los hombres.

—Él sabía leer esta lengua.

—Y muchas otras. Veo que las nubes de tu mente se aclaran, empujadas por el viento del conocimiento...

—Pero ¿cómo pudo saber que existía este libro?

—No lo sabía. No era un chamán; él solo seguía un rastro, como el cazador que sigue las ramas rotas en el lecho del bosque. Pero es el tigre quien decide si se deja ver o no, si desafía la punta de su lanza. Algunos gompas habían recibido peticiones de copias de textos sagrados por parte de cazadores de libros, cuyo rastro llevaba en todos los casos a una única fuente. Siguiendo la pista contra corriente, como quien remonta un río desde el delta, remando con gran esfuerzo, llegué a enterarme de que en el otro extremo del mundo un hombre seguía la vía de la sabiduría. Eso despertó mi curiosidad. Él me habló de la Madre, y yo del Hijo. Muy sencillo.

—Comprendo.

Ferruccio se puso en pie. Gua Li volvió a meter el rollo de seda en su funda. Al llegar frente a la chimenea se puso a observar las lenguas de fuego que lamían los troncos aún húmedos, que a su vez respondían crepitando y lanzando soplidos de humo blanco. Apoyó las palmas de las manos contra la pared.

—Gracias a él conocí a Leonora. Y por él, aunque no por culpa suya, la he perdido, para siempre, me temo. No os he contado toda la verdad sobre mí mismo.

Sin girarse, Ferruccio les habló de su encuentro con Giovanni de Medici, sus locos proyectos y el rapto de Leonora.

Mientras estuvo hablando, media vela se consumió. Más de una vez, Gua Li hizo ademán de levantarse, pero bastó un movimiento de cabeza de Ada Ta para convencerla de que era mejor que se quedara sentada.

—Ahora ya —concluyó Ferruccio— no creo que el cardenal cumpla con su palabra, sobre todo tras nuestro último encuentro. Es más, creo que me he convertido en un lastre, tanto para él como para vosotros. Y después de haberte visto en acción, tampoco creo que te haga falta mi espada, amigo mío. Lo único que puedo hacer es ir en busca de mi mujer, aunque sea lo último que haga. Guardad bien el libro. Vale más de una vida. No os fiéis de nadie, ni siquiera de mí: si así pudiera recuperar a Leonora, lo quemaría.

Tras una puerta, Leonardo, con un nudo en la garganta, lo había escuchado todo. Al oír las últimas palabras de Ferruccio, se había alejado en silencio. Con lo que había oído cumplía sobradamente la misión que le había encomendado su interlocutor. No importaba gran cosa cómo lo había conseguido; pero lo que le había pedido sí era importante, y lo que le había prometido le cambiaría la vida. Salió por una puerta lateral del palacio —con un escudo había comprado la llave— y se escabulló por los callejones. Las piernas le temblaban. Lo achacó a tres factores principales: dos de la razón y uno físico.



Sin duda, el primero era el miedo que le producía ir solo por aquellas callejuelas en las que cualquier encuentro podía ser fatal. No bastarían los dos *grossoni* de plata que llevaba en la mano, que hasta los bandidos más miserables reconocerían, para mantenerse a salvo. Aquella gentuza primero te daba una estocada en la barriga y luego te hurgaba los bolsillos. El segundo factor era que sabía que había cometido una acción innoble, aunque no supiera con qué fin. No obstante, se consoló pensando que, en cualquier caso, no habría podido negarse a hacerle un favor al más poderoso de entre los cardenales de la curia; por otra parte, aquel gesto de obediencia habría podido cambiar para siempre su vida. Tras la muerte de su madre y el exilio forzado entre los turcos para huir de los procesos por sodomía y de las exigencias de sus acreedores, no había nada que deseara más que volver a Milán con el perdón del duque, y así conseguir los viñedos y las casas que le había prometido.

El tercer motivo de sus temblores, y el más legítimo, se debía a la posición antinatural que se había visto obligado a adoptar, de pie y con la espalda curvada, para escuchar todo lo que se habían dicho los orientales y Ferruccio. Los diez poderosos haces musculares del muslo habían estado demasiado tiempo en tensión, y las vértebras dorsales de la columna habían estado comprimidas y torcidas. Ya profundizaría en las causas, quizás en Milán, en alguna pausa entre los trabajos que los favores del duque le procuraría en abundancia. Y acallaría a los acreedores.

Si Dios quería, con tanto dinero en el bolsillo encontraría el modo de impedir que Tommaso volviera a robar; aquel maldito vicio le había metido en problemas repetidamente y le había obligado a hacer callar a sus víctimas restituyéndoles diez veces lo robado.

—Maldito seas, Tommaso Masini. Y maldita sea mi suerte, porque no consigo apartarte de mi corazón.

Pasó pegado a las fachadas de Via di Ripetta. Cuando tomó Via Recta, soltó un suspiro de alivio al ver pasar la ronda pontificia. A veces su ímpetu inquisitorio se dirigía más contra los débiles que contra las bandas de españoles que habían llegado a la ciudad siguiendo la estela de los Borgia y que se habían hecho los dueños de los barrios bajos, donde extorsionaban a los mendigos y se aprovechaban de las *vacas de la noche,*[10] como llamaban a las prostitutas que no tenían dinero suficiente para ofrecer sus servicios en los burdeles. Llegó a la iglesia de San Celso y vio, por fin, *deo gratias,* la cancillería apostólica, donde encontraría a Ascanio Sforza, que en calidad de vicecanciller tenía derecho a vivir en ella. Miró a su alrededor y se encaminó a la puerta principal.

Una sombra se escabulló tras una columna de la vecina iglesia de San Biagio delle Pagnotte. Cuando volvió a aparecer, Leonardo ya había rebasado el umbral del palacio. Gabriele se felicitó a sí mismo: aquello le recompensaba por el mal trago pasado aquella noche. De tanto moverse entre espías, fulanas y tahúres, había aprendido a no fiarse. Algo había cambiado en el comportamiento del sodomita, y no se debía a algún secreto enredo amoroso. De día estaba nervioso, cuando debía estar



10. En español en el original. *(N. del T.)*

tranquilo, y parecía receloso en el uso de las palabras, cuando debería estar más locuaz que nunca.

Gabriele reconoció el palacio. Había estado más de una vez por allí, buscando gresca por orden de los Salviati, de los Orisini o de los propios Colonna. Aquella expedición nocturna tenía un objetivo muy preciso, aunque no conocía los motivos, pero Ferruccio o los orientales sabrían interpretarla. Seguro que se ganaba unas liras de más, lo cual no le iría nada mal; además, el florentino aprendería que no ser noble o inteligente como él no significaba que pudiera permitirse considerar que estaba a su disposición, como un jovencito ignorante o un clérigo en celo. Desenvainó el estoque y se colocó bien el jubón nuevo de paño negro que le había regalado Ferruccio. Con ambos se sintió fuerte y satisfecho, y emprendió el regreso. Tanto si encontraba amigos como enemigos por el camino, aquella noche se divertiría.

Quien no estaba tan tranquilo era Leonardo. Le habían llevado a un pequeño estudio sin ventanas, con un escritorio y unas sillas tapizadas en un cuero fino rojo. La alfombra de lana que ocupaba todo el suelo también era roja. Llevaba horas esperando a que le recibiera el cardenal Sforza. Sobre la mesa había un libro de geometría, y ya lo había repasado a fondo, aunque enseguida había renunciado a leer los comentarios de las ilustraciones. En la medida de lo posible, ocultaba a los demás un defecto que compensaba con su capacidad de síntesis: comprendía el sentido de las palabras, pero al leerlas de una en una se le mezclaban todas, y aquello le ponía nervioso. De modo que para escribir había adoptado la costumbre de hacerlo al revés, con la mano izquierda: era el único modo con que podía tomar apuntes sin perder de vista el orden lógico de sus razonamientos. Se justificaba diciendo que era una rareza o un capricho, por no desvelar que se trataba realmente de una necesidad. Por suerte, durante aquellas horas había encontrado entretenimiento contemplando su propio rostro y su propia figura en un gran espejo de plata colgado junto a la puerta. Acercándose y alejándose, el cuerpo se deformaba y los rasgos físicos adoptaban un aspecto monstruoso y grotesco.

Unos años antes, en Venecia, había conocido a un joven pintor alemán, un tal Türer, o Dürer, no se acordaba, que le había mostrado, satisfecho, un librillo recién impreso de título enigmático: *El barco de los locos*. Le había pedido su opinión. En aquel momento, le había parecido inquietante y carente de cualidades, pero al verse reflejado en el espejo recordó aquellos retratos ridículos y, desde luego, locos. Le pareció que podría profundizar en esos dibujos. Ya los recordaría. Luego los dibujaría él mismo, mejor. El propio Sforza, con aquella nariz aguileña, la mandíbula prominente y una joroba incipiente, sería un modelo idóneo. La puerta se abrió casi por sí sola, sin un chirrido de aviso. La figura menuda del cardenal, que le tendió la mano enguantada con el anillo para que lo besara, apareció por la puerta.

—¿Os he hecho esperar?

—No, monseñor —respondió Leonardo, inclinándose.

—Acabo de terminar los maitines. Es uno de los deberes de los pobres hombres que tenemos la ambición de llegar a santos. ¿Vos rezáis, Leonardo?

—Siempre y con devoción.

—Así salvaréis vuestra alma. Y no solo eso, si combináis la oración con la virtud de la obediencia. ¿Queréis confesaros?



El florentino se arrodilló y bajó la cabeza. El cardenal evitó que la masa de cabellos enmarañados le rozara la púrpura cardenalicia.

—¿Cuánto tiempo hace que no visitáis al barbero?

—¿Monseñor?

Leonardo abrió los ojos como platos y lo miró de abajo arriba. Se esperaba que le preguntara por sus pecados, pero no por su cabellera. Se llevó la mano izquierda a la cabeza y se dio cuenta de que desde la última vez que había ido a un barbero, que le había cobrado diez sueldos, tenía menos pelos pero más encrespados. Quizá fuera mejor —y sin duda le saldría más barato— afeitarse la cabeza él mismo y cubrirse con una boina. En aquel momento, le pareció que el silencio era la mejor respuesta.

—Ahora sentaos. No tengo mucho tiempo. Decidme lo que sabéis, sin ahorrar en detalles.

Cuando le hubo contado hasta la última palabra, adornando su relato con numerosas muestras de respeto a las que el cardenal no parecía hacer caso, Ascanio Sforza se frotó las manos. Se acarició la barbilla con el índice, se dio unos golpecitos con la yema del dedo y se dirigió por fin a Leonardo.

—Vos no habéis venido aquí. Esperaréis la hora tercia y, cuando regreséis, diréis que habéis ido al mercado de Piazza Navona a ver las luchas de perros. Os mostraréis contento porque habréis ganado veinte liras apostando por el mastín *Castrato*. Aquí tenéis el dinero. Y no temáis, *Castrato* ganará. ¿Qué sucede, Leonardo? ¿Queréis más dinero?

—No, monseñor —repuso Leonardo, recogiendo la escarcela llena de monedas—, pero, de este modo, me humilláis, me hacéis sentir como Judas.

—Nunca se habría colgado si en lugar de treinta denarios hubiese cobrado trescientos. Entre vino y fiestas se habría olvidado hasta de Dios, nuestro Señor, y mucho más de su hijo. Este dinero os será útil, pero solo para el viaje de aquí a Milán. ¿Sonreís, ahora? Mi hermano Ludovico os espera allí, como os prometí. Y también os aguardan casas, un viñedo y un estudio, solo para vos, en el castillo, donde tendréis criados y criadas, a vuestro gusto, y construiréis puentes y revellines inconquistables, sólidas barbacanas, armas de ataque y de defensa y cuantas diabluras más inventéis. Los Sforza os compensarán como os merecéis. Gozaréis de una vida que jamás el hijo bastardo de una criada árabe habría osado soñar.



—Precisamente he elaborado un barco, monseñor, con una rueda de bombardas (solo es necesario que sean un número par) que dispara en todas direcciones, con lo que así puede enfrentarse por sí solo a toda una flota enemiga. Y un proyectil con una pólvora tan potente en su interior que, si explota en un patio, cuanto más fuertes sean sus muros, más se levantará el tejado, temblará el suelo y caerán hasta las telarañas, y el fragor provocará incluso que aborten las mujeres y cualquier hembra de animal preñada, y hasta los pollos se morirán en el interior de los huevos.

—Estupendo, Leonardo. Así me gusta. De este modo, recuperaréis el favor del duque, mi hermano. Ahora id y haced lo que os he dicho. Mañana, o pasado, partiréis hacia Milán.

La ofensa sobre sus orígenes le había entrado por un oído y salido por el otro, sin calar entre los pliegues del cerebro. Hizo lo que se le había ordenado, salvo apostar veinte sueldos por *Castrato*. El mastín venció fácilmente a su adversario, un mestizo de alano español. Después de tumbarlo de una patada, lo inmovilizó en el suelo y le mordió el cuello sin soltar su presa hasta verla morir desangrada. Mientras volvía hacia el Palazzo Colonna, satisfecho de su victoria, Leonardo se imaginó un carro con un mecanismo de mandíbula que pudiera abrirse paso por entre las líneas enemigas segando las piernas a la infantería. Gabriele, en cambio, se imaginó que le agarraba por el cuello y le preguntaba qué le había contado al vicecanciller de la Iglesia. Pero apenas había tenido tiempo de pensar demasiado en eso cuando vio que una hoja salía de su costado, teñida con su propia sangre, antes siquiera de sentir dolor.

# 36

*Roma, 16 de noviembre de 1497*

Todos los guardias se reían, hasta el punto de que uno había tenido que irse a la esquina y pegarse al muro para orinar. Se debía al baile del cojo, que pedía limosna y fingía aparatosas caídas para recoger el dinero, acompañando las muecas de la cara con cabriolas circenses y juegos de habilidad con las dos cimitarras, en los que la diestra y la izquierda parecían adversarias. Las hojas, tan brillantes y robustas que todos las tomaban por verdaderas, brillaban, siniestras, a la luz de las lámparas y de las antorchas pegadas a los muros, y soltaban chispas al entrechocar. Así pues, cuando Osmán les devolvió el dinero y les presentó su salvoconducto de entrada como enviado del embajador turco, la sorpresa fue mayúscula. A esas alturas, los milicianos de Colonna ya se habían hecho tan amigos suyos que le habrían dejado pasar hasta el dormitorio del príncipe. No obstante, en ausencia del capitán, el jefe de la guardia quiso comprobar su identidad y su ocupación. Entre las florituras de una escritura desconocida, a él, que apenas sabía leer el vulgar, el cojo le señaló el nombre de Osmán ibn… y algo más, y un dibujo que representaba el símbolo de los juglares. Entonces, el jefe de la guardia ordenó a los suyos que le dejaran pasar. Estaba todo en orden, incluido el escudo que había notado que caía en su bolsillo. Por su peso debía de ser de plata, no como los sueldos que le había echado él antes.

Entre las cabriolas anteriores y la emoción de aquel momento, Osmán subió las escaleras casi sin aliento; lo más fácil había sido engañar a toda la guarnición. Si aún estuviera en activo la compañía de los *heyssessin,* no habría necesidad de extender la peste para conquistar Occidente. Los jariyíes, a su lado, no eran más que unos desgraciados que mandaban a otros a que se inmolaran mientras ellos permanecían encerrados en sus guaridas. Sabían matar solo a los inermes, o los mandaban al suicidio, prometiendo una recompensa en la que no creían siquiera; a ellos les interesaba el poder, y lo llamaban justicia. Un puñado de *heyssessin* habrían acabado sin problemas con todos los príncipes cristianos, hasta los más astutos. Ni siquiera el papa blanco estaría seguro en el interior del castillo de Sant'Angelo. El puñal ritual le habría alcanzado, silencioso, incluso allí dentro, letal y preciso como la mordedura de la cobra. Pero él también era una serpiente, o, peor aún, un encantador, encantado a su vez por una poderosa hechicera, que le había mostrado el espejismo del Paraíso disfrazando sus propias ansias de poder con el manto de la justicia.

Por su culpa había creído en un dios terrible, en un vengador, no de los oprimidos, sino de quien no seguía su férrea ley. Después, en ese barco, una mujer —sí, otra mujer— le había mostrado el dios que llevaba dentro, que podía liberarlo de la esclavitud de la venganza y del demonio del odio. Por eso había sobrevivido a una enfermedad que le había devastado el cuerpo tras haberle robado el alma durante tanto tiempo. Cualquiera que fuera su destino, seguro que pasaba por las palabras de Gua Li, simples como las que susurra una madre a su niño cuando le da de mamar. Aquel Issa, aquel Jesús sobre el que había escupido toda la vida, como imagen del enemigo, hombre y no ya dios, su verdadero salvador, sería su madre para siempre.



—¡Osmán! Eres tú...

Gua Li salió a su encuentro y lo abrazó.

—Has cumplido tu promesa —dijo. Lo cogió de la mano y le hizo sentarse en un banco a su lado—. ¡Qué bien que estés aquí!

—Los pasos de un cojo pueden superar a los de una gacela, si conoce el camino. Bienvenido de nuevo entre nosotros, hijo. *Salam aleikum*.

Ada Ta sonrió, pero Osmán no consiguió contener las lágrimas y mascculló a duras penas un «salam aleikum» de respuesta. En ese momento entró Ferruccio, que vio a la mujer rodeando con un brazo los hombros de un hombre pequeño, que vestía con modestia y que tenía una pierna visiblemente deformada. Aquello le inquietó, pero no dijo nada. Aunque no parecía que hubiera peligros a la vista, la mano derecha se le fue de forma instintiva a la empuñadura de la espada.

—Es el hombre que nos acompañó durante la travesía por mar —le dijo Ada Ta—, y que tuvo la paciencia de escuchar a Gua Li. Nos había prometido que volvería a hacerlo. Y he aquí que ha regresado, como las golondrinas en primavera.

—Estamos en pleno otoño —respondió Ferruccio—. O llega tarde, o muy pronto.

—Las estaciones dependen del ánimo de cada uno. Cuando estamos tristes, los días son aburridos y el aire es pesado, pero cuando el corazón se alegra, hasta una tormenta de nieve puede ser motivo de alegría.

—Leonardo nos deja. Dice que le ha llamado el duque de Milán —anunció Ferruccio, que no quería ponerse a discutir con el monje—. Así pues, unos llegan y otros se van.

—Es el orden de las cosas —concluyó Gua Li—. Este es Osmán, Ferruccio, un buen hombre.

—No —dijo él, limpiándose la nariz y enjugándose las lágrimas—, no lo soy. Y sabréis por qué. Pero primero quiero..., querría seguir escuchando el relato. ¿Dónde está Issa? ¿Su familia está con él? Es un hombre que merece ser feliz.



—Para que una mujer pueda dar a luz un hijo, tiene que pasar primero por el placer y por el dolor. Ambos se anulan frente a la sonrisa de la vida.

—Basta, Ada Ta. Osmán quiere oír la historia de Issa, no tus metáforas.

—La hija a la que quiero más que a estos viejos huesos me regaña. Como ves, placer y dolor continúan también tras el parto, y afectan también al padre, no solo a la madre. Adelante, hija. Yo me retiro a meditar sobre las coincidencias, que a veces son tales y otras no.

Gua Li tomó aliento. Aquel punto de la historia siempre le había roto el corazón.

La muerte tiene un color: el blanco. Después de que la furia devastadora de las milicias imperiales quemara y matara, del poblado no quedaron más que ruinas humeantes y una gran extensión de sábanas blancas, una junto a la otra, bajo las cuales se adivinaban las formas de los cuerpos destrozados. Eran más los hombres que lloraban. Uno estaba consolando a su vecino, porque la hora de la muerte había llegado cuando estaban trabajando, en los campos, en los prados lejanos donde habían llevado a pastar a las cabras, o en los mercados del valle. Algunos monjes bon tocaban las sábanas con el sagrado *khatvanga*, el bastón de los tres cráneos, como símbolo de la victoria del espíritu sobre la apariencia de la muerte. Issa abrazaba a su hijo Yuehan, frente a una única sábana bajo la cual yacían su mujer, Gaya, y su hija, Gua Pa, unidas también en el último abrazo. No había querido separarlas: estaban tan unidas en la muerte como lo habían estado en vida.

—¿Cuándo te irás? —preguntó Sayed, sin apartar la vista de la sábana.

—Mañana o pasado mañana.

Yuehan abrazó aún con más fuerza a su padre. Habían hablado toda la noche. Había comprendido que todo tiene un principio y un fin. A su misma edad, Issa había sido separado de su familia, y ahora le tocaba a él crecer y convertirse en un hombre. Su padre había prometido volver a su tierra. Era el momento indicado por el destino para cumplir una tarea que había dejado en suspenso durante años. Solo de este modo, una vez cumplida su obligación y dejando el pasado atrás definitivamente, podría retomar el camino interrumpido por el dolor. Durante el viaje, le había explicado su padre, tendría ocasión de reflexionar sobre su futuro. Tiempo después, cuando regresara, nadie los separaría nunca más. Yuehan proseguiría sus estudios bajo la dirección de Ong Pa y de los otros monjes, protegido por Sayed. Y si ahora estaban unidos por el corazón, en el futuro, con la mente abierta y el pensamiento más consciente, estarían unidos también por el alma.

—No me abandones nunca, padre.

—Eres hijo mío. Mi sangre corre por tus venas. Cuando vuelva, serás un hombre, y seré yo quien te pida que no me dejes, pero siempre serás libre de volar adonde quieras. Y cuida bien a Sayed. Sus cabellos se han vuelto grises y su bastón se apoya cada vez con más pesadez en el suelo.

—Sí, padre, comprendo, pero tú no me abandones.

Tras escuchar aquel diálogo, Sayed miró a su amigo de reojo, esperando distinguir en sus palabras una mínima reacción a lo sucedido. Muchas veces le había oído hablar de las hojas muertas que caen en la estación de las lluvias, que se convierten en alimento de la tierra para un nuevo ciclo de vida.

—Sí —respondió Issa a aquella pregunta silenciosa—, es como piensas. Conocer es actuar y caminar por el buen camino. No puedo traicionar mis propias ideas ni renunciar a mis obligaciones. La vida me ha dado mucho y me ha quitado mucho, pero no todo. Es un bien que tenemos en préstamo, no en propiedad, así que lo honesto es corresponder.

Issa dejó las montañas de la India e inició el camino de regreso, para llegar donde había nacido y donde le esperaba su karma. No fue un viaje carente de peligros, ni para su cuerpo ni para su alma. Más de una vez sintió la tentación de volver atrás. Pero ni siquiera por un instante se arrepintió de haber seguido el dictado de su corazón en lugar del de la razón. Cada vez que apretaba la mano de Yuehan comprendía hasta qué punto era más importante el amor que cualquier conocimiento. Por eso no se arrepintió ni un momento de haberlo llevado consigo.

Se unió a las caravanas de mercaderes que recorrían la ruta, que al principio lo acogieron con desconfianza. Un hombre con un chico, sin familia y sin mercancías, suscitaba muchas sospechas; podía ser un bandido, un espía o ambas cosas. Ya estaban convencidos de que era ambas cosas cuando, recién superada Kandhar, la ciudad de la muralla que rodeaba las altas colinas de alrededor, fueron atacados de noche por una banda de piratas del desierto, que iban a caballo, armados con espadas y pequeños arcos. De hecho, mientras estos se llevaban de los carros sedas y especias destinadas a los mercados sirios, Issa se quedó sentado, con Yuehan delante de él, sin moverse ni protestar. Después, los mercaderes lo vieron dirigirse al que parecía el jefe de los bandidos y ponerse a hablar con él, mientras a ellos los obligaban a desnudarse y se preparaban a sufrir la deshonra personal, como era costumbre. Entonces los bandoleros recibieron la orden de volver a montar y se llevaron únicamente una décima parte del botín. Cuando los mercaderes se dieron cuenta de que Issa y el muchacho no habían huido con aquellos hombres, comprendieron que había sido él quien, de algún modo, había salvado su dignidad y sus bienes.

—¿Cómo has conseguido convencer a esos bandidos? —le preguntaron—. ¿Eres un mago o el hijo de algún dios?

Él evitó responder, quitando importancia a lo que había hecho. Pero ellos insistieron. Issa les reveló que simplemente había usado un artificio aprendido de sus maestros.

—La voz tiene varios sonidos. La que entra en simbiosis con la respiración ayuda a relajar la mente y el cuerpo. Puede conciliar el sueño, aliviar el dolor y, a veces, incluso hacer cambiar de idea. Cuanto más suave es, como ocurre con los animales, más fácil es inducir al cambio.

—Entonces —le dijo uno— puedo convencer a mi asno para que corra más.

—Solo si tu pensamiento es más fuerte que el suyo —le respondió Issa.

Todos se rieron, menos él.

Un judío que había vendido en el gran mercado de Susa cincuenta ánforas de aceitunas en salmuera y que había obtenido a cambio alfombras y telas de algodón le mostró unos estáteros de plata y le pidió que los transformara en oro. Issa, que ya había adaptado de nuevo el nombre de Jesús, cedió ante su insistencia y, deseoso de tener noticias de su tierra, le hizo creer que así era. El hombre, contentísimo, le relató todo lo sucedido en los últimos años. Los romanos tenían un nuevo emperador, Tiberio, que parecía odiar a muerte a los judíos. Un primo suyo había sido condenado al exilio solo porque una matrona romana le había denunciado por usura, después de pedirle dinero prestado. Él había tenido que regresar a Jerusalén sin un siclo en el bolsillo.



—Cuando vuelvas a casa, ve a presentarte al tetrarca Herodes de mi parte; es un buen amigo, pero ten cuidado con el gobernador Pilatos, que es un hombre traicionero. Y ten cuidado también —le advirtió— con los galileos, que son gente tosca e ignorante, campesinos sin cerebro. A los judíos nos odian, porque somos superiores a ellos en número y en cultura.

—Yo solo soy hebreo, como tú —respondió Jesús.

—Si eres judío, puedes llegar a ser como yo. Te acogeré con mucho gusto en mi casa; pero si eres galileo, no te me acerques nunca.

Habían pasado seis meses desde que habían partido de las nieves eternas. El recuerdo de la pira en la que habían ardido los cuerpos de su mujer y de su hija aún estaba grabado a fuego en su mente. Cada vez que miraba a Yuehan y él le sonreía, reían Gaya y Gua Pa, y la muerte y la vida se confundían en él. Jesús no fue en busca del mercader de Judea. Cuando llegó a orillas del Jordán y reconoció sus palmeras y sus cedros, giró a la izquierda. Poco después vio a lo lejos Gamala, sobre las colinas del Golán. Señaló con el dedo y le mostró la ciudad a su hijo: en aquel momento volvió a sentirse como un niño y deseó ver a su madre.

Osmán esperó a que Gua Li recobrara el aliento y abriera de nuevo los ojos, que había cerrado durante todo el tiempo que había durado el relato.

—Yo no puedo pensar en mi madre más que con rabia —dijo—. He recibido más caricias de sus amantes que de ella. Nunca me quiso, quizá porque se esperaba un semental que la protegiera, y en cambio tuvo a un tullido.

—A lo mejor nunca supo decírtelo —respondió Gua Li—. Amar no depende de nosotros, es un don que recibimos, pero sí es cosa nuestra demostrarlo, y no es nada fácil. Si yo no conociera bien a ese viejo gruñón que ahora parece que no oye nada de lo que digo solo porque finge que duerme cabeza abajo, diría que no solo no me quiere, sino que me odia, puesto que recuerdo los tormentos que me ha hecho vivir desde el momento en que nací. Pero yo soy buena y le abrí mi corazón, y así comprendí que soy su hija predilecta.

—¿Cuántos hijos tiene Ada Ta? —intervino Ferruccio.

—Solo a mí, pero eso no le quita ni un ápice a su amor. Además, tampoco se muestra celoso de que hable con extraños.

Sus miradas se cruzaron por un instante. Ferruccio la apartó enseguida. Quizá no había sido más que un modo de responder a su pregunta, pero, de algún modo, tuvo que admitir que Gua Li tenía razón. Ella trataba a Osmán con la familiaridad con la que se charla con un viejo amigo. Y él sentía celos, quizá por una suerte de sentido de posesión muy diferente del que sentía por Leonora, que sentía que era suya, y con la que formaba un nido único en el que nadie podía ni debía entrar. Un nido que había quedado devastado por feroces cazadores furtivos y al que no sabía si podría volver jamás. Quizá solo quería disponer de la atención de Gua Li en exclusiva, porque le había abierto su coraza. No sentía que fuera suya. Más bien sentía que era él quien les pertenecía a ella y a Ada Ta, y no quería a nadie más cerca de ellos. Como un niño cuando llega un hermanito: al principio se siente obligado a quererlo, pero hasta más tarde no aprende a hacerlo. Solo oyó las últimas palabras que Gua Li le dirigía a Osmán.

—¿... pero cómo has conseguido encontrarnos? Y sobre todo, ¿cómo has entrado en esta especie de cárcel para reyes y reinas? Tenemos todo lo que queremos, menos la libertad. Sin ella es como no tener nada.

—Alá —dijo, en un suspiro—, o quienquiera que viva en la bóveda celeste, o quizá las palabras del hombre Jesús a través de tu boca, me han salvado de la peste, la misma que yo traía. —Osmán le mostró una cicatriz negra en forma de huevo en un costado—. Viajaba con nosotros, en el barco.

Gua Li miró extrañada a Ada Ta, a quien se dirigía siempre cuando no entendía algo. Quizás Osmán precisara realmente ayuda, y aquel bubón podía ser de verdad síntoma de una enfermedad que le hubiera llevado al delirio. Pero Ada Ta levantó las cejas, que formaron unas espesas arrugas sobre su frente, habitualmente lisa y sin edad. Esta vez, no obstante, no supo cómo responderle.

Ferruccio pensó en lo que le había sucedido meses atrás a la familia Serristori, en el encuentro con aquel criado suyo, muerto en el fango, presa de los últimos espasmos. Estaba a punto de decir algo, instintivamente, cuando el jefe de la guardia del príncipe Colonna entró sin llamar.

—Caballero —le dijo—, ha llegado su criado, está en el puesto de guardia. Tiene una herida con muy mal aspecto. Ha preguntado por vos.

# 37

*Roma, 17 de noviembre de 1497*

Gabriele, tendido sobre una manta oscura, se apretaba el costado derecho con la mano cubierta de sangre. Tenía los ojos cerrados, pero no parecía que estuviera sufriendo. Ferruccio se inclinó sobre él y reconoció en su rostro las señales de una muerte próxima.

—¿Quién te ha hecho esto?

—Si lo supiera —dijo Gabriele, haciendo una mueca con la boca—, le encontraría dentro de poco, en el Infierno. Me ha atacado vilmente, por detrás.



Se irguió ligeramente apoyándose en el codo. Ferruccio le ayudó. Una mancha oscura por debajo de las escápulas indicaba el punto donde la hoja había agujereado el cuero y había penetrado, para salir después por el costado. No era un puñal; probablemente sería una *beidana*, para la que hacían falta fuerza y habilidad. Así que era un sicario, no un bribón callejero. Aquella hoja, estrecha en la empuñadura y ancha por la punta, no perdonaba, porque cortaba por dentro y, cuando atravesaba el cuerpo, ya había hecho un daño mortal. A Gabriele no le quedaba mucho tiempo. Ferruccio lo tenía levantado, solo para reconfortarle; al menos moriría en un abrazo. Se quedó así un buen rato. Parecía que Gabriele estaba durmiendo. De un momento a otro dejaría de respirar. Abrió los ojos. Ferruccio se le acercó.

—Amo…

—No te esfuerces, y no me llames así; te lo he dicho mil veces.

—Cuidado con Leonardo. Es… sodomita.

—Tendré las nalgas apretadas, amigo mío.

—No es… por eso. Es que siempre tienen secretos.

La voz era ya un susurro. Ferruccio acercó la oreja a su boca. Fuera lo que fuera lo que tuviera que decirle, serían las últimas palabras que pronunciara.

—No me fiaba... Esta noche ha salido... y se ha ido al palacio de los Sforza, a ver al cardenal... Luego le he visto ir adonde se disputan las peleas de perros... Después ha vuelto aquí. Me han atacado mientras meaba..., de espaldas...; qué muerte tan triste...

—La muerte siempre es triste, Gabriele. A lo mejor después hay algo por lo que vale la pena morir.

—Ya es inútil que le habléis, caballero —dijo el capitán de la guardia, poniéndole una mano en el hombro—. Está muerto.

Sin decir una palabra, Ferruccio lo tendió sobre la manta. Con dos dedos le bajó los párpados y le borró del rostro aquella expresión de asombro y dolor. Después una sombra le oscureció la faz.

—¿Habéis visto marchar al arquitecto Leonardo?

—Sí, gracias a Dios. Corrompía a mis hombres.

—¿Cuánto tiempo hace que se ha ido?



—Hará una hora. Le esperaba un carro de cuatro caballos, uno de esos nuevos con transmisión. En mi vida he visto muy pocos así. Lleva el escudo del duque Sforza, una escolta de seis milicianos, y un guardia en el pescante, también armado. No os lo aconsejo.

—¿El qué?

—Ir tras él. Lo he visto en vuestros ojos. Dejadme a mí vuestro criado. Yo me encargaré de darle sepultura.

—No era mi criado.

—Eso os honra, caballero. Sois un soldado, lo entiendo, como yo, no un señor. Y como oficial os pido que me hagáis caso. Marchaos si podéis; hace unos días que hay movimiento. Caras nuevas, rumores, insinuaciones.

—El príncipe nos garantiza...

—No es él. Colonna no es un infame: mantiene la palabra que da y la defiende con su propia vida. Pero pasan otras cosas. Cuando las ratas abandonan el barco, como ha hecho el florentino, es señal de peligro. *Hic sunt leones*.

—Sabéis latín. —Ferruccio esbozó una sonrisa—. Me habéis advertido en esa lengua. ¿Y si yo no la entendiera?

—Lapo Britonio —dijo, y le tendió el brazo, que Ferruccio

apretó—. El nieto de Paolo de Mola no puede desconocer el latín. —Ferruccio soltó la mano como si hubiera visto un fantasma—. Conocí a vuestro abuelo, hace muchos años combatí con él en Giornico. Defendíamos los derechos de los suizos contra la traición de Galeazzo, hermano mayor del duque Ludovico y del cardenal Ascanio. Uno contra veinte... y con pocas armas... Pero luchábamos por la libertad. Los sepultamos bajo una avalancha de piedras y troncos. A los Sforza aún les duele esa derrota.

—La batalla de las piedras grandes... Mi abuelo me habló alguna vez de ella. Me decía que para aquella batalla, como para muchas otras, cuando se trataba de combatir por una causa justa, se juntó a otros hombres como él, los supervivientes de la Orden del Temple.

—Era un hombre honesto. A veces compartíamos la misma montura, como era tradición. *Semel frater, semper frater,* Ferruccio de Mola. Una vez que te vuelves hermano templario, lo eres de por vida. Sed digno de él y del nombre que lleváis, y recordadme en vuestras oraciones, junto a él, cuando ya no esté. Y fiaos de mi consejo. Es el instinto el que me lo dice: después de lo ocurrido, apostaría la única amiga con la que me voy a la cama y que, de vez en cuando, aún me da algún consuelo.



El capitán dio un manotazo al pomo de la espada que llevaba al costado.

—Marchaos ahora y hablad con vuestros amigos. Hay un pasaje que lleva a las bodegas. De ahí podréis salir a la Porta dei Carrai. Después, que Dios os acompañe.

—Hoy en día le temo hasta a Dios.

Más tarde, Ada Ta dijo que necesitaría meditar el tiempo que tarda un huevo de gallina en ponerse duro sin teñirse de verde. El índice, el medio y el pulgar formaban el trípode en el que apoyaba el cuerpo en la posición del loto. Gua Li vio por primera vez que un ligero temblor recorría su cuerpo, como si aquella posición le cansara. Aquello sí que era algo nuevo. Le asustó no solo la idea de que Ada Ta estuviera haciéndose viejo, sino también su olor, que por un instante le recordó el de las hojas muertas, cuando el aroma del musgo se mezcla con el de la tierra húmeda. Era el olor del cambio, de la mutación y de la renovación, que hasta ese día aquel hombre sin tiempo nunca había emanado.

—No es casualidad que el oso y el pez se encuentren cada año en el mismo punto del río. —Ada Ta, que se había puesto a gatas, arqueando la espalda, hizo el gesto de dar un zarpazo y meterse la presa en la boca—. El pez no es tonto, pero su destino es la supervivencia del oso. No es casualidad que la muerte de Gabriele, el hombre de las múltiples caras, coincida con la llegada de Osmán, el hombre de una sola pierna.

Gua Li se sintió aliviada cuando el monje volvió a la posición del loto y se puso en pie al momento, sin apoyarse en las manos.

—Los *chakras* de la tierra —prosiguió, gesticulando— fluyen rápidos, como los vientos tempestuosos que llevan lejos las semillas que a su vez fecundan la tierra. Todo se mueve en ciclos: el día se convierte en noche; la muerte, en vida; y la indiferencia, en amor. Hasta la buena comida que nos da gusto al paladar se convierte en estiércol, pero este a su vez es un abono excelente para producir sabrosos frutos.



—Ada Ta… —dijo Gua Li.

—Oh, sí, hija mía, tienes razón. La larga vida de este viejo alarga también sus razonamientos, cuando debería saber que el tiempo del que dispone es cada vez menor, igual que la piedra lanzada al aire va perdiendo gradualmente su fuerza hasta caer al suelo con la velocidad del rayo.

—¡Ada Ta! —le exhortó de nuevo Gua Li—. Te lo ruego, dinos qué has pensado.

—Muy sencillo. El libro de Issa y tus palabras debían ser la nueva miel con la que se alimentaría una nueva reina, pero está claro que los osos golosos han decidido repartirse el botín.

—¿Entonces? —preguntó Ferruccio—. ¿Qué propones?

—El capitán de la guardia posee la sabiduría de un viejo elefante. Tú y Gua Li iréis con Osmán; yo he leído en su corazón. Aún tiene mucho que decir y que escuchar, y mantendrá vuestras naves a buen recaudo en su puerto.

—¿Y tú?

—Yo, hija mía, tengo que encargarme de esconder la miel y de enfrentar a los dos osos, el uno contra el otro.

—Ni hablar. No quiero que te quedes aquí mientras los osos buscan la miel.

—Si la abeja pica al oso en el ojo, gana su batalla.

—Pero si pierde el aguijón, muere.

—Decía el sabio Sun Tzu que a veces hace falta perder una batalla para ganar una guerra.

—Y también que la mejor batalla es la que ganamos sin combatir, como en la vida.

—¡Por favor! —Ferruccio levantó la voz. Con las manos en alto, les rogó que no siguieran con aquello—. Yo no me quedaré aquí ni me iré con Osmán. Me vuelvo a la Signoria. Alguien me ayudará a encontrar a Leonora, esté viva o muerta.

Ada Ta se le acercó y apoyó suavemente la mano en su hombro.

—Comprendo tu deseo, y es lo que queremos todos. Pero para llegar antes a la cima de la montaña no sirve de nada el camino recto; hay que ascender en espiral.

Lo que Ferruccio tomó por una caricia en el cuello se transformó en una tenaza férrea y de pronto le invadió una repentina sensación de torpor. No tuvo tiempo de reaccionar. Lo último que sintió fue el contacto de los brazos de Ada Ta, que lo sostenían.



—¿Qué le has hecho? —exclamó Gua Li. Se lanzó junto a Ferruccio, le cogió la cabeza entre las manos y la apoyó en su pecho.

Ada Ta le sonrió.

—Nada malo, hija. Es lo que te hago a ti cuando no puedes dormir. Ahora date prisa, coge una semilla de amapola, cuécela y haz que respire los vapores. Esta noche os lo llevaréis con vosotros. Repite el tratamiento durante tres días, recuérdalo, ni uno más. Yo llegaré y, si no llego, libera el pájaro de la jaula y volad con él. ¿Osmán?

—*Inshallah*…

—Sí, efectivamente; si Dios quiere, ocurrirá.

Aquella noche, un anciano, un cojo y una mujer salieron por una puerta lateral del Palazzo Colonna, recorrieron callejones y pasajes, trazando un recorrido tortuoso, hasta llegar a un edificio que había vivido tiempos mejores. La fachada, orientada hacia el norte, estaba cubierta de hiedra, cuya telaraña de ramas había ido dando solidez a los muros con el paso del tiempo. Los dos hombres llevaban a hombros una alfombra enrollada.

—Ya no tengo la fuerza de otro tiempo. —El capitán Britonio apoyó la alfombra en el suelo—. Tiene razón la madre de mi hijo Girolamo cuando dice que ya no valgo para nada, ni en la cama ni fuera de ella.

—Un último esfuerzo —dijo Osmán, recogiendo la carga—. Son tres tramos de escaleras.

Un ruido de pasos les hizo detenerse. Tras la esquina apareció una ronda de cinco hombres, cuatro con alabardas y su superior, que al verlos desenvainó su pincho.

—¡Alto ahí! —ordenó—. ¿Quiénes sois y qué transportáis?

—Buen Dios —exclamó Gua Li—. Mis oraciones han sido escuchadas.

—Vas con una hora de retraso o llegan demasiado pronto tus oraciones, mujer —respondió el otro—. Me apuesto diez liras que en esa alfombra hay un hombre asesinado. ¡Abridla!

—Nos habéis descubierto y tenéis razón —dijo la mujer—. Por favor, amigos míos, mostradle el cadáver al capitán.

Britonio y Osmán se miraron: quizás el susto que le había provocado aquel encuentro le había oscurecido la mente. Ambos sabían que a veces los más nobles estados de ánimo, con el miedo, inducen hasta a los más valientes a los comportamientos más mezquinos. No obstante, con aquellos cinco milicianos delante no tenían otra opción. Dejaron la alfombra en el suelo, y al desenrollarla apareció un hombre con el rostro cubierto de vendas manchadas de sangre. El jefe de la ronda dio un salto atrás.

—¿Qué es esto?

—Lo que vos habéis dicho. —Gua Li se le acercó y el otro dio un paso atrás—. El muerto, asesinado por la lepra. Os lo ruego, ayudadnos a subirlo hasta lo alto de estas escarpadas escaleras. El Señor os compensará el esfuerzo.

—¡Atrás, mujer! ¡Y vosotros dos también, con el leproso! —Los soldados pusieron las alabardas en ristre por precaución—. Que el diablo se lo lleve, y a vosotros con él, malditos.

La formación reculó, compacta, hasta que los guardias giraron la esquina por donde habían venido y echaron a correr. Sus pasos atropellados resonaron por las calles hasta que, de nuevo, se hizo el silencio. Entonces los dos hombres volvieron a echarse el fardo a los hombros. Una vez en lo alto de las escaleras, Osmán, sudoroso y dolorido, sacó una gran llave de hierro con la que abrió la puerta. Gua Li dio un respingo. Un olor a muerte penetró con violencia en sus fosas nasales. Se echó una mano a la boca para no vomitar. Britonio también hizo una mueca; conocía perfectamente aquel olor.

—¿Qué tipo de carroña has dejado pudrir ahí dentro? —le espetó.

—Ratones —respondió Osmán, entre dientes—, pero los quemé todos, los vivos y los muertos.

El capitán no hizo más preguntas. Dejaron la alfombra sobre una cama y Gua Li les rogó que se apartaran y que dejaran que le quitara las vendas a Ferruccio. La mujer observó su rostro, con aquella expresión de aturdimiento provocada por la droga. Tenía el cabello levemente tiznado de gris y una barba negra con algún pelo claro en la barbilla, los pómulos fuertes y los labios de líneas decididas, bajo una nariz tan recta y fina que resultaba casi femenina. Pensó en aquel príncipe italiano del que había sido amigo Ferruccio, Mirandola, que había llenado de fantasías sus sueños de infancia y juventud. Estaba segura de que, cuando los dos salían juntos a caballo, atravesando ferias o mercados, no habría mujer que no los mirara con admiración y quizá con envidia, pensando en todas las que le esperaban en casa, dispuestas a lanzarse entre sus brazos.



Le acarició una mejilla con un dedo y se ruborizó cuando Ferruccio abrió los labios, emitiendo un murmullo que habría podido ser de amor. Soñaba, estaba segura de ello. ¿Por qué no darle un momento de alegría, pues, aquella felicidad completa que a veces solo los sueños saben dar? Siguió hasta darse cuenta de que no era la imagen del conde la que le daba aquella satisfacción, sino la respuesta a sus caricias en el rostro de Ferruccio. Le gustaba sentir que podía darle aquel placer.

Se despidió de Britonio, que antes de marcharse intercambió una señal de paz con Osmán: en otra ocasión y en otro momento podrían haberse encontrado en bandos opuestos, dispuestos a matarse al oír la voz de mando de sus príncipes. Gua Li se dirigió a la cocina y sacó las cenizas de la chimenea, entre las que distinguió huesecillos y clavos. No era el momento de hacerse preguntas; más tarde ya interrogaría a Osmán al respecto. Tenía que darse prisa. No podía permitir que Ferruccio recobrara la conciencia.

Cogió paja seca, hizo un nido y, frotando la sílice sobre el pedernal, hizo fuego. Añadió más paja y sopló frunciendo los labios hasta que apareció una llama. Puso unos tacos de madera y tablillas alrededor, y añadió unas fibras de lino que encontró en un rincón. Colgó una cazuelita del soporte y preparó un compuesto con semillas de amapola. Cuando el agua entró en ebullición, se protegió nariz y boca con un pañuelo y volvió junto a Ferruccio para que inhalase el humo de aquel compuesto. Por unas horas descansaría en paz. Cogió unos peces y unas setas secas, molió una parte en un mortero y amasó la pasta con harina que encontró en una artesa. «El trabajo manual distrae de los malos pensamientos», decía siempre Ada Ta, y tenía razón.

Mientras tanto Osmán se había retirado a rezar, arrodillado sobre la misma alfombra que había servido para envolver a Ferruccio. Había llegado la hora de la primera de las cinco oraciones. Intentó localizar la *qibla*, la dirección de La Meca, sin conseguirlo. Dios apreciaría igualmente su esfuerzo, pero cuando pudo pronunciar por fin la sagrada invocación, *laa ilaha illallah*, que aseguraba que no había otro dios que Dios, se preguntó a quién estaba rezando realmente. Desde luego no al dios que le había mandado matar ni al que le había prometido las setenta y dos vírgenes. O quizá sí; quizá fuera ese dios, pero le habían engañado sobre su identidad, presentándolo de un modo equivocado. Eran ellos, pues, quienes habían incurrido en *haram*, en lo prohibido, no él, que rezaba a una entidad indefinida, que a cada palabra murmurada asumía cada vez más los rasgos de aquel Jesús que empezaba a conocer por boca de Gua Li. Cuando cumplió devotamente con la *salât* matutina, entró en la cocina y se puso a observar en silencio a Gua Li, que cocinaba. Cuando acabó de cocer la torta de harina de garbanzos que tenía al fuego, la mujer se giró hacia él y ambos se sentaron. Entonces, ella prosiguió su relato.

# 38

Llegó a Gamala cuando el sol ya estaba bajo en el horizonte. El agua ligeramente encrespada del lago de Genesaret reflejaba sus rayos. Se veía poca gente, pero de los techos de las casas salía un humo oscuro.

—Parece una ciudad muerta.

—Puede que sea *parasceve*, Yuehan.

Su hijo lo miró como si le hubiera hablado en una lengua desconocida. Jesús le sonrió. 307

—Tienes razón, no puedes saberlo. El *parasceve* es el día anterior al *luscevc*, en que está prohibida toda actividad, hasta cocinar. Por eso están todos en casa, preparando la cena.

—¿Y por qué está prohibido?

—Es una antigua ley de los patriarcas, recuerda el día en que el dios de Abraham descansó tras la fatiga que supuso la creación.

—Un dios no se puede cansar; si no, no sería dios.

—Eso es lo que decía tu abuela. Espero que la conozcas. Es ella quien me enseñó a pensar.

Al volver a recordarla, Jesús cerró los ojos e inspiró profundamente: una cálida fragancia le recordó la *challà*, aquel pan trenzado, y enseguida reconoció el penetrante aroma de la tilapia cocinada sobre las brasas con cebollas. Aquel pescado nunca le había gustado, y su madre siempre había tenido que recurrir a trucos para que se lo comiera. A veces se escapaba de casa para evitarlo, aunque sabía que al final el hambre le obligaría a rendirse. Y cuando volvía a casa, lo encontraba en el plato, con otro encima tapándolo, aún tibio, y ante la mirada benévola de su madre, que sonreía, acababa por apurar hasta la espina.

Junto a las puertas había cestas que ya estaban llenas de panes *matzah*, planos y redondos, que condimentarían al día siguiente con aceite y aceitunas, y que acompañarían con requesón. Algún mercante se permitía comer cuello de oca relleno, pero él solo lo había probado una vez y, a menos que sus hermanos se hubieran hecho ricos, sería difícil volver a probar aquella delicia.

Desde el momento de su marcha había dejado de seguir las normas, primero por necesidad y luego por elección. Le había parecido ilógico rechazar la carne de un animal sin pezuñas, o la de la anguila, porque no tenía ni aletas ni escamas. O poder beber leche de vaca y no de burra, comerse el hígado y no los riñones, o usar diferentes cazuelas para las comidas grasas y para las magras. Se acordó de aquella vez frente al templo, cuando le había preguntado a su padre por qué eran impuras las abejas si no lo era la miel. Su padre lo había sacado de allí a rastras ante la mirada acusatoria de los escribas que habían escuchado su pregunta sacrílega. En realidad, ni siquiera ellos conocían la respuesta.

Sus ojos se cruzaron con los de una mujer, quizás una criada, que llevaba sobre la cabeza una cesta llena de pescados. Le preguntó si sabía cuál era la vivienda de José, el carpintero, y ella, por toda respuesta, les sacó la lengua a él y al chico. Sorprendido, miró a Yuehan, pero la pelusa que asomaba sobre su boca le recordó que dentro de poco estaría en la edad del *bar mitzvah* y que las mujeres ya podrían mirarlo con ojos que no fueran de madre.



El pueblo había cambiado en aquellos dieciocho años de lejanía, no solo lo había hecho él. Era evidente que, pese a que los romanos habían traído consigo la esclavitud, también había un mayor bienestar. Las casas eran más sólidas, pero todas tenían una puerta de madera, y muchas estaban cerradas, y solo el miedo hace tener las puertas cerradas. Sería el mismo motivo por el que nada más llegar vio una fortificación junto al templo, en lo alto, quizás el cuartel general de la guarnición romana. También era señal de cambio aquella mujer descarada, acostumbrada quizás a sacar partido de los forasteros, fueran soldados o comerciantes.

No estaba seguro de dónde se dirigía, pero en un cruce reconoció una doble hilera de olivos.

—Quédate detrás de mí y no digas nada. Creo que hemos llegado a casa.

—A la tuya, padre, no a la mía.

Las casas, que en otro tiempo tenían huertos a la vista, estaban ahora provistas de unos muros de protección sobre los que asomaban las hojas grasas y espinosas del aloe, más a modo de amenaza visual que real. Localizó la casa de sus padres, separada de las demás. La cal había caído en parte, dejando desconchones por los que se veía la arcilla roja, como una serie de ocasos pintados sobre el blanco de la pared. Había unos hombres sentados de espaldas a la calle, tras los arbustos de enebro. Jesús se detuvo, arrancó una baya y aspiró su aroma oleoso.

—¿Qué quieres?

Uno de los hombres se puso en pie. Llevaba una barba corta y rojiza y le amenazaba con los puños cerrados, los brazos extendidos hacia el suelo y los hombros encogidos. Aquella postura y el vago parecido a un niño de cabellos rizados le transportaron a los juegos de la infancia, frente a un muro blanco. Tiraban unas conchas, y ganaba el que conseguía dejarla más cerca del muro. Y el más pequeño de ellos, que reía pero que se enfadaba cuando perdía, se encogía de hombros y apretaba los puños antes de echarse a llorar. Entonces, a él le tocaba dejarse ganar la partida.

—¿Judas?

—¿Tú quién eres? ¿Y cómo sabes mi nombre? Yo no te conozco.

Era él, su hermano. Sintió la tentación de abrazarlo, pero se contuvo. No lo habría entendido. Le pidió amablemente hablar con él en privado. Judas lo siguió, perplejo, hasta un limonero poco distante, cargado de frutos.



—Mírame bien y dime si me reconoces.

Judas lo miró, frunciendo el ceño, y, al poco, sacudió la cabeza.

—Soy tu hermano, Judas; soy Jesús.

—¿Cómo te permites…?

Apretó los dientes y a punto estaba de darle un puñetazo cuando sonrió. Lo miró a los ojos y reconoció su expresión. Abrió los ojos como platos y se llevó las manos a la boca.

—¡Por la barba de Abraham! Tú…, eres tú…, yo…, nosotros te creíamos muerto… y, en cambio, has vuelto…

Se cogieron ambos de los brazos, riendo y llorando al mismo tiempo. Se soltaban, se miraban y volvían a abrazarse. Alguien pasó frente a ellos y se rio.

—Estoy contento, hermano.

—Yo también, hermano mío.

—Tienes que contarme muchas cosas. ¿Dónde has estado todos estos años?

—Te lo diré, pero primero dime cómo está nuestra madre.

—Está en casa, aún más irascible que antes, pero será mejor prepararla para este encuentro. Te ha llorado durante años. Luego hizo construir una tumba junto a la de nuestro padre.

Jesús bajó la cabeza.

—¿Cuándo?

—Lo siento, hace mucho tiempo, pero tú... no podías saberlo.

—¿Cuándo?

—Hace diez años. Había ido al mercado de Séforis. Le esperábamos para el día siguiente, pero nunca llegó. Encontramos su cuerpo en Magdala, junto a la orilla del lago. Parecía que estaba durmiendo. Lo llevamos a Siquem, donde había nacido. Allí es donde está tu..., bueno, tu tumba.

—¿Me acompañarás a verle?

—Claro, hermano mío, pero ahora ven. Tienes otro hermano, ¿no te acuerdas?

—Aún más gruñón que tú —dijo Jesús, sonriendo—. El pequeño Jaime.

—Ahora es más alto que tú y que yo. Se parece a nuestro padre.

Yuehan se había quedado al margen y seguía observando con curiosidad a su padre y al otro joven con el que se abrazaba.



—Y... —preguntó Judas, señalando al chico—. ¿Ese quién es?

—Tu sobrino. Supongo que le gustará saber lo que es tener un tío.

—¡Entonces por fin te casaste!

Jesús no respondió. Judas entendió que era hora de que se reencontraran madre e hijo.

Cuando comprendió a quién tenía delante, María lanzó un grito que se oyó en toda la calle. Los vecinos acudieron a toda prisa, temiéndose alguna desgracia, pero cuando los primeros en llegar se enteraron de la noticia, esta se extendió desde el barrio de los carpinteros y, antes de que empezara el sabbat, ya había llegado a toda Gamala. Jesús no se liberó de los besos y de las preguntas de su madre hasta que Orión apareció por la ladera oriental del Golán. Después fue el turno de Yuehan. No hizo mención siquiera a la ausencia de su madre.

—Eres guapísimo, Yuehan, aunque tienes un nombre imposible de pronunciar. Aquí serás Yohanan o Yoannes, como tú quieras.

El muchacho esbozó una sonrisa, pero a él le gustaba Yuehan. El otro nombre era parecido, pero no era el suyo.

—Sí —prosiguió María—, eres aún más guapo que tu padre. Y

tienes en los ojos su mismo fulgor. Deja que se vuelva niño un rato y quédate conmigo; no te aburrirás, ya lo verás. Pero si te aburres, no temas hacerme callar, y vete al mercado a que te vean las chicas. Por lo que veo, ya no debes de jugar con nueces; casi estás listo para el *bar mitzvah*.

Jesús la interrumpió. Ella también se había dado cuenta de cómo había crecido Yuehan. Lo habían hecho todos menos él. Gaya habría sonreído, orgullosa.

—Querría darme un baño, madre, si es posible.

María lo miró, sorprendida, y también Jaime y Judas. Yuehan asentía.

—Hace semanas que no lo hago. La verdad es que me haría falta.

—El *shofar* ha sonado ya tres veces. Ya es sabbat —dijo Jaime.

—Tendrás que esperar hasta mañana por la noche.

—No —respondió Jesús—. Si fuera por falta de agua o por otras razones, esperaría.

—¿Has olvidado acaso nuestra religión? —dijo María—. Ha pasado mucho tiempo.

—No, madre, es solo que creo que el sábado se ha hecho para el hombre, y no el hombre para el sábado. Me pica todo y debo de apestar como una cabra montesa. A Yuehan le pasa lo mismo. Pero no quiero obligarte; encontraré una posada romana, y los últimos siclos que me quedan en el bolsillo serán mi salvoconducto para un poco de agua limpia y de esencia de cedro.

La mujer se quedó de piedra. Antes de que pudiera responder, Judas intervino, para evitar tanto la incomodidad de la madre como una diatriba sobre un rito que secretamente consideraba anacrónico:

—Conozco un sitio por donde, por dos monedas, nos darán una habitación con una cuba de agua caliente para ti, un buen hidromiel para mí, e higos y dátiles para los dos. El pecado está solo en el corazón de quien lo comete, decía nuestro padre, y tú, madre, ¿no decías acaso que tenía razón? Del chico se ocupará nuestra madre, ¿verdad?

María hizo una mueca, pero luego le pasó los dedos por el pelo a Yuehan.

—Parece que lo necesita de verdad. Pero a vosotros dos os recuerdo que, aunque es tradición que una mujer se muestre siempre de acuerdo con su marido, ella lo hace solamente por no humillarlo. Que os quede claro. Y tú, hijo mío reencontrado, pobre de ti que mañana rechaces mi pescado, como antes. Ahora dejadme encender la lámpara, que ya he cometido pecado.

María sonrió. En aquel momento Jesús la reconoció como madre y maestra: los cabellos grises y las arrugas alrededor de los labios no eran más que un rastro dejado por el tiempo sobre su cuerpo, no en su espíritu. Judas lo había heredado todo de ella.

Los dos hermanos se pasaron la noche riendo y llorando con las historias que se contaban el uno al otro. Al final se durmieron juntos, abrazados como cuando eran niños. Al día siguiente, Jesús fue recibido frente a su casa por una multitud de curiosos que lo interrogó durante horas, hasta el punto de que María tuvo que prometerles que al día siguiente su hijo se pondría a su disposición, solo para conseguir que se fueran. Por fin lograron sentarse a la mesa. Jesús comió con gusto la tilapia con cebolla y el pan ácimo con aceite y requesón. Después del almuerzo, mientras Yuehan se sumía en un sueño profundo velado por María, se sentó fuera, bajo la escasa sombra que daba una palmera.

La temperatura era suave y una brisa llegaba del lago. Él, Judas y Jaime se refrescaban con una bebida de hibisco, que le recordó el agua dorada de las hojas secas del árbol del tu, menos dulce y más fuerte.



—¿Cuánto tiempo te quedarás, hermano?

—No lo sé, Judas. Si os parece demasiado —dijo, sonriendo—, me iré antes.

—Aún no me creo que estés aquí y ya todos hablan de ti. Apuesto a que la noticia de tu llegada ha viajado hasta Jerusalén.

—No soy tan importante.

—La verdad es que sí. La gente creía que habías muerto y has regresado, y nada menos que del otro extremo del mundo, como si vinieras del cielo o de las estrellas. Como si fueras Elías, que regresa en su carro de fuego.

—No blasfemes —intervino Jaime.

—Están encantados contigo —prosiguió Judas—. Tú hablabas, pero no les has visto la cara, pero yo sí. Cuando has hablado de tu vida entre aquellos monjes y de su sabiduría, he visto cómo les brillaban los ojos. Y cuando les has hablado de la paz que reina entre tus montañas, de la libertad pero también de las injusticias que has sufrido, te juro que muchos habrían estado dispuestos a seguirte, si se lo hubieras pedido.

—Jesús solo quiere quedarse con nosotros un tiempo, Judas. Déjale en paz.

Jaime se puso en pie. Conocía las ideas de su hermano Judas y los riesgos que corría, y temía por su vida. Los romanos y el Sanedrín habían hecho un pacto: ningún judío sería hecho esclavo ni sería deportado a Siria o Egipto, y podrían vivir en paz, siempre que se pagaran los diezmos con regularidad y no se elevaran voces de protesta.

—Pero ¿no entiendes que un hombre como él, si quisiera, podría traer la esperanza a nuestro pueblo?

Era precisamente aquello lo que se temía Jaime, que sacudió la cabeza y se alejó.

—No te preocupes por él —dijo Judas—. No es mala persona, pero tiene miedo por mí y por nuestra madre. Una vez, en el Tiberíades, me agredieron tres tipos en el mercado, y él solo se las arregló para que salieran corriendo. Pero piensa en lo que te he dicho. Hablar de paz, de justicia y de amor no es hacer política o ser un subversivo, pero tú y yo sabemos que sin libertad esas palabras están vacías.

No hablaron más del tema durante unos días, pero Jesús pensó mucho en aquello. Su maestro Ong Pa repetía siempre que las palabras tienen que ir acompañadas de la acción y del ejemplo para que sean fértiles, del mismo modo que para la continuidad de la vida es necesario que se encuentren el principio femenino y el masculino. Ong Pa, a la vuelta de sus viajes, repetía siempre que lo que se aprende no debe quedar en el lugar en que se ha aprendido. Hay que ir por los campos sin cultivar y hacerlos fecundos. No se debe sembrar sobre los ya sembrados. Ong Pa se reía cuando decía que era como hacer nubes y lluvia con una mujer encinta y esperar con ello generar un hijo más. Era totalmente inútil, lo sabían, aunque fuera igual de agradable para ambos. El recuerdo de Gaya le pasó por la ingle y del vientre le subió hasta la garganta.

—Aún la echas mucho de menos, ¿verdad?

Judas siempre estaba a su lado, incluso en los silenciosos paseos que daban al anochecer, en cuanto salía de la carpintería.

—Esperaba que el viaje me ayudara, igual que encontraros a vosotros, a mi familia. He amado a Gaya mil veces, y solo a ella, y mi pena es aún mayor cuando pienso en Gua Pa. He aprendido que cuando yin y yang se unen, forman la unidad ancestral y perfecta. Si ese es el don más grande para el hombre, más grande es aún el dolor que se siente cuando se rompe, porque el amor no está hecho solo de vísceras, sino también de conciencia.

—Has sido un hombre con suerte, Jesús, y tienes un hijo que es tu vivo retrato.

—¿Y tú no amas a tu mujer?

—Tú te has ido para que no te impusieran una mujer; yo no. Noa es buena y trabajadora, y quiere a sus hijos —Judas sonrió—, que, por otra parte, espero que sean también míos, aunque se parecen al comandante de la guarnición romana. Ayúdame, hermano —dijo, ya sin la sonrisa en el rostro—, haz que nuestras vidas no sean vidas perdidas. Habla con la gente, yo iré contigo. Jaime también lo hará, estoy seguro.

—Yo tengo las semillas, y estos son campos sin cultivar.

—Solo unos meses. Luego te puedes ir si quieres.

—Es una tierra virgen.

—Era la que se nos había prometido y que nos han arrebatado.

—Podría intentarlo.

—Te escucharán. Por lo demás, si no lo hacen, al menos habremos estado juntos los tres, como en los viejos tiempos que nunca llegamos a vivir.

—¿Y nuestra madre?



—Estará orgullosa, le darás una segunda vida.

—¿Y la carpintería?

Judas se levantó del suelo, le dio un empujón y le hizo caer patas arriba. Después le sonrió y le tendió el brazo para ayudarle a ponerse en pie. Jesús se cogió con fuerza y tiró de él. Ambos rodaron y se rieron. Cuando llegaron a casa, María les regañó porque ambos traían la ropa sucia.

Gua Li se paró: enfrascada en el relato y atenta al rostro absorto de Osmán, que no le quitaba los ojos de encima, se dio cuenta de que se había olvidado de las semillas de amapola. Preparó el compuesto, pero cuando se sentó junto a Ferruccio sintió que le cogían el brazo. No le hacía daño, pero no conseguía hacerle inhalar el humo y protegerse de él al mismo tiempo. Mientras el hombre flotaba suavemente en el sueño inducido por la droga, Gua Li sintió que se apoderaba de ella una cálida sensación de torpor y de bienestar que nunca antes había sentido. Así, mientras Ferruccio murmuraba palabras sin sentido, con la excusa de hacerlo callar, apoyó los labios contra los suyos.

# 39

*Roma, 18 de noviembre de 1497*

—¡Adorados míos!

Así acogió a sus hijos el ducentésimo decimocuarto papa, Rodrigo Borgia, sobrino de Alonso de Borja, sepultado cuarenta años antes en San Pedro con el nombre de Calixto III. En el centro exacto del salón de los embajadores de la basílica, sentado en un trono dorado, los recibió sin levantarse y esperó a que uno tras otro, Lucrecia, Jofré y César, le presentaran los debidos respetos. Los tres se sorprendieron de la extraña disposición del mobiliario, puesto que el gran escritorio de escayola florentina solía estar situado en la esquina que daba al jardín, de forma que quien se sentara detrás quedara a la sombra y pudiera ver bien el rostro a sus interlocutores. A César aquella disposición le recordó la horca de Campo de'Fiori, siempre en el centro para que todo el mundo pudiera verla, temer su poder y evitar así encontrarse en el lugar del condenado, fuera judío, bruja, delincuente o acreedor. Resultaban también inquietantes aquellas cuatro sillas, cuando ellos eran tres.

A un gesto de su padre se sentaron: César y Jofré en un lado, con la silla vacía entre ellos y Lucrecia.

—Adorados míos —repitió el papa—, gracias por venir a ver a vuestro viejo padre.

—¿Podíamos negarnos? —observó César, estirando los pies bajo la mesa.

Alejandro VI pasó por alto el comentario con una sonrisa. De los tres hijos, César era el que más se le parecía, aunque no físicamente, pero estaba seguro de que era hijo suyo, por el gesto, por su arrogancia y por muchas otras cosas. Esta vez, en cambio, debería demostrarle que poseía también el arte de la diplomacia, del que, al parecer, carecía.

—Estamos solos, y aquí, en el centro, si no levantamos la voz, nadie podrá escucharnos, ni siquiera Burcardo, que estará detrás de una de estas puertas con su cuadernillo negro, que un día u otro —gritó— le quemaré..., y a él con el cuaderno. ¿Queda claro, Burcardo?

Se oyeron unos pasos que se alejaban a toda prisa.

—Si estáis aquí los tres es porque me fío de vosotros. En vuestro interior corre mi sangre, y en alguno de vosotros aún más.

La mirada apresurada que lanzó a Lucrecia no le pasó por alto a César, pero Jofré lo miró frunciendo el ceño. Que su padre no estuviera seguro de su paternidad le sentaba mal, igual que tener que compartir a Sancha con su hermano, lo que le hacía objeto de escarnio.

—Pero antes que nada querría elevar con vosotros una oración en recuerdo del alma que debería sentarse en esa silla vacía, vuestro hermano Juan.



Con la cabeza gacha y las manos juntas, escrutó sus rostros de reojo, pero su mirada solo se cruzó con la de César.

—Ahora que hemos rezado por una vida que se ha ido, levantemos nuestros corazones por otra que llega. Esta vez Dios, nuestro Señor, me ha jurado por la cabeza de su hijo —dijo, dirigiendo la mirada a César— que ninguna conjunción astral, ni ángel ni demonio, y mucho menos una mano humana, impedirá este nacimiento.

César fijó la mirada en su hermana.

—¡Estás preñada otra vez, *perra*! [11] ¿Y esta vez sabes al menos de quién será el bastardo?

—Es mío, César.

La campana mayor de la basílica dio la hora sexta. Durante las doce campanadas, en la sala reinó un silencio tenso, como si la última fuera a marcar el fin de una época. Lucrecia, con la mirada gacha, esperaba la tempestad que sin duda se desencadenaría tras aquella calma aparente. Pero no llegó.

—Mis felicitaciones, padre y hermana —dijo César, con un

11. En español en el original. *(N. del T.)*

leve temblor en la voz—. ¿Cuándo podremos anunciar la feliz noticia?

—Nunca —respondió el papa—. Pero el niño nacerá. Y será un Borgia a todos los efectos, incluidos los dinásticos. ¿Entiendes lo que quiero decir?

No, César no entendía. Era la primera vez, después de varias semanas, que su padre recuperaba aquel tema. ¿Querría decir que el hijo que tendría con Lucrecia sería el heredero destinado al trono de los Borgia? Sería un desafío, una bofetada, algo impropio de su padre. Para no hacerle ver que no conseguía entenderlo, levantó la vista al techo artesonado, del que caía algún trocito de madera de vez en cuando. En aquella basílica, todo parecía caerse a pedazos.

—Estamos jugando a los dados, César. No nos escondamos tras las cartas. Por eso estamos solos. Y jugando a dados se sabe también el lado tapado: si sale un seis, sabes que el lado oculto no puede ser más que el uno. ¿Tú lo has entendido, Jofré?

Ante la sonrisa apenas esbozada de su hijo, Alejandro alzó los ojos al cielo. Se levantó pesadamente del trono, situándose a espaldas de sus hijos.



—Este hijo es una garantía para mí, en caso de que César quisiera convertirse en rey de forma prematura, acelerando el curso de la naturaleza.

—Si está preñada —dijo Jofré, girándose hacia él—, ¿cómo lo haremos para anular la boda con Giovanni Sforza por impotencia?

—La invalidaremos antes. Ya se encargará el cardenal tío de Giovanni. Últimamente hace de todo para ganar puntos.

—Ya que estamos jugando a los dados, *alea iacta est*, padre. Has hecho como Julio César, me has usurpado hasta el nombre. Pido permiso, pues, para marcharme.

César quiso ponerse en pie, pero la mano del papa le obligó a permanecer sentado.

—Hijo..., hijo... ¿Es posible que la ira te ofusque hasta tal punto la mente? Esta es una reunión de familia, y nosotros lo somos, a pesar de lo que creas. Todos hemos corrido un gran riesgo, el Medici podía aliarse con los Colonna, los Savelli, los Orsini o incluso con ese traidor de Della Rovere. En cambio ha venido a mí, ofreciéndome el fruto prohibido. He fingido que cedía a su chantaje, ¿aún no lo entiendes? Nuestro proyecto no está muerto, solo lo hemos aplazado. Tenemos que recuperar ese libro maldito de nuestro Dios porque, aunque minúscula, es la piedra con la que podríamos tropezar.

Alejandro VI volvió a situarse frente a sus hijos. Con los brazos extendidos y los nudillos apoyados sobre la mesa, los escrutó uno por uno.

—Yo seré rey, el nuevo rey de Roma, de Florencia, de Urbino, de Parma, de Módena y de Nápoles también. Luego me sucederás tú, César, si sabes poner freno a tus instintos. Luego será mi otro hijo, el que Lucrecia lleva en el vientre, ¡y ella será reina madre!

—¿Y yo, padre?

—Tú serás siempre príncipe, Jofré, y disfrutarás de todas las ventajas de tu rango sin tener que preocuparte de reinar. Y virrey de Nápoles, donde vivirás con esa zorra de tu mujer y donde podrás tener todas las princesas que quieras.

Jofré apoyó las manos en el regazo con desgana. Quizá fuera cierto que no era hijo de su padre, porque si hubiera sido carne de su carne, le habría cortado el cuello.



—Hay algo que no me cuadra —intervino César, y se mordió el labio—. Una vez en posesión del diario de Cristo, suponiendo que exista, ya no tendremos nada que temer de los Medici.

Un momento antes había visto cómo se hundía su mundo. Si hubiera tenido una espada y a Micheletto a su lado, habría matado a su padre, a su hermana y a su hermano de una vez por todas. Quizás habría cometido un error. Maldecía aquel furor suyo, que a fin de cuentas le hacía depender una vez más de su padre, cuya astucia admiraba y odiaba a la vez.

—Es cierto, César; veo que empiezas a comprender. Y de hecho no debe saberlo. Al menos mientras nos haga falta. Me ayudará a liberarme de Savonarola y me entregará Florencia. Él cree que me sucederá en el trono de Pedro, pero yo ya no seré el vicario de Cristo. —Alejandro VI dio un puñetazo contra la otra mano—. ¡Yo seré Dios!

Tras la puerta, Burcardo contuvo el aliento y dejó de tomar apuntes, por miedo a que le delatara hasta el mínimo roce de la pluma sobre el papel. No debía volver a espiar: además, aquello no lo escribiría nunca en su *Liber Notarum*. Ya podía irse a casa, con el paso del gato, rápido pero en silencio. En aquel momento, no le pareció una simple coincidencia que su nueva vivienda se encontrara precisamente en Via del Sudario. *Nomen omen*. Aquel nombre era un presagio, dado lo que sufría en aquel momento.

Ada Ta, por su parte, echó un último vistazo al palacio del príncipe Colonna. No lo vería más. Era como si se tratara de un pueblo a punto de desaparecer arrastrado por las aguas fangosas de un río en plena crecida. Los ejercicios de respiración y de control de la energía lo habían dejado agotado, pero habría sido imprudente meterse en la guarida del dragón sin pensar en cómo salir. Hacerlo por la puerta principal del palacio sin que lo vieran sería la primera prueba. El capitán Britonio tuvo la impresión de que un fantasma atravesaba el patio, pero echó la culpa a su vista, que ya no era la de antes, y se sorprendió por aquel repentino aroma a flores frescas. Ninguno de sus hombres podía oler de aquel modo, y ninguna cortesana que se hubiera ocultado en aquella tronera se habría puesto una esencia tan delicada.



Una vez en Via della Pilotta, Ada Ta vio a unos jóvenes que jugaban a la pelota. Tomó Via dell'Amoratto y de allí llegó a una gran plaza con un pórtico de columnas de mármol de color pajizo. Se detuvo bajo un arco a contemplar un imponente templo romano. Una mujer de labios escarlata se le acercó.

—Cuatro sueldos y te hago ver el Paraíso —dijo, entre dientes.

—Es un precio excelente por algo tan sublime —respondió el monje.

Ella se giró, satisfecha, pero el forastero había desaparecido. A veces el vino le jugaba malas pasadas.

El olor a pescado envolvió a Ada Ta antes incluso de ver la curva que trazaba el Tíber.

Frente al puente del castillo, los pescadores voceaban las excelencias de sus capturas. En una serie de puestos improvisados se amontonaban carpas, pequeños piscardos y grandes bagres, e incluso mújoles del mar, que observaban atentamente criadas y monjas encapuchadas, en un variopinto tráfico de cestas de diversos tamaños. A veces los pescadores, entre risas maliciosas, las perseguían con las anguilas que se retorcían entre sus manos.

Ada Ta atravesó el puente: tenía delante la entrada del castillo de Sant'Angelo; a la izquierda, a poca distancia, se erigía la torre de la iglesia más grande de Roma. Acarició el libro de Issa, que llevaba en la alforja colgada en bandolera, y se dirigió hacia la gran escalinata que daba a la basílica, donde vivía el papa blanco y donde estaban enterrados sus antecesores. Mientras ralentizaba la frecuencia de los latidos de su corazón, pensó, satisfecho, que también la segunda parte de su plan había llegado a buen fin; ahora tocaba la tercera. Los actos de los hombres a veces parecen muy complejos, pero, si se observan desde lo alto, se ven como parte de un diseño muy simple. Por eso había elegido la vida entre las montañas.

Desde allí arriba había intuido que no había sido casualidad que conociera al conde de Mirandola, ni su muerte, ni que hubiera confiado su secreto a aquel hombre bello y fuerte. Una semilla transportada por el viento puede hacer crecer un bosque en el otro extremo del mundo; en una nube, las aguas del Ganges se pueden mezclar con las del Tajo. Todo acabaría ocupando su lugar en un círculo en el que inicio y fin se encontrarían. Y Gua Li, como otros antes que ella, y otros tantos que vendrían después, había venido al mundo con un objetivo. Sin embargo, no se puede esperar que las cosas sucedan por sí solas. Subir los majestuosos peldaños de la escalinata de la basílica era un pequeño paso de su voluntad, en armonía con el pequeño gran diseño de la vida.

## 40

*Florencia, Santa Maria Novella, el mismo día*

Por tercera vez, el grito de la mujer atravesó las paredes de la pequeña celda y el eco se amplificó en el pasillo, rebasó los muros del convento y llegó a oídos del viejo Della Robbia. Las piernas le temblaron, era como si el grito procediera del Infierno, y faltó poco para que la aureola de san Francisco que tenía entre las manos cayera sobre la cabeza del mozo que le sostenía la escala al maestro. Aquella luneta era muy especial para él: mostraba el abrazo entre san Francisco y santo Domingo, y se la había encargado el propio Savonarola. Debía mostrar a los florentinos la reconciliación entre las dos órdenes y la consagración de la República de Cristo. El acristalamiento se había estropeado un poco, y él había acudido rápidamente a la llamada de fray Girolamo, como siempre.



Pero los gritos de aquella mujer le provocaban escalofríos y hacían que las manos le temblaran, y temía no poder completar el trabajo antes de la llegada del santo fraile. La madre Ludovica llegó corriendo y vio a la novicia, presa de un ataque de nervios.

—¡Jesús bendito!

—Alabado sea, hija mía. ¿Qué sucede ahora?

—No lo sé, madre, pero grita y se revuelve. —La joven parecía estar a punto de echarse a llorar—. Llora y suda. Y no consigo que aparte las manos de su barriga. Oh, madre, ¿y si hubiera caído en manos del demonio?

—No digas tonterías. ¿Crees que el fraile la habría acogido si fuera una bruja o si le besara el culo a Satanás?

—¡Madre!

—Si quieres salvar el mundo, además de tu alma, te quedan

muchas cosas por ver y oír todavía, hija mía, y más vale que te acostumbres enseguida. Ahora vuelve dentro, intenta sujetarle una mano, aunque para ello tengas que tocarle el vientre; no cometes pecado. Y no hagas nada más. Dentro de poco llegará el fraile y él nos dirá lo que tenemos que hacer.

Rodeado de algunos hermanos de su orden y de algún joven hombre de armas, Girolamo Savonarola saludó al ceramista y asintió complacido al ver brillar de nuevo la aureola dorada de san Francisco.

—Dios os bendiga, maestro Della Robbia.

—Y a vos, siempre, padre.

Después atravesó la nave de la iglesia de Santa Maria Novella y su mirada se perdió en los arcos que sostenían la estructura, cuya verticalidad transmitía perfectamente la visión de un dios inalcanzable pero presente, cuya mirada podía abrazar en un solo instante todas las miserias humanas. Rebasada la pared intermedia, entró en el presbiterio, reservado a los religiosos, y de allí una puertecita le condujo al pasillo que usaban las monjas. Se persignó para ahuyentar cualquier tentación —en una juventud ya lejana la pasión le había devorado— y dejó que la abadesa le besara la mano.



—¿Cómo está vuestro hermano? ¿Los negocios van bien?

—Con la ayuda de Dios —respondió la abadesa.

—Los Ricci siempre han sido cristianos devotos. Nunca han cedido a las lisonjas de los Medici, ni siquiera cuando su banco pasaba dificultades. Dadle recuerdos de mi parte, así como la bendición divina.

—Bendito seáis, fray Girolamo. Ahora venid, vuestra protegida está hecha un atajo de nervios. Solo vos podéis calmarla.

—Solo el Señor.

—Que se haga su voluntad.

En el momento en que Savonarola entró en la habitación, la novicia salió corriendo entre sollozos.

Lloraba también Leonora, con un llanto ligero. En aquella penumbra solo acercándose se le veían las mejillas surcadas por las lágrimas. Tenía la negra melena alborotada y los cabellos húmedos pegados al rostro.

—Leonora, ¿has descansado?

No había dulzura en el tono de su voz, como si solo fuera el deber el motivo de su visita y de su pregunta. Fue precisamente aquello lo que despertó a la mujer de su embotamiento, casi un instinto de defensa. Abrió bien los ojos, miró a su alrededor y apoyó los codos en el jergón, con lo que consiguió levantar un poco el cuerpo.

—Gracias por acogerme, padre.

—Es el deber de todo cristiano. Dice san Mateo que no son los sanos los que necesitan al médico, sino los enfermos. Yo no he venido a llamar al arrepentimiento a los justos, sino a los pecadores.

—Se lo agradezco en nombre de mi hijo. No creo tener otra culpa que no sea la de no estar muerta. Pero él debe vivir.

—Nacerá y será bautizado, de modo que pueda conocer al Padre.

—Desearía que conociera primero a su padre terreno, el que le ha dado la vida.

Su voz reflejaba sentimientos contrapuestos de desesperación y dignidad, como los de quien se ve derrotado pero no se rinde.

—La vida es solo de Dios. No obstante, no quiero ponerme a discutir contigo, Leonora. Fray Mariano me ha contado lo que has sufrido. Pero no olvides que su hermano ha pagado con la vida tu liberación, y eso se lo compensarás con oraciones por su alma. La que llevas en el vientre estará protegida aquí dentro, siempre que se respeten las reglas.

—¿Y cuáles son?

—Obedecerás a la madre Ludovica y no saldrás de estos muros. No hay ninguna seguridad del otro lado. Los que te han secuestrado y han intentado matarte volverán a intentarlo. No te impongo nada más: yo bendije vuestra unión y seguiré protegiéndola. De ningún modo puede osar romper el hombre lo que ha unido y consagrado Dios; así lo impone la Biblia.

—En mi lecho, durante la noche, busqué al amado de mi alma. ¡Lo busqué y no lo encontré!

Aquellas palabras apenas susurradas hicieron que el fraile se detuviera en el umbral de la puerta. No se giró, pero las escuchó.

—Me levantaré y recorreré la ciudad. Buscaré al amado de mi alma por las plazas y las calles. ¡Lo busqué y no lo encontré! Eso también lo dice la Biblia, Girolamo.

Nadie le llamaba por su nombre, por temor o por respeto;

los últimos que lo habían hecho habían sido precisamente Leonora y Ferruccio. Y, antes de ellos, el conde de Mirandola y su madre. Pero no solo ellos. También Laudomia Strozzi, cuya imagen vio de pronto en toda su belleza, altiva y soberbia. Era a ella a quien había recitado las más dulces y conmovedoras frases de amor del Cantar de los Cantares que ahora le recordaba Leonora, y aquella frase escrita por él mismo que recitó para sus adentros: «Venga, pues, el amor que yo ya siento en el corazón, que, de pensar que tu gracia pudiera venir al vil de mí, mi alma no se sacia de tu amor gentil». Después la cambió para dedicársela a la Virgen, porque Laudomia no se merecía aquellas alabanzas. De feo y de plebeyo le había tratado al ofrecerle su corazón, y él replicó llamándola bastarda. De hecho, ambos habían dicho la verdad. Tragó saliva para superar el dolor. Con los hombros caídos, se cubrió la cabeza con la capucha, apretó los puños y se giró hacia Leonora.

—Buscaré a Ferruccio. Si está vivo, te lo traeré.

*En Roma*



Osmán entró en silencio en la sala donde yacían los cuerpos de Gua Li y Ferruccio, que dormían juntos. La cabeza de la mujer estaba apoyada en el hueco de su hombro, y tenía un brazo sobre su pecho. Conocía los efectos de la amapola; los cirujanos la dispensaban a menudo a los heridos en la batalla, cuando tenían que amputarles brazos o piernas. Conocía el dulce torpor que endulzaba el ánimo y preparaba el cuerpo para gozar de delicias prohibidas, hasta el punto de que la verga seguía inhiesta incluso después de consumirse la pasión.

Estaba a punto de cerrar la puerta, ahuyentando el deseo de colocarse entre ellos, cuando oyó que Ferruccio mascullaba algo y vio que acercaba el rostro hacia Gua Li. Ella también se movió y colocó la pierna entre los muslos de él. Los labios de ambos se acercaron, de modo que respiraban uno el aire del otro. La respiración se volvió más intensa y rápida. Al cabo de un instante, sus bocas se unieron. Osmán quedó paralizado y fascinado a la vez al observar que sus cuerpos se buscaban, se alejaban y volvían a acercarse en una espiral de suspiros. Cuando Gua Li se levantó el sari, dejando al descubierto la blancura de sus muslos y se colocó encima de Ferruccio, Osmán cerró los ojos, pero siguió escuchando aquellos gemidos que iban en aumento. Los apretó aún más en el momento en que oyó el gemido ahogado de Gua Li y el grito ronco de Ferruccio. Luego cerró la puerta a sus espaldas.

La mujer se despertó y al instante cobró conciencia de lo ocurrido. El miembro de Ferruccio, ya lánguido, seguía dentro de su cuerpo. Se apartó lentamente para evitar que se despertara o recobrara la conciencia. Lo miró, asombrada. Por un momento, se sintió tentada de acariciarlo, pero retiró la mano; por un momento le pareció que Ferruccio había abierto los ojos y la estaba escrutando. Su respiración profunda la tranquilizó y, mientras recomponía sus pensamientos, los dirigió con nostalgia a Ada Ta. No se sentía ni culpable ni azorada. Lo único que quería era que aquel hombre no se despertara. Nunca había deseado tanto tener a su lado al hombre a quien llamaba a veces viejo y a veces padre, para hablarle de lo sucedido y de sus sensaciones. Deseaba escuchar sus palabras, siempre amorosas.



Ada Ta seguía moviéndose por entre las columnas y los nichos de la basílica de San Pedro como una comadreja curiosa. A todo el que se le acercaba le repetía un mantra hipnótico. Fueran guardias o mendigos los que le escuchaban, se quedaban pensando que se habían equivocado. Caminaba deslizándose por el suelo de mármol, moviéndose casi sin hacer ruido.

En la iglesia había un murmullo continuo, como el canto de las cigarras, con cánticos y lamentaciones que se elevaban de pronto. Ada Ta se sintió como el abejorro que se mete en una colmena de abejas a explorar. Cuando recorrió la nave izquierda en dirección al ábside de la basílica, que imaginó que equivaldría a la celda de la abeja reina, se paró a observar a un anciano y a un joven robusto que trabajaban con cincel y escofina sobre un monumento funerario adosado a la pared. Le pareció una excentricidad enterrar a los muertos en alto y no en el suelo, pero Occidente aún tenía que evolucionar; con el tiempo aprenderían que también la muerte puede dar la vida. No obstante, cuando leyó que el cuerpo que se encontraba en aquel sepulcro pertenecía precisamente al papa que había condenado al noble Mirandola, portador de la luz, su boca se abrió en una amplia sonrisa. Había encontrado lo que no sabía que andaba buscando.

—Con unas pocas gotas del aceite que usáis para afilar el cincel bastará para mover la piedra.

Los dos se miraron, y sin decir una palabra echaron aceite sobre la lápida que cubría el sarcófago. Ada Ta moduló un sonido que hizo temblar la piedra. Los hombres la empujaron lateralmente, sudando y resoplando, hasta que apareció una pequeña abertura. Rápido como un mono, Ada Ta metió el libro en el sarcófago y emitió el mismo timbre sonoro de antes, con el que los otros dos pudieron volver a poner en su sitio la gran losa de mármol. El monje juntó las manos y los saludó con una leve reverencia, para perderse después entre la multitud, a la espera de la misa vespertina.

—Maestro Pollaiolo, me siento confundido —dijo el joven.

Se rascó la cabeza y se levantó una nube de polvo blanco.

—Un poco..., yo también. Quizás haya sido un golpe de sol —respondió el otro, mientras se preguntaba por qué ya no tenía la escofina en la mano.



—¿Aquí dentro, en la basílica, y los dos? ¿Cómo es posible, maestro?

—Ahora no pienses en eso, que hay que acabar el trabajo —le respondió el otro, huraño—. Llevo siete años con la tumba de Inocencio, y ya no puedo más. Eso sí —añadió, con un tono de voz más dulce—, mira qué bonita es: parece la tumba de un santo.

—¿Por qué? ¿Es que el papa no lo es?

—Un papa siempre lo es, aprendiz ignorante, pero solo en vida.

Sonriente como si acabara de defecar, Ada Ta bajó al cuadripórtico y se detuvo bajo una inmensa piña de bronce. Se alegró al ver la intensa lluvia, que le ayudaría a quitarse de encima el polvo de la basílica y los pensamientos que a veces lo apartaban del camino maestro, el de la justicia. De hecho, había momentos en que habría preferido confiar la resolución de los problemas a la punta de su bastón en lugar de al sentido común y la reflexión. Pero, efectivamente, aunque pudiera ser un método eficaz, no era justo. Una vez liberado de aquella carga, se sintió mejor y listo para el encuentro. Estiró piernas y brazos, y se imaginó la piña como un poderoso adversario. Hasta que no estuvo convencido de que podría abatirlo, no se dirigió hacia los aposentos del papa.

Encerrado en su estudio, en el segundo piso, Alejandro VI levantaba de vez en cuando la mirada hacia el obispo Burcardo, que, frente a él, le iba pasando la correspondencia, con algunas hojas para leer y otras que precisaban de su firma y su sello. Cuando el maestro de ceremonias se quedó con una carta con el sello de Fernando de Aragón en la mano, sin guardarla ni ponérsela bajo las narices, como las otras, el papa perdió la paciencia.

—¡Burcardo, eres *un burro*![12] ¿Qué estás esperando, las trompetas del juicio?

—San..., santidad —balbució el obispo, que, sin añadir nada más, señaló con el dedo hacia la pared contraria.

Alejandro miró la mano y siguió la dirección que indicaba el dedo hasta localizar, en la penumbra, una especie de fantasma, algo muy parecido a una figura humana. Abrió los ojos como platos: fuera lo que fuera, no debía estar allí. Mientras Burcardo sentía el irresistible impulso de orinar, Alejandro dio una patada a un listón de madera que había en el suelo. Dos pisos por debajo sonó una campanilla en el puesto de guardia. Tanto si era de carne y hueso como si era un espíritu, aquel ser vestido con túnica roja tendría que vérselas con sus guardias.



El ser se puso en pie, Burcardo mojó las calzas y Alejandro permaneció sentado, bien agarrado a los bordes de su precioso escritorio.

—Pido humildemente excusas —dijo Ada Ta con las manos juntas—. ¿Tengo el honor de hablar con el obispo de Roma, el vicario de Jesucristo, el sucesor de Pedro, príncipe de los apóstoles, el sumo pontífice de la Iglesia universal, el primado de Italia, arzobispo y metropolitano de la provincia romana, soberano del Estado de la Iglesia y siervo de los siervos de Dios? Espero no haberme olvidado nada.

—Somos nos.

El papa se acarició con el índice la curva de la nariz, sin decir nada más. Había respondido con calma, pero también con cierto temor. Con los locos, más peligrosos que los malvados, la

12. En español en el original. *(N. del T.)*

única salida era entretenerlos, perder tiempo hasta la llegada de las fuerzas de socorro. Cuando era niño, su preceptor le había repetido hasta la saciedad que el cónsul romano Quinto Fabio Máximo Verrucoso había salvado la Urbe de Aníbal con, precisamente, aquel sistema.

—¿Y vos quién sois?

—Yo soy solo Ada Ta.

Los ojos de Alejandro VI fueron de un lado al otro, inquietos, unos instantes; luego vio los rasgos orientales del viejo y comprendió quién era aquel hombre que tenía delante. Dios, que estaba claro que existía, le había concedido una gracia sin que él se la hubiera solicitado, precisamente el día sagrado de la consagración de las basílicas de los santos Pablo y Pedro, de los que se sintió digno heredero. El miedo dejó paso a la avidez. Se trataba solo de retenerlo un momento, de evitar que se fuera. Luego, obligarlo a que le hablara del maldito libro sería tan fácil como vender una indulgencia plenaria a cambio de una confesión. Quizá ya sería demasiado pedir que supiera dónde lo había escondido el cardenal, pero en aquel fausto día todo podía ocurrir.



—Sed bienvenido. Pero ¿cómo habéis podido entrar sin haceros anunciar?

—Muy sencillo. Simplemente he pedido que me dejaran pasar, y me han abierto todas las puertas. Como decís vos, llamad y se os abrirá.

—Entiendo.

No, no entendía nada. Sabía que estaba rodeado de imbéciles, pero no hasta ese punto. El monje dio un paso adelante.

—Hubiera lamentado tener que marcharme sin haber tenido la ocasión de conoceros.

—Desde luego, sería una pena. Burcardo, no te quedes ahí como un pasmarote. Sírvenos un poco de vino santo, diría que es lo más indicado.

—Gracias, pero la verdad es que tengo que irme. Ya he tenido el placer de saludar a vuestro amigo Giovanni de Medici, al que, como recuerdo, le he dejado un libro muy querido para mí. Y traigo también un regalo para vos.

—¿Qué libro?

—Oh, no, para vos, que sabéis ya tanto, no he traído un libro. Es una pequeña piedra, como sucesor de Pedro.

—¿Qué libro? —repitió con fuerza Alejandro, ya dispuesto a poner fin a tantas sutilezas—. ¿El de...?

—Sí, creo que es ese en el que vos estáis pensando —Ada Ta sonrió—. Muy antiguo, muy bonito, muy verdadero.

La puerta se abrió con violencia y cuatro hombres, armados de espadas y bastones, irrumpieron en el estudio. Burcardo se apresuró a protegerse tras el trono papal.

—Cogedlo —dijo el papa, glacial—, pero no lo matéis.

—Extrañas usanzas —comentó Ada Ta—, contrarias al sagrado principio de la hospitalidad.

A un gesto del papa, los cuatro extendieron el brazo izquierdo hacia el viejo, dirigiendo la punta de la lanza hacia él, mientras empuñaban un garrote con la derecha. Ada Ta sonrió. Era un error tener alta la guardia. En combate, no sirve de nada amenazar, lo que hay que hacer es mantener el ángulo más adecuado para golpear en el punto escogido. Giró el pie derecho y levantó el izquierdo del suelo, señalando con el bastón hacia el suelo, como para indicar su punto débil. Se preparaba para el ataque, como la serpiente que se finge muerta para atraer a sus presas. Él aún no sabía emitir hedor a cadáver como hacían algunos, pero aprendería con los años. Golpeó al que tenía más cerca en la base de la barbilla y, girando sobre sí mismo, le dio al de su izquierda a la altura del bazo. Los otros dos se echaron atrás, sorprendidos por su rapidez. Se distanciaron todo lo que permitían las reducidas dimensiones del estudio. Uno volcó una silla entre ellos y el viejo, que parecía bailar. Ada Ta avanzó oscilando al estilo de la cobra. Entonces su bastón mordió a los otros dos con una serie de golpes que los obligó a acercarse aunque no quisieran.



—¡Haz algo, por Dios, Burcardo! —gritó el papa.

Asustado por el tono de su señor, Burcardo le tiró al monje el pesado tintero, pero retiró enseguida la mano, con lo que solo consiguió manchar de tinta roja los papeles que había sobre la mesa y, sobre todo, la preciosa capa de armiño del papa. Ada Ta evitaba asestar golpes mortales, en las sienes, en la boca del estómago, entre los ojos, y los lanzaba sobre todo a las articulaciones del codo y de las rodillas, donde infligía un dolor pasajero y eficaz. El papa seguía dando patadas al listón del suelo, pidiendo la llegada de más guardias. Mientras tanto, con una cabriola, el viejo se había colocado a espaldas del último que quedaba en pie y, con un bastonazo en la parte baja del fémur, le había obligado a arrodillarse. Alejandro estaba asustado. En los rasgos orientales del monje, le pareció reconocer los de un demonio calvo que algún idiota había pintado al fresco unas semanas antes en la capilla de Sixto IV.

Cuando Ada Ta paró, el hombre arrodillado se temió otro de sus trucos y no se atrevió a ponerse en pie. En ese momento, el éxtasis experimentado por Gua Li llegó a la mente del viejo monje, que sintió placer y dolor. Así supo que también la tercera parte se había cumplido. Faltaba la cuarta, el aire, la que completaría el designio, tras la tierra, el agua y el reciente fuego. Nunca sabría cuánto tiempo había pasado, si eran instantes o lunas, entre la aparición de aquel pensamiento y la jaula húmeda y oscura en la que se despertaría, desnudo como un niño, con las piernas encadenadas y los brazos atados a la espalda.

# 41

*Roma, 20 de noviembre de 1497*

Ferruccio se despertó con la sustitución gradual del opio por el beleño. Tres días, había dicho Ada Ta, no más, o la abstinencia del opio le provocaría dolores en los huesos y temblores en el cuerpo. Cuando le ayudó a ponerse en pie y a caminar, Gua Li respondió a sus primeras preguntas con mentiras: la herida se había infectado y había tenido fiebre alta durante tres días. Estaban en casa de Osmán porque Ada Ta había considerado que el palacio ya no era seguro, después de lo sucedido con el cardenal de Medici. Ferruccio se mostró confundido y nada convencido, lo que aumentó los temores de Gua Li con la ausencia de Ada Ta, que le pesaba como una piedra al cuello.



Los dos días siguientes, Ferruccio estuvo silencioso y no hizo más preguntas, como si hubiera aceptado por necesidad, pero sin resignación, sus respuestas falsas. Ella lo miraba discretamente, buscando en sus ojos sus pensamientos. A veces, cuando se cruzaban sus miradas, se temía que, de un momento a otro, recordara la intimidad que habían compartido. A través de algún gesto inusual, de alguna palabra apenas murmurada, Gua Li tenía la impresión de que Ferruccio quería hacerle entender que sabía y que recordaba, y que estaba esperando el momento oportuno, quizás una ausencia repentina de Osmán, para echarle en cara su gesto. O quizá pretendía repetirlo. No parecía que pudiera percibir ya su olor; tal era el magma de emociones enfrentadas que sentía cada vez que lo veía. No lo amaba ni sentía ya aquel deseo físico al que no había podido resistirse con la complicidad del humo del opio. ¿O quizá fuera una excusa para su conciencia, echar la culpa al opio, y su malestar derivara precisamente de la convicción de haber hecho algo indebido que le costaba admitir? No lo amaba ni lo deseaba, pero habría querido tenerlo a su lado para siempre, para protegerlo de sí mismo y del mundo.

Su único consuelo, en aquellos días, había sido la dedicación de Osmán, que la colmaba de atenciones, como una abuela, más que como una madre. Se anticipaba a todos sus deseos, salía a hacer la compra casi sin dejarse oír, volvía a casa y la ayudaba a preparar comidas calientes para ella y para Ferruccio. Le había enseñado incluso a cocinar unos pastelillos dulces rellenos de avellanas, pistachos y nueces.

—Esta es la mujer —le había explicado—, pero le falta el hombre para alcanzar la felicidad, aunque sea un poco áspero, como el limón. Pon a cocer su jugo junto a la tosca piel, en el agua hervida con miel. Mézclalo todo y el esposo se convertirá en el delicado jarabe que cubrirá el dulce relleno.

Osmán emanaba un intenso aroma a heliotropo, y de hecho era aficionado a aquel olor como esa flor lo es al sol, hasta el punto de que aquel olor dulzón le provocó dolor de cabeza, a ella, que nunca sufría de ningún mal. Inmóvil ante la ventana, observaba sin ver el plátano solitario que había fuera, con las ramas despobladas. El fuerte tronco, de corteza moteada y fuertes ramas, le pareció por un momento un leopardo herido que había sacado las uñas, preparadas para defenderse de un oso. Notó a su lado una respiración que le hizo dar un respingo. Le envolvió un olor a tristeza, a jazmín y a caléndula.

—¿Quieres?

Él también miraba por la ventana, a su lado, sin tocarla, y el corazón se le aceleró.

—¿El qué?

—Háblame un poco más de Issa; será la última vez.

—Lo haré. Pero ¿luego me ayudarás?

—Tengo que irme, ahora más que nunca.

Ambos leían en los ojos del otro, y ambos supieron la verdad.

—Ada Ta está en peligro.

—También Leonora, y yo con ella.

Gua Li abrió la boca, pero los labios le temblaron y no consiguió articular palabra. La mirada de Ferruccio y su olor, casi penetrante, parecido al de las flores rojas del árbol de la sangre y a su ciclo, le hizo ver claramente que el peligro, para Ferruccio, era ella. Si aceptaba su invitación, le habría respondido.

Había una gran multitud agolpada a orillas del lago Tiberíades. Para muchos no era más que la curiosidad de oír las historias de un hermano que había viajado a los confines del mundo, pero para otros era mucho más. En los últimos tiempos, las palabras del hijo de María de Gamala habían pasado de boca en boca, por la ciudad, primero susurradas y a veces en tono de burla. Después, como las semillas secas y plumosas del diente de león que los niños solían esparcir soplando, imaginando que liberaban ángeles, sus ideas habían empezado a difundirse de la mano de mercaderes y viajeros. Al final, se habían extendido por toda Galilea y más allá.

A los que habían perdido la fe en una vida digna, resignándose a las injusticias, las palabras de aquel hombre llamado Jesús les parecían locas, peligrosas e ilusorias. Pero quizá por eso mismo iban a escucharlas y luego se dedicarían a repetirlas. Como si estuvieran en el interior de una gruta y alguien hubiera pasado la mano por la ceniza acumulada, mostrándoles las últimas brasas que se escondían debajo. Una chispa que podría encender el hogar y que les podría hacer volver atrás, a la luz. Era solo una vaga esperanza, pero era la única, y muchos se aferraban a ella como el náufrago a un tablón.



No obstante, no eran ellos los únicos interesados en aquel judío que había escapado a la muerte y había regresado a su patria milagrosamente, si es que era de verdad quien decía ser. El primero que quiso saber más fue Tacio Marón, comandante de la guarnición de Gamala, que informó al prefecto de Jerusalén, Pilatos, que a su vez mandó un despacho al cónsul en Damasco, Longino, que respondió, molesto, que siempre había habido facinerosos, que estuviera al tanto y que interviniera cuando fuera necesario, respetando en lo posible las relaciones pacíficas entre el pueblo romano y el judío, que tanto le preocupaban al emperador Tiberio. Para acabar, le dijo que no le importunara más por tonterías como aquella. Como no podía disponer de Tacio, ocupado en vigilar al galileo, que no paraba de moverse constantemente de un lugar a otro, Pilatos envió un mensajero al tetrarca Herodes Antipas con la orden de que dejara Tiberíades y se dirigiera lo antes posible a la fortaleza Antonia de Jerusalén, donde recibiría disposiciones urgentes.

Con un séquito de treinta cortesanos y cien caballeros, Herodes recorrió las noventa millas que separaban ambas ciudades. Los caballeros servían tanto de escolta como para asegurarse de que los habitantes de los pueblos aclamaban al rey a su paso, y tardaron más de cuarenta días en llegar a la capital. Tras ser despachado a toda prisa por Pilatos, que no lo había invitado siquiera al triclinio, Herodes se dirigió directamente al Gran Sanedrín. Su padre lo había tenido en un puño; él tendría que inclinarse y preguntar. Yosef bar Kayafa, el sumo sacerdote, lo condujo ante su suegro, Anán ben Seth, que de hecho ejercía el poder del consejo de los setenta. Una sombra pasó por delante del viejo, que se rascó la piel bajo la barba.

—Si es él, lo conocí hace muchos años, pero creía que estaba muerto.

—Aún no —respondió Herodes—, pero quién sabe.

—¿Qué es lo que predica el galileo?

—Lo de siempre. —Herodes se encogió de hombros—. Por lo que me han dicho: libertad, justicia, amor, fraternidad… Nada nuevo.

—¿Nombra a Dios? ¿Habla de él o de otros dioses?

—No lo sé, Anán; por eso he venido.

—Si lo hiciera, sería simple. El quinto libro prescribe matar a todo el que tenga una religión diferente a la nuestra.



—Los romanos la tienen.

—Ellos tienen las armas, Herodes, y tú serás tetrarca solo mientras ellos lo quieran. En cualquier caso, tengo un joven despierto, nacido para espiar. Es hijo de deportados y rebeldes, viene de Tarso y tiene ganas de rescatar su pasado.

—¿Nos podemos fiar de él?

—Júzgalo tú mismo.

Mientras esperaban, le ofrecieron al rey higos y dátiles para mojar en miel, así como una cerveza de cebada aromatizada a la canela. Anán se limitó a picotear unos altramuces ya pelados, condimentados con sal y orégano, al estilo romano. Poco después, Herodes tuvo delante a un hombre pequeño y robusto, con una calvicie incipiente, que se postró a sus pies. Cuando se levantó, le sorprendió ver que no había separación entre sus dos cejas.

—Me esperaba a alguien diferente.

—Es inteligente como un judío y astuto como un romano. Nos servirá bien, lo acogeré en el Gran Sanedrín —explicó Anán.

Cuando este le hubo explicado su misión, el hombre se llevó el puño cerrado al pecho e inclinó la cabeza.

—Está bien, pues. ¿Cómo te llamas? —preguntó Herodes.

—Saúl, mi rey, pero puedes llamarme como gustes.

—Observarás y me informarás solo a mí, Saúl —intervino Anán—. Ahora vete.

Cuando estuvieron solos, Anán se dirigió a Herodes.

—Si ha cometido pecado, intervendremos. Pero no de un modo inmediato; dejaremos que aumente su popularidad, que la gente crea en él y que los romanos empiecen a temerlo. Solo entonces será apresado, juzgado y condenado. Así nos congraciaremos con los romanos y... —juntó los dedos en señal de oración y alzó la cabeza al cielo— el pueblo caerá de rodillas ante el poder del verdadero Dios.

—No ha cambiado mucho desde entonces.

Gua Li se estremeció al oír el timbre cálido y delicado de la voz de Ferruccio, como si viniera de lejos, como si hubiera sido el propio Jesús el que pronunciara aquellas palabras. Le sonrió débilmente y prosiguió con el relato.

Jesús temía aquel momento. Hasta entonces había hablado ante pequeños grupos de personas, pero ahora acudían a escucharlo a centenares. Antes no le había importado si alguno de sus mensajes no arraigaba más que en los más sencillos, pero ahora sentía el peso de la responsabilidad ante aquella multitud heterogénea en la que había gente de todas las castas y clases: escribas y sacerdotes, soldados romanos, campesinos, mercaderes y, a veces, hasta guardias con prisioneros encadenados, todos absortos. Incluso nobles señores que comían uvas pasas protegidos del sol en el interior de sus literas doradas con cortinas de lino que se agitaban empujadas por la brisa del lago.



Judas le había convencido de que usara las técnicas aprendidas con los monjes y con Ong Pa, no con mala intención ni para engañar a nadie, le había repetido muchas veces, sino porque era el único modo de llegar a despertar la conciencia de todos ellos, turbándolos, sorprendiéndolos, maravillándolos. Cuando se fuera, el movimiento ya habría arrancado, y desde Gamala a Acre, de Canaán a Naín, e incluso desde Jerusalén a la lejana Masada, se levantaría el grito de rebelión entre el pueblo judío. Para que la justicia, la libertad y el amor no se convirtieran en gotas de agua en el desierto, sino que produjeran frutos duraderos, Jesús debía convencerlos. Y si creían en sus prodigios, creerían también en sus palabras.

Yuehan le sonrió, henchido de orgullo, y le preguntó si tenía ganas de repetir lo que había hecho tiempo atrás en una boda. Los invitados le habían dado las gracias al dueño de la casa por el excelente vino, que, en realidad, no era más que agua de la fuente. En el viaje de regreso, cuando María le preguntó a sus hijos por qué no paraban de reír y Judas le había contado la verdad, los regañó, pero, al final, viendo aquellas caras, no se pudo contener y rio ella también.

Al principio Jesús tuvo algunas dificultades: la gente seguía pidiéndole a gritos que hablara, pero en aquel caos nadie podría oírlo. Empezó entonces a susurrar las primeras palabras, el mejor método, según Ong Pa, para hacerse entender cuando los demás gritan. Y a medida que la gente se daba cuenta de que no oía, y de que por curiosidad callaba, iba elevando el volumen de la voz hasta que, en el silencio más total, se hacía audible a muchas pérticas de distancia.

Dijo que todos eran iguales, sin distinción. Todos asintieron. Afirmó que también lo eran hombres y mujeres. Alguno frunció el ceño. Añadió que la vida era un regalo sagrado y que no le estaba permitido a nadie arrebatarla, ni a un hombre ni a un rey. Proclamó que no bastaba con no hacer el mal, sino que había que hacer el bien para poderse considerar justo y merecer una lápida sobre la tumba, así como el respeto de los vivos. Afirmó que era justo rebelarse contra las injusticias, independientemente de dónde vinieran, y que por ello era necesario un cambio. Se ganó una ovación. Precisó, no obstante, que no era con las armas como se debían resolver los conflictos, sino con la fuerza del pensamiento y del amor, comprendiendo las razones de los otros, pero sin permitir que las impusieran, si con ellas se quitaba la libertad. Aclaró también que sin justicia no se puede ser libre y que tener alimento para comer era un derecho, no un acto de benevolencia por parte de los ricos.



María estaba contenta. Judas no dejaba de alzar los brazos al cielo con los puños cerrados. Jaime sonreía, pensativo.

Muchos hombres le plantearon preguntas a Jesús, y después se miraban unos a otros asintiendo, satisfechos por haber intervenido y contentos con las respuestas obtenidas. También una mujer se atrevió a acercársele. A su paso, alguno le dio un codazo al vecino.

—Me llaman pecadora, porque no me he querido casar. Yo quería un hombre al que poder amar, y no lo he encontrado. Tú que hablas de justicia, ¿por qué debería castigarme Dios?

Jesús observó su gesto altivo y sus ojos, en los que no había ningún temor. Los cabellos de un negro azabache, que le caían sobre los hombros, humedecidos con aceite, brillaban al sol, ya bajo en el horizonte.

—Por lo que a mí respecta, no solo no has cometido ningún pecado, ni error, que es lo mismo. Has seguido el camino de tu corazón y de la libertad, a lo que tienes derecho, desde el momento en que no haces daño a nadie con ello. Sigue siendo como eres. Ningún dios te castigará, solo podrá admirarte, y de un modo diferente al que te miran estos hombres. Quien te denigra lo hace solo porque querría ser objeto de tu amor.

La mujer se giró con aire desafiante y, luciendo satisfecha una dentadura blanca como las perlas, volvió con pasos decididos a ocupar su lugar entre la multitud.

—¿Quién eres tú para decir eso? —Un hombre bajo y robusto dio un paso adelante y repitió aquella pregunta, dándole la espalda, dirigiéndose directamente a la gente—. Dicen que has venido de lejos —prosiguió—. ¿Quizá quieras negar la religión de nuestros padres?

—No soy más que un hombre —respondió Jesús— y no niego las Escrituras. Deben ser respetadas, como todos los textos antiguos portadores de sabiduría y de normas. Lo que ha cambiado es la época. Ya no vivimos en tiempos de Abraham. No se puede llevar la misma túnica en verano que en invierno. Lo que era correcto en un tiempo, para evitar escándalos, guerras o enfermedades, puede ser incorrecto ahora. El derecho de escoger, como el de esta mujer, es más sagrado que cualquier ley antigua. Es eso lo que hay que cambiar. No se debe denigrar su elección.

El hombre abrió los brazos y giró sobre sí mismo, apretando los labios y asintiendo.

—Nuestro Jesús es más que un maestro —gritó—. Es un *zaddiq*, porque es capaz de anular los pecados de sus hermanos... y también los de sus hermanas. ¿Qué esperáis para convertirlo en un *mashiach*? Ungidlo de aceite, la mujer de antes lleva de sobra en su melena. Yo sé que su padre se llamaba José: ¿no podría ser él el verdadero *mashiach bar* Yosef del que habla en el libro el profeta Abdías? ¡Miradlo! ¡Quizá sea él el redentor del pueblo!

Dicho aquello, el hombre, que a pesar de su joven edad presentaba evidentes signos de calvicie, se cubrió la cabeza con un extremo de la túnica y volvió a confundirse entre la multitud. A orillas del lago se hizo un silencio que solo rompía la suave resaca de las aguas y el lloro de algún niño en brazos de su madre. Jesús miró a su alrededor. En aquellos rostros, incluidos los de Judas y Jaime, vio que todos esperaban una palabra suya, la definitiva. Bastaba con que hubiera dicho: «seguidme», y ellos lo habrían hecho. Si tomaba aquella decisión, no habría vuelta atrás. Judas lo entendió y se le acercó.

—Es el momento de mandarlos a casa. Déjales que esperen. Pero hazlo de modo que se vayan a casa satisfechos, como tú sabes.

El brillo de las estrellas acompañó a los últimos que se alejaban, contentos de haber podido comer pescado frito y pan caliente. Nadie se preguntó cómo era posible, ya que no había ni sartenes ni fuegos encendidos. Judas le pasó un brazo por encima del hombro a su hermano.

—Todos estaban convencidos. De verdad que no sé cómo lo haces. Si no fueras mi hermano, pensaría que eres un *shédim*, un demonio o algo parecido. Y no me digas que los has engañado, pues solo los has reconfortado. Eso es tan bueno como justo.

Jesús no respondió. Miraba a una sombra que permanecía en pie, sola, en medio de la nada, donde antes había una multitud. La sombra se le acercó. La mujer que le había hablado le saludó.

—Querría estar cerca de ti. Sé que no malinterpretarás mis palabras. Tú eres diferente a los demás.

Después la mujer sonrió a Yuehan, que le respondió juntando las manos y agachando la cabeza. Ella hizo lo mismo.



—Vivo con mi hijo y mis hermanos, y no tengo una casa donde darte cobijo —le respondió Jesús.

—Tengo suficiente dinero y me contento con poco. Serviré a tu madre y la ayudaré.

—¿Cómo te llamas?

—María, como tu madre. Soy de Magdala, de cerca de aquí.

Ferruccio acercó una mano a la boca de Gua Li.

—Detente, por favor. No quiero saber más. Creo que tus palabras han curado mis heridas. Quizás aún necesite una sangría, pero estoy listo para ayudarte. Hermandad, dijo Jesús, ¿no es cierto? Mi espada ha vuelto. Y cuando Ada Ta esté de nuevo con nosotros, su bastón me ayudará a encontrar a Leonora.

Osmán se enjugó las lágrimas, se acercó cojeando lentamente y los rodeó a los dos en un mismo abrazo. Por primera vez, el amor de Alá descendió hasta lo más profundo de su interior.

# 42

*Roma, 23 de noviembre de 1497, castillo de Sant'Angelo*

Un soldado empapado hasta la médula entró en el puesto de guardia por una puerta en arco. Se quitó el casco y colgó la alabarda en el portalanzas. Imprecó contra el tiempo y se situó frente a la chimenea encendida, sacudiendo pies y brazos para calentarse. Miró alrededor: algunos de sus compañeros dormían; algunos otros, que ya llegaban tarde para el cambio de guardia, se ajustaban la capa encerada para protegerse de la lluvia que caía sin tregua desde hacía tres días; otros se entretenían jugando a los dados.

—En cuanto me seque, me toca a mí —gritó—. ¡Hoy he decidido que voy a recuperarme, asquerosos fulleros!

Del taburete donde jugaban le llegaron un cáliz de peltre, que esquivó por poco, y una serie de gestos de burla y alusiones al oficio de su madre.

—Antes de perder tus últimas monedas, ve a echar un vistazo a nuestro huésped, venga.

El jefe de la guardia acompañó la orden con un golpe del codal contra la puerta, y el soldado salió disparado por el pasillo. Desde allí se oía el curso violento del Tíber, que había rebasado el primero de los niveles de seguridad. Cogió un farol de cobre y dirigió la luz hacia la primera de las tres celdas. El prisionero seguía allí, inmóvil y desnudo como la estatua de san Sebastián. Algo le rozó las piernas.

—*Sisto*, ¿qué quieres?

El gato emitió un largo maullido y pasó dos veces por entre sus botas, rozándolo con la cabeza y ronroneando. Después se alejó con el rabo tieso y poco después volvió, dejando a sus pies un ratón con el cuello roto.

—Buen chico.

Al alejarse el soldado, Ada Ta estiró los músculos y prosiguió con sus reflexiones. El hombre de blanco se había enfurecido cuando le contaba que el hombre de púrpura estaba en posesión del libro. El primer oso había recibido con rabia la noticia de que el otro había robado la miel, buena señal. Las posibilidades eran dos, pues: o el segundo oso le había dicho al primero la verdad, es decir, que la miel ya no estaba en su poder, y en ese caso vendrían ambos a pedirle cuentas, o el segundo había hecho creer al primero que aún lo tenía, y en ese caso Ada Ta habría recibido únicamente la visita del primer oso, y eso le habría confirmado que los dos osos competían por el botín. Y aunque alguna vez había visto a dos osos buscando miel juntos, nunca se había encontrado con que se la repartieran de un modo equitativo. Tal como decía Lao Tsé, con quien coincidía plenamente, es más fácil que suceda una cosa sencilla que una difícil, así que lo mejor es seguir la vía de lo razonable, en lugar de perder el tiempo con la más tortuosa.



Todo aquel razonamiento tenía un único problema: no había previsto que pudiera llegar a encontrarse en aquel lugar, pero el único culpable era su corazón. La telaraña que le unía a Gua Li estaba demasiado tensa y habría percibido hasta la mínima vibración de su ánimo, aunque se encontrara en las antípodas. Y aquel temblor que había sentido le había convencido de que la tercera parte del plan, la más difícil, había llegado a buen fin. Si su hija le había obedecido —aunque de eso no estaba del todo seguro—, ya estaría de viaje. Eso esperaba, pero sabía que cuando se conoce el punto de llegada se pueden seguir caminos diferentes, y aun así se coincidirá al final del camino.

La lástima era no poder ayudar al caballero italiano, que, sin saberlo, era el instrumento necesario de un plan mayor que él, pero no más grande que su alma. Y lástima sería también no llegar a ver el cuarto y último paso, aunque tal como decía el sabio Lao Tsé, y con razón: la vida se nos da en préstamo y antes o después tenemos que devolverla, para que vuelva al ciclo eterno. Quizá volviera como mujer, o quizá como oso azul, pero mejor si era mujer; tendría muchas ocasiones más de acoplarse con otros seres de su especie. Ada Ta se rio. Desde el puesto de guardia lo oyeron. Un soldado se quedó inmóvil con los dados en la mano, a punto de tirar.

—Ya se lo he dicho, capitán; está vivo, aunque parezca muerto. Ese es un demonio, más valdría llamar a un cura para vigilarlo.

—El único demonio que os debe preocupar es el que os tirará de los pies cuando os cuelguen de la horca.

Pero quien fue a ver a Ada Ta fue el papa: los dos osos nunca se repartirían la miel. Aquella idea quedó ratificada cuando el pontífice quiso hablar con él a solas. Ada Ta tenía los brazos en alto, colgados con cadenas, y solo tocaba el suelo con la punta de los dedos gordos de los pies.

—Queremos el libro de Jesús, y queremos también a la mujer que conoce su historia de memoria.

—Honorable padre, también el fuego quería desposar el agua, pero cada vez que intentaba cubrirla se extinguía.

—No te hagas el loco con nos, monje, que no cuela. Conocemos a los locos, y sabemos también que, aunque no temen a la muerte, sienten terror por el dolor físico. Habla: no te prometemos la vida, pero sí una muerte rápida.



—Digno padre, me alegra saber que conocéis el Sutra del Loto y que los sufrimientos se convierten en nirvana, y por ello te estoy muy agradecido.

—¿De qué estás hablando, viejo?

—Del noble Nichiren, luminoso padre. Al darme dolor, tú me das tus bienes, sin que yo te los pida, tal como hizo el padre rico al hijo que había regresado.

—¿Qué tiene que ver la parábola del hijo pródigo?

—Padre bendito, tu memoria es como la del elefante, pero también él olvida a veces que es más grande que los ratones que tanto le alteran. Era la cuarta parte del antiguo Sutra del Loto, laborioso padre.

Alejandro VI se acercó al viejo y, tras comprobar que las cadenas le impedían cualquier movimiento, le dio una bofetada con el dorso de la mano derecha. El anillo dejó en la mejilla de Ada Ta una marca en forma de barca, con Pedro recogiendo las redes.

—Podéis entrar —gritó entonces.

La celda se llenó en un momento de mesas, poleas, braseros, hierros, cuerdas y tenazas que trajeron unos cuantos hombres, acompañados de un fraile que se arrodilló ante el santo padre.

—No queremos que muera; por lo demás, dejamos de vuestra mano cualquier clemencia o castigo. Avisadme solo cuando esté dispuesto a hablar. Pero cuidado con él, puede ser un brujo.

Mientras se alejaba oyó que uno de los torturadores le decía al fraile que el prisionero tenía en el hombro un evidente signo diabólico que había que extirpar sin más dilación.

*Palacio del príncipe Fabrizio Colonna*

La lluvia había cesado. La tramontana había disuelto las nubes cuando, en la hora sexta, Silvio Passerini llamó a gritos al comandante Britonio para que anunciara al príncipe Colonna la visita del cardenal Giovanni de Medici.

—No hace falta que gritéis, fraile —dijo el capitán, agarrando las bridas de su caballo—. El príncipe aún no ha regresado de Nápoles.



—Traemos un despacho de su santidad que decreta la entrega de los huéspedes del excelentísimo príncipe a los portadores del documento. ¿Queréis oponeros, quizá?

—Podéis entrar si queréis, pero también podéis decirle al reverendo cardenal y a los guardias que le acompañan que los pajarillos ya hace días que escaparon de la jaula. Pedidle al Cielo, ya que tan cerca lo tenéis, que os ayude a capturarlos. ¡Con los mejores deseos del príncipe Fabrizio!

Los ojos como platos de Giovanni de Medici se encontraron con la boca abierta de fray Silvio. Despidieron a los soldados que les acompañaban y espolearon a los caballos hasta llegar a la iglesia de San Ciriaco, en occidente, bajo las viejas murallas de Aurelio. Los cartujos recibieron a los dos caballeros sin decir palabra ni hacer ni una mueca ante los cinco escudos de plata que Silvio le lanzó al prior. Aquel era el único lugar seguro en toda Roma, no tanto por las antiguas piedras como por la regla del silencio. Giovanni, encerrado en la angosta celda, se levantó la capucha y se hizo un ovillo con la capa. El frío le impedía pensar. Ordenó a Silvio que consiguiera un brasero, aunque tuviera que quitárselo al santo. Y papel y pluma. Cuando se quitó las botas, el vapor de las calzas ya se había impuesto al poco aire de la pequeña estancia, obligando a Silvio a ponerse de cuclillas, con la gualdrapa del caballo sobre la nariz, porque tenía un olor más sano.

> Santidad, me he enterado de que los nuestros ya no están hospedados con el príncipe, y una triste enfermedad me obliga a guardar cama. En cuanto Dios me dé la curación, me encargaré de poneros al día. Imploro vuestra bendición y soy y siempre seré vuestro humildísimo siervo.
>
> JOANNES CARDINALIS

Le dio la carta a Silvio y le encargó que se la entregara únicamente a Burcardo y que esperara respuesta. Y si lo apresaban, le absolvía desde aquel momento de sus pecados, *in nomine Patris et Filii et Spiritus Sancti*. Silvio volvió aquella misma tarde con la respuesta.

—¿Te han seguido?

—Nadie puede, si yo no quiero.



> Querido hijo, ya conocemos el infructuoso desenlace y rezamos por vuestra pronta curación. Recordad que nuestros cartujos estarían encantados de ofreceros su hospitalidad.

«Ya me imagino con qué hierros», se dijo Giovanni para sí. Prosiguió la lectura.

> Os recomendamos que solo que cuidéis celosamente no solo de vuestra salud, sino también de nuestro pequeño tesoro. Si os sintierais más próximo a Dios, nuestro Señor, no dudo que vuestra nobleza os llevaría a indicarnos el lugar donde se oculta.
>
> ALEXANDER PP VI

Antes de conseguir deducir el significado de la respuesta, Giovanni ya casi había vaciado la garrafa de Gaglioppo. Se la había proporcionado el sonriente celador, que con gestos le había dado a entender que su vino reconfortaba la mente y el cuerpo, y que era un regalo de Dios. Tal como estaban las cosas, no había nada perdido; al contrario. A la mañana siguiente, Silvio llevó otra carta al maestro de ceremonias, en un tono muy diferente, y esta vez sin absolución ninguna, a pesar de los nuevos pecados cometidos durante la noche.

Querido padre, gracias a vuestras oraciones el espíritu ha curado la carne. Querría compartir con vos el disgusto de haber visto huir a los palomos y, bajo vuestra sombra protectora, encontrar el mejor modo de hacerles volver al palomar.

JOANNES

La respuesta del papa no se hizo esperar.

Ya hemos informado a los cetreros para que tiendan las redes. Os esperamos *quam primum*, querido hijo.

ALEXANDER, PP VI

## 344 *Roma, Porta Portuense*

La tranquilizadora figura de Osmán a su lado y los anchos hombros de Ferruccio delante indujeron a Gua Li a meditar, acompañada por el lento balanceo de la montura. La obediencia que le debía a Ada Ta se enfrentaba al deseo de permanecer cerca de él; sin embargo, le había sorprendido la serenidad con la que se había decidido, por fin, a partir. Como si fuera lo justo, como si su maestro aún estuviera a su lado y le dictara los pasos que debía seguir. Quizás aquella paz interior suya tenía que ver con la presencia de Ferruccio, con la fuerza que ponía a su disposición, aun sabiendo que así retrasaría la búsqueda de Leonora. Y la sustitución del amor paterno de Ada Ta por el materno de Osmán, con sus pequeñas atenciones y su dedicación, era precisamente lo que ahora necesitaba; era una necesidad que casi parecía derivar de un cambio en su interior. Ya no era una niña, era una mujer, pero ¿podía ser que todo aquello se debiera a su unión con Ferruccio? Unos suaves movimientos espontáneos de la vagina y unos sofocos imprevistos le recordaban el placer y renovaban su deseo, que hacía que se ruborizara y se avergonzara, aunque no hubieran hecho nada más que seguir el curso de la naturaleza.

Ferruccio levantó el brazo y redujo ligeramente el paso: para pasar por Porta Portuense bastaba con pagar cinco sueldos por cabeza, pero un dinero de plata habría evitado preguntas. No es que desaparecieran los peligros una vez superada la muralla aureliana, pues el camino a Florencia era largo y la idea de que Gua Li y Osmán prosiguieran a solas hasta Venecia era para él como una espina en el costado. Los contactos del turco con los piratas de su país facilitarían la fuga de ambos hacia Asia. Ferruccio no vería nunca más a Gua Li, y aquello era una suerte. Había aparecido en su vida como aquel cometa que había avistado en su infancia junto a su abuelo, en las colinas de Bibbona. Cabalgaban juntos, lo vio y se asustó, pues los cometas traían desgracias; todos lo sabían. Su abuelo le regañó y le explicó que, al contrario, eran mensajeros de grandes cambios, y que, por tanto, merecían atención y respeto, pero no miedo.

Cuando se volvió para avisarlos de que mantuvieran la mirada baja y que dejaran que fuera él quien pagara a los guardias, el rostro de Gua Li se superpuso al de Leonora, que veía siempre ante sí. Tuvo miedo. Nunca podría tenerlas a ambas, y se maldijo por haber pensado ni que fuera un solo instante lo que habría sucedido si descubriera que Leonora había muerto. Casi dio las gracias por la lanza que le plantaron delante. Sin hacer movimientos bruscos sacó tres dineros de la escarcela y agachó el cuerpo sin bajar de la silla.

—Saludos a la guardia, tened la amabilidad de darnos paso.

—El dinero es bueno —respondió uno de los soldados—. Pero tenéis que esperar vuestro turno.

—Vamos con prisa. Tengo asuntos que atender en Tarquinia.

—Yo no —dijo el soldado, apoyándose sobre la lanza— y debo respetar las órdenes. Todos los que llegan de dos en dos deben pasar ante el capitán. Hay diez florines de recompensa, pero no os preocupéis. Buscan a uno como vos y a una mujer como aquella, pero vosotros sois tres.

—¿Habéis oído? Buscan a dos, pero nosotros somos tres.

Había gritado demasiado fuerte y sin ninguna necesidad. La mujer y el turco apretaron los flancos de sus cabalgaduras con las rodillas. El soldado no era tonto: al cruzar la mirada con la de Ferruccio vio aquel brillo que precede a la acción. El bayo se desplazó rápidamente de costado y golpeó al guardia con el pecho, mientras Ferruccio le metía la espada por el gorjal, atravesándole el cuello.

—¡Vámonos! —gritó entonces.

Los caballos se lanzaron al galope atravesando la puerta y derribando una carretilla cargada de naranjas que estaba junto a la puerta. Tomaron un camino secundario a la izquierda, que llevaba a las ciénagas, menos frecuentado que el que iba al mar. Ferruccio sintió aquella sensación de antaño, de fuerza y peligro, adormecida por la razón pero nunca olvidada. Se giró sin levantar la cabeza y vio el rostro serio de Gua Li. Osmán cerraba la fila, unido en un solo cuerpo con su caballo, que lanzaba ráfagas de niebla de los ollares. Después, en un lugar seguro, ya le explicaría su gesto a la mujer, y quizá también a sí mismo. Hacía diez años que no robaba una vida.

Pero Gua Li no lo había juzgado, así que tampoco necesitaba perdonarle. Ferruccio había matado por ella, por ellos. No obstante, para salvar tres vidas había sacrificado una, algo que, en el fondo, no podía aceptar. Ni siquiera Ada Ta lo habría aceptado. Sin querer, y sin que dependiera de su gesto, su resentimiento hacia Ferruccio aumentó. Ya lo había notado antes, aunque se había convencido de que era una forma de defensa. No creía que lo amara, pero se sentía vinculada a él; impulsada por una fuerza interior, había querido que fuera precisamente él su primer hombre, porque lo admiraba, porque luchaba por ideales, contra otros hombres e ideas que le eran muy cercanas. Pero si aceptaba la forma de ser de aquel hombre, sabía que la engulliría un vórtice del que ya no podría salir. Así pues, mantenía las distancias con él, le hablaba amablemente, pero sin demostrar ninguna emoción. En cuanto podía, se refugiaba en Osmán. Y el turco le contaba, como a una niña, las maravillas y los horrores de su vida, de la corte otomana, del sultán que ella misma había conocido.

Ferruccio no comprendía. El distanciamiento de Gua Li le quemaba en la piel. Se irritaba por nada, la consideraba una ingrata y justificaba aquel comportamiento como una rareza molesta de una cultura demasiado alejada de la suya. Así lograba evitar caer de nuevo en aquellos pensamientos que le habían atormentado los últimos días.

Tres días de fuga, tres jornadas de lento descenso por un infierno de sentimientos, preguntándose hasta qué punto había sido inconsciente en la traición a Leonora, por viva o muerta que estuviera. Ahora estaban ya en tierras toscanas, protegidos por las murallas de Marzapalo, en Camaldoli. Desde allí entrarían en el Gran Ducado, si conseguían atravesar la frontera. Y cuando de noche, tras cenar pan y cebolla, Gua Li retomó la narración, a petición de Osmán, le pareció que lo que contó, en realidad, hablaba de ellos dos, no de Jesús.

# 43

Cuando no iba a escuchar a los sabios, Yuehan pasaba mucho tiempo con su abuela, que lo atiborraba de buñuelos de harina, huevo y pasas, que untaba luego con miel, y le contaba historias sobre la infancia de su padre y acerca de los orígenes del pueblo al que también él pertenecía. Él le habló de la nieve que ella nunca había visto, de las montañas, de los enormes osos azules y de la sabiduría de los monjes, lamentándose a veces de que los maestros del Sanedrín enseñaran reglas sin justificarlas, diciendo únicamente que procedían de la voluntad de Dios y que por ello debían ser aceptadas. María sonreía y, cuando estaban solos, admitía que tenía toda la razón.



Una noche, bajo el pórtico azotado por la lluvia, Yuehan le habló por primera vez de su madre y de su hermana, como si aún estuvieran presentes y vivas. María le escuchó un buen rato, hasta que le contó que su padre solía coger a su madre en brazos cada vez que volvía a casa. En los ojos de Yuehan vio aquella felicidad perdida, y buscó una excusa para escapar a la cocina a secarse los ojos. Aquella noche se acostó junto a él y lo abrazó.

Así pues, a Jesús no le molestó que Yuehan prefiriera quedarse con María en lugar de acompañarlo al oasis de Ein Ghedi, en las cercanías del lago Asfaltites. Allí debía encontrarse con un grupo de judíos que se definían como esenios, santos y puros, y que vivían siguiendo reglas monásticas, pero que estaban deseosos de librarse del yugo romano y de la vergüenza del comportamiento del Gran Sanedrín, cuya autoridad no aceptaban. Habían sido ellos mismos los que habían solicitado verse con el hombre llamado Jesús, cuyas palabras inflamaban ya los ánimos por toda Palestina.

—Te había dicho que convencerías a la gente —le solía repetir

Judas a su hermano—. Necesitaban alguna señal tangible, y ahora son muchos los que creen en ti, en nosotros, en nuestras ideas; han recuperado la conciencia y quizá también la esperanza de volver a ser un pueblo.

A través de un sendero sumergido entre la vegetación llegaron a una cascada que formaba una piscina natural que invitaba al baño. María, la única mujer presente, se sumergió tranquilamente entre las aguas borboteantes, entre las miradas atónitas de los hombres.

—¿Tú lo desapruebas? —le preguntó a Jesús—. ¿No crees que yo también tengo derecho a refrescarme? He caminado con vosotros, he compartido el pan, el queso y las fatigas.

—El pecado está solo en los ojos del que mira; si tú no lo hubieras hecho, te habría llamado yo.

—Tú me gustas, porque no eres ni un santo ni un hipócrita, sino un justo.

Antes de que él pudiera responderle, María se alejó, nadando hasta la orilla.

Poco después, de las cavernas que se abrían por encima, salió una multitud de hombres vestidos de blanco que se congregaron alrededor de la balsa. Jesús salió del agua y fue a su encuentro, con Judas tras él, como una sombra.



—Soy Ethan ben Avraham, el maestro de Justicia. Hemos oído hablar mucho de ti, Jesús. Dicen que tienes poderes, pero a nosotros nos interesa únicamente lo que dices.

—Solo digo lo que creo y lo que he aprendido, esto es, que entre el mal y el bien siempre existe la posibilidad de elegir, y que la elección que hace el hombre es la que le distingue.

—Estoy de acuerdo contigo. Beit, la casa, es la primera palabra de la ley, cerrada por tres lados pero abierta por el izquierdo, para hacer posible que el mal exista y que el hombre elija.

—Esa es la manera de que nadie entienda nada y de dejar que el conocimiento sea potestad solo de unos pocos —intervino María, poniéndose entre los dos—. «Beit» también quiere decir «mujer»; sin embargo, vosotros tenéis a vuestras mujeres alejadas del templo.

Ethan se quedó mirando a los ojos a Jesús, que le devolvió la mirada, sereno. Le tendió la mano a María para invitarla a que se acercara.

—Si nuestras mujeres fueran como tú —le respondió Ethan—, ya habríamos ganado nuestra batalla.

Hablaron de los derechos y los deberes del hombre, de que las oraciones eran las mismas bajo todas las estrellas, de la necesidad de convertirse en un pueblo libre e independiente y de la naturaleza divina que existe en cualquier criatura humana. Solo discreparon en cuanto a los ritos, que Jesús consideraba superfluos para acercarse a la esencia del espíritu, cualquiera que fuera su naturaleza, y que Ethan, por su parte, consideraba necesarios para dar orden y organización al propio pueblo.

—Cuando haces el bien a los demás —dijo Jesús—, no necesitas más reglas y tampoco tienes necesidad de saber a quién se lo haces.

—¿Querrías, pues, acabar con sacerdotes y sabios?

—No, Ethan; querría que lo fueran todos, sin necesidad de ponerse ningún distintivo. El ser divino que hay en nosotros, su chispa creadora, no tiene necesidad de que alguien se ponga una elaborada túnica o sombreros de ala ancha para poder hablar con el cuerpo que lo contiene. Y un buen padre o una buena madre escuchan las plegarias del hijo si habla con ánimo sincero y buenas intenciones, no porque vaya ricamente vestido o porque confíe sus palabras a un amigo.

Ethan se rio y se mostró de acuerdo. Discutieron sobre aquello

hasta que el añil del cielo anunció la noche, mientras el corro de personas a su alrededor iba creciendo hasta incluir hasta las mujeres esenias, que habían bajado de las grutas con sus hijos. Compartieron con ellos agua, tortas y queso, porque la carne y el vino estaban desterrados de su mesa. Cuando el cielo nocturno llegó a la mitad de su ciclo y dejaron de alimentar las hogueras, Jaime quiso acercarse a Jesús, pero Judas lo apartó.

—Déjalo, la vida tiene que discurrir de nuevo en él.

Pusieron una manta entre las ramas de un olivo, para protegerse de la humedad, y otra junto a la base del tronco. María y Jesús se sentaron sobre la segunda, a la manera oriental.

—No dejo de sorprenderme de lo bien que acoges mis palabras. Me das un motivo más para quedarme y seguir adelante.

—Tienes el don de decir de un modo muy sencillo los conceptos más difíciles, y haces mejores a los hombres.

—Si todos fueran como esta gente, el propio mundo sería mejor. No tienen miedo y viven honrando la justicia.

—Por eso los romanos y el Gran Sanedrín los temen, igual que te temen a ti. Debes tener cuidado.

Una sombra pasó por el rostro de Jesús, que cogió una aceituna del suelo y la lanzó lejos.

—No sucederá una segunda vez. Ahora tengo a Yuehan.

—Y a tus hermanos y a tu madre y... también estoy yo. —María se puso en pie—. Sí, también tienes obligaciones para conmigo. ¡Ve con mucho cuidado de no hacer llorar a una mujer, que luego Dios cuenta sus lágrimas! Ella ha salido de la costilla del hombre, no de sus pies, para que la pisotee; tampoco de su cabeza, para que sea superior a él. Ha surgido de su costado, para ser igual. Un poco por debajo del brazo, para que la proteja, y del lado del corazón, para que la ame. ¿Por qué me miras así? —dijo, riéndose—. ¿Ya no reconoces las palabras de los sabios?

Jesús intentó cogerla por un brazo, pero ella se escabulló y se escondió tras el tronco. Sus risas llegaron hasta Jaime y Judas, que no estaban lejos. Judas le indicó a su hermano que volviera a dormirse.

En los días siguientes se encontraron con otras comunidades de esenios, pero ahora, allá donde fuera, a Jesús le precedía la fama de sus prodigios. Como es lógico, cada persona transmitía la noticia que había oído aumentándola y magnificándola, hasta el punto de que una simple imposición de manos, que a veces ayudaba a sanar pequeñas afecciones, se convertía en la resurrección de un cadáver.



Con todo, en aquel tiempo, Jesús comprendió que las enseñanzas de Ong Pa no eran simples trucos o engaños de la mente. La unión del cuerpo y el espíritu en una única entidad hacía que la gente, a veces, se curara de verdad de las enfermedades. Un ánimo sereno, le había dicho siempre su maestro, produce energía vital que se transmite al interior y al exterior del cuerpo. Se está más sano y más guapo, decía, riéndose, naturalmente dentro de ciertos límites. María, pues, debía de estar serena, porque él la veía cada día más guapa. Siempre a su lado, incluso cuando hablaba a la gente; él la buscaba con la vista y era como si se dirigiera solo a ella. Y a ella le confiaba sus dudas, más aún que a sus hermanos o a su madre, demasiado ocupada dispensando sus atenciones a Yuehan, al que veía crecer como no había visto a su hijo.

La estación seca llegaba a su término y empezaron a caer las primeras lluvias. Habían salido precipitadamente de Megido, donde Jesús había discutido con dos ancianos maestros fariseos, Hilel y Shammai. Sobre todo con el segundo, que le había acusado, ante una gran multitud, de ejercitar las artes del demonio por haber curado a un mudo, y le había jurado que por ello le llevaría ante el Gran Sanedrín. La gente enseguida se había posicionado en dos bandos y algunos, entre ellos Judas, habían llegado a empuñar cuchillos y bastones puntiagudos. Para aplacar los ánimos e impedir que aquella discusión se convirtiera en una sangrienta pelea, Jesús proclamó frente a los dos sacerdotes que los obedecería y que no obraría más prodigios, aunque nada bueno, como una curación, puede proceder de las fuerzas del mal. En el fondo, él también lo quería así; eran ya muchos los que repetían sus palabras por toda Palestina, pero también por Siria y Egipto. La semilla estaba plantada, aquello era lo que importaba: otros vendrían a recoger el fruto.

Un chaparrón los sorprendió durante aquella fuga, y se dispersaron. Los rayos atravesaban el cielo y dejaban ver, a lo lejos, la silueta del monte Tabor, que parecía levantarse del suelo como un gigantesco bubón.

—Son las almas de los diez mil soldados macabeos pasados por la espada por los romanos mientras combatían por su libertad —decía María, temblando—. Cada rayo que cae sobre las rocas le devuelve la vida a uno de ellos, que rondará toda la noche para intentar despertar a sus compañeros caídos. Te lo ruego, resguardémonos en algún sitio, tengo miedo.



Jesús nunca la había visto tan asustada. Entraron en una de esas cabañas que usaban los pastores, hechas de cal y cañas, un excelente refugio también para el sol. La mujer se cogía los brazos contra el pecho y sufría constantes temblores. Al no tener nada para encender la paja, Jesús la utilizó para intentar secar a María, frotándola con ella y dándole fricciones en los hombros. Ella se giró y sonrió.

—Se nota que eres un hombre; ninguna madre le haría eso a su hijo. La piel se seca mucho antes que el algodón y la lana. Gírate y desnúdate tú también; no eres inmortal. Si el agua se te hiela sobre la piel, en los próximos días la tos te devorará desde dentro.

Ambos se masajearon los hombros y sus gestos los reconfortaron. Se lo agradecieron mutuamente con una caricia en el rostro. María cogió la mano de él entre la mejilla y el hombro. Con la otra Jesús le acarició los cabellos, aún empapados, y ella hizo lo mismo con el dorso de la mano, pasándola con suavidad por entre los pelos de la barba. Los latidos de sus corazones se aceleraron al mismo tiempo y ambos se detuvieron, inquietos. Después se unieron lentamente los dedos, se acercaron los rostros y los labios se tocaron por primera vez. El índice de Jesús se deslizó, incrédulo, por entre los senos de ella y descendió hasta los pliegues del vientre. La mano de ella le acarició el pecho. Sus ojos no dejaron de mirarse ni cuando se tendieron sobre la paja, y siguieron abiertos también durante el primer beso, profundo, y los que le siguieron. Sus cuerpos respondieron a la llamada del deseo, las piernas se enredaron, la piel se estremeció y los músculos se tensaron. El fantasma de Gaya asomó por un instante en la mente de Jesús, pero luego lo vio feliz y se alejó, sonriendo. Cuando se deslizó entre sus piernas, fue tan natural como el amor que los unía.

# 44

*Calabozos del castillo de Sant'Angelo,*
*30 de noviembre de 1497*

El verdugo conocía bien su trabajo y fray Francesco enseguida se convenció de ello, con la esperanza de que el prisionero, delgado y anciano, cediera enseguida. No debía sacarle ninguna confesión, le bastaba con que se declarara dispuesto a hablar ante el santo padre y solo ante él. Debía de ser un personaje importante, quizás un embajador de Catai, en vista de sus rasgos. El franciscano asintió con un gesto paterno cuando los asistentes le mostraron los instrumentos que usarían, y quiso subir en persona a la mesa de torturas para asegurarse de que fuera suficientemente robusta.

Muy pronto sus esperanzas se vieron frustradas. A la vista de los instrumentos de tortura, el prisionero se mostró más curioso que asustado, hasta el punto de que el verdugo, molesto con tanta pregunta, le soltó un puñetazo antes incluso de empezar su trabajo.

—Perdonadme, fray Francesco —se disculpó después—, pero son cosas a las que no estoy acostumbrado.

Desde aquel momento, casi como si se hubiera ofendido, el anciano colgado de las cadenas no pronunció ni una sola palabra más. Por desgracia, tampoco se lamentó, y en los cinco días siguientes el fraile no se atrevió a presentarse ante el papa, porque no tenía buenas noticias. Se temía un duro castigo cuando le dijera que el prisionero se había mostrado indiferente ante las cuatro vueltas de rueda sobre la mesa de torturas, tras los repetidos tirones de la cuerda después de colgarlo de la polea. O que, tras obligarle a beber cuatro litros de agua con vinagre, lo había orinado todo en un santiamén. O que había soportado el peso de tres hombres sobre el cuerpo durante siete noches y que hasta se había dormido, como si estuviera acostado sobre almohadones de plumas.

Cuando el prisionero aguantaba, cosa que solo sucedía en casos de gran corpulencia o éxtasis espirituales, el verdugo solía ir por la vía rápida. En algunos de esos casos, fray Francesco había sido testigo de su generosidad, por ejemplo, fingiendo que cerraba la doncella de hierro con demasiada fuerza, con lo que sus afiladas puntas mataban a la víctima al instante. A veces incluso había tenido el detalle de dejarle aprovechar rápidos momentos de solaz con alguna joven bruja o monja, que luego estrangulaba. Pero precisamente porque conocía al verdugo, sabía que si se enfurecía al verse burlado, o si el torturado le escupía a la cara, podía pedir permiso para usar el toro de bronce. El fraile había leído en el *Malleus Maleficarum* que aquel invento era obra del griego Perilo, que fue el primero en experimentar su eficacia, como recordaba Ovidio: «*Quam necis artificem fraude perira sua*». Era la némesis divina que imponía, por justicia, que el fabricante de artificios muriera por su propio invento. Sería un castigo adecuado para aquel viejo, aunque el hedor a quemado le resultaba aún más desagradable que los gritos del infeliz que acababa asado.



De todos modos, en aquel caso, el papa se había mostrado categórico: no solo aquel hombre no debía morir, sino que tampoco se le podía arrancar la lengua ni dejarlo ciego. No podía pretender tener el gato flaco y los ratones por casa, pero eso su santidad ya debía saberlo.

—Fray Francesco —dijo el verdugo, interrumpiendo sus pensamientos—, yo a este, como existe Dios, lo mato.

Ada Ta había soportado todo aquello en silencio, alejándose con la mente del dolor todo lo que había podido. Pero ya estaba llegando al extremo. Estaba a punto de dejarse devorar por el dragón del sufrimiento. Aquella frase le dio esperanza, único remedio contra el mal cuando todo parece perdido. Aún podía jugar una carta, la misma que le había salvado la vida cuando se había encontrado rodeado de un grupo de osos azules hambrientos, mientras meditaba en un saliente de hielo frente a la morada de las nieves eternas, la madre de todas las montañas.

—No puedes, el papa no quiere —dijo fray Francesco—. Ten paciencia.

—Mirad esa expresión de beatitud que tiene en la cara. Es como si estuviera dormido, soñando con alguna fulana, con todos mis respetos, fray Francesco.

—Despiértalo; prueba a meterle la cabeza en el agua.

—¿Y si usara la bota? Quedaría tullido, pero tampoco necesita las piernas para hablar.

—Por caridad divina, no soporto el ruido de los huesos al quebrarse. Primero el agua.

El verdugo le dio una patada al prisionero, que no se movió. Entonces le dio otra y este, que estaba sentado, cayó rodando.

—Qué sueño más pesado —bromeó el fraile.

—Eso no es sueño —dijo el verdugo, rascándose la cabeza—. Este tipo está muerto.

La sonrisa desapareció del rostro de fray Francesco a la velocidad del rayo. En su lugar, apareció una máscara grotesca. Se levantó de la silla, trastabilló y se precipitó sobre el prisionero. Le puso frente al rostro un espejo de plata y esperó, rezando a todos los mártires de la Iglesia, que se empañara con su aliento. Pero los mártires no respondieron, de modo que se dirigió al santo patrono, que le respondió que solo el Hijo de Dios podía resucitar a los muertos. Fray Francesco se cubrió el rostro con las manos y empezó a darse puñetazos en las sienes.



—Manuzio —hacía tiempo que no se dirigía a él por su nombre—, amigo mío, estamos perdidos.

El verdugo había sobrevivido no solo a las maldiciones de sus víctimas, sino también a cuatro papas, y no tenía ninguna intención de poner fin a su carrera y a su vida de pronto. Se había comprado una finca en Castello dei Giubilei y le habían quedado suficientes florines como para llenarla de vacas y cerdos, y para casarse con una joven esposa. Si el papa se enfadaba —y viendo el rostro de desesperación de fray Francesco no tenía dudas al respecto—, le requisarían la finca y los florines y, aunque conservara la piel, lo marcarían a fuego como traidor.

—Tengo una idea —dijo, y el fraile lo miró como si hubiera visto a santa Catalina en éxtasis—. ¿No habéis dicho que el papa cree que el muerto tenía poderes mágicos?

—Sí, pero…

—Entonces escuchad. Esta noche lo metemos en un saco atado y encadenado, con piedras dentro, y lo tiramos al Tíber. Y a él le diremos que ha aparecido una gran luz y que el arcángel san Gabriel se lo ha llevado.

—¿Tiene que ser el arcángel san Gabriel? —dijo, sacudiendo la cabeza—. ¿No podríamos decir que ha sido el demonio?

—¿Y qué más da? Está bien, que sea un demonio. Lo importante es decir lo mismo. Una gran llamarada. Es más, quemaremos la paja para que quede olor a quemado.

Fray Francesco se frotó las manos un buen rato. Buscaba una alternativa, pero no encontró ninguna mejor.

—Está bien —murmuró por fin—. ¿Y esos qué?

Señalaba a los tres ayudantes de Manuzio, apiñados el uno junto al otro, pegados a la pared como tres corderillos listos para el sacrificio.

—Son todos hijos míos. Tenía otro, pero una vez me desobedeció.

Aquella noche, mientras el guardia dormía, cuatro individuos, seguidos de un quinto hombre, salieron por una puerta secundaria del castillo y recorrieron lentamente la orilla del Tíber en dirección a la Sassia, donde el agua era más profunda. Pasó un pescador y los cuatro entonaron inmediatamente un miserere, al que respondió el fraile salmodiando. El pescador se persignó y siguió adelante. Cuando llegaron al recodo del río se detuvieron, balancearon el saco varias veces y lo lanzaron al agua.



La mañana siguiente, fray Francesco se lanzó a los pies del papa, invocó su perdón y describió un macho cabrío envuelto en llamas que había aparecido de pronto, lo había chamuscado todo a su paso y se había sumergido en las profundidades del Infierno, llevándose consigo al prisionero, que reía y saltaba como un obseso por las paredes, e incluso por el techo. Solo aquel último detalle, fruto de la vehemencia del fraile en el relato, hizo dudar al papa de su veracidad, porque aquella misma escena la había presenciado él en su estudio la primera vez que había visto al monje. Eso permitió a fray Francesco salir indemne de allí. Aquel día, a un mes exacto de su cumpleaños, nada debía alterar su felicidad. Giulia acababa de volver de Bassanello, sin que su marido lo supiera, exclusivamente para celebrarlo. Una estola de armiño y dos zapatillas rojas fueron los más modestos de sus regalos. Él la correspondió con un anillo antiguo y dos pendientes de oro y perlas, para recordarle la alegría que le producía su visita y las lágrimas derramadas por su larga ausencia.

A sus sesenta y seis años, la gimnasia de alcoba se cobró su precio. Alejandro delegó en el cardenal D'Aubusson para que celebrara el primer domingo de Adviento. A un gesto del maestro cantor, el grupo de clérigos entonó el *Ad te levavi animam meam*, el canto litúrgico del día. Las voces blancas se elevaron por el ábside mayor de la basílica de San Pedro, mientras las más graves, las segundas, retumbaron en el estómago siguiendo el rígido códice gregoriano, que eleva el ánimo y lo hace descender para mayor gloria y temor de Dios. Frente al altar, a espaldas del oficiante, el papa dormía sentado en la gestatoria. Tras él estaba sentado su hijo César, entre Giovanni de Medici y Ascanio Sforza. Burcardo, en el asiento de al lado, escribió en el cuadernillo negro: el zorro, el lobo y la vieja garduña, unidos entre llaves y con un signo de interrogación.



Al final de la misa, los asistentes que iban pasando frente a la mesa de los óbolos recibieron la indulgencia plenaria; los cardenales y los obispos, el tradicional banquete. En el gran salón del palacio, primero se sirvió una sopa caliente de garbanzos con bacalao del mar Cantábrico, seguida de lenguas de cordero lechal y orejas de cerdo en ensalada. Un almuerzo que seguía las tradiciones españolas, para subrayar también en la mesa el poder de Alejandro. Para decepción del cocinero, el papa apenas probó la oca rellena con salsa de miel. El olor a ajo anulaba el aroma del jerez, regalo personal de los reyes Isabel y Fernando, procedente de los viñedos reconquistados recientemente a Boabdil, el último sultán de España.

Jofré fue dulce con Lucrecia, y más de una vez le pidió permiso para tocarle la barriga, que ya mostraba su redondez. César se atiborró de rabo de toro, cuyos huesos tiró a los perros. Giovanni se deleitó con la tarta de higos, dátiles y miel. Cuando Alejandro encontró en su interior el haba seca y la escupió, sonriente, en el plato, todos lo aclamaron como rey. Miró entonces con satisfacción al Medici, que no parecía muy convencido, pese a las explicaciones de Burcardo, que le decía que se trataba de un antiguo juego según el cual quien tenía la suerte de encontrar el haba era proclamado rey de la fiesta. El cardenal florentino, no obstante, no se alteró demasiado: la verdadera sorpresa llegaría más tarde.

Giovanni de Medici pensó en lo curiosa que es la sucesión de altibajos que se dan durante la vida, cómo nos cambian los planes cuando una ráfaga de viento se convierte en tormenta, y viceversa. Él mismo había visto el Olimpo a los trece años, en su nombramiento como cardenal, y tres años más tarde, con la muerte de su padre, todo se había precipitado. Apoyándose en la púrpura cardenalicia, había ido superando dificultades, hasta que el fraile se hizo con el poder y su banco quedó casi arruinado. Después, las promesas de Della Rovere (por si llegaba a papa), y la elección del Borgia; el exilio en Europa y, por fin, Beyazid, con su regalo. Luego la desesperación de haberlo perdido, y con él quizá la vida, y la resurrección, porque Alejandro creía que lo tenía él. El trono de san Pedro estaba cerca, pero mejor no pensar en ello, o la ira de los dioses quizás acabaría cayendo sobre él. La reconquista pasaba por Florencia y *quisque suae fortunae faber*; el destino a veces puede modelarse, sobre todo con la ayuda del vicario de Cristo en la Tierra.



Con un gesto de las manos, el papa invitó a Ascanio Sforza a que despidiera a los invitados y que saliera él tras ellos. Solo quedaron con él los perros, César y el cardenal de Medici.

—Os tenemos el mismo cariño que a un sobrino, Giovanni. Hemos unido nuestros destinos, así que os escuchamos. ¿No es cierto, hijo?

César siguió limpiándose las uñas con la punta del puñal, pero hizo un esfuerzo y levantó la vista.

—Estoy dispuesto, incluso, a llamarle primo, padre mío.

—Vuestros intereses son también los míos, y también los de vuestro hijo... —dijo Giovanni, pero se detuvo a media frase, y concluyó con una sola palabra—: Florencia.

—Comprendemos —mintió el papa, que se tocó el puente de la nariz—. Pero ¿qué queréis decir exactamente?

—Tengo que recuperarla. Será más práctico para vos y para mí.

—Sobrino querido, Savonarola ha osado afirmar que, al estar fundada en falsas acusaciones, mi excomunión no tenía ningún valor ante los ojos de Dios. Los florentinos lo aclaman, la Señoría es suya. ¿Qué sugerís que hagamos para cambiar la situación?

Giovanni se puso en pie y, pese a ser pequeño de estatura, se hizo grande. Alejandro vio brillar en sus ojos la grandeza de los Medici.

—Hay algo que el hombre teme más que la salvación de su alma: el estiércol con el que Satanás mueve cualquier voluntad.

—Ese estiércol ha sido la fortuna de vuestra familia.

—De todas, santo padre, de todas. Pero más que la alegría de poseerlo, inquieta el miedo de perderlo. El dinero es como la sangre: donde fluye hay vida. ¡Sin él, la muerte!

Señaló con el dedo hacia Alejandro. César clavó el puñal en la mesa, pero el cardenal no prestó atención. La espada que llevaba en la mano era aún más grande.

—Ya está bien de excomuniones, padre mío —prosiguió Giovanni de Medici—. Para acabar con el fraile hace falta un edicto. Un edicto vuestro que amenace a los florentinos con la confiscación de sus bienes fuera de la Señoría, si no entregan a Savonarola. No habrá nada que los asuste más. Vos lanzáis la antorcha, padre santo, y yo les diré a mis pocos partisanos que aviven el fuego. Florencia será una enorme hoguera en la que arderá el asesino de mi padre.

—¿No fue Lázaro de Pavía, el cartujo de los Sforza, quien lo envenenó?

—Una la mano, muchos los ordenantes. Eso no cambia nada —respondió con honestidad Giovanni.

Alejandro volvió a rascarse la nariz. Un edicto. Que él recordara, ninguno de sus predecesores lo había usado con tal propósito, pero ninguna ley lo prohibía. De hecho, él era la ley. La idea del Medici podía derribar las murallas de Florencia como las trompetas de los ángeles habían destruido las de Jericó. De acuerdo, pero no de inmediato. Si accedía enseguida sería un signo de debilidad. Las alianzas funcionan cuando ambos contendientes saben que ninguno de los dos es más fuerte que el otro.

—Veremos, consultaremos, reflexionaremos y, luego, actuaremos. Bebed ahora con nos una copa de ajenjo. ¿Os acordáis, Medici? Una bebida realmente mágica, porque fue la que nos unió la primera vez. César, tú sabes dónde la guardamos. Sírvenos, hijo.

Silvio Passerini agarró con firmeza las bridas de la montura de su patrón, que se acercaba con aspecto confundido y paso incierto. Sin embargo, por la fina sonrisa de cortesana experta que mostraba Giovanni, Silvio comprendió que, Dios mediante y a su debido tiempo, un día sería obispo.

# 45

*Florencia, 20 y 21 de diciembre de 1497*

El corazón de Zebeide dio un vuelco cuando lo vio inmóvil en la cerca. Se precipitó al exterior y se le echó a los pies, abrazándole por las rodillas, llorando y gimiendo que por fin el hijo de Dios que estaba a punto de nacer había escuchado sus oraciones. Ferruccio le acarició el cabello y, sin protestar, dejó que le llamara señor. Cuando acabó de enjugarse las lágrimas con un trapo que le dejó dos rayas de suciedad en los pómulos, Zebeide miró a su alrededor. Vio a un cojo y a una joven. El rostro se le ensombreció. Torció el gesto y miró a Ferruccio.

—¿Y la señora?

—No lo sé, por eso he regresado. Ellos me ayudarán.

Zebeide se puso en pie e hizo una reverencia y esbozó una sonrisa a Gua Li y a Osmán.

A ella le daba igual, mientras se mantuvieran en su sitio: aquella era una casa honorable, y si tenían intención de ayudar a su patrón, que tan bueno era con todos, serían bienvenidos. Ella no bajaría la guardia: no parecían ladrones disfrazados, pero, aunque era cierto que el hombre no podría llegar lejos con aquellas piernas, los ojos de la mujer dejaban claro que había algo que no le importaría llevarse de aquella casa, y no era precisamente la escasa plata de su interior. A los hombres, hasta los mejores, como su señor, había que mantenerlos alejados de las faldas, porque las féminas dominan las artes del demonio y pueden hacer que uno acabe pecando antes incluso de que se dé cuenta. Ella lo sabía muy bien. Recordó con una sonrisa que, en sus tiempos de juventud, más de un joven había tenido que ir a confesarse por su culpa.

Florencia había cambiado para peor, si es que eso era posible. Allá por donde pasaran los guardias uniformados de la Señoría, cerraban las tiendas y las mujeres solas pedían desesperadamente hospitalidad en las casas. A la entrada de cada barrio montaban guardia hombres armados de espadas y de garrotes, fueran de los Piagnoni o de los Palleschi, pero también de una tercera facción, los republicanos, que soñaban con el retorno a las antiguas tradiciones de la ciudad. Con aquel clima de sospechas y de conjuras, los muertos se contaban por centenares en los tres bandos, entre nobles y gente del pueblo. Recorriendo las posadas de la ciudad, Ferruccio se enteró de la ejecución de muchos nobles, de las familias de los Ridolfi, los Pucci, los Tornabuoni y los Cambi, entre otros. Incluso Bernardo del Nero, que tan fiel se había mostrado al fraile, había muerto por orden suya. Ya no era la oscura República de Cristo; aquello se había convertido en el reinado del terror.

Rezó para que al menos Pierantonio Carnesecchi siguiera vivo; estaba allí por él, era el único que podía llevarle hasta Leonora. Si se negaba a ayudarle, lo mataría: un muerto más pasaría desapercibido. Al llegar a Florencia, el dolor había dejado paso a la rabia. La esperanza casi había desaparecido. Y muerta la esperanza llegó también el deseo de morir. No tuvo reparos en preguntar por ahí dónde vivía Carnesecchi, el del Consejo, ya que eran muchos los que llevaban ese apellido y pocos los que conocían su nombre. Y si alguien le preguntaba para qué, levantaba la capa y mostraba la empuñadura de la espada. Y que fueran a avisarle: la presa que tiene miedo comete fácilmente más errores. Ferruccio se sentía un cazador.



Tras la torre della Pagliuzza, sobre el umbral del portalón, le habían dicho que vería un ternero esculpido. Y también le habían sugerido que se manestuviera en guardia. Empujado por la rabia que le consumía por dentro, se precipitó a la oscuridad del pórtico y se encontró ante una hoja fina apuntándole al pecho y otra más ancha a su espalda.

—¿A quién buscáis? —dijo la voz a sus espaldas.

—A Cristo, toda la vida.

—Pues lo habéis encontrado, dispuesto a acogeros en sus brazos.

—Antes que a él, no obstante, querría ver a Pierantonio di Francesco Carnesecchi, si es que eso no es delito.

La hoja del pecho bajó, pero permaneció en guardia. De la sombra emergió un brazo y luego un rostro, desconocido, que lo escrutó. La punta de la espada cayó hasta la altura de sus botas.

—¿Caballero de Mola?

Zebeide corría arriba y abajo, invocando sin cesar a toda la lista de santos protectores de la casa.

Antes de cerrarla debía asegurarse —era su deber y su responsabilidad— de que no quedara ningún fuego encendido, que las provisiones estuvieran fuera del alcance de los ratones (aunque hacía tiempo que no se veía ninguno), que las sábanas colgadas en el desván, aunque rígidas por el frío, estuvieran secas, o cogerían moho. Llegado el momento, Ferruccio la cogió a peso y la subió al caballo más robusto y paciente. Y no fue breve ni sencillo explicarle cómo empuñar el cuerno para mantenerse derecha, así como que debía tener los pies bien apoyados en aquella tabilla de madera. Cuando la observó, rígida como una estatua, sintió compasión. Que los recibieran el fraile o el papa para ella era lo mismo; tal era la fama de Savonarola y la sensación de respeto y temor que infundía sobre los más humildes, y no solo sobre ellos.



Según los dos caballeros que le habían perdonado la vida, la orden de conducirlo ante el mismo Savonarola incluía también a la criada. El motivo no lo conocían ni ellos mismos; solo sabían que, si estaba vivo, antes o después pasaría por casa del confaloniero. De haber querido, lo habrían matado allí mismo, pensó Ferruccio. Y vivir y morir con la espada en la mano y por un fin justo tampoco era tan indigno. Quizás incluso hubiera deseado aquella muerte cuando el fraile le comunicara que Leonora había muerto. Aunque saber que estaba a punto de recibir una noticia le hacía mantener un hilo de esperanza, Ferruccio ya se había resignado.

El monje les esperaba sentado ante su escritorio, austero como el resto de la estancia. Tenía los pies descalzos, rojos del frío, pero el fraile no temblaba. No se puso en pie para abrazar a Ferruccio, como habría hecho en otro tiempo; simplemente le preguntó en voz baja a uno de sus dos acompañantes quiénes eran el hombre y la mujer que iban con él y con la criada. Ferruccio lo entendió.

—Ninguno de ellos es cristiano. El hombre es hijo del islam; la mujer es la portadora de un mensaje de amor que os costaría entender.

—Veo que no has cambiado, Ferruccio, pero allá donde haya amor y justicia está Dios. Dejadnos solos —dijo después a los dos caballeros— y que Dios os bendiga.

El fraile esperó a que desapareciera el ruido de sus pasos por el claustro del convento. Con las manos tras la espalda, se dirigió hacia la única ventana de la gran sala, de la que emanaba una luz gris. Se quitó la capucha, dejando a la vista una amplia tonsura con el borde salpicado de gris. Se giró mínimamente y Ferruccio pudo verle el pómulo, aún más prominente por contraste con el hoyuelo de la mejilla, y la nariz aguileña, que parecía no tener carne.

—Leonora... —dijo el fraile.

A Ferruccio le faltó el aire.

En un instante pasó ante sus ojos su vida con ella, desde el primer encuentro en Roma hasta aquel día maldito en la iglesia de San Marco, cuando la raptaron. La vio oscura y demacrada, en un ataúd, con un lirio entre los dedos cruzados. La vio corriendo a su encuentro, con los brazos abiertos y la más bella de sus sonrisas.



—Está viva —prosiguió el fraile—. Esta bien. Está aquí, en Florencia.

Ferruccio se dejó caer sobre la silla, con los puños apretados contra la frente. Gua Li alargó el brazo en su dirección, pero, al mirarla Osmán, lo retiró. Al fraile no le pasaron desapercibidos ninguno de los dos gestos.

—Gracias, fray Girolamo —murmuró Ferruccio—. Habladme de ella, os lo ruego.

El fraile se acercó y apoyó su huesuda mano en el hombro de Ferruccio.

—¿Estás seguro?

—¿Qué queréis decir? —dijo, levantando la mirada hacia él—. Habéis dicho que está bien.

—Precisamente por eso. Ahora Leonora está serena. Es una mujer fuerte. Quizás incluso demasiado, pues a veces no sabe estar en su sitio. Lo sabes muy bien. Podrías turbarla, hacerle daño; tu imagen se refleja perfectamente en el espejo de tu alma.

—Yo… no entiendo.

Pero sí comprendía. Una vez más supo que había traicionado el juramento con un acto de voluntad: la niebla en la que estaba sumergido el recuerdo nunca bastaría para eliminar ni la memoria ni el hecho en sí. El fraile le había leído la mente, había abierto las puertas de su alma de par en par y lo había enfrentado a sus dudas. No se trataba de escoger entre Gua Li y Leonora, sino de comprender si aún era capaz de darse por completo a la mujer con la que había decidido compartir alegrías y tristezas para toda la vida.

—Sois un hombre terrible, fray Girolamo. Entiendo perfectamente por qué os llaman puro y os odian a la vez. —Levantó la mirada y lo escrutó—. Vos levantáis el velo a las conciencias y las despertáis de su sueño. También Giovanni Pico lo hacía, ¿recordáis? Pero él aliñaba con aceite, y vos con vinagre. Quizás esa sea la diferencia entre el justo y el santo.

Savonarola se cruzó de brazos, apoyando los codos sobre las manos.

—¿Así pues?



—Quiero verla, aunque sea lo último que haga.

—Así sea —dijo el fraile, y tocó una campanilla.

Entró una monja, que le indicó a Ferruccio con un gesto que la siguiera. Él se detuvo un instante en el umbral, pero luego reemprendió el paso tras la mujer, que ya se había alejado en compañía de Zebeide. Osmán, con la cabeza gacha, contemplaba sus piernas deformes, mientras Gua Li sostenía la mirada al fraile, en un silencio perfecto. Entablaron un largo diálogo silencioso, hasta que alguien llamó tímidamente a la puerta y los interrumpió. Entró un monje con paso ligero, encendió un candelabro y desapareció. Gua Li percibía en Savonarola un aroma parecido al de las bayas secas de los gojis de las nieves, dulce y amargo. El olor del guerrero que combate, pero que, al mismo tiempo, desea la paz. El fraile irguió el torso por encima de la mesa.

—¿Cuál es vuestro dolor? —le preguntó.

—La espera, el no saber, la ausencia.

—La respuesta está en las manos y en la misericordia de Dios, que vos negáis.

—¿Cómo podría negar el espíritu, tenga la forma que tenga, si está en el hombre?

—Estoy de acuerdo, pero el hijo de Dios nació con este fin, para reconducir hacia el Padre al hombre, que estaba perdido.

—Yo conozco otra historia y he venido aquí para traer una palabra de amor, que siempre cambia al hombre y lo transforma en un ser mejor.

—Os escucho, pues. Quizá nuestros caminos sean diferentes, pero conduzcan en la misma dirección.

—Eso es lo que dice Ada Ta.

—¿Y ese quién es?

—La persona cuya ausencia lamento.

El fraile cruzó los dedos de las manos y apoyó el mentón en los dos pulgares. La voz de la mujer lo turbaba, porque si hubiera podido escuchar la de la Virgen, estaba seguro de que no sería muy diferente. Con la sandalia de cuero se aplastó el dedo meñique del pie para castigarse por tamaña blasfemia. Quizá tuviera delante al diablo, o a una santa. A veces eso era tan difícil de saber como complicado era distinguir la frontera entre la locura y una sabiduría excepcional. Si escuchaba, Dios le ayudaría a reconocer la diferencia.

—Habladme de ese mensaje de amor del que sois portadora.



—Es una historia muy larga.

—También con una sola rama se puede reconocer el árbol.

María, a la que ya muchos llamaban Magdala para no confundirla con la madre de Jesús, siempre buscaba el bien de Yuehan. Pero el muchacho, que ya superaba en altura a muchos hombres, la rehuía, aunque con amabilidad y sin hacerlo evidente. No obstante, no era eso lo que más la hacía sufrir. La popularidad de Jesús era tal que allá donde fuera lo llamaban «el viento del desierto», porque la arena de sus palabras entraba tanto en las casas más resguardadas como en las almas más rígidas. Y en todas partes le acogían como el hombre que profetizaba Isaías, el ángel vengador que, impregnado del espíritu divino, liberaría al pueblo de Palestina del yugo romano. Jesús a menudo les confiaba sus dudas y sus temores; la gente no entendía aún que el primer objetivo era el de la solidaridad común, si es que esperaban obtener algún resultado. En cambio estaban divididos —zelotes, esenios, galileos, judíos— y cada uno de ellos reivindicaba su hegemonía y aclamaba a Jesús como su salvador.

—Creen en mí no por lo que digo, sino por mis prodigios, que llaman milagros, y es con ellos con los que esperan encontrar el camino de la rebelión. No obstante, la única rebelión verdadera es la de las conciencias, a través del amor. No quiero reemplazar una ley por otra, ni que piensen como yo. Seguir las reglas de nuestros padres o criticarlas no es ni correcto ni incorrecto; basta con que en la elección no haya imposiciones.

—Necesitan un guía.

—Cuando un pueblo pide un guía, significa que renuncia a su propia libertad. Los hombres pasan, yo pasaré, y así las cosas en las que creo. Las leyes cambian con el tiempo, la justicia es eterna.

—Eso que dices es herejía —la interrumpió Savonarola—. Los ebionitas fueron condenados por sostener eso precisamente.

—No los conozco. Yo no soy más que una discípula sin su maestro —respondió Gua Li—. Pero él me ha explicado que «herejía» significa «elección», y que a quien elige en libertad se le llama hereje. Es una bonita palabra. Transmite justicia y amor. Pero no quiero ofenderos de ningún modo. Si queréis, lo dejo aquí.



—Sigue. Será como en el confesionario, cuando por amor a Dios se escuchan los pecados más graves.

Hacía tiempo que los ojos de los espías del Gran Sanedrín escrutaban desde la sombra las acciones de aquel hombre. Los escribas anotaban escrupulosamente cada denuncia, y a su vez la transmitían a los ancianos y a los sacerdotes. En público, estos lo denigraban tratándolo de charlatán, pero en el interior de los consejos lo calificaban de peligroso subversivo de la ley. Y en privado, en sus conciencias, envidiaban su fama y el poder que había conquistado entre el pueblo.

El sumo sacerdote Yosef bar Kayafa estaba sentado en el centro del aula de la piedra cuadrada, frente al semicírculo en el que discutían animadamente los otros sacerdotes. Dirigió primero una mirada a su suegro, Anán ben Seth y, tras obtener su asentimiento, ordenó que se hiciera el silencio. Los dos secretarios que tenía al lado contaron los sanedritas presentes, que resultaron ser más de veintitrés: la sesión era válida.

—Hablo también en nombre de otros —dijo Nakdimón ben Gurjón, levantándose de su escaño—. Este hombre ya ha dado muchos indicios. Si le dejamos actuar, todos creerán en él y los romanos destruirán nuestra nación y todos los lugares santos. Sin embargo, no se le puede condenar sin juicio, y sus culpas no parecen otras que estar de parte del pueblo, que nosotros representamos.

—Ya hemos discutido mucho entre nosotros —dijo Kayafa, haciéndole un gesto al secretario a su derecha—. Hoy es día de legislar.

—Nakdimón tiene razón —dijo un sanedrita sin levantarse del sitio.

—¡No entendéis nada! —replicó Kayafa elevando la voz—. Aunque así fuera, es mucho mejor que muera una sola persona que toda una nación.

José de Arimatea se puso en pie y se sacudió pesadamente el polvo de la larga túnica de lana negra.

—El Sanedrín no puede promulgar leyes; solo puede aplicarlas.

El sumo sacerdote se ruborizó.

—Yosef bar Kayafa quería decir que hay que pronunciar una condena contra Jesús —intervino Anán—, porque él no respeta las leyes sagradas.

—¿Sin procesarlo siquiera? ¿Ni escuchar su defensa? Eso es subvertir la ley. ¿O quizá Kayafa quería decir eso precisamente, promulgar una nueva ley para evitar someterse a la anterior? Así es como actúan los tiranos.



—Basta ya. Conocemos tus simpatías —le dijo Anán a José—. Debatiremos, y si no estás de acuerdo, vota en contra.

Cuando los secretarios acabaron el recuento de votos de los veintisiete presentes, Gamaliele, presidente del Sanedrín, se puso en pie.

—Veinticuatro a favor de la condena; tres a favor de que sea absuelto. Que se ordene su detención.

En el viaje de regreso a Arimatea, José lamentó no tener una mujer a la que confiar sus dudas, si era legítimo rebelarse ante una ley injusta o si sería más correcto aceptarla, como contaba el griego Platón a propósito de Sócrates, que pudiendo huir no lo había hecho y había decidido beberse la cicuta.

—Los judíos asesinaron a Cristo Salvador. Sobre ellos pesará por siempre esta condena. No obstante, sin su sacrificio, no habría habido redención, y, por tanto, tampoco salvación… —Savonarola parecía hablar más consigo mismo que con Gua Li—. Con el fin de cumplir su voluntad —prosiguió el monje, esta vez apuntando con el dedo hacia el cielo—, Dios armó la mano del Sanedrín. Prefirió sacrificar a su único hijo por el bien de la humanidad. Igual que estaba dispuesto a hacer Abraham.

—Sin embargo, una madre nunca mataría a su propio hijo. Mi maestro dice que la vida es sagrada, que es el propio objetivo de la existencia, no un medio para otros fines. Y si Dios fuera madre, quizá no…

—¡Calla! No digas… herejías. Dios es… Eso es… un misterio. No está a nuestro alcance saberlo. No, sigue, quiero saber más de tu Jesús. Será mi cilicio.

La noticia, envuelta en gran secreto, salió del templo y, como la niebla de la tarde, rebasó silenciosa las murallas de Jerusalén, se extendió por sus llanuras, ascendió las montañas de Efraím y llegó a Galilea, hasta alcanzar Gamala, donde Jesús la oyó por boca de sus hermanos, antes incluso que el despacho y la orden de detención llegaran a la guarnición romana.

—Debes esconderte un tiempo —opinó Judas—. Al menos hasta que los romanos se cansen de buscarte.



—No creo que sirva para nada. Vendrán a buscaros a vosotros, a mi hijo, a nuestra madre y a María. Tengo que plantarles cara.

—¿Y cómo? Por lo que sabemos, ya te han juzgado. Quizá la única solución sería llamar al pueblo para que te defienda.

—No —dijo Jesús con firmeza—. Ahora escuchadme vosotros. Sabíamos que pasaría: cuando se incordia a un perro, antes o después se revuelve y muerde. Pero no me arrepiento; las semillas que he lanzado no se perderán. Ahora me toca a mí ser coherente. El odio no cesa con el odio, nunca; el odio cesa con el amor: es una ley eterna. Dejad que me prendan; sabré cómo defenderme.

Esa noche Jesús dirigió su pensamiento a Ong Pa, su maestro, rogándole que le ayudara a ser fuerte, a no traicionar sus propias ideas y a proteger a sus seres queridos.

María suplicaba al Dios de Abraham que lo salvara.

—Ven —le dijo después.

Juntos se encaminaron por un sendero que descendía hacia el lago y se detuvieron bajo la gran copa de un sicomoro a observar la estela de plata que se reflejaba sobre las aguas tranquilas. María le cogió el rostro entre las manos, lo miró y vio cómo se rompía su futuro. Él no vio sus lágrimas, y fue dulce como siempre. Se abandonó sobre ella.

—¿Te peso? —le preguntó, prudente.

—No —le respondió ella, cubriéndolo con sus brazos—, porque, aparte de la carne y los huesos, tienes un alma ligerísima, que es justa y buena.

—A lo mejor me sientes liviano porque tú me haces volar.

Cuando sus cuerpos fueron uno solo...

—¡Blasfemia! —gritó Savonarola—. ¡No sabes lo que dices!

El monje se tapó los oídos y frunció los labios. La rabia le impedía hablar. Hasta que vio que Gua Li y Osmán se levantaban y salían de la estancia no liberó el aire que tenía en los pulmones. Cerró la puerta con llave, sacó del bargueño el látigo de cuero y se flageló la espalda hasta caer exhausto de rodillas.

# 46

*Hasta los últimos días de 1497*

La monja indicó con un gesto a Ferruccio que esperara fuera y entró con Zebeide en el dormitorio. Dos pasos más allá, la mujer se detuvo. Con las manos en copa y los hombros encogidos, observó la sucesión de camas a uno y otro lado de la sala. Las cortinas, inmaculadas, caían de altos soportes de hierro como sudarios y, mientras seguía a la monja, Zebeide vio en su interior unas sombras difusas, algunas sentadas y otras tumbadas, pero todas inmóviles, e imaginó cuerpos sin vida, llagas y heridas, y se persignó varias veces.

—Es aquí —le susurró la monja—. No hagas ruido, para no molestar a las otras.

Zebeide señaló respetuosamente hacia la puerta, pero a cambio la monja se limitó a levantar las cejas.

—Conoces a tu señora —añadió con un suspiro gélido la monja—. Le dirás que le espera su marido. Ella decidirá si quiere ponerse de nuevo en sus manos o en las del Señor.

Apartó la cortina y empujó a Zebeide para que metiera la cabeza por la abertura. Le temblaron las piernas cuando vio el rostro pálido de su señora, rodeado por un pañuelo de algodón que le ocultaba el cabello, las mejillas y parte de la frente, como si ya hubiera hecho su elección. El pecho se levantaba y bajaba, señal de que al menos no estaba muerta, a pesar de tener los párpados cerrados, pero cuando recorrió su cuerpo con la mirada vio la redondez de su vientre y se llevó las manos a la boca, horrorizada. Leonora abrió los ojos, jadeando levemente.

—Zebeide...

La mujer se echó al suelo de rodillas y cogió la mano que Leonora le tendía.

—Señora mía, oh, señora mía. Bendito sea Dios, estáis viva. —Los lagrimones surcaban sus rosadas mejillas—. Cuánto he sufrido, señora mía, sin saber nada de vos. Qué dolor, qué dolor, veros en este estado. ¡Ah, si el Señor hubiera elegido para mí esta cruz!

—Estoy bien, Zebeide. Solo me siento un poco cansada.

—Ah, señora mía, no digáis eso. Qué cosa más terrible… Decidme, ¿sufrís mucho?

—No, Zebeide, ya te lo he dicho; ahora estoy bastante bien, si pienso en todo lo que ha pasado. Y además tengo el niño, que me ayuda.

—¿Qué niño?

Zebeide miró a su alrededor, pero no vio a nadie. Su señora deliraba; eso era la enfermedad, sin duda. Cuando se empezaban a ver espíritus, mala señal. Si son cabras o caballos de morro carnoso, se trata de demonios que ya degustan el olor a quemado del alma de las pecadoras en vida. Los ángeles, en cambio, son sombras de niños muertos que te acompañan junto a san Pedro. La señora estaba a punto de morir.

—¿No lo ves, Zebeide?



—No, señora mía —sollozó la criada—. Pero si vos lo decís, os creo.

—La barriga, amiga mía. Mírame la barriga. Está ahí dentro.

Jesús, María y todos los santos. Zebeide abrió la boca y se cogió el rostro entre las manos. La Virgen había hecho el milagro.

—¡Señora mía! ¡Un niño! ¡Entonces estáis bien! ¿Y cómo os sentís? ¿Os pesa? ¿Os da patadas? Dejadme ver si la barriga está puntiaguda, que así no irá a la guerra.

—No lo sé. Solo sé que está vivo y está bien. Pero ahora siéntate y cuéntame. ¿Cómo has conseguido encontrarme?

La mujer bajó la mirada y se echó a llorar mientras alisaba los pliegues de la colcha con unos golpecitos tan rápidos como inútiles.

—Habla, Zebeide —dijo Leonora, irguiendo ligeramente el cuerpo—. ¿Qué pasa?

—El señor… está…

—¿El señor? ¿Qué?

Sintió una punzada en el vientre que la dejó sin aliento.

—Está aquí, señora mía.

Leonora cerró los ojos y en su mente vio un cestillo de cerezas, el contacto de sus manos mientras se lo ponía delante con una sonrisa, y una a una se las iba metiendo entre los labios, y ella abría la boca buscando los suyos, sin que ninguno de los dos apartara la vista del otro. Hasta que fue ella quien le ofreció una, de sus propios labios. Había sido su último regalo, aunque luego ella había cultivado otro regalo, sin saber si llegaría a recibirlo nunca.

—¿Está bien?

—Sí, señora, por lo que yo he visto.

—¿Y está aquí...? ¿Dónde?

—Detrás de la puerta, señora. La monja ha dicho que quería estar segura de que aún lo quisierais ver, o si preferíais ofreceros al Señor.

—Qué tonterías. —Leonora se tocó el rostro y las mejillas, como si quisiera darse el último retoque para estar más presentable—. Hazle entrar, por favor. Y recuerda que mi señor es él.

Al ver a su mujer, aquella sonrisa débil y aquellos ojos humedecidos por las lágrimas, Ferruccio se arrodilló, cogió una mano entre las suyas y apoyó la cabeza en su pecho. Eran demasiadas las palabras que tenía en la garganta, así que permaneció en silencio. Y mientras ella le acariciaba la cabeza, la mirada de él se posó en su vientre. Comprendió y le puso una mano encima. Acercó su rostro al de ella, surcado de lágrimas, y apoyó los labios sobre los suyos.

—Leonora, te amo.

—Yo también —respondió ella, en voz baja—, y ella también, o él. Me parece que ha sentido tu caricia. Te hemos echado mucho de menos, pero ahora ya ha acabado todo.

—Sí.

Una mueca de dolor apareció en el rostro de la mujer, que un instante después abrió los ojos como platos.

—¡Leonora!

—¡El niño! Me duele. Ayúdame, tengo miedo.

Al apoyar la mano en la cama para ponerse en pie, Ferruccio notó la humedad. La metió bajo las sábanas y la sacó de inmediato, completamente mojada. Parecía agua, pero tenía un olor penetrante, ácido. Leonora gritó como si la hubieran apuñalado.

—¡Zebeide! —rugió Ferruccio—. ¡Ve a llamar a alguien, rápido!

La mujer fue a chocar contra la abadesa, que estaba entrando, alarmada por los gritos.

—¿Qué pasa? ¡Os había dicho que no hicierais ruido!

—¡La señora está mal, está encinta!

Otro grito atravesó el dormitorio y se oyeron lamentos de otras voces. Mientras la monja se acercaba a la cama de Leonora, Zebeide corrió al pasillo y se precipitó entre los brazos de Gua Li.

—¡Señora, señora! —Se lanzó de rodillas al suelo—. ¡Mi señora sufre y grita; os lo ruego, id a ver!

Mientras tanto, la abadesa, de pie frente al lecho de Leonora, arqueó una ceja.

—Llamaré a una comadrona: vuestra mujer ha roto aguas.

Ferruccio le cogió la mano a Leonora y escuchó sus espasmos, que parecían ir remitiendo. Leonora sudaba. Sus gritos se habían convertido en débiles lamentos. Tenía la respiración más ligera. Le apretaba la mano con menos fuerza. Pero aunque su evidente alivio reconfortara a Ferruccio, él se temía que se debiera a una debilidad cada vez mayor. No se dio cuenta siquiera de la presencia de Gua Li, hasta que una mujer con un delantal de cuero le apartó con malos modos.



—Salid de aquí. Estas son cosas de mujeres.

La mujer se arremangó y apartó bruscamente la colcha y las sábanas. El camisón de lona de Leonora estaba empapado y cubierto de rastros verduzcos.

—Esto está manchado de caca; marchaos, os he dicho, que no es espectáculo para un hombre. Las mujeres son impuras, ¿no lo sabéis?

—Es... mi mujer —balbució Ferruccio.

—Aunque fuera vuestra madre: ¡fuera de aquí!

—Ve, Ferruccio. —Gua Li le tocó el brazo—. Yo me quedaré con ella.

Las tres monjas presentes se apartaron para dejarle el camino libre. Ferruccio se echó atrás, con los hombros caídos y los ojos fijos en el rostro, y luego en la cama de Leonora, hasta tocar la puerta con la espalda. La abrió y dejó pasar a una criada que llevaba una tina. Luego la cerró tras de sí y se dejó caer sobre un banco.

Dos monjas sostenían a Leonora, de pie sobre la cama, con la cabeza caída y los brazos inertes, pero aún con las piernas rígidas, como si no hubiera perdido la voluntad, pese a estar inconsciente.

—No lo conseguirá.

La comadrona se secó un momento el sudor con un brazo y luego volvió a poner las manos sobre la barriga ahora flácida de Leonora. Y Gua Li rezó en voz baja.

—Madre de la Tierra, tú tienes muchos hijos sin haberlos generado, y te llaman con muchos nombres, Maha, Gayatri, Aruru, Tara y Yum Chenmo, pero nadie conoce el verdadero. Eres fuente de vida y señora de la muerte; estás en cada uno de nosotros, antes y después de nuestro nacimiento. Lo que tú quieres, sucede. Tu respiración es un siseo en la cima de las montañas, un susurro entre las hojas de los árboles y un murmullo en los ríos, duerme en la profundidad de los valles y arde en el desierto. Todo nace de tu vientre, como la vida incierta de este hijo y de su madre.

—¿Rezáis a la Virgen? —le espetó la abadesa, que estaba apoyada en la pared con los brazos metidos en las grandes mangas—. No conozco esa oración.



Gua Li no respondió. Leonora abrió la boca en un grito mudo, puso ojos como platos y la miró.

—¡Ahí está! —gritó la comadrona—. ¡La cabeza cortada de san Cosme ha hecho el milagro! ¡Agarradla bien, por Dios!

Junto a un chorro de sangre asomó la cabeza del niño. La mujer esperó a que saliera lo suficiente como para poder agarrarla con fuerza, pero sin apretar. Conocía su oficio. Con una ligera rotación acompañó la caída, cogiéndolo por los hombros y dejándolo que saliera solo. Dio un mordisco al cordón que aún lo unía a la madre, escupió por el suelo saliva y sangre, y con el resto hizo un nudo bien apretado.

—Es un varón, pero es demasiado pequeño como para que viva.

—Dádmelo a mí —ordenó la abadesa.

—No, vos sois anciana; necesita vida. Se lo daré a ella.

La mujer ofreció el niño aún sucio a Gua Li, que lo cogió en brazos y lo sumergió en el agua tibia de la tina. La monja intentó detenerla.

—Dejadla —dijo la comadrona—. Sabe mejor que vos

cómo actuar. Si vive, tan delgaducho como un Cristo en la cruz, será mérito suyo. Y ahora pagadme, que tengo dos bocas hambrientas que me esperan.

El niño, al salir del agua, tosió y emitió una especie de gemido. Gua Li lo tendió sobre la cama, en una esquina sin manchas, y lo limpió con un trapo. Una monja le trajo una mantita; otra, una toca. Gua Li se lo agradeció con una sonrisa. Acomodaron a Leonora; la sentaron sobre la cama, con dos grandes almohadones tras la espalda. Apenas respiraba, pero cuando sintió el peso del niño sobre su pecho dio un respingo. Cuando Gua Li le descubrió un seno y guio la boca del niño hacia el pezón, sus dedos se rozaron y Leonora intentó sujetarla, pero luego sus manos se posaron en la espalda de aquel hijo que había querido venir al mundo antes de tiempo, nada más sentir el contacto y oír la voz de su padre.

La abadesa salió con paso ligero y la cabeza gacha, y se detuvo ante Ferruccio. Se sacó del bolsillo de la túnica un rosario de madera y se lo tendió. Él lo rechazó, pero ella se lo tiró sobre las rodillas.

—Cogedlo y rezad por la vida de ambos. No tienen mucha.



Lo aferró y se pasó nerviosamente las cuentas de madera por entre los dedos. Aún estaban vivos. Cerró los ojos y volvió a abrirlos un instante después para preguntarle a la abadesa si era niño o niña, pero ya estaba lejos, y la pregunta se quebró en su garganta, entre lágrimas.

Nadie se alegró, salvo Zebeide, que había obtenido de la abadesa el permiso para dormir a los pies de la cama de Leonora. Las monjas más jóvenes, que observaban aquel cuerpecillo, quedaron conmovidas al instante, y no de alegría, pues estaban convencidas de que el niño no llegaría a ver el nuevo año. Las más ancianas no se paraban siquiera junto a la cuna, acostumbradas como estaban a reconocer instintivamente los signos de la muerte en los vivos. Savonarola rezó por su alma.

Osmán quería aproximarse a Ferruccio, a quien solo le permitían ver al niño dos veces al día, y a Leonora solo una, a última hora. Nunca se habían entendido realmente: ninguno de los dos había hecho nada por conocer al otro, su único interés había sido descubrir qué los vinculaba a Gua Li. Ambos se sentían en desventaja ante ella, aunque fuera por causas diversas, y ambos habían sido víctimas de los celos, al envidiarse mutuamente por la proximidad que tenían con ella, cada uno en su papel. La mañana de Navidad, en el claustro del convento, Osmán dio el primer paso. El frío le afectaba sobre todo a la pierna tullida. Ferruccio le tendió la mano. Osmán hizo lo propio, pero no se la estrechó, sino que puso en su palma un pequeño objeto de plata.

—Pon la mano de Fátima, la hija del Profeta, bendito sea siempre su nombre, en la cuna de tu hijo. Lo protegerá contra los demonios y otros espíritus del mal. El ojo que ves sobre la palma es el de un dios que nos ve a los dos iguales y que velará para que tenga larga vida.

—Lo haré, Osmán. Gracias.

—¿Conoces su historia? Cuando ella vio que volvía su esposo, Alí, junto a una joven y bella concubina, sintió tal dolor que distraídamente metió la mano derecha en la olla donde cocía el caldo de cordero. Alá lo vio y comprendió, y Fátima no se quemó. Ella no tenía culpa, pero Alí sí, y de hecho murió a manos del mismo grupo del que yo formaba parte, los *muhàkkima*, los del Juicio de Dios, como se los llama. O también *khawârij* o jariyíes, como los conocéis vosotros, «los que se salen».



—Yo no soy Alí —respondió Ferruccio.

—Y yo ya no soy jariyí. *Salam aleikum*, Ferruccio.

—Que la paz sea también contigo, Osmán.

En la tranquilidad del dormitorio, Gua Li se detenía a menudo junto a la cama de Leonora. A escondidas de las monjas, le daba a beber suaves infusiones de amapola, que ayudaban a la madre a relajarse y a producir más leche. En cuanto al niño, a partir del tercer día sus arrugadas piernecitas dejaron de moverse espasmódicamente, y la carne empezó a cubrirle los huesos. También los pelos negros de la espalda, que le daban el aspecto de un mono —o del demonio, como dijo una monja—, empezaron a caérsele.

Leonora enseguida confió en Gua Li; era la única a la que dejaba sostener al niño en brazos sin temor a que le ocurriera una desgracia. Con ella el pequeño no protestaba por apartarlo de su madre. Ni siquiera se fiaba de la brusquedad de Ferruccio, en esos breves ratos que le dejaron verlo mientras ella permanecía en la cama, entre todas aquellas mujeres. En realidad, el niño parecía preferir los brazos de Gua Li a los de cualquier otra persona. Si lloraba, las palabras que le susurraba ella siempre le apaciguaban.

—¿Qué es lo que le cuentas? —le preguntó una vez Leonora—. Es como si te comprendiera y te escuchara.

—Mi maestro me decía que los niños recién nacidos llevan consigo el recuerdo de las vidas anteriores y que es el crecer en el mundo lo que les hace perder esa conciencia. Lo comprenden todo —Gua Li sonrió—, mucho más que nosotros. Así que le hablo de un hombre bueno y justo, que aprendió y enseñó el amor y el conocimiento.

—Háblame entonces de él también a mí, si quieres. Lo que hace bien a un alma pura solo puede traernos felicidad a todos los demás.

Era el mes de Nisan y empezaba a subir aire caliente de la tierra. Pasó una bandada de grullas de cabeza negra en dirección a Anatolia. Jesús la siguió con la mirada hasta que se confundió en el cielo. María se puso en pie, cogió una piedra y la tiró entre las cañas, en el punto en que las aguas borboteantes del Jordán confluían con las aguas tranquilas del lago.



—Si no hubieras regresado, ahora no estarías en peligro.

—Era mi karma. Lo había perdido todo y tenía que encontrar mis raíces.

—Me esperaba otra respuesta, pero tienes razón; igual que mi destino era encontrarte.

Jesús le cogió la mano y se la llevó a la cara.

—Tú has llenado el vacío de mi corazón, me has dado una nueva esperanza, que es la semilla de la vida.

—Tengo miedo de que te maten, de que me dejes.

—Una vez Ong Pa dijo que la muerte no es más que la transformación de la vida en otra forma de vida.

—Sí, lo he entendido —dijo, levantando lentamente la mano de la suya—, pero no me basta. Quiero tus palabras, no las de otro.

—¿Querrías que nos fuéramos los dos?

No era lo que habría querido oír, y su respuesta tampoco fue la que habría querido dar.

—¿Entre los monjes y tus montañas? Además, Yuehan es mayor; ya no necesita una madre. Pero si pudiera salvar tu vida dando la mía a cambio, lo haría. Sería justo que vivieras; aún tienes muchas semillas que sembrar. —María apartó la mirada—. ¡Mira! Otra bandada de grullas. Cuéntalas. ¿Sabes por qué son siempre un número par?

—No, dímelo tú.

—Porque viajan siempre en pareja, son monógamas de por vida, y hacen el nido siempre en el mismo sitio. Si una de las dos muere, la otra se queda en tierra y deja de migrar.

Jesús no le respondió.

Leonora levantó lentamente una mano y Gua Li interrumpió el relato.

—Esa María no es su madre.

—No, es María de Magdala, la mujer que amó a Jesús.

—Conozco esa historia. Me habló de ella hace muchos años el conde de Mirandola, pero me obligó a guardarle el secreto. Con solo insinuarla, habría corrido el riesgo de sufrir la cárcel y la tortura que se reservaba a las brujas. Decía que eran muchas las historias que había sobre la vida de Jesús, todas con un trasfondo de verdad, pero todas manipuladas por interés. Decía también que solo empezaría a entrever la verdad cuando encontrara un escrito suyo. Era imposible, afirmaba, que un profeta como él no hubiera querido dejar una señal a los otros hombres.

—¿Tú lo conociste?

—Le ayudé, por casualidad, y él hizo lo mismo conmigo. Y gracias a él conocí a Ferruccio, pero esa es otra historia.

—Y gracias a él yo te he conocido a ti. Pero también esa —sonrió— es otra historia.

—Cuando esté mejor hablaremos de todo; tú y yo tenemos mucho en común. Pero ahora continúa, te lo ruego.

Gua Li miró al pequeño que dormía a su lado y se tocó el vientre. Sí, hablarían, pero había un secreto, uno solo, que siempre las separaría. Un secreto que, en sus sueños, solo Ada Ta conocía y del que parecía complacido.

No hubo tiempo de seguir hablando. Llegaron los hermanos de Jesús con algunos de sus amigos de más confianza, todos armados. Convinieron que, eliminada cualquier hipótesis de fuga, sería mejor anticiparse a la voluntad del Gran Sanedrín, en un gesto de respeto, evitando así también las cadenas romanas, de modo que se dirigieron a Jerusalén. A los dos días de camino se detuvieron en Siquem, para visitar la tumba del padre de Jesús, y todos sus hijos pusieron encima una piedra, porque había sido un hombre justo.

La mañana del quinto día, después de ascender el Har Hazeitim, vieron el brillo cegador de las paredes del templo, entre las que se alzaba como un monolito la alta torre del Qodesh ha-Qodashim, donde se custodiaba el Arca de la Alianza. Aquella noche cenaron en una posada cercana. Jesús quiso tener a un lado a su hijo Yuehan y al otro a María. Luego pidió a Judas, que lloraba, que fuera a decir a los miembros del Sanedrín que les esperaría allí.

# 47

*Año Nuevo de 1498, en Roma y Florencia*

Si los Borgia debían, cuando menos, convertirse en reyes de facto, lo más lógico era que empezaran a comportarse como tales, enfrentando a los príncipes entre sí. Además, como papa, Alejandro podía concederles a ambos el apoyo de Dios. Así, había empujado a los Orsini y los Colonna a una cruda batalla en Montecello, que, además, había provocado la destrucción de la iglesia de San Vincenzo. Y eso para gran satisfacción del pontífice, puesto que con ello había debilitado a ambas facciones. En el frente francés, a pesar de las deudas impagadas al banco de los Medici, el rey Carlos VIII aún sufría graves dificultades económicas y no conseguía recomponer el ejército. Para complicarle aún más la existencia, su tercer hijo, Francisco, enfermizo desde el nacimiento, parecía ya destinado a seguir la suerte prematura de sus dos hermanos. Dos buenos presagios para Alejandro VI, que se frotó las manos en el interior del precioso manguito de piel de lince, regalo del Medici. Con las dificultades que atravesaba Francia, podía permitirse pensar incluso en liberar a César del púrpura y casarlo con Carlota, prima de Sancha.



Buenas noticias también por parte de Lucrecia, que deseaba a Alfonso, sobrino o tío de Sancha, no lo recordaba. Por otra parte, aquella estirpe era más prolífica que los conejos que criaban en la corte. Una vez finalizado el parto y anulado el matrimonio con el Sforza por *omissa consumatio*, la contentaría. Con tres aragoneses por parientes, el trono de Nápoles tenía óptimas posibilidades de pasar a manos del papado o de los Borgia, lo cual no era exactamente lo mismo. Pero al menos apaciguaría el impetuoso espíritu y las aspiraciones de César.

Como rey o como regente, sometería a su hermano Jofré. Eso suponiendo que fuera hijo suyo.

Alejandro se detuvo frente a la ventana y observó la algarabía del mercado, que cada martes reunía a mercaderes de pueblos cercanos. Un día de estos, a cambio de un palacio o un collar, le exigiría a Vannozza que le contara la verdad en confesión. Eso si no decidía que era más conveniente intercambiar púrpura y esposa entre Jofré y César, pero dudaba de que este consintiera en casarse con Sancha, la alegre fulana que ya satisfacía los deseos de todos los miembros de la familia.

El dux Barbarigo y él nunca se habían soportado mutuamente, pero Venecia quedaba lejos y tenía sus problemas con el sultán. A ellos también les iría bien, pues, que los puertos del Adriático disputados a los venecianos volvieran a Nápoles, con una nueva alianza basada en acuerdos económicos, como debía ser, para darle fundamento. Y los Medici, oh, bendito aquel hombre que le había impedido cometer un error. Lástima que no hubiera llegado antes: Juan seguiría vivo. Las intrigas dinásticas le habían confundido y le habían hecho creer que era mejor ser rey que crear un imperio. Ningún soberano podía presumir de tener ambas manos ocupadas por el cetro y la orbe. Su progenie podía esperar. El único que se mostraba impaciente era César, maldito el nombre que le había dado. Quizás, un día, pero no de momento, los Borgia serían reyes, y el primero no se llamaría César. Le daba gracias al Medici, enemigo convertido en fiel servidor, que lo halagaba como ni siquiera hacía Lucrecia en su juventud. *Te, Deum, laudamus!* Todo iba arreglándose, por su gracia omnipotente.

—*¡Invertido hijo de perra!*[13] —exclamó, satisfecho.

El *annus horribilis* ya había pasado. El fantasma de Juan ya no venía a atormentarlo, como había predicho el astrólogo Bigazzini, que también le había asegurado que Lucrecia tendría un niño varón.

Así las cosas, solo faltaba Florencia para completar aquel buen cuadro. Según decía el otro ilustre astrólogo, Gaurico, se daría una buena conjunción de Júpiter con Saturno en el

13. En español en el original. *(N. del T.)*

tiempo de Piscis, pero había que darse prisa, precisamente para que el pez que más interesaba a su santidad no huyera.

Mandó, pues, al confaloniero de la compañía, Andrea de' Pazzi, una carta para que se la hiciera llegar a la Calimala, al gremio de los mercaderes, a jueces, boticarios, peleteros y notarios, pero también a polleros, vinateros, armeros, tejedores y herreros, e incluso a sastres y tintoreros. En ella se conminaba a los florentinos a entregar al brazo de la Iglesia, sin mayor dilación, al ya excomulgado fraile Domenico Savonarola. Persistir en la desobediencia sería como perseguir el mal. Para poner remedio, en su cargo de pastor supremo, emitiría un edicto. A las ovejas descarriadas de Florencia se les confiscarían bienes y créditos allá donde se encontraran, siempre que fuera en el exterior de la Señoría, por supuesto.

El Medici se enfadó por el destinatario: Andrea era primo de Guglielmo, marido de su tía Bianca, y había matado al tío Giuliano, mientras que su padre se había salvado solo por intercesión de la Virgen. Se desahogó con su fiel Passerini.

—Lo ha hecho aposta, Silvio. Es una afrenta.



—Señor mío, no penséis en eso. Pensad que habéis puesto de rodillas al toro español con una espada de hojalata.

Giovanni le puso una mano delante de la boca. Entre las rejillas de las chimeneas, los ojos curiosos tras los cuadros y los criados supuestamente mudos que acababan hablando por los codos, el cardenal siempre estaba alerta. Por los gruesos muros y los largos pasillos de los palacios vaticanos se abrían huecos imprevistos, resquicios y galerías, laberintos y puertas tras falsas librerías, y detrás siempre parecía que hubiera alguien escuchando. Fuera de su estancia, desde cuyas ventanas se podían ver a lo lejos los barrotes de las mazmorras del castillo de Sant'Angelo, había seis personas, dos criados del papa cedidos para su servicio, dos lacayos al servicio de los criados y dos soldados de guardia, además de Silvio, su sombra, confidente, amante, valiente soldado y guardia personal, un tipo corpulento.

—Mientras las pruebas sigan vivas, ni siquiera Dios, nuestro Señor, puede darme seguridad.

—Basta con que se les cosa la boca, monseñor. ¿Quién podría tener interés en desvelar vuestro pequeño secreto?

—Nuestro secreto, Silvio —le corrigió Giovanni, con mirada torva—. Y no es pequeño. Además, la mujer está desaparecida y el caballero De Mola podría encontrarla a ella, o encontrar el libro que no tenemos.

—Aunque así fuera, ahora ya nada puede haceros daño. Sería mejor desaparecer y callar. Además, ¿quién le escucharía? Sin vuestra voz, el propio libro y sus testimonios no tienen ningún valor. En cualquier caso, siempre podríais decirle al Borgia que tenéis una copia. Si está convencido de que poseéis el original, no querría arriesgarse a no creeros.

—Todo ese razonamiento tiene un fallo, Silvio, algo que se me escapa como una anguila entre las manos. O quizá soy yo quien no quiere verlo.

El fraile frunció el ceño. El cardenal le invitó a sentarse a su lado. Le dio varias palmadas en los poderosos muslos, enfundados en las calzas rojas y amarillas, señal de que pertenecían a los Medici.

—Eres astuto, Silvio, y yo más que tú. Sin embargo, aun así, temo al Borgia. No obstante, si él quisiera... Bueno, dejemos eso: dime qué piensas respecto a De Mola. ¿Y si quisiera vengarse?



El hombre sacó de su funda la preciosa lengua de buey, con el mango criselefantino, regalo de su señor. La sopesó y, por un momento, Giovanni se estremeció. Passerini se dio cuenta y se puso de rodillas frente a él, entregándole el puñal.

—El orden natural de las cosas no se puede alterar. Las abejas lo enseñan, monseñor. Está el zángano, la obrera, la guerrera y la reina. Cada una toma un alimento diferente, que las hace desarrollarse según su naturaleza. Mi ambición es ser guerrera y servir a la reina.

—¿Qué tiene que ver eso con De Mola?

—No es tonto, monseñor, y, aunque sea rebelde, conoce su condición. Sabe que la venganza caería sobre él y sus seres queridos hasta la séptima generación, si es que llega a tenerla.

—Bien pensado. Y eso significa que si encontrara a su mujer...

—Ambos desaparecerían en el olvido.

—¿Tendríamos que ayudarle a encontrarla, pues?

—No creo, monseñor. En este punto, cualquier intervención por nuestra parte lo pondría en guardia. Yo lo dejaría en manos del Señor y de su voluntad. Él conoce el mejor camino para llegar al corazón de los hombres, pero también al corazón de los problemas que los angustian.

—Serías un obispo excelente, Silvio.

—Y yo veo a vuestro alrededor la luz del Espíritu Santo.

—*Deus voleat*, amigo mío. Dios lo quiera.

—*Deus vult*.

—Entonces permitamos que la naturaleza siga su curso. Y deja también que yo te bese como te mereces por tu obediencia.

El mirlo blanco, cansado de las gélidas persecuciones de enero, se había refugiado en su nido con provisiones suficientes, a la espera de que pasara el frío mortal. El último día del mes vio el sol y salió al descubierto gorjeando, feliz. Pero enero aún estaba al acecho y, comprando dos días a febrero, los tres siguientes desencadenó una tormenta de viento, nieve y lluvia, obligando al mirlo a refugiarse en una chimenea. Cuando todo acabó, el mirlo había perdido sus cándidas plumas y a causa del hollín había quedado negro, y desde aquel día lo fue por siempre.



En los días del mirlo, Florencia respetó la tradición: las bóvedas interiores del claustro de Santa Maria Novella se llenaron de carámbanos que se cernían peligrosamente sobre las monjas que solían recorrerlo rezando.

Osmán se había ganado su confianza, y por su honestidad y prudencia lo mandaban a menudo al mercado, en el centro de la ciudad, donde en otro tiempo se cruzaban el cardo y el decumano, cuando Florencia aún era un castro romano. Ahora ya lo conocían todos, y era siempre el primero en llegar bajo la columna de la Opulencia y nunca preguntaba un precio antes de que sonara la campana de inicio de las negociaciones. Y cuando algún mercader, por su comportamiento deshonesto, era encadenado al otro brazo de hierro de la columna, en lugar de increparlo y burlarse de él, solía levantar el bordón con la cantimplora y le calmaba la sed, ajeno a las pandillas de niños que hacían mofa y escarnio de su pierna tullida.

Gracias a que gozaba de aquella libertad, tras comprar la carne a las polleras del Ponte Vecchio, podía detenerse algo más allá, donde los alfareros, riendo, lanzaban al Arno los añicos de las vasijas en cuanto se alejaba la gabarra. La carga y descarga de mercancías, entre mozos, caballos y carros, era una pesadez para ellos, y alejaba a los clientes, hasta el punto de que algunos miembros del gremio habían jurado enterrar el puerto bajo los residuos de su trabajo. Osmán esperaba, no hablaba, y cada día se alejaba en silencio, mientras le gritaban a sus espaldas obscenas alusiones a una mujer que nunca había tenido. Hasta que un día fue a encontrarse con un gigante moreno que bajaba de una barcaza. Se abrazaron bajo la mirada perpleja de los alfareros.

—*Salam aleikum*, Aruj Reis; te esperaba.

—*Salam*, hermano. Yo no. Te han dado por perdido. La Señora te lanzó una *fatwa*. Debería matarte.

—Pero no lo harás, porque eres un pecador —dijo, señalando su tatuaje—. Esto es *haram*, pecado. Qué raro que ella no te haya cortado ya el brazo.

Aruj Reis movió el músculo varias veces y la mujer que tenía tatuada bailó la danza del vientre en su brazo.

—¿La ves? —Sonrió—. Me hace compañía en mis noches de marinero. Cuando se mueve recuerdo que Alá también hizo a la mujer, y no solo a mis apestosos compañeros. Sería peor caer en la otra tentación, ¿no crees?

Su sonora carcajada resonó en el callejón. Los alfareros recogieron su mercancía. Por ese día permanecerían encerrados en sus talleres.

—¿Qué es lo que quieres, Osmán? —añadió, con gesto serio—. ¿Que organice otra carga con las ratas de Dios?

—No, no más de eso.

—Entonces la cosa es aún más seria.

Se rascó la barba y aplastó un piojo entre las uñas.

—Tienes que avisar a tu hermano: quiero un pasaje a Estambul. Para dos... Llevo una mujer conmigo.

La mano de Aruj cayó sobre su hombro como el mazo de un herrero.

—¡Una mujer! ¡El viejo Osmán! Ahora lo entiendo todo. Pero... en Estambul correrás peligro, la *fatwa* no perdona.

—Iré a ver a Beyazid y me pondré bajo su protección.

Aruj Reis lo miró como si estuviera ya muerto y amortajado.

—No sé qué tienes en la cabeza, pero mi hermano te ayudará. Desde este momento he pagado la deuda que tenía contigo. Si nos viéramos otra vez, no podría garantizar tu vida.

—No nos veremos más, hermano. ¿Dónde y cuándo?

—El segundo martes del próximo mes. Será en el viejo puerto de Classe, con una carga de pieles.

—¿No en Venecia?

—Demasiados guardias en la capital, y además Classe está más cerca.

El cojo asintió varias veces.

—Bien, pues. Khayr esperará un día, no más. La laguna está llena de bergantes y Venecia cambia continuamente los agentes de aduanas. No podemos estar seguros de que los tenga a todos sobornados.

Osmán se alejó, tranquilo. Se había hecho con la última piedra de su mosaico. Independientemente de la forma que tuviera, Alá le escucharía; se lo debía. Ahora podía disfrutar de los últimos relatos de Gua Li, rescatar los que se había perdido y escuchar de nuevo los más entrañables para él. Entregó la compra y pidió permiso a la madre Ludovica para entrar en la celda de Leonora, privilegio que ya había conquistado.



La mujer estaba mejor. El niño crecía. Ya casi había llegado el día en que debería de haber nacido. Las monjas lo llamaban Lázaro, el resucitado, pero Leonora había hablado con Ferruccio y habían acordado otro nombre. No obstante, hasta que no se recuperara del todo, debían aceptar las reglas del convento, que solo dejaban que ambos esposos se vieran una vez al día.

Osmán se quedó cerca de la puerta y no se acercó al lecho de Leonora hasta que Gua Li le dio permiso con un gesto. Apartó solo un poco la estera donde dormía acurrucada todas las noches, junto a su hermana mayor, como la llamaba ella, y a la que cuidaba como una niña.

—¿Has visto al niño, Osmán? —dijo Leonora, señalando el capazo—. ¿No es precioso? Díselo a su padre cada vez que lo veas; yo tengo muy pocas ocasiones de estar con él. Dice —se rio— que parece un Buda en pequeño.

—Entonces quiere decir que le gusta mucho —respondió Osmán, sonriendo él también—. ¿No es cierto, Gua Li?

—Es verdad, y a veces sonríe igual que el Iluminado. Ada Ta me decía que los niños tienen esa expresión de seguridad porque aún conservan los lazos con la eternidad de la que proceden. No es conciencia, sino experiencia. Por eso sonríen, y por eso aprenden tan rápido; son aún más espíritu que carne.

—¿Y cuando llora, entonces, hermana mía?

—Quizá sea porque intuye todo lo que tendrá que vivir antes de volver a la luz. Y por lo mucho que llora este —dijo, acariciándole una mejilla—, está claro que tendrá una larga vida.

—Osmán quería oír tus relatos, y también nos hacen bien a mí y al niño. Pero ¿qué te pasa, Gua Li?

La mujer esbozó una sonrisa, pero no consiguió ocultar las lágrimas. La voz ansiosa de Leonora no hizo más que aumentar su desasosiego.

—No es nada. Es que hace unos días que ya no sueño con mi maestro. Es una lástima que no lo hayas conocido.

—Yo también lo lamento, Gua Li. Túmbate aquí, a mi lado. Tú, tan joven, me has hecho de madre todas estas semanas. Deja que ahora sea yo quien te abrace.

Pasó la hora sexta y llegó la nona, y una monja entró con un caldo humeante de gallina, pan y queso, y se fue corriendo en cuanto vio a Osmán. Leonora se sorprendió de que Ferruccio no hubiera pasado por allí, pero lo achacó a una de las tantas prohibiciones de las monjas. Al día siguiente ya se lo explicaría, y se reirían juntos. Después de compartir la comida, Leonora le dio el pecho al niño. Con Osmán de espaldas, Gua Li bromeó sobre el seno de Leonora, lleno de leche, que dejaba mojados los trapitos que se ponía sobre los pezones, que goteaban con solo pasarles un dedo por encima. Así querría que fueran también los suyos, cuando llegara el momento. Se concentró. La parte que iba a contar le resultaba odiosa y le suscitaba una rabia tal que le venían ganas de gritar. No conseguía mantenerse neutral, porque incluso Ada Ta decía que por justicia nadie debe serlo, aunque, con demasiada frecuencia, se guarda silencio.

# 48

—Es ese de la túnica blanca, Kayafa. Es Jesús, el galileo.

El sumo sacerdote, con la mirada sombría, se mordió el labio.

—Puedo reconocer yo solo al culpable —respondió—. Es evidente que es ese de las cadenas.

El escriba no replicó e indicó con un gesto cortés al oficial romano que dejara acercarse al prisionero. El gobernador había dado la orden de respetar la regla que prohibía entrar en el templo a los impuros. Todos los no judíos lo eran, pero también quien fuera armado, o estuviera enfermo, quien hubiera visto recientemente un cadáver y no se hubiera purificado aún. También estaba prohibida la entrada a los cojos y paralíticos, y a todo el que tuviera una deformidad tan grave que ofendiera la perfección de la creación a los ojos del Señor. Y para Yosef bar Kafaya las reglas eran muy importantes, las leyes lo eran todo, sin ellas se impondría el caos y la ruina, y había que respetarlas incluso si eran injustas.

En el caso de Jesús, la culpabilidad era más que manifiesta: instigaba al pueblo contra las leyes de Dios, en nombre de una justicia superior. Pero ¿acaso podía haber algo superior al dios de los padres? Era hereje, blasfemo y traidor a su propia gente; Anán ben Seth lo había dejado claro. Aquel hombre era peligroso desde que era niño; él lo había entendido y por eso había hecho que se alejara de allí. Había algo de malvado en él, que no solo le había permitido sobrevivir cuando miles como él habían desaparecido, sino que lo había hecho regresar. Del mismo modo que el *ha-satán* de Job, que le arrebató los bienes, la esposa y los hijos, Jesús quería que los judíos fueran privados de todo, no para poner a prueba su fe, sino para quitarle a Dios la visión de su pueblo elegido, para convertirse en rey en su lugar y quitarle el puesto.

—¡Que se acerque el prisionero! —gritó.

Mientras los escribas se hacían cargo del galileo, Kayafa se giró, molesto por su propia voz, que le había salido con un tono estridente, y se dirigió hacia el pórtico, donde interrogaría al hombre. Jesús, con las muñecas encadenadas, se le acercó. El sumo sacerdote dio un paso atrás. Se esforzó en comportarse como habría hecho su suegro, Anán, con la seguridad de que estaría por algún sitio, escondido, observando y juzgando.

—De modo que... —se aclaró la voz— tú eres el rey de los judíos.

—Lo has dicho tú, no yo —respondió Jesús, sereno—. Yo no soy más que un hombre.

En el Sanedrín se elevó un murmullo de desaprobación, pero Kayafa no tuvo claro si iba dirigido a él o a las palabras del galileo.

—¡Pero sí dicen que eres un instigador, que te proclamas el *mashiac* de las escrituras y te consideras el hijo de Dios!

—También dicen que el Sanedrín está presidido por un hombre bueno y justo.

Esta vez algunos de los sanedritas sonrieron, entre ellos José de Arimatea. Gamaliel, que estaba sentado a su lado en el hemiciclo, le habló en voz baja:



—No es una buena táctica. Kayafa puede ser muy vengativo.

—Ya está condenado. Supongo que hasta él lo sabe.

—Los suyos intentarán liberarlo.

—No creo, sabe perfectamente que el Sanedrín se vengaría con su familia, y no permitirá que eso ocurra. Asumirá toda la responsabilidad y dejará que lo maten.

Gamaliel se cruzó de brazos y dirigió de nuevo la mirada hacia Kayafa y Jesús: un cazador con una lanza frente a un león encadenado y consciente de su sino.

—Así pues, ¿niegas ser hijo de Dios?

—No lo niego. Lo soy. Y lo eres también tú y todos los presentes, y los hombres que están fuera de este templo. Somos todos hijos de ese dios que tú conoces con el nombre de Eli, pero que otros pueblos llaman con otros nombres.

—¿Lo habéis oído? —gritó Kayafa—. ¡Ha blasfemado! ¿Qué más necesitamos oír? La blasfemia se castiga con la lapidación.

—Yo tengo una pregunta. —La voz de José de Arimatea se levantó en el auditorio e impuso el silencio—. La acusación debe ser específica. Le has llamado instigador del pueblo. Pero si tú pudieras,

¿no serías el primero en levantar a nuestra gente contra el yugo romano? Para ellos serías un peligroso agitador, pero nosotros, en cambio, te llamaríamos héroe. Y, por otra parte, yo no he oído blasfemias que ofendan la ley de nuestros padres.

Kayafa miró alrededor en busca de consenso, pero la autoridad de José y su argumentación ya habían llevado a muchos miembros del Sanedrín a discutir con el vecino. Y cuando un judío discute, es difícil que llegue a una conclusión.

—Pregúntale por el sábado.

Todos levantaron la cabeza. La voz había desaparecido, pero del peristilo se acercaba hacia el pórtico un ruido lento y pesado de pasos. Apareció Anán ben Seth, apoyándose en un criado, con la pesadez de los años en el cuerpo pero con la mano aún firme. Fijó sus ojos de tortuga en Kayafa.

—Pregúntale por el sábado —repitió—. Si el carro de un romano volcara, ¿ayudaría al carretero a recuperar su carga?

A continuación fue a sentarse junto a los demás, que enseguida le dejaron un lugar central.

—Has oído lo que ha dicho el noble Anán. Responde.



—Ayudar a alguien —dijo Jesús, bajando la mirada— nunca es pecado, ni siquiera en sábado.

Llevándose las manos al pecho, Kayafa se arrancó la túnica y tiró al suelo el fajín que la sostenía por la cintura.

—¿Y ahora? —dijo, apuntando con el dedo en dirección a José de Arimatea—. ¡No puedes decir que no ha blasfemado!

—¿Y quién ha sido su defensor? —respondió el otro, levantando a su vez el brazo—. ¡La ley exige que tenga uno, y a él no se le ha concedido ninguno!

José buscó ayuda entre los otros miembros del consejo, pero muchos ya sacudían la cabeza. Por ello se sorprendió al ver que salía en su defensa el propio Anán, que parecía haberse aplacado y se mostraba moderado, después de haber sido él el instigador del proceso.

—Tiene razón José —dijo, con gravedad—. Y aunque se haya demostrado su culpabilidad, tiene derecho al menos a una apelación. Propongo que, además de dictar su condena, el Sanedrín falle que sea el gobernador quien se pronuncie de forma definitiva. Actualmente hasta nuestro rey es súbdito suyo. Su autoridad será la mejor garantía para el acusado.

José guardó silencio un momento, su mirada se cruzó con la de Jesús y vio en ella una infinita resignación. Se alejó con Gamaliel, mientras el Sanedrín votaba. La noticia del arresto del galileo se extendió rápidamente por toda Jerusalén. Primero fueron decenas, luego centenares y, al final, miles los que ascendieron a la colina del templo durante la noche. Cuando, con las primeras luces de un alba fría y vívida, pese a lo avanzado de la estación, los guardias abrieron las puertas, se encontraron delante una enorme multitud que empezó a murmurar, aunque manteniendo la compostura.

No obstante, cuando el galileo apareció encadenado, rodeado de una compañía de guardias, el murmullo fue en aumento. Cuando los presentes se dieron cuenta de que había quien lanzaba acusaciones contra él y otros contra el Sanedrín, empezaron las primeras disputas, que desembocaron en una batalla librada a puñetazos y pedradas. Se volvieron a cerrar las puertas y hubo que esperar a la llegada de toda una cohorte de legionarios, que ocuparon posiciones a lo largo del breve trayecto, para evitar mayores tumultos y poder trasladar a Jesús desde el templo a la fortaleza Antonia, donde le esperaban el gobernador Poncio Pilatos y el rey Herodes Antipas.

El sol ya estaba alto cuando la compañía de soldados, con Jesús en el centro, salió del atrio de los Gentiles, bajó por el pasaje y volvió a subir hacia la fortaleza, pasando entre la multitud vociferante, mantenida a raya por un estrecho cordón militar. El flagelo azotaba sin distinción a quien alzaba la voz o una mano, y los huesecillos insertados entre las tiras de cuero trenzado rasgaban las vestiduras y abrían heridas en la carne de quienes lloraban o disfrutaban con la visión del condenado.

—Ahí está, por fin —exclamó Herodes—. Hacía tiempo que quería conocerlo.

Agitaba sus dedos toscos y rollizos, y el brillo de los anillos de oro con rubíes, topacios y esmeraldas de Nubia irritaba al gobernador, reclinado en un sillón. Hacía tiempo que parpadeaba sin control. El médico le había prescrito precisamente que evitara las luces intensas y repentinas. Herodes Antipas rodeó a Jesús varias veces, sintiendo envidia por su físico esbelto y por la atracción que ejercía sobre una parte del pueblo judío sin ningún esfuerzo por su parte, de la que era consciente. Era un don concedido por Dios que —pese a su sabiduría, que quizá rozara la locura— no entendía cómo podía haber errado al concederlo sin ningún criterio. En manos de quien no estaba acostumbrado al poder podía volverse insidioso y turbar el orden natural de las cosas. Como le había ocurrido precisamente a aquel Jesús.

—Tú no eres uno de esos predicadores ambulantes —le dijo—. ¿Cuál es tu secreto?

—No tengo secretos —respondió Jesús, de pie frente a él—. Solo le he dicho a mi gente lo que pensaba y les he dado algunos consejos.

—¿Lo oyes, gobernador? Consejos, ha dicho, como si fuera un sabio.

Pilatos mascculló algo. Lo sabía todo de aquel hombre y de sus secuaces. Rebeldes, sin duda, pero no violentos, por lo que le habían contado. Lo que hacía falta para mantener el equilibrio ideal entre orden y control, para que estuvieran justificadas las rondas por las calles y los mercados sin que la ocupación romana pareciera demasiado represiva. Aquellos hombres eran como los bubones abiertos, que apenas duelen, pero que liberan el cuerpo de humores nefastos al soltar su carga.

Estúpidos judíos, con su orgullo, su envidia y aquel apego tan absurdo a la ley, como si fuera inmutable y eterna, y no solo un instrumento para gobernar. Condenar a aquel Jesús equivaldría a convertirlo en un mártir. ¿No sería aquello precisamente lo que buscaba el Sanedrín? ¿Una excusa para llegar de verdad a un alzamiento contra Roma? La petición de Herodes le hizo reaccionar de pronto.



—Te lo ruego, Jesús, ¿por qué no me muestras alguno de tus prodigios?

—¿Qué quieres de mí, Herodes? ¿No te bastan tus bufones?

El tetrarca se mordió el labio, mientras que Pilatos esbozó una sonrisa.

—Eres arrogante, galileo. ¿No sabes que con una palabra nuestra serías libre?

—Te lo agradezco, pero yo ya soy libre, aunque estas cadenas me pesan. No obstante, no pido otra cosa que marcharme, si eso depende de vosotros. El Sanedrín ya me ha juzgado.

—Muéstrame entonces uno de tus milagros —insistió Herodes—. Si eres un verdadero mago, le pediré al gobernador que te asigne a mi corte.

—No soy mago —respondió Jesús, negando con la cabeza—. Pero tú no quieres saber la verdad; solo quieres divertirte.

—Yo no —intervino Poncio Pilatos, levantándose de su butaca fatigosamente—. Y por los dioses que querría entender el motivo por el que estás aquí. Haz lo que tengas que hacer para que te conozca.

—Primero tiene que hacerme un milagro —replicó Herodes, molesto—. ¡Yo soy su rey!

—La corona de oro que llevas en la cabeza vale mucho menos que la de laurel de cualquier general de Roma. Tu único triunfo ha sido el de ser fruto de la carne de tu padre, Herodes. Te llaman zorro, pero no eres más que un burro gordo.

Herodes arqueó los hombros y se puso a mordisquearse los nudillos. Miró de soslayo al gobernador, que lo había humillado ante el galileo, y se juró que se vengaría. Pero no era el momento, así que se puso a lloriquear.

—Estoy enfermo, Pilatos. Sabes que sufro de hidropesía y que cuando me domina la tristeza me salen hasta lombrices de la boca. Y me mata de dolor la enfermedad de mi Lesbonax, que un día, si César quiere, me sucederá en el trono. Su madre incluso ha perdido un ojo de tanto llorar. Compréndelo: si sus prodigios fueran ciertos, sería la salvación de mi pobre familia.

—Estoy seguro de que si Jesús pudiera ayudarte, lo haría. ¿No es cierto, galileo?

—Creo que eres honesto —respondió Jesús—, a pesar de tu poder, y por eso es justo que sepas la verdad. Y si diciéndote la verdad yo puedo salvar mi vida y la de mi familia, me alegraré. Lo que la gente llama prodigios, o milagros, lo son solo a sus ojos, no a los míos. En el país del que provengo, los monjes me enseñaron que la energía que llevamos dentro puede producir efectos extraordinarios en los hombres y en las cosas. Hace falta práctica y mucha paciencia, pero incluso tú podrías conseguirlo.

—¿Y yo?

—Calla, Herodes. Déjale hablar.

—Cuando regresé me encontré con un pueblo herido, desesperanzado, que sufría. Les he hablado de libertad, de verdad, de honestidad y de amor. Creo en ello, y si les he querido impresionar era para que me escucharan, ya que era gente sencilla. Tú necesitas un gran palacio y lujosas insignias para demostrar el poder que ostentarías de todos modos, por lo que no engañas a nadie, y lo mismo he hecho yo. Y nunca he dicho que fuera un dios ni que esos prodigios procedieran de una divinidad. Eran ciegos y sordos; solo he intentado abrirles los ojos y los oídos. Pero también les he dicho que no puede haber justicia en el Cielo si no la hay en la Tierra.

—Roma ha traído la justicia a todo el mundo, aunque sea con las armas.

—Yo eso no lo sé. Pero desconfío de las armas: no existe dios en el Cielo ni en la Tierra en cuyo nombre sea justo matar o herir, o imponer la propia voluntad. A todo el que quiere escucharme le he dicho que no quería que tuviera mis mismas ideas; solo que fuera libre de escoger. Aunque fuera algo diferente, siempre que fuera consciente de su elección. Seguir la ley de los padres o criticarla no es ni correcto ni incorrecto. Eso sí, tiene que ser nuestra voluntad consciente la que nos guíe. Yo nunca he pedido a nadie que me siguiera. Cada hombre debe seguirse a sí mismo, seguir el bien que siente dentro, su conciencia, la justicia y no la ley. Yo solo he cargado con mi piedra, que, eso sí, unida a las otras, puede formar una montaña. Lo importante no es llegar a la meta, sino recorrer el camino para llegar.

Jesús suspiró. Herodes cogió aliento, pero se contuvo por un gesto del brazo de Pilatos.

—Eres un hombre mucho más peligroso de lo que dicen, galileo. Pero eso no quiere decir que seas culpable de algún delito. Nuestras leyes son escritas. Nadie, ni siquiera el emperador, puede alzarse por encima de ellas. Y si no está escrito que una acción sea delito, nadie puede ser juzgado y condenado por haberla cometido. Ya te había hecho seguir y observar, como es mi deber. El pueblo te quiere, pero no lo has incitado a la revolución, no los has invitado, a diferencia de otros, a empuñar las armas contra Roma. En estos casos, a veces la política impone mirar hacia otro lado.



Se detuvo y miró a Herodes, que se había quedado de piedra.

—Para Roma, pues —prosiguió, dirigiéndose a Jesús—, no eres culpable. No obstante, nosotros consentimos que los pueblos sometidos a Roma conserven sus propias leyes, siempre que no choquen con las nuestras. El Gran Sanedrín te acusa de haber profanado el sábado, hecho que me deja del todo indiferente, pero no puedo pasarlo por alto. Debo ponerte de nuevo en sus manos, a menos que…

Jesús lo miró, sin comprender. Pilatos se acarició la barba.

—Solo los judíos están sometidos al Sanedrín. Si tú quisieras, podría hacerte ciudadano romano y dejarías de estar bajo su jurisdicción.

Herodes se mordió con fuerza los ya maltratados labios. Cuando sintió el sabor dulzón de su propia sangre salió del salón del gobernador. Ahora estaban solos: con la cabeza gacha, Jesús sacudió la cabeza.

—Existe una norma, no escrita en ninguna tabla, pero sí grabada en mi mente y en mi corazón. No traiciones a quien amas, y mucho menos a quien te ha ofrecido su alma. Te lo agradezco, Pilatos, pero no puedo, aunque pudiera pedirte también que concedieras la ciudadanía a toda mi familia.

—¿Sabes qué significa tu negativa?

—Lo sé. Estoy dispuesto a afrontarlo.

—Que los dioses te acompañen, galileo.

—Lo harán —dijo Jesús, sonriendo—. Están dentro de mí, desde el inicio del mundo. Mi vida es la única justificación de su existencia.

Era el undécimo día del mes del Señor del Pésaj, del «pasar de largo». Tres días más tarde, cientos de años atrás, había pasado el ángel de Dios y había matado al primogénito de cada familia egipcia. Solo había pasado de largo en las casas con la puerta manchada de sangre de cordero. Un dios cruel, asesino, que había decidido matar a miles de niños inocentes. Un dios de terror y de muerte, el mismo que por boca de Kayafa le estaba comunicando que al día siguiente le habían impuesto el patíbulo y que lo clavarían en lo alto del palo que ya le esperaba en la cima de la colina de la calavera. Una condena judía con una pena romana: así el Gran Sanedrín atribuiría la culpa a los otros, a los romanos, y no a ellos mismos. Como los brahmanes, que con una mano prendían fuego a las sagradas piras y con la otra empujaban a las mujeres para quemarlas vivas en nombre de un dios. Pero no era más que para conservar su poder por medio del terror. Ahora solo podía creer en Ong Pa y en sus enseñanzas.



—Igual que tú crees en las palabras de Ada Ta, hermana mía.

Gua Li conocía la historia y estaba preparada para eso, pero no para la ausencia de su padre, de su maestro. Apoyó la cabeza en la cama y dejó que Leonora se la acariciara.

# 49

*Florencia, a partir del 15 de febrero de 1498*

—Siéntate, Ferruccio.

Aquella convocatoria le había sorprendido, igual que antes la aparente indiferencia del fraile frente al nacimiento de su hijo. Cuando menos, desde su punto de vista, debería ser una nueva criatura de Dios venida al mundo.

Ahora que tenía enfrente a Savonarola, parecía que hubieran pasado años y no semanas desde la última vez que lo había visto. Los pómulos, ya hundidos y flacos, mostraban el relieve del arco superior de los dientes, y en los ojos se le veía aquella humedad típica de los viejos. La mano derecha le tembló mientras le entregaba una hoja enrollada.



—Es de la Venerable Archiconfraternidad de la Misericordia.

Tampoco su voz recordaba aquella penetrante y clara que se elevaba desde el púlpito por los arquitrabes, bajaba en espiral por entre las columnas y se clavaba en las conciencias. Ahora era una voz ronca, procedente del estómago, no de la garganta.

—Son incluso amables, me ruegan que me conceda un merecido descanso, pero el único que yo conozco es el eterno. Me invitan a que visite a sus hermanos de Volterra, que necesitan buenas palabras para los numerosos muertos de hambre y de frío. ¡Pero yo… —dijo y, por un momento, los ojos le brillaron— … quiero hablarles a los vivos! La carne putrefacta se la dejo a los gusanos.

—Padre, no vayáis, pues.

—Lee también esta carta, y esta, y esta.

Savonarola tosió y le puso delante una serie de cartas, algunas en pergamino y otras plegadas en cuatro. Ferruccio miró los encabezamientos: el gremio de la lana, de los mercaderes, de los jueces y de los notarios, incluso una del priorato de las artes, con su escudo azul y la palabra «libertas» grabada en oro. Miró al fraile, y a un gesto de este se puso a leer. Todas, con tono de súplica o imperioso, pedían al excelentísimo fraile Girolamo Savonarola que se alejara de Florencia, a causa del edicto que su santidad de Roma, Alejandro VI, amenazaba con aplicar si Savonarola no era entregado a la *longa manus* de la Iglesia o se trasladaba a otra ciudad al menos a treinta millas de la propia Florencia.

—¿Quiere excomulgar a toda Florencia?

—Fariseos y saduceos, incrédulos de la resurrección, que solo se dedican a acaparar riquezas. Judas traidores, que por menos de treinta monedas han decidido venderse al diablo. No temen que su alma arda en el Infierno, privada de los sagrados ritos; solo temen perder sus bienes. El edicto los asusta porque, con él, el papa podrá confiscárselos. No saben que esos mismos bienes les pesarán como piedras cuando tengan que cruzar el Estigia y se hundan en él. De un modo u otro, la gran meretriz se saldrá con la suya.



Ahora Savonarola hablaba para sí, sin dirigirse ya a él. Ferruccio hizo ademán de ponerse en pie, pero el fraile lo detuvo con un gesto de su huesuda mano. Clavó en él los ojos, reducidos a dos fisuras, hasta que volvió a sentarse.

—Tu odias a una persona que te ha hecho daño, pero también la temes. No es más que un cachorro de esa leona lasciva que amamanta con hiel, pero ya se ha nutrido bastante.

—Maldeciré su nombre toda mi vida, pero se acabó la guerra. Para mí ya solo cuentan mi mujer y mi hijo.

—¡Para ti! Pero no le bastará la sangre que acaba de probar. Querrá la carne y el corazón, y no eres suficientemente fuerte como para plantarle cara.

—Nos mantendremos lejos de él.

—No si se presenta aquí —sentenció el fraile.

Ferruccio se levantó de golpe y se llevó la mano a la empuñadura de la espada, sin encontrarla. En un convento no se podían llevar armas. Apretó el puño.

—Dios lo maldiga.

—Lo ha hecho ya, Ferruccio, desde que nació, obligado a

vestir un hábito que le quema sobre la piel. Pero ahora escucha. Mi tiempo ya ha llegado a su fin, pero tú y Leonora no me seguiréis.

—Salvad a Leonora y a mi hijo, y yo os ayudaré.

—Donde yo voy no podrías seguirme; tengo muchas culpas que expiar, diferentes y más numerosas que las tuyas. Pero no estoy acabado, aún no. Antes de que el Medici vuelva triunfante a Florencia, acompañado de las trompetas papales, estaréis lejos. Esa es mi voluntad.

En el rostro de Ferruccio, una mueca acompañó la negación.

—Lo mataría, si pudiera, o si sirviera para algo. Pero no hay rincón en Italia donde pudiera esconderme si lo hiciera.

—Tienes razón, y quizá tampoco en Europa. Pero... —dijo, aferrándole ambas manos— hay un lugar donde podríais estar seguros.

Ferruccio vio que le miraban los ojos de un loco, pero también los de un amigo, y no tenía nada más a lo que agarrarse.

—El Turco, Ferruccio. Hasta el diablo teme su poder. Ya he hablado con Osmán —dijo, sin más—. Os iréis con él dentro de unos días.



La conversación había acabado, bruscamente, al estilo de Savonarola. Ferruccio juntó las manos e intentó mirar a los ojos del fraile, que estaba de nuevo concentrado en sus papeles. Sus dedos afilados, protegidos en parte de unos toscos manguitos, rascaban las hojas, se detenían y seguían repasándolos, como arañas en busca de presas.

—¿Padre?

—¿Aún aquí? Ve con tu mujer y tu hijo. Y habla con Osmán esta tarde. Te dará todos los detalles.

—¿Padre?

—¿Qué hay? —Savonarola plantó las manos abiertas sobre la mesa—. ¿Qué quieres ahora?

—¿Por qué lo hacéis?

El estertor que salió de su boca le pareció a Ferruccio un intento de carcajada, aunque nunca le había oído ni visto reírse.

—¿Por amor? No, hijo mío. El amor yo se lo he dado a Dios, él se lo ha quedado todo y no me ha dejado ni una onza para mis hermanos de la Tierra. No, el motivo es otro y viene de él mismo. Cuando os uní en el sagrado vínculo juré que nadie, ni en el Cielo ni en la Tierra, podría romper sus cadenas. Solo la muerte, que Dios dispensa a los poderosos y a los humildes, a los buenos y a los malvados, a los viejos y a los niños, sin distinción. Tengo el deber de preservar vuestra unión y protegerla de quien sea, hasta de vosotros mismos. ¡Mírame, Ferruccio! Y teme su misericordia aún más que su ira, porque de ella tendrás que rendir cuentas al final de tus días. Y ahora vete y déjame solo con él.

Las profecías de Savonarola no tardaron en hacerse realidad. Las bandas de los *arrabbiati* y sobre todo de los Palleschi, partidarios del regreso de los Medici, eran cada vez más visibles por las calles de Florencia. No había día en que algún artesano sospechoso de ser partidario de la República de Cristo no viera devastado o destruido su taller. Y no había oficiales de Justicia a los que dirigirse, porque se limitaban a encogerse de hombros a la espera de ver de qué lado soplaba el viento de la ley. Salir con la túnica dominicana era ir en busca de la muerte; si no bastaban los bastonazos, las aguas heladas del Arno, con sus remolinos y su corriente, se encargaban de acabar el trabajo.



Tras unos días en los que las nubes calientes habían atraído a las primeras golondrinas, los últimos coletazos del invierno trajeron unas nevadas tan abundantes como imprevistas que enfriaron el ánimo de los florentinos. La calma forzada indujo a la reflexión y aumentó el temor de los dubitativos: la espada del edicto acechaba como la nieve en los tejados, que cedieron en gran número, al igual que las conciencias. Las filas de los Piagnoni, fidelísimos de Savonarola, fueron diezmándose día tras día, al igual que las esperanzas de Francesco Valori, su capitán, de obtener del fraile la orden de contratar tropas de mercenarios. Carlo Baglioni, Ranuccio da Marciano, Fernando di Peraltra y otros más se movían entre la Toscana y la Umbría, ansiosos de firmar contratos de servicio. Bastarían un millar, entre ballesteros ingleses y lanceros suizos, y no más de doscientos caballeros españoles para imponer de nuevo el orden.

Incluso Osmán empezó a ir al mercado cada vez con menor frecuencia, mientras los polleros y verduleros voceaban sus ofertas cada vez con más fuerza, temerosos de perder un cliente.

—Así pues, ¿tú lo sabías todo?

Ferruccio le tenía cogidas las manos, asombrado de aquel secreto entre su mujer, Gua Li y la propia Zebeide, que solo él ignoraba. Gua Li salió de la sala para dejarlos solos.

—Nos temíamos que no estuvieras de acuerdo —le imploró Leonora— y que quisieras enfrentarte de algún modo al Medici.

—¿Cómo has podido pensar que volvería a dejarte?

—El tiempo cambia hasta el perfil de las montañas, y hace caer hasta las torres más sólidas, Ferruccio, y yo tenía miedo. No me dejarás más, ¿verdad?

—Nunca más, amor mío.

Adiós, Florencia, con los mármoles blancos de tus iglesias, con los estrechos callejones donde se confunden los olores. Adiós a los gritos de los mercaderes, los soportales ocupados por alegres clérigos y el murmullo del Arno. Adiós a las colinas de los alrededores, con las espigas maduras y los bailes en las granjas, las viñas cargadas, los castaños generosos y los robledales poblados de jabalíes. Por el camino a Careggio, envuelto en un tabardo de lana tosca, Ferruccio observaba la ciudad desde lo alto, así como los campos que la rodeaban.



Aún tenía una misión, un deber que no dejaría de cumplir: un juramento hecho poco más de tres años antes ante el lecho de muerte del conde de Mirandola, algo que lo vinculaba a él para siempre. La casa estaba intacta, salvo por la madriguera que un zorro había excavado en la leñera. Apartó la gran mesa de la cocina y levantó una baldosa. De debajo sacó un trapo ligeramente engrasado con aceite. Lo abrió y pasó los dedos por encima del cuero rojo del libro, el último original de las *Tesis arcanas*, de Giovanni Pico. Las que conocían Ada Ta y Gua Li, las que habían provocado que mataran a su amigo, las que le habían obligado a viajar, muy a su pesar, a las antípodas, alterando toda su vida. Debía conservarlas, protegerlas de un mundo que aún no estaba preparado para escucharlas. Junto al libro de Issa, podrían cerrar los ojos a los poderosos y abrir las puertas de un paraíso en la Tierra.

Solo conocía a un hombre que las habría custodiado, sin preguntar el motivo, protegiéndolas incluso con su vida. Porque había querido a Giovanni tanto como él, aunque con un amor diferente. Subió al segundo piso de una casa torre, entre la Strada delle Fornaci y el Vico delle Santucce. El calor de los hornos de los alfareros hacía de aquellas casas un lugar muy atractivo para quien no tenía suficiente dinero para calentarse, aunque en verano había que soportar el denso humo de la arcilla. Con los nudillos lívidos del frío, llamó a la puerta de madera. Una figura enjuta lo escrutó con desconfianza, teniendo el brazo del farol a modo de defensa. Casi se le cayó de la mano cuando lo reconoció.

—El amigo de un amigo siempre es bienvenido. Entra. Disculpa este lugar, pero es el único que me ha quedado. Por lo demás, solo recuerdos. Cuéntame tú.

No se preguntaron por las novedades, sino que hablaron largo y tendido del conde de Mirandola, de su vida y de su muerte, sintiéndose más unidos que si hubieran tenido un vínculo de amistad el uno con el otro. Se hizo oscuro y Girolamo Benivieni compartió con Ferruccio pan y queso, unas hojas de repollo y un poco de vino.

—Ha sido bonito recordarle, pero no estás aquí por eso, si sigues siendo como yo te recuerdo.

—Es cierto. Por mi honor que no te pediría nada si no me viera obligado a ello —dijo Ferruccio, llevándose la mano al pecho.



—Recuerdo tu honor, en el que él confió. Juntos me sacasteis de los calabozos de la torre di Nona.

—La acusación era deshonrosa.

—No para mí; merecía la denuncia, según las leyes, y quizás incluso la condena. Tú sabes cuánto le quería. No habría tenido que dejarme seducir por la carne de un jovencito cualquiera.

—Yo nunca te he juzgado.

—Lo sé. Así que deja que te compense.

—No me debes nada; es un favor que te pido en su nombre.

Sacó el manuscrito encuadernado y se lo tendió. Los dedos de Benivieni recorrieron lentamente las letras de oro.

—Me lo enseñó por primera y única vez en el Palazzo de'Rossi, cuando aún estaba viva la esperanza. Su vida y su muerte.

—Juré por mí y por mis descendientes que lo conservaría, pero el viaje que debo afrontar es peligroso, como mi destino.

—Lo protegeré con mi vida, Ferruccio, y te lo devolveré cuando vuelvas. Y si muero antes de que tú regreses, me lo llevaré conmigo. A los poetas se les concede poco en vida, pero al morir pueden llevarse consigo sus obras, que, en realidad, tampoco leería nadie. Estará con ellas. He comprado un espacio en San Marco y tengo buenos tratos con los custodios dominicos. Lo encontrarás en el lugar donde verás un mensaje que solo tú y yo reconoceremos.

—Está bien. Nadie debe saberlo.

—Usaremos la esfera de fuego que apareció cuando nació, el Sol. En el segundo canto del *Purgatorio,* Alighieri cita el viaje del Sol, y dice que en España, al oeste, es mediodía cuando en el Ganges, en sus antípodas, es medianoche. Encuentra la frase que contiene el Tajo, el Ganges y las antípodas. Si no me encontraras a mí, encontrarás sus *Tesis*.

Ya estaba todo. Mientras se dirigía al convento, Ferruccio vio lo que se estaba preparando. Cabezas cortadas sobre lanzas, cuerpos colgados de improvisados patíbulos, monjas tiradas por la calle, con la túnica aún levantada tras ser víctimas de una brutal violencia. Los perros estaban a punto de sacar al lobo de su madriguera. Era hora de irse.

# 50

*Marzo de 1498*

Fray Mariano de Genazzano estaba contemplando sus posibilidades. Su hermano le había permitido entrar en contacto con Savonarola al salvarle la vida a aquella mujer, a la que era evidente que el temible dominico apreciaba por algún oscuro motivo. Con su muerte, Marcello le había evitado la posibilidad de tener que rendir cuentas al Medici por su traición, y ya había pagado la desobediencia de ambos. Tal como estaban las cosas, Mariano poseía un gran secreto con el que negociar; por otra parte, estaba seguro de que nadie hablaría, de no ser aquella tal Leonora, que hasta le había dado pena. Llegado el momento ya pensaría en cómo desarmarla, como sugería e imponía su ministerio. Por otra parte, ¿no había escrito acaso san Agustín, a cuya orden él pertenecía desde la pubertad, que «la mujer es un animal que no es ni firme ni estable, sino que es rencorosa ante la confusión de su marido, se nutre de maldad y es comienzo de todos los pleitos y camino de toda iniquidad»?



Era el momento de actuar, no podía pedírsele tanto a Dios. La elocuencia no le faltaba, y la amenaza papal, que curiosamente coincidía con el interés del cardenal Giovanni de Medici, le daba la oportunidad de construirse un futuro más digno. Los méritos realizados le valdrían alguna lucrativa prebenda, una abadía, si no ya un obispado. Así, mientras Florencia se agitaba ante la idea de crucificar a Savonarola, acusándole de anteponer la justicia divina a los intereses terrenos, lo cual no era poco, fray Mariano empezó a echar leña al fuego.

Enseguida halló una buena acogida entre las conciencias que, al escuchar los pecados de Savonarola, encontraban alivio, puesto que ellas ya lo habían condenado. En sus prédicas vehementes contra el dominico, fray Mariano le acusó de actos impíos de todo tipo, de ser soberbio —lo cual era bien conocido—, cismático y excomulgado y, por tanto, falso profeta, como había proclamado el propio papa, hasta insinuar prácticas relacionadas con la usura y la sodomía. Su fervor oratorio le llevó de las angostas naves de las iglesias de Santo Michele all'Orto y de San Piero in Schiaraggio a las nuevas e imponentes de la Santa Croce, donde se congregaban más de un millar de ciudadanos para escucharlo. Los Piagnoni, cada vez más perseguidos, se mantenían alejados, rumiando su venganza.

Hasta que fray Francesco di Puglia, que se alternaba con fray Mariano en sus pregones en la Santa Croce, alzó el listón y desafió abiertamente al dominico al juicio de Dios.

—Estoy seguro de que moriré en el intento —dijo, alzando los brazos al cielo—, pero la caridad cristiana me impone dar la vida, si con ello puedo liberar a la Iglesia de un heresiarca, que ya ha arrastrado y arrastrará a tantas almas a la perdición eterna.



La provocación llegó a oídos de Savonarola al día siguiente, pero era demasiado tarde para aplacar los ánimos. Domenico Buonvicini de Pescia, imbuido del espíritu divino y ferviente secuaz del dominico, ya había gritado entre la multitud que, si Dios lo quería así, demostraría con claros signos prodigiosos de qué parte estaba.

A fray Francesco le pilló desprevenido: la ordalía no debía ser más que una provocación, una de esas cosas que se suelen decir desde el púlpito para enfatizar los conceptos. Ya había invocado al Omnipotente en otras ocasiones, solicitando que lo fulminara un rayo, ante la atenta mirada de todos los presentes. Pero esta vez los fieles se lo habían tomado en serio y se deleitaban a la espera de la escena: ahora no podía echarse atrás.

Un franciscano llegó desde el Capitolio de Roma para dar su versión como enviado del papa. Proclamó que el guante debía recogerlo el propio Savonarola. Pero ante el silencio del fraile y la insistencia de Buonvicini en el desafío, apareció un tercer actor en la disputa, un tal Giuliano Rondinelli, de Florencia, de los Frailes Menores, un humilde franciscano trastornado por los acontecimientos. El canciller de las *Riformagioni*, encargado del registro de las leyes municipales, sacó de los viejos libros las reglas del *Cimento del Fuoco*, escrito por fray Mariano, y la modificación se firmó ante el notario Ceccone, conocido por sus recientes versos en contra de Savonarola, como aquellos en los que le invitaba a navegar entre asados y frituras.

A continuación se trazó un camino de brasas humeantes de dos pies de anchura y ochenta de longitud. Hicieron desnudar a Buonvicini, por temor a que en la túnica escondiera algún recurso mágico que pudiera ayudarle. Con nuevos hábitos, el dominico se encaminó entonces, entre los gritos de la multitud, hacia el carbón ardiente, con el santo sacramento en mano, a lo que los franciscanos se opusieron, puesto que si la hostia bendita se quemaba, sería un gran escándalo y una injuria para la fe. Buonvicini solicitó entonces que su adversario depusiera el crucifijo de madera. Un rumor de impaciencia se elevó entre la gente, por la demora. Con todo aquello, llegó un chaparrón que apagó las brasas, dirimiendo la cuestión. Aquel día no se hizo nada, para gran decepción del pueblo, que, para consolarse, encontró desarmado a Francesco Valori, de los *piagnoni*, y lo mató a garrotazos.



Surgieron otros tumultos improvisados en diversos barrios. En uno de ellos murió la mujer de un panadero, a la que tomaron por un fraile a causa de la falda marrón y la capucha. Los guardias del Bargello se unieron a uno y otro bando, por lo que muchas puertas quedaron sin guarnición.

Así, un carro tirado por un robusto caballo pudo salir de la puerta que había bajo la torre de San Niccolò sin que nadie lo inspeccionara. Una simple carreta de un solo eje, con una cubierta de cuero oscuro, con dos hombres en el pescante y en el interior tres mujeres y un niño, envuelto en cálidas mantas y acostado en una cuna de mimbre. Cuando Via Bolognese empezó a ascender de camino a Fiesole y la torre quedó pequeña en la distancia, Ferruccio se quitó la capucha de mercader.

—El puerto de Classe está a cinco días.

—Seis —respondió Osmán, mirando hacia delante—. El carro va cargado.

—Es cierto. Si os hubierais ido solos, los dos habríais llegado antes. Te debo la vida de mi familia —dijo Ferruccio, agradecido.

—Nadie le debe nada a Osmán —dijo el turco, mirándolo—. Se lo debéis todo a Gua Li.

Osmán hizo chasquear las riendas sobre la grupa del robusto caballo, que agitó la cabeza pero aligeró el paso. Ferruccio calló y se giró. Zebeide acunaba al pequeño, mientras las otras dos mujeres se reían. Habría querido abrazar a Leonora, sostener a su hijo entre los dos, colocárselo en el pecho y disfrutar de su recuperada intimidad. Pero, en cambio, se sentía solo y apartó la mirada, sintiendo que a cada milla crecía la sensación de culpa por la traición, agudizada por la confianza nacida entre las dos mujeres. ¿Era ese el pecado del que tanto hablaba el fraile? Aun así, ningún dios podía liberarlo de aquel peso; solo Leonora, quizá. Solo podría hacerlo la Madre que estaba en su interior y que, por amor, lo perdonaba todo, que aliviaba y liberaba, sin juzgar, sin ensañarse por un arrepentimiento que por sí solo ya era la peor condena, con el miedo de haberlo perdido todo ya, interiormente, aunque Leonora no supiera nunca la verdad.

Se detuvieron a las afueras de Vaglia, en una posada rodeada de una cerca. Los vallombrosianos les dieron cobijo en una abadía. Prosiguieron después hasta el municipio de Marradi, donde fueron los benedictinos quienes los acogieron. Al llegar a Brisighella, Gua Li se encontró mal y se vieron obligados a quedarse dos días, en una posada gestionada por un judío, que discutió prolongadamente con Osmán sobre si era lícito que un hombre tocara la mano de una mujer que no le pertenecía. Y concordaron que, a menos que fueran parientes o como señal de devoción, lo más oportuno era abstenerse.



Leonora pidió una infusión de tila y caléndula para Gua Li, y se dirigió a Ferruccio:

—Ahora me toca a mí ayudarla —le dijo con una sonrisa.

La mujer vio su expresión de agradecimiento y dejó la taza sobre la escalera, apoyó su mano en el rostro y reemprendió el camino.

Las marismas les indicaron que se encontraban ya en el Ducado del Este. Bajo una densa lluvia, que puso a prueba la capota de cuero, al séptimo día de camino llegaron al puerto de Classe.

Los finos lugres y las amplias barcazas de pesca, junto a las gabarras de quilla plana propiedad de los comerciantes que transportaban sus mercancías por los canales, se balanceaban sobre el agua. Pero era domingo, por lo que en los muelles solo se veía a algún que otro pescador reparando las velas, acompañado por los chillidos de las gaviotas y el vuelo solitario de algún cormorán. Durmieron todos juntos dos noches. Los hombres se repartieron los turnos de guardia. Era la primera vez que Ferruccio podía descansar unas horas junto a Leonora. Cuando por fin cerró los ojos con ella en brazos, le despertó Osmán para que le relevara.

El tercer día, el turco señaló, entre la niebla, un mástil más alto que los demás, así como unas velas rojas.

—Es Khayr al-Dîn. Ese es su jabeque.

Osmán se coló en el compartimento cerrado de un esquife, que se empleaba para echar las capturas y para que los peces no saltaran de nuevo al agua. Desde aquella incómoda posición en la que era casi invisible, Ferruccio lo vio deslizarse como una anguila entre las barcazas, remando con un fino zagual, hasta desaparecer entre aquella bruma que olía a mar.

—Aruj me ha dicho que ya no te debe nada, cojo.

—Así es, Barbarroja; hemos saldado nuestras cuentas.



—Solo mi madre me llama con ese nombre, y mis enemigos.

—No soy tu madre ni tampoco tu enemigo. Llévanos a Estambul y no volverás a verme.

Escoltado por dos marineros de Barbarroja, Osmán vendió el caballo por doce monedas de plata y el carro por tres más a un joyero veneciano, que al principio no les ofrecía más que diez por ambos. Cuando izaron el bote y subieron al barco, Khayr al-Dîn señaló a Osmán con el dedo.

—¡Maldito renegado! Aruj me dijo que erais dos, no cinco. Y a esa bruja no la quiero a bordo.

—Pagaré por los pasajeros de más. Además, la mujer a la que tú llamas bruja —le susurró al oído, señalando a Gua Li— está bendecida por Alá, porque ahora se llama Fátima, la que desteta a los niños. La *sunna* dice que cuando el Profeta, que desciendan sobre él paz y bendiciones, llegó a Medina, se encontró con un hombre que tenía diez hijos, y que cuando lo vio jugar con los niños se entristeció, porque decía que nunca los había abrazado. Y Mahoma, alabadas sean siempre sus acciones, le respondió que querer y cuidar a los niños es una bendición de Alá. Recibirás un florín también por quien no ves. Por su parte, Beyazid te dará otros cien.

Khayr al-Dîn se encogió de hombros.

—Mi hermano te ha enviado a mí. Ahora él está en deuda conmigo. Esto me acortará la vida. Todo deudor desea la muerte de su acreedor, y no creo que Aruj sea la excepción.

—Tu hermano te quiere, a pesar de lo que eres, como prescribe la ley. Dice la *sunna* que…

—Que no se debe atormentar a quien te da cobijo. Ve con ellos, Osmán, y asegúrate de que solo salgan cuando puedan ver las estrellas.

Las sombras de la noche avanzaban desde oriente cuando los doce remos de estribor se alzaron y los de babor empujaron con fuerza el agua. El jabeque giró como una dama bailando una delicada melodía, y el mástil del bauprés pasó por encima del puente de dos góndolas amarradas y señaló en dirección a mar abierto. Luego soltaron las velas y del árbol de la maestra cayeron la marabuta, la barda y la bastarda; se retiraron los remos y la nave emprendió la marcha impulsada por el viento.



Junto al timonel, a popa, Khayr al-Dîn olisqueó el amenazador viento de poniente, cargado de nubes, y le gustó. Haría como las liebres perseguidas por los perros, y si Alá se mostraba benévolo, al cuarto día podría darle las gracias en la gran mezquita de oro.

Gua Li se sinceraba con Osmán casi como hacía antes con Ada Ta. El monje volvió a aparecérsele en sueños por las noches y a confortarla. Puso una manta frente a la letrina y, cuando nadie la veía, se levantó el sari: a la luz de una lámpara de aceite observó con estupor la incipiente redondez de su vientre. Se acarició la barriga y se sonrió en silencio al notar que aquellos gestos le facilitaban la evacuación, que desde hacía unas semanas no era regular.

Cuando salió, vio en la oscuridad dos ojos fijos sobre ella. La asaltó un cúmulo de olores, como si la energía procedente de cada uno se dirigiera precisamente a ella. Ya no tenía la misma seguridad con los olores, quizá desde el mismo día de la concepción. El cuerpo tenía otras cosas en las que pensar. No obstante, le pareció detectar la suave melisa de Leonora y la rústica lavanda de Zebeide, pero también la almendra de Ferruccio, dulce y amarga al mismo tiempo, con su coraza que se endurece con la maduración, pero que indefectiblemente acaba abriéndose y ofreciéndose como alimento. Lo miraba con alegría y tristeza a la vez, con respeto y gratitud; el amor tenía otros secretos, que no le pertenecían. Le preocupaba más el leve olor a incienso de Osmán, el olor del abandono, pero su corazón era puro como la sonrisa del niño de Leonora, que aún no tenía nombre, aunque todos lo llamaban Paolo, como el abuelo de su padre. Era el único que no tenía olores propios, o quizás es que no conseguía distinguirlos.

—Debes acabar tu relato —dijo Leonora, cogiéndole por la mano—. Quiero decir que nos gustaría, si no te resulta desagradable, hermana. Dinos qué fue de él, de sus seres queridos. Lo que le pasó a sus verdugos no, al menos a mí no me interesa. Casi me da miedo escucharte, pero querría hacerlo. Conozco la historia que nos han impuesto desde hace siglos, pero la tuya tiene la lógica de la simplicidad. Cuéntanos, Gua Li.

¿Era así Leonora antes de ser madre? ¿O la transformación era tan profunda que hacía cambiar hasta el alma? Debía de haber una propensión, una naturaleza absoluta procedente de otra Madre, que se perpetúa en el ciclo de la vida, más allá de la vida.



Gua Li le dio un beso en la frente, se sentó y apoyó la espalda en un cojín que Osmán le había robado a Khayr al-Dîn.

—Ya os he hablado de cuando le llevaron a lo alto del monte de la Calavera y de cómo le obligaron a portar a hombros su propio patíbulo. Y también de cómo le golpeó Cayo Casio, no para matarlo, sino para que los miembros del Sanedrín creyeran que estaba muerto, para que no le rompieran las piernas. El oficial romano, aquella noche, emborrachó a sus soldados con vino especiado y dejó que un grupo de hombres y mujeres se llevaran el cuerpo de Jesús. Cuando vio que se alejaban, vació el ánfora y esperó a que se cumpliera su destino. Dentro de poco, el relato será alegre y triste, sucederán cosas inesperadas, y no siempre triunfarán el bien y el amor.

—Como en la vida —apuntó Ferruccio, que hacía tiempo que evitaba dirigirle la palabra—. Como el destino, que siempre te reserva sorpresas, en el bien y en el mal. Cuando te corre la fuerza por las venas, te manda una enfermedad repentina; cuando la tormenta está a punto de hundirte, vuelve la calma.

Leonora cogió su cara entre las manos y se la apretó hasta casi hacerle daño. Las palabras le salieron de la boca como el chorro a presión de una fuente cerrada durante mucho tiempo.

—¿Y cuando tu mujer te manda una nota desde su prisión y entre líneas te sugiere el lugar donde puedes encontrarla, y tú lees solo las palabras y no te paras a pensar que ella nunca te escribiría de aquel modo y no te preguntas por qué? Eso no es el destino. —Leonora suspiró—. En el fondo, aunque lo seas todo para mí, no eres más que un hombre.

Ferruccio frunció los párpados y le volvieron a la memoria aquellas breves líneas. A él solo le decían que su mujer estaba viva; de lo demás no se había dado cuenta, aunque sí, era cierto: aquellas palabras no parecían escritas por ella. Abrió la boca para pedirle que se lo explicara y que le perdonara, pero Leonora negó con la cabeza y posó un dedo sobre su boca, dejando que Gua Li iniciara su relato, quizás el último. Si el lebeche que soplaba fuera no aumentaba de intensidad y no topaban con ninguna galera veneciana apostada entre las islas griegas, al día siguiente llegarían a la cadena que cerraba el Cuerno de Oro.

# 51

Las llamas se reflejaban en el yeso de la gruta, y al temblar provocaban sombras difusas sobre el blanco de las paredes. De uno de los muchos palomares cercanos, a más de diez cúbitos bajo tierra, llegaban amortiguados los gorjeos de los pájaros, amontonados, criados a centenares para los sacrificios. Tal como había solicitado, Jesús yacía estirado sobre el frío suelo, cubierto por una sábana perfumada con aloe y mirra. Un olor acre e intenso se elevaba desde unos pequeños braseros de arcilla, en los que se quemaba resina de cornicabra. La madre de Jesús estaba inclinada sobre él, con sus hijos al lado, mientras Yuehan, en una esquina, con los puños cerrados, parpadeaba intentando contener las lágrimas. En la esquina opuesta estaba María de Magdala, con la mirada fija en el cuerpo inmóvil.

—Es la hora —dijo Judas—. Debería de estar listo.

—¿Y si no se despierta? Yo no le oigo respirar.

—No huele mal, madre. Si estuviera muerto, lo notaríamos, y también tendría otro color.

—Todas esas esencias podrían conducirnos a error…

Judas se arrodilló al lado y miró a su hermano a la cara. No encontró ni un espasmo ni un parpadeo que pudiera indicar la mínima señal de vida. Jesús les había dicho que tuvieran fe, que podía frenar el latido del corazón hasta detenerlo, y también la respiración. Era una práctica que los monjes conocían bien, y que resultaba útil sobre todo al encontrarse con un oso azul, que no comía cadáveres. Les había explicado cómo se manifestaría aquel estado de muerte aparente, y les había dicho que no se preocuparan: solo tenía que seguir unas sencillas instrucciones para poder reanimarse y recuperar las fuerzas. Pero los porrazos y la sangre perdida le habían debilitado cuerpo y mente, y Judas ya no estaba del todo seguro. Si el último de sus prodigios no funcionaba, si Jesús estaba muerto, ante su madre, sus otros hermanos y Yuehan la culpa sería suya.

Lo sabría enseguida. Cogió de las manos de su madre el frasco con sangre podrida mezclada con heces de cabra. Aquel olor pestilente le despertaría, eso había dicho Jesús, y así sería, por el dios de Abraham. Perforó con el cuchillo la cera que lo tapaba hasta que percibió el aire al escapar del interior. Se la acercó a la nariz a Jesús. María se alejó tosiendo y se cubrió la nariz con la túnica. Jaime corrió a una esquina, con el estómago revuelto, y vomitó el escaso pan y el agua que había tomado poco antes. María de Magdala vio que Yuehan se doblaba en dos y lo abrazó, poniéndole sobre el rostro un pañuelo empapado en esencia de nardo de Siria.

Judas pasó varias veces el frasco por debajo de la nariz de su hermano, sin que este moviera un músculo. Se volvió hacia su madre, que se cubría el rostro con las manos.

En aquel momento, Jesús tosió. Un instante más tarde agitó los brazos como si se quitara fantasmas de delante. No recuperó el conocimiento hasta muchas horas después, y lo primero que hizo fue pedir agua, con la que se mojó los labios, y llamó a su hijo.



—Nos volvemos a casa —le dijo en un susurro—. Volverás a llamarte Yuehan, no Yonahan ni tampoco Joannes, como dicen los latinos.

—A mí me parece bien lo que tú decidas, padre. Solo te tengo a ti, y te seguiré adonde vayas. Pero los que te han hecho daño lo pagarán antes o después, te lo juro.

—No llores ni jures venganza —dijo Jesús con un suspiro—. No es para eso para lo que te pusimos este nombre tu madre y yo. Tu nombre significa «regalo del espíritu». Debes hacerle honor.

Al tercer día, Jesús ya podía comer y beber, y había recuperado todas las funciones corporales, aunque no había sido fácil, por la vergüenza de no poder hacerlas en un lugar reservado.

—Si he conseguido vaciar el intestino a pesar de vuestra presencia —bromeó—, quiere decir que ya casi estoy listo para partir.

Como señal de que la gruta estaba ocupada por una sepultura, la cerraron con una piedra redonda de molino, y la sellaron con cal y arena. Jesús se refugió en una cavidad cercana. Yuehan hacía de mensajero entre aquel lugar y la casa que habían alquilado sus tíos a las afueras de Jerusalén. Cada día le llevaba a su padre cerveza fresca de cebada aromatizada con miel de coco y delicias de todo tipo, desde carnes a dulces que elaboraba sin cesar su abuela María. Luego se quedaba con él, a veces para escucharle y otras durmiéndose abrazado a él, como hacía cuando era niño y se colaba entre su padre y su madre por la noche.

En pocos días Jesús recuperó las fuerzas, y la pulpa de aloe le cerró las heridas. No pudo eludir la visita de su madre y de sus hermanos antes de emprender la marcha hacia oriente. Esta vez no habría ni tiempo ni ocasión para regresar de nuevo. Pero tenían que ir con cuidado, porque un trajín excesivo entre las tumbas suscitaría no pocas preguntas entre los judíos y entre los propios romanos, y los espías del Sanedrín, en aquel clima de sospechas mutuas entre los dos pueblos, no tardarían en descubrir la verdad.

Y algo debió de notarse, quizás una palabra de más, una sonrisa en lugar del llanto, o una respuesta brusca a una pregunta incómoda, porque alguno de los más allegados, con la esperanza de ver a Jesús de nuevo, plantó una tienda en la zona de las tumbas. Algún otro le imitó. Llegó una familia entera: el padre sospechaba que Jesús se iría y quería partir con él hacia una tierra más justa. Al cabo de pocos días había más tiendas que sepulcros, pero la concentración se tomó por una congregación de cananeos, con su tan extraño como inocuo culto a los muertos.



Solo María de Magdala había desaparecido desde el día en que habían precintado la tumba. Había sido ella la que había llevado la negociación con el oficial romano. Mezclándose entre las prostitutas, le había sugerido que no hiciera demasiadas preguntas y, con mucha dificultad, había conseguido que aceptara solo dinero a cambio de su complicidad. También había sido ella quien había colocado en el sepulcro el cuerpo de Jesús, junto a sus hermanos y su hijo. Los había guiado por la noche hasta el sepulcro, y había velado el cuerpo como los demás, o más aún. Pero para que la aceptaran habría tenido que ser al menos la madre de Yuehan. Y él, el hombre al que amaba más que a su propia vida, bueno, inteligente, atractivo y cariñoso, padre y madre de su hijo, estaba a punto de desvanecerse de su vida como una sombra traicionada por las nubes.

Él la había mirado, le había apretado la mano sin demasiadas fuerzas desde su lecho, y le había sonreído. Pero no era eso lo que quería de él; ella quería la pasión, ese pensamiento que impide pensar en nada más, la serenidad que trae la paz, el futuro sin el que no existe la esperanza. Él la amaba, estaba segura, pero eso no bastaría para seguir adelante, para vivir aquel sentimiento absoluto que él también había vivido, con otra, con su familia, con el único hijo que le quedaba con vida. Hay hombres, y mujeres, que, como el cisne, el oso, la golondrina o incluso el chacal, no tienen más que un amor durante toda la vida. No saben por qué, no es por elección propia; es la naturaleza que los ha creado así. Y cuando uno de ellos muere, se pierde o es ahuyentado y echa a correr, el otro se abandona y se deja morir. Y no sabe por qué, es su naturaleza.

Jesús buscó a María hasta el día fijado para su partida y preguntó repetidamente por ella, pero nadie supo decirle dónde estaba. Sin decirle nada a su padre, Yuehan se dirigió a los baños públicos, esperó a la salida de las mujeres del templo y recorrió posadas y mercados, pero nadie la conocía.

La que debía ser una fuga silenciosa se convirtió en la partida de una caravana, con una hilera de carros y mulos detrás. Judas estaba satisfecho; entre aquella multitud la presencia de su hermano pasaría inadvertida. No obstante, cuando vio llegar a Cayo Casio, se le acercó, cuchillo en mano. Si venía a pedirles más dinero, le pagaría con el hierro de su hoja. Pero el romano abrió los brazos y le mostró que no llevaba insignia ninguna. La lluvia caía sobre su rostro descubierto.



—He desertado, judío, y si quieres bien a tu hermano, déjame que parta con él. Querría vivir los últimos años de mi vida en paz y no en guerra. Sé que no le gustan las armas, pero esta daga podría serle útil, aunque espero no tener que usarla nunca más, si no es para descuartizar un cordero. Y dile que se dé prisa; a estas alturas quien no sepa que está vivo será porque ha querido taparse los oídos.

Judas envainó de nuevo el puñal.

—¿Y el dinero que te dio la mujer?

—También nos será útil. Y llevo una carta de su parte: aún está cerrada; me ha pedido que se la entregue únicamente a Jesús.

—Se llama Issa. Nunca más pronuncies el otro nombre.

La columna se puso en marcha: con los caminos mojados no levantarían polvo. Hasta el lago de Tiberio irían juntos; luego la familia se dividiría para siempre. Cuando la única parte del templo que quedaba a la vista fue la torre Qodesh ha-Qodashim, el sepulcro del Arca de la Alianza, Cayo Casio y Jesús se saludaron agarrándose del brazo.

—Traigo esto para ti, Issa. Es de esa mujer a la que tú conoces.

Paso tras paso, con la carta cerca de los ojos para que la lluvia no borrara lo escrito, Issa penetró en las palabras, repitiéndolas con los labios, una por una.

*Lo siento muchísimo; sé que te hará daño, pero el dolor que siento es superior al que sé que te inflijo. Yo no puedo vivir sin tu presencia constante, no tengo la voluntad necesaria para ello. Sé lo mucho que me has querido y que lo que me has dado tiene un gran valor. Ya solo te pido una cosa: que no tengas remordimientos. Del mismo modo que no los tengo yo, porque habría lamentado haberte dejado marchar después de encontrarte. Eres el hombre más dulce que he conocido nunca. ¿Cómo es que los hombres no entienden que, por encima de todo, lo que quiere una mujer es dulzura y no fuerza, respeto y no violencia, amor y no posesión? Tú me has dado la capacidad de pensar, de adquirir conciencia, de reconocer quién soy realmente, y por primera vez en mi vida me he gustado a mí misma.*

*La que llegó antes que yo —perdona que no pronuncie su nombre— te tuvo plenamente. Yo, lo sé bien, he aliviado tu dolor; ella ha llenado tu vida. Cada una de nosotras te ha dado lo que necesitabas en cada momento, y debes estarnos agradecidas a las dos. Tú, que comprendes tantas cosas, entenderás fácilmente que no puedo conformarme con tenerte de un modo diferente al que creía posible. Por eso, querido, queridísimo amor, te dejo, quizás antes de que lo hagas tú y que seas tú quien deba sufrir por ello. Nunca habría podido ir contigo, aunque me lo hubieras pedido, y lo habría hecho, estoy segura, porque mi deseo era el de un amor absoluto.*

*Y como tengo tanto miedo, para estar segura de no arrepentirme lo haré del modo más indoloro, que creo que es el de cortar de lado a lado las venas de las muñecas, pero de través, para mayor seguridad. Tú me has enseñado a desconfiar de las voces y a creer únicamente en mi corazón. Adiós, Issa; te llamaré así, como eres tú. Porque tú ahora eres Issa; yo solo he sido la compañera de Jesús.*

*Tuya,*

*MARÍA DE MAGDALA*



Leonora apoyó una mano en el vientre de Gua Li, y con la otra le acarició las mejillas para limpiarle las lágrimas. Conocía su secreto, aunque ella no se lo hubiera revelado, y quiso obtener de su boca la misma respuesta que se había dado ella durante su reclusión.

—Nunca lo habría hecho si esperara un hijo suyo, ¿no es cierto?

Gua Li meneó la cabeza lentamente.

—No, también un hijo es algo absoluto. Ada Ta me dijo una vez que el yin y el yang están presentes en toda criatura humana, como semillas hundidas bajo la tierra. Un amor profundo, de cualquier naturaleza, las hace brotar y, mientras crecen, sus tallos se enroscan uno alrededor del otro. Solo la muerte puede romper ese vínculo. El resto no es nada.

Una explosión y un silbido prolongado les hicieron dar un respingo. Ferruccio, seguido por Osmán, se dirigió hacia la escotilla, que se abrió ante ellos. Entró una luz cegadora que dejó en la sombra el rostro de Khayr al-Dîn.

—¡Podéis subir! —gritó—. La mano de Alá ha sido más fuerte que la maldición de esa mujer. Mirad y contemplad su belleza.



Sobre las aguas encrespadas del mar de Mármara, empujado por un ligero gregal, el jabeque avanzaba en dirección a los minaretes de Estambul y a los brillos dorados de la cúpula de Hagia Sophia.

—No ha sido Alá quien nos ha guiado —le dijo Osmán a Ferruccio, en voz baja—, sino la mano de Fátima. Consérvala y verás cómo crece tu hijo.

—Si tengo otro hijo, lo llamaré Claudio, que viene de «cojo», en tu honor.

Beyazid el Justo desde la terraza de la fortaleza de las siete torres, construida por el padre que había matado, observaba el pequeño navío que avanzaba con el velamen rojo desplegado al viento. Aquella única salva significaba novedades. Alargó una mano como para aferrar la embarcación. No se inclinó en dirección a La Meca, en cambio, cuando desde el minarete del palacio el muecín real entonó la *salat al-asr*, la tercera oración del día, que debía acabar antes de que el sol iniciara su descenso por el horizonte. Alá no se había portado bien con él en los últimos tiempos. Sabía que no podía fiarse de los cristianos, y el silencio del cardenal de Medici no hacía más que confirmarle su convicción. Sin embargo, el acuerdo que había cerrado con él había sido más por gusto que por obtener ventaja alguna. Entró de nuevo en sus aposentos, confortado al oír reír a Amina con alguna ocurrencia de su invitado, que también sabía hacerle reír a él.

## 52

*8 de abril de 1498, palacio del sultán*

Postrado ante su sultán, Osmán terminó su confesión. Beyazid supo controlar la cólera; era una de las prerrogativas de quien ocupa el trono de los Cuatro Califas. Se puso en pie, salió de la sala de audiencias privadas y entró en una salita. Osmán se quedó de rodillas, vigilado por dos jenízaros de la guardia privada, fieles y sin lengua. El sultán le dirigió una mirada a su invitado, que había escuchado hasta la última palabra

oculto tras una celosía.

—Un hombre que se arrepiente de sus acciones debe ser premiado, del mismo modo que sus acciones deben ser castigadas. Mezclar perdón y justicia es como hablar y masticar a la vez.

—¿Quieres decir, pues, que debo premiarlo y castigarlo al mismo tiempo?

—No exactamente. Un castigo agradable no es castigo, del mismo modo que un premio molesto no es un premio. Tú has hablado de tiempo, y en él está la solución. Primero el castigo y luego el premio; el primero se soporta mejor si hay una esperanza después.

—¿Y si la condena es la muerte? El premio podría ser el Paraíso, con las setenta y dos vírgenes que le esperan.

—Podría ser, pero si las vírgenes debieran mantener su virginidad durante toda la eternidad, el premio se convertiría en sufrimiento.

Beyazid se rio a pesar suyo. A cualquier otra persona que hubiera osado interpretar de aquel modo la sura sagrada del Compasivo habría hecho que le cortaran la cabeza.

—Así pues —respondió—, ¿qué sugieres?

—¿El castigo y la muerte? ¿No hay otra solución?

—Es la ley de Dios; yo no puedo hacer otra cosa que limitarme a aplicarla.

—Sí así debe ser, y yo soy contrario a ello, le darás no lo que más desea él, sino lo que más aprecias tú.

—De modo que también será un castigo para mí.

—Por el bien del orden y la justicia, Abraham estaba dispuesto a sacrificar lo que más quería en el mundo, su hijo Isaac. Está escrito en el sura de las Filas, es ley de Dios, y no puedes hacer otra cosa que aplicarla, si tu corazón es tan justo como tu nombre.

—Sea —concluyó Beyazid—. Sí, mi corazón es justo, pero tu lengua de miel es bífida como la de la víbora, ¡viejo infiel que me quieres enseñar el Corán!

El hombre abandonó la posición del loto y se puso en pie sin usar las manos para apoyarse.

—¿Puedo reunirme ya con mi hija? Querría preparar mi débil corazón para su visita.

—Ella ya está lista. Y me parece que está en excelente estado de salud; incluso la he encontrado un poco más gorda.



Ada Ta levantó una ceja y se acarició la cabeza con un movimiento circular. Si el sultán no había sufrido un espejismo, también la última parte de su plan se había cumplido. Y en poco más de un año. Sonrió, satisfecho.

Muchos de los jardineros estaban enfrascados en la poda de los árboles, de modo que sus copas, al llegar el verano, se llenaran de hojas, como le gustaba al sultán. Otros plantaban arbustos de rosa canina y azaleas blancas y rojas. Otros más limpiaban de parásitos las plantas de papiro, las palmeras enanas y los bananos, para que se vieran llenos de vida y rodeados de verde, el color del islam.

Ada Ta los vio llegar.

—La felicidad debe tomarse en dosis pequeñas —dijo, ocultándose tras un plátano de tronco imponente—. Habla, hija mía; luego disfrutaré de la bendición de verte.

—¡Ada Ta! —gritó Gua Li.

Corrió hacia él y abrazó sus huesos. Lo sintió menudo; en sus recuerdos había amplificado la imagen que tenía de él. Se quedó así un buen rato, con la cabeza en su pecho, sintiendo el latido de su corazón y disfrutando del roce de sus manos en el cabello. Volvió a sentirse niña, con ganas de contar, más que de saber. El monje la apartó con dulzura, situándola a su lado. Ella apoyó la cabeza sobre su hombro.

—Amigo Ferruccio —Ada Ta sonrió—, el caballero del brazo fuerte y la mente cóncava, la única deseosa de aprender y llenar sus vacíos, y que, por tanto, es la única que pueda llamarse aguda realmente.

—Amigo Ada Ta —respondió Ferruccio—, consuelo de mi soledad. Y en cuanto al brazo, también de él tendría que aprender.

—Y tú —dijo Ada Ta, dirigiéndose a Leonora—, debes de ser la causa de todas sus desventuras. Él tiene la corteza de una granada, pero le habían arrancado la mitad, y sus dulces granos se estaban convirtiendo en sangre ácida. Leonora, ¿será posible que seas aún más bella de lo que él presumía?

Ella sonrió y se agarró al brazo de Ferruccio.

—Tienes toda mi gratitud por haberlo salvado, y por haberle obligado a ser prudente. Sé que mi marido tiene la furia de un toro, pero también el corazón de un cordero.



—Entonces eres una buena pastora. ¿Y cómo es que esta graciosa y joven señora tiene un dolor de espalda tan terrible que la obliga a estar inclinada?

Zebeide levantó los ojos y movió la cabeza de lado; luego comprendió, se irguió y se cruzó de brazos, con un mohín evidente en la cara.

—Soy yo quien debe inclinarse —prosiguió Ada Ta—, frente a tanto respeto por mi canicie. Si tuviera ochenta años menos, sería un honor tenerla como compañera en la sagrada danza de los leones blancos.

Dejó a Zebeide con la boca abierta y luego se dirigió al niño que Leonora llevaba en brazos.

—He dejado al niño para el final, porque el primer bocado quita el hambre, pero el último alegra el ánimo.

Le tocó la barriga con un dedo y Paolo borboteó algo, satisfecho. Leonora se lo entregó a Ferruccio, que, por un momento, se quedó sin aliento. Después, con todos los presentes a su alrededor, se quedó extasiado ante la sonrisa plácida de su hijo. Incluso los jardineros se acercaron y estiraron el cuello para verlo. Uno de ellos echó pétalos blancos sobre su túnica y antes de alejarse murmuró algo que parecía una oración.

—¿Qué ha dicho? —preguntó Leonora.

—Que a Dios le gusta —respondió Ada Ta—. A él le gustan las prendas blancas, y blanco es su paraíso.

Aquella noche, el sultán les ofreció para cenar hojas de parra rellenas de arroz, una crema de garbanzos y una sopa de lentejas rojas con pimentón de su jardín personal. Gua Li ya estaba llena, pero no pudo resistirse al aroma de una sopa de tripa condimentada con rojos pimientos dulces fritos en mantequilla. Luego se sirvió un besugo de casi dos brazas, envuelto en un sudario de preciosa sal negra de la isla de Chipre. Fue el propio sultán quien cortó el pescado, que tenía un bogavante entre las mandíbulas abiertas. Las cocochas del pescado se repartieron de forma equitativa entre las mujeres presentes, aunque Zebeide, a la que ya se le cerraban los ojos, no consiguió disfrutarlas plenamente. Al otro lado de la mesa, Amina se levantaba sin parar, y se dedicaba a ofrecer a un confundido Osmán los bocados más delicados. Ada Ta fue el único que probó los dulces de gelatina al agua de rosa, con pistachos y miel por encima. Beyazid le preguntó cuál era su secreto para comer tanto y conservarse más flaco que una anchoa.



—Dormir poco, pensar mucho, vestir poco, perdonar mucho.

El sultán hizo una mueca y se dirigió a Gua Li, interesándose por su estado de salud. Leonora llevaba al niño colgado al cuello con una tela, pero se pasó toda la noche cogida de la mano de Ferruccio. Desde su desembarco, le parecía que Leonora estaba diferente, o quizá fuese él, que, a medida que veía cómo se alejaba Gua Li, se sentía más próximo a su mujer. Tras tantos meses, demasiados, aquella noche tuvo, por fin, a su mujer al lado, en la misma cama, con un cesto entre los dos, donde dormía Paolo. Ya habían apagado la luz cuando ella susurró el nombre de su marido.

—¿Leonora?

—Duerme, amor mío, y piensa en mí.

Gua Li se acurrucó sobre el lado derecho y se colocó un cojín tras la espalda.

—Mejor dormir sobre el lado izquierdo —dijo Ada Ta, en la oscuridad—, donde actúa la flema, y no presionar la bilis con el derecho. Y mejor aún con el rostro hacia las estrellas, de forma que la energía primordial del viento traiga armonía a la mente y el cuerpo.

Gua Li se levantó.

—¿Y por qué?

Ada Ta suspiró, no se movió de su posición, boca arriba y con las piernas en alto, y siguió masajeándose la planta de los pies con la cabeza a la altura de las rodillas.

—La hija de este viejo quizá piense que ha pasado tanto tiempo desde la última vez que vio a su padre que este se ha vuelto más ciego y más tonto que antes. Él está contento con su afecto, pero no de que le haya perdido la confianza. Mmm, la respiración de mi hija ha cambiado, señal de que su corazón ya ha comprendido. Yo, por mi parte, cambiaré de posición; tengo la cara demasiado cerca del trasero.

—Yo... te lo habría contado. Es más, no veía la hora de decírtelo, pero no sabía cómo hacerlo, por dónde empezar. Oh, Ada Ta, perdóname.

—Es muy cómodo no saber por dónde empezar; así se puede empezar por cualquier parte. Además, ¿qué es lo que tendría que perdonarte? Tú has seguido el curso de la naturaleza. Lo reprochable sería que no lo hubieras hecho.



—Él es...

—Un hombre, el yang, y tú eres una mujer, el yin, aunque para mí siempre serás mi hija. Pero eso no basta. Para crear el verdadero Taijitu y acercarse a la perfección del círculo es necesario que los dos principios sean compatibles entre sí, que su esencia reconozca la individualidad que antaño los unía en un solo ser. Antes de que los dioses tuvieran envidia de tanta belleza y lo dividieran en las dos naturalezas, que desde aquel día se buscan para recrear la antigua unidad. Aunque no sepan por qué lo hacen, tienden a acoplarse para crear una nueva vida.

—¿Y cómo se puede saber si la otra persona es la indicada?

—Nadie puede saberlo. Pero ¿has visto alguna vez que un elefante cubra a una osa azul? Podría hacerlo, tiene la fuerza necesaria, pero ambas especies reconocen que son diferentes entre sí. La humana, en cambio, a veces comete ese error y copula con la mente en lugar de con el corazón. Y la mente, pese a ser un gran don, es como el hacha de doble filo, que tiene doble peligro. Para que las energías del yin y del yang puedan completarse mutuamente, deben descender a lo más profundo, hasta las vísceras, y volver a los orígenes para encontrar los elementos comunes y hacer perfecta su unión.

—Pero Ferruccio pertenece a otra mujer, yo lo sé, no hay más que verlos.

—Nadie pertenece a otra persona, y a veces se nos pasa por alto cuáles son los objetivos de la vida.

—A ti no se te pasa por alto nada.

Gua Li no vio la leve sonrisa en los labios del monje, que respiró hondo.

—Yo no soy más que un viejo con suerte. Y ahora descansemos. El viaje de regreso será más breve y mucho más cómodo, pero, como ya te he explicado, todos esos conceptos son muy relativos.

Un instante más tarde, Gua Li oyó que su respiración se volvía más grave y envidió su capacidad de dormirse a voluntad. Eso, si no la estaba engañando. Y, conociéndolo como lo conocía, sabía que no le había hablado para instruirla, sino para revelarle algo más. Sabría esperar. De momento se giró sobre el costado izquierdo, para reforzar la flema.

# 53

*14 de abril de 1498*

El joven barbudo salió de la sala, en el primer piso, con una reverencia que parecía una burla. Giovanni de Medici alzó la vista hacia el techo artesonado.

—Hay que tener paciencia con los artistas, querido amigo —le dijo el papa Alejandro—. Créeme, es muy bueno, aunque sea arrogante. Oirás hablar mucho de Buonarroti. El embajador francés se ha endeudado con nos para encargarle su estatua fúnebre. ¡Aunque el muchacho tendrá que darse prisa, porque el embajador está muy viejo!



—Yo creo que el maestro Donatello nunca tendrá parangón: su *Judit y Holofernes*...

—Si mal no recuerdo, fue uno de los tesoros que robó el fraile a tu benemérito padre.

—Quería el palacio y ya lo tiene, pero solo el *alberghetto*, la celda en lo alto de la torre, donde solo puede amenazar a las palomas. Ya se han acabado sus robos, padre santo, y todo gracias a vos.

—Y al miedo de los florentinos. Tenías razón; ante el riesgo de perder su dinero, serían capaces de ponerse a predicar la palabra de Satanás desde el púlpito. Pero esto no ha acabado aún. Hasta que sus cenizas no caigan dispersas sobre el Arno no podremos decir que lo hemos derrotado para siempre.

—*In cauda venenum*, y su cola es igual que la del diablo, santidad.

—Pronto, Giovanni, será pronto. Pensábamos en el vigésimo tercer día del día de la Virgen. Está dedicado al santo Desiderio, que cumplirá así nuestros deseos. —Sonrió—. ¿Y tú por qué no te compras este estupendo palacio? No está bien que un cardenal y futuro papa pague alquiler a un obispo —bromeó—, y ese barrio de Chiusi, además, es impropio.

—Como todas vuestras ideas, esta también es magnífica. Lo haré; haría cualquier cosa por vos.

Alejandro se rio.

—Encárgate entonces de que Lucrecia nos dé un varón sano y fuerte, de que César se case con la bastarda napolitana, de que ese reino pase al dominio de la Iglesia y de que Florencia firme una alianza perpetua con nos.

—Rezaré, buen padre, para que todo se haga según vuestra voluntad.

—Y que tú seas mujer en tu próxima reencarnación. Te tomaré por esposa.

—Un papa no puede casarse, santidad.

—Veremos, Giovanni, veremos. En el fondo, nosotros somos los representantes de Dios en la Tierra, y los hombres deben seguir sus leyes, que nosotros promulgamos. *Si volumus, deus vult*, ¿no crees?



Lo cogió por un brazo y juntos bajaron las escaleras. El papa le besó tres veces antes de volver a subir a su carroza, donde le esperaba el maestro de ceremonias Giovanni Burcardo, que se apresuró a esconder su cuadernillo negro en las amplias mangas de su túnica morada, y les explicó el programa del día siguiente. La basílica estaría decorada con flores blancas. Hasta que los cantores no entonaran el Gloria, su santidad no alzaría los brazos al cielo celebrando el rito anual del resurgimiento de Cristo. Entonces, repicarían las campanas.

—De alegría, cuando tu lengua se disuelva en aceite de vitriolo, Burcardo.

Se abrió la puerta, y echaron a Savonarola al interior de la celda. Lo habían traído desde las mazmorras del Bargello. Enseguida intentó ponerse en pie de nuevo, apoyándose en las piedras del suelo. Fray Domenico Buonvicini dio un empujón con el pie a fray Silvestro Maruffi, que estaba adormilado, lamentándose de vez en cuando entre sueños. A ellos dos los habían dejado de lado hasta el momento, pero a su maestro los carceleros le habían intentado arrancar el alma día tras día, aplicándole fuego sobre las carnes, inyectándole agua en la garganta, con cuerdas y con el potro. Solo el cuerpo había cedido, tan nervioso como flaco a causa de los largos ayunos. Fray Girolamo tenía los brazos rotos y las rótulas destrozadas, pero aún seguía intentando dominar la situación, como había hecho toda su vida. Por los regueros de sangre que le manchaban el sayo, Buonvicini dedujo que aquel día había sido víctima del hierro candente.

—Ayúdame, fray Silvestro —dijo Savonarola.

Por la ventana entraba el viento suave de abril, que olía a tormenta y limpiaba los efluvios de las heces de los tres frailes, que apestaban la celda.

Domenico y Silvestro cogieron a Savonarola por debajo de los hombros con todo cuidado, y a este se le cortó la respiración. Hasta el mínimo movimiento le causaba atroces dolores, a los que intentaba resistirse para no perder el control de la mente. Sus huesudos dedos se aferraron a los barrotes. Aunque fuera con gran dificultad, aún podía moverlos, y le confortaba en gran medida poder escribir y comentar los salmos.



Sostenido por sus compañeros, consiguió echar un vistazo al otro lado de los barrotes. De la cúpula del Duomo, que se levantaba sobre los tejados como una simple pero enorme tiara pontificia, símbolo de una Iglesia pobre y poderosa como la habría deseado él, la vista se le fue a la Piazza della Signoria. Recorrió con los ojos el puentecillo de madera hasta la larga plataforma circular, preparada para acogerlos y en la que ya habían plantado el palo. A su alrededor dispondrían los haces de mies seca para quemar, en una pira que sería mayor aún que la hoguera de las vanidades de los florentinos, de la que todavía no había pasado ni un año. Eso era lo que no le habían perdonado los mismos que en aquel tiempo alzaban los brazos al cielo invocando su perdón. Ahora le tocaría a él.

Cerró los ojos y pensó en Domenico y, sobre todo, en Silvestro, indefenso e inocente, obligado a compartir su condena pese a no tener más culpa que la de haber creído en él, como un hijo en su padre. El tal Dante sabía lo que decía cuando había escrito que «si el conde Ugolino fue acusado de haber vendido tus castillos, no debiste someter a sus hijos a tal suplicio…». Intentó acordarse de los versos siguientes, pero oyó que se abría la puerta. Le colocaron con cuidado sobre la piedra desnuda, de espaldas a la ventana. Fray Domenico y fray Silvestro se sentaron cerca.

La luz dio de pleno en el rostro del hombre, que Savonarola reconoció de inmediato.

—¿Has venido a pedirme perdón, Francesco? —La voz de fray Girolamo temblaba, pero solo por la fiebre—. Ya lo obtuviste una vez. ¿Cuántas veces se debe perdonar? Si, en cambio, estás aquí para confortarnos, bienvenido seas.

Francesco Mei, prior dominico de San Gimignano, se protegió los ojos con la mano y luego se echó a un lado, desde donde pudo ver los tres cuerpos, reducidos casi a esqueletos.

—Traigo el consuelo de la santa confesión, para que estéis preparados, con los cintos ceñidos y las antorchas encendidas, como dice el apóstol Lucas, puesto que nadie sabe la hora a la que puede llamarnos el Señor.



—Te lo agradezco —respondió fray Girolamo—, pero aquí no tenemos cintos ni antorchas. En cuanto a confesarnos, ya lo hemos hecho entre nosotros.

Francesco Mei se retiró la capucha y los señaló a todos sucesivamente con la mano derecha mientras con la izquierda apretaba el puño.

—Al menos vos, fray Girolamo, deberíais saber —dijo Mei, con los ojos convertidos en dos finas ranuras— que confesar y absolver a un cómplice en el pecado no está admitido, y que, por tanto, la confesión no es válida. Solo el penitenciario mayor podría absolver vuestras almas.

—Aunque así fuera, y no lo es —murmuró Savonarola—, Dios mira más la sustancia que la forma.

—No he subido más de trescientos escalones para oír insultos contra el Omnipotente. Me habían avisado de que no habían conseguido domar vuestra soberbia y que aún desafiáis la gracia de Dios. Pero no creía que a la vista de la muerte rechazarais los sacramentos. ¡Hasta tal punto os habéis alejado de Dios!

—Ha sido la Iglesia la que se ha alejado de él.

Al oír aquellas palabras, apenas susurradas con gran esfuerzo por Savonarola, Francesco Mei se puso de nuevo la capucha e hizo un gesto con la cabeza a los otros dos: Buonvicini le aguantó la mirada y Maruffi bajó la vista, en silencio. Él se dirigió a la puerta, pero antes de salir se dio la vuelta.

—Quien trae la discordia a la Tierra nunca verá el Paraíso en el Cielo.

Fray Maruffi esperó a oír como se desvanecía el ruido de sus pasos por los escalones para apoyar el rostro en el pecho de Girolamo Savonarola, y se puso a llorar en silencio.

—Yo querría ir a ver los ángeles que rodean a nuestro Señor. Oh, padre bueno —dijo entre lágrimas—, pero ¿qué es el paraíso?

Savonarola lo acarició suavemente por encima de la burda túnica.

—El paraíso son los brazos de la madre que envuelve con ellos a su criatura.

—Yo nunca he oído nada parecido —intervino Buonvicini, asombrado—. Al menos no me parece que nunca en vuestros sermones hayáis usado un símil parecido.



Savonarola sonrió, lo cual sorprendió aún más a Buonvicini, que se temió por primera vez que las penurias sufridas le hubieran minado el espíritu.

—Amigo mío —le respondió Savonarola en voz baja—, los caminos de Dios son oscuros, pero a veces nos manda señales, que los iluminan como luciérnagas. Cristo, antes de morir, confió simbólicamente a Juan a su madre María, para que fuera madre de toda la humanidad. Y vosotros sabéis bien que todos los milagros se producen por su intercesión personal. A mí me ha concedido uno extraordinario, en forma de mujer.

Fray Silvestro levantó la cabeza y lo miró, como un niño recién despertado, dispuesto a escuchar un cuento en la voz de su madre.

—Cuéntanos ese milagro, padre bueno.

—Es una historia larga, pero tenemos tiempo. Escucha tú también, fray Domenico; así estaremos aún más unidos cuando nos encontremos juntos en la plaza, los tres, como en el Gólgota. Con la diferencia de que esta vez los ladrones serán los espectadores.

Υ

Cinco veloces galeras avanzaron a contracorriente por el estrecho del Bósforo. En cada una de ellas se amontonaban más de cien caballeros del noble cuerpo de los Akinci, cuya fidelidad al sultán era absoluta, por parentesco y títulos honoríficos. Hábiles con el arco y con la cimitarra, irrumpieron como demonios en grupos de treinta o cuarenta en los pueblos del Ponto, matando, prendiendo fuego y huyendo. En Frigia y en Galacia se unieron a la caballería pesada de los cipayos, que habían llegado por tierra y completaron la obra de destrucción.

Por las mezquitas jariyíes se tiró sal y el río Sangario se desvió a la altura del pueblo de Ukbali. Las antiguas grutas reabsorbieron el río y enterraron para siempre a los últimos refugiados de los que habían osado rebelarse contra Beyazid el Justo. Un cuerpo selecto de estradiotas griegos se ocupó de fumigar y quemar con la pez el fortín donde se criaban las ratas, y con ellas a sus vigilantes. Solo se conservó una jaula con una docena de las pequeñas asesinas, que se llevaron a un lugar secreto de Frigia y que confiaron a un grupo de leprosos que vivían en cavidades excavadas en la roca, a los que se les prometió alimento, agua y ungüentos mientras los animales siguieran vivos. Después, uno a uno los estradiotas fueron ejecutados por su comandante, de probada fe sunita, primo de Beyazid.



La Vigía de la Montaña, Faiza Valide, esposa del sultán, se libró del castigo. Sin darle explicaciones, fue escoltada con su eunuco personal a la torre de Gálata, donde podría pasar el resto de su vida estudiando el Sagrado Corán como ninguna mujer había hecho nunca.

En el palacio del Serrallo se oyeron los gritos del visir Abdel el-Hashim durante dos días. Después de cortarle la nariz y las orejas, lo dejaron siete días en una jaula al sol para que meditara su traición, colgado sobre el arco de la puerta del Cañón. Los dos días siguientes fueron cortándole la piel a tiras finas y arrancándosela, y echaron sal sobre su carne viva. Cuando ya ni con cubos de agua de mar conseguían que volviera en sí, fue castrado con unas tenazas al rojo y, finalmente, descuartizado por cuatro robustos caballos, aunque a esas alturas los propios torturadores dudaban de que siguiera vivo.

Osmán conoció el paraíso: durante más de un mes vivió en un ala del palacio reservada, disfrutando de la compañía de Amina, que la primera noche le regaló su virginidad, cumpliendo los deseos de su sultán. Este, a su vez, pasaba cada noche cerca de sus aposentos y suspiraba, maldiciendo el sobrenombre de «el Justo» y el compromiso que había adquirido con Ada Ta. El día antes del inicio del Ramadán, en el que era obligatorio observar el ayuno diurno, la abstinencia sexual y contener la ira, se aseguró personalmente de que el acero de la cimitarra estuviera bien templado y que con su filo se pudiera cortar un pelo en dos. Luego bajó el más robusto y experto de sus jenízaros y, después de rezar con Osmán, asistió, impasible, a su decapitación.

A cambio de su hospitalidad y protección, Beyazid les hizo una petición a Leonora y Ferruccio. Si un día tenían una hija, le habría gustado que le pusieran el nombre de la gran mezquita de Hagia Sophia. Cuando les preguntó qué culto profesarían, con la libertad de la que gozaban ya en su reino cristianos y hebreos, no se sorprendió de la respuesta de la mujer.



—El del amor, Beyazid.

—Y de la justicia —añadió Ferruccio—, que une a todos los pueblos. Si quieres, un día te hablaré de un hombre que quería unir bajo un solo cielo a musulmanes, hebreos y cristianos, para que no hubiera más guerras en nombre de Dios.

—Un loco, sin duda —respondió el sultán—, como lo eran los últimos dos profetas, Issa y Mahoma, que Alá, cualquiera que sea su nombre y su esencia, bendiga en los siglos venideros. Siempre serás bienvenido en mi casa, caballero De Mola, y si no comparto contigo mi harén es únicamente porque esta mujer ya te da todo lo que puedan ofrecerte todas las que el Señor puso sobre la tierra para el placer del hombre.

Ferruccio sonrió.

—Reconozco la sabiduría del sultán —admitió. Luego, con su hijo en brazos, se puso cómodo sobre un cojín y tendió su mano a Leonora.

En el pequeño palacio, equidistante de una iglesia cristiana, una mezquita y una sinagoga, a menos de una milla del palacio del Serrallo, una vez que tomó posesión de la cocina, Zebeide enseguida se encontró cómoda. Hasta el punto de que aquel día había salido con sus primeros akchehs de plata en el monedero, dispuesta a batallar en el gran mercado para obtener los mejores precios.

—Tú eres la suma de todas las mujeres —dijo Ferruccio. Tenía al niño levantado en alto, y sonrió cuando un hilo de saliva cayó sobre su cara.

—Te quiero, Leonora. Nunca más..., nunca más nos separaremos.

—Yo también lo pienso. ¿Por qué ese tono, pues? El pasado pasado está, como diría tu amigo Ada Ta.

—No —dijo él, entregándole a Paolo—. No del todo, Leonora. Yo...

—No digas nada. —Leonora no lo miraba; le hacía cosquillas al niño en las mejillas—. Guarda ese único secreto en tu corazón, y yo guardaré el mío. —Levantó la mirada y en los ojos de Ferruccio vio reflejada la redondez incipiente del vientre de Gua Li—. Serán las llaves de una habitación que quedará cerrada y que, mientras nos amemos, ninguno de los dos abrirá.



Posó los labios sobre los de Ferruccio, que sintió crecer en su interior el deseo. Ella sonrió y se abandonó a su beso. Con gestos vacilantes, sin atreverse a cogerla de la cintura, Ferruccio sintió que, poco a poco, iba cayendo la áspera duna de sus recuerdos, que se disolvía en un agua fresca y límpida en la que le habría gustado ahogarse. Aquella fue la noche en que concibieron a Sofia.

Los cincuenta caballeros se detuvieron a una señal de su comandante. Las pieles de karakul con que se abrigaban hacían que parecieran más una banda de ladrones que una compañía militar. Su comandante oteó el estrecho sendero que ascendía por una ladera de la montaña. Espoleó suavemente a su montura, que tras unos pasos dio unos golpecitos en el hombro a Ada Ta con el morro. El monje se volvió y, con la mano abierta, le ofreció una manzana.

—A partir de ahora tendremos que llevar los caballos de la mano.

—Podrías cambiarlos por yaks.

—Antes que montar en una de esas vacas peludas preferiría acabar mis días como eunuco del harén.

—Tú lo que necesitas es una mujer, Ahmed —dijo Ada Ta, sonriendo—. Lamentablemente yo no puedo ofrecerte otra cosa.

—Cuando vuelva, Beyazid me ha prometido nueve mujeres. Sabré esperar. Lo siento, pero tendremos que desmontar también el carro.

—¡Ni pensarlo!

Gua Li se acercó a ellos con una mano a la espalda y la otra sobre el vientre prominente.

—¿Cómo voy a caminar en este estado? Parezco una oca cebada. ¡Y este niño da tantas patadas que parece el hijo de un caballo!

—Podríamos abrir un camino por la montaña, pero no creo que el hijo de mi hija quiera nacer entre ventiscas.

La joven se giró hacia la carroza oscilante, extraordinario regalo del sultán, que le había permitido viajar como en una nube, y casi le entraron ganas de llorar. La caja, de fabricación húngara, no se apoyaba en los ejes, sino en unas tiras de cuero que amortiguaban los baches, y aquel suave balanceo la había mecido durante cinco largos meses.



—Antes de que caiga la noche llegaremos a vuestro gompa —le aseguró Ahmed—, y esta noche podréis dormir en él. Sin las ruedas y los caballos, naturalmente.

Acomodaron a Gua Li sobre una camilla e iniciaron la última ascensión. El aire era fresco, pero el sol estaba alto y las cumbres nevadas de los montes multiplicaban la luz y el calor. Ada Ta caminaba al lado de ella, apoyándose en su bastón.

—Ada Ta, ¿es normal tener miedo al parto?

—La cabra se muestra más sorprendida que atemorizada. Primero bala, pero cuando ha acabado lame a su pequeño, le ayuda a ponerse en pie y enseguida le da de mamar.

—Yo no soy una cabra.

—No, hija mía, y él o ella no será un cabrito.

—Yo creo que es un niño.

Tras una curva, pegados a la pared de la montaña, aparecieron los muros del gompa.

—¿Ada Ta?

—Dime, hija.

—Ya estamos de nuevo en casa, pero nuestro viaje no ha servido de nada.

El monje la miró de reojo.

—No puedo estar de acuerdo.

Los caballeros depositaron sus armas en una cabaña fuera de los muros del gompa y a los caballos les dieron mantas, agua y heno con bayas goji. La cena estuvo acompañada de danzas y cantos, y Ahmed recitó una antigua nana cuyo significado solo comprendieron Ada Ta y Gua Li, pero que agradó a todos por su tono cálido y amoroso. Sentada con las piernas cruzadas sobre su nueva cama basculante, Gua Li se pasó el cepillo lentamente por su negra melena.

—Ahora ya puedes decirme lo que sé que quieres decirme, viejo padre. Yo también te conozco. Y desde que hemos emprendido el viaje llevas un pensamiento escondido.

Le sonrió, pero por primera vez vio la sombra de la vejez en su rostro.

—Las estaciones se suceden en un ciclo eterno, y nunca envejecen, sino que se renuevan, iguales y diferentes cada vez. —Parecía que le leyera el pensamiento—. Así es el ciclo de la vida, y esa vida nueva que llevas en el vientre sucederá a la mía.



Gua Li se alarmó.

—Tú no morirás, padre; no puedes dejarme.

—Bueno, para eso aún queda mucho tiempo. Mientras un cuerpo tiene cosas que dar, la naturaleza lo conserva, y yo aún tengo algunas enseñanzas que darle a mi nieto. Tendrá que conocer su pasado para vivir serenamente su futuro.

—Yo también tengo curiosidad por conocerlo.

—Sí, tienes razón, y esta noche, en que las estrellas que suelen caer nos traen fragmentos de sabiduría del cielo, es ideal para ello. Nosotros hemos hecho casi el mismo recorrido que Issa, pero al revés. ¿Te das cuenta?

—Es cierto, padre.

—Y, a diferencia de él, hemos partido para esparcir semillas, y resulta que hemos traído una con nosotros.

—Pero ha sido casualidad. Yo no conocía a Ferruccio y nunca se me habría ocurrido...

—Todo tiene un orden y un significado. Lo que nos parece caos no es más que un diseño complejo, como el de la coliflor verde, que repite sus arabescos hasta el infinito.

—Padre, ¿qué quieres decir?

—Desde pequeña has admirado a un gran hombre, que llevaba en su interior las semillas de la justicia, del amor y de la unidad. Te confieso que yo esperaba que un día, quién sabe, vuestros destinos se unieran, porque tú también llevas sus mismas semillas...

—¿Qué semillas? Yo solo conozco las que tú me has dado.

—Espera, déjame acabar; por una vez no me resulta del todo fácil hablar. Cuando murió el conde, lo lamenté mucho y casi perdí la esperanza. Pero luego vino en mi ayuda el gran general Sun Tzu, que me dijo que solo afrontando el desastre se puede alcanzar la victoria, y que el sabio siempre tiene un plan de reserva cuando se da cuenta de que va a perder la batalla.

—¿Quieres decir que hemos hecho todo esto solo para que yo concibiera un hijo con Ferruccio? Ada Ta, me estás engañando.



El monje unió las manos en posición de oración y guardó silencio para buscar las palabras, él que las conocía todas. Se jugaba el amor de su hija, que valía más que toda su sabiduría.

—La estirpe de los De Mola ha combatido y sufrido por ideales justos durante siglos, y en su tiempo el padre de tu hijo recogió el legado del pensamiento del conde de Mirandola. Entre los occidentales no había nadie más digno de unirse a tu estirpe. Tú has llevado la historia de Issa en tu interior: esa es tu historia. Pero hay más. —En la mirada inocente de Gua Li vio aflorar el miedo a lo desconocido, y calló. Cerró los ojos y aspiró el aire puro que bajaba de las cumbres eternas, que todo lo sabían. Había llegado el momento de desvelar su secreto—. Hija mía —prosiguió, tendiéndole las manos—, tú llevas las semillas de Issa en tu sangre. Aunque los hombres sean todos iguales, como abejas en una colmena, la reina no puede nutrirse con el mismo alimento que las demás. Por eso los monjes de este gompa se han encargado de la custodia de esa semilla durante treinta generaciones, y yo he sido el último que ha tenido el honor y la alegría de ocuparme de tu madre Gua Pa y de ti. Un día tus semillas se extenderán por un mundo en que Oriente y Occidente, como Ferruccio y tú, se unirán en un único abrazo. No sabía si lo conseguiría, pero la Madre de todo ha querido mostrarse benévola conmigo y se lo agradezco. Mi misión acaba aquí, y con tu perdón podré irme en paz.

Gua Li se lo quedó mirando, muda, mientras Ada Ta esperaba la sentencia con la cabeza gacha.

La mujer salió a la terraza y él la siguió. Nunca había sentido tan próximo el cielo. Luego le cogió la mano y se la llevó al vientre.

—¿Lo sientes? Este es su brazo, que aprieta. ¿Cómo le voy a retirar tu mano, si es lo que busca?

En las aguas oscuras que le envolvían, el niño abrió los ojos y sonrió al mundo.

# Dramatis personae

El monje tibetano **Ada Ta** inventó en el siglo XV el estilo de lucha *hop gar*, o del rugido del león. Tuvo una vida larguísima y desapareció en circunstancias misteriosas después de elegir la vía de la meditación solitaria. Hay quien dice que consiguió mantenerse en una especie de existencia perenne, siguiendo la fórmula elaborada ese mismo siglo por el lama Bogdo Zonkavy, que consiste en la capacidad del espíritu de abandonar el cuerpo y de volver a apropiarse de él en un momento posterior. Otros dicen que podría ser el progenitor del lama Khambo Itighelov, cuya momia aún hoy va adquiriendo peso desde el día de su exhumación, en 1957, según el último informe del Instituto de Medicina Legal de la Universidad de Moscú de 2005. Antes de entrar en el estado de muerte aparente, el propio Khambo Itighelov afirmó ser la duodécima reencarnación de un lama tibetano. Las fechas se corresponden. Si nadie ha profanado la tumba del papa, el libro de Issa aún sigue donde lo escondió Ada Ta.



El hijo que esperaba **Gua Li** era efectivamente un niño, pero eso no era esencial para la dinastía que nació en Issa y en su hijo Yuehan, y que, pasando por ella, sigue, aún hoy, protegida por los monjes, por los osos azules y por las silenciosas nieves eternas del techo del mundo.

Espía o periodista, historiador o aventurero, Nicolaj Notovich, nacido en 1958, no fue el único que escribió sobre los años perdidos del hombre llamado Jesús, pero sí fue el primero en encontrar una posible clave de este misterio. Muchos de los que tuvieron relación con el libro desaparecieron, como él, de forma misteriosa. Como el hombre de confianza de León XIII, monseñor Luigi Rotelli, joven cardenal que no llegó a tiempo de vestir la púrpura y que, por cuenta del propio papa, intentó impedir la difusión de *La vida desconocida de Jesús*, que Notovich publicó en 1894. En aquella época, el libro levantó un enorme revuelo, pero luego se hizo el silencio otra vez. Las pruebas de lo que contaba el autor nunca salieron a la luz: si lo hicieran, serían declaradas falsas o desaparecerían en un santiamén. Existe, eso sí, una lógica de los hechos (que nada tiene que ver con la fe) que hace imposible infravalorar la increíble ausencia de noticias del personaje histórico más famoso de la historia.

**Alejandro VI**, o Rodrigo Borgia, murió el 18 de agosto de 1503, tras una cena en casa del cardenal Adriano Cortellesi en la que bebió vino envenenado con cantarella, ya fuera por un intercambio de copas casual, ya fuera buscado por el cardenal, que se temía que el papa quisiera recuperar las prebendas que había adquirido poco antes y que a su muerte habrían vuelto a la Iglesia, esto es, a los Borgia. Más probablemente el asesino fuera su hijo César, que, para evitar sospechas, bebió solo un sorbo y se encontró mal, él, que estaba acostumbrado a beber grandes cantidades de alcohol. Alejandro VI quizá pagara el precio de su renuncia a ser rey.



Tras venirse abajo el sueño dinástico, **César Borgia** pasó el resto de su vida persiguiendo una corona. Fue rechazado por las princesas de Nápoles y Aragón, y se consoló con Carlota de Navarra, a la que desposó en 1499, una vez abandonado el cargo de cardenal. Tuvo una hija, Luisa, en 1500, por la que nunca se interesó y que no veía. Unas semanas después de la muerte de su padre fue encerrado en las mazmorras del castillo de Sant'Angelo por Julio II, Giuliano della Rovere, sucesor de Pío III, que había muerto convenientemente tras veintiún días de pontificado, envenenado por Pandolfo Petrucci, el *Magnifico* de Siena. Al caer en desgracia César, Micheletto de Corrella, su sicario preferido, fue procesado y condenado a muerte por sus delitos, pero consiguió huir de Roma. En enero de 1508 murió en una emboscada que le tendieron en Milán unos compatriotas suyos. César Borgia, en cambio, consiguió huir del castillo de Sant'Angelo tras tres años de cautiverio y recurrió a la protección de su cuñado Juan de Albret, rey de Navarra. Murió luchando por él en el sitio de Viana, entre Navarra y Castilla, el 12 de marzo de 1507.

Pasó a la historia como autor del *De Principatibus* (o *El príncipe*), inspirado en César Borgia, pero dedicado a diversos personajes poderosos, con la esperanza de hacerles un halago. No obstante, **Nicolo Machiavegli** (o Niccolò Machiavelli, «Maquiavelo») lo escribió cuando, después de haber trabajado a sueldo de todos los grandes de la época, ya nadie parecía precisar de sus servicios. Hizo suya la afirmación de Cicerón de que «un buen político debe tener los contactos necesarios, estrechar manos, vestir de un modo elegante y entablar amistades interesadas para conseguir la cantidad de apoyos necesaria». El texto sería de escandalosa actualidad si no estuviéramos rodeados de escándalos. La obra maestra de Maquiavelo es la comedia licenciosa *La mandrágora,* la única de sus creaciones en la que el autor se muestra honesto y divertido.



Da la impresión de que **Lucrecia Borgia** vivió dos vidas. En la primera fue un instrumento en manos de su padre Rodrigo y su hermano César. Sufrió al menos dos abortos, probablemente fruto de incestuosos connubios con su padre, ya que luego demostró ser una madre sana y prolífica con su tercer marido, Alfonso de Este, a quien le dio siete hijos. En su segunda vida, en la corte de su esposo, tras tener por amantes a Pietro Bembo y a su cuñado Francesco Gonzaga, se convirtió en esposa ejemplar. Murió a los treinta y nueve años, en 1516, sin volver a ver nunca a su primer hijo, nacido en 1499 de padre incierto. Quizá fuera de su segundo marido, Alfonso de Aragón, cuñado suyo (ya que su hermano **Jofré** se había casado con **Sancha de Aragón**), o quizá de su propio padre, ya que el niño recibió el nombre de Rodrigo.

**Giovanni de Medici**, hijo de Lorenzo, *el Magnífico,* fue cardenal a los trece años y papa a los treinta y ocho, en 1513. Enemigo de Alejandro VI, tras algunas peregrinaciones por Europa y un tiempo pasado en la sombra, reapareció en público en Roma en 1500, para convertirse en fiel aliado suyo. Culto y refinado, perverso y taimado, extravagante y blasfemo, una vez elegido papa hizo y deshizo alianzas con el mundo occidental y oriental. Uno de sus primeros actos fue el de nombrar cardenal a su fiel **Silvio Passerini**, sacerdote, soldado y, probablemente, su amante. No usaba venenos: prefería ordenar la estrangulación y el desmembramiento de sus enemigos, como ocurrió con el cardenal Alfonso Petrucci, hijo de Pandolfo, que había envenenado a Pío III, y con muchos otros. Fue el papa de la Reforma protestante. Poco después de excomulgar al fraile Martín Lutero, murió, con apenas cuarenta y seis años, el 1 de diciembre de 1521. Quizá fuera envenenado, pero es bien sabido que en el caso de los papas, ahora como entonces, las causas de la muerte son siempre naturales, como naturales son las enfermedades o las conspiraciones.

La fama de valiente comandante acompañó al príncipe **Fabrizio Colonna** hasta la muerte, que encontró en el lecho en 1520, a la edad de sesenta años. El mayor peligro lo corrió en 1502, en la defensa de Capua, donde fue derrotado y apresado por el francés D'Aubigny y uno de sus capitanes, Ferruccio dei Martigli.



Fue ante **Anán ben Seth** ante quien Jesús habló por primera vez en el Sanedrín, probablemente a los doce años de edad, tras lo cual desapareció. Al sumo sacerdote le sucedió en el año 16 su hijo, **Eleazar ben Anán**, y del 16 al 36 su yerno, **Yosef bar Kayafa**. Pero el poder se mantuvo en manos de Anán y de su familia hasta la destrucción del templo, en el año 70. En el canto XXIII del *Infierno*, Dante sitúa a Anán ben Seth y a Yosef bar Kayafa en el grupo de los hipócritas, crucificados por el suelo y pisoteados por los demás condenados, como imagen de que quedaban aplastados bajo el peso de sus propias culpas.

En cuanto a los jueces de Jesús, **Poncio Pilato** sufrió el peso de la historia escrita por los vencedores: al ser fiel a Tiberio, cayó en desgracia con Calígula, que en el año 37 le quitó el cargo de prefecto de Judea y lo envió a Vienne, en la Galia, donde probablemente acabó «suicidado», como solía ocurrirles a los personajes notables incómodos. La iglesia copta lo venera como mártir. El mismo año también el tetrarca de Galilea **Herodes Antipas** emprendió el camino de la Galia. Llegó a Roma con la esperanza de convertirse en rey, pero Calígula lo acusó de colusión con los partos y lo exilió a Lyon junto a su amante, Herodías. Murió tres años después, en la miseria.

Siempre se ha discutido sobre la figura de **Pablo de Tarso**, fundador del cristianismo, y los datos sobre su vida son inciertos y contradictorios. A partir de los años treinta, como proveedor de tiendas de campaña de uso militar, en tres viajes conocidos recorrió medio mundo, pese a la epilepsia que sufría. Cayó prisionero de los romanos varias veces, pero siempre consiguió huir, igual que escapó a las persecuciones del Sanedrín. En la Carta a los Gálatas [1,11] afirmó que había recibido la anunciación del Evangelio directamente de Jesús, casi como si fuera una segunda revelación. A diferencia de lo que sucede con Pedro, no se tienen datos históricos de su martirio. En el año 57 se pronunció a favor de Nerón. Lo definió como autoridad instituida por Dios, con el consiguiente deber de obediencia por parte de los pueblos. Agente provocador, oficial romano, profeta iluminado, Pablo [Saúl] de Tarso consiguió, en cualquier caso, redirigir el judaísmo a un culto menos revolucionario, hasta convertirlo en religión de Estado.



El dominico **Girolamo Savonarola** se cuenta hoy entre los siervos de Dios, categoría de los hombres que (aún) no pueden ser considerados santos, pero que se han distinguido por su «virtud heroica» o su «santidad en vida». Tras ser rechazado por **Laudomia Strozzi**, a quien le pidió la mano, pronunció los votos y dedicó gran parte de su vida a combatir las costumbres de la época. Una vez que los Medici fueron expulsados de Florencia, instituyó en la ciudad un régimen teocrático que hoy llamaríamos fundamentalista. En 1497 llegó su gran triunfo, con lo que pasaría a la historia como la «Hoguera de las Vanidades», en la que se quemaron toneladas de símbolos de lujo, espejos, vestidos, pinturas, joyas, libros e instrumentos musicales. Un año después llegó su fin.

Juzgado por la santa Iglesia romana por herejía y cisma por haber predicado «cosas nuevas», fue sometido a prolongada tortura y quemado vivo en Florencia el 23 de mayo de 1498, a los cuarenta y cinco años de edad.

**Domenico Buonvicini** y **Silvestro Maruffi**, dominicos, compartieron hoguera con Girolamo Savonarola. El primero fue uno de los secuaces más fieles y vehementes del fraile y uno de los protagonistas del tragicómico juicio de Dios que a principios de 1498 dividió a los *arrabbiati* y a los *piagnoni* en Florencia. El segundo, por su parte, era un simple seguidor de Savonarola y fue condenado junto al maestro a la horca y la hoguera pese a que el tribunal eclesiástico no encontró ninguna prueba en su contra. Uno de los más acérrimos enemigos de Savonarola desde su regreso a Florencia, en 1490, fue **Francesco Mei**, también dominico, que envidiaba su popularidad y que se apresuró a presentar acusaciones, algunas falsas y en nombre de Alejandro VI, para asegurar su condena. Fue también uno de los principales defensores de la tesis de que las cenizas de los tres frailes debían lanzarse al Arno para evitar que una eventual tumba pudiera convertirse en lugar de peregrinaje.



Entre las más violentas batallas libradas durante la vida de Girolamo Savonarola cabe recordar la que combatió, con cierto éxito, contra **Lorenzo de Medici, *el Magnífico***, pese a que este le había dado apoyo y protección durante mucho tiempo en nombre de la libertad de expresión que le concedió, no como derecho, sino como acto de benevolencia. Tras escapar varias veces de la muerte, un médico de los Sforza le suministró polvo de vidrio, que le provocó una hemorragia interna y lo mató en 1492. Alguien que tanto disfrutaba de la vida escondía un secreto y una condena: a causa de una caída del caballo había perdido el olfato. No probó nunca ni un solo bocado de la comida que ofrecía generosamente ni sintió nunca en el aire el aroma de la primavera florentina.

En Srinagar, en la India, hay un sepulcro junto a la que Oriente considera desde hace siglos la tumba de Jesús, o Issa. Es la tumba de **Al Sayed Nasir-ud-Din**, que recogió sus memorias en el *Ipsissima Verba*. Para evitar profanaciones, en 2010 el recinto de los dos sepulcros quedó cerrado al turismo.

Muchas fueron las muertes violentas que precedieron a la hoguera de Girolamo Savonarola, en el contexto de las contiendas entre *arrabbiati*, *piagnoni*, republicanos y *palleschi*, las facciones que se disputaban Florencia. El trágico fin de **Bernardo del Nero**, confaloniero de Florencia, llegó pocas semanas antes del asesinato de **Francesco Valori**, capitán de los *piagnoni*. **Mariano da Genazzano**, por su parte, murió poco después que su acérrimo enemigo: según el historiador del siglo XVIII Girolamo Tiraboschi, por una cardiopatía, en agosto de 1498. **Pierantonio Carnesecchi**, en cambio, fue de los pocos que escapó a la violencia. Durante un tiempo ejerció el cargo de comisario en la Maremma, y allí acabó sus días.

**Beyazid II** fue un ejemplo de soberano iluminado. Durante su sultanato, convivieron pacíficamente en Estambul cristianos, judíos y musulmanes. En particular, acogió a más de trescientos mil judíos huidos de España a causa de las persecuciones cristianas. Más complejos y menos edificantes fueron sus enfrentamientos familiares. Probablemente envenenó a su padre, Mehmed II *el Conquistador*, y atribuyó la autoría del asesinato a un agente veneciano a sueldo de su hermano Cem, que a su vez fue asesinado en 1495. El 25 de abril de 1512 vio como su hijo Selim lo apartaba del trono. Un mes más tarde, el 26 de mayo, murió en oscuras circunstancias.



**Giovanni Burcardo** custodió celosamente su diario, titulado *Diarium* o *Liber Notarum* desde 1484, año en que se convirtió en maestro de ceremonias, hasta que murió, en 1505. Desde su cargo sirvió nada menos que a cinco papas, empezando por un Della Rovere (Sixto IV) y acabando con otro Della Rovere (Julio II). Su verdadero nombre era **Johanness Burckardt**, pero a menudo firmaba «Argentina», en recuerdo de su ciudad de origen, Estrasburgo, llamada también Argentoratum por las minas de plata cercanas. La torre de su palacio, en Via del Sudario, en Roma, se llama, justo por eso, torre Argentina. A pesar de sus secretos, o quizá precisamente gracias a ellos, no murió envenenado, sino de un ataque de gota, la enfermedad de los ricos.

El pirata **Khayr al-Dîn** fue el más temido en el siglo XVI, y no hubo población marinera en el Mediterráneo que no sufriera uno de sus ataques. Llamado también Barbarroja, prosiguió sus correrías por mar hasta los ochenta años, cuando murió de un ataque de disentería, en 1546. Se convirtió en héroe del Imperio otomano y almirante de la flota en 1533. Su hermano, el corsario **Aruj Reis**, también conocido como Baba Ruj, murió combatiendo contra árabes y españoles, que luchaban aliados durante el sitio de Tremecén (la antigua Pomaria romana), ciudad argelina, cosmopolita aún hoy, poblada por turcos y andalusíes.

**Hereo** fue más que jefe de un clan de la Bactriana, territorio situado entre el actual Pamir y el Hindukush. Fue rey, acuñó monedas y reinó hasta el año 30 d. C. Como símbolo de poder, de niño le impusieron una lámina de hierro que le deformó la frente y el cráneo, hasta el punto de que su cabeza parecía una corona natural.



El lama tibetano **Tenzin Ong Pa** instruyó a Issa sobre los misterios del conocimiento, el poder de la energía, la libertad de pensamiento y la unión de la ética y la espiritualidad. Sus enseñanzas han ido pasando de generación en generación y siguen vivas y presentes entre los monjes tibetanos hoy en día. Los occidentales aún llaman prodigios a sus logros.

**Girolamo Fracastoro**, hombre ecléctico y genio incomprendido, escribió el primer tratado sobre la sífilis *(Syphilis sive de morbo gallico)* en 1521 y comprendió que las enfermedades contagiosas como la peste no eran fruto de miasmas o influencias astrales, sino de gérmenes patógenos. Fue médico de más de un papa y concibió el catalejo (que después puso en práctica Galileo) e influyó en los descubrimientos de su amigo Copérnico. Un cráter lunar lleva su nombre.

**Vannozza Cattanei** permaneció junto a Alejandro VI hasta su muerte, y vio morir a todos sus hijos, menos a Lucrecia, que vivió unos meses más que ella. Falleció serenamente en 1518, rica y cuatro veces viuda. Su último marido, **Carlo Canale**, renombrado literato, había sido magistrado de la prisión de la torre della Nona. No se tienen noticias de él a partir de 1498, unos meses después del asesinato de Alejandro VI, **Juan, duque de Gandía**, cuyo cadáver apareció en el agua, a poca distancia de allí. Solo fue coincidencia, pero quizá resultara letal para él.

La llamada «esposa de Cristo», **Giulia Farnese**, que por voluntad del papa fue retratada por el pintor **Pinturicchio** como Virgen en las estancias del castillo de Sant'Angelo, enviudó dos veces, se casó tres y murió con más de cincuenta años, en 1524. Diez años después, su querido hermano Alejandro, que Alejandro VI había nombrado cardenal por intercesión suya, se convirtió en Pablo III, y borró los retratos de su hermana. Pero quedó uno, en el mosaico de Santa Prudenziana, en Roma, donde su bello rostro aparece en el del cuarto apóstol de la derecha. No como en el caso de San Juan/la mujer de la Santa Cena, tal como insinuó un escritor estadounidense que considera que «Da Vinci» era el apellido de Leonardo, y no un indicativo de su procedencia.



**Ferruccio de Mola** y **Leonora** vivieron en Estambul hasta la muerte de Beyazid, y tuvieron tres hijos. Su criada, **Zebeide**, se casó con un jenízaro y no volvió con ellos a Italia. Con el tiempo, o por interés, hicieron las paces con Giovanni de Medici, pero se negaron a ir a Roma en ocasión de la fiesta faraónica organizada para celebrar su ascenso al trono de Pedro. Ferruccio acordó con **Girolamo Benivieni** dónde esconder el original de las *Noventa y nueve tesis arcanas*, del conde de Mirandola, y la clave para descubrirlo. En julio de 2007, una comisión de estudiosos, en presencia del Cuerpo de Investigaciones Científicas de la policía italiana y de hasta un comandante general del cuerpo, abrió el sepulcro de Pico con una excusa banal, confiando en la ignorancia de la gente, y nunca sabremos qué encontraron realmente en su interior.

**Leonardo** di ser Piero, de Vinci, volvió a Milán y recibió regalos y riquezas de los Sforza, con la condición de que prosiguiera sus estudios y sus proyectos sobre el arte de la guerra.

Sirvió luego a César Borgia, León X y a los reyes de Francia Luis XII y Francisco I. Fue enemigo de Miguel Ángel Buonarroti y envidió a Rafael. Toda su vida sufrió la pesadilla de la falta de dinero, entre otras cosas por culpa de su más estrecho colaborador y amante, **Tommaso Masini**, conocido como Zoroastro. Este último, delincuente habitual, evitó la picota, la cárcel y hasta el patíbulo gracias a la influencia y al dinero de su maestro. El 2 de mayo de 1519, la muerte alcanzó a Leonardo en Cloux. Fue enterrado en la iglesia de San Francisco, en Amboise, que posteriormente quedó destruida durante la Revolución, de modo que sus restos se perdieron. La tumba de Leonardo en el castillo de Amboise, objetivo de innumerables visitantes, no es más que un lugar para atraer turistas.

Aunque hablamos de él extensamente en la novela *999. El último guardián*, **Giovanni Pico della Mirandola** sin duda merece una mención. Es a Leonardo lo que Grecia es a Roma, como recordatorio de la supremacía del pensamiento sobre la acción, además de la firmeza hasta la muerte sobre el servilismo para con los poderosos. Pico della Mirandola se gastó la mitad de sus enormes riquezas en libros, para explorar la naturaleza humana y la divina, que descubrió que no estaban muy alejadas entre sí, y pagó por ello con su vida. Según numerosos testimonios coincidentes, murió envenenado con arsénico, no se sabe por quién, en 1494, a los treinta y un años de edad. Está enterrado en San Marco, en Florencia. Aún se puede visitar su sepulcro, donde detenerse a reflexionar sobre el significado de su misterioso epitafio: «*Caetera norunt et Tagus et Ganges forsan et antipodes*».

Que se le llame **Jesús**, Issa, Yeousha o de otras mil maneras importa poco. Que sea hijo de un dios o de un hombre, que resucitara a los treinta y tres años o que muriera en paz y en su vejez es una cuestión de fe y de religiones. De sus enseñanzas, como de las de otros grandes maestros, son muchos los que se han apropiado, distorsionando las ideas en su favor, de buena o mala fe. Pero los extraordinarios fundamentos de su pensamiento tienen el poder de arraigar en lo más profundo de la conciencia humana y, de este modo, superar los engaños de la historia y de los hombres.

# Epílogo

Hoy en día el mayor misterio del mundo está oculto en un pequeño monasterio, en el norte de la India, en un gompa apartado de los itinerarios turísticos, pegado a la ladera de una montaña. En la estación cálida se insinúa entre sus piedras el soplo del viento que desciende de los glaciares eternos y el suave murmullo de alguna cascada. En invierno adquiere una paz inalterable, protegida por las ventiscas. Solo viven allí unos cuantos monjes, que dan el relevo a un nuevo grupo cada veinte años, periodo tras el que regresan a sus monasterios de origen.



En 1887 alguien intentó alterar su paz: un periodista ruso, un tal Nicolaj Notovich, judío de nacimiento pero ortodoxo converso. Era un apasionado de la historia y la arqueología, y llegó al valle de Ladakh, desde donde alcanzó los gompas de Mulbekh y Himis. Ante la novedad de la visita y la curiosidad del extranjero, algún lama habló, y Notovich se enteró de los detalles de una historia que todos en aquellas montañas conocían.

Una historia de diecinueve siglos antes, aunque para ellos el tiempo es relativo. Un hombre extraordinario, procedente de Palestina, había vivido en aquella zona de los quince a los treinta años aproximadamente. Luego había decidido regresar con los suyos y, al final, había optado por terminar su vida a la sombra de aquellas inmensas cumbres. A su muerte fue enterrado en un lugar llamado Srinagar, donde aún hoy se puede visitar su sepulcro, conocido como Rauza-Bal, que en dialecto cachemir significa: «Tumba del Profeta».

Fuera o no periodista, Notovich enseguida se mostró muy

interesado en apoderarse de los documentos que narraban aquella historia. Su insistencia fue tal que los monjes más ancianos, temiendo por la propia supervivencia del gompa, fingieron ceder a sus peticiones y le dieron una falsa copia de la transcripción de la vida de aquel misterioso extranjero. Nicolaj Notovich la dio por buena, pese a que estaba escrita en tibetano: su cultura limitada y el ansia por conseguir la documentación le impidieron intuir que si aquellos folios hubieran sido auténticos estarían redactados en pali, la antigua lengua religiosa que se usaba hace dos mil años. En cualquier caso, él, en 1894, publicó aquellos escritos en Francia y Estados Unidos, con el título *La vida desconocida de Jesús*.

El libro fue un éxito mundial. Fue como si todo el mundo, de pronto, emergiera del limbo en el que yacía su conciencia. Porque hasta entonces nadie había profundizado en el mayor misterio de la humanidad: dónde estuvo el hombre llamado Jesús entre los doce y los treinta años. Ni los cuatro Evangelios canónicos ni los gnósticos ni los apócrifos lo mencionan. El oficial romano y después apóstol Pablo de Tarso, pese a demostrar que conocía a Jesús mejor que a sí mismo, no habla de ello ni una sola vez. Callan también todos los historiadores de la Iglesia que aparecieron después, y también los teólogos y exégetas de los textos sagrados.



Un silencio ensordecedor para los pocos que han reflexionado y se han planteado el problema. Es evidente que alguien ha querido que no se hablara del tema, y que se ha echado tierra sobre la cuestión y se ha intentado borrarla de la memoria y del corazón del hombre. Lo excepcional es que lo haya conseguido durante veinte siglos. Pero hasta las losas más pesadas se pueden romper, tal como anuncian los nuevos milenaristas en el fin de nuestros días.

Años después de la publicación de aquella historia extraordinaria, que arrojaba apenas una pequeña luz sobre el mayor enigma de todos los tiempos, algunos intelectuales prestigiosos, con Max Müller a la cabeza, afirmaron que Notovich se lo había inventado todo, aunque no lo argumentaron demasiado. Él se puso furioso, sintiéndose quizás abandonado por quienes habían promovido en secreto su misión, y reveló que antes de la publicación del libro había hablado de la cuestión con el arzobispo metropolitano ortodoxo de Kiev,

Platon Rozdestvenskij, con el famoso historiador católico Ernest Renan, autor de una celebérrima y controvertida *Vida de Jesús*, y con el nuncio apostólico de París, monseñor Luigi Rotelli, muy próximo al papa León XIII. Confesó también que la Santa Sede ya conocía aquella historia o que al menos la consideraba verdadera, puesto que el alto prelado italiano le había ofrecido una suma considerable para que no publicara el libro. En los siguientes cien años, algunos estudiosos y aventureros fueron hasta el valle de Ladakh en busca de la verdad, y todos recogieron testimonios sobre la presencia de Jesús en aquel lugar, en el periodo de sus «años ocultos». Pero, pese a la presión, los lamas consiguieron mantener su secreto, al considerar que no había llegado ni la hora ni el hombre idóneo para revelar la verdad al mundo.

Estudios recientes han determinado que Notovich era un espía, adiestrado primero y expulsado después de la Ojrana, la policía secreta rusa, creación personal del zar Nicolás II Romanoff, que la ideó para acabar con las rebeliones políticas y que respondía exclusivamente ante él. El testigo de esta poderosa organización oculta lo recogió primero la Cheka de Lenin y luego la NKVD de Beria, el KGB de Andropov y la actual FSB, de la que ha sido director Vladimir Putin. La Ojrana fue maestra insuperable en el arte del despiste y creó miles de documentos falsos, incluidos los de la existencia del Priorato de Sión, dada por cierta en tantos libros, entre ellos *El código Da Vinci*.

No parece casual, pues, que, precisamente cuando estaba a punto de hacer nuevas revelaciones, Notovich desapareciera en la nada y que no se sepa ni la fecha ni la causa de su muerte.

Del misterio de la vida de Jesús y de su estancia entre las montañas del Tíbet y de la India, en cambio, queda lo que escribió en los años 1930 el famoso arqueólogo Jurij Roerich, traductor de *Los anales azules*, obra monumental sobre la religión budista: «Las leyendas [sobre Jesús] se conservan con gran cuidado. Es difícil que los lamas las cuenten, porque ellos saben cómo guardar silencio mejor que nadie... Ahora, no obstante, ha llegado el tiempo de la iluminación de Asia». Eran tiempos difíciles, quizá más que los actuales, y cuando Roerich obtuvo por fin permiso para volver a la Unión Soviética, murió en extrañas circunstancias. Un destino similar al de Notovich.

No obstante, últimamente el velo ha empezado a levantarse, y desde Oriente han empezado a llegar noticias a Occidente. Un fino hilo del que tirar y que completa una investigación que parte de Pico della Mirandola y de sus tesis sobre la unicidad para llegar hasta nuestros días. No en vano escribió Roerich que: «Las escrituras de los lamas recuerdan el modo en que Jesús exaltaba a la Mujer, la Madre del Mundo». Será casualidad, o quizá lógica, pero ese era el contenido de las *Noventa y nueve tesis arcanas* del filósofo italiano, quizás halladas en su sepulcro, abierto el 26 de julio de 2007 en San Marco, en Florencia, en presencia de los agentes del Cuerpo de Investigaciones Científicas de la policía italiana, y cuyo contenido nunca se desveló.

Nadie en el mundo occidental, hasta la fecha, parece haber tenido la intención o el valor necesario para hablar de este increíble absurdo histórico: lo sabemos todo de la vida de los faraones y de los reyes macedonios y persas, y conocemos hasta el último detalle de la vida de senadores y emperadores de la Roma republicana e imperial. Pero no sabemos nada de la mayor parte de la vida del hombre más famoso del mundo, Jesús; un agujero negro de casi veinte años que siempre se ha pasado por alto, como si no interesara al mundo cristiano. ¿Por qué motivo? ¿Por qué intereses y con qué objetivos se ha decidido no ir en busca de la verdad? Por ese miedo secular a que la historia y la ciencia puedan chocar con la fe, que es algo completamente diferente. El mismo temor que condenó a Giordano Bruno, a Kepler y a Galileo. Los que han indagado en este simple y monstruoso olvido de la historia han sido tomados por locos y poco fiables y han desaparecido. Eso es un hecho.

Nadie de los que han sido llamados profetas se ha declarado nunca hijo de Dios. Ni siquiera Jesús, ni una vez, ni siquiera en los cuatro evangelios canónicos. Desde hace dos mil años, hombres de elevada espiritualidad, sin intereses específicos de tipo religioso, político, económico ni de poder, recuerdan que Issa/Jesús está enterrado en Srinagar, donde vivió los últimos años de su vida. No solo es lícito, pues, sino también obligado, plantearse dudas, no para destruir, sino para hacer justicia a un hombre maravilloso. La fe no necesita la historia, escrita por los hombres, y no es necesario morir en una cruz para que la palabra adquiera valor.

Así pues, esta no es más que la historia de un hombre, además de la más probable de las verdades, la más resistente a los embates del tiempo y de la lógica, a menos que nos llegue un rayo de luz del monte Athos, punto de unión entre Oriente y Occidente. De esta historia hay algunas pruebas y muchos indicios, más sólidos y coherentes de lo que nos han dicho durante siglos, y, aunque nunca sabremos con certeza lo que ocurrió, podemos intuirlo. Una verdad dulce e inquietante, una historia preciosa y trágica, que la fe y la razón no pueden pasar por alto.

# IPSISSIMA VERBA

Su Evangelio

# Antilibro

1. Yo, Al Sayed Nasir-ud-Din, juro ante los hombres que mis palabras son la fiel transcripción de lo que he oído directamente de la boca del hombre Jesús, conocido como Issa, y que él ha querido contarme a su regreso de la región llamada Palestina. En el año del antiguo calendario 2671 y en el año 52 del nuevo calendario Xia, cuando mi maestro tenía treinta y cuatro años.



2. Él me ha querido relatar los episodios vividos de modo que quede testimonio de su vida, tanto entre los que han creído en él, en sus palabras y en su ejemplo, como entre los que lo traicionarán o se prestarán a la mistificación cuando él ya no esté. Serán muchos, entre romanos y judíos, e incluso entre quienes lo han querido y adulado, los que demostrarán ser falsos discípulos. Muchos, de buena fe, tergiversarán sus acciones, y muchos, con mala fe, aprovecharán para desvirtuar su mensaje de amor.

3. Sea bendito por siglos Issa, por el amor que ha sabido dar a su familia, a todos los hombres que le han conocido y, por último, a mí, que he tenido el privilegio de ser su amigo. A partir de ahora hablará Jesús, llamado Issa.

## Libro Primero
o de la historia

1. A la edad de doce años fui raptado por orden del Gran Sanedrín y conducido como esclavo a tierras lejanas, a Oriente. Fui liberado por mi segundo amo, que se hizo amigo mío y al que debo la vida, aunque él no quiere que así lo diga.

2. Aprendí muchas cosas gracias a mi diversidad, porque solo a través de ella consigue el hombre comprender a los demás, a distinguir el bien del mal, lo justo de lo injusto, la alegría del dolor.



3. Conocí muchos pueblos y sus leyes y estudié sus textos sagrados. De todos ellos aprendí que el conocimiento se convierte fácilmente en instrumento de poder y de abuso, mientras que solo la sabiduría lleva al bien.

4. Durante muchos años viví entre los monjes de las montañas. Mi maestro me enseñó a conocerme y a quererme a mí mismo, a todas las personas y la naturaleza. Comprendí que una energía única atraviesa todas las criaturas y que podemos orientarla para volvernos mejores.

5. Amé plenamente a una sola mujer, con la que conseguí la unidad perfecta. Me casé y tuve dos hijos con ella. Luego conocí la crueldad y perdí a mi hija y a mi mujer.

6. Comprendí que demasiado amor también puede matar, y con el fin de encontrarme a mí mismo y no ir contra el orden natural de la madre tierra, decidí recorrer mi vida en sentido

contrario, llevando conmigo al fruto de mi semilla, Yuehan. Cuanto más diera, más recibiría.

7. A mi regreso a Palestina fui recibido con alegría por mi madre y mis hermanos y hermanas, que enseguida me reconocieron, pese a que habían pasado diecinueve años. Mi padre había muerto y, tan pronto como pude, fui a visitar su tumba a Shechem, donde dejé una piedra y lloré.

8. Cuando corrió la voz de mi regreso, muchos de mis parientes vinieron a verme, sorprendidos, porque me creían muerto, y entre ellos mi primo Juan. En la orilla del Jordán dejé que me sumergiera en el agua ancestral.

9. Tras hablar largo y tendido con Judas, mi hermano, no solo carnal, consideré que era mi deber llevar una palabra de esperanza y de alivio a mi pueblo, mediante la liberación de las conciencias y la libre herejía, esto es, la posibilidad de tomar una decisión consciente. Nunca a través del uso de las armas, que maldigo cualquiera que sea su objetivo.



10. Me encontré de nuevo un Sanedrín sometido ante la dominación romana, que había reducido a la esclavitud al pueblo de Israel. Para conservar su poder, los sacerdotes exigían sumisión y sacrificio, como si se pudiera alcanzar el Paraíso solo a través de la renuncia, en lugar de buscar la justicia en la Tierra.

11. Por ese camino di mis primeros pasos. Intenté hablar a los fariseos, a los saduceos y a los zelotes de la necesidad de abandonar sus diferencias, pero todos ellos se atribuían la exclusiva de la razón. Quien se considera hijo predilecto comete siempre una injusticia para con sus propios hermanos. Si un pueblo se considera elegido, quiere decir que considera únicamente las diferencias entre los hombres y se tiene por superior. Y por eso mismo será condenado al aislamiento y ningún otro pueblo le llamará hermano.

12. También los esenios, con quienes había compartido el pan y las tradiciones, pretendían que demostrara a los demás

que su visión de Dios era la única correcta, la única vía de salvación.

13. Intenté entonces hablarle a la gente de a pie de los viajes que había hecho y de los pueblos que había conocido, y les expliqué que había comprendido que la libertad solo podía nacer de la unión, y no de la separación, del amor y no de la riqueza, de la razón y no de la fuerza. Pero fueron pocos los que se mostraron dispuestos a creerme, aparte de mis hermanos y mi madre.

14. Sentí la tentación de dejarlo todo y volverme a mi casa, el lugar donde había perdido a mi esposa y a mi hija, y donde, no obstante, había aprendido el verdadero significado de la vida, gracias a su amor y a las enseñanzas de mis maestros y de mis compañeros de más edad. Pero decidí quedarme, porque la sabiduría interior no es nada si no se comparte con los demás.

15. Me costó mucho hacerme entender, hasta que se me ocurrió acompañar mis palabras de una serie de prodigios, fruto únicamente de los conocimientos que me habían transmitido, ninguno de los cuales atribuí nunca a Dios. Ni me declaré nunca Mesías ni hijo suyo, como muchos decían, aclamándome o acusándome.

16. Fue mi hermano Judas, el más próximo a mí por índole y temperamento, quien me ayudó a comprender cómo debía hablarle a mi pueblo para que mis palabras no resultaran oscuras. Durante la boda de mi hermano Jaime puse por primera vez en acción lo que había aprendido de mis maestros. Todos bebieron agua y creyeron que era vino, incluso mi madre. Solo Judas sabía que era una ilusión, y estaba contento por ello.

17. A partir de aquel día, muchos empezaron a prestarme atención, y en parte a temerme y a quererme. El engaño de los sentidos los inducía a escucharme, y por fin mis palabras empezaron a sacudir las conciencias y a hacer que los que me escuchaban tomaran conciencia de su propia condición. Nunca les dije que tenía poderes mágicos, y a quien me llamaba mago

le replicaba que no era más que un hombre, igual que los demás, y que todos teníamos el don.

18. A quien me lo preguntaba, le explicaba que el don es manifestación de amor, y que todo hombre lo posee, aunque no sea consciente, y que puede recibirlo y ofrecerlo si aprende a conocerlo.

19. Permanecí en mi tierra tres años más, con el fin de cumplir mi misión donde consideraba que fuera necesario llevar la palabra viva. Conocí las delicias del paraíso y los tormentos del infierno, y la práctica de la vida completó mis conocimientos por la vía de la sabiduría.

## Libro Segundo
o del bien y del mal

1. En mi primer año de permanencia en Israel empecé a viajar de pueblo en pueblo. Campesinos, pastores y artesanos fueron los primeros que se acercaron y me escucharon. Eran gentes sencillas, pero de corazón puro, como el mío. No obstante, debía estar en guardia: tal como enseñaba mi maestro, un conocimiento superior empuja al engaño incluso a un alma sincera, que queriendo perseguir el bien puede llegar a encontrarse caminando por la vía del mal.



2. Profeta no es el que prevé o revela los acontecimientos futuros del mundo; ese es un mitificador. Profeta es el que desvela el bien o el mal próximos, lo que podría influir en las elecciones del hombre para con el bien o el mal actuales. Profeta es el que indica dónde caerá la piedra; no que alguien la romperá en pedazos.

3. Con respecto a las acusaciones de impiedad: nunca me he planteado dar la espalda a la religión de los padres, ni era mi intención. En el transcurso de los siglos se había vuelto como una piedra, inmutable y dura. Había que aclararla para impedir que acabara convirtiéndose en objeto de burla, así como había que hacerla comprensible, para evitar su imposición por la fuerza.

4. No existe un dios que mate a los hijos primogénitos sin ninguna culpa, que imponga no darles de comer solo para celebrar el sábado, ni que incite a la guerra contra otros pueblos. Sin embargo, los padres nos han transmitido estas enseñanzas,

sin explicarnos nunca el significado y sin negar nunca su contenido. Pero la palabra es del hombre, no de Dios.

5. Ningún dios, ni siquiera el de Abraham, ha instituido nunca una casta sacerdotal que fuera la única depositaria de su voluntad. Eso no está escrito en ningún sitio. Ningún dios ha pretendido nunca que solo a través de determinados ritos puedan los hombres entrar en contacto con él. Ningún dios ha pedido nunca el sacrificio de un hombre o de un animal. Ningún dios se ha mostrado nunca tan furioso con sus propios hijos que haya podido desear su destrucción.

6. Los mandamientos de cada divinidad, desde Oriente a Occidente, contienen los mismos principios y las mismas palabras de amor, de libertad, de igualdad y de justicia. Los poderosos y los tiranos, en cambio, han construido un dios a su imagen y semejanza, juez y exterminador, propenso a la venganza, dispuesto al homicidio y que otorga el perdón solo si consigue rebajar a quien ha cometido un error. Estos hombres han ensuciado su nombre, y que tiemblen si al final de su vida su alma es juzgada según los criterios impuestos por ellos mismos.

7. Si alguien se ha proclamado dios alguna vez, es que es tonto o enfermo de mente, o es que tiene mala fe. Quien afirme poseer la verdad es un estafador; quien anime a buscarla es un hombre honesto. Quien predica el bien pero persigue el mal es un hipócrita; quien cae y vuelve a levantarse es un hombre honesto. Quien no hace el mal a los demás es un egoísta; quien hace el bien a los demás es un hombre honesto.

## Libro Tercero
### o de la ley

1. Está escrito que no se debe robar, y eso es justo, pero si un hombre que no tiene para dar de comer a sus hijos ve la luz en los palacios, observa la abundancia y el desprecio y que hasta los perros están gordos, quizá llegue a pensar que el mandamiento de no robar lo ha impuesto Dios a favor de un rico. O imaginará que ha sido el rico el que ha puesto en boca de Dios una palabra que no había dicho nunca. En ambos casos, será inducido a error.



2. Está escrito que no se debe matar, y eso es válido bajo cualquier cielo. No puede existir, pues, ninguna guerra justa, y ningún sacerdote podrá nunca bendecir a un soldado en el nombre de Dios. Solo se puede atacar una vida para defender la propia o la ajena del peligro.

3. Con respecto a los animales: a partir de Noé, el hombre dejó de ser vegetariano y, por tanto, se le permite matar animales, pero solo para combatir el hambre y sin hacerles sufrir. Las normas sobre las técnicas del carnicero, por otra parte, no competen a Dios, pero sí a la salud del hombre y el deber que tiene para consigo mismo y los demás de preservar su cuerpo de enfermedades.

4. Descansar el sábado es una regla del hombre, hecha por el hombre justo para evitar que los poderosos le impongan trabajar. Dios no tiene necesidad de descansar.

5. Quien comete adulterio peca contra el amor, contra la

perfección de la unidad entre hombre y mujer. Sin amor no existe adulterio, pero sin amor tampoco existe la vida.

6. Está escrito que no hay que desear los bienes ajenos, pero si a un hombre le falta de todo, una familia, una casa, un huerto o un animal, su deseo es legítimo. Y quien posee más de lo necesario no podrá ofenderse, sino que deberá dar, para que todos puedan llevar una vida digna.

7. Está escrito que no hay que presentar falsos testimonios. Eso es aplicable no solo a la palabra, sino también a las acciones. No se puede hablar de justicia y actuar de un modo injusto; hablar de libertad y sustraérsela a los demás; sonreír al vecino y atacarlo por la espalda; vender el grano y engañar con el peso; conocer lo que es el bien y hacer el mal.

8. Está escrito que no hay que crear imágenes de Dios, porque eso podría engañar al que tiene fe. Lo divino está dentro y fuera del hombre, y en su naturaleza, como en la propia naturaleza. Es madre y padre, es hija e hijo, es hermana y hermano, es toda la vida que nos rodea.



9. Amar al prójimo más aún que a uno mismo es el mandamiento de los mandamientos. El amor es el bien, y el mal es su ausencia. Toda regla deriva de esta. De este único principio parte toda ley.

10. En cuanto a la ley: al igual que los sacerdotes están al servicio del Sanedrín, que no crea la ley, sino que la comenta y la interpreta, esta está al servicio de la justicia, y no al revés. Las leyes cambian con el variar de las costumbres; la justicia es inmutable.

## Libro Cuarto
### o de los relatos

1. Hacía poco que había empezado a difundir mi testimonio cuando, a orillas del lago de Genesaret, me encontré con un grupo de pescadores con las redes semivacías, compungidos porque temían no tener suficiente para comer. Les pedí a mis hermanos y a mis amigos que fueran a buscar todo el pan que tuvieran para compartirlo con ellos, y ellos compartieron el poco pescado que tenían con nosotros. Hablamos entonces de lo importante que es compartir las posesiones, porque si cada uno de nosotros disfruta de los bienes del otro, obtendrá todo lo necesario sin quitarle nada a los demás y sin acumular cosas superfluas. La codicia nos vuelve pobres y tristes; la solidaridad trae riqueza y alegría.

2. En Nazaret se nos acercó un hombre que fingía una cojera para obtener limosna. Judas quería pillarlo y se le acercó con gesto amenazante, gritándole que era un farsante. Yo, en cambio, le di un denario romano. Aquel hombre lo cogió y salió corriendo, y a bastante velocidad. Mi hermano Jaime me acusó de ser un ingenuo, pero yo respondí que para dar limosna hay que buscar únicamente en el corazón de uno mismo, y no pensar si el que la pide la merece. No importa que no sea digno de ella; él rendirá cuentas con su propia conciencia. El valor está en el dar, no en el conocer los méritos de quien recibe.

3. Yo prestaba mucha atención a no crear un escándalo con mis palabras y mis acciones, para evitar que pudieran tergiversarlas. Cerca de Cafarnaúm, un soldado romano me

puso la lanza en el pecho y me dijo: «La gente dice que haces milagros. Transforma esta hoja en una espiga y no morirás». Siguiendo las enseñanzas de mi maestro, concentré mi energía en ella y el metal se dobló como una planta. Entonces él me preguntó dónde había conseguido aquellos poderes, porque quería dominarlos y usarlos contra sus enemigos. «Sígueme y lo sabrás», le dije. «Debo seguir al emperador. No puedo», me respondió. Cada elección supone una renuncia. A menudo no poder es no querer, y ese es el camino de la ausencia y de la infelicidad.

4. A menudo me preguntaban quién era mi padre y si había aprendido de él lo que iba diciendo por ahí. Yo respondía siempre que tenía dos padres, uno que pertenecía a esta tierra y otro que estaba en el otro extremo del mundo. Me refería a José, el carpintero, y a Ong Pa, el monje. Y que a este último, en particular, le debía lo que era. Porque la sangre es importante, al igual que el cuerpo, pero más importante aún es el alma, sus predisposiciones y las acciones que nos lleva a realizar, más que la arcilla de la que estamos hechos.



5. En el camino a Jerusalén, un escriba fariseo nos acompañó un tramo y se lamentó a mis hermanos de que yo me dirigiera a María para pedirle consejo y opinión. «En las Sagradas Escrituras, no se hace mención a ninguna mujer profeta, ni que tuviera la responsabilidad de un pueblo o de un reino, salvo a la reina de Saba, que simplemente hizo un viaje larguísimo para escuchar al sabio Salomón», dijo. Cuando ellos me lo contaron, algo violentos, fui yo quien me dirigí a él: «Eso demuestra cuánto camino nos falta aún para llegar a la tierra de la igualdad». Que hijas e hijos acompañen juntos al padre y lo lleven a conocer su belleza, tan igual y diferente. Será la señal de un verdadero cambio.

6. Un maestro de Yebla, en la frontera entre Galilea y Judea, me invitó a hablar en una escuela. Tenía la misma edad que aquellos muchachos cuando me habían secuestrado por atreverme a hablarle al Gran Sanedrín. Por eso sentí una gran responsabilidad y fui prudente con mis palabras. Al final uno de ellos me preguntó si era más importante obede-

cer a los maestros, a los padres o a Dios. Le respondí que más importante que la obediencia era el conocimiento, y que sería eso lo que les indicaría cuándo convenía seguir a unos o a otro.

7. Pocos días después me encontré entre un grupo de niños y, a pesar de que teníamos que emprender viaje a Samaria, me detuve un buen rato a jugar con ellos. Cansada de esperarme, María fue a mi encuentro, y uno a uno mis hermanos y los demás se unieron a nuestros juegos, que duraron hasta el anochecer. Aquella noche todos dormimos con el ánimo más sereno. Quien es capaz de jugar con los niños sin pretender enseñarles nada habrá entendido las alegrías de la vida y, al mismo tiempo, será capaz de dar felicidad a su propia mujer o a su propio hombre, y de recibir el doble. Quien no sepa jugar y ame con el ceño fruncido, que vuelva al colegio con los niños, que estarán encantados de enseñarle.

8. En el puerto de Cesarea, cada viernes se celebraba el mercado más grande de Israel, después del de Jerusalén. Pueblos procedentes del mar y de la tierra se congregaban para intercambiar productos y noticias. Cada vez que me encontraba en esta ciudad me detenía a charlar con ellos, aunque, al hablar idiomas diferentes, no era fácil entenderse. Mi gente no comprendía y se mostraba extrañada. Les dije que iba allí para aprender, porque solo de la diversidad se aprende, no de quien es igual a nosotros. Cuanto más diferentes son las ideas y las costumbres, mayor es la riqueza que llega al alma, como las corrientes de dos ríos que, al encontrarse, hacen más ricas las aguas, y vuelven a los peces más gordos y fuertes.



9. En Jerusalén más de una mujer y algún hombre me llamaron Mesías e hijo de Dios. Siempre respondía que solo era hijo de un hombre, pero a ellos les parecía que mis palabras procedían de la misma boca de Dios, y por ello les parecían justas. En realidad intentaba explicar que entre ser hijo de un hombre o de Dios no había ninguna diferencia, porque el espíritu divino está en nosotros, igual que en nosotros reside su opuesto. De hecho, el bien lo conocemos como lo contrario al mal, igual que diferenciamos el negro del blanco o el calor del

frío. Solo así podemos elegir, y por esta capacidad es superior el hombre, no solo a los animales, sino también a los ángeles, que únicamente conocen la luz, y no la oscuridad.

10. Estábamos en una posada en Dora, en la frontera entre Samaria y Fenicia. Se acercaron dos mujeres que iban cogidas de la mano. Estaban desesperadas porque ambas amaban al mismo hombre y él no sabía decidirse a cuál de las dos dar su amor, y ellas mismas buscaban una solución que fuera justa. Según Judas, la primera mujer que lo había conocido debía tenerlo para sí los días impares; la segunda, los días pares. María, en cambio, sugirió que ambas mujeres lo dejaran, porque no es hombre quien no sabe elegir y permite que otros decidan por él.

11. Delante de la casa de mi madre, María, un hombre bajó de una litera con una túnica de lino bordada con hilos de oro y plata. Llevaba consigo a su hijo y me preguntó si podía quedármelo, para darle una buena educación, algo que él, a causa de sus riquezas, no podía darle. Dijo: «Yo lo quiero y no deseo que acabe pareciéndose a mí». Entonces cogí tierra del suelo y le manché la túnica: «No dejes a tu hijo. Muéstrate ante él por lo que eres, fango y oro al mismo tiempo. Háblale de tus debilidades, de tus dudas y de las contradicciones en las que vives, y él aprenderá mucho más de ellas, de tu sinceridad y de tu ejemplo de lo que aprendería de mis palabras». El hombre abrazó a su hijo, sin preocuparse de si lo manchaba al hacerlo, y se fue a pie con él.



12. Más de una vez temí por mi vida, como en Nazaret, cuando querían lanzarme de lo alto de un precipicio, o en Jerusalén, cuando me tiraron piedras. Sin embargo, nunca quise que mis hermanos ni mis amigos respondieran a la violencia con violencia. Es justo defenderse; ofender no lo es. Cuando contaba estos hechos, un muchacho de la escuela de Betania objetó que aquello contradecía lo que había explicado sobre la rebelión justa. Le expliqué entonces la diferencia entre la defensa y la venganza. El adversario está derrotado cuando deja de cometer el mal, no cuando queda aplastado.

«Si insiste en golpear con el bastón, prueba a arrancárselo

de la mano. Y si no lo consigues: si es un asno, golpéalo en las patas; pero si es un león, huye», concluí. Todos se rieron conmigo, pero el límite entre el que se rebela y el que usa la violencia por venganza es tan oscuro que solo es visible para quien mira con los ojos del alma.

13. Eran los días que precedían a la Pascua de mi segundo año y muchos de los ancianos vinieron a verme a Gamala para exhortarme a que pusiera menos fervor en mis discursos: «Este es un periodo en que los hombres deben dirigirse al Padre para obtener el perdón, y quien esté en paz no debe temer su ira». Les respondí que la paz es un bien reclamado en muchos casos por quienes abusan del prójimo, y que el ladrón es el primero en invocarla, después de esconder en una gruta el rebaño de su vecino. Y cuando el vecino se rebele y grite, será juzgado y condenado por sedicioso.

14. Otros querían que hablara de lo importante que es ser bueno, respetuoso con la ley, humilde, temeroso y tan devoto

al padre terreno como al celestial. Pero no existe padre o madre que quiera de sus hijos una bondad hipócrita, que, en realidad, no es más que un negro canto para dormir al pueblo, como si se tratara de un niño que llora en la cuna porque tiene hambre. Y la paz que deriva de esta bondad no es más que la que imponen los tiranos. No existe paz en el Cielo si no hay justicia en la Tierra.

15. Eran muchos los enfermos que me traían para que los curara, pero solo quien creía que podía curarse de verdad encontraba en su interior la energía para hacerlo. A veces bastaba un ungüento de pocos siclos para cerrar una herida que antes se infectaba; lavarse los ojos con agua y aceite de casia para recuperar la visión; no usar el estrígil de hierro que irritaba la piel quemada por el sol para quitarse la suciedad, que de ese modo penetraba aún más en los tejidos. La ignorancia es la causa de muchas enfermedades, así como de muertes que se podían evitar, más que la guerra o la carestía. Mientras, los instruidos se salvaban, porque podían pagar un maestro. Así, con el tiempo, propuse que una parte de los impuestos se dedicaran a construir escuelas públicas donde se enseñaran las más sim-

ples reglas de la vida. Así es como se demuestra amor por el pueblo, no llenando el templo de mármoles y perfumes.

16. Un cobrador de impuestos de Jericó se acercó tímidamente a nuestra tienda; temía que lo echáramos, ya que quien recaudaba dinero era considerado impuro. Pese a ser un hombre rico, en aquel momento necesitaba algo, aunque no se atrevía a pedirlo. Cuando le puse una mano en el hombro y le invité a que se sentara con nosotros, se echó a llorar. «Eres el primero que me ofrece algo sin pedir nada a cambio», me dijo. A lo que yo le contesté: «Busca entre los que tienen necesidad y ofréceles tu apoyo. Encontrarás en ellos un amigo fiel hasta la muerte. Si en cambio ayudas a alguien sin decírselo, disfrutarás de la verdadera amistad que encontrarás en tu interior, y que te durará toda la vida».

17. Estábamos en el monte Hebrón, visitando la gran construcción levantada sobre las grutas de Memre, donde se decía que habían sido enterrados Abraham, Isaac y Jacob. Encontramos a una pareja de esposos, que ya no eran jóvenes, rezando, esperando así ser bendecidos y concebir un hijo. Estaban tristes porque era la tercera vez que se dirigían a aquel lugar, infructuosamente. Les pregunté si se habían casado por amor, y ellos respondieron que sí. Les pregunté también si habían sufrido desgracias, y ellos respondieron que no, aparte del dolor que les causaba no haber tenido hijos. Por fin les pregunté si aún se querían, y ellos, por toda respuesta, se miraron y se besaron con ternura.

«Seguid amándoos —casi les rogué— por lo que sois, por ese amor que os ha transformado de finos pámpanos a troncos entrelazados que nadie podrá nunca separar. No es la uva la que une los sarmientos; el fruto no es más que una eventualidad.» Un año más tarde me los encontré en Beit Guvrin, y en cuanto me vieron me enseñaron a su primogénito, al que habían puesto mi nombre. Quisieron besarme las manos por lo que ellos llamaban milagro, pero el verdadero prodigio lo había hecho su unión.

18. Estábamos cerca de Naará, donde el río Jordán se vuelve más lento y forma una joroba de camello orientada a Occi-

dente. Llegaron dos hermanas de Betania que conocía y me anunciaron la muerte repentina de su hermano, que sufría desde hacía años de epilepsia, que aún llamaban enfermedad sagrada. «Un demonio se nos lo ha llevado, y lo hemos enterrado», se lamentaban. Yo había aprendido mucho de aquella enfermedad por los monjes, y cuando supe que lo habían sepultado en una gruta les pedí a las mujeres que me llevaran enseguida a su lado. Hice levantar la piedra que cerraba la tumba y entré, y me lo encontré envuelto en vendas de lino fino empapadas en mirra. Se las arranqué a la altura del rostro, le di unos golpecitos en las sienes con los dedos, le puse vinagre concentrado bajo la nariz y le llamé varias veces en voz alta. Lázaro abrió los ojos, extrañado al encontrarse en aquel lugar pero feliz de poder volver a abrazar a sus hermanas. Ellas le dijeron a todo el mundo que había vuelto del reino de los muertos gracias a mi magia y a mis oraciones. Judas me imploró que les dejara que se lo creyeran, pero el único prodigio fue mi conocimiento de los remedios contra la catalepsia provocada por la enfermedad.



19. Cuando me llevaron ante el Sanedrín, sabía que ya me habían juzgado y condenado. El sumo sacerdote Kayafa era un inepto, pero por su boca hablaba Anán, mucho más astuto y preparado. Cuando me preguntaron si creía en el único dios de Abraham, les pregunté de qué dios se trataba. Me acusaron de blasfemo, pero cuando le pregunté a Kayafa qué significaba E-lohim, él respondió correctamente: «Los que han venido del cielo». Y yo le dije: «¿Y cuáles, de ellos, es el dios de Abraham, si el mismo Libro de la Ley indica más de uno?». Ante su silencio, repliqué que Dios es plural porque existe en cada uno de nosotros, y que por este motivo decían los antiguos padres que su nombre es impronunciable, precisamente porque tiene infinitos nombres.

20. En el patíbulo tuve miedo, porque no conseguía elevar mi espíritu hasta el punto de hacer insensible el cuerpo y llegar a la muerte aparente. Me di cuenta de que aún tenía mucho que aprender de mi maestro y me dirigí a él. Su energía llegó hasta mí, un hombre me ayudó, y mi karma se cumplió porque mi ciclo no había terminado. Regresé a estas montañas. Mi re-

corrido de conocimiento aún debía completarse y crecer junto a las semillas del amor, para que se extendieran por la tierra. Supe que, mientras el pensamiento se dirija al mañana, mientras tengamos una acción que cumplir y una meta que alcanzar, la vida que discurre en nuestro interior nos conducirá hacia delante, hasta que el alma explote en millones de átomos, dando nueva vida al hombre. Quien haya amado comprenderá mis palabras, y su espíritu se elevará hasta encontrar el bien, el dios que habita en el interior de cada uno de nosotros.

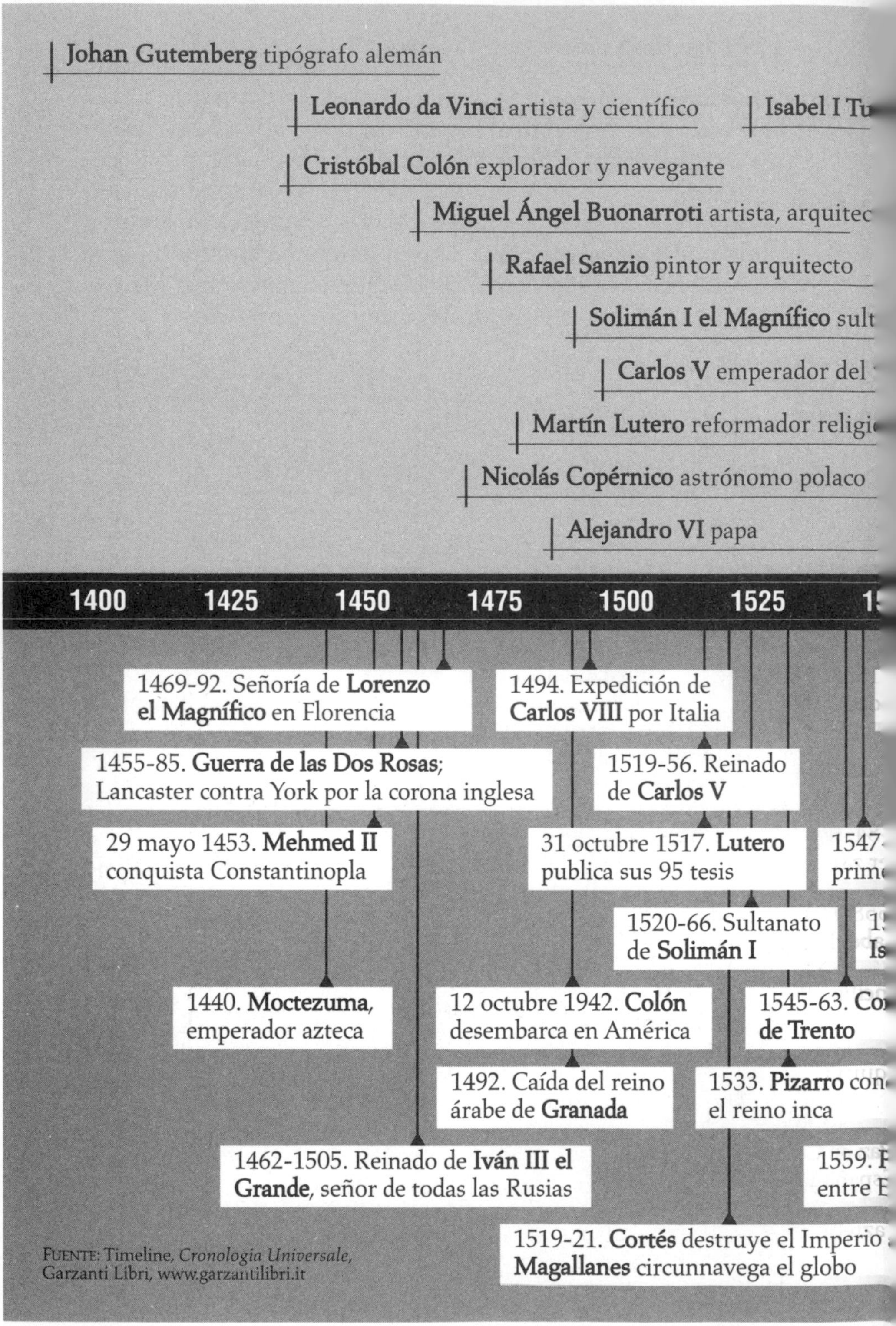

**Johan Gutemberg** tipógrafo alemán

**Leonardo da Vinci** artista y científico

**Isabel I Tu**

**Cristóbal Colón** explorador y navegante

**Miguel Ángel Buonarroti** artista, arquitec

**Rafael Sanzio** pintor y arquitecto

**Solimán I el Magnífico** sult

**Carlos V** emperador del

**Martín Lutero** reformador religi

**Nicolás Copérnico** astrónomo polaco

**Alejandro VI** papa

1400 1425 1450 1475 1500 1525 1

1469-92. Señoría de **Lorenzo el Magnífico** en Florencia

1494. Expedición de **Carlos VIII** por Italia

1455-85. **Guerra de las Dos Rosas**; Lancaster contra York por la corona inglesa

1519-56. Reinado de **Carlos V**

29 mayo 1453. **Mehmed II** conquista Constantinopla

31 octubre 1517. **Lutero** publica sus 95 tesis

1547 prim

1520-66. Sultanato de **Solimán I**

1 Is

1440. **Moctezuma**, emperador azteca

12 octubre 1942. **Colón** desembarca en América

1545-63. **Co de Trento**

1492. Caída del reino árabe de **Granada**

1533. **Pizarro** con el reino inca

1462-1505. Reinado de **Iván III el Grande**, señor de todas las Rusias

1559. entre

1519-21. **Cortés** destruye el Imperio **Magallanes** circunnavega el globo

FUENTE: Timeline, *Cronologia Universale*, Garzanti Libri, www.garzantilibri.it

**William Shakespeare** dramaturgo inglés

ɔr reina de Inglaterra

**Johannes Kepler** astrónomo alemán

y poeta

**Caravaggio** pintor

ı otomano

ıcro Imperio Romano

ɔo alemán

**Miguel de Cervantes** narrador, poeta y comediógrafo español

50 1560 1570 1580 1590 1600 1610 1620 1630

1555. **Paz de Augusta**

1588. La flota inglesa derrota a la **Armada Invencible** de Felipe II

1581. Independencia de las provincias septentrionales de los **Países Bajos** del dominio español

·84. **Iván IV el Terrible**, ɛr zar de Rusia

1618-48. Guerra de los **Treinta Años**

ʒ58-1603. Reinado de **ıabel I** de Inglaterra

**ncilio**

1571. **Batalla de Lepanto**

ɿquista

1598. **Edicto de Nantes**: fin de los conflictos entre hugonotes y católicos

**ʔaz de Cateau-Cambrésis** ɛspaña y Francia

1620. El ***Mayflower*** de los padres peregrinos llega a Massachusetts

azteca.

# Agradecimientos

En mi novela anterior, 999. *El último guardián,* dediqué el libro «a los pocos que adoro y a los muchos que quiero». En este, la dedicatoria y el primer agradecimiento son para mi padre, al que quizá no quise lo suficiente en vida, y que fue el primero en inspirarme esta obra. A mi familia le agradezco, sobre todo —aunque no únicamente—, el ambiente que han creado, porque me ha dejado esa libertad plena de espacio, estudio, serenidad, tormento e imaginación sin la cual la escritura no puede nacer y desarrollarse. Me ha resultado utilísimo el trabajo de mi esposa Giovanna, que me ha ayudado a hacer más fluida la lectura en algunos pasajes tópicos. Debo un agradecimiento especial a Piergiorgio Nicolazzini. Ahora ya no es únicamente mi agente, sino un amigo, el que te espolea y te apoya, el que te critica y te involucra. El amigo que siempre está ahí, frente a las dificultades y el éxito. Muchas gracias también a Giulia Carla de Carlo, que con su minucioso trabajo me ha ayudado en la investigación de temas en ocasiones desagradables y alejados en el tiempo, pero necesarios para la historia. De gran valor han sido los consejos de Fabrizio Cocco, editor insuperable, y de Antonio Moro: sus intervenciones son fruto de una gran profundización en el texto, no solo en lo profesional, sino también emocionalmente. Al editor, Longanesi, le agradezco que domine el difícil arte de ser un gigante de manos delicadas. Hay otras personas que han contribuido, a veces sin saberlo siquiera, a la creación de este libro. Con sus experiencias vitales, con una frase o con un encuentro que me ha hecho reflexionar, imaginar y traducir en palabras que he hecho mías. Esta novela es un regalo de libertad que, en primer lugar, me he hecho a mí mismo y que ahora ofrezco al lector. Leer nos hace libres, y solo en libertad se pueden hacer elecciones conscientes. Precisamente, «airesis» en griego significa «elección», así que ser «hereje» quiere decir, sencillamente, ser «el que elige»: en el mundo que yo querría, todos deberían ser herejes, cada uno en su propia diversidad.

Este libro utiliza el tipo Aldus, que toma su nombre
del vanguardista impresor del Renacimiento
italiano Aldus Manutius. Hermann Zapf
diseñó el tipo Aldus para la imprenta
Stempel en 1954, como una réplica
más ligera y elegante del
popular tipo
Palatino

***
**
*

*El hereje* se acabó de imprimir
en un día de invierno de 2013,
en los talleres de Rodesa
Villatuerta
(Navarra)

***
**
*